Erik Valeur
Das siebte Kind

Buch

Mai 1961, nördlich von Kopenhagen: Auf den Stufen des renommierten Kinderheims Kongslund wird ein neugeborenes Mädchen in einem Korb ausgesetzt. Die herrische Leiterin, genannt Magna, nimmt sich höchstpersönlich des Kindes an und verfügt, dass es sein gesamtes Leben in Kongslund verbringen wird. Doch das Waisenhaus birgt ein schreckliches Geheimnis, das zum sechzigsten Dienstjubiläum Magnas mit aller Gewalt ans Tageslicht drängt. Welchem hintergründigen Zweck diente Kongslund in der Vergangenheit tatsächlich? Wen versucht die Heimleiterin mit ihrem Schweigen zu decken? Und was hat es mit jenen sieben Kindern auf sich, die vor Jahrzehnten in der Elefantenstube aufgezogen wurden? Zahlreiche Menschen werden sterben, ehe das Schicksal seinen Blutdurst gestillt hat ...

Autor

Erik Valeur, Jahrgang 1955, ist Mitbegründer der dänischen Månedsbladet Press, arbeitete viele Jahre in Presse und Rundfunk und erhielt für seine journalistische Arbeit zahlreiche Auszeichnungen, u. a. je zwei Mal den Cavling- und den Kryger-Preis. 2011 debütierte er mit »Das siebte Kind« als Romanautor und erhielt dafür im selben Jahr den renommierten und hochdotierten Debütantpris, den Literaturpreis der Zeitschrift Weekendavisen, 2012 den DR Romanprisen, den Harald-Mogensen-Preis und zuvorderst die Auszeichnung für den besten Spannungsroman der Skandinavischen Krimiakademie, den zuvor schon Bestsellerautoren wie beispielsweise Peter Høeg, Håkan Nesser, Stieg Larsson und Jussi Adler-Olsen erhalten hatten.

Weitere Titel des Autors in Vorbereitung.

Besuchen Sie uns auch auf www.facebook/blanvalet und www.twitter.com/BlanvaletVerlag.

Erik Valeur

Das siebte Kind

Kriminalroman

Aus dem Dänischen von
Günther Frauenlob und Maike Dörries

blanvalet

Die Originalausgabe erschien 2011
unter dem Titel »Det syvende barn«
bei JP/Politiken Forlagshus A/S, Kopenhagen.

Der Verlag weist ausdrücklich darauf hin, dass im Text
enthaltene externe Links vom Verlag nur bis zum Zeitpunkt
der Buchveröffentlichung eingesehen werden konnten.
Auf spätere Veränderungen hat der Verlag keinerlei Einfluss.
Eine Haftung des Verlags ist daher ausgeschlossen.

Verlagsgruppe Random House FSC® N001967

5. Auflage
Taschenbuchausgabe November 2015 im Blanvalet Verlag, München,
einem Unternehmen der Verlagsgruppe Random House GmbH
Copyright © der Originalausgabe 2011
Erik Valeur og JP/Politiken Forlagshus A/S
Copyright © der deutschsprachigen Ausgabe 2014
by Blanvalet Verlag, Neumarkter Str. 28, 81673 München,
in der Verlagsgruppe Random House GmbH
Umschlaggestaltung: www.buerosued.de
Umschlagmotiv: Plainpicture/Stefan Rosengren
Redaktion: Susann Rehlein
JB · Herstellung: wag
Druck und Einband: GGP Media GmbH, Pößneck
Printed in Germany
ISBN: 978-3-7341-0114-4

www.blanvalet.de

Vorwort des Autors

MARIES HAUS

Es muss ein Geheimnis bleiben, auf welchem Wege ich die neuen und bislang unbekannten Informationen über den Fall erhalten habe, der später als die Kongslund-Affäre bekannt wurde.

Ich habe das hoch und heilig versprochen – auch wenn es im Grunde absurd ist, weil die Wahrheit ja doch nicht zurückgehalten werden kann, wenn das Schicksal andere Pläne hat. Und das Schicksal hat immer andere Pläne.

Ich werde mein Bestes tun, jene merkwürdigen Begebenheiten, welche die ganze Nation für eine kurze Weile in Atem gehalten haben, so einfach und präzise wie nur möglich wiederzugeben. Ich möchte bei dem, was vorgefallen ist und was nur ein durch und durch gnädiger Gott mit milden Augen zu betrachten vermag, weder für den einen noch für den anderen Partei ergreifen, wobei ich fast schon Kongslunds berühmte Heimleiterin fauchen höre, warum um alles in der Welt ich Gott in die Angelegenheit mit hineinziehen muss.

In ihrer Welt, die über fünfzig Jahre von elternlosen Kindern bevölkert war, gab es keinen barmherzigen Gott – und ganz sicher keinen zerstreuten alten Mann mit silbergrauen Haaren, der nichts lieber tat, als den Menschen am Ende eines Tages all ihre Sünden zu vergeben.

In ihrer Welt gab es nur den unerschütterlichen Willen der Fräuleins und Schwestern, die Folgen des Egoismus vorangegan-

gener Generationen zu reparieren. Ein Projekt, das von Beginn an einem dunklen, unregierbaren Schicksal unterworfen war, das ohne religiösen oder rationalen Einfluss operierte und dessen Lieblingsbeschäftigung im Beinstellen bestand, in Schlägen und plötzlichen Stürzen.

»Das Schicksal ist die einzige Kraft von Bedeutung, es bringt die Menschenkinder zu Fall und fügt ihnen Schmerzen zu«, würde sie mit dem ansteckenden Enthusiasmus sagen, für den sie so bekannt war – um dann zu lachen, dass die Wände erzitterten: »Hier an diesem Ort haben wir weder Gott noch den Teufel gebraucht!«

Ich erinnere mich noch an das Rumoren, das nach solchen Aussagen immer aus ihrem Bauch zu hören war und das uns Kinder ebenso fasziniert wie verängstigt die Luft anhalten ließ. Und noch heute, viele Jahre später, neige ich dazu, ihr recht zu geben.

Zur Erklärung meiner eigenen Rolle in dieser Sache muss die Aussage reichen, dass ich wie die Hauptpersonen des vorliegenden Buches meine ersten Jahre im Adoptions- und Säuglingsheim Kongslund verbracht habe und dass ich im Laufe meines Lebens, getrieben von einer Kraft, die ich nie ganz verstanden habe, immer wieder an diesen Ort zurückgekehrt bin. Das muss schließlich auch der Grund gewesen sein, dass Marie mich zu guter Letzt gefunden hat.

Meine Aufarbeitung der Affäre basiert auf ihren detaillierten Aufzeichnungen, ergänzt durch eigene Untersuchungen der Geschehnisse, die sie nicht im Detail kennen konnte. Das gilt insbesondere für die Porträts der sechs Kinder, mit denen zusammen sie die ersten Monate ihres Lebens in Kongslund verbrachte – und die sie ihr ganzes Leben lang nicht mehr losgelassen haben.

Das Rätsel um Das siebte Kind *ist – wie ich das sehe – am ehesten eine Geschichte über diese Sehnsucht. Vielleicht würden mir da sogar die ehrenwerten Psychologen von Kongslund recht geben – so sie die Geschichte denn kennen würden.*

Zu guter Letzt bleibt zu hoffen, dass sich Marie und das Schicksal, wenn der Vorhang fällt, gütlich einigen können.

Geht dieser Wunsch in Erfüllung, war ihre Reise nicht vergebens. Dann sitzt sie irgendwo da oben im Schatten der mächtigen Buchen, die vor langer Zeit Dänemarks letztem absoluten König Schutz boten, und singt das Lied von den blauen Elefanten, das sie schon als Kind gesungen hat. Abend für Abend.

Und ich glaube, dieses Mal wird sie erst aufhören, wenn sie die letzte Strophe gesungen hat.

30. April 2011

Findest du einen Freund, hast du eine Chance.
Findest du keinen, gehst du unter.

MAGDALENE, 1969

Prolog

DIE FRAU AM STRAND

SEPTEMBER 2001

Die Frau wurde am Morgen des 11. September 2001 am Strand gefunden, ziemlich genau zwischen dem Badhotel Skodsborg und dem Strandpark Bellevue.

Das war wenige Stunden, bevor die Welt für fast alle Menschen in den unterschiedlichsten Erdteilen nachhaltig verändert wurde. Diese eigenartige Koinzidenz hatte eine entscheidende Bedeutung für den seltsamen Verlauf, den dieser Fall nahm, sodass man eigentlich nur zu dem Schluss kommen kann, das Schicksal habe seine Freude daran gehabt, zwei so vollkommen unterschiedliche Geschehnisse auf ein und den gleichen Tag zu legen.

Das unbedeutendere der beiden Ereignisse wurde sofort wieder vergessen, obwohl es in den ersten Stunden von der Polizei prioritär behandelt und protokolliert worden war.

Der Notruf war um 06.32 Uhr eingegangen. Die tote Frau lag fast am Spülsaum, das Gesicht in den grauen Matsch gedrückt; ihre Arme waren nach hinten gedreht und ihre Hände geöffnet. Auf ihren Handflächen zeichneten sich kleine Sandmuster ab, weshalb die Ermittler zunächst an einen Ritualmord mit irgendeinem krankhaften Motiv gedacht hatten. Natürlich war auch denkbar – wie einer von ihnen mutmaßte –, dass der Ostwind den Sand über ihren Körper geweht hatte, bevor die Sonne sich aus dem Sund erhoben hatte.

Ein Hundebesitzer, der in einer der vornehmen Villen am Torbæker Strandvej wohnte, hatte die Polizei verständigt. Die Polizisten waren sich einig gewesen, dass die Frau schon tot war, als sie auf dem Sand aufschlug. Sie hatte einen kegelförmigen Krater in der Stirn, der ein ganzes Stück in ihren Schädel und das Gehirn hineinreichte. Das Blut war aus dem Loch in ihre Haare gelaufen und rechts und links von ihrem Kopf im Sand versickert. Die Techniker fanden Haare auf dem scharfen Stein, auf dem sie aufgeschlagen war, aber der Großteil des Blutes war längst vom Salzwasser des Sunds ins Meer gespült worden. Die Tote hatte keine Papiere bei sich, aber ihre Kleider (und ihre Armbanduhr) verleiteten die Ermittler schließlich zu der Annahme, dass sie aus Neuseeland oder Australien stammte. Allerdings kamen die Analyseergebnisse und Schlussfolgerungen zu spät, zu einem Zeitpunkt nämlich, als der Toten bereits niemand mehr die geringste Aufmerksamkeit schenkte.

Man kann sicher davon ausgehen, dass der Fall weiterverfolgt worden wäre, hätte die Welt in den nächsten Stunden nicht vollkommen kopfgestanden. Ein Zusammentreffen, das niemand der Anwesenden an dem eventuellen Tatort auch nur ahnen konnte. Denn während die Techniker den Sand unter und neben der Toten auf die möglicherweise entscheidenden Spuren untersuchten, flogen zwei entführte Passagiermaschinen in den Luftraum über New York, womit alle anderen Aktivitäten auf Gottes grünem Planeten ihre Bedeutung verloren. In den Tagen darauf gab es nur noch ein Bild, das sich in den Nachrichtensendungen wie in dem Bewusstsein der Dänen festsetzte: der Anblick der rauchenden Wolkenkratzer in New Yorks Skyline und die schwarzen Körper, die in die Tiefe des Ground Zero stürzten.

Hatte der Fall der toten Frau jemals eine Chance gehabt, auf die Titelseiten der dänischen Zeitungen zu kommen, war sie in diesem Augenblick vorbei. Zwei kleinere Blätter brachten ein paar wenige Zeilen, und nur in einer wurde ein paar Wochen später darüber informiert, dass die Polizei den »bedauerlichen Unfall« zu den Akten gelegt hatte, denn trotz wiederholter internationaler Anfragen hatte niemand das etwas makabre Porträt der Toten erkannt, das verschickt worden war. Kein Register und keine Datenbank der Welt hatten Auskunft geben können.

Das Schicksal gewann auf ganzer Linie gegen die Anstrengungen der Sterblichen, vermutlich allein um des Sieges willen. Doch um die Wahrheit zu sagen, hatten auch die Polizisten wenig Skrupel, den Fall so schnell wie möglich zu den Akten zu legen.

Schließlich geschahen weltweit viel wichtigere Dinge.

Und doch.

Ein paar Jahre später wurde der Kriminalkommissar, der die Ermittlungen dieses peripheren Falls geleitet hatte, in einer Morgenzeitschrift zu unaufgeklärten Fällen interviewt.

Etwa in der Mitte des Gesprächs erwähnte er die Frau am Strand zwischen Skodsborg und Bellevue, die zu diesem Zeitpunkt vollkommen in Vergessenheit geraten war. Ein paar Dinge, die an jenem Morgen vorgefallen waren, hatte er nie richtig einordnen können – kleine, aber bemerkenswerte Details –, doch jetzt fand der kurz vor der Pensionierung stehende Polizist plötzlich Worte für sein Unbehagen: »Wenn es sich tatsächlich um Mord gehandelt hat, fürchte ich, dass da eine sehr kranke Person am Werke war«, sagte er. »Wir haben damals nicht ausgeschlossen, es möglicherweise mit dem ersten dänischen Serienmörder zu tun zu haben.« Der Journalist, der vor ihm saß, horchte auf, er erinnerte sich an keinen Mord am Bellevue.

Auf der anderen Seite des Tisches schloss der Polizist die Augen, als stände er in seiner inneren Welt noch immer an dem Strand, während er sich die Indizien in Erinnerung rief, die die Techniker im Sand markiert und fotografiert hatten. Dann sagte er mit dunkler Stimme: »Als Erstes war uns aufgefallen, wie unwahrscheinlich es war, dass sie im Fallen ausgerechnet den einzigen größeren Stein getroffen hatte, der sich an diesem Strandabschnitt befand. *Den einzigen.* Das wäre wirklich ein ungeheurer Zufall gewesen, aber natürlich möglich...«

Der Journalist hatte genickt und sein Aufnahmegerät eingeschaltet.

Der Polizist nahm keine Notiz von dem Gerät. »Es wunderte uns natürlich auch, dass eines ihrer Augen extrem lädiert war... während das andere unverletzt war und aussah, als schliefe sie friedlich. Das verletzte Auge hing halb aus der Höhle heraus, und wir verstanden nicht wirklich, wie das bei dem Sturz geschehen sein sollte. Es schien keine unmittelbare Folge des Sturzes zu sein. Aber noch einmal... *Möglich* war das natürlich, andererseits konnte sie sich diese Verletzung aber auch an einem anderen Ort zugezogen haben.« Der Kommissar schlug die Augen auf. »Vielleicht war sie im Laufe der Nacht gestürzt...« Er brachte seine Hypothese mit so skeptischem Blick vor, dass der Journalist kaum zu nicken wagte.

Dann kam der alte Polizist auf die geheimnisvollen Funde zu sprechen, und seine Stimme wurde noch dunkler. »Vielleicht hatten die gar nichts mit dem Vorfall zu tun«, sagte er. »Aber in dem kleinen Bereich rund um die Tote lagen vier Gegenstände, die wir beim besten Willen nicht zuordnen konnten... und die an einem ganz normalen dänischen Strand definitiv nichts zu suchen hatten. Sie lagen in einem so engen Kreis um die Frau herum, dass es da eigentlich einen Zusammenhang geben *musste*. Das hat uns damals wirklich nervös gemacht. Rechter Hand von ihr – also in Richtung Süden – lag ein kleines Buch, höchstens einen Meter entfernt. Es war kein gewöhnliches Buch, wie man es mit Menschen verbindet, die am Sund in der Sonne baden. Das Buch stammte von einem Astronomen ... Fred Hoyle ... *Die Schwarze Wolke* aus dem Jahr 1957, ein Science-Fiction-Roman – man muss schon fast Astrophysiker sein, um den zu verstehen. Ich habe ihn selbst gelesen ...«

Er schüttelte beinahe entschuldigend den Kopf.

Der Journalist hatte weder von dem Autor noch von dem Buch je etwas gehört.

»Aber da war noch etwas«, sagte der ehemalige Ermittler. »Westlich der Toten – ein kleines Stückchen weiter den Strand hoch – lag ein Ast von einer Linde. Das Problem war nur, dass da weit und breit keine Linde wuchs. Wie also kam dieser Ast dorthin?« Er schüttelte den Kopf, als wollte er ein Wunder ausschließen, brachte dann aber erneut den Vorbehalt, den man als verantwortungsvoller Polizist bringen musste: »Vielleicht wurde er ja von einem Jungen dort weggeworfen ... Das Ganze wirkte nur so ... gestellt.«

Wieder saß er einen Augenblick reglos da, wie in der Vergangenheit gefangen, ehe er fortfuhr: »Was uns aber am meisten gewundert hat, war die Tatsache, dass der Ast mit einer Motorsäge abgesägt worden war, und natürlich ...« Der alte Kommissar verfiel erneut in Schweigen und schloss die Augen, während er die innere Landschaft studierte, in der die Leiche auf dem Bauch lag und die Techniker auf allen vieren über den Sand krochen.

Der Journalist schob das Aufnahmegerät demonstrativ näher zu ihm hin, sagte aber nichts, als wollte er ihm zu verstehen geben, dass er sein Unbehagen verstand. Abgesägte Äste dieser Dicke wurden nicht einfach wie ein kleiner Zweig im Schnabel einer Taube transportiert.

»Der Ast war sehr alt«, sagte der Kommissar schließlich

düster, »wie sich später bei den Untersuchungen herausstellte. Dieser Ast war nicht an irgendeinem Waldrand gefunden worden, sondern hatte viele Jahre irgendwo in einem Haus gelagert. Aber, verdammt, warum nimmt jemand so einen alten Ast mit, um ihn an einem Strand abzulegen?«

Der Journalist hatte keine Antworten auf die Fragen und wartete ab.

»Im Osten... in Richtung Wasser, fanden wir ein paar Meter von ihrem Kopf entfernt ein Stück Seil. Aber das war kein gewöhnliches Seil. Es war wie eine Galgenschlinge geformt und ziemlich dick. Dieses Fundstück hat uns ziemliches Kopfzerbrechen bereitet, da es mit seiner Platzierung auf eine Hinrichtung hindeuten konnte...«

Der Journalist wagte es nicht, ihn zur Eile anzutreiben, um ihn nicht aus dem Konzept zu bringen.

»Aber das Grausamste...« Der Polizist zögerte wieder. »Das Allerschlimmste war der *Vogel*.«

Das Letzte kam nur geflüstert über seine Lippen.

»Der Vogel?«

»Ja. Es lag ein kleiner Vogel am Strand, direkt vor ihrer linken Hand. Mit gebrochenem Hals. Wie die Frau lag er auf dem Bauch. Das war echt gruselig. Der Vogel hat uns schließlich bewogen, eine Beschreibung unserer Funde an die Spezialisten des FBI in Washington zu schicken, eine Abteilung, die sich ausschließlich mit Serienmördern beschäftigt. Aber wegen des Terroranschlags auf die Zwillingstürme verging viel Zeit, bis sie uns geantwortet haben. Sie glaubten nicht daran, dass ein Serienmörder bei uns sein Unwesen trieb. Andererseits waren die Funde am Strand wirklich sehr sonderbar und verrückt und entzogen sich jeder systematischen Erklärung. Den FBI-Leuten war nie ein vergleichbares Muster untergekommen, das dem, das wir möglicherweise am Bellevue gefunden hatten, auch nur ähnlich sah. Wenn es denn ein Muster war.«

Der Polizist verstummte wieder.

»Die haben das Ganze also für einen Zufall gehalten?« Die Frage des Journalisten kam mit einem Hauch von Verärgerung.

»Ja... das ist richtig. Wenn man alle Details in Betracht zog, schienen es nur Zufälle zu sein, wenn auch seltsame Zufälle, das gaben sie zu. *Don't worry*, schrieben sie. Wir haben uns aber trotzdem Sorgen gemacht. Oder besser gesagt, ich. Und das tue ich noch heute. Ich sehe noch immer diesen kleinen Vogel vor mir.«

Der Journalist legte seinen Finger auf den Stoppknopf des Aufnahmegeräts. »Aber ein toter Vogel an einem Strand ist doch nichts Ungewöhnliches... Eine Katze könnte ihm den Hals gebrochen und ihn an den Strand geschleppt haben, ehe sie verjagt wurde?« Seine Stimme klang jetzt fast herausfordernd.

Der Kommissar sah seinen Gesprächspartner lange an. »Ja, natürlich«, sagte er. »Das ist alles... sehr wohl möglich. Aber es handelte sich nicht um eine junge Möwe oder eine kleine Amsel, nicht mal um einen verfluchten Spatz...« Plötzlich war so etwas wie Wut in seinem Blick. »Es war ein Vogel, der niemals aus freien Stücken mitten in der Nacht an einen dänischen Strand fliegen würde, und genau das war das Problem.«

Der Journalist hob das Aufnahmegerät hoch, um auch die abschließenden Worte des alten Mannes mitzubekommen, der mit geschlossenen Augen vor ihm saß und vor seinem inneren Auge den Strand musterte.

Später in der Redaktion waren sie ebenso deutlich zu hören wie während des Interviews. Und es waren diese letzten Worte, die den Redaktionschef dazu verleiteten, die ganze Geschichte mit einem Schnauben ein für alle Mal vom Tisch zu wischen: »So einen Unsinn drucken wir nicht! Die Leser halten uns sonst noch für verrückt!«

»Es war ein kleiner, gelber Kanarienvogel«, hatte der Kommissar ins Mikrofon gesprochen, gefolgt von einem Knistern des Lautsprechers. »Verstehen Sie das?«

Der Journalist war ihm eine Antwort schuldig geblieben.

Der Kommissar hatte eine ganze Weile nachdenklich dagesessen, bis er schließlich gesagt hatte: »Und genau das war unser Problem. Wer hat jemals von einem Kanarienvogel gehört, der in stockdunkler Nacht an einen Strand fliegt, um sich dann unweit des Spülsaums den Hals zu brechen? Das ist verdammt noch mal absurd.«

Nach diesen Worten war der Kommissar aufgestanden.

»Die Frau wurde ermordet. Davon bin ich überzeugt.«

Seine Aussage wurde, wie gesagt, nie veröffentlicht.

TEIL I

DER ANFANG

I

DAS FINDELKIND

MAI 1961

Beuge ich mich ein wenig vor, kann ich in den Garten des Kinderheims schauen, und stelle ich mich auf die Zehenspitzen, meine ich, die weiß gekleideten, autoritären Fräuleins vor mir zu sehen, die ein Menschenleben lang über Kongslund und all die Wesen herrschten, die dorthin kamen – und selbst nach so vielen Jahren liegt über der Szenerie ein Duft von gebügeltem Leinen und frischem Brot, der mühelos bis zu mir nach oben unter den Dachfirst reicht und mich schwindeln lässt. Ich muss mich mit der schiefen Schulter am Fensterrahmen abstützen, um nicht zusammenzusacken.

Da sitzt Fräulein Ladegaard, und dort sitzen die Fräulein Nielsen und Jensen, und ein wenig abseits stehe ich selbst, unten am Wasser, mit meinem japanischen Elefanten an der rostigen Kette, und betrachte die fernen Umrisse der Insel Hven, wo der Wissenschaftler und Abenteurer Tycho Brahe vor Jahrhunderten seine Sternwarte errichtete. Die wissenschaftliche Perspektive interessierte mich damals selbstredend noch nicht – in dem Alter und mit einem Elefanten auf Rädern als einzigem Freund –, aber der kurze Landstreifen stellte damals schon das heimliche Ziel meiner immer drängenderen Fluchtgedanken dar.

In diesen Jahren nahm Kongslund einen nahezu unendlichen

Strom von Kindern auf, die in Schande von einsamen, unverheirateten Frauen in die Welt gesetzt und zur Adoption freigegeben worden waren. Sie wurden von starken, ranken Fräulein in den hiesigen hohen Räumen in Empfang genommen, mit dem Versprechen, so schnell wie überhaupt möglich ein neues Heim und eine neue Familie für sie zu finden.

In meinem zweiten Jahr musste ich aus der Elefantenstube ausziehen – und als Fräulein Ladegaard meine Pflegemutter wurde, brachte sie mich in dem Zimmer unter, das sie als das hübscheste von Kongslund betrachtete. »Sieh dich um, Marie«, sagte sie. »Dieser Raum wurde vom Bürgerkönig entworfen und eingerichtet.«

Ich drehte mich folgsam im Kreis – ganze drei Mal – und war allein.

Ich setzte mich ans Fenster und richtete den Blick auf den Sund und die ferne Insel dort draußen. Mindestens einmal am Tag formte ich meine Hände zu Röhren und hielt sie so vor mein Auge, dass es aussah, als betrachtete ich das Ziel meiner Träume durch ein langes, unendlich starkes Fernrohr.

Der Schrei rollte zwischen den Wänden des Rigshospitals hin und her, und es lag ein solcher Zorn darin, dass niemand, der damals Ohrenzeuge war, ihn jemals wieder vergaß. Nach einer Zeitspanne, die einem wie Minuten vorkam, ebbte er langsam ab und hinterließ am Ende nur ein leises Summen im Unterbewusstsein derer, die sich an diesem Tag im Hospital befanden.

Das Merkwürdige war, dass der Schrei drei Tage nach der Entbindung kam, während der die junge Mutter eine erstaunliche und ganz unnatürliche Stummheit an den Tag gelegt hatte. Das Kind kam unter so merkwürdigen Umständen auf die Welt, dass jeder, der an diesem Abend auf der Entbindungsstation B gewesen war, sich noch ein halbes Jahrhundert später an jedes Detail erinnern konnte.

Niemand hatte die blasseste Ahnung, wohin die Frau nach der Geburt verschwunden war, und keiner konnte Auskunft über das Kind geben, noch nicht einmal über dessen Geschlecht, weil es in aller Hast aus dem Kreißsaal gebracht worden war.

Die drei Personen, die Licht in das Mysterium dieses Abends 1961 hätten bringen können, waren allesamt tot. Es handelte sich um eine Oberhebamme, die die Frau entband, eine Krankenschwester, die in den ersten Stunden über das Kind wachte, und den Oberarzt, der absolute Schweigepflicht über den gesamten Vorfall angeordnet hatte. Eine junge Hebammenschülerin, die sich zu dieser Zeit auf der Station aufhielt, erzählte viele Jahre später einem Journalisten, dass das Kind am dritten Tag auf Anordnung des Oberarztes abgeholt worden und aller Wahrscheinlichkeit nach in das berühmte Adoptions- und Säuglingsheim Kongslund in Skodsborg gebracht worden war.

Das erste außergewöhnliche Ereignis im Zusammenhang mit der Entbindung war der Anruf, den der Oberarzt erhielt, während im Radio die Wasserstandsmeldungen liefen, knapp eine Stunde vor Eintreffen der jungen Frau.

Es war ein kurzes, betont formelles Gespräch, das von der jungen Hebammenschülerin mit angehört wurde, während sie mit der diensthabenden Oberschwester am Tisch saß und Tee trank, sodass sie später detailliert wiedergeben konnte, was angeordnet worden war. Der Oberarzt hatte ausdrücklich betont, dass es sich um eine ganz besondere Ankunft handelte – *eine spezielle Lieferung*, wie er es ausdrückte.

»Sie wird mit dem Auto an den Entbindungstrakt B gefahren. Sie wird allein sein, ohne Angehörige oder Verwandte«, hatte er gesagt. »Es ist unter allen Umständen untersagt, ihr das Kind zu zeigen, auch nicht auf ihren ausdrücklichen Wunsch hin, da es in jedem Fall zur Adoption freigegeben wird.«

Es kam immer wieder vor, dass eine junge Frau ihre Entscheidung bereute, dann wurde der Adoptionsprozess gestoppt. Nicht so in diesem Fall.

»Die Frau wird in drei Tagen um die gleiche Zeit wieder abgeholt. Das Kind wiederum wird von der Vorsteherin von Kongslund geholt, Fräulein Ladegaard.«

Die Frau kam in einem privaten Wagen ins Hospital, was zu der Zeit eher ungewöhnlich war. Mindestens drei der Anwesenden erinnerten sich später daran, wie der dunkle, große Wagen mit laufendem Motor gehalten hatte, während ein schwarz gekleideter Chauffeur der jungen Frau vom Rücksitz geholfen hatte.

Zwei Hebammenschülerinnen, die das Schauspiel hinter halb heruntergerollten Jalousien beobachteten, machten einen Scherz: »Da kommt Cruella de Vil«, sagte die Ältere von beiden.

Die neu Eingetroffene trug einen langen schwarzen Mantel und einen breitkrempigen schwarzen Hut. Damit hörte die Ähnlichkeit aber auch schon auf.

Die Geburt wurde durchgeführt wie zu der Zeit üblich – diskret und nahezu unter peinlicher Stille, mit großzügigen Mengen an Lachgas. Im eigentlichen Augenblick der Geburt wurde ein Ritual vollzogen, das auf zukünftige, im Geiste sehr viel freiere Frauen befremdlich wirken müsste, weil es etwas vom Heraufbeschwören eines Fluches hatte: Die Hebamme legte eine zusammengefaltete Stoffwindel über das Gesicht der Frau, um zu verhindern, dass sie auch nur einen kurzen Blick auf das Kind erhaschte, dem in diesem Moment auf die Welt geholfen wurde. Das war die übliche Praxis, um die Trennung des Wesens von seiner Mutter zu erleichtern. Die Mutter würde nicht sehen, wie die Nabelschnur des Kindes durchtrennt wurde, sie würde nicht die ausgestreckten Ärmchen sehen, die nach dem Körper suchten, den es hatte verlassen müssen. Danach brachte die

Hebamme das Kind aus dem Kreißsaal zu der bereitgestellten Wiege.

Als die ältere Hebammenschülerin an diesem Abend die junge Frau um ihre Akte bat, wies die Oberschwester sie errötend zurecht, dass es keine Akte gäbe.

Die jüngere Schülerin hatte die werdende Mutter neugierig gemustert und sie nach ihrem Namen gefragt. Das Mädchen hatte nicht geantwortet. Sie hatte ihren Mantel über einen Stuhl gelegt und sich schwer darauf gestützt. Ihre Lungen gaben ein leises Pfeifen von sich, als unterdrückte sie ein Husten oder Zittern in ihrem zierlichen Körper.

Mehr als fünfundvierzig Jahre später erinnerten sich zwei der damals Anwesenden an ebendieses Detail: ein Geräusch, das sie damals der Angst der jungen Frau zugeschrieben hatten, das die inzwischen pensionierte Hebamme allerdings im Rückblick als etwas ganz anderes interpretierte.

Die kräftigen Wehen setzten eine knappe halbe Stunde später ein, als wollte das Mädchen das Unumgehbare so schnell wie möglich hinter sich bringen. Die inzwischen pensionierte Hebamme war damals mit einer Metallschale voller steriler Tampons in den Kreißsaal gekommen und hatte sich, da es gerade eine Pause zwischen den Wehen gab, dem Bett der jungen Frau genähert und versucht, Kontakt zu ihr zu bekommen. »Sie machen das sehr gut«, sagte sie.

Sie wollte der jungen Frau ihr Mitgefühl zeigen, nach den Wehen fragen, vielleicht ihre Hand halten, schließlich waren sie ungefähr im gleichen Alter. Die Schülerin hieß Carla und hatte sich in ihren ersten Monaten auf der Station die Mühe gemacht, den leidenden Mädchen mehr als nur professionelle Hilfe angedeihen zu lassen. »Carla ist außerordentlich aufmerksam für die Signale der jungen Frauen«, hatte die Oberhebamme gesagt – aber bevor Carla das Bett der jungen Gebärenden erreicht hatte, drehte diese sich plötzlich auf die

Seite, schlug die Augen auf und sah sie mit einem Blick an, den Carla niemals vergessen sollte.

Ihre Pupillen waren tiefgrün und verschwommen gewesen, zuerst blank vor Schmerz und Angst und dann plötzlich klar und kalt, als starrten sie ihr aus einem Schacht aus dem Innern der Erde entgegen. Einen Augenblick später funkelten sie vor einer Wut, die die Hebammenschülerin nicht deuten konnte und so noch nie bei einem Menschen gesehen hatte. Diese erschreckende Reaktion war der Grund dafür, dass sie sich so gut an ausgerechnet dieses Mädchen und diese Entbindung erinnern konnte, als sie ein halbes Menschenalter später zu deren Verlauf befragt wurde.

Die Geburt war danach rasch vorangegangen; nach nur einer Stunde war das Gesicht des Mädchens ebenso weiß wie das Laken unter ihr, und trotzdem unterdrückte sie jede Art von Schmerzensschrei. Sie schloss die Augen und schlug sie wieder auf, und das Blut in ihren Adern schien zu gefrieren, während der Schweiß aus ihren Poren drang, bis das Laken unter ihr ganz nass und zerknüllt war. Die weißen, schmalen Schultern zitterten, wenn eine neue Wehe sie überrollte, und die jüngste Schülerin erinnerte sich an die feuchte Hitze in dem Raum, das blonde Haar, das auf dem Kissen klebte, und an den Duft der Schande und Demütigung, der den Frauen der mit einem A gekennzeichneten Akten anhaftete.

Dass sie selbst trotz all ihres Mitgefühls Teil dieser Schande war, begriff Carla erst viel später, als sie selbst eine erwachsene Frau war und Mutter und auf ein langes Leben zurückblicken konnte. Es war eine schockierende Erkenntnis, die sie mit niemandem teilte, bis sie als Rentnerin zum ersten Mal von der mysteriösen Entbindung erzählte. Sie hatte *Mitgefühl* immer als eine der größten Tugenden im Leben eines Menschen erachtet, aber an diesem Abend auf der Entbindungsstation B hatte dieses Gefühl eine Zwillingsschwester bekommen, *Missbilligung*.

Der Oberarzt erschien wenige Minuten vor der Geburt und bat die Schülerin, den Raum zu verlassen. Um den Fluch zu vollenden – so dachte Carla heute darüber –, gebar das Mädchen mit der weißen Stoffwindel über dem Gesicht ihr Kind, ohne ein einziges Mal zu schreien. In den Minuten danach wurde das Baby weggebracht, und das Ganze schien überstanden.

Die junge Frau wurde in den Kindbetttrakt gefahren, weit entfernt von dem Raum, in dem das Baby schlief, damit sie es nicht weinen hörte, wenn es aufwachte (die verlassenen Säuglinge wachten häufiger auf und weinten mehr als die Säuglinge, die bei ihren Müttern schliefen). Man wollte vermeiden, dass die A-Mütter in einem Zustand von Depression und Schuldgefühlen aufstanden und nach ihren Kleinen suchten.

Am dritten Tag, kurz bevor sie abreisen sollte, hob die junge Frau ihren Kopf vom Kissen und bat darum, die Oberhebamme zu holen. Sie wollte von ihrem Recht Gebrauch machen, den Adoptionsbeschluss rückgängig zu machen und ihr Kind sehen...

Die Oberhebamme informierte eine Krankenschwester, die die Oberschwester anrief, die es wiederum einem Arzt mitteilte, der den Oberarzt alarmierte, der aber nur die Order bestätigte, die er schon vorher ausgegeben hatte: Das Mädchen durfte das Kind *unter keinen Umständen* sehen.

Als die Order eine Stunde später bei der Oberhebamme ankam, begab sie sich direkt ans Bett des Mädchens und sagte ihr, dass dies leider nicht möglich sei. »Dazu ist es leider schon zu spät, das Kind wurde bereits weggebracht«, sagte sie.

In den Sekunden nach dieser Mitteilung hallte der Schrei der Frau bis in die Gänge der Entbindungsstationen auf der anderen Seite des Gebäudes, und in diesem Schrei, der in Orkanstärke gegen die Wände prallte, schwang eine Mischung aus Trauer, Furcht und zügellosem Zorn mit.

Alle duckten sich und kniffen die Augen zu, als könnte die Dunkelheit die Bilder vertreiben, die der Ton wachrief.

Als die nachfolgende Stille wieder Bewegungen in den Gängen des Hospitals zuließ, rief die Oberhebamme ihre junge Schülerin zu sich und bot ihr eine Tasse Jasmintee an.

»Ich kann mir denken, dass es dir nahegegangen ist, die junge Frau zu erleben, die am... Dienstag ihr Kind bekommen hat«, sagte sie und legte tröstend die Hand auf ihren Arm.

Carla lauschte ihrer Chefin, die, wie sie wusste, kinderlos war und alleine lebte, mit gebeugtem Kopf.

»Ich weiß, wie furchtbar es für eine Frau ist, mit anzusehen, wie eine andere Frau ihr Kind auf diese Weise von sich stößt – ebenso furchtbar ist es aber auch für das Kind...« Die Oberhebamme dämpfte ihre Stimme zu einem Flüstern. »Man fühlt das Bedürfnis nach Nähe so deutlich – es ist das gleiche Bedürfnis wie bei jedem von uns, wenn nicht noch stärker. Ein Verlangen nach Körperwärme...«

Das letzte Wort blieb ohne eine weitere Erklärung in der Luft hängen, und Carla erinnerte sich noch heute an das leichte Zittern der Finger auf ihrem Unterarm.

Dann verhärtete sich der Griff der Oberhebamme, als wollte sie die bösen Gedanken vertreiben, die eben durch ihre ansonsten so lebensbejahende Welt gezogen waren. »Aber wir können nichts daran ändern, Carla. Wenn das Schicksal es so bestimmt hat, ist es das Beste, dass die Mutter das Kind überhaupt nicht zu Gesicht bekommt. Darum tun wir das.«

Carla hatte genickt und geschwiegen.

Nach Feierabend am nächsten Tag ging sie in den Kindbetttrakt und ließ sich von ein paar stillenden Müttern das Zimmer zeigen.

Aber das Bett war leer, die junge Frau war weg. Als wäre alles nur ein Traum gewesen.

Dann hatte sie energische Schritte hinter sich gehört und eine tiefe Altstimme, die »Guten Tag« sagte.

Auch dies war eines der Details, die sie noch viele Jahre später wiedergeben konnte. Mitten im Zimmer stand eine große Frau mit einem Säugling auf dem Arm. Carla reichte der Frau gerade einmal bis zum Kinn und machte eingeschüchtert einen Knicks.

»Dich habe ich hier noch nie gesehen«, sagte die große Frau. »Wie heißt du?«

Carla sah ein kleines Gesicht mit fest geschlossenen Augen in der kräftigen Armbeuge der Frau.

»Ich bin nur Hebammenschülerin in der Entbindungsstation B...«, antwortete Carla.

»Was heißt hier *nur*, meine Liebe? Keine Frau ist einfach *nur*... und schon gar nicht Hebammen. Ihr seid schließlich das Empfangskomitee des Lebens!« Die Frau lachte kollernd, was das Baby auf ihrem Arm wie bei einem mittleren Erdbeben wackeln ließ.

Carla errötete. »Nein, ich meinte auch nur...« Den Rest der Antwort hatte sie vergessen.

»Du wolltest nachschauen, ob das Kind, dem du auf die Welt geholfen hast, noch hier ist«, sagte die hochgewachsene Frau ernst. »Jetzt wollen wir ein gutes Zuhause für das Kind finden. Das Beste, das es kriegen kann, das verspreche ich dir. Ich bin übrigens Fräulein Ladegaard, die Vorsteherin des Heims der Mutterhilfe in Skodsborg... Kongslund.«

Und dann fügte die große Frau noch etwas hinzu, fast als würde sie mit dem Säugling reden: »Die Kinder nennen mich *Magna*.«

Carla erinnerte sich an einen schwachen, süßen Blumenduft, gemischt mit einem schärferen Geruch nach Zigarren oder Zigarillos.

Die Vorsteherin lächelte und drehte sich zur Tür.

Der Säugling lag sicher in ihrer Armbeuge und spitzte die Lippen. Ein kleiner, fast unsichtbarer rosenroter Strich in dem weißen, schlafenden Gesicht. Dann waren sie weg.

Eine Woche später, ein paar Kilometer weiter nördlich, erwacht die Stadt. Die Frau hat eine einzelne Lampe angeschaltet, die den Raum nur spärlich erleuchtet. Sie ist etwas älter als das Mädchen im Rigshospital, und ihr Kind wurde nur wenige Tage vorher am gleichen Ort geboren.

Sie hat der Besucherin einen Platz auf dem Sofa angeboten, aber diese ist am Fenster stehen geblieben, als wäre der eigentliche Anlass des Besuches das Studium der Østerbrogade zwischen dem Grundstück und dem Bahnhof Svanemøllen.

Noch ist keine Straßenbahn auf den Schienen unterwegs, dazu ist es zu früh.

Die Frau dreht sich um. »Ich habe was zum Anziehen mitgebracht«, sagt sie. Die autoritäre Stimme lässt keinen Raum für Diskussionen. Die Frau ist schmächtig und hat ein schmales, blasses Gesicht, das keine Gefühlsregung verrät. Sie stellt eine weiße Papiertasche auf den Esstisch.

Die andere Frau nickt. Eigentlich sollte sie froh sein. Es gibt eine Abmachung, und sie bekommt, was sie sich gewünscht hat. Alle Spuren ihres Fehltrittes werden beseitigt sein. Das Leben kann weitergehen, und niemand wird jemals davon erfahren.

Das ist ihr größter Wunsch.

»Also dann«, sagt sie zögernd. Immerhin ist es ihr Kind, um das es geht, jedenfalls noch ein paar Minuten, andererseits ist sie nach den härtesten Tagen ihres bisherigen Lebens noch immer sehr erschöpft.

Die Besucherin geht zu ihr und reicht ihr eine kleine Mütze und einen feuerwehrroten, nicht sehr dicken Strampler. Die Frau hilft der Besucherin, die Ärmchen des Säuglings in die Ärmel einer kurzen Windjacke zu stecken, wobei sie kein Wort miteinander wechseln.

Die Frau überdenkt ihre Entscheidung noch ein letztes Mal. Seit dem ersten Kontakt sind zwei Wochen vergangen, und sie hat die eigentümliche Vorgehensweise – und das Risiko, falls es eins gibt – wieder und wieder abgewogen. Irgendetwas ist falsch. Aber wie lange sie auch darüber nachdenkt, gelingt es ihr nicht, den Finger auf den entscheidenden Punkt zu setzen.

Aber nun ist das nicht mehr ihre Verantwortung. Sie hat sich entschieden, und so muss es sein.

Am Ende hebt sie das Kind in die hellblaue Tragetasche und steckt die Bettdecke mit der hellroten Wolldecke gut an den Seiten fest, ohne das Kleine anzusehen.

Die Besucherin trägt die Tasche in den Flur. »Ich gehe.« Sie öffnet die Wohnungstür mit der freien Hand.

Die Frau nickt. »Dann bedanke ich mich«, sagt sie, als hätte jemand ihr einen Dienst erwiesen, was absurd ist, denn schon die ganze Zeit über plagt sie das Gefühl, dass es genau umgekehrt ist.

Sie steht eine Weile am Fenster und blickt zum Bahnhof Svanemøllen hinüber, um zu sehen, ob ihr Gast mit der Kindertragetasche auftaucht. Aber es ist niemand zu sehen. Die beiden scheinen sich in Luft aufgelöst zu haben.

Ein paar Kilometer weiter nördlich, in den Häusern am Strandvej, schlafen Grossisten und Direktoren, Oberärzte und Oberstaatsanwälte ihren wohlverdienten Schlaf. Ihre Betten sind so weich, dass nur ein Erdbeben ihre Träume stören könnte.

Niemand ist auf der Straße, außer der schmächtigen Frau mit der hellblauen Tragetasche. Sie kommt den Hang bei Skodsborg Bakke heruntergelaufen. Es ist noch nicht hell, und sie wird von Büschen und den tiefen Schatten der hohen Bäume abgeschirmt. Ganz nah am Wasser liegt eine große braune Villa.

Am Fuß des Hangs lichtet sich das Gebüsch; die Frau läuft geduckt und mit kurzen, hastigen Schritten über den

Rasen. Schließlich überquert sie die Auffahrt des Hauses, wo die dicke Kiesschicht unter den Sohlen ihrer Schnürschuhe knirscht, ehe sie ganz vorsichtig an der Hausmauer entlangschleicht, das Tragekörbchen ein Stück vom Körper weghaltend.

Sie bückt sich, sieht sich nach dem Nachbarhaus mit der weißen Fassade um, als ahnte sie dort am Fenster ein Augenpaar, und stellt das Körbchen auf dem Treppenabsatz unter dem Südgiebel ab. Dann richtet sie sich auf und steht reglos sicher eine Minute da. Ganz langsam dreht sie sich im Kreis und blickt in alle Himmelsrichtungen, ehe sie sich lautlos in den Schatten der Buchen zurückzieht.

Das Ganze dauert etwa drei Minuten.

TEIL II

DIE JAGD

2

DER BRIEF

5. MAI 2008

Für meine Pflegemutter gab es nur eine Aufgabe: die in Not geratenen Existenzen, die nach Kongslund kamen, zu schützen, bis die zehnköpfige Adoptionskommission in der Kampmannsgade in Vesterbro eine neue, passende Familie für sie gefunden hatte.

»Kongslund ist euer Zuhause, Marie«, sagte sie und fügte dann wie eine Beschwörungsformel hinzu: »Und denk daran, die besten Zuhause liegen am Wasser.«

Wenn die Kinder gingen, sang sie das alte Lied mit dem sich endlos wiederholenden Refrain: Elefant, -fant, -fant, kommt gerannt, -rannt, -rannt, mit dem langen, langen, langen, langen Rüssel. Wollte raus, raus, raus, aus dem Haus, Haus, Haus...

Irgendwann schlief ich ein, während die Elefanten noch immer rannten.

Danach herrschte wieder Stille in dem Raum, den sie verlassen hatten, bis es neue Aktivitäten gab, gefolgt von einer neuen Stille. So vergingen die Jahreszeiten, und alle Kinder um mich herum verschwanden – eines nach dem anderen –, bis mir irgendwann klar wurde, dass ich die Einzige war, die bleiben sollte.

Der dänische Ministerpräsident hustete. Sein Gesicht war im Laufe nur weniger Monate gegen alle Erwartungen noch kantiger und blasser geworden.

Einen Augenblick lang saß er vornübergebeugt da – ein Mensch, heimgesucht von einer tödlichen Krankheit.

Die zweite Person, die sich mit ihm im wichtigsten Büro des Landes aufhielt, räusperte sich – vielleicht um den Ernst des Anfalls zu überspielen.

Der Ministerpräsident blickte auf und versuchte sich an einem Lächeln für den einzigen Minister, dem er in seinem schon lange amtierenden Kabinett vertraute. Nicht bedingungslos, nicht naiv – denn in einer Welt, in der die Illusion von Idealen und Prinzipien eine Karriere schneller beenden konnte als die Medien, war kein Platz für Naivität. Sein Vertrauen fußte auf dem Wissen, dass der Tod ihm seine knochigen Finger um den Hals gelegt hatte und ihn nicht mehr loslassen würde. Der Regierungschef hielt sich ein hellblaues Taschentuch vor den Mund, und der Minister wartete förmlich auf den Blutfleck auf dem Stoff, aber das Taschentuch blieb hellblau.

Langsam verebbte der Husten, sodass sie ihr Gespräch wieder aufnehmen konnten.

»Sie sagen, dass ich noch gut ein Jahr habe«, sagte der Ministerpräsident mit überraschend kräftiger Stimme. Der Schreibtisch, an dem er saß, imponierte nicht durch seine Größe. Es war ein Kleinod aus seinem Elternhaus, aus geräucherter deutscher Eiche und überreich dekoriert mit dunklen, geschwungenen Intarsien. Vor ihm lag eine Ausgabe der Zeitschrift *Fri Weekend*, und der Ministerpräsident hatte Teile des Leitartikels auf der Titelseite gerade mit lauter Stimme vorgetragen: »*Im Büro des Ministerpräsidenten geht man davon aus, heißt es, dass sich der Regierungschef im Laufe des nächsten Jahres zurückziehen wird. Möglicherweise gibt er seinen Rücktritt bereits auf dem Parteitreffen im Herbst bekannt.*

Seine angeschlagene Gesundheit zwingt den Ministerpräsidenten und seine Berater, sich Gedanken über einen Nachfolger zu machen.«

Der Landesvater akzeptierte die Nachricht über seinen nahen Tod, ohne eine Miene zu verziehen. Er versuchte sogar zu lachen – woraufhin er erneut von einer Hustenattacke übermannt wurde. Schließlich verebbte auch dieser Anfall, und er las weiter: »*Parteiintern wird kein Machtkampf erwartet, da seine Nachfolge bereits geklärt zu sein scheint. Trotz fortgeschrittenen Alters wird zweifellos der erfahrene Nationalminister und treue Weggefährte des Ministerpräsidenten, Ole Almind-Enevold, seine Nachfolge antreten. Er genießt weit über seine eigene Partei hinaus hohe Anerkennung und wird auch von der Bevölkerung geschätzt.*«

Er sah zu seinem langjährigen Freund und Kollegen. »Du bist bereits gewählt«, sagte er.

Der andere Mann wusste nicht recht, wie er den Tonfall deuten sollte. Alle kannten den Ministerpräsidenten als außergewöhnlich harten Chef, der seinen Kollegen in der Politik keinen Fehler verzieh. Viele hatten sich von seinem freundlichen Lächeln und der vermeintlichen Vertraulichkeit täuschen lassen, um dann entsetzt feststellen zu müssen, in welch hohem Maße dieser Schein trog. Und er war noch immer ein Machtmensch, trotz seines kläglichen Zustandes.

»Es kann eigentlich nur noch schiefgehen, falls du einen Fehler machst.« Ein Augenblick des Schweigens folgte. »Aber du machst keine Fehler, oder?«

Ein beruhigendes Lächeln musste Antwort genug sein.

»Du hast ja nie Kinder bekommen…?« Der Satz klang wie eine Frage, die er nicht zum ersten Mal gestellt hatte, und bedeutete nichts anderes als: Sind aus dieser Richtung irgendwelche Skandale zu erwarten…?

Stummes Lächeln.

Der Ministerpräsident wischte die Zeitschrift vom Schreibtisch und unterdrückte ein neuerliches Husten. »Du musst alles daransetzen, unseren eigentlichen Nachfolger aufzubauen... Die nächste Generation. Du musst unsere Partei in die nächste, große Epoche führen.«

Mehr gab es dazu nicht zu sagen.

Die beiden Männer gaben sich die Hand und wussten beide, dass dieser Handschlag ein Versprechen bis in den Tod war.

Am gleichen Morgen nahm nur wenige Meter vom Büro des todgeweihten Ministerpräsidenten entfernt etwas seinen Anfang, das in ganz Dänemark als die Kongslund-Affäre bekannt werden sollte, obwohl es in den Medien viel mehr um Menschen ging (allen voran berühmte Politiker, hochstehende Amtspersonen und Medienvertreter), als um das Haus, das als Brutstätte des Skandals angesehen wurde.

Der Brief, mit dem das Ganze losgetreten wurde, erreichte seinen Bestimmungsort am 5. Mai 2008, dem dreiundsechzigsten Jahrestag der Befreiung.

Er landete mit der normalen Post im Nationalministerium. Das längliche, blaue Kuvert lag auf dem Poststapel in dem riesigen Empfangsraum, der schon seit jeher (bereits zu Zeiten, als das Nationalministerium noch Innenministerium hieß) als *Palast* bezeichnet wurde – und hier lag er auch noch um halb acht, als die leitende Sekretärin hereinkam und ihm einen skeptischen Blick widmete.

Sie hatte nicht viel Zeit, um sich über das bemerkenswerte Äußere des Briefes Gedanken zu machen, da ihr Chef bereits mit wilder Frisur in seinem Büro saß und den Computer eingeschaltet hatte.

Unmittelbar nach dem unerwarteten und legendären Wahlsieg 2001 hatte der neu eingestellte PR-Stratege (dem die Amtsträger den Namen *Hexenmeister* gegeben hatten) einen Strich unter die langweilige Bezeichnung Ministerialsekretariat gezogen und sie durch den schlagkräftigeren und offensiveren Ausdruck *Stabsverwaltung* ersetzt. Der Chef der Stabsverwaltung, Orla Berntsen, saß morgens für gewöhnlich eine Weile an seinem Schreibtisch und genoss die Ruhe des langsam erwachenden Ministeriums, vielleicht um nach der anstrengenden Fahrradtour durch den Kopenhagener Morgenverkehr wieder zu Atem zu kommen – wenn er nicht dasaß und sich Gedanken über seine Frau und seine beiden Töchter machte, die er jetzt seit bald zwei Monaten nicht mehr gesehen hatte; was niemand wusste, da Orla Berntsen nicht über sein Privatleben redete.

Bereits an der Pforte war ihm mitgeteilt worden, dass der Minister für Nationale Angelegenheiten zurzeit im Staatsministerium sei, aber zur Morgenbesprechung um neun Uhr zurückerwartet wurde. Der Stabschef hatte seine Hosenklammern wie üblich in den runden Aschenbecher mit dem Monogramm des Ministeriums gelegt, seine Finger mit Spucke befeuchtet und die Bügelfalten seiner Hose nachgezogen.

In Wirklichkeit war er weder Frühaufsteher noch sportlich; das Fahrradfahren war eine Folge des umweltorientierten Imageprogramms der Regierung, das der Hexenmeister bis ins letzte Detail ausgearbeitet hatte. »Wir müssen deutlich demonstrieren, wie sehr wir uns um das Weltklima sorgen – und um die Umwelt hier in unserem Land!«, hatte er gesagt. Das Umweltfieber hatte im Laufe nur weniger Monate alle Spitzenpolitiker und ihre Mitarbeiter ergriffen, freiwillig oder nicht. Über der ganzen Regierung lag im Frühjahr 2008 der schwache Duft von Schweiß und Deodorant.

Von seinem Fenster aus blickte er auf einen schön angelegten Garten, in dem der Gärtner des Ministeriums einen niedrigen Brunnen mit einem hübsch modellierten Schlangenkörper gebaut hatte – geformt wie ein riesiges S –, der unablässig einen blauen Wasserstrahl in den Himmel ejakulierte. Bei ruhigem Wetter spritzte das Wasser so hoch, dass es die Sonnenstrahlen einfing und einen Regenbogen erzeugte, der von Dach zu Dach reichte und die verschiedenen Flügel des Ministeriums mit einer farbigen Luftbrücke zu verbinden schien.

Der Stabschef sah weg. Der Anblick erinnerte ihn an Tage, an die er nicht denken wollte. Tage unter tropfnassen Laubbäumen im verhassten Viertel seiner Kindheit.

Stattdessen drehte er sich zu dem Poststapel um, streckte seine Finger und ließ seine Gelenke der Reihe nach leise knacken, schüttelte die überschüssige Energie seines Körpers ab und griff nach den Briefen.

Zuoberst lag das längliche, blaue Kuvert, die Ursache des Übels, das nun seinen Lauf nehmen sollte, und als seine Finger den Umschlag berührten, schnaubte er unwillkürlich.

Nach Jahren voller Terrorangst und Aktionen in New York, Madrid und London hätte der Brief eigentlich erst dem Bombenkommando ausgehändigt werden müssen – andererseits gehörte es zum Image des Ministeriums, vor nichts und niemandem Angst zu haben, trotz all der terroristischen und fundamentalistischen Kräfte, die Dänemark bedrohen.

Das Nationalministerium verwaltete seit sieben Jahren effektiv den Bereich der Flüchtlings- und Integrationspolitik – immer darauf bedacht, die nationale Eigenheit und die dänische Identität der Gesellschaft zu bewahren und zu stärken.

Die Sekretärin des Stabschefs hatte wie er einen Moment bei dem Umschlag gezögert, ihn gegen das Licht gehalten, dann aber jeden Verdacht fallen lassen, er könne Sprengstoff oder die sterblichen Überreste einer Ratte enthalten, wie sie tatsächlich einmal einem früheren Minister geschickt worden waren. Sie hatte entschieden, diesen Brief – der mit an Sicherheit grenzender Wahrscheinlichkeit das erste Ärgernis des Tages enthielt – ganz oben auf den Stapel zu legen, damit sie die mögliche Krise schnell hinter sich bringen konnten.

Der Umschlag trug keine Erkennungszeichen oder Schlagworte irgendwelcher politischen Gegner. Er war am 2. Mai 2008 in der Poststelle Østerbro abgestempelt worden und in der Mitte etwas ausgebeult, als beinhaltete er ein Stück Stoff oder einen kleinen kaputten Ball. Er drehte den Briefumschlag mit dem Brieföffner um – er trug keinen Absender – und wendete ihn noch einmal.

Dann drückte er vorsichtig auf die Beule. Sie war weich und gab nach.

Er goss sich einen Kaffee in den Becher, den seine Töchter ihm zu seinem 46. Geburtstag geschenkt hatten, der auch ihr letztes gemeinsames Fest gewesen war. Links vom Henkel stand mit blauer, schräg gestellter Schrift: BESTER PAPA DER WELT. Er benutzte diesen Becher nur, wenn er allein war.

Am wahrscheinlichsten war es, dass der Briefumschlag ein empörtes Statement enthielt, wie sie ihm immer wieder von guten Dänen geschickt wurden, die sich Sorgen um die vielen fremden Kulturen machten, die ins Land strömten. Schließlich hatte das Nationalministerium nach den überraschenden Wahlsiegen 2001 und 2005 vollmundig versichert, sich um dieses Problem nachhaltig zu kümmern.

Es hätte durchaus so ein Brief sein können. Wäre da nicht dieses eine, seltsame Detail gewesen: die Anschrift.

Sie stammte weder von einem Stift noch von einem Drucker. Der Absender hatte sich die Mühe gemacht, alle Buchstaben der Adresse einzeln und in verschiedenen Größen – aber alle auf dem gleichen, alten Zeitungspapier gedruckt – auszuschneiden und dann auf den Umschlag zu kleben. Er war so sorgsam vorgegangen, dass nicht an einer Stelle Klebstoff zu erkennen war.

Lange starrte er auf das beeindruckende Werk. Dann drückte er auf einen Knopf und rief *Fliege*, die diesen Spitznamen bekommen hatte, weil sie immer und überall herumschwirrte und nichts liegenlassen konnte. Als Privatsekretärin war sie aber unübertroffen.

Gleich darauf spürte er hinter sich einen leisen Luftzug. Sie hatte sich auf den Stuhl mit der hohen Lehne gesetzt. Er reichte ihr den blauen Umschlag, und der Bewegung ihrer Lippen entnahm er, dass sie wie er die Buchstaben zählte, alles in allem sechzig, einige wenige davon rot, die meisten schwarz, manche davon mit weißem Rand.

Orla Pil Berntsen
Slotsholmen
Christiansborg Slotsplads, København K.

Drei Zeilen, in ihrer Farbgebung recht melodramatisch.

»Ich weiß nicht, was da drin ist...«, sagte er zögernd. Die Verwendung seines zweiten Vornamens irritierte ihn. Offiziell nutzte er ihn schon seit Jahren nicht mehr.

Die Fliege schüttelte den Umschlag vorsichtig, als wollte sie die schlimmsten Befürchtungen verscheuchen. »Vielleicht eine tote Maus«, bemerkte sie flüsternd.

»Eine tote *Maus*...?«, erwiderte Orla Berntsen.

»Oder die...Exkremente... eines Tieres?« Ihre spitze Nase zitterte bei dem Versuch, der seltsamen Briefsendung irgendeinen Geruch zu entlocken.

Ihr Chef schwitzte und duftete süßlich, und die Fliege schwirrte zum Fenster und öffnete es weit.

Das Kribbeln seiner Nasenflügel zeigte ihm, dass er Angst hatte, er kannte das aus der Welt, in der er aufgewachsen war. Er wusste, dass er im Laufe weniger Minuten heftige Kopfschmerzen bekommen würde.

»Vielleicht sollten wir den Umschlag vorsichtshalber vom Sicherheitsdienst öffnen lassen«, flüsterte die Fliege.

Im gleichen Moment sah er die Schlagzeile in der *Fri Weekend* vor sich: *Hoher Staatsbeamter opfert seine Sekretärin.*

Er nahm den Brieföffner und antwortete: »Wird schon nicht gefährlich sein.«

Die Fliege stieß einen erschrockenen Schrei aus und wich ein ganzes Stück zurück.

»Bestimmt nur eine Attrappe«, schnaubte er und öffnete den Brief mit dem elegant gebogenen Brieföffner aus Havanna, den Lucilla ihm zur Hochzeit geschenkt hatte, als sie 2001 endlich Ja gesagt hatte. Er zögerte eine Sekunde und ließ den Inhalt auf die Schreibtischplatte rutschen. Er hatte keine Ahnung, von wem der Brief war. Er blinzelte verwirrt, dann hob er die weiße Stoffkugel an und musterte sie neugierig durch seine Brille. »Was ... ist denn das?«

Die Fliege wiederholte loyal seine Frage, gehaucht hinter seinem Rücken. Er spürte ihren ängstlichen Atem in seinem Nacken, als sie einen Schritt näher trat.

Es handelte sich – zu seiner großen Überraschung – um ein Paar adrett gehäkelter Säuglingsschühchen.

Lange saß er da, starrte verständnislos auf die merkwürdige Requisite und schnaubte noch zweimal. Seine Mutter und seine geschiedene Frau hätten sofort verstanden, was in dem Mann vor sich ging, der Stabschef des wichtigsten Ministeriums des Landes geworden war.

Er drehte sich halb um und stellte zu seiner Erleichterung fest, dass die Fliege gut einen Meter Abstand hielt und deshalb die Details des seltsamen Briefinhalts nicht erkennen konnte. Ein Paar Babysocken? Für einen Moment stand sein Hirn still, dann registrierte es den restlichen Inhalt des Briefes. Mit Fingern, die zu seiner eigenen Verärgerung zitterten, nahm er das eine der beiden Blätter vom Tisch und drehte es so, dass die neugierigen Augen der Fliege es nicht einsehen konnten, während er die Seite überflog.

Das Blatt war eine Fotokopie von zwei Zeitungsseiten. Die linke Seite war mit einem Kreis dekoriert, der an einen altmodischen Bilderrahmen erinnerte. In dem Rahmen schwebte eine alte Villa mit rostbraunen Mauern, umgeben von grauem Dunst, der sowohl den Himmel als auch das Fundament des Hauses verbarg, als hätte das imposante Haus keine Verankerung in festem Boden.

Über dem Efeu, der an den Mauern bis zu dem steilen Dach emporkletterte, ragten sieben weiße Schornsteine in die Höhe – drei auf jeder Seite und einer in der Mitte –, die das Märchenhafte der Szenerie unterstrichen. Die Dachbalken glänzten, als wäre das Bild am frühen Morgen aufgenommen worden, bevor der Tau der Sonne weichen musste.

Auf der rechten Seite war ein altes Schwarz-Weiß-Foto. Unter einem zimmerhohen Weihnachtsbaum saß eine Gruppe Kinder auf einem Teppich und blickte zu dem Fotografen auf. Sie trugen alle Wichtelmützen, einige von ihnen lächelten, während die anderen ernste, fast erschrockene Gesichter machten.

Über dem Bild standen drei fettgedruckte Worte: *Die sieben Zwerge.*

Unter der alten Fotografie stand: *Die sieben Zwerge – fünf Jungen und zwei Mädchen – wohnen in der Elefantenstube und freuen sich alle darauf, im neuen Jahr ein schönes neues Zuhause zu finden!*

Der Stabschef runzelte die Stirn und las weiter: *Die garantierte Geheimhaltung der Identität der biologischen Eltern trägt dazu bei, dass heutzutage Adoption einer illegalen Abtreibung vorgezogen wird.* Er spürte die Neugier der Fliege hinter seiner rechten Schulter.

»Es ist nichts«, antwortete er, ohne dass ihm eine Frage gestellt worden wäre – und verdeckte die beiden Fotos mit seinem Arm. »Ich komme jetzt allein zurecht.«

Ihre Enttäuschung war beinahe physisch zu spüren. Sie ging dicht an der Wand entlang zur Tür, wo sie trotzig stehen blieb.

»Es ist nichts«, wiederholte er etwas lauter. »Ich komme jetzt allein zurecht.«

Die Fliege – oder Fanny, wie sie wirklich hieß – blieb noch einen Augenblick am Türrahmen hängen, ehe sie widerstrebend von der Schwelle abhob und mit einem leisen Luftzug die Tür schloss.

Er atmete tief durch und starrte wieder auf den Brief. Lucilla hätte ihn vor der Furcht beschützt, die sich in seinem Inneren festheftete, wäre sie noch da gewesen.

Auch wenn die Bilder nicht mehr verrieten als das, was man in dem kurzen Text lesen konnte, wusste er gleich, woher sie stammten. Er wusste, was sie zeigten und wo sie aufgenommen worden waren. Die große braune Villa hatte er ohne jede Schwierigkeit wiedererkannt.

Er nahm sich nun das etwas dickere, weiße Blatt Papier vor. Es knisterte steif, als er es auseinanderfaltete. Was er in den Händen hielt, war die Kopie eines Formulars oder Datenblattes.

Die schwarzen Kreise auf der linken Seite zeigten ihm, dass das Original, bevor es im Kopierer vervielfältigt wurde, in einem Ordner abgeheftet gewesen war.

Er beugte sich über das Blatt. In der oberen linken Ecke stand die Jahreszahl 1961 – sonst nichts –, aber schon die Zahl reichte, dass ihm der Atem stockte.

Sein Blick glitt über ein halbes Dutzend länglicher, schmaler Spalten, die alle zum Ziel hatten, die Identität eines Menschen festzulegen: *Name, Geburtsdatum, Geburtsort, aktuelle Adresse*. Darauf folgten eine Reihe von Feldern mit eher ungewöhnlichen Informationen: *Biologische Mutter. Name. Aktuelle Adresse* – und darunter wiederum: *Biologischer Vater. Name. Aktuelle Adresse*.

Auf der untersten Zeile des Formulars hatte die Behörde eine großzügige Rubrik mit dem Wortlaut: *Name und Wohnort der Adoptiveltern* eingerichtet.

Es war das Adoptionsformular für kinderlose Familien, die sich um die Erlaubnis bewarben, eines der unerwünschten Kinder jener Zeit aufnehmen zu dürfen. Er hatte diese Formulare schon gesehen. Natürlich hatte er das.

Nur eines der Felder des Originaldokuments war ausgefüllt – das allererste. Mit Bleistift oder Kugelschreiber hatte jemand, vermutlich vor langer Zeit, einen einzelnen Namen geschrieben. Sorgsam mit geschwungenen Buchstaben. *John Bjergstrand.*

Der Name sagte Orla Berntsen, dem Stabschef des Nationalministeriums, nichts. Da war eine kleine Lücke zwischen Vor- und Nachnamen, und vielleicht war der Schreiber ins Grübeln gekommen und hatte noch mit dem gleichen Stift hinzugefügt: *Säuglingsstube.*

Er spürte ein paar Schweißtropfen am unteren Rand seiner Brillengläser, drehte aber trotzdem das Papier um und warf einen Blick auf die Rückseite: Sie war leer.

Er kniff die Augen zusammen. Was sollte er mit einem alten Formular, das nicht einmal zur Hälfte ausgefüllt war? Er fürchtete, die Antwort kennen zu sollen, aber das tat er nicht.

Er stand von seinem Stuhl auf, wischte sich den Schweiß vom Gesicht und betrachtete wie so oft den Regenbogen in dem Wasserstrahl der Schlange. Er fühlte die Panik in seiner Brust, als hätte ein Urtier in seinem Inneren Zuflucht gesucht, so wie er selbst vor Jahren im Unterholz am See Zuflucht gesucht hatte, als die scharfen Lichtstrahlen seiner Verfolger hinter ihm durch das Dunkel zuckten.

Hätte jemand seine Gedanken lesen können, hätte er bemerkt, dass sich der aufgewühlte Stabschef nicht die naheliegendste aller Fragen stellte ...

... warum ausgerechnet er diesen Brief bekommen hatte.

Das Büro des Nationalministers war nach dem Wahlsieg 2005 zu doppelter Größe ausgebaut worden, denn der zweitwichtigste Mann der Regierung hatte als Lohn für seinen unschätzbaren Einsatz während des hektischen Wahlkampfs beinahe einen Thronsaal verlangt.

In dieses Büro wurde nur ein von Ole Almind-Enevold selbst handverlesener innerer Kreis vorgelassen, durchweg Mitglieder der Vereinigung RAL, die der Nationalminister zu Beginn seiner Karriere gegründet, zu der er sich aber erst in den letzten Jahren öffentlich bekannt hatte.

Die Abkürzung stand für *Recht auf Leben*.

Bei der Parlamentswahl 2005 war die Bewegung ein wahres Zugpferd gewesen, da die RAL sich uneingeschränkt für die Rechte der ungeborenen dänischen Kinder einsetzte – und damit erneut dafür eintrat, dass eine Abtreibung nur in jenen Fällen eine Lösung war, in denen tatsächlich eine Gefahr für das Leben der Mutter bestand oder es von vornherein klar war, dass das Kind sterben würde. Die Geburtenrate war schon lange rückläufig, und dem Land fehlten gesunde dänische Kinder, was die Alterspyramide in eine bedrohliche Schieflage brachte. Auf dem Arbeitsmarkt wurden die jungen Arbeitskräfte mehr und mehr von Menschen aus entfernten Teilen der Welt ersetzt, und viele Dänen unterstützten deshalb die logische Kombination des praktisch-ökonomischen und christlich-moralischen Ansatzes – nicht zuletzt, weil sie der Meinung waren, ein Zuwachs der urdänischen Bevölkerung könnte die Nation vor der steigenden Zahl an Fremden schützen. Die Dänen riskierten, im eigenen Land zur Minderheit zu werden. Das hatte sowohl die Partei als auch die Opposition als Horrorszenarium während des letzten Wahlkampfs an die Wand gemalt – wobei die Partei in dieser Diskussion den Nationalminister als Trumpfkarte ins Spiel gebracht hatte.

Ole Almind-Enevold hatte ganz gegen seine Gewohnheit zu einem entspannten Treffen eingeladen. »Setzt euch – und Glückwunsch zur Befreiung!«, sagte er.

In der gleichen Sekunde tauchte der Hexenmeister leicht atemlos in der Tür auf und schob sich an der Wand entlang bis zu einem freien Stuhl. Das hektische Zuspätkommen war sein Markenzeichen.

»Was hat es mit diesem Tamilenjungen auf sich?«, fragte Ole Almind-Enevold und wedelte mit einer zentimeterdicken Mappe herum, ehe er sie mit verärgerter Präzision zu seinem Minister hinüberschob, der von den Sachbearbeitern des Ministeriums den Spitznamen *Grauballemann* bekommen hatte, weil seine blaugraue Haut an die berühmte Moorleiche erinnerte, die in der Gegend von Silkeborg entdeckt worden war. »Worüber sollte ich informiert werden?«

Orla Berntsen duckte sich auf seinem Stuhl, froh darüber, dass er den Fall nicht selbst vorgelegt, sondern an den Minister delegiert hatte. Die Befürchtung, dass diese Angelegenheit plötzlich einen Steppenbrand auslöste, war nicht unbegründet. Der Nationalminister hasste komplizierte Sachverhalte, und seine Einstellung dazu war immer überraschend einfach gewesen: Schafft sie aus der Welt, oder begrabt sie so tief, dass niemand sie finden kann.

Der Grauballemann breitete bedauernd die Arme aus: »Das ist *nur* zu Ihrer Information gedacht. *Nur* für den Fall, dass Sie im Laufe des Tages einem Reporter von *Fri Weekend* begegnen sollten. Bis jetzt interessieren sich *nur* die für diese Sache.«

Er hatte das Wort »nur« jetzt dreimal benutzt, bemerkte Orla.

»Sie wollen doch wohl nicht andeuten, dass ein elf Jahre alter Tamile tatsächlich zu einem größeren Problem werden könnte?«, fragte der Alleinherrscher des Nationalministeriums.

»Möglicherweise schon«, sagte der Grauballemann vorsichtig. »Er ist der Testfall für die Umsetzung des Ministerialbeschlusses, auch ganz junge, elternlose Asylbewerber auszuweisen. Deshalb sitzt er jetzt ganz allein in einer Zelle im Asylzentrum Nord ...« Er geriet ins Stocken, was für ihn ungewöhnlich war.

Ole Almind-Enevold schüttelte kräftig den Kopf: »Jetzt machen Sie aber mal halblang.«

Damit war die Sache bis auf Weiteres ausdiskutiert. Orla Berntsen warf einen Blick auf das Foto, das einer der Betreuer des Asylzentrums ans Ministerium geschickt hatte. Es zeigte einen kleinen Jungen mit einem unschuldigen Gesicht, dicken schwarzen Haaren und zwei klaren, braunen Augen, die fragend in die Kamera blickten. Er nickte dem Grauballemann einvernehmlich zu. Diese Sache konnte jeden Moment explodieren. Teilen der dänischen Bevölkerung war noch immer unwohl, wenn sie weinende Kinder sahen.

»Es ist der fünfte Mai.« Der Ministerpräsident klang jetzt wieder ganz aufgeräumt, denn das Kriegsende war der natürliche Anlass für den Monolog von Ole Almind-Enevold über die Wichtigkeit des Nationalministeriums gerade in diesen Zeiten und über seinen persönlichen, uneigennützigen Einsatz für das Vaterland während des Zweiten Weltkrieges.

Diese Geschichte hatte über die Jahre nichts an Kraft verloren, und keiner seiner politischen Widersacher hatte je versucht, sie in Frage zu stellen. Der Mythos besagte, dass der Minister sich 1943 in den Krieg gestürzt hatte, als er fast noch ein Junge war. Er hatte damals kaum die Taschen mit dem Sprengstoff tragen können, die er zwischen den älteren Freiheitskämpfern hin und her transportieren sollte. Sein enormer Aktionsradius und seine gigantische Radel- und Laufenergie hatten ihm den Decknamen *der Läufer* eingebracht, und wenn die Geschichte stimmte, war er als Dreizehnjähriger an der Liquidierung eines Verräters auf den Gleisen des Bahnhofs Svanemøllen beteiligt gewesen. Der Verräter hatte einen älteren Widerstandskämpfer mit einer Pistole bedroht, aber sein junger Helfer hatte sich zwischen sie geworfen, den Pistolenlauf gepackt und festgehalten. Bei dem nachfolgenden Ringkampf hatte sich ein Schuss gelöst, und der Verräter hatte anschließend tot auf dem Boden gelegen, eine Kugel genau zwischen den Augen.

Es zeigte sich, dass dies eine Geschichte fürs Volk war. *Im Dienst der Nation läuft er sich noch immer die Hacken ab*, lautete der effektvolle Slogan des Hexenmeisters, der während des nervenaufreibenden Wahlkampfs 2001 – unmittelbar nach dem Terrorangriff in den USA – auf allen möglichen Zeitungsseiten und Litfasssäulen zu lesen war. 2005 hatte der Hexenmeister dann noch triumphal hinzugefügt: *Im Dienst der Demokratie.*

In Orla Berntsens Welt war Patriotismus keine speziell kategorisierte Tugend; die Feinde, die er im Laufe seines Lebens gehabt hatte, waren alle urdänisch gewesen, und seine Mutter hatte keine Gelegenheit ausgelassen, mit ihm über die typisch dänische Heuchelei zu reden, unter der sie in seiner Kindheit in den sechziger Jahren in dem Reihenhausviertel in Frydens Vænge gelitten hatten. In diesen Jahren gaben Tausende von alleinstehenden Müttern ihre Neugeborenen weg und überließen sie wildfremden Familien – um der persönlichen Schande und Verdammnis zu entgehen. Und die wenigen, die sich gegen Adoption entschieden, wurden in ihrer Umgebung kaum mehr geduldet. Ein Junge wie Orla, der ohne Vater aufwuchs, war ein uneheliches Kind, ein falsches Kind, ein Bastard – bei dem nationale Tugenden wie Gemeinsinn und Zusammenhalt (Solidarität, wie es noch immer etwas altklug im Parteiprogramm stand) keine Rolle spielten. Aus dem gleichen Grund hielt er die Heuchelei für den einzigen wirklich durchgängigen Wesenszug des dänischen Nationalcharakters. Aber das zeigte er niemandem und sicher nicht in dem Ministerium, das er im Auftrag von Ole Almind-Enevold verwaltete.

Nach außen argumentierte Berntsen gegen die weitere Zuwanderung von Scheinasylanten und ökonomischen Flüchtlingen in einem sachlich-objektiven Tonfall. Persönlich sah er aber keine Unterschiede zwischen den Menschen – egal ob weiß oder schwarz und unabhängig von ihrem Glauben. Er stand über solchen Kategorisierungen, und vielleicht war diese Einstellung auch der Grund dafür, dass es die anderen Mitarbeiter des Ministeriums in seiner Nähe manchmal schauderte, der Grund für den Spitznamen, den sie ihm gegeben hatten, aber nur im stillen Kämmerlein auszusprechen wagten, war es ganz bestimmt.

Orla Berntsen hatte den blauen Umschlag vergessen, als er in sein Büro zurückkam, doch der eigentümliche Brief klemmte unter der Tasse, die ihn an seine zwei Töchter und an seine Frau erinnerte.

Noch einmal musterte er das Bild der sieben Kinder vor dem Weihnachtsbaum unter der Überschrift *Die sieben Zwerge*. Dann sah er sich das Motiv in dem runden Rahmen an: die majestätische Villa mit dem dunkel schimmernden Dach. Er kannte nicht nur das Haus, er wusste auch, warum es in dieser Zeitung den goldenen Rahmen bekommen hatte. Seine Mutter hatte ein Bild mit exakt dem gleichen Motiv zu Hause im Wohnzimmer hängen gehabt.

Er streckte seine Finger und bewegte sie leicht, als wollte er einem unsichtbaren Gast in seinem Büro ein diskretes Signal geben, als er die Anwesenheit der Fliege hinter sich spürte.

»Während Ihrer Abwesenheit hat *Fri Weekend* dreimal hier angerufen«, flüsterte sie. Sie kam um den Schreibtisch herum und wiederholte die Nachricht etwas lauter mit dem Zusatz: »Das war dieser *Journalist*... Knud Tåsing.«

Sie wusste ganz genau, welche Wirkung dieser Name auf ihren Chef hatte.

»Sagen Sie ihm, dass ich in einer Sitzung bin.«

»Er meinte, es sei wichtig... Irgendetwas von einem anonymen Brief.«

Die Antwort war ein leises Schnauben. »Okay, dann stellen Sie ihn durch, wenn er das nächste Mal anruft.« Ihn immer wieder abzuwimmeln, wäre gefährlicher.

Orla Berntsen sah sich das Formular zum vierten Mal an. *John Bjergstrand*. Der Name sagte ihm nichts, aber jemand anders schien ihn für so wichtig zu halten, dass er zur Sicherheit eine Kopie an den ältesten Feind des Ministeriums geschickt hatte, den Journalisten des Schundblattes *Fri Weekend*. Wie auf Kommando summte die Telefonanlage. Der Lautsprecher klickte.

»Ich stelle ihn durch.« Sie brauchte den Namen nicht zu wiederholen.

Er saß einen Augenblick lang still da, während er die Anwesenheit des anderen Mannes förmlich spürte, dann meldete er sich laut mit seinem Namen: »Orla Berntsen.«

»Tåsing.« Die Stimme war leise und nasal und hatte sich seit ihrer ersten Begegnung vor gut zehn Jahren nicht verändert.

»Ja?«, sagte er.

Die Stimme signalisierte die gleiche überzeugende Gelassenheit wie an jenem Morgen, an dem ihre Feindschaft kulminiert war. Damals hatte sein Telefon im Justizministerium gestanden, und die Zeitung hatte einen Skandal ausgegraben, der sowohl den Minister als auch seine nächsten Berater zu Fall hätte bringen können. Der Journalist hatte damals keine Fragen gestellt, sondern ihm lediglich mitgeteilt, dass die Zeitung den vernichtenden Artikel am nächsten Tag veröffentlichen werde – mit oder ohne Statement des Ministers.

Orla hatte geantwortet, er könne ihn mal kreuzweise...

Sie hatten den Artikel gedruckt.

Seine Karriere wäre damit fast zu Ende gewesen. Doch

kurz darauf wurde Knud Tåsing von einem fatalen Fehler zu Fall gebracht, durch den der Ruf des Journalisten innerhalb von weniger als vierundzwanzig Stunden komplett pulverisiert war. Im Ministerium hatten sie unzählige Male darauf angestoßen. Umso erstaunter war er, dass der Journalist heute noch immer aktiv war.

»Wenn Sie den Minister sprechen wollen, müssen Sie eine andere Nummer wählen«, sagte Orla.

»Ich will gar nicht mit dem *König* reden, noch nicht.« Tåsings Stimme klang spöttisch. »Aber grüßen dürfen Sie ihn trotzdem. Im Moment bin ich bei Ihnen ganz richtig.«

Der Stabschef dachte unlogischerweise an seine Töchter, die er verlassen musste, als er zurück in sein Elternhaus in Søborg gezogen war.

»Ich habe hier einen Brief vor mir liegen, vielmehr die Kopie eines Zeitungsartikels mit dem Foto eines Hauses und einiger Kinder. Die Legende ist ziemlich kryptisch. Und ganz unten steht etwas, das ich nicht verstehe: *Kopie geschickt an Ole Almind-Enevolds Mitarbeiter, Orla Pil Berntsen, Nationalministerium.* Ich frage mich also, ob Sie den gleichen Brief erhalten haben wie ich. Ein blauer, rechteckiger Umschlag. Die Adresse zusammengesetzt aus roten und schwarzen Buchstaben, die allem Anschein nach aus einer alten Zeitung ausgeschnitten wurden.« Er machte eine kurze Pause. »Ziemlich melodramatisch. Wie in einem alten Agatha-Christie-Krimi.«

Orla antwortete nicht.

»Sind Sie noch da, Berntsen?«

»Was steht da?«, fragte er und räumte damit zu einem Viertel oder gar halb ein, den Brief auch bekommen zu haben.

»Es ist ein kurzer Text über Adoptivkinder, die neue Familien suchen. Die Bildlegende deutet aber noch etwas anderes an. Dass einige Kinder nämlich damals heimlich zur

Adoption freigegeben worden seien, damit die biologischen Eltern nicht bekannt wurden. Und dann lagen dem Brief auch noch zwei Gegenstände bei...« Der Journalist zögerte einen Augenblick. »Ein Formular mit einem Namen und ein paar winzige Babyschühchen. Das ist für mich das Rätselhafteste.«

Man konnte über Tåsing sagen, was man wollte, aber knapp und präzise war er. Der Stabschef hörte am anderen Ende der Verbindung Papier knistern.

»Was sagen Sie dazu?«, hakte der Plagegeist nach.

»Und das ist *Ihnen* geschickt worden...?«, fragte Orla. Es wäre riskant zu lügen, und der Inhalt des Briefes war viel zu absonderlich und unerklärlich, um eine unmittelbare Bedrohung darzustellen. Niemand konnte daraus etwas Konkretes ableiten. »Der Brief war an mich und...«, Orla Berntsen hörte ihn blättern, »... Nils Viggo Jensen gerichtet. Nils ist mein Stammfotograf bei größeren Reportagen.«

Verwunderlich, dass Knud Tåsing noch immer Reportagen schreiben durfte, wie unbedeutend die Zeitungen auch sein mochten, dachte Orla.

»Ja, Berntsen...«, sagte der Journalist aufgeregt. »Das alte Zirkuspferd wittert, wenn auch nicht gerade eine große Story, so doch etwas, das nach Manege riecht. Das gebe ich, unter uns gesagt, gerne zu. Aber jetzt sind Sie an der Reihe. *Ich glaube, Sie haben den gleichen rätselhaften Brief bekommen.*«

»Ja«, sagte Orla. Er hatte kaum eine andere Wahl, als das zu bestätigen.

Schweigen in der Leitung. Der Journalist wartete.

»Aber«, fügte der Stabschef hinzu. »Ich habe keine Ahnung, was das bedeuten soll.«

»Sie haben also auch die Säuglingsschühchen und das merkwürdige Formular bekommen?«

»Ja«, wiederholte er.

»*John Bjergstrand?*«

»Ja.«

»Wer ist das?«

Schnaufen. »Keine Ahnung.«

»Und das Bild von den Kindern und den kryptischen Text haben Sie auch bekommen?«

»Ja.«

»Dann brauche ich Sie nicht zu fragen, wer das ist?«

»Nein.«

»Oder was das Ganze bedeuten soll?«

»Nein, ich habe nicht die geringste Ahnung.« Jetzt log er doch.

»Sie haben keine Ahnung, was das soll?«

»Nein, ich kenne keinen John Bjergstrand und kannte auch nie einen. Schlagen Sie ihn doch im Telefonbuch nach.«

»Haha.« Orla hörte den Atem des Journalisten am anderen Ende.

»In dem Kreis auf dem einen Foto ist ein Haus zu sehen.« Knud Tåsing wechselte das Thema. »Was ist das für ein Haus?«

»Also, meins ist es nicht.« Erneut Schnaufen.

»Das ist mir schon klar.« Tåsing war einer der wenigen Journalisten, der Ola Berntsen einmal zu Hause besucht hatte, in Zeiten, als sie sich nicht aus dem Weg gehen konnten, heute jedoch lag das Privatleben des Stabschefs ebenso im Verborgenen wie seine Gefühle. Aus den offiziellen Quellen ging nur hervor, dass er verheiratet war, zwei Töchter hatte und in der Gisselfelds Allé in Gjentofte wohnte, einer für seine zahlreichen wohlhabenden Bürger bekannten Gemeinde. Unter den Journalisten kursierte das Gerücht, seine Frau sei Kubanerin, ein amüsantes Kuriosum, dass ausgerechnet der Chef der Ausländerabteilung – die kaum noch Aufenthaltsbewilligungen aus humanitären Gründen erteilte – eine Ausländerin zur Frau hatte. Noch dazu aus einem der wenigen noch immer kommunistischen Länder der Welt.

»Warum hat der Absender den Brief ausdrücklich an *Sie* geschickt – den Stabschef des Nationalministeriums – und nennt trotzdem den Namen des Ministers?«, fragte der Journalist.

»Ich habe keine Ahnung.«

»Hat das was mit Enevold als Person zu tun?«

»Sie nehmen diesen verrückten Brief doch nicht ernst, Tåsing?«, sagte er mit etwas mehr Kraft in der Stimme. »Der Minister hat den Brief überhaupt noch nicht gesehen.«

»Was ist das für ein Haus?«, fragte Tåsing in scharfem Ton.

Orla Berntsen zögerte. Die Sache musste nicht geheimnisvoller gemacht werden, als sie war, und die Wahrheit würde das Problem auflösen. Andererseits konnte er das Geheimnis seines Lebens – das nicht einmal seine Töchter kannten – nicht einem Journalisten anvertrauen. Und ganz sicher nicht Knud Tåsing. »Wissen Sie ... Was ich zu meiner privaten Post denke oder fühle ... geht niemanden etwas an.«

Das klang arrogant.

»Doch, die Öffentlichkeit, Pil Berntsen. Denken Sie daran. Die hat den Brief auch bekommen.«

Jetzt drohte der Journalist mit Akteneinsicht.

»Ja, von irgendeinem *Maniac* ...« Er spuckte das letzte Wort fast aus. Solche Emotionalität war nicht klug. Er ließ die Schultern sinken und legte die Hände auf die Schreibtischplatte. »Hören Sie, Tåsing. Ich habe wirklich andere Dinge zu tun. Ich muss zu einem Empfang im Staatsministerium, anlässlich des Befreiungstages.«

»Ja, das hat mir Ihre Sekretärin bereits mitgeteilt. Ich will Ihnen aber noch sagen, dass ich mich gezwungen sehe, das Bild, den Brief und eine Abschrift unseres Telefonats zu veröffentlichen, wenn Sie mir nicht sagen, was Sie über diese Villa wissen, oder mir ganz einfach die Adresse nennen. Wir werden sicher nicht gleich eine Belohnung für weitere Informationen aussetzen, aber auf jeden Fall wird eine deutliche

Aufforderung an die Öffentlichkeit ergehen, uns zu helfen. Und dann werden wir schon eine Erklärung bekommen.«

Orla Berntsen war sich nicht sicher, ob der entehrte Journalist diese Drohung wirklich wahrmachen konnte. Dann spürte er das Joch auf seinen Schultern und hörte das Flüstern seiner Mutter aus dem Jenseits: *Was macht das schon, Orla? Es gibt nur einen möglichen Ausgang: Du musst die Wahrheit zulassen.*

Er fasste seinen Entschluss: »Das Haus liegt am Strandvej von Skodsborg. Es ist ein Kinderheim. Und jetzt muss ich wirklich los.« Er legte auf, erhob sich und trat ans Fenster. Die Schlange spuckte Wasser in den Himmel. Er nieste.

Blöder Idiot.

Er schloss die Augen und sank auf das senfgelbe Stabschefsofa, das er ab und zu für ein kurzes Powernapping nutzte. Nie mehr als fünf oder sechs Minuten und mit den Füßen auf dem Boden.

Hier war er im Halbschlaf die größten Probleme seiner beruflichen Laufbahn angegangen, hatte neue Kurse eingeschlagen, Auswege gefunden und sich den Ruf als Problemlöser erworben, der ihn besonders in Krisenzeiten zu einem begehrten Berater der Regierung gemacht hatte. Er hatte immer einen funktionierenden Rettungsplan parat, wenn es hart auf hart kam, war er ein gnadenloser Stratege. Ließ er seine mentale Rüstung sinken, wurde dahinter kein weicher Kern sichtbar wie bei den meisten anderen. In seinen ersten fünfzehn Lebensjahren hatte er das Gehänsel und die Quälereien der anderen Jungen ertragen, während er ihre undurchdringlichen Kreise umrundet hatte wie ein geschäftiges, kleines Insekt, das nur dank seiner Wachsamkeit überlebt hatte und dank der Fähigkeit, alle Demütigungen abzuschütteln. Er hatte gegrinst und trotzig geschnauft, während seine hellblauen Augen die Distanz der Schläge abgemessen und den Zeitpunkt des Aufpralls berechnet hatten. Seine Fähigkeit zu blitzschnellen Ausweichmanövern war ihm auch im Mannesalter erhalten geblieben, doch die Kinder von damals hätten ihn heute höchstens noch an dem wachsamen Blick, das häufige Schnauben und das schwache Zittern der Pupillen hinter den Brillengläsern wiedererkannt.

Orla Berntsen wusste ein seltenes Mal nicht, was er tun sollte. Er erhob sich vom Sofa. Der Brief lag noch immer auf dem Tisch. Hatte der Nationalminister ihn gesehen? Er glaubte nicht, denn das hätte die Fliege ihm sicher mitgeteilt.

Sein Körper sackte auf dem Stuhl zusammen. Die halb geschlossenen Lider hinter den großen Brillengläsern waren dick und leicht gerötet, die Wimpern kurz und hell. Sollte er den Brief persönlich an seinen Chef weitergeben? Es gab einen wirklich guten Grund dafür. Trotzdem zögerte er.

Es gibt keine unerreichbaren Ziele, hatte der Minister vor langer Zeit einmal zu ihm gesagt. *Nur für den, der zögert.*

Orla hatte die Sätze geliebt, die Ole Almind-Enevold ihm bereits bei ihren ersten Treffen nach seiner Anstellung eingeprägt hatte. Es drehte sich alles um die richtigen Entscheidungen in der richtigen Situation und um die Entschlossenheit, die sie beide für so wichtig erachteten. Um den Willen, immer dann, wenn es nötig war, den effektivsten Weg zu finden.

Wer die Welt beherrschen will, muss reagieren, wenn sie sich verändert.

Orla Berntsen hatte gelächelt. Das war selbstverständlich.

Wer das Mitgefühl über die Zielstrebigkeit stellt, verliert seine Entschlossenheit.

Der Minister hatte seine Entschlossenheit nie verloren.

Wer die Güte der Konsequenz vorzieht, wird eines Tages allein dastehen.

Das war vielleicht das Wichtigste – das eigentliche Geheimnis. Und es barg die Möglichkeit, seiner Wut ohne Reue freien Lauf zu lassen.

Wer nicht zu töten wagt, wenn die Situation es erfordert, geht zugrunde, hatte Orla Berntsens Chef über seinen Einsatz im Widerstandskampf gesagt – unter dem Beifall der ganzen Nation.

Der Stabschef stellte seine Tasse weg. Die weißen, gehäkelten Söckchen lagen vor ihm auf dem Tisch, und einen Moment lang saß er in vollkommener Stille da. Dann wählte er auf seinem Privatanschluss eine Nummer und wartete einen Augenblick, bis eine vorsichtige Frauenstimme sich meldete: »*Anwaltskanzlei Nielsen.*«

»Ich würde gerne mit Søren Severin Nielsen sprechen«, sagte er.

Es war mehr als zehn Jahre her, dass sie zuletzt miteinander gesprochen hatten. Damals war es um die Ausweisung einer syrischen Asylbewerberin gegangen, die aufgeregt in den Medien diskutiert worden war. Severin als Anwalt der Frau war außer sich gewesen. Orla hatte trotz der Freundschaft, die sie einmal füreinander empfunden hatten, an seiner Entscheidung festgehalten. Die Frau war ein paar Tage später nach Kastrup gebracht worden, und niemand hatte je wieder etwas von ihr gehört.

Jetzt war sein früherer Freund der Anwalt des elfjährigen Tamilenjungen, der ausgewiesen werden sollte. Natürlich war das ein Problem – aber nicht das Problem, über das er mit ihm reden wollte.

»Søren Nielsen ist bei Gericht.«

Er gab ihr mit dem klaren Bescheid, dass es eilte, seine Durchwahl.

Severin, ruf mich an, es eilt.

Einen knappen Kilometer entfernt drehte der Journalist Knud Tåsing sich auf seinem ramponierten Schreibtischstuhl herum und warf sein Handy auf den Tisch.

»Skodsborg«, sagte er triumphierend. »In Skodsborg gibt es nur ein Kinderheim – und das ist nicht irgendein Kinderheim, sondern das legendäre Kongslund... Der Stolz der ganzen Nation!«

Die Begeisterung in Knud Tåsings Stimme war nicht zu überhören. Er zog den Laptop zu sich. »Kongslund genießt schon seit Jahren eine Sonderbehandlung durch die Regierung – fragwürdige Vergünstigungen –, und wer hat seit dem Krieg immer seine schützende Hand über diese Institution gehalten?«

Er brauchte den Namen nicht auszusprechen, und er erwartete auch keine Antwort von seinem Gegenüber. Fotograf Nils Jensen war kein Mann vieler Worte.

»Und wer, glaubst du, hat mit den jungen Fräuleins von Kongslund, die im Krieg die bekannteste Widerstandsgruppe des Landes unterstützt haben, zusammen gekämpft?« Knud Tåsing schaltete den Computer ein und sagte den Namen nun doch. »In beiden Fällen lautet die Antwort: Ole Almind-Enevold, amtierender Nationalminister und zukünftiger Ministerpräsident, wenn der Tod denn seine Pflicht tut und unseren Landesvater aus diesem Jammertal erlöst.«

Der Fotograf sagte noch immer nichts.

Der Journalist gab neun Buchstaben in das Suchfeld auf dem Bildschirm ein. Das Futter krümelte aus dem Überzug des erbarmungswürdigen Stuhls, und kleine orangefarbene Schaumgummiflocken blieben am Stoff seiner Hose hängen. »Kongslund«, sagte er geistesabwesend und nur halb an die Person gewandt, die auf dem einzigen anderen Stuhl seines Büros saß. »*Das Säuglingsheim Kongslund*. Es muss einen Grund dafür geben, dass wir diesen Brief bekommen haben.«

»Vielleicht auch nicht«, waren die ersten Worte des Fotografen.

Knud Tåsing sah mit einer gewissen Nachsicht zu dem Mann hinüber, der irgendwann zu seinem Freund geworden war – dem einzigen, der ihm in seiner nun achtjährigen Leidenszeit als gescheiterter Journalist geblieben war.

Nils Jensen hatte vier neue Batterien in das Blitzgerät gesteckt, das fast so groß wie die Kamera auf seinem Schoß war. »Ein Säuglingsheim?«, sagte er, und seine Skepsis war deutlich zu hören.

»Ja, aber nicht irgendeins... sondern Kongslund.« Der Journalist wedelte so heftig mit dem blauen Umschlag herum, dass man befürchten musste, die farbigen Buchstaben, die Name und Adresse bildeten, würden zu Boden segeln. »Da steckt eine Story drin, für mich ist das vollkommen klar: Ein Junge mit dem Namen John Bjergstrand wurde 1961 zur Adoption freigegeben und landete bei unbekannten Eltern – und er war eins der Kinder, die um jeden Preis und so schnell es nur ging aus dem Weg geschafft werden mussten. Er bekam eine neue Identität. Vermutlich, weil seine leiblichen Eltern im Licht der Öffentlichkeit standen oder sehr viel Macht hatten – oder beides.«

»Für mich klingt das ziemlich weit hergeholt«, sagte Nils Jensen und drehte den Blitz missbilligend in seinen Händen hin und her.

Knud Tåsing antwortete nicht. Es war – wie er immer wieder betonte – eines der Privilegien der Arbeiterklasse, eine konträre Meinung zu haben. Und Nils war ein waschechter Abkömmling dieser Klasse. Seine Eltern hatten ihm zur Konfirmation eine kleine Kamera geschenkt. Für Nils eine Überraschung. Sein Vater arbeitete als Nachtwächter auf dem Assistenzfriedhof und hatte kaum jemals Tageslicht gesehen.

Nils Jensen hatte die großen Demonstrationen gegen den Abriss des schwarzen Viertels in Nørrebro fotografiert und die Bilder an die linken Zeitungen der Stadt verkauft; einen Namen hatte er sich schließlich mit der Nahaufnahme eines Polizisten gemacht, der in einem Hinterhof in der Blågårdsgade einen Demonstranten zusammenschlug. Dieses Bild war im ganzen Land herumgegangen. Drei Tage später hatte der Polizist sich mit einem Seil erhängt, das er an einem Haken befestigt hatte, den er zu diesem Zweck in die Decke seines Wohnzimmers geschraubt hatte. Seine Kollegen und seine Frau hatten ihn heruntergenommen. Der junge Fotograf hatte sich nicht einen Augenblick lang für den Todesfall verantwortlich gefühlt.

Und als das kleine intellektuelle Widerstandsblättchen Ende der neunziger Jahre mit der letzten regierungstreuen Zeitung unter dem Namen *Fri Weekend* fusionierte, hatte Knud Tåsing seinen Redakteur überredet, Nils Jensen als Freelance-Fotografen an sich zu binden. Seither arbeiteten sie zusammen. Meist ohne viele Worte, da der Fotograf eher wortkarg war.

»Es gibt keinen John Bjergstrand, weder im Telefonbuch noch in den Gelben Seiten«, sagte der Journalist.

Er tippte zwölf neue Buchstaben in das Suchfeld ein, und es vergingen ein paar Sekunden, bis ihm das elektronische Archiv die Überschriften von vierundzwanzig Artikeln anzeigte. »Nur vier Artikel, das ist wenig«, sagte er.

Die Porträts beinhalteten wie erwartet kein einziges, privates Detail – von der Tatsache abgesehen, dass der Stabschef in Gentofte gewohnt hatte, jetzt aber umgezogen war und zwei Töchter im Alter von sieben und dreiundzwanzig Jahren hatte.

»Das ist ja eine späte Nachzüglerin. Und jetzt lassen sie sich scheiden. Die Frau wohnt allein in dem Haus. Aber wo zum Henker wohnt *er*...?«

Nils Jensen antwortete nicht.

Es kursierten ein paar Gerüchte über die Kindheit des Ministerialbeamten, aber niemand wusste, wie viel Wahrheit darin steckte. Eine anonyme Quelle behauptete, der mächtige Stabschef habe als Kind bei seiner Mutter gelebt, die ihn, einer anonymen Quelle (vermutlich der gleichen) zufolge, in Hausarrest gehalten und mit dem Kleiderbügel verprügelt haben soll. Mit diesem Bügel habe sie sein Gemüt und seine Seele so nachdrücklich gemartert, dass er zu dem wurde, der er jetzt war. Ein harter Hund. Ein nationaler Torwart, an dem niemand so einfach vorbeikam.

Laut eines Artikels der Morgenzeitung hatte er von den Sachbearbeitern des Ministeriums einen ziemlich herabwürdigenden Spitznamen bekommen: *der Soziopath*.

Diese Bezeichnung raunten sich die Beamten auf den schmalen Fluren des Ministeriums angeblich zu, wenn sie sich sicher waren, dass er weit weg war.

Knud Tåsing sah seinen Fotografen fragend an, doch der schüttelte nur schweigend den Kopf. Wie immer.

3

KONGSLUND

6. MAI 2008

Sie sah aus wie Aschenputtel aus dem Märchen, das meine Pflegemutter mir vorgelesen hatte, als ich klein war. Bei ihrer Ankunft trug sie einen Rock, der so grün wie das Laub der Buchen am Hang war, und keine der Schwestern erwähnte mit einer einzigen Silbe ihren Hintergrund.

»Begrüßen Sie meine Tochter Marie«, hatte meine Pflegemutter gesagt und dabei so geklungen, als wollte sie zarte Gemüter vor dem Anblick warnen, der sich ihnen gleich bieten würde. Doch die Frau in Grün ignorierte sie. Sie hatte sich vor mir verbeugt wie ein kleines Mädchen, höflich und trotzig zugleich. Und heute, wo sie (inzwischen seit fast zwanzig Jahren) Teil von Konglunds Identität war, konnte ich mir mein Leben ohne sie nicht mehr vorstellen.

Die anonymen Briefe würden natürlich auch sie betreffen – wie so viele andere –, aber das ließ sich nicht ändern. Beim Klirren der Tassen im Wintergarten wusste ich, dass die ersten Gäste in Kongslund eingetroffen waren, wie es vom Schicksal lange vorherbestimmt war.

Was wie ein Zufall aussah, war nie ein Zufall gewesen.

Knud Tåsing war aus einem unruhigen Dämmerschlaf erwacht, er hockte zwischen drei Umzugskartons in einer Ecke seines Büros im Zeitungshaus an der Hafenfront.

Er war schon immer ein Einzelgänger gewesen, geboren Ende der Sechziger von einer waschechten Hippie-Mutter, die vorzeitig aus dem Kindbett aufgestanden war, um sich, noch leicht angeschlagen von der schmerzhaften Geburt, dem allerersten Anti-Atomkraft-Marsch von Holbæk nach Kopenhagen anzuschließen. Trotz der Nachwehen hatte sie ihren kleinen Sohn leichten Herzens zurückgelassen und war mit einem hübschen Spanier über zweitausend Kilometer in den Süden weitergezogen, wo sie in einem anarchischen Großkollektiv in Andalusien eine neue Heimat gefunden hatte. Knud ließ sie bei einem Vater zurück, der Fabrikarbeiter war und in einem kleinen Reihenhaus in einem Autobahnvorort von Kopenhagen wohnte. Später waren sie auf die Insel umgezogen, von der er seinen Namen hatte und wo die Familie seines Vaters sich im vorigen Jahrhundert niedergelassen hatte. Knud Tåsing redete niemals von dieser Zeit. Das hatte Jens Nielsen bald festgestellt. Nicht, weil er gefragt hätte – das tat er nicht.

Der Journalist hatte offenbar den größten Teil der Nacht dazu genutzt, Artikel aus der Vergangenheit durchzuackern, und war auf einem umgedrehten Papierkorb aus grünem Kunststoff eingeschlafen. Seine Augen waren noch halb geschlossen, als der erste und einzige Gast des Tages sich einen Weg durch den kurvenreichen Parcours zwischen enormen Papierstapeln, Büchertürmen und Aktenbergen zu dem ungemütlichen Schlaflager bahnte.

Der Reporter kam mit einiger Mühe auf die Beine, während er murmelte: »Ist denn schon Morgen ...?« Er verströmte einen schwachen Dunst von Alkohol und – merkwürdigerweise – Öl, als hätte er sich während seines nächtlichen Lesemarathons zwischendurch mit einem Bad in dem zähen, schwarzen Wasser unten im Hafenbecken vor dem Zeitungshaus erfrischt. Auf dem Tisch lag eine einsame Wochenzeitschrift, an die eine Quittung getackert war.

Der Fotograf trat näher. Es war eine über vierzig Jahre alte Ausgabe des *Billed Bladet*, das damals noch 75 Øre gekostet hatte. Der Name der Zeitschrift prangte in den gleichen roten, kantigen Lettern auf dem Cover wie heute – ein knappes halbes Jahrhundert später. Das Datum lautete *27. Dezember 1961*.

Nils Jensen beugte sich vor. Das vergilbte Titelblatt war von einem schwarz-weißen Kindergesicht eingenommen, das mit großen, ängstlichen Augen und fest zusammengepressten Lippen in die Welt schaute. Über das karierte Hemd des Kindes hatte einer der damaligen Grafiker in hübsch geschwungener Schreibschrift drei einfache, aber stark appellierende Worte gesetzt: *Wer adoptiert mich?*

»Den Hinweis auf diesen Artikel habe ich auf der Homepage der Adoptionskommission gefunden«, sagte der Journalist, ein Auge noch immer halb geschlossen, als wäre ein Lidschlag in beiden Gesichtshälften gleichzeitig momentan zu anstrengend. »Und – *abrakadabra* – guck mal, was ich gefunden habe!« Er hob die Zeitschrift hoch und ließ sie mit einer dramatischen Geste vor dem Fotografen auf die Schreibtischplatte fallen.

Die zwei Bilder, die der anonyme Briefschreiber an das Nationalministerium und an *Fri Weekend* geschickt hatte, waren im Mittelteil der alten Wochenzeitschrift abgebildet. Die imposante braune Villa in dem goldenen Rahmen füllte die gesamte linke Seite, während auf der rechten Seite unter der Überschrift *Die sieben Zwerge* das Foto abgedruckt war, das Knud Tåsing am Vortag stundenlang beschäftigt hatte.

Auf der schwarz-weißen Abbildung saßen sieben Kleinkinder aufrecht auf Kissen und Decken unter dem geschmückten Weihnachtsbaum. Der Text war der gleiche wie in dem anonymen Brief: *Die sieben Zwerge – fünf Jungen und zwei Mädchen – wohnen in der Elefantenstube und freuen sich alle darauf, im neuen Jahr ein schönes neues Zuhause zu finden!*

Knud Tåsing war erstaunlich wach nach der langen Nacht in der unbequemen Haltung und ohne die erste Morgenzigarette. »Wenn du wüsstest, wie viele Kinder in diesem Land zur Adoption freigegeben wurden... Tausende... Ganze Regimenter und Bataillone gesunder, dänischer Kinder, die gleich nach der Geburt entsorgt wurden. Und das ist noch gar nicht so lange her.« Für einen kurzen Augenblick sah es aus, als wollte er seine Bemerkung mit einem zynischen Lachen würzen, aber dann ließ er es bleiben und nahm stattdessen die Zeitschrift vom Tisch.

Der Artikel hatte sechs Seiten im Mittelteil bekommen. Jedes Bild war mit einem kurzen erklärenden Untertext versehen: *Per in seinem karierten Overall ist ein energischer Herr von 17 Monaten, der seinen ganz eigenen Willen hat,* war der Wortlaut unter dem unglücklich aussehenden, weinenden Jungen.

Wie gefällt Ihnen Dorte mit dem hübschen weißen Kragen?, stand unter der Fotografie eines molligen Mädchens, das schwermütig auf einem Eisbärenfell saß.

Neben einem noch trauriger dreinschauenden Mädchen in einem geblümten Kleid hatte der Journalist notiert: *Die kleine Lise sieht ein wenig verzweifelt aus. Sie ist 18 Monate und schielt etwas, aber das kann gerichtet werden.*

Das größte Bild zeigte einen dunkelhaarigen Jungen in einem weiß bezogenen Bett. Die Wand hinter ihm war mit kleinen, rundrückigen Elefanten bemalt, so grobkörnig auf der Fotografie, dass man die gebogenen Stoßzähne, die Schwänze und die erhobenen Rüssel kaum erkennen konnte.

Dieses Bild war mit folgendem Kommentar versehen: *Ein Elefant kommt angerannt... Aber wohin ist er unterwegs? Wenn man gerade einmal neun Tage alt ist, weiß man herzlich wenig über seine Zukunft.*

»Die gleiche Jahreszahl wie auf dem Antragsformular«, sagte der Journalist. »Die Person, die uns das Formular geschickt hat, ist auch im Besitz der Zeitschrift. Und sie möchte uns gerne etwas mitteilen, weshalb sie uns einen genauen Startpunkt für unsere Untersuchungen angibt: das Säuglingsheim Kongslund – 1961.«

Er ließ sich wieder auf den ramponierten Papierkorb fallen. In seinem dicken grünen Strickpulli hatte er etwas von einem Frosch, der sich auf den Sprung nach einem vorbeischwirrenden Insekt vorbereitete.

»Das ist mein Geburtsjahr«, war der erste Kommentar, zu dem Nils Jensen sich an diesem Morgen hinreißen ließ.

»Meins auch. Einer der geburtsstärksten Jahrgänge in Dänemark überhaupt.«

Knud Tåsing klappte die Zeitschrift zu und schmiss sie auf einen Stapel neben dem Tisch. »In einer Woche richtet das Heim eine Jubiläumsfeier für die ehemalige Leiterin aus – das berühmte Fräulein Ladegaard, das den Spitznamen *Magna* trug –, und zu diesem Anlass werden alle alten Kämpen der Kinderpädagogik in Skodsborg zusammengetrommelt. Darüber hinaus kommen Politiker und Prominente in Hülle und Fülle. Wäre ja auch noch schöner, so wie in diesem Land über Kindererziehung, Stress und Heimleben gesprochen wird.«

Gemeinsam verließen sie die Redaktion, setzten sich in Nils Jensens beigefarbenen Mercedes und fuhren an der Hafenkante Richtung Kongens Nytorv.

»Magna wurde 1989 von einer mindestens ebenso formidablen Frau abgelöst«, sagte Knud Tåsing. »Die neue Leiterin heißt Susanne Ingemann.«

Sie waren auf die Østerbrogade gebogen und folgten dem gemütlichen Vormittagsverkehr den Strandvej hinauf, vorbei an Svanemøllen, Tuborg und Charlottenlund Fort und weiter in Richtung Tårbæk.

Erst dort ergriff der Journalist wieder das Wort. »Gestern Abend war Krisensitzung im Büro des Nationalministers, während alle anderen Minister den Tag der Befreiung gefeiert haben. Das habe ich von einer alten Quelle aus dem Ministerium. Und rate mal, warum...«

Nils Jensen sagte wie gewohnt nichts, und so fuhr der Journalist fort: »*Wegen des anonymen Briefs an Orla Berntsen.* Meine Quelle war nicht persönlich anwesend, weiß aber trotzdem, dass sie mindestens eine Stunde über den ominösen Brief diskutiert und am Ende beschlossen haben, so schnell wie möglich Expertenhilfe anzufordern... in Person des ehemaligen Vizepolizeichefs von Kopenhagen, der von den Ministerien hin und wieder für Sicherheitsaufgaben engagiert wird.«

Der Fotograf beschleunigte in der lang gezogenen Kurve, vorbei an Sølyst und Emiliekilde. Es war ein grauer, milder Frühlingstag, und die ersten Morgensegler waren bereits auf dem Sund unterwegs.

»Der alte Bekannte des Ministers hat inzwischen eine eigene Firma. Er soll den anonymen Briefschreiber finden, dafür hat er völlig freie Hand bekommen. Du kennst ihn noch aus deiner Zeit als Frontfotograf in Nørrebro. Carl Malle heißt er. Ihn ruft man nur, wenn die Kacke richtig am Dampfen ist – und zwar so gehörig, dass man Gefahr läuft, sich ordentlich den Hintern zu verbrennen.«

Nicht einmal diesen aparten Vergleich kommentierte Nils Jensen.

»Sein Nachname scheint jedenfalls zu passen«, sagte der Journalist. »Er ist böse wie der Satan persönlich. Der Brief kommt aber auch zu einem selten ungünstigen Zeitpunkt. In einer Woche fahren alle, die etwas auf sich halten, nach Kongslund, um der berühmten Heimleiterin ihre Ehre zu erweisen. Zeitgleich steht der Nationalminister, der seit Jahrzehnten materieller und geistiger Schirmherr des Heims war, vor dem Karrieresprung seines Lebens... auf den höchsten Thron des Reiches. Die Partei sponsert und finanziert Kongslund seit dem Krieg – als leuchtendes Beispiel für die menschenfreundliche Einstellung der Dänen zu den allerschwächsten Kreaturen, und dieses Stückchen dänischer Geschichte wollen die Parteibosse auf keinen Fall angekratzt sehen. Darum schauen sie natürlich mit größtem Argwohn auf einen Brief, der andeutet, dass Kongslunds Vergangenheit – und damit auch die Gegenwart – auf einem einzigen großen Betrug basiert. Dass das Kinderheim als Gegenleistung für die Unterstützung den Mächtigen bei der Vertuschung ihrer Skandale behilflich war und die Vergangenheit der kleinen Kinder so gründlich auslöschte, dass diese auf ewig vergessen war.«

Der blaue Briefumschlag, der auf Knud Tåsings Schoß lag, war der Grund für seine Zuversicht und die vielleicht letzte Hoffnung der Zeitschrift für einen lukrativen Topseller. Bei einer Krisensitzung einen Monat zuvor hatten die Marketingfritzen dem übrig gebliebenen Journalistenstab mitgeteilt, dass gerade einmal sieben Prozent der dänischen Bevölkerung von der Existenz der Zeitschrift *Fri Weekend* wussten und nur ein landesweiter Scoop den erstickenden Rauch vertreiben konnte, der dem Unternehmen langsam, aber sicher die Luft abschnürte.

Nils Jensen schielte auf die akkurat ausgeschnittenen weißen und schwarzen Buchstaben, behielt seine Gedanken aber für sich. Auf der schwedischen Seite war der Sund unverändert stahlgrau (als hätte unser Herrgott einen deprimierten Blick darauf geworfen), und der Fotograf dachte einen Augenblick lang an den Vater, der ihn in den Schulferien auf seine Runden als Nachtwächter durch Nørrebro mitgenommen hatte – vermutlich in der Hoffnung, dass sein Sohn einmal in seine Fußstapfen treten würde. *Die Fußstapfen eines Maulwurfs.*

Sie passierten Bellevue mit dem weißen Sand und den hübschen kleinen Grasbüscheln, der bevorzugte Badestrand der Kopenhagener seit hundertundfünfzig Jahren.

Der Journalist atmete hörbar aus. »Allein der Name... *John Bjergstrand*«, sagte er. »Das ist die entscheidende Information. Ein Junge, der in aller Diskretion zur Welt gebracht und unter strengster Geheimhaltung zur Adoption freigegeben wurde – unter einem neuen Namen, den wir nicht kennen. Ein *Bastard*, der eine glorreiche Karriere komplett zerstören könnte. Bestimmt geht es genau darum... Eine sehr mächtige Persönlichkeit begeht einen Seitensprung und setzt die notwendigen Hebel in Bewegung, jedwede Spur des katastrophalen Fehltritts zu beseitigen.« Tåsing lehnte sich zufrieden zurück. »Bis auf eine. Die unser anonymer Briefschreiber entdeckt hat.«

Sie fuhren an Strandmøllekroen und Jægersborg Hegn vorbei.

»Unser anonymer Freund kennt die Identität der Eltern nicht, glaubt aber, dass wir eine Chance haben, sie herauszufinden. Und dass *Fri Weekend* sich traut, die Sache an die Öffentlichkeit zu bringen.«

Nils Jensen schwieg.

»Wir wissen, dass Berntsen nervös auf den Brief reagiert hat. Wir wissen, dass er das Heim kennt und dass ein banales Stück Papier das gesamte Nationalministerium so aufgescheucht hat, dass die sich die halbe Nacht mit Krisensitzungen um die Ohren geschlagen haben, statt zur Befreiungsfeier zu gehen. Ich glaube, dass die Partei auf die eine oder andere Art involviert war, und das weiß auch der Briefschreiber. In den fünfziger und sechziger Jahren haben die Dänen Tausende unehelicher Kinder zur Adoption freigegeben. Erst mit der Legalisierung der Abtreibung 1973 sank die Zahl... So konnten die unerwünschten Kleinen bereits eliminiert werden, bevor sie auf die Welt kamen.« Er schnalzte mit der

Zunge, als wäre dies ein bedauerlicher, aber notwendiger Triumph für die Nation an sich.

»Gestern habe ich mit einer pensionierten Sachbearbeiterin der Mutterhilfe gesprochen, die damals für das Heim gearbeitet hat. Sie erzählte, dass die Kinder von den Kinderschwestern häufig die Namen von Prominenten als Spitznamen bekamen. Zum Beispiel Ebbe Rode, Poul Henningsen... oder Jacqueline Kennedy.« Knud Tåsing lachte auf. »Ein komplett kahlköpfiges Baby haben sie Chruschtschow genannt, nach dem sowjetischen Ministerpräsidenten, der bei der UN-Vollversammlung mit seinem Schuh auf die wichtigste Tischplatte der Welt schlug. Eine unschuldige Geste, könnte man meinen, aber angeblich sollten die Spitznamen der Kinder nicht nur äußerlichen Ähnlichkeiten geschuldet sein.«

Sie fuhren unter hohen Baumkronen in eine weite Kurve, die vom Wasser wegführte. Nun standen auf beiden Seiten des Skodsborg Strandvej riesige Villen, teilweise bis an die Bürgersteige heran.

»Meine Quelle bei der Mutterhilfe hat auch noch etwas anderes erwähnt... 1966 hat die Heimleiterin selbst ein Kind adoptiert. Oder genauer, sie behielt eines der elternlosen Mädchen als Pflegetochter bei sich. Auch dieses Mädchen wurde '61 geboren. Später, nach ihrer Pensionierung, bezog Fräulein Ladegaard eine kleine Wohnung oben in Skodsborg, während ihre Pflegetochter, die jetzt Ende vierzig ist, weiter im Kinderheim wohnt.« Er machte eine kurze Pause. »Bizarr, oder?«

Nils antwortete nicht. Er hatte bis Mitte zwanzig zu Hause gewohnt. Er setzte den Blinker und bog rechts auf einen steilen, kurvigen Schotterweg, der nach unten an die Küste und zum Wasser führte.

Im ersten Moment war er fast sicher, dass sie verkehrt gefahren waren, aber dann sah er den dunklen Schatten zwischen den Bäumen und wenig später die Konturen des großen Hauses, das vor ihnen aufragte wie ein gewaltiger, brauner Schiffsrumpf in einem grünen Meer aus Buchenkronen. Sekunden später sahen sie die sieben weißen Schornsteine und einen turmähnlichen, nach Süden gewandten Anbau – und schließlich die ganze Villa.

Der Fotograf hielt überwältigt an und schaltete den Motor ab.

Beide Männer blieben einen Moment stumm im Wagen sitzen. Das Kinderheim hatte etwas Unnahbares inmitten von all dem frisch aufbrechenden Grün – wie ein englischer Herrensitz aus dem 19. Jahrhundert: nicht übermäßig groß, aber jede Säule, jedes Sims und jedes Turmfenster strahlte etwas Majestätisches aus.

Nach einer Minute der Stille begann der Journalist mit leiser Stimme zu sprechen: »Sieh dir die Villa an, Nils. Und stell dir vor, dass in unserem Land Tausende Dänen herumlaufen, die adoptiert wurden und nie ihre richtigen Eltern kennengelernt haben. Für viele von ihnen hat ihre Geschichte in *diesem* Haus angefangen.«

Er holte tief Luft und öffnete die Beifahrertür. Der Fotograf folgte ihm.

Nils Jensen stellten sich die Härchen auf den Armen auf, obwohl es schon Anfang Mai war. Dabei war ihm Angst eigentlich vollkommen fremd. Er war mit seinem Vater auf dessen Nachtwächterrunden durch Nørrebro und über den Friedhof spaziert und war dunkle Schatten und Kälte gewohnt. Angst war etwas, das man sich in der *Domäne des Maulwurfs* nicht leisten konnte, das hatte sein Vater ihm beizeiten eingetrichtert.

Deswegen verwunderte ihn seine Reaktion.

Die Umgebung des Hauses war genauso idyllisch wie im Wochenblatt beschrieben. Trotzdem hatte er für einen kurzen Augenblick das Gefühl, beobachtet zu werden, und drehte sich langsam um. Er hörte Knud Tåsings Lachen über sein offensichtliches Unbehagen. Mitten im Lachen bekam der Journalist eine Hustenattacke und musste sich mit den Händen auf den Knien abstützen. Bis auf Weiteres hallte nur sein hässliches Kläffen durch das Wäldchen.

Erst später dachte Nils Jensen wieder an das, was er oben am Hang zu sehen geglaubt hatte: eine kleine Gestalt, die sich rückwärts zwischen die Büsche zurückgezogen hatte, ehe sie südwärts in Richtung einer alten weißen Villa verschwunden war. Natürlich war das absurd und konnte eigentlich nichts anderes sein als eine Sinnestäuschung. Das weiße Haus auf dem Nachbargrundstück stand ganz offensichtlich leer und wirkte selbst aus der Entfernung völlig verfallen. Es gab weder Gardinen noch Pflanzen hinter den Fenstern, und absolut nichts deutete auf Leben in diesem Haus hin. Man merkt genau, ob ein Haus bewohnt ist oder nicht, dachte er. Auch das hatte er von seinem Vater gelernt.

Knud Tåsing streckte sich und spuckte auf den Boden. Am hinteren Ende des Parkplatzes stand ein großer Wagen, aber Nils Jensen konnte trotz der Entfernung problemlos das Kennzeichen lesen: MAL 12.

»Guten Tag.«

Er fuhr herum und registrierte, dass Knud genauso erschrocken war wie er.

Sie hatte sich unbemerkt genähert. »Mein Name ist Susanne Ingemann. Sie kommen früher als erwartet...«

Sie trug ein elegantes grünes Kleid, das ihr bis an die Knöchel reichte. Der Fotograf registrierte ihre Schönheit schneller, als der Auslöser das erste Bild sichern konnte; braune Füße in hellbraunen Ledersandalen, dunkelbraunes Haar (mit einem leicht rötlichen Schimmer), das mit einer Metallspange zu einem festen Knoten hochgebunden war. Sie begrüßte die beiden Männer mit einer abwehrenden

Handbewegung, graziös, aber distanziert, ohne einen Hauch von Körperkontakt. »Willkommen in... Kongslund.«

Ihm fiel ein Zögern auf, ehe sie den Namen des berühmten Säuglingsheims aussprach. Es war, als würde sie sich innerlich verneigen.

»Gehen wir hinein.« Ihre Gastgeberin ging vorweg, ehe sie etwas antworten konnten.

Sie betraten eine hohe Halle, deren Wände mit Mahagonipaneelen verkleidet waren. Über einem Sandsteinkamin, der seit Jahrzehnten nicht mehr in Gebrauch zu sein schien, war die Wand von Schwarz-Weiß-Fotos in kleinen schwarzen und braunen Rahmen bedeckt: leuchtende Kindergesichter im Licht der Blitzwürfel, die man in den fünfziger und sechziger Jahren benutzte.

Nils stand still da und starrte auf die Bilder, die ihn an sein Elternhaus erinnerten. Er war in einem Milieu aufgewachsen, in dem Sentimentalität den in Not geratenen Heldinnen der Groschenromane vorbehalten war und Bjørn Tidemands Liebesliedern im sonntäglichen Wunschkonzert. Er wandte den Blick ab. Eine breite Treppe führte in die obere Etage. An der Wand über dem Treppengeländer hing das Gemälde einer in einem malerischen Hain stehenden Frau mit einem breitkrempigen Hut. Sie trug ein dunkelgrünes Kleid mit langen Ärmeln und Falten, und der Stoff reichte bis auf die Erde und legte sich in Kaskaden um ihre Füße.

»N.V. Dorph. Das ist die Gräfin Danner.« Zum zweiten Mal wurden sie von der Stimme der Leiterin erschreckt. Knud Täsing begann wieder zu husten.

Sie ignorierte das und sprach einfach lauter. »Dorph hat das Haus für den alten Marinekapitän eingerichtet, der hier lebte, ehe die Mutterhilfe hier unterkam. Er hat auch die Bilder gemalt«, sagte sie. »Zumindest die meisten. Vielleicht beginnen wir an dieser Stelle mit der Besichtigung.«

Sie ließ sie vor sich die breite Treppe hochgehen. Nils

hörte das Rascheln des grünen Kleiderstoffes, als sie ihnen folgte. Die Leiterin sah auf fast unheimliche Weise wie eine modernisierte Ausgabe der Frau auf dem Gemälde aus.

»Das Haus wurde zwischen 1848 und 1850 von einem bekannten Architekten erbaut – angeblich in Zusammenarbeit mit dem letzten absoluten König, König Frederik dem Siebten, und genau zeitgleich mit der Entstehung des Grundgesetzes«, sagte sie.

Knud Tåsing hustete erneut, als wollte er damit sein mangelndes Vertrauen in diese merkwürdige Aussage demonstrieren.

Sie standen in einem langen, dunklen Korridor mit drei, vier verschlossenen Türen. »Hier wohnten früher die *Fräuleins* – und die Leiterin. Damals war das Personal noch im Heim untergebracht, zwischen allen Kindern. Das war ganz natürlich.« Sie stand mit dem Rücken zur Treppe und dem großen Gemälde. »Der Architekt liebte diesen Ort so sehr, dass er es nicht über sich brachte, hier wegzuziehen. Also hat er sich selbst ein Haus auf dem angrenzenden Grundstück gebaut, gleich dort oben am Südhang. Das verfallene weiße Haus, das Sie sicher gesehen haben. Dort lebte er mit seiner Frau und seinem Sohn, der später mit seiner Frau... und deren Tochter dort wohnte.«

Und schon wieder hatte sie so eine eigentümliche Pause vor *deren Tochter* eingeschoben, die Nils nicht recht deuten konnte.

»Die Tochter war Spastikerin.«

Noch so eine sonderbare Information.

»Kongslund wurde von Generation zu Generation weitervererbt, bis die Mutterhilfe es 1936 kaufte.« Susanne Ingemann blieb stehen und öffnete eine Tür. Nach dem Aufenthalt in dem schwach erleuchteten Korridor war das Licht überwältigend. Der Raum war wahrlich eines Schlosses würdig, das Gemach einer Königin. Trotz der Spielzeugautos auf dem Mahagonitisch am Fenster und der Püppchen auf den Stühlen (blond, dunkel und rothaarig) lag etwas Erhabenes über der Szenerie, eine Verlassenheit, wie man sie aus Schlössern kennt, die seit Jahrzehnten nicht mehr bewohnt werden. Die Wände waren golden tapeziert, und auf den zwei ausladenden, antiken Sofas lagen schwarzgrün schimmernde Seidenkissen mit aufgedruckten roséfarbenen Blumensträußchen. Aus den Fenstern blickte man über eine weite, hellgrüne Rasenfläche auf einen schmalen Sandstrand. Zwischen dem Garten und dem Strand verlief ein niedriger Maschendrahtzaun mit zwei kleinen Pforten links und rechts, der wahrscheinlich verhindern sollte, dass die Kinder direkt ins Wasser liefen, sobald die Erwachsenen kurz den Blick abwandten.

»Dies hier war über ein halbes Jahrhundert der Privatraum der Leiterin«, erklärte Susanne Ingemann. »Wir haben ihn nicht verändert.« Damit trat sie wieder auf den Korridor und sagte: »Dort am Ende liegt das Büro, aber da gibt es nichts zu sehen.« Die Tür stand offen.

Nils Jensen warf einen Blick in das Zimmer. Auf dem Fensterbrett stand ein großer, leerer Vogelkäfig. Ein Vogel war nirgends zu sehen.

Sie bemerkte seinen Blick. »Wir hatten einmal drei Kanarienvögel«, sagte sie. »Aber die sind schon lange tot. Kommen Sie, gehen wir in den Wintergarten und trinken einen Tee.«

Der Mann aus dem Volk bekam die Erlaubnis, einen Blick in die heiligen Gemächer zu werfen, dachte Nils. Bestimmt war das die Generalprobe für den Rundgang mit den Ministern und Prominenten, die dem großen Jubiläum in ein paar Tagen beiwohnen würden. Bei ihrem Spaziergang durch das Heim war ihnen kein Mensch begegnet. Vielleicht waren die Kinder in einen anderen Teil des Hauses umgezogen, damit sie nicht von den Besuchern gestört wurden.

Sie winkte sie an einen Tisch in einem hohen Raum mit zwei auf den Garten und das Wasser zeigenden Fenstern. »Während des Krieges hatten die Fräuleins wirklich alle Hände voll zu tun«, sagte sie und setzte sich auf ein Sofa, die Fenster im Rücken. »Sie haben Großartiges geleistet, und während der letzten Kriegsjahre haben sie mit der Widerstandsbewegung zusammengearbeitet. Aber das wissen Sie sicher schon?«

Nils hörte für den Bruchteil einer Sekunde den Stolz in ihrer Stimme. Natürlich hatten sie davon gehört.

»Das ist eine Zeit, von der Magna – Fräulein Ladegaard – sehr selten spricht.«

»Magna?« Er hörte sich zu seiner eigenen Überraschung diese kurze Frage aussprechen.

»Ja, so haben die Kinder sie zu allen Zeiten genannt«, sagte sie. »So hieß sie hier. Wie es zu diesem Namen gekommen ist, weiß ich auch nicht. Martha Ladegaard wurde exakt zwölf Jahre nach der Einweihung des Heims Leiterin von Kongslund, das war am 13. Mai 1948, und das ist auch das Datum, das wir am Dienstag als ihr sechzigjähriges Jubiläum feiern wollen, auch wenn sie natürlich längst pensioniert ist. Sie war alles für diesen Ort.«

Ihre Worte klangen extrem pathetisch.

Nach einer kurzen Pause murmelte Knud: »Lasset die Kindlein zu mir kommen...« Er war heiser nach seinen Hustenattacken. Susanne Ingemann zuckte leicht zusammen, als fände sie das Zitat äußerst unpassend.

Der Journalist räusperte sich und stellte die erste eigentliche Frage seit ihrer Ankunft. »Damals in den Fünfzigern und Sechzigern... Soweit ich weiß, waren das geburtenstarke Jahrgänge in Dänemark – mit sehr vielen Adoptionen?«

»Das ist korrekt«, sagte Susanne Ingemann mit dem Tonfall einer Lehrerin, die einem besonders aufgeweckten Schüler antwortet.

Nils Jensen griff nach seiner Kamera und schaltete sie ein. Vielleicht bildete er es sich nur ein, aber ihre Gastgeberin wirkte schlagartig wachsamer als bei ihrem Rundgang.

»Das war bis etwa Mitte der Sechziger so«, sagte sie. »Inzwischen werden kaum noch dänische Kinder zur Adoption freigegeben. Und die wenigen, für die das zutrifft, sind bei uns, ja. Das sind Kinder, die aus diversen Gründen nicht bei ihren leiblichen Eltern bleiben können. Wegen Missbrauch ... Krankheit ... Als Fräulein Ladegaard 1989 in Pension ging, habe ich die Leitung übernommen.«

»Aber damals«, hakte der Journalist nach, »in den Fünfzigern und Sechzigern waren das ganz normale Kinder, die einfach nur *unerwünscht* waren, oder?«

»*Einfach nur unerwünscht* – ja, wenn Sie es so ausdrücken wollen, das stimmt. Viele der Väter hatten schon vor der Geburt das Weite gesucht. Oft wusste man gar nicht, wer der Vater war. Meistens blieb die Mutter allein zurück, obendrein noch sehr jung.«

»Und diese Kinder wurden dann hier untergebracht, in den gleichen Zimmern wie heute?«

»Ja«, sagte sie und fügte leicht arrogant hinzu: »Wo sonst?«

Knud Tåsing beugte sich vor und fragte mit plötzlich klarer Stimme: »Können wir die *Säuglingsstube* sehen?«

Susanne Ingemann ließ ihre Teetasse in einer steifen Geste zwei Zentimeter vor den Lippen in der Luft hängen. Die Atmosphäre im Raum kühlte schlagartig ab.

»Die Säuglingsstube?« Sie sprach das Wort betont langsam aus.

»Ja.«

In diesem Augenblick verstand Nils Jensen die Provokation. Knud Tåsing hatte ihr signalisiert, dass er mehr wusste als das, was man in den lobpreisenden Artikeln durch fünf Jahrzehnte hatte lesen können. Kein zufälliger Besucher konnte wissen, dass das Zimmer für die Kleinsten so hieß.

Knud Tåsing hatte das Wort aus dem Antragsformular in dem anonymen Brief.

In der gleichen Sekunde registrierten sie, dass sie nicht alleine waren. Zuerst hörten sie nur ein Geräusch, dann sahen sie die Bewegung.

Er hatte auf einem Stuhl hinter der weißen Säule gesessen, die den Wintergarten vom Wohnzimmer trennte, fast im Dunkeln. Jetzt trat er an ihren Tisch und stellte sich in das Licht, das durch die beiden nach Osten ausgerichteten Fenster hereinfiel. Die beiden Presseleute starrten ihn an, ohne ihre Überraschung verbergen zu können.

»Darf ich Ihnen Carl Malle vorstellen«, sagte Susanne Ingemann. »Er ist unser Gast...«, sie machte eine kurze Pause, »... als Repräsentant des Nationalministeriums.«

Es kam Nils Jensen ein wenig so vor, als spreche sie das Wort »Repräsentant« mit einem gewissen Sarkasmus aus.

»Ja«, sagte der große Mann vor ihnen mit einem Nicken wie zum Gruß, ohne aber die Hand auszustrecken. »Ich arbeite als Sicherheitschef für das Ministerium. Von daher haben Sie doch bestimmt nichts dagegen, wenn ich Ihrem Gespräch beiwohne?« Ohne die Antwort abzuwarten, setzte er sich neben die Leiterin auf das Sofa, die er um mindestens einen Kopf überragte, wie Nils feststellte.

»Doch, in der Tat...«, setzte Knud Tåsing an, geriet aber ins Stocken, weil ihm kein triftiger Grund einfiel, wie er einen fremden Mann des Hauses verweisen sollte, in dem er selbst nur zu Gast war.

»Verbuchen Sie es als *Pressekonferenz*«, sagte der große Mann. »Ganz offiziell. Sie sind ja schließlich auch aus offiziellem Anlass hier, nicht wahr?«

»Bei einer Pressekonferenz ist aber gewöhnlich mehr als ein Journalist anwesend.« Knud Tåsing war bemüht, die für ihn überraschende Wendung in den Griff zu bekommen.

»Dann betrachten Sie mich als *informellen Mitarbeiter*...

für das Ministerium und Kongslund, das seine Mittel ja aus dem Staatshaushalt erhält und darum ein besonders exklusives Förderabkommen mit dem Ministerium hat. Es gehörte übrigens viele Jahre zu meinen Aufgaben, Kongslunds Ruf zu schützen.« Carl Malle genehmigte sich ein Lächeln. »Es gibt nicht viele, die das wissen, aber Susanne wird es Ihnen bestätigen... falls das von Bedeutung sein sollte. Doch Knud Tåsing ist ja nicht unbedingt für seine Liebe zum Detail bekannt, nicht wahr? Nein? Gut. Von der Geschichte werden Sie Susanne kaum erzählt haben, als Sie sich gestern mit ihr verabredet haben.« Der Sicherheitschef legte einen Zeitungsausschnitt auf den niedrigen Tisch zwischen ihnen und verschob die Teekanne um wenige Zentimeter, damit alle etwas sehen konnten. Es handelte sich um einen dreispaltigen Beitrag in einer der großen Morgenzeitungen, das Datum stand mit roter Tinte einen Zentimeter unter der dramatischen Schlagzeile: *Wenn Medien Menschen kaputtmachen.*

Nils hatte den Artikel noch nie gesehen, aber Knud Tåsing starrte auf das Papier wie in eine Galgenschlinge.

Der Artikel war auf Mai 2001 datiert. Eine Passage war halbfett hervorgehoben: *Sechs Frauen sind vergewaltigt worden, und jetzt wurde der Palästinenser, der für die Verbrechen verurteilt wurde, freigesprochen. Was aber, wenn er schuldig ist, auch wenn die eifrigen (männlichen) Journalisten der Sensationspresse Zweifel an den technischen Beweisen gesät haben? Was aber, wenn er schuldig ist, auch wenn die eifrigen (männlichen) Richter ihn freigesprochen haben?*

Unter dem Zitat stand in kursiven Buchstaben Susanne Ingemanns Name. Sie saß schweigend da, als ließe sie die Zeit noch einmal Revue passieren, als sie Knud Tåsing so direkt angegriffen hatte – und so unangenehm recht bekommen sollte. Dann sagte sie, ohne aufzusehen, zu dem großen Mann neben sich: »Was hat ein alter Zeitungsausschnitt mit diesem Fall zu tun...?«

Carl Malle antwortete mit einem Schulterzucken. Es brauchte sehr viel mehr, um ihn zu verunsichern. »Nichts weiter, als dass der Journalist, den du damals so präzise aufgespießt hast...«, er sagte das ganz langsam, fast zärtlich, »...der Mann ist, der nun hier vor dir sitzt. Und er wird kaum hier sein, um Kongslunds Ruf zu retten. Oder um einem von uns etwas Gutes zu tun.«

Nils Jensen schloss die Augen und fühlte – wenn das möglich war – eine noch größere Unruhe als vorhin auf dem Vorplatz des Hauses.

Der Beitrag war drei Tage nach der Freilassung des wegen Vergewaltigung angeklagten Palästinensers gedruckt worden, und Susanne Ingemann sollte in unglaublicher Weise recht bekommen. Es vergingen exakt vier Monate zwischen dem Freispruch und der Katastrophe, die dem triumphierenden Reporter und allen Redakteuren, die ihn unterstützt hatten, den Boden unter den Füßen wegzog. Er hatte für den Freispruch eines Schuldigen gesorgt – eines »armen« Palästinensers –, bevor dieser wenige Monate später zwei Jungen von einem Spielplatz in Herlev entführte und sie auf einem Rastplatz in Nordseeland erschoss, ehe er sich selbst das Leben nahm. In seinem Abschiedsbrief hatte er sämtliche Vergewaltigungen gestanden, für die er freigesprochen worden war – und verhöhnte damit den Mann, der für seine Freiheit gesorgt hatte, ohne auch nur ansatzweise zu begreifen, welcher Hass aus Handlungen entstehen kann, die im Namen der Nächstenliebe unternommen wurden.

»Aber darüber werden wir heute kaum reden wollen«, sagte der Journalist leise, ohne den Blick von dem Artikel zu nehmen. Die vage Aussage zeigte mehr als alles andere, wie aufgewühlt er war.

Der pensionierte Polizist antwortete nicht.

»Ja, sie hat recht bekommen«, sagte Knud Tåsing. »Ihr habt alle recht bekommen. Die *Polizei* hat recht behalten.

Aber ich musste so handeln...«, sagte er nasal. Dann schwieg er wie die Heimleiterin.

Nach einer nicht enden wollenden Minute beugte Susanne Ingemann sich vor. »Sie haben nach der Säuglingsstube gefragt«, sagte sie.

»Ja... So hieß sie damals doch, nicht wahr?«

»Ja, und so heißt sie heute noch – unter denen, die sich an die Zeit erinnern. Offiziell aber ist das Zimmer hier im Haus nie unter einem anderen Namen gelaufen als...« Susanne Ingemann lächelte und sah Knud Tåsing direkt an. »... *Elefantenstube*.«

Nils Jensens Kamera rutschte unter seinem rechten Arm hindurch und landete mit einem Scheppern auf dem Boden. Er sah die kleinen, rundrückigen Elefanten vor sich – auf der Tapete hinter dem kleinen Kind in dem alten Wochenblatt – und die seltsamen Worte, die über das Bild flimmerten: *Ein Elefant kommt angerannt...*

Knud Tåsing ignorierte die heruntergefallene Kamera und beugte sich vor, um die Information aufzugreifen. »Aber warum wird es so genannt... *Elefantenstube*?«

»Weil die Wände mit kleinen Elefanten dekoriert sind«, sagte Susanne Ingemann und erwiderte den Blick des Journalisten. Sie schien weder den Fotografen noch den Sicherheitschef wahrzunehmen. »Zu der Zeit, als Magna die Leitung übernahm, hat ihre erste Assistentin Gerda, die heute ebenfalls pensioniert ist, das Zimmer vom Boden bis unter die Decke mit kleinen blauen Elefanten bemalt. Eine fantastische Arbeit. Sie sind immer noch dort, an allen Wänden. Es gibt auch ein Zimmer mit gelben Giraffen und einen größeren Raum mit grauen Igeln. Das Zimmer mit den Giraffen heißt Giraffenstube und das mit den Igeln natürlich Igelstube. Das ist das ganze Geheimnis. Dort wohnen die etwas älteren Kinder.«

Knud Tåsing wechselte abrupt das Thema.

»Ich habe ein paar Erkundigungen eingeholt...« Er schaute über den Brillenrand hinweg. »Dabei bin ich auf eine ehemalige Hebamme von einer Entbindungsstation des Rigshospitals gestoßen. Sie hat als Schülerin in der Abteilung gelernt, die in der Periode, von der wir gerade reden – den Fünfzigern und Sechzigern –, Entbindungsstation B hieß.« Knud studierte ein Blatt Papier, das er aus der Mappe genommen hatte. »Sie hieß Carla.«

Susanne Ingemann sagte nichts. Der Name der Topquelle des Journalisten schien sie nicht weiter zu beunruhigen.

Der Journalist konsultierte noch einmal die Notizen auf seinem Blatt. »Sie erinnert sich an ein Mädchen, das vielleicht sechzehn oder siebzehn Jahre alt war... und ein Kind zur Welt brachte, während ihre Seele auf direktem Weg in die Hölle hinabzusteigen schien. Das muss im April oder Mai 1961 gewesen sein, meint sie. Das Mädchen hat ihr Kind nie zu sehen bekommen, ehe sie selber von der Station verschwand. Und die Leiterin von Kongslund hat das Kind persönlich abgeholt.«

»Da hat das Kind Glück gehabt. Kongslund war der beste Ort im ganzen Land. Andere Kinder kamen in sehr viel schlechtere Kinderheime wie Sølund oder Ellinge Lyng, wo sie mutterseelenalleine und auf sich gestellt waren, ohne erwachsene Bezugspersonen.«

»Ja, davon habe ich gehört.«

Der Journalist musterte die Leiterin erneut über den Brillenrand hinweg und drehte das Blatt Papier um, das vor ihm auf dem Tisch lag. Die Balance im Raum war zu seinen Gunsten gekippt. Carl Malle beugte sich vor, um einen Blick auf jene Notizen zu erhaschen, auf die der Journalist sich offenbar stützte. Susanne Ingemann hatte ihre Hände in den Schoß gelegt, und das Licht am Himmel über dem Sund malte einen rot schimmernden Heiligenschein um ihren Kopf.

»Es gab«, sagte Knud mit gedämpfter Stimme, »eine Menge Gerüchte in diesen Jahren. Unbestätigte, aber trotzdem. Die Gerüchte besagten, dass die Leiterin von Kongslund in ganz seltenen Fällen und unter äußerster Diskretion ausgewählten Männern, also werdenden Vätern, aus der Klemme half... Aus besonders peinlichen Situationen...« Erneutes kurzes Nicken und Pause.

Nils Jensen spürte Susanne Ingemanns abwartendes Schweigen.

Knud Tåsing hustete, dieses Mal klang es unecht, bevor er fortfuhr.

»Damals war noch keine Rede von legaler Abtreibung oder neuer Sexualmoral. Aber die Triebe waren dieselben...« Der Reporter lächelte leicht. »Und so passierte es immer wieder, dass die eine oder andere bekannte und einflussreiche Persönlichkeit – ein Politiker oder Direktor oder Schauspieler – einen Fehltritt beging und Vater eines sogenannten *illegitimen Kindes* wurde.«

»Ein uneheliches Kind, ja.« Susanne Ingemanns Stimme war so neutral wie die des Journalisten.

»Das war die Nachkriegszeit, lange vor dem freien Recht auf Abtreibung«, sagte Knud. »Aus den unterschiedlichsten Gründen kamen solche unerwünschten Kinder zur Welt, wahrscheinlich, weil man nicht die Mittel oder den Mut hatte, sie von irgendwelchen Quacksalbern entfernen zu lassen.«

»Ja. *Illegalen Schwangerschaftsabbruch* hat man das genannt.«

»Und damit stellten sie ein konkretes, peinliches Problem für ihre Eltern dar. Wahrscheinlich besonders für angesehene Persönlichkeiten, die nicht riskieren konnten, dass die Mütter diese Kinder offiziell austrugen und sie damit verrieten. Und hier berichten die Quellen, dass Kongslund in einer Reihe von Fällen einsprang. In diesen speziellen Fällen sorgte das Heim ganz diskret dafür, dass die Geburt nicht registriert und das unerwünschte Kind der Liebe anschließend erfolgreich vermittelt wurde.« Er senkte die Stimme. »Um danach alles zu vergessen, was mit der Sache zu tun hatte.«

Susanne Ingemann sagte nichts.

»Die Leiterin – bei der es sich um Magna handeln muss – vernichtete schlicht und einfach alle Spuren.«

Magnas Nachfolgerin in Kongslund reagierte überhaupt nicht.

»Was für eine Macht sie gehabt haben muss.« Knud Tåsings Stimme war leise geworden, er klang fast ehrfurchtsvoll. Zusammengekrümmt saß er mit verknittertem Hemd da.

»Ja«, sagte Susanne Ingemann. »Wenn es denn wahr ist.«

»Meine Quellen behaupten das. Und die Gerüchte, die noch erstaunlich vielen Leuten nach so vielen Jahren bekannt sind.«

»Sie stützten sich also auf Quellen aus einer fernen Vergangenheit, die sich unter Umständen nur auf Gerüchte beziehen.«

Der Journalist nahm geistesabwesend den letzten Keks vom Teller. »Kongslund hätte ohne einen enormen Goodwill von allerhöchster Stelle niemals am teuersten Abschnitt des Strandvej überlebt, oder?«

Er legte den Keks zurück auf den glänzenden Silberteller. »Ist es nicht so? Ein Haus voller Bastarde, inmitten der feinen Gesellschaft des Landes? Das war sicher nicht sehr populär. Bis man entdeckt hat, dass man durchaus in der Lage ist, den Reichen und Mächtigen eine wertvolle Gegenleistung zu bieten – nicht wahr?«

Susanne Ingemann lehnte sich zurück und schloss die Augen.

»Vorgestern wurde ein Brief an das Nationalministerium geschickt, in dem Kongslund mehr als deutlich dafür verantwortlich gemacht wird, bestimmte Kinder versteckt zu haben. Ein Kind wird sogar beim Namen genannt...« Knud Tåsing legte den Bogen mit den Bildern aus dem Wochenblatt und das alte Adoptionsformular vor Susanne Ingemann auf den Tisch. Sie studierte die Papiere, ohne den Kopf zu heben, und Carl Malle beugte sich über ihre linke Schulter.

»Wer ist John Bjergstrand?«, fragte Tåsing.

Keine Reaktion. Er wiederholte die Frage.

»John Bjergstrand. Das weiß ich nicht. Wer soll das sein?«

»Ich glaube, er war Adoptivkind in Kongslund, in der Säuglingsstube«, sagte der Journalist, von der schwachen Reaktion der Frau verunsichert, zögernd.

»Das war lange vor meiner Zeit, ich habe den Namen noch nie gehört.« Susanne Ingemann lächelte und sah trotz der ungeheuren Anschuldigungen gegen Kongslund geradezu gut gelaunt aus. »Und Sie sind wirklich sicher, dass Ihre Quelle sich nicht irrt? Vielleicht hat sie Kongslund ja mit einem anderen Kinderheim verwechselt. Es gab damals immerhin über fünfzig Kinderheime in Dänemark.« Wieder lächelte sie. »Dänemark war voller Häuser mit Kindern, die allesamt von ihren Eltern abgewiesen wurden. Ihr kleiner Junge könnte in jedem von denen gewesen sein.«

»Der Brief ist an den Stabschef des Nationalministeriums adressiert worden, Orla Pil Berntsen. Was hat er mit Kongslund zu tun?«

»Nichts.« Die Antwort kam für Nils' Geschmack einen Hauch zu schnell.

»Wir glauben, dass er als Kind hier war.« Knud Tåsings Mutmaßung wurde wie schon zuvor in den Plural gesetzt.

»Orla Berntsens Privatleben geht nur ihn selbst etwas an.« Sie sprach den Namen des Beamten auf eine Weise aus, die keinen Zweifel zuließ. Sie kannte ihn – und er stand in einer Verbindung mit Kongslund.

Knud Tåsing entging dieser Augenblick nicht. »Ich frage nach Informationen, die öffentlich zugänglich sein müssten, da Kongslund ja eine öffentliche Einrichtung ist, die viele Jahre mit öffentlichen Mitteln betrieben wurde – wie Herr Malle gerade besonders betont hat.«

»In diesem Fall schlage ich vor, dass Sie ihn persönlich fragen«, sagte sie. »Ganz davon abgesehen ist uns natürlich daran gelegen, uns auch weiterhin Unterstützung zu verdienen, wenn Sie verstehen, was ich meine.« Sie schaute ansatzweise ironisch zu Carl Malle, und wieder fiel Nils die Feindseligkeit zwischen ihnen auf.

»Setzt das Ministerium Sie unter Druck? Wieso ist er überhaupt zu diesem Gespräch zwischen *Fri Weekend* und Kongslund eingeladen worden?«

Susanne Ingemann erhob sich von dem Sofa und trat ans Fenster. Sie stand fast eine Minute mit dem Rücken zu den drei Männern und schaute hinaus auf den blauen Sund. Dann drehte sie sich um und sagte unvermittelt: »Ja. Orla Berntsen war als Säugling in Kongslund. Diese Information ist selbstverständlich streng vertraulich. Er war nicht hier, um adoptiert zu werden, sondern weil seine Mutter es sehr schwer hatte. Die Mutterhilfe hat ihr geholfen. Später kam er mindestens einmal im Jahr, um die Fräuleins zu besuchen, zusammen mit seiner Mutter. Deshalb weiß ich davon. Auch das Ministerium ist davon unterrichtet. Wir sind eine öffentliche Einrichtung. Das Nationalministerium unterstützt uns, der Minister sitzt im Aufsichtsrat – alles ganz offiziell.«

Es klang, als kenne sie ihn besser, als sie unmittelbar zugeben wollte.

»Er hatte es schwer«, sagte sie schließlich.

Knud Tåsing beugte sich vor. Sein Schweigen hing als Frage zwischen ihnen: *Warum?*

Sie kam zurück zum Sofa, machte aber keine Anstalten, sich zu setzen. Vielleicht wollte sie die direkte Nähe des pensionierten Polizisten meiden. Einen Moment lang war Nils sicher, dass sie Knud Tåsings stumme Frage nicht beantworten würde, aber dann sagte sie: »Das war damals... eine sehr tragische Geschichte.«

Carl Malle machte eine Bewegung, als wollte er aufstehen, blieb dann aber sitzen.

Sie sah ihn nicht an, aber selbst gegen das Licht ahnte Nils das trotzige Funkeln in ihren Augen, ehe sie fortfuhr: »Es hieß, dass er den Tod eines Mannes beobachtet hat oder vielleicht sogar involviert war, aber wahrscheinlich ist das auch nur ein Gerücht. Er war ja noch ein Kind. Ich weiß nur, dass Magna für einen regelmäßigen Kontakt zu einem Psychologen von Kongslund sorgte. Es gab ein Team, das fest in Kongslund angestellt war, und sicher gab es auch noch andere Maßnahmen, von denen ich nichts weiß. Darüber können Sie in Ihrer Zeitung natürlich nichts schreiben. Ich sage das nur, damit Sie verstehen, dass ich versuche, ganz offen zu sein... Hier wird nichts unter den Teppich gekehrt. Aber genauso wenig gibt es irgendetwas, das von Interesse für andere... oder *Fri Weekend* sein könnte.«

Nichtsdestotrotz hatte sie damit den beiden Presseleuten eine äußerst interessante Information gegeben, nach der sie sonst wahrscheinlich Monate hätten graben müssen.

»Was für andere Maßnahmen meinen Sie?« Knud Tåsings Frage kam ohne Zögern.

In dem Augenblick schlug Carl Malle mit der flachen Hand auf den Tisch. Der heftige Schlag schickte drei Teelöffel mit einem Klirren zu Boden. »Jetzt reicht es aber! Das sind interne Informationen, mit denen schon einmal so sorglos umgegangen worden ist, dass dadurch jemand zu Tode gekommen ist...!« Der Sicherheitsmann richtete sich halb auf.

Der Journalist nahm den Adoptionsantrag vom Tisch und legte seine Papiere zurück in die Mappe. »Danke für Ihr Entgegenkommen«, sagte er zu der Gastgeberin. »Zur Jubiläumsfeier in einer Woche kommen wir wieder.« Er stand auf. »Aber da werden wir uns damit begnügen zu applaudieren.«

Sie stand auf dem Treppenabsatz und schaute ihnen nach, als sie zu ihrem Wagen gingen. Carl Malle war im Haus geblieben. Seine Mission war offensichtlich abgeschlossen.

Knud Tåsing blieb abrupt mitten auf der Zufahrt stehen, drehte sich um und sah noch einmal zu der gut aussehenden Leiterin. »Der alte Fall... die beiden Jungen... Ist das nicht mehr von Bedeutung?«

Sie verstand seine unzusammenhängende Frage sofort.

»Doch«, sagte sie. Nils Jensen hielt die Luft an.

»Und was sagen Sie... heute dazu?«

»Ich sage... dass alles irgendwann zur Vergangenheit wird. *Alles* endet, wenn man Geduld genug hat. Und wenn man es nicht selbst wieder ausgräbt.«

Er nickte. Ihre Andeutung war mehr als deutlich. Lass Kongslunds Vergangenheit ruhen, damit die Welt – und Carl Malle – deine Dämonen nicht weckt.

»Die alte Leiterin hat eine Pflegetochter, nicht wahr?«

Zuerst kam keine Antwort, nur eine Verlängerung des vorangegangenen Schweigens. Dann folgte die Bestätigung. »Ja, sie hat eine Pflegetochter. *Inger Marie.* Das war der Name, den sie bekam, als sie 1961 hierherkam. Aber wir nennen sie einfach nur Marie. Sie ist meine Assistentin, seit ich hier bin.«

Dann las ihm Susanne Ingemann mit einem kurzen Blick die nächste Frage von den Augen ab. »Und ja, sie lebt hier. In einem sehr hübschen Zimmer. Dem schönsten Zimmer im ganzen Haus. Wir nennen es das Gemach des Königs, weil der Architekt es nach den genauen Anweisungen von König Frederik dem Siebten entworfen hat. Dort hat sie von Anfang an gewohnt.«

Sie zeigte mit ihrer schlanken Hand zum Dachfirst. »Der schönste Platz im Haus, mit einem fantastischen Blick über den Sund und auf die Insel Hven. Aber sie ist heute nicht da.« Kurzes Schweigen. »Wenn Sie mit ihr sprechen wollen, müssen Sie das auf einen anderen Tag verschieben.« Kurzes Nicken.

Grüne Augen, rotes, goldbraun schimmerndes Haar.

Und alles gelogen, dachte Nils. Marie ist hier, aber wir sollen sie auf keinen Fall treffen.

»Ich war empört, dass sie Carl Malle gewähren ließ.« Knud Tåsing zündete sich eine Mentholzigarette an. Die Hand, in der er das Feuerzeug hielt, zitterte leicht.

Der große Mercedes bog Richtung Kopenhagen auf den Strandvej.

»Das war richtig unangenehm.« Der Journalist war blasser als sonst.

Nils Jensen sagte nichts.

»Sie haben überhaupt keine Angriffsstelle geboten. Aber ich hätte ja zu gerne Inger Marie getroffen, die Pflegetochter. Sie hat uns bestimmt einiges aus der Zeit zu erzählen, da bin ich mir sicher. Vielleicht hätten wir hartnäckiger darauf bestehen sollen. Besonders umfangreich war die Besichtigung ja nicht, die uns gewährt wurde. Kein Zugang zur Säuglingsstube, kein Zugang zur Pflegetochter, kein Wort über den kleinen John Bjergstrand, falls es ihn überhaupt gab.« Das klang ungewohnt resigniert.

Sie fuhren an Strandmøllekroen vorbei.

»Sie war sehr schön, sehr freundlich und sehr, sehr auf der Hut«, sagte Knud Tåsing mehr zu sich selbst. »Und was sagst du zu der Atmosphäre im Haus?«

»Sehr bedrückend.«

Der Journalist kurbelte die Seitenscheibe herunter und zündete sich eine neue Mentholzigarette an.

Sie passierten Bellevue und Charlottenlund Fort.

»Okay, der ganze Ort ist bis zum Schornstein historisch

belastet – mit Frederik dem Siebten und seinen Geliebten. Bis über alle sieben Schornsteine.«

Knuds Verhältnis zur Vergangenheit war so indifferent, wie man es von einem Vertreter einer Branche erwarten konnte, die wenig Interesse an weit zurückliegenden Ereignissen hatte (mit solchen Storys verkaufte man keine Zeitungen).

»Er war einer der beliebtesten Regenten bei der Bevölkerung«, sagte Nils und merkte selbst, wie belehrend das klang. »Seine Geliebte war die *Gräfin Danner*, die ursprünglich Fräulein Louise Rasmussen hieß.«

»Aha«, sagte der Journalist mit einem Hauch Bissigkeit. »Ein richtiges *Fräulein* also. Vielleicht ist die alte Leiterin ja mit ihr verwandt. *Magna* klingt jedenfalls nach großer Macht über die Männer – und über Kongslund –, wenn man den vielen Geschichten glauben kann, die über sie geschrieben wurden.«

Nils Jensen saß mit den Händen am Lenkrad da und dachte an die Frau, die er fotografiert hatte. Knud Tåsing erriet seine Gedanken. »Also, wie ich schon sagte … eine interessante Frau. Hübsch und interessant. Wachsam und interessant. Und etwas Drittes, das wir noch nicht ganz durchschauen … wirklich interessant.« Er nickte kurz, gähnte und schnippte die Zigarette aus dem Fenster. »Schlag sie dir aus dem Kopf.«

Nils sah sie im Hochformat vor sich, wie sie vor dem Porträt der Gräfin gestanden hatte – halb abgewandt, die grünen Augen auf einen Punkt über seinem Kopf gerichtet. Und dann fiel ihm der Schatten ein, den er oben am Hang zu sehen geglaubt hatte. Jemand hatte zwischen den Bäumen gestanden, die die weiße Villa einrahmten, die fast unsichtbar in den Laubkaskaden ruhte und über alles unter sich zu wachen schien.

»Ich hätte wirklich verflixt gern mit der Pflegetochter gesprochen. Was ist in diesem Haus wirklich vor sich gegangen, und was ist da so interessant?«, murmelte Knud Tåsing. Dann sackte sein Kopf auf die Schulter, und Sekunden später schnarchte er mit dem Mercedesmotor um die Wette.

Hinter Svanemøllen gab Nils Jensen Gas.

4

ELEFANTENSTUBE

6. MAI 2008

Wir nehmen ihre Anwesenheit wahr, bevor wir sie sehen – in einem Duft nach Freesien und dem Rascheln frisch gebügelter Laken, während sie von Bett zu Bett geht.

Wir strecken unsere Hände nach ihr aus, beklagen uns aber nicht, schließlich sind wir disziplinierte Wesen und kehren unsere Sehnsucht nicht heraus. Wir sind ganz anspruchslos, ohne die geringste Erwartung ins Leben getreten.

Ich glaube, wir hatten ganz von selbst die drei Fähigkeiten erlernt, die uns an dem Tag, an dem wir in die Welt hinausmüssen, vor allem Bösen schützen sollen: Demut, Gehorsam und Dankbarkeit. Und wir ließen diese Botschaft von Bett zu Bett gehen, weil wir wussten, dass nur die vollendete Balance dieser drei uns unbeschadet ans Ende unseres Weges bringen konnte.

Das feinste Gespinst, der vorsichtigste Gang…

Die zwei Männer in der Einfahrt verbeugten sich demütig (ich stand hinter einer Gardine versteckt im südlichen Anbau, etwas oberhalb der Treppenstufe, auf der ich buchstäblich zur Welt gekommen war) und verließen ihre Gastgeberin mit steifen Bewegungen, was für die Männer in Kongslund recht typisch war. Ich wusste, dass diese vorübergehende

Lähmung auf die Schönheit von Susanne Ingemann zurückzuführen war und vielleicht auch auf die plötzliche Arroganz, die sie an den Tag legte, sobald sie ihr – und nicht zuletzt auch Magnas – Königreich bedroht sah.

Sie stand auf der Treppe und winkte ihnen mit leicht geneigtem Kopf nach, und sie fuhren ab, nicht wissend, ob dieses kurze Verneigen nur eine kindliche Geste war – ausgesuchte, erlernte Höflichkeit – oder messerscharfe Ironie.

Aber sie würden zurückkehren.

Ich hatte ihren Besuch erwartet, machte mir aber trotzdem ein wenig Sorgen wegen des Scharfsinns, den man Knud Tåsing noch immer zuschrieb. Er würde wiederkommen und weitere Fragen stellen – auch mir. Was nichts anderes hieß, als dass ich meine Teilnahme an Magnas Jubiläum absagen musste. Alles andere war unmöglich. Meine Menschenscheu war den wenigen, die mich kannten, nichts Neues und meine Absage sicher für niemanden eine Katastrophe – abgesehen vielleicht von meiner Pflegemutter. Während ihres Ehrenfestes sollte ich wie ein Aschenputtel vor allen Gästen auf die Terrasse treten und zum weiß Gott wievielten Mal meine Rolle als das größte Wunder in der Geschichte Kongslunds spielen – das Findelkind, das auf der Treppe des Hauses zur Welt gekommen war und – einer Laune des Schicksals folgend – gerade an diesem stolzen Ort ein Heim gefunden hatte.

Jetzt würden sie ohne diesen Auftritt auskommen müssen. Meiner Pflegemutter würde das nicht gefallen, aber das war nicht zu ändern. Mein Heim war mehr als ein halbes Jahrhundert lang als das Heim aller Heime beschrieben worden, eine goldene Lagune im dänischen Nationalerbe – Beweis für die Existenz von Fürsorge und Nächstenliebe. Meine Geschichte ist oft erzählt und in unzähligen Zeitungsberichten dokumentiert worden zu Beginn der anbrechenden Wohlfahrtsjahre.

Es geschah am 25. Jahrestag von Kongslund, am Morgen des 13. Mai 1961. Möglicherweise eine symbolische Handlung, vielleicht aber auch nur einer dieser Zufälle, die wie ein Zeichen höherer Mächte wirken.

Schon am Abend vor dem Jubiläum hatten die Mitarbeiterinnen so viele Blumen in die Fenster gestellt, dass sie fast alles Licht abschirmten und die hohen Räume mit einem zähen, süßlichen Duft erfüllten, der durch die gesamte Villa zog. Die Kinder verfolgten die Vorbereitungen voller Verwunderung und mit glänzenden, feuchten Augen (vielleicht weil sie immer wieder niesen mussten). Der Drang, die zarten Blüten zu berühren, sie zu sich nach unten zu biegen oder abzubrechen, muss für die Geschöpfe, die kaum höher in die Welt hineinragten als einen Dreiviertelmeter, schier überwältigend gewesen sein. Natürlich wagte es keins von ihnen, diesem Drang nachzugeben, denn Magnas Wut war fast noch mächtiger als sie selbst.

Früh am Morgen des Jubiläums hörten die Fräuleins einen lauten Ruf von einer der Kinderschwestern. »Da unten ist was! Da unten ist was …!«, rief sie und noch ein drittes Mal.

Die rundliche, gemütliche Agnes stand auf dem oberen Treppenabsatz und starrte auf ein Kinderkörbchen mit einem blauen Bezug und einer kleinen weißen Decke, die sich unter dem roten Überwurf wie ein Sahnehäubchen nach oben wölbte – während sie das Gesagte wiederholte, zu diesem Zeitpunkt nicht ahnend, dass diese Worte ihr Leben prägen sollten. Noch Jahrzehnte später sprach sie diese Worte wie ein Mantra, erst für Zeitungen, Journale und Jahreschroniken, dann vor ihren Kindern und Enkeln und schließlich vor ihren Urenkeln. Vielleicht würde sie sogar den Pastor bitten, diese Worte dereinst an ihrem Grab zu sprechen, damit sie sie auf ihre Reise ins Jenseits mitnehmen konnte.

»Ich habe das Kind in dem blauen Körbchen vor der Tür gefunden. Fast wie Moses!«, war sie im *Billed Bladet* vom

19. Mai 1961 zitiert worden. Und in der Folge berichtete der Reporter begeistert: *Die junge Kinderschwester, die das elternlose Baby zuerst erblickte, war Agnes Olsen, 21.*

Bist du meine Mutter?, stand mit dicken Lettern unter dem Bild des kleinen Babys, das mit seinen leuchtenden Augen den Leser direkt ansah. Und der Reporter fuhr fort: *Ein kleines Mädchen mit ungewisser Zukunft. Ausgesetzt!* Im Innenteil der Zeitung war die Geschichte des Kindes noch einmal in allen Details wiedergegeben worden, flankiert von einer Werbung der Strickmodenfirma für Wolle der Marke Hjertegarn und Løvegarn.

Die Zeitungen und Wochenblätter verfolgten die Affäre über Wochen, man sammelte für das Kind und debattierte lebhaft darüber, wie die Geschichte ausgehen würde. So wurde aus der Tragödie so etwas wie ein Anlass zur Freude, was – auch heute noch – ein gutes Bild des immer zum Feiern bereiten dänischen Nationalcharakters zeichnet.

Das war kein normaler Start ins Leben, und nur ganz wenige wussten davon, da Magna mich in den folgenden Jahren nie öffentlich herumzeigte. Erst viel später verstand ich, warum.

Hässlich war die einzige brauchbare Bezeichnung für das Wesen, das ein unbekannter Bote am 13. Mai 1961 wenige Minuten nach Sonnenaufgang auf der Treppe des Kinderheims abgelegt hatte.

Anfangs bemerkte das noch niemand, da man mich sorgsam in eine Decke gewickelt hatte. Kaum hatte Agnes Olsen ihr Geheul angestimmt, war Magna auch schon bei ihr, schnappte sich das Körbchen und verschwand damit im Waschraum der Villa.

Man kann sich ihre Überraschung vorstellen, als sie zum ersten Mal einen Blick auf meinen nackten Körper warf, wie unser Herrgott mich geschaffen hatte: Mein Rücken war von der rechten Schulter bis zur Lende schief, ich sah aus wie gestaucht und hatte einen nach vorn geneigten Kopf. Meine Arme und Beine waren schlaff und fühlten sich an, als steckten keine Knochen darin. Die Ärzte der Mutterhilfe konnten sie zu ihrer Verwunderung um 360 Grad drehen, ohne auf Widerstand zu stoßen. Das einzig Positive, das die Ärzte in diesen ersten Tagen vermelden konnten, war die vergleichsweise symmetrische Verteilung der Defekte in dem kleinen Körper. Hatte meine irdische Hülle auf der rechten Seite eine Missbildung, konnte man davon ausgehen, dass diese sich auch auf der linken Seite fand. Auch mein Gesicht war seltsam. Auf der rechten Seite waren Wangenknochen und Auge etwas zu tief angesetzt und verliehen mir in Kombination mit den dunklen, dicken Haaren ein vergleichsweise exotisches Aussehen, das meine Hässlichkeit später ein wenig abmilderte. Mit den Jahren senkte sich meine linke Schulter etwas stärker als die rechte, was ich mit einer leichten Drehung meines Oberkörpers überspielte.

»Du sahst aus wie eine kleine Peruanerin, deren Kopf auf der einen Seite etwas eingeschrumpelt ist«, sagte Magna lachend. So ging sie mit allen Schwierigkeiten des Lebens um – sie redete mit einem Lachen darüber und klopfte dem Unglücklichen auf die Schultern. Wie viele andere Vorkämpferinnen für die Gerechtigkeit verfügte sie über die universelle Fähigkeit, das Gute in jedem Menschen zu sehen, dafür mangelte es ihr zwischendurch an persönlichem Einfühlungsvermögen.

»Es war für die Ärzte unglaublich interessant, einen Körper zu studieren, an dem unser Herrgott so viele kreative Ideen ausprobiert hatte«, sagte sie lachend und blies die warme, lebensspendende Asche ihres ständig brennenden Zigarillos in den Schoß der ihr am nächsten Sitzenden.

Am dritten Tag entdeckten die herbeigerufenen Spezialisten eine weitere Besonderheit des bemerkenswerten Kindes, die ihnen anfänglich entgangen war. Der Mittelfinger beider Hände war deutlich kürzer als die Finger daneben, doch damit nicht genug. Aus der seltsamen Gussform des Lebens waren auch zwei höchst bizarre Daumen entsprungen, breit und kurz, die im Handrücken zu verschwinden schienen. Ich war mit diesen missgestalteten Organen durchaus in der Lage, etwas festzuhalten – aber für ein heranwachsendes Kind kann eine solche Behinderung im höchsten Maße peinlich sein. Und so gewöhnte ich mir an, meine Hände auf jede nur erdenkliche Weise zu verbergen, im Futter meiner Kleider, unter den Oberarmen, im Schutz der Tischplatte oder zwischen Sitzfläche und Gesäß. Ich saß fast immer auf meinen Händen und hoffte darauf, dass sie eines Tages wie durch ein Wunder normal sein würden.

Am bemerkenswertesten aber waren meine Füße: »Durch und durch *abnorm* konstruiert«, wie der Arzt der Mutterhilfe es ausdrückte.

»Die sitzen ja genau falsch herum an den Beinen!«, rief der herbeigerufene Kinderorthopäde begeistert und versuchte ein möglich bestürztes Gesicht zu machen, während Magna ihr gutturales, herzliches Lachen lachte und ihren Kolleginnen der Mutterhilfe von meiner fantastischen Formgebung berichtete: Sowohl der rechte als auch der linke Fuß zeigten scharf nach außen, weg voneinander. So etwas war nie zuvor dokumentiert worden. Und als wäre das noch nicht genug, hatte Gott in seinem unbegrenzten Schöpfungsübermut einen kleinen Zeh angebracht, der an beiden Füßen größer und kräftiger als der Großzeh war.

Um diese Missbildung zu kurieren, wurden beide Füße und die Unterschenkel meiner Beine straff in Schaumgummistreifen und dicke Bandagen gewickelt, bis die Zehen und der Spann sich widerwillig etwas nach vorne zum Zentrum der Körperachse richteten. Eine lebenslange Invalidenpension war mir sicher, noch bevor ich meine ersten Schritte machte, aber der Normalität halber wurde ich zu den anderen Kindern in die Säuglingsstube gelegt, sobald die Spezialisten Kongslund widerstrebend mit all ihren Notizen verlassen hatten.

Zur gleichen Zeit, im Sommer 1961, halfen die Ärzte der Entbindungsstationen A und B des Rigshospitals eine Handvoll perfekter kleiner Jungen und ein Mädchen auf die Welt – die nach Kongslund gebracht wurden und im Abstand von jeweils wenigen Wochen ein Bett in meinem Zimmer bekamen.

Weihnachten 1961 waren wir zu siebt – und es war nicht übertrieben zu behaupten, dass das, was später als die Kongslund-Affäre Berühmtheit erlangte, mit uns auf die Welt gekommen war –, auch wenn das damals natürlich noch niemand ahnte.

In Magnas Fotoalbum aus jenem Jahr gibt es ein Foto von uns zusammen unter dem Weihnachtsbaum. Wir starren alle den Fotografen an, tragen Wichtelmützen und sehen wirklich aus wie die sieben Zwerge aus Grimms Märchen. Asger hatte schon damals lange, weiße Gliedmaßen und eine derart gerade, spitze Nase, als wäre sie von Geburt an dafür bestimmt gewesen, die schwere Hornbrille zu stützen, die er als Erwachsener tragen sollte. Daneben sitzt Orla, der Kaufmann genannt wurde – in einem Strampler mit Kragen und Silberknöpfen –, mit so wachsamem Blick, als ahnte er schon damals, welche Fallen ihm das Schicksal stellen würde. Neben ihm sitzt Severin. Er sieht aus, als hätte ihm jemand ein Leid angetan (vielleicht zieht er deshalb als Erwachsener immer wieder notleidende Menschen an). Ganz vorne, direkt vor der Kamera, liegt Peter auf einer geblümten Decke und streckt sich nach einer goldenen Trommel aus, die am untersten Zweig des Baumes hängt. Seine Augen glänzen wie Glasperlen (sind das wirklich die Augen, die heute so voller Ernst auf Tausende von Fernsehzuschauern gerichtet sind?). Die zwei übrigen Kinder sitzen neben mir im Schatten eines dicken Zweiges und sind auf dem Schwarz-Weiß-Bild nicht gut zu erkennen.

Aus Kongslunds Aufzeichnungen geht hervor, dass alle Kinder der Elefantenstube außer einem (nämlich mir) im Zeitraum von Februar bis Juni 1962 adoptiert wurden.

An jedem Morgen in dieser Zeit setzte Magna mich auf den kleinen, japanischen Elefanten mit den Rollen unter den Füßen (das Geschenk einer japanischen Delegation an Kongslund) und rief mir aufmunternde Worte zu, wenn ich mich an die riesigen Ohren klammerte, die kleine Löcher von meinen Fingern hatten, während meine Augen ängstlich über den gebogenen Rüssel starrten, der fast bis zu den breiten, grauen Elefantenfüßen mit den wackeligen Rädern herabreichte. Die Elefantenfüße sahen aus wie meine eigenen.

Hässlich, hatte ich sehr früh gedacht, denn Kinder sind in dieser Hinsicht viel gnadenloser als Erwachsene.

Hässlich, hatte auch mein Spiegel mir all die Jahre geantwortet, wenn ich danach fragte – und ich fragte oft.

Hässlich, hänselten die anderen Kinder mich, sobald sie meine aparte Gestalt fixieren konnten.

In einer Zeit, in der ein beständiger Strom adoptionsbereiter Babys durch die vielen Kinderheime des Landes spülte, stand ich nicht besonders hoch im Kurs. Aber die wenigen Erwachsenen, die meine seltsame Erscheinung nicht abschreckend fanden, denen meine Schiefheit nichts ausmachte und denen nicht davor graute, mich bei sich zu Hause aufzunehmen – fanden nicht die Anerkennung von Magna und der Auswahlkommission der Mutterhilfe, die von der respekteinflößenden Direktrice Frau Ellen Krantz angeführt wurde.

Gerade weil ich so seltsam zusammengesetzt war, sollte ich von einer durch und durch normalen Familie adoptiert werden, meinten die starken Frauen, die mein Dasein überwachten. Und Magnas nie ausgesprochene Botschaft war vom ersten Tag an klar: *Die anderen können gehen, aber du bleibst.*

Kongslund ist dein Zuhause.

In ihrer Umarmung wurde es zur Gewissheit. Die Kinder um mich herum gingen. An einem Tag saßen sie noch beim Abendbrot mit mir zusammen, am nächsten waren ihre Plätze leer, und sie verschwanden in den Falten fremder, flatternder Mantelschöße, in den Armen ihrer neuen Eltern, die von weit her gekommen waren.

In den folgenden Jahren wiederholte sich dieser Albtraum für mich Woche für Woche. Das kinderlose Dänemark bediente sich wie wild aus dem Überfluss an unerwünschten Existenzen, der aus den Krankenhäusern und Entbindungsstationen zu uns strömte; neue Kinder kamen und gingen – weitere kamen und wurden adoptiert – und machten mich zur dänischen Meisterin im Abschiednehmen.

Auf einem der Schwarz-Weiß-Fotos in der Halle stehe ich ganz außen auf dem kleinen Steg und winke in die Kamera. Mein Körper neigt sich leicht zu einer Seite, der linke Arm hängt schlaff nach unten, und sieht man genau hin – es sind mindestens fünfzehn Meter bis zum Fotografen –, sieht man meine kleine, geballte Faust wie einen dunklen Schatten am Rand der Jacke. Mein Mund ist rund und dunkel und scheint einen tiefen, traurigen Ton von sich zu geben wie das Pfeifen des Windes in einer Schlucht ... geh nicht – geh nicht – geh nicht – geh nicht – nicht, nicht, nicht, nicht, nicht, nicht ...!

»Jetzt müssen wir sie aber gehen lassen!«, sagt Magna trotzdem und lächelt einer weiteren Gruppe glücklich Auserwählter zu, die gekommen sind, um eines der Kinder von Kongslund zu retten.

»Komm, Marie, wir winken ihnen zum Abschied zu!«, ruft sie mich lachend.

Aber ich gehe rückwärts, weg von den Mantelschößen,

den zufallenden Autotüren, und spüre das lähmende Kribbeln in meinen Armen. Ich habe mehr gewunken als jede Königin, und dabei bin ich erst sechs Jahre alt.

»Jetzt komm her, Marie, das ist doch ein Tag der Freude – für Butte und seine neue Familie ist das der beste Tag des Lebens!« Sie hat mir die rote Windjacke mit der Kapuze angezogen, obwohl die Aprilsonne warm durch die Wolken bricht: »Jetzt komm doch, Marie, wir müssen Butte doch Glück in seinem neuen Zuhause wünschen!«

Aber ich bin bis ans Ende des Stegs zurückgewichen. Magna ruft noch immer, und ich höre sie ganz genau: »Winken, Marie! Winken!« An der Einfahrt in den Strandvej, zwischen den chinesischen Steinsäulen hupt es, und dann ist wieder alles still.

Damals habe ich Magdalene kennengelernt – genau dort auf diesem Steg. Es war an einem Frühlingstag, an dem ich wieder einmal allein zurückgeblieben war. Plötzlich saß sie vor mir. Es war wie in einem Traum. Die alte Frau saß in ihrem Rollstuhl, war nicht bereit, mir Platz zu machen, und flüsterte: »*Marie, sieh mich an!*«

Ich hatte von der spastischen Frau gehört, die in der weißen Villa am Hang südlich von Kongslund wohnte, doch bis zu diesem Tag hatte ich sie nur aus der Ferne gesehen. In der Regel saß sie den ganzen Tag über auf ihrer Veranda und suchte mit einem Fernrohr die Gegend ab. Zusammengesunken und mit gebeugtem Rücken, schien sie immer den Sund zu beobachten.

Jetzt saß sie da, wo der Steg an Land führte – und kannte meinen Namen.

»*Marie, denk nicht drüber nach...!*«

Ich stand wie angewurzelt da und starrte sie an.

Sie kam langsam näher, und ich registrierte eine entsetzte Sekunde lang ihren seltsamen Körper, der über die eine Armlehne des Rollstuhls hing (er war noch schiefer als meiner), und dass sie einen schwarzen Füllfederhalter an einer Schnur um ihren Hals hatte und ein blaues Heft auf ihrem Schoß.

»*Marie!*« Sie sagte meinen Namen zum dritten Mal.

Aber ich konnte nicht antworten.

»*Marie!*« Mit noch mehr Intensität.

In diesem Augenblick geschah etwas Eigentümliches. Aus dem Inneren meines Schädels kam ein Geräusch, als wollte sich der hinter mir liegende Sund durch einen schmalen Spalt einer Felswand drücken; es war ein Zischen und Sieden, eine Sekunde der Gewissheit, ehe das Wasser durchbrach, alles wegsprengte und sich mit einer solchen Kraft auf mich stürzte, dass ich fast zu Boden ging. Diesen Augenblick werde ich nie vergessen. Tagelang saß ich anschließend in Magdalenes Zimmer in der weißen Villa und erzählte ihr von meinem Leben in Kongslund. Von der Dunkelheit und von den Kindern, von der grünen Lampe, den blauen Elefanten und den gelben Freesien – der Damm in mir brach immer weiter, und das Wasser strömte über ihren Couchtisch, über die Armlehnen ihres Rollstuhls, über ihre weißen, spastischen Finger und weiter über die Fußstützen, auf denen Füße festgeschnallt waren, die ebenso merkwürdig wie die meinen waren. Ich war eine Ertrinkende, die zum ersten Mal das Meer sah, das uns beide zu ersäufen versuchte.

Der Hass muss einer der wenigen Überlebenden gewesen sein. Magdalene sah das nicht – aber sie war es, die diesen Teil von mir wachrief. Vielleicht hätte ein guter Psychologe erklären können, warum dieser Hass aufkeimte, als Magdalenes und meine Liebe begann. Vielleicht sind Liebe und Hass viel gefährlichere Gesellen, als man weiß – aber das war nur eine akademische Frage, für die Magna und ihre Psychologen sich viel mehr interessierten als wir, die eigentlich Betroffenen.

Anfangs besuchte ich meine neue Freundin jeden Nachmittag, und wenn ich zurück in die Villa Kongslund kam, musterte Magna mich immer, als wollte sie sagen: »Jetzt lass die alte Magdalene doch mal in Ruhe. Sie hat ein hartes Leben gehabt.« Aber sie sagte nichts.

Magdalene erzählte mir die Geschichte von meinem Heim – dem Ort, den ich niemals verlassen würde. Ihr Großvater war es gewesen, der Kongslund erbaut hatte – und später das Nachbarhaus für sich selbst –, aber sowohl er als auch Magdalenes Eltern waren gestorben, weshalb sie nun allein in dem weißen Haus oben am Hang wohnte. Sie entstammte einem Pastorengeschlecht, das eng verbunden war mit dem großen Psalmdichter Nicolai Frederik Severin Grundtvig, weshalb die Tochter des Hauses auch den beinahe biblischen Namen Ane Marie Magdalene Rasmussen erhalten hatte. Ich lachte, als sie mir das erzählte. Sie war schwer spastisch, aber trotzdem so lebendig, dass alle, die ihr begegneten, den Eindruck haben mussten, der Herrgott selbst bliese seinen Odem durch sie auf die Welt. Auch wenn ihr Körper seit ihrer Geburt vollständig entstellt war, strahlte sie eine Stärke aus, die alle erfreute – ob sie nun auf ihre seltsam spastische Art röchelte und schnaubte, in vollständiger Stille am Fenster in ihrem Rollstuhl saß oder laut ihre Lieblingsmärchen vorlas: *Däumelinchen, Das hässliche Entlein, Des Kaisers Nachtigall* und *Das Mädchen, das auf das Brot trat*. Von ihrem ersten Tag an war sie von Bäumen, Wasser und Vögeln umgeben gewesen – und natürlich von Kindern –, nämlich all jenen, die über die Jahre in Kongslund ein und aus gegangen waren.

Als Folge ihrer Lähmung hatte sie große Mühe, verständlich zu sprechen, aber mit der Zeit hatte sie ihren Hals und ihre Muskeln so trainiert, dass sie die Worte formen konnte, die sie brauchte. Sie erzählte – und das sei wirklich wahr, betonte sie –, dass König Frederik der Siebte Magdalenes Großvater sein altes Fernrohr vermacht habe, der es wiederum seiner spastischen Enkelin geschenkt hatte, die die Welt, die sie nie erreichen konnte, auf diese Weise aus der Ferne beobachten durfte.

Mit etwa fünfundzwanzig Jahren hatte sie einen Entschluss gefasst, der am ganzen Strandvej von Mund zu Mund gegangen war. Sie wollte lesen und schreiben lernen. Zu guter Letzt gaben ihre Eltern dem absurden Wunsch ihrer hartnäckigen Tochter nach und kauften ihr einen schlanken, schwarzen Füllfederhalter mit zierlich eingravierten goldenen Initialen. Den ganzen Sommer und auch den nachfolgenden Winter über sah man die spastische junge Frau dann an ihrem Tisch am Fenster sitzen. Sie genoss nicht die Aussicht auf die Buchen, sondern beugte sich über ihren Schreibblock, um einen nach dem anderen dieser widerspenstigen kleinen Buchstaben zu formen.

Im zweiten Sommer saß sie auf der Terrasse und band die Buchstaben zu Worten zusammen. Im dritten schrieb sie Sätze. Und so entstand das Leben in dünnen, zierlichen Linien auf dem weißen Papier, das auf ihrem Schoß lag. Für einen Körper, der nie Kinder gebären konnte und der es auch nie erleben würde, von anderen geliebt zu werden, waren dieser Stift und dieses Papier vermutlich der einzige Weg zur Erfüllung ihrer Träume: Sie konnte schreiben und hoffen, auf diese Weise weiterzuleben, wenn sie dereinst tot und verschwunden war. Magdalene schrieb über die Gegend rund um Kongslund und Skodsborg Bakke und über die Menschen, die sie beobachtete. Eine Seite pro Monat, ein halbes, kleines, himmelblaues Aufsatzheft in einem oder anderthalb Jahren; in ihrem ganzen Leben schaffte sie es, zwölf kleine Hefte mit ihrer Schrift zu füllen – genauso viele, wie Buchen an dem Hang vor ihrem Haus standen.

In ihren Tagebüchern fand ich den Beginn der Erzählung über die majestätische Villa mit den sieben Schornsteinen, die zu meinem Zuhause geworden war. Über Magna und ihren Einzug an diesem Ort – unmittelbar vor

Kriegsausbruch – und über das Geheimnis der Kinder von Kongslund.

Es gibt Kinder, die werden im Dunkeln geboren und von niemandem gewollt, schrieb sie im Mai 1961 über den Aufruhr wegen dem Findelkind, das so unvermittelt auf der Treppe des Südflügels aufgetaucht war.

Im folgenden Sommer fügte sie sechs Zeilen hinzu: *Die sechs Kinder, die Weihnachten im Säuglingssaal lagen, sind jetzt alle adoptiert worden. Nur das siebte, das nach der Geburt so viele Operationen überstehen musste, ist noch da. Es ist ein Mädchen: Sie ist missgebildet, aber trotzdem schön.*

So entwickelte sich unser Band, ohne dass ich davon wusste.

Sie hatte mein Leben Jahr für Jahr verfolgt und sich regelmäßig Notizen darüber gemacht, einen Teil davon erkannte ich wieder, als ich älter war. Mit sieben Jahren bekam ich feierlich mein eigenes Zimmer direkt über der Säuglingsstube und der Terrasse. An diesem Tag wurde Magna offiziell zu meiner Pflegemutter. Zur Feier des Tages hatten die Schwestern mein Zimmer mit einer Blumendecke ausgelegt, nach der es noch wochenlang im Haus roch. Magna stellte mein kleines Holzbett und einen Chippendale-Stuhl hinein, und alles in allem betrachtet war das sicher eine glückliche Lösung. »Marie ist so froh über ihr eigenes Zimmer!«, hallte Magnas Stimme durch die hohen Räume.

Aber eines Tages, als ich von einem Besuch bei Magdalene zurückkam, fragte ich trotzdem: »Warum bin ich nie von jemandem abgeholt worden?« Vielleicht die grundlegendste Frage meines ganzen Lebens.

Meine Pflegemutter sah mich lange direkt an, und durch all die Liebe hindurch spürte ich ihre Missbilligung. Sie duftete nach den Stengeln der gelben Freesien, die sie wie immer mit ein paar Hammerschlägen bearbeitet hatte, damit sie ihre Lebenskraft halten konnten. Ihre starken Finger hatten davon einen grüngoldenen Schimmer bekommen.

Schließlich beugte sie sich vor und drückte mich ganz plötzlich an sich. »Ja, aber Marie, als du zu uns kamst, warst du doch ganz schief«, sagte sie. »Deshalb mussten die Familien, die sich zutrauten, ein Kind aufzunehmen, das nicht zu hundert Prozent in Ordnung war, auch wirklich geeignet sein. Wir durften nicht riskieren, dass sie die Mühen nach ein paar Jahren leid waren und dich dann einfach wieder hier ablieferten.«

Wieder hier ablieferten.

»War ich denn so eine Mühe?«, fragte ich.

Sie duftete nach Freesien und Pfefferminzpastillen und ein bisschen nach ihren Zigarillos.

Ich wartete auf ihre Antwort und hielt die Luft an.

»Also, Marie, die meisten wollten ja Kinder, die durch und durch gesund waren – auch wenn sie dann zwei oder drei Jahre warten mussten.« Sie nahm meine Hand. »*Sie sieht ja süß aus, aber ein bisschen missgebildet ist sie schon* – diesen Satz habe ich so oft gehört.« Magna seufzte tief. »Und wenn andere Kinder da waren – nun ja, es wäre schon möglich gewesen, dass du denen mit deinen etwas speziellen Gesichtszügen...«, sie seufzte noch tiefer, »... Angst gemacht hättest.«

»Hatten die denn andere Kinder?«

Magna und ich entwickelten schon früh die Fähigkeit, aneinander vorbeizureden. Aber das hat sie nie gestört, denn meine Pflegemutter war immer in der Lage, ihre einmal eingeschlagene Bahn zu halten.

»Ein paar wenige haben sich wirklich in dich verliebt, Marie«, sagte sie. »Aber bei den weitergehenden Gesprächen und dem Hausbesuch...«, sie ließ meine Hand los und stand auf, »wenn die Sozialarbeiter ihren Hintergrund untersucht haben...«, sie warf einen Blick aus dem Fenster auf den Sund und die Insel Hven, »... dann sah das nach einem ziemlich langen Prozess aus.«

Sie seufzte zum dritten und letzten Mal.

»Ich habe nie ein richtiges Zimmer gesehen.« Ich war den Tränen nahe.

»Aber du hast doch ein richtiges Zimmer«, sagte sie. »Du hast das beste Zimmer von allen. Der Bürgerkönig persönlich hat es entworfen!« Sie lachte.

»War er mein Vater?«

»Wir haben dir das beste Zuhause gegeben, das wir finden konnten. Hier bei uns.« Wieder legte sie ihre Bärenarme beruhigend um meine schiefen Schultern. »Du weißt doch ganz genau, dass die besten Zuhause am Wasser liegen.« Sie drückte mich an sich, und ich sagte nichts mehr.

Tagsüber blieb ich die seltsam hinkende Existenz auf den langen Fluren, die mit sich selbst flüsterte (»Jetzt redet Marie wieder mit den Geistern!«) und dabei den kleinen japanischen Elefanten hinter sich herzog. Im Keller hatte ich eine kurze Stahlkette gefunden und ihm um den Hals gebunden; der verließ mich wenigstens nicht. Nachts stand ich aus meinem Bett auf und trat vor den schönen Mahagonispiegel mit den vergoldeten Ornamenten. Vielleicht verwandelten sich die schief stehenden Wangenknochen, die eingefallenen Wangen und das starrende Auge ja irgendwann, wenn ich nur lange genug in diesen verfluchten Spiegel schaute. Aber solche Wunder geschehen nur in Träumen. In Wirklichkeit fühlte der Spiegel sich mit den Jahren wohl ausgenutzt, und schließlich stellte er die Frage: »*Wer ist die Hässlichste im ganzen Land?*«

Ich schwieg, doch der Spiegel nahm mir die Antwort ab: »*Das bist du!*«

»Ist der König mein Vater?«, fragte ich dumm.

Auch der Spiegel und ich redeten aneinander vorbei.

Ich saß viele Abende im Stockdunkeln an meinem Schreibtisch und starrte hinüber nach Hven; da das Königszimmer einen Giebel hatte, der aus dem Dach heraus bis über die Terrasse ragte. Ich stellte mir vor, es wäre die Kommandobrücke eines Schiffs, das nach einer abenteuerlichen Fahrt sanft am Ufer angelegt hatte. Im Dunkeln kletterte ich auf meinen Mahagonischreibtisch, nahm meinen Platz am Steuer ein und steuerte mein Schiff vorsichtig von der Küste weg; meine Finger waren gefühlvoll, mein Gesicht konzentriert, die Gestalt in der Kapitänsuniform rank und schlank. Oft war ich so müde, wenn der Morgen kam, dass ich mit blutunterlaufenen Augen und ganz unbeweglichem Brustkorb im Bett liegen blieb, sodass sich der Heimarzt tief über mich beugen musste, um meinen Atem wahrzunehmen. Magna musste mich in diesen Tagen im Bett liegen und ausschlafen lassen.

Bei der ersten Schulvoruntersuchung fiel ich durch, aber das machte mir nichts aus. In den ersten Jahren wurde ich von der Oberschwester Gerda Jensen im Strandzimmer unterrichtet. Meine physische Neugier reichte kaum bis zu den beiden chinesischen Säulen oben am Strandvej, von wo aus der steile Weg nach Kongslund hinunterführte. Nie weiter als bis dort. Und hier in meinem Heim gab es nur zwei Dinge von Wert: die Erfüllung der Sehnsucht und das Ende des Vermissens. Aber das habe ich erst viel später herausgefunden.

Bei einem meiner letzten Besuche bei Magdalene sagte diese: »Auch wenn du niemandes Kind bist, kannst du doch *selbst* Kinder bekommen, Marie. Bei mir ist das umgekehrt.« Ihre Worte blubberten ganz merkwürdig aus ihr heraus, als weinte oder lachte sie, wenn sie nicht beides gleichzeitig tat. Während alle es längst aufgegeben hatten, ihren spastischen Lauten eine Bedeutung zuordnen zu wollen, verstand ich jedes Wort, und meine Augen fanden die ihren und lasen ohne jede Schwierigkeit die Botschaft darin (wie das nur Kinder können). Sie hatte nie gespürt, wie es sich anfühlt, umarmt zu werden, sie war nie von den Lippen eines Mannes geküsst worden, und sie hörte meine Frage – obwohl ich sie nicht ausgesprochen habe.

»Du hast recht, Marie, das habe ich nicht«, antwortete sie, ohne den Kopf zu heben. »Ich hätte es gerne probiert.«

»Willst du meine Mutter sein?«, fragte ich.

Sie lachte, und ihr Lachen kam wie ein Zischen durch ihre Nasenlöcher und drehte ihren Körper auf dem Stuhl halb herum, bis er in einer ganz unmöglichen Stellung war. Ich liebte sie. Ich stand vom Sand auf und schob ihren Stuhl das Ufer hoch, durch den Wald, bis wir oben an Kongslunds altem Aussichtspunkt waren.

»Marie, du darfst mich nicht so herausfordern«, sagte sie und lachte wieder.

Ich glaube wirklich, dass es ihr lieber gewesen wäre, gar nicht erst das Bewusstsein für all die physischen Signale und Ausdrücke entwickelt zu haben, die man in die Welt hinaussandte, um Zärtlichkeit zu bekommen. Es ist der Körper mit seiner Sehnsucht, der den Geist gefangen nimmt und das Auge lehrt, den Abstand zu den Menschen zu berechnen, die man begehrt, aber nie erreichen wird. Die Worte in ihren Tagebüchern waren die Lebenslinie, an der sich ihre Tage orientierten, einer nach dem anderen, bis sie jede ärztliche Prognose ihres Verfalls überlebt hatte.

»Vielleicht ist das so, weil ich von Anfang an schon so … verfallen war, Marie!« Sie stieß das letzte Wort schnaubend durch die Nase. »*Noch weiter* verfallen konnte ich ja nicht …!«

Dann lachte sie zum dritten Mal, und es klang wie ein Schwein, das sich im Matsch wälzte. Die blauen Aufsatzhefte rutschten von ihrem Schoß und fielen neben uns ins Gras, und ich hob sie wie immer auf. Den Federhalter trug sie an der Schnur um den Hals.

»Du sollst meine Tagebücher bekommen, wenn ich nicht mehr da bin, denn bald kannst du sie selber lesen«, sagte sie an einem ihrer letzten Tage. Das war im Juli 1969. Sie war in ihrem zwölften Heft. Sie streichelte mir über die Haare.

»Vielleicht beginnst du eines Tages zu schreiben«, sagte sie.

Ich sagte nichts.

»Schreibe über das, was deine Gedanken gefangen nimmt. Schreibe über all das, was du gerne verstehen willst.«

Damals verstand ich das nicht.

Und dann fügte sie hinzu: »Wer stirbt nicht gerne, wenn er des Lebens müde ist?« Es verging eine Woche, bevor sie ihren Gedanken abschloss. Es war genau, wie wenn sie Zeile für Zeile ihrer Worte schrieb: »Ich werde sterben, ohne die Liebe erlebt zu haben – die Liebe zwischen Mann und Frau –, und das ist das Schwerste von allem.«

Wenn es Gott wirklich gab, hätte er in diesem Augenblick da sein müssen, an genau diesem Ort. Aber ich wusste natürlich gut, dass weder Gott noch der Teufel sich in die Nähe von Kongslund wagten. Sie mieden Existenzen wie uns, die keiner mehr korrigieren konnte.

Nur das Schicksal konnte uns trennen – und wieder vereinen.

Magdalenes letztes Tagebuch liegt vor mir.

Es ist ein himmelblaues A5-Heft, am Rand etwas gewellt, als hätte jemand Wasser darauf verschüttet und es dann zum Trocknen auf den Ofen gelegt. Vielleicht hatte sie es mit unten am Strand und ins Wasser fallen lassen. Ich weiß es nicht mehr.

Auf der vorletzten Seite hat sie geschrieben: *Ich träume oft den gleichen Traum über meine liebe Marie. Sie ist hier fortgegangen und wohnt in einem fernen Land auf der anderen Seite des Meeres. Vielleicht in Afrika, denn in dem Traum sehe ich die blauen Elefanten, von denen sie mir immer erzählt hat; sie sind lebendig und laufen mit ihr in einer unendlichen Reihe. Vielleicht wird der Traum eines Tages Wirklichkeit.*

Ich sehe in diesen zierlichen Buchstaben alles, den Verfall ebenso wie die Konzentration. Einige ihrer Worte sehen längst wie tote Spinnen aus, halb verwischt mit grauen verschrumpelten Beinen, und trotzdem sind sie auf ganz seltsame Weise schön.

Auf der allerletzten Seite hat sie geschrieben: *Wenn die Menschen den ersten Schritt auf dem Mond machen, will ich überprüfen, ob mein Fernrohr wirklich von königlichem Wert ist. Ich werde es nach oben richten – auf die Zukunft – und sehen, ob diese Botschaft tatsächlich wahr ist…*

Die Punkte hat sie selbst gemacht. Mehr hat sie nicht geschrieben.

Sie starb an einem Morgen im Juli, an dem ich ganz früh von irgendetwas geweckt wurde; vielleicht war es eine Vorahnung des Verwunderlichen und Furchtbaren, das geschehen war.

Am Abend zuvor hatten die Kinderschwestern die Mondlandung der Amerikaner auf dem kleinen Fernseher im Aufenthaltsraum verfolgt, und ich war zum Zerreißen gespannt auf die Reaktion meiner Freundin. Sicher war sie bereits dabei, diese weltbewegende Tat aufzuschreiben – allein der Gedanke, quer durchs All zu fliegen, hoch über den Wolken –, all das zu tun, wovon wir immer geträumt haben, Marie… *es einfach zu tun.*

Ich schob die Tür der weißen Villa auf.

Sie war nie verschlossen, denn Magdalene fürchtete keine ungebetenen Gäste.

Ich ging ins Haus und lief von Zimmer zu Zimmer, ohne Widerstand, denn die Türschwellen waren schon vor Jahrzehnten abgehobelt worden, damit sie sich frei bewegen konnte. In einem Zimmer stand ein schmales Bett, aber sie lag nicht darin.

Ich wusste, dass eine Schwester des Gentofter Amtskrankenhauses ihr einmal in der Woche das Bett frisch bezog – und sie im Rollstuhl spazieren führte –, aber jetzt stand es da, als hätte dort seit Jahrhunderten niemand mehr geschlafen. Sie hatte nicht darin gelegen, und in diesem Moment wusste ich, dass etwas nicht stimmte.

Und dass es zu spät war.

Sie saß draußen vor dem Haus, mit dem Rücken zu ihrem geliebten Strandvej, den Blick auf den Sund gerichtet. Das schmucke Fernrohr steckte in einem an der Armlehne ihres Rollstuhls befestigten Stativ und zeigte direkt in den Himmel, von wo aus das Raumschiff auf die Erde zurückkehren sollte. Ihr Kopf war auf ihre Brust gesackt.

Ich war erst acht Jahre alt.

Es muss meine Pflegemutter und ihre Assistentinnen erschüttert haben, mich dort zu finden, spät am Abend, viele Stunden nachdem sie ihre Suche nach mir aufgenommen hatten. Erst ganz zum Schluss dachten sie an die weiße Villa.

Ich hockte zusammengekauert auf den Fußstützen, auf denen Magdalenes kleine Füße Jahrzehnte überdauert hatten; mein Kopf lag auf ihrem Schoß, in dem kein Leben mehr war. Ich erinnere mich noch, dass ich von Magnas seltsam ängstlichem Schrei wach wurde. So einen Laut hatte ich zuvor nie von ihr gehört.

Den restlichen Juli schwieg ich und auch die meiste Zeit des August, und es war wohl in diesem Jahr, dass die Wunderlichkeit zu einem Teil meiner Seele wurde.

Magna und ich haben nie über das Geschehene geredet, sie verstand meine Trauer nicht. Die Seele ist nicht, wie manche glauben, eine kompakte Masse – eine kleine leuchtende Kugel irgendwo zwischen Herz und Leber –, und sie ist auch kein masseloser Hohlraum, der den Körper der Lebenden ausfüllt und behände durch die Finger der Toten entschwebt, um dem Geist das ewige Leben zu sichern; nein, die Seele ist ein schmaler Vorsprung, über den die Menschen, die an sie glauben, auf ihrer Suche nach Trost balancieren. Machen sie einen falschen Schritt, finden sie nie wieder Halt und sehen fortan nur Dunkelheit, wo früher die Ahnung weit entfernter Lichter war. Genau das habe ich in dem letzten Sommer mit Magdalene begriffen.

In der Nacht versteckte ich ihre zwölf Hefte in einer Schublade mit doppeltem Boden in der prächtigen afrikanischen Eichenschatulle, die der alte Marinekapitän Olbers, Kongslunds erster Besitzer, von einer seiner zahlreichen Reisen auf den dunklen Kontinent mitgebracht hatte (er war Schiffsjunge auf der Fregatte *Gefion* gewesen und hatte danach sein ganzes Leben der Handelsflotte gewidmet).

An einem anderen geheimen Platz, hinter der Rückwand des alten Zitronenholzschranks des Kapitäns, habe ich meine eigenen Tagebücher versteckt. Ich habe sie in dem Jahr begonnen, in dem Magdalene starb, und sie folgen dem, was Magdalene und ich gemeinsam in Gang gesetzt haben.

Darin findet sich die Beschreibung unserer ersten Begegnungen nach ihrer großartigen Beerdigung, die Details der Überlegungen, die wir angestellt haben, und die Abschriften all der Beschlüsse, die wir fassten – und damit auch der Konsequenzen, die sie zu meinem Entsetzen mit sich brachten.

5

MAGNA

7. MAI 2008

Natürlich ahnte Magna, dass Magdalene Kongslund niemals wirklich verlassen hatte, auch wenn sie in dem physischen Universum gestorben war.

Und irgendwann, da war ich mir sicher, hatte meine Pflegemutter die zwölf Tagebücher unter dem doppelten Boden meiner Schublade gefunden und gelesen – vermutlich aus Angst, mich zu verlieren. Natürlich haben wir nie ein Wort darüber verloren.

Nach außen war die Beziehung zwischen Vorsteherin und Pflegetochter, die mit der Zeit als ihr eigenes Kind angesehen wurde, die reinste Idylle. Und für die Außenwelt war Kongslund der Inbegriff echter, unerschütterlicher Herzenswärme, die alle unehelichen Kinder einschloss. Hier waren die verstoßenen Existenzen versammelt, über deren Traumata Psychologen und Professoren jahrzehntelang Bücher schreiben würden.

Keiner von denen hat jemals wirklich das Wesen unserer Angst begriffen, sagte Magdalene zu mir und ruckte in ihrem alten Stuhl hin und her. Verlassenheit hat nichts mit dem zu tun, was man verlässt. Verlassenheit ist dort, wo man hingeht.

Die Psychologen und die ranken Fräuleins von der Kopenhagener Mutterhilfe waren überzeugt davon, Defizite und Gebrechen

aller Art mit gesunder Seeluft, grünen Wäldern und grenzenloser Geduld reparieren zu können, denn so war es immer schon gewesen.
Wir schwiegen und ließen ihnen ihre Überzeugung.

Natürlich war meine Pflegemutter in all den Jahren Kongslunds unbestrittene Herrscherin – auch noch lange nach ihrer Pensionierung. Sie traf sich nach wie vor einmal im Monat mit ihrer Nachfolgerin, Susanne Ingemann, um über die Belange des Kinderheims zu sprechen.

Sie war der Garant dafür, dass die Stiftung des Heims jedes Jahr vom Nationalministerium eine großzügige Schenkung verbuchen konnte, von der eine erkleckliche Summe Kongslund selbst zufiel.

Das Stiftungstreffen an diesem Morgen hatte sie ohne jede Erklärung abgesagt. Dann hatte sie eine weitere Nummer ins Telefon getippt und festgestellt, dass ihre sonst so ruhigen Finger ein ganz klein wenig zitterten. Das Gespräch hatte nur wenige Minuten gedauert. Danach hatte sie sich hingesetzt und gewartet.

Es steckten noch Kerzenstumpen in den fünf silbernen Kerzenhaltern auf der Fensterbank – einer für jedes der fünf schlimmen Jahre in Dänemarks Geschichte. Sie hatte die Kerzen am Abend des 4. Mai angezündet, genau auf den Glockenschlag, als die Stimme aus London dreiundfünfzig Jahre zuvor die Befreiung verkündet hatte. »Soeben erreicht uns die Nachricht...«

...dass Hitler, der Dreckskerl, besiegt ist.

Sie hatte die Ungeduld am anderen Ende der Leitung gespürt, die Pause und die unausgesprochene Frage: *Was zur Hölle geht da vor?!*

Sie wusste es nicht.

Ich komme zu dir.

Jetzt saß sie da und wartete. Es war ihr ein Rätsel, wie der

Artikel in *Fri Weekend* zustande gekommen war oder woher die Informationen stammten, und sie hatte keine Ahnung, was der Journalist des Wochenblattes sonst noch herausgefunden hatte. Er hatte angerufen und um ein Interview gebeten, sie aber hatte ihn mit der Entschuldigung abgewimmelt, dass sie mit starken Gichtschmerzen im Bett läge.

Nachdem sie sich etwas gesammelt hatte, hatte sie den Artikel noch einmal gelesen. Dann war sie aus ihrem Sessel aufgestanden und hatte ihre Sammelmappen aus dem Schrank geholt – drei braune, drei rote und drei weiße. Die braunen Mappen beinhalteten Fotografien, die roten Postkarten und Briefe, die weißen vergilbte Zeitungsartikel aus sieben Jahrzehnten seit der Einweihung des Kinderheims 1936. Darunter war kein Artikel wie dieser.

Sie schlug die Zeitschrift auf und zwang sich, die Schlagzeile auf der ersten Seite noch einmal zu lesen: *Bekanntes Kinderheim wird beschuldigt, Kinder versteckt zu haben.* Fehlte nur noch das Ausrufezeichen.

Der Artikel basierte im Großen und Ganzen auf unhaltbaren Behauptungen und Gerüchten. Anonyme Aussagen, der Tratsch ungenannter Quellen, das Heim am Strandvej wäre hinter den Kulissen eine Art Hilfszentrale für reiche und mächtige Bürger des Landes gewesen, die einen Seitensprung vertuschen wollten. Deren unerwünschte, uneheliche Kinder wären über Jahrzehnte diskret und effektiv von den Entbindungsstationen geholt und angeblich mit komplett neuen Identitäten ausgestattet worden, sodass keine irdische Macht jemals mehr ihre leiblichen Mütter oder Väter aufspüren konnte.

Danach wurden sie zur Adoption freigegeben.

Sie studierte die Überschrift voller Abscheu, als wären die Buchstaben plattgedrückte Insekten.

Dann blätterte sie vor zu Seite 6, wo unter einem Archivfoto von ihr und einem großen Bild des Kinderheims ein längerer Artikel abgedruckt worden war. *Im Dienste der vergessenen Kinder. Von Knud Tåsing. Foto: Nils V. Jensen.*

Nach der dritten Lektüre konnte sie die Einleitung auswendig: *Am Dienstag, den 13. Mai, wird an einem mondänen Ort in Nordseeland ein 60-jähriges Jubiläum gefeiert. Ein Jubiläum, das eine ganz besondere Frau ehrt und Hunderte von Kindern, denen sie durch ein Menschenalter die Mutter ersetzte, bis sie ihren eigenen Lebensweg und eine eigene Familie fanden.*

Magna seufzte und spitzte die Lippen, als wollte sie eins der zerdrückten Insekten auf den Teppich spucken. Zum Anlass des Tages trug sie Dunkelblau und die Ohrringe, die normalerweise nur für Theaterbesuche und Beerdigungen aus der Schatulle genommen wurden (inzwischen sehr viel seltener für Theaterbesuche).

Das bald achtzigjährige Fräulein Ladegaard ist bei den Kindern, die sie in dem Heim am Strandvej aufgezogen hat, unter ihrem lebenslangen Rufnamen Magna bekannt. 1948 übernahm sie die Leitung von Kongslund und ist dem Heim in der großen Patriziervilla am Øresund nach wie vor eng verbunden. Kongslund war von Anfang an dafür bekannt, den Schwächsten der Schwachen Schutz zu gewähren, den Kindern, deren Eltern nichts mehr von ihnen wissen wollten.

Sie schloss die Augen und spürte den Zorn in sich aufsteigen. *Die Schwächsten der Schwachen.* So hätte sie ihre Kinder niemals bezeichnet.

Sie hasste es, ihren Namen gedruckt zu sehen. Ihr Taufname war Martha Magnolia Louise Ladegaard – eine imposante Aneinanderreihung von Namen, die sie nie ganz verwunden und die sie letztendlich vielleicht sogar so früh von zu Hause fortgetrieben hatte. Der zweite Name, Magnolia, war die plötzliche Eingebung des Pastors gewesen, der sie über das Taufbecken gehalten hatte und der zufällig auch ihr Vater war. Und auch wenn es ihre Mutter durchzuckt hatte, die nichts Böses ahnend neben ihm gestanden hatte, war sie nicht auf den Gedanken gekommen, an der von *unserem Herrn* geschenkten Eingebung irgendetwas zu ändern. Die Kirche war an jenem Tag mit hübschen Sträußen getrockneter Blumen geschmückt gewesen, neben Magnolien auch Freesien, Mohn, Küchenschellen, Glockenblumen und Wiesenklee. Es hätte also viel schlimmer kommen können, wie Magnas Mutter gerne betonte. Jedes Mal, wenn Martha Magnolia von den Kindern in der Schule mit ihrem Blumennamen aufgezogen wurde, wiederholte sie in Gedanken diese tröstenden Worte. »Hättest du lieber Glockenblume geheißen oder gar *Küchenschelle*? Ach nein, es hätte viel schlimmer kommen können, wenn dein Vater nicht den Duft von Magnolien so sehr geliebt hätte.«

Als Sechzehnjährige war sie eine große, etwas kräftig gebaute junge Frau mit braunen Locken und tiefer, melodischer Stimme gewesen. Und eines Tages im Frühjahr hatte sie sich nach Kopenhagen begeben, um sich als Säuglingsschwester ausbilden zu lassen. In ebendiesen Wochen kaufte die Mutterhilfe die Villa Kongslund, gestaltete die vornehme Villa in ein Säuglingsheim um. Magna hatte später oft im Stillen gedacht, wie sehr das den alten Bürgerkönig gefreut hätte, der selbst so brutal von seiner leiblichen Mutter, der leichtlebigen Prinzessin Charlotte Frederikke, getrennt worden war. Es bestand kein Zweifel, dass die mutterlose Kindheit mit all ihren Entbehrungen den Sohn sonderbar werden ließ, seinen Körper unfruchtbar machte, weshalb das Geschlecht ausstarb. Eine passende Rache, fand Magna.

Das neu eingerichtete Säuglingsheim wurde am 13. Mai 1936 eingeweiht. Am gleichen Tag wurde der Kinderhilfstag in Kopenhagen begangen, und die Frauen nutzten die Gelegenheit für das erste große, friedliche Happening in der Geschichte der Stadt. Nicht weniger als 1600 Mütter mit 1600 mit dänischen Flaggen geschmückten Kinderwagen und 1629 Kindern – darunter zwei Drillings- und fünfundzwanzig Zwillingspärchen – liefen in einer Prozession von Schloss Rosenborg quer durch die Innenstadt zum Tivoli, um auf die Situation der Kinder aufmerksam zu machen.

Das junge Landmädchen Martha Magnolia – Zeugin des ersten Marsches der dänischen Frauen in die Zukunft – hatte etwas Derartiges noch nie gesehen. Es war eine Manifestation des Wertes von Mutterschaft, die Forderung auf Schutz des Neugeborenen und das Recht, in der Gemeinschaft als Frauen das Wort ergreifen zu dürfen.

Als die Prozession zum Stehen kam, beschrieb ein Festredner von der Kopenhagener Mutterhilfe das neue Heim für elternlose Kinder, das am selben Tag in Skodsborg eingeweiht wurde – und in der Sekunde wusste die Namensschwester der Magnolien, welchen Weg sie gehen wollte.

In den folgenden Jahren füllte sich das Kinderheim am Skodsborg Bakke, und in dem Garten, der zum Sund abfiel, sah man nun Dreiräder, Schaufeln und Eimer, Tretautos und junge Mädchen mit frisch gewickelten Babys auf dem Arm. Sonntags kamen nervös auf der Stelle tretende kinderlose Paare zu Besuch, ihre Adoptionsbewilligung fest an die Brust gepresst, und nahmen genau das Kind mit nach Hause, das die Schwäche und das Liebesbedürfnis ausstrahlte, das sie suchten.

Als die Vorsteherin 1947 ernsthaft erkrankte, ernannte sie, ohne zu zögern, Magna zu ihrer Stellvertreterin, und im folgenden Jahr wurde sie die zweite Leiterin des Heims.

Die Schande der alleinstehenden Mütter habe viele betroffen, schrieb *Fri Weekend*. Vermutlich sei der Skandal für die Familien auf den oberen Sprossen der sozialen Leiter dabei am größten gewesen. Mehrere Quellen bestätigten *Fri Weekend*, dass sich das respektable Kinderheim der besonders prekären Adoptionsfälle angenommen habe.

Magna senkte die Zeitschrift und warf einen finsteren Blick durch den Raum, ehe sie sich zwang weiterzulesen.

Es waren häufig Politiker, hohe Beamte oder Schauspieler, die ihren Ruf oder ihre Karriere nicht wegen eines kleinen Seitensprungs aufs Spiel setzen wollten, sagen die Quellen. Sie konnten sich beruhigt an die Leiterin am Strandvej in Skodsborg wenden, die ihre Probleme diskret und zu aller Zufriedenheit löste. Fri Weekend *ist in den Besitz einer vertraulichen Patientenakte aus einem der großen Adoptionsjahrgänge (1961) gelangt, aus der man unter Umständen den Schluss ziehen kann, dass dort auch ein Junge war, bei dem das normale Prozedere umgangen werden sollte. Der Name des Jungen war John Bjergstrand.*

Magnas Blick verweilte auf den weißen Mappen vor ihr auf dem Tisch. Es hatte noch nie einen kritischen Artikel über Kongslund gegeben. Die Zeitschrift schien andeuten zu wollen, dass den Hilfeleistungen kommerzielle Motive zugrunde lagen, und der Journalist fuhr in dem gleichen, sensationsheischenden Ton fort.

Vielleicht hat einer unserer heutigen Topmanager oder Politiker in aller Heimlichkeit sein unerwünschtes Kind zur Adoption freigegeben, um einen Skandal zu vermeiden. Die Vergangenheit reicht bis in unsere Gegenwart hinein. Kennt jeder erwachsene Mann von heute seine Vorgeschichte? Was geht im Kopf eines Mannes vor, der aus Rücksicht auf seine Karriere sein eigen Fleisch und Blut verbannt hat und der heute noch immer befürchten muss, entlarvt zu werden, und darum schweigt? Die Hauptperson der Jubiläumsfeierlichkeiten, die Vorsteherin des Heims von 1948 bis 1989, möchte sich aus gesundheitlichen Gründen nicht in diesem Artikel äußern. Vorläufig bleiben die offenen Fragen also unbeantwortet.

Die Reportage hatte sogar einen Sensationsbeitrag über einen elfjährigen von der Ausweisung bedrohten Tamilen nach hinten verschoben.

Ein Detail bereitete der pensionierten Heimleiterin mehr Sorgen als alle anderen: die Andeutung sehr viel umfangreicheren Wissens. Ein Wissen, dessen eventuelle Konsequenzen sie nun mit einer Person besprechen musste, die sie normalerweise unter keinen Umständen in ihre vier Wände einladen würde.

Sie sah sich die beiden Namen über dem Artikel noch einmal genauer an: Knud Tåsing und Nils V. Jensen. Dann klappte sie die Zeitschrift zu und zündete sich einen ihrer hellen, dünnen Zigarillos an. Natürlich konnte das ein Zufall sein – dann allerdings ein nahezu übernatürlicher Zufall. Sie hatte die letzten zwei Tage mit leichter Übelkeit zu tun gehabt, vermutlich war das die Angst. Das sah ihr gar nicht ähnlich.

Obgleich sie auf das Klingeln gewartet hatte, zuckte sie zusammen.

»Guten Tag!« Leicht ironischer Tonfall, ein flüchtiger Kuss auf die Wange. Wie damals.

Er hatte seine eigene Ausgabe der Zeitschrift dabei. Die kleine Sensation des anonymen Briefes auf der ersten Seite war dick rot unterstrichen.

Der anonyme Brief wird kaum der letzte sein, sofern dahinter das dunkle Geheimnis liegt, das er andeutet. Das Nationalministerium will sich nicht dazu äußern, ob der Brief auch an Nationalminister Ole Almind-Enevold adressiert war, wie Fri Weekend *vermutet. Mehrere Quellen bestätigen, dass Orla Berntsen eine unbekannte Zeitspanne seiner ersten Lebensjahre außerhalb seines Zuhauses verbracht hat, weil seine Mutter unter Depressionen litt. Aufenthaltsort war laut unserer Quellen das Säuglingsheim Kongslund. Der Stabschef des Nationalministers möchte diesen Sachverhalt nicht kommentieren.*

»Kannst du herausbekommen, wer…?« Sie hatte Kaffee eingeschenkt.

»Wer ihnen diese Informationen gegeben hat?« Er hielt die kleine Silberschale mit dem Zucker an den Tassenrand. »Ja, das kann ich, ich bin schon dabei.« Er nahm sieben Würfel wie in alten Tagen. Magna zählte die Zuckerstückchen mit der gleichen Missbilligung, die sie beim Anblick junger Mütter empfand, die ihren Kindern Süßigkeiten kauften.

Er hob den Kopf und sah sie an, und die Übelkeit schoss mit solcher Wucht aus ihrem Magen hoch, dass sie die Tasse wegstellen und sich in dem Sofa zurücklehnen musste.

»Kann uns das ... gefährlich werden?«

»Und ob«, sagte er. »Irgendwo da draußen läuft jemand herum, der etwas gegen uns in der Hand hat. Unser Freund ist verständlicherweise sehr aufgebracht. Und beunruhigt.« Mit einem zufriedenen Gesichtsausdruck bewegte er den kleinen Silberlöffel in der Kaffeetasse. Er war mit den Jahren kräftiger geworden, und die schwarzen Locken hatten sich grau verfärbt. Er trug eine dunkelblaue Hose, ein hellblaues Hemd und einen blau karierten Schlips. Heute stand *Consulter* auf seiner Visitenkarte: *Carl Malle, Consulter, Spezialist für Sicherheit und Personenschutz.*

Lächerlich. Als hätte sie sich in Carl Malles Gesellschaft jemals sicher gefühlt.

»Vor dem Hintergrund deines bevorstehenden Jubiläums ist das Ganze natürlich besonders unglücklich«, sagte er. »Die nächste Woche werden du und das Kinderheim im Fokus der Medien stehen. Ich gehe davon aus, dass der anonyme Absender diesen Effekt einkalkuliert hat. Günstigerweise ist der Journalist von *Fri Weekend* bei seinen Kollegen so unten durch, dass kaum jemand seinen Enthüllungen Glauben schenken wird ...« Carl Malle lächelte. »Und schon gar nicht, falls er tatsächlich die ganz und gar unglaubliche Wahrheit herausfindet, meinst du nicht auch?«

»Das ist wohl kaum der passende Moment für Scherze«, sagte Magna spitz und einen Hauch eingeschüchtert. Er hatte auf sie schon immer diese Wirkung gehabt.

»Ich meine das ganz ernst, meine liebe Magna. Die Wahrheit ist zu abwegig, als dass jemand die Geschichte abdrucken könnte, ohne die zentralen Quellen zu benennen. Und das sind wir drei. Außer du sagst mir, es gäbe noch andere Zeugen aus der Zeit... In dem Fall kann die Person, an die wir beide denken, ihre eigene Geschichte nicht mehr dokumentieren. Die ist längst abgeschlossen, und sie ist nie zurückgekehrt. Sie war es nicht, die diesen vermaledeiten Brief an das Arschloch Tåsing geschrieben hat.«

»Aber hast du gesehen, wen Tåsing...«

»Zufall, Martha. Reiner Zufall. Und Orla habe ich an der kurzen Leine.« Carl Malle lachte, und es klang rasselnd wie der aufziehbare Clown, der an Heiligabend in Kongslund auf seiner Trommel zu spielen pflegte.

»Der Minister hat seinen Staatssekretär aufgefordert, Himmel und Hölle in Bewegung zu setzen, um den Absender ausfindig zu machen – und die *Hölle* bin ich. Aber das wirst du ja noch wissen... aus unserem gemeinsamen Krieg?« Wieder lachte der pensionierte Polizist.

Und sie erinnerte sich: an den siebzehnjährigen Freiheitskämpfer, den sie einige Monate lang bewundert hatte, ehe sie ihn durchschauen sollte.

»Unsere gemeinsame Zeit reicht weit zurück, Martha, aber trotzdem kann es natürlich das eine oder andere hässliche Detail geben, das ich nicht kenne. Wir haben keine andere Wahl, als alles offen auf den Tisch zu legen und zu hoffen, dass etwas oder jemand zum Vorschein kommt. Ich werde den Absender finden – bevor mir jemand zuvorkommt.«

Er zündete seine Pfeife an und schaute lange und konzentriert in den Pfeifenkopf, als hoffte er, das Problem zusammen mit dem Tabak verbrennen zu können. Für einen Mann wie ihn war die Besatzung und der Krieg gegen Hitlerdeutschland ein Geschenk gewesen: finster, gefährlich, bedrohlich – und voller Spannung, so viel hatte Magna von Anfang an verstanden. Im Frühjahr 1943 hatte er zusammen mit zwei Kameraden vom Gymnasium eine mitteljütländische Widerstandsgruppe gegründet. Sie waren so dummdreist, wie nur blutjunge Männer in der Gewissheit der eigenen Unsterblichkeit es sein können. Sie entwendeten deutsche Pistolen, Handgranaten und Sprengstoffe und blockierten Eisenbahngleise mit dicken Eichenstämmen, die sie im Wald zwischen Vejle und Horsens gefällt hatten, ohne überhaupt zu wissen, welches Ziel die Züge hatten, die sie zum Entgleisen brachten, oder was transportiert wurde. Aber sie lagen im Gebüsch und jubelten, wenn die Schienen barsten und die Güterwagen umstürzten.

Sie waren vom Teufel geritten und sprengten im Großen und Ganzen alles, was ihnen in den Weg kam, parkende Autos, Ausrüstungslager mit militärischer Unterwäsche, Fabrikanlagen, Munitionsdepots und Bäckereien, die Brötchen an die dänischen HIPO-Leute verkauften. Carls Unberechenbarkeit machte im Laufe der Monate die Widerstandskämpfer in der Umgebung sehr nervös, und als schließlich die Kollaborationspolitik im August 1943 zusammenbrach und die dänischen Juden vor der gleichen »Endlösung« standen wie die übrigen europäischen Juden, gelang es einem Gruppenchef der jütländischen Führung, Carl und seine Trabanten zu der größtmöglichen Heldentat zu motivieren und nach Kopenhagen zu schicken. Tausende Juden sollten in den kommenden Monaten versteckt und hinüber nach Schweden geschmuggelt werden, mit Zwischenstation in der Landeshauptstadt. Der Teufel ging einen Pakt mit dem Herrgott ein, und es ist fraglich, ob Dänemark je so viele Juden gerettet und sich der gerechten Seite des Krieges verschrieben hätte, wenn nicht Carl Malle in die Stadt gekommen wäre. Zur gleichen Zeit war Magna persönliche Assistentin der Heimleiterin in Skodsborg geworden, und als die Dänen am 29. September 1943 erfuhren, dass die Deutschen zwei Tage später die Massenarrestierung und Deportation Tausender Juden vorgesehen hatten, schritt Magna zur Tat. Sie ging mit Gerda, die später ihre rechte Hand wurde, gemeinsam in die Stadt. Sie nahmen die Straßenbahn bis zu einer kleinen Kneipe in der Nähe des Kalkbrennereihafens, von der sie wussten, dass sich dort die Widerstandskämpfer trafen. Carl saß an einem Ecktisch, er war gerade frisch aus Jütland eingetroffen. Der hoch aufgeschossene junge Mann aus Horsens erklärte Magna das Problem: Die Juden mussten gefunden, versteckt und außer Landes geschmuggelt werden – in dieser Reihenfolge. Und es bestand Bedarf an sicheren Verstecken, während die Widerstandsleute Fluchtrouten nach Schweden organisierten.

In dieser Nacht schliefen Carl und Magna in ihrer kleinen Wohnung im Heim miteinander; später inspizierten sie den Dachboden. Bis auf ein paar Kisten mit ausrangiertem Kinderspielzeug war er komplett leer. Der Bodenraum war das perfekte Versteck.

Sie kletterten nach unten und schliefen wieder miteinander. Er war siebzehn und sie dreiundzwanzig. Seine Hände und sein Wille bestimmten den Rhythmus, das Tempo und den Zeitpunkt für den Orgasmus. Sie legte den Kopf in den Nacken und versuchte den Schrei zu unterdrücken, in der Hoffnung, dass die schlafenden Schülerinnen im Wohntrakt die Geräusche für das Weinen eines Säuglings irgendwo in dem großen Haus hielten.

Carl war Magnas erster – und letzter – Mann.

Er saugte an seiner Pfeife, als würde er ihre Gedanken lesen, was er zweifellos konnte. »Es gab eine Zeit, Martha«, sagte er, »in der wir vor nichts Angst hatten. Aber das ist lange her.«

»Ja. Die fünf *verfluchten Jahre*...«

Die Juden waren nach Einbruch der Dunkelheit in kleinen Gruppen nach Kongslund gekommen. Männer, Frauen und Kinder mit Mantelsäcken und Koffern, nie mehr als jeder Einzelne auf der gefahrvollen Fahrt über den Sund würde tragen können. Carl Malle und seine Widerstandskameraden hatten mit Versprechungen, Drohungen und Bestechung seetaugliche Boote jeder Form organisiert. »Hauptsache, sie schwimmen«, wie Carl sagte, wenn er sich vor den nervösen Fischern aufbaute, die sich aus blanker Angst zur Verfügung stellten. Es gab kaum einen fahrbaren Untersatz, den er in diesen Monaten nicht aufs Meer hinausjagte, während er selbst im Wintergarten in Kongslund stand, wenn die Juden aufbrachen. »Haltet die weniger wichtigen Dinge in der linken Hand, damit ihr sie von euch werfen könnt, falls ihr fliehen müsst«, instruierte er sie. »Falls ihr schwimmen müsst, ist kein Platz für Gepäck!«

Jedes Mal, wenn er das sagte, hatte er laut gelacht, und die Flüchtlinge hatten ihn ängstlich angesehen, weil sie nicht wussten, von wem eigentlich die größte Gefahr ausging.

Je mehr Zeit ins Land ging, desto mehr legte sich auch die Nervosität der Fräuleins, weil niemand sich im Mindesten für das Kinderheim am Strandvej zu interessieren schien. An einem Abend wäre es aber beinahe schiefgegangen. Zwei schwarze Wagen der Gestapo bogen vom Strandvej zum Kinderheim ab und blieben auf der Einfahrt stehen. Sieben deutsche Soldaten und ein Offizier stiegen aus.

Gerda Jensen, jene Frau, die die blauen Elefanten in der Säuglingsstube gemalt hatte, empfing die Deutschen auf dem Treppenabsatz vor der Eingangstür. Sie hatte sich einen grünen, gehäkelten Schal um die Schultern gelegt und sah so zart aus, dass das Haus hinter ihr gigantisch wirkte. Der deutsche Kommandant zeigte ihr den Durchsuchungsbefehl, und Gerda verneigte sich vor ihnen wie Susanne Ingemann vor wenigen Tagen vor den Presseleuten. »Bitte, stören Sie die Kinder nicht«, sagte sie mit so sanfter Stimme, dass der Deutsche die Augen niederschlug, als wäre er bei einer Sünde ertappt worden. Dabei hätte er Gerda nur nach den Dingen fragen müssen, die er wissen wollte, weil sie schlicht und einfach kein menschliches Wesen belügen konnte. Nicht einmal einen deutschen Offizier. Aber das wäre dem Kommandanten natürlich im Traum nicht eingefallen.

Die deutschen Soldaten kamen nicht weiter als bis in den Schlaftrakt, wo sie unbeholfen in ihren langen Mänteln und klobigen Stiefeln zwischen den Betten des Raumes standen, das später die Elefantenstube sein würde.

Gerda stellte sich vor den Kommandanten. Sie reichte ihm gerade bis zum Brustkasten. »Diese Kinder sind sehr schwach«, sagte sie auf Dänisch. »Sie sind ganz allein auf der Welt...« Sie sah in sein Gesicht und ließ ihn in ein Augenpaar blicken, in dem sich die Stürme und die Brandung der westjütländischen Küste spiegelten. »... Und sie werden ihre Eltern *niemals* kennenlernen.« Die acht Männer zwischen den acht Betten schienen sich äußerst fehl am Platz zu fühlen; es lag eine Unsicherheit in der Luft, die sich hinterher niemand so recht erklären konnte.

»Fräulein...«, sagte der Major und vermied es sorgsam, seinen Blick auf die schlafenden Bündel unter den Decken zu richten, »... danke schön.« Damit machte er auf dem Stiefelabsatz kehrt und bat sie, ihn und seine Männer hinauszubegleiten. Sie fuhren die Einfahrt hinunter und waren weniger als zehn Minuten nach ihrer Ankunft wieder verschwunden.

Kurz darauf kam die Befreiung. Die Deutschen ergaben sich kampflos und wanderten den Strandvej entlang, durch Skodsborg, an Kongslund vorbei, quer durch Kopenhagen und Seeland, heim in ihr zerschlagenes Land. Während der letzten Kriegsmonate war Carl sehr aktiv bei der Liquidierung dänischer Denunzianten gewesen, eine grausame, aber notwendige Aufgabe, welche die dafür auserwählten Widerstandskämpfer fürs Leben zeichnete, wie es hieß.

Hatte es ihn gezeichnet? Sie glaubte es nicht.

»Knud Tåsing wird seinen Fokus sehr bald auf die fünf Jungs aus der Elefantenstube 1961 richten«, sagte Carl Malle zu Magna. »Dumm ist er nicht.«

Sie schwieg.

»Wenn er auf einen Zusammenhang stößt – was äußerst unwahrscheinlich ist...«, er schlug mit dem Silberlöffel gegen den Rand der Zuckerschale, »... wird er nach dem Vater fragen und wissen wollen, wo er heute ist.«

»Und ich werde natürlich antworten, dass die Namen der Väter in den meisten Fällen unbekannt sind – was ja stimmt...« Sie gewann ein wenig ihres Selbstvertrauens zurück. Im Gegensatz zu Gerda konnte sie lügen, wenn es nötig war.

»Aber warum diese Geheimniskrämerei? Wozu das merkwürdige Antragsformular... Als hätte man bewusst versucht, Spuren zu verwischen? Was antwortest du auf diese Frage?«

»Ich erinnere mich nicht mehr so genau. Da waren so viele Kinder im Laufe der Jahre... Tausende von Kontakten. Sie können mich schließlich nicht zwingen, Carl. Das sind doch keine *Barbaren*...?«

Das letzte Wort war auf ihn gemünzt.

Er ignorierte die Beleidigung. Ihre Leben waren über Fäden miteinander verknüpft, die niemand lösen konnte. Er schob die Jacke von der Zeitung, und sie wusste, was jetzt kommen würde.

»Marie könnte die Briefe geschrieben haben«, sagte er.

Sie reagierte nicht.

»Ich habe sie in Søborg gesehen... als Kind... wie sie im Gebüsch herumgekrochen ist und Orla und Severin hinterherspioniert hat. Das war nicht normal. Und sie hatte Zugang... zu *Dingen*...« Das letzte Wort sprach er absichtlich betont und mehrdeutig aus.

Die pensionierte Heimleiterin schwieg. Das war sehr riskantes Terrain.

»Sie war immer schon seltsam. Kein Wunder, dass du kein passendes Zuhause für sie gefunden hast.«

»Ich habe ein Zuhause für sie gefunden. Das beste.«

Er erhob sich, und der Löffel fiel klirrend zu Boden.

»Wenn wir nur wüssten, wieso das gerade jetzt passiert.«

Sie sah zu ihm hoch. »Jeder könnte das Formular gefunden und aufbewahrt haben ... und darüber auf alte Ereignisse gestoßen sein. Ein Besucher ... eine frühere Kinderschwester ...«

»Die größte Sorge unseres gemeinsamen Freundes ist es natürlich, dass es der Junge selbst ist«, fiel der Sicherheitschef ihr ins Wort. »Vielleicht hat er das Formular bei seinen Adoptiveltern gefunden und versucht nun herauszufinden, was es bedeutet.«

Magnas Haut hatte die gleiche Farbe wie die Zigarilloasche in dem kleinen Kristallaschenbecher vor ihr. Und wieder sagte sie nichts.

»Hast du wirklich alle Spuren vernichtet?«, fragte er.

»Ja – selbstverständlich.«

»Es ist *deine* ... und *seine* Schuld, dass wir jetzt in der Tinte sitzen.«

»Und was ist, wenn Peter, der Fernsehstar der Nation, da mit reingezogen wird und mit ihm der ganze Sender? Wäre naheliegend, oder? Vielleicht hat er ja auch so einen Brief bekommen.«

Es war nicht nötig, die Frage zu beantworten. Sie mussten das Loch zur Vergangenheit stopfen, ehe es zu spät war, egal wer es entdeckt hatte.

»Ist Orla wirklich das Kind der Frau, bei der er in Søborg aufgewachsen ist?«, fragte er plötzlich.

»Das solltest du doch wohl am besten wissen.« Er hatte sich eine Blöße gegeben. »Bist du ihm nicht näher gewesen als jeder andere?«

»Eine alleinerziehende Mutter wäre der perfekte Deckmantel gewesen, nicht wahr, Magna?«

Und zum dritten Mal schwieg sie.

»Er hatte eine schreckliche Kindheit. Interessant, aber

auch schrecklich. So viel Gewalt... als läge sie in seinen Genen. Einen Mann zu töten, in so jungen Jahren...«

Sie konnte es nicht mit ihm aufnehmen, wollte die Vorwürfe aber auch nicht einfach so im Raum stehen lassen. »Er hat ihn nicht umgebracht. Ich habe mit dem Psychologen gesprochen...« Sie hielt inne. Mehr sollte er nicht erfahren.

»Der Psychologe war außer sich, meine gute Magna. Das solltest du eigentlich wissen. Ich habe selbst mit Orla gesprochen... direkt nach dem *Vorfall*... Und das war wirklich erschreckend. Das war nicht normal. Das weißt du genau.«

»Es konnte nie bewiesen werden.«

»Nein, und was glaubst du, warum? Weil ich... weil *wir* ihn geschützt haben.«

»Wie viele Menschen hast du umgebracht, Carl?« Sie nannte ihn zum ersten Mal bei seinem Vornamen.

»Ja, ich habe Menschen getötet, Martha – aber das war im Krieg. Orla hat sich nicht im Krieg befunden«, sagte er. »Ein Trottel in einem Wäldchen in Søborg ist kein Feind, den man umbringen muss. Und ganz sicher nicht auf so eine Art.«

Es war lange still im Wohnzimmer.

»Ich weiß nicht, wieso das jetzt losgetreten wurde«, sagte er schließlich, als ob die Frage anders gestellt eine Antwort bringen würde.

Dann ging er.

Die Haustür schlug hinter ihm zu.

Keiner von ihnen hatte sich verabschiedet.

Sie zündete sich noch einen Zigarillo an und starrte in den blauen Rauch. Sie würden sie begraben, Kinder, zwei lange Reihen, zwanzigtausend Seelen. Es gab kein Entkommen, das wusste sie längst. Die Finsternis hatte sich buchstäblich unter ihr aufgetan. Die kleinen blauen Elefanten balancierten auf dem Netz aus feinen Fäden, das alles hielt, bis es sich am Ende unter ihr auftat. Sie würden mit ihr in die Dunkelheit stürzen, die ihr Grab sein sollte.

Die Vorstellung gefiel ihr. Natürlich währte kein Lied ewig, was immer sie den Kleinen auch eingeredet hatte.

Wenn es nur nicht so bald geschah.

Orla Berntsen wandte sich an seinen Minister und bemerkte erstmals einen Hauch von Grobheit unter den glatten, fast femininen Zügen.

Der Schock über die Enthüllungen des letzten Tages war so heftig wie die unerwartete Umarmung eines fremden Menschen und hatte eine merkwürdige Unsicherheit zwischen ihnen hervorgekehrt. Die Angst war ins Nationalministerium eingezogen – sozusagen mit der Post –, sie war unter die Haut des mächtigen Mannes gekrochen und hatte seine Gesichtszüge, ja, seine gesamte Ausstrahlung verändert.

Die Furcht des anderen Mannes trat eine Aggression in Orla Berntsen los, die er nur schwer beherrschte – obwohl er alle Überlegungen nachvollziehen konnte, die sie wenige Minuten zuvor mit dem Hexenmeister durchgegangen waren. Falls ein Skandal, wie er in dem Artikel von *Fri Weekend* angedeutet wurde – illegal zur Adoption freigegebene Kinder mächtiger Männer –, Kongslund treffen sollte, würde das Ministerium von den teuflischen Angriffen der Presse überrollt werden. Das dänische Volk liebte öffentliche Hinrichtungen.

Warum wurde Kongslund so viele Jahre finanziell von der Regierung unterstützt? Besteht da ein Zusammenhang? Und wenn nicht: Wieso hat der langjährige Schirmherr des Heims, Nationalminister Ole Almind-Enevold, diesen Betrug nicht bemerkt?

Und wie viel Geld haben eigentlich die Steuerzahler im Laufe der Jahre in das Unternehmen investiert?

War es nicht die Geschichte von Kongslund und den ausgesetzten Kindern der Nation, die der Regierung 2005 zum Wahlsieg verholfen hatte?

Was sagt die Partei dazu, dass das berühmte Heim, das nach außen hin die Schwächsten der Gesellschaft beschützte, die Ausgelieferten, insgeheim nur den Stärksten und Mächtigsten diente?

Die Symbolkraft war nicht zu unterschätzen. Man würde den zweitmächtigsten Mann auf der letzten Stufe zum Thronsaal fällen, in dem der Regierungschef über sein politisches Testament gebeugt saß und seine letzten Lebenssäfte in ein Taschentuch mit dem leuchtend roten Partei-Monogramm versickern ließ.

Ole Almind-Enevold würde niemals seine Nachfolge antreten.

Der Stabschef sah seinen Vorgesetzten an. Sie waren ein ungleiches Paar, das hatten schon seine Studienkollegen vor zwanzig Jahren gedacht: der wortkarge Student und sein Mentor, der Justizminister einer kränkelnden Regierung gewesen war, die gerade abgedankt hatte. Orla hatte das nie gekümmert. Er hatte sich in dem älteren Mann wiedererkannt – und er hatte keine Sekunde gezögert, als er den Preis für seinen Eintritt in die Staatsverwaltung mit der einzigen Freundschaft bezahlte, die er je gehabt hatte. Zwei junge Juristen, die von einer gemeinsamen Praxis geträumt hatten – und jetzt ihrer Wege gingen. Einer von ihnen, Søren Severin Nielsen, hatte – aus Protest oder zufällig – einen Weg eingeschlagen, der sich beinahe zwangsläufig mit Orlas steiler Karriere in den verschiedenen Ministerien kreuzen musste. Er war Anwalt für Asylbewerber geworden.

»Es gibt einen Grund, dass ich dich herbestellt habe.« Die Stimme des Ministers war seltsam dumpf und leise in dem hohen Büro. Orla Berntsen streckte hinter dem Rücken die Finger aus. Seine Handrücken juckten, und der neu entdeckte Zorn auf den Mann hinter dem Schreibtisch prickelte wie tausend Stecknadeln auf seiner Haut. »Wenn es um Søren Severin Nielsens Versuch geht, das Interesse der Presse zu wecken, um die Ausweisung des Tamilenjungen zu verhindern«, sagte er wütend, »hat der Hex… hat der PR-Chef sie bereits mit so vielen Paragrafen gefüttert, die diesen Beschluss stützen, dass ihnen der Kopf rauchen dürfte, wenn…«

Er wurde von einer müden Handbewegung unterbrochen und schluckte den Rest des Satzes herunter.

Der Nationalminister interessierte sich offensichtlich nicht für Tamilenkinder. Er war blass und sprach leise. »Carl Malle war bei Magna. Sie konnte… *nichts*… erzählen.«

Orla Berntsen wartete auf die Fortsetzung.

»Natürlich wird Kongslund zu Unrecht angeklagt – das ist dir klar, hoffe ich.«

Auch wenn das nicht als Frage gemeint war, antwortete Orla ebenso leise: »Ja.«

»Weißt du was?«

Das Echo der Stimmen, die er als Junge immer gehört hatte. *Weißt du was?*

Worauf er immer geantwortet hatte: »Nein. Nichts.« Er hatte nie wirklich etwas gewusst. Seine Mutter hatte in dem blauen Sessel gesessen, in dem vor ihr schon ihr Vater gesessen hatte, und hatte ihm doch niemals etwas aus der Vergangenheit erzählt. Von seinem verschwundenen Vater zum Beispiel. Orla war vor ihrem Schweigen nach draußen geflohen und hatte sich am Ufer des Flusses auf die Lauer gelegt, wo er eines Sommerabends den mächtigsten Feind überwand, auf den er jemals getroffen war, und hatte dessen böses Auge zwischen die Seerosen geworfen. In seinen Visionen lag es noch immer auf einem Seerosenblatt, inmitten einer grünen Schleimschicht, und starrte ihn wie ein Requisit aus einem Horrorcomic an. Er bereute es nicht. Dieses Auge hatte mit einem einzigen todbringenden Blick seinen Vater in einen Stein verwandelt, stellte er sich vor, aber im Wasser war es all seiner Kräfte beraubt. (Diese Beobachtung hätte die bärtigen Beichtväter, die Psychologen in Kongslund, sicher interessiert.)

»Ja, das war's auch schon«, drang der Minister in seine bizarren Visionen ein. Die wenigen Worte marschierten steif wie Zinnsoldaten durch das unermessliche Niemandsland zwischen den beiden Männern.

Der Stabschef des Nationalministers verließ dessen Büro.

Der alte Kommissar hatte sich an dem Tag aus der Mordkommission des Kopenhagener Polizeipräsidiums in die Rente verabschiedet, als Dänemark an der Seite der Amerikaner in den Irak gezogen war, um die Zerstörung der Zwillingstürme 2001 zu rächen. Es war der 20. März 2003, und sie erließen ihm exakt die acht Monate, eine Woche und vier Tage, die er auf seinem Überstundenkonto angesammelt hatte. In der folgenden Woche hatte er auf CNN und allen führenden dänischen Kanälen die Flucht des Despoten Saddam Hussein vor den vorrückenden Truppen verfolgt.

Mehr als fünf Jahre später saß er noch immer in seinem Lieblingsfernsehsessel und schaute *Channel DK*, seinen favorisierten dänischen Fernsehkanal mit der unzweideutigen Haltung zu Recht und Ordnung und einer starken Polizeimacht.

Er musste nicht auf viele unaufgeklärte Fälle zurückblicken, aber die wenigen, die zu den Akten gelegt worden waren, verfolgten ihn noch jetzt. Er dachte fast täglich an sie.

Seine Frau hatte oft zu ihrem einzigen Kind – einer Tochter – gesagt, dass er besessen war. Und er hatte genickt und ihr recht gegeben.

Er hatte am 7. Mai wie immer seine Zeitung gelesen und mit steigendem Interesse den Fall des anonymen Briefs verfolgt, der an das Nationalministerium und *Fri Weekend* geschickt worden war. Irgendetwas in dem Bericht hatte ihn beunruhigt.

Er las ihn noch einmal und legte die Stirn über den inzwischen schlohweißen Brauen in Falten, als er sich die große alte Villa auf dem Foto noch einmal genauer ansah. Die hohen Fenster, die efeuberankten Mauern und imposanten Türme, das schwarze Dach mit den nicht weniger als sieben Schornsteinen – bis er plötzlich die Augen zusammenkniff.

Schlagartig war ihm klar, was ihn alarmiert hatte – und in ebendiesem Augenblick begriff er, dass er damals im September 2001, als sie an einem frühen Morgen am Strand von Bellevue die Leiche einer Frau mittleren Alters gefunden hatten, einen unverzeihlichen Fehler begangen hatte. Er inspizierte den Fundort ein weiteres Mal vor seinem inneren Auge, wie die Leiche dort im Morgennebel gelegen hatte, direkt am Spülsaum, und zum zehntausendsten Mal dachte er an die *Requisiten*, wie er sie für sich immer genannt hatte, selbst nachdem die Serienmordexperten vom FBI ihm versichert hatten, dass in dem Fund kein Muster zu erkennen war.

Und wieder stellte sich das ungute Gefühl ein, dass etwas ganz und gar nicht stimmte, obgleich der Fall als unglücklicher Todesfall zu den Akten gelegt worden war.

Das Auge. Das Buch. Der Ast. Das Seil. Der Vogel. Gab es noch etwas, das er übersehen hatte?

Er saß mit geschlossenen Augen da und sah die Szenerie vor sich, als wäre es gestern gewesen.

Das kleine gelbe Tierchen hatte mit gebrochenem Genick dagelegen, weißen Sand in den Augen und dem halb geöffneten Schnabel. Das Bild hatte ihn immer am stärksten berührt. Er hatte es nicht entschlüsseln können.

Aber es gab noch ein weiteres Requisit, *das Foto.*

Sie hatten keine Ausweispapiere bei der Toten gefunden, dafür aber eine alte Fotografie, die sie dem Weltteil zugeordnet hatten, aus dem sie nach den technischen Untersuchungen ihrer Kleider vermutlich stammte.

Darum hatten sie das Bild nie in Dänemark veröffentlicht, wahrscheinlich hätten sie in den hektischen Tagen nach dem

Terroranschlag auf die Zwillingstürme auch gar keinen Platz in den Zeitungen dafür bekommen. Und darum hatte auch niemand das Haus mit den sieben Schornsteinen gesehen – ebendas Haus, das jetzt in *Fri Weekend* abgebildet war.

Stattdessen hatten sie es zusammen mit einem Foto der Toten an die neuseeländische und australische Polizei geschickt, ohne große Hoffnungen, dass jemand die exotische Villa wiedererkannte, was auch nicht geschehen war. Verständlicherweise. Weil er diesen einen entscheidenden Fehler begangen hatte.

Das Motiv fand sich nur wenige hundert Meter entfernt an der Øresundküste, das stand für den Kommissar jetzt außer Zweifel: Das Haus auf dem Foto – dem einzigen persönlichen Requisit der toten Frau – war die *Villa Kongslund*.

Vielleicht überinterpretierte er das Ganze auch nur, stellte Zusammenhänge her, wo keine waren? Aber dann siegte sein Pflichtgefühl. Er erzählte seiner Frau davon, die ihn erschrocken ansah (ihr wäre es am liebsten gewesen, er würde in seinem sicheren Fernsehsessel sitzen bleiben), ignorierte ihre Proteste und tätigte einen Anruf im Polizeipräsidium.

In weniger als zwei Minuten hatte er seinen Nachfolger von seinem Verdacht über einen möglichen Zusammenhang zwischen den beiden Ereignissen in Kenntnis gesetzt, und sein Nachfolger ließ ihn – vermutlich aus Höflichkeit und Respekt vor seinem lebenslangen Einsatz für den Staat – ausreden, ehe er etwas sagte.

»Der Fall mit dem anonymen Brief liegt nicht mehr bei der Polizei. Das Ministerium hat Carl Malle beauftragt, die weiteren Ermittlungen anzustellen.«

Dem musste nichts hinzugefügt werden. Der pensionierte Kriminalkommissar legte den Hörer auf.

Er wollte unter keinen Umständen dem Mann in die Quere kommen, den alle Kollegen im Präsidium bis zu dem Tag gefürchtet hatten, an dem er die Polizei verlassen hatte, um sich als privater Sicherheitsexperte selbstständig zu machen. Seine Kontakte zu hohen Staatsbeamten und Regierungspolitikern hatten ihn über Jahrzehnte zum eigentlichen Herrscher des Polizeipräsidiums gemacht. Alle hatten sie seine Macht zu spüren bekommen – und in seiner Gegenwart geschwiegen. Wo Carl Malle regierte, regierte die Furcht. Und die wollte der Kommissar weder für sich noch für seine Frau, die nie einen anderen Lebensinhalt gehabt hatte als ihre gemeinsame Tochter und den Garten, wieder zum Leben erwecken.

Das Geheimnis der toten Frau am Strand musste im Sand liegen bleiben.

6

MAGDALENE

7. MAI 2008

Natürlich musste Carl Malle seine alte Verbündete Magna besuchen. Daran hatte ich nicht eine Sekunde gezweifelt.

Aber selbst wenn sie den ganzen Abend und die Nacht geredet hätten – eine Lösung hätten sie nicht gefunden. Den Prozess, den die Briefe in Gang gesetzt hatten, konnten sie nicht mehr aufhalten.

Wer immer den Namen John Bjergstrand kannte, würde sich an die Zeitung wenden und später auch an die Fernsehsender. Ich war mir sicher, dass das Fernsehen die Story aufgreifen würde (immerhin war sie bereits jetzt voller Andeutungen von verbotenem Sex und Skandalen, in die Prominente verwickelt waren); die Dänen waren ein glückliches, redseliges Volk in einem kleinen Land. Wenn hier jemand aus dem Rahmen fiel, blieb das nicht unbemerkt.

Das Schicksal wollte es – wie üblich – auf seine ganz eigene Art, und vielleicht war es meine Liebe zu Magdalene, die das alles in Gang setzte.

Ich war gerade einmal acht Jahre alt, als sie starb, und ich weinte eine ganze Woche lang. Uns waren nur zwei gemeinsame Jahre vergönnt gewesen. Zwischen uns lagen zweiundsiebzig Jahre, und sie entschwand aus meiner physischen Welt, als die Menschheit zum ersten Mal einen anderen Himmelskörper besuchte. Merkwürdig war das schon. Ich war überzeugt, dass die beiden Ereignisse auf irgendeine unerklärliche Weise zusammenhingen.

Ich saß auf dem Schoß meiner Pflegemutter Magna in der Kirche von Søllerød, wo wir für die Tote sangen, und ich glaube, der Pastor verstand, dass diese Zeremonie eine ganz besondere war. Es herrschte ein Stampfen und Prusten in dem Kirchenraum, wie wenn riesige Elefanten an der Biegung eines Flusses durch den Busch brachen, eine Stimmung, wie nur starke Frauen sie erzeugen können. Die beeindruckende Frau Krantz von der Mutterhilfe war da, alle Kinderschwestern und Pflegerinnen sowie der neu eingestellte Psychologe. Meine Pflegemutter Magna sang voller Inbrunst, die Verse des Liedes segelten wie große Luftschiffe aus ihren Nasenlöchern über den Altar und prallten gegen die weiß gekalkten Wände, die leise Echos zurückwarfen.

»Was sollen wir sagen, wenn wir das Leuchten der Sterne sehen?«, hieß es in dem Lied, doch in dieser Gesellschaft, in diesem Aufmarsch gütiger Frauen, war das keine Frage.

Ich dachte an Magdalene. Sie hatte keine Angst vor dem Tod selbst gehabt, aber vor der Reise in das Reich der Toten. »Die haben bestimmt keine Rampen für Rollstühle«, scherzte sie ein paar Tage vor der Mondlandung, ehe sie eine Art Kieksen von sich gab und von einem höllischen Krampf geschüttelt über die Armlehne ihres Rollstuhls kippte.

Sie war überzeugt, dass ihr schiefer Körper in keinen normalen Sarg passte, und hatte in der für sie charakteristischen Weitsicht deshalb Entscheidungen getroffen, um sich diese Peinlichkeit zu ersparen. Ihr letzter Wille stand auf einem losen Blatt Papier, das sie in der Mitte zusammengefaltet und auf die Ulmenholztruhe in ihrem Wohnzimmer gelegt hatte.

Wenn ich tot bin, will ich unter der großen Buche neben mei-

nen Eltern beerdigt werden. Aber nicht in einem Sarg, das wäre für alle nur peinlich, insbesondere für die Verfasserin dieser Zeilen. Bevor mein entstellter Körper nach dem Tod in eine enge Kiste gezwängt wird, will ich lieber verbrannt werden.

Und sicherheitshalber hatte sie hinzugefügt: *Die Menschen sollen nicht auch noch nach meinem Tod peinlich berührt sein. Ich will kein Gerede darüber, wie sie meine Arme an den Körper binden und meine Knie auskugeln mussten, um dieses Problem zu lösen.*

Magdalene dachte immer an alles.

Ich gehe davon aus, dass es möglich ist, mich, so wie ich bin, in einen Ofen zu bugsieren; es wäre doch wirklich schade und noch dazu teuer, dafür einen guten, geräumigen Sarg zu verbrennen, schrieb sie, darunter unterstrichen sechs Worte: *Den Rollstuhl können Sie draußen stehen lassen!*

Sie war immer schon erfrischend praktisch veranlagt gewesen, und man darf nicht vergessen, dass sie allein für die kurze Instruktion, was nach ihrem Ableben passieren sollte, sicher einen Monat gebraucht hatte. In einer Schublade in der Truhe lagen ihre Tagebücher und das Fernrohr, das König Frederik dem Siebten gehört hatte, Villa Kongslunds erstem Gönner.

Magna, die als Leiterin eines Kinderheims sicher ebenso praktisch veranlagt war wie die Verstorbene, bekam den Rollstuhl nach der Zeremonie von dem Pastor ausgehändigt. Man wusste ja nie, wann ein Kind in Kongslund ein solches Hilfsmittel gebrauchen konnte. Ich fand ihn später im Werkzeugschuppen. Er stand mit seinem abgewetzten Lederbezug da wie eine missgebildete Gestalt, und ich nahm ihn mit und trug ihn in mein Zimmer. Wenn die Sehnsucht nach meiner toten Freundin zu groß wurde, setzte ich mich hinein. Und seltsamerweise wuchs meine Sehnsucht mit den Jahren, wenn ich darin Platz nahm; am Ende saß ich mehr in dem zusammengesunkenen Monstrum als auf meinem noch von

Meister Thomas Chippendale persönlich gefertigten Mahagonistuhl. Den Menschen um mich herum muss ich zunehmend merkwürdiger vorgekommen sein. Ich glaube, einsame Kinder entwickeln die Fähigkeit, sich in fast jeder Situation und an jedem Ort unsichtbar zu machen, und in den Jahren nach Magdalenes Tod wurde ich immer stiller und war für die Augen der Erwachsenen kaum noch zu sehen. Diese Kraft kann man wohl am ehesten mit einer Luftspiegelung vergleichen. Man kommt und geht, wie es einem passt. Für manche Erwachsenen sind diese halb unsichtbaren Kinder sehr beunruhigend, weil sie den Schlüssel zu einer Welt besitzen, die sie selbst nicht zu besuchen wagen. Mit mir war es besonders schlimm, weil man weder wusste, woher ich kam, noch wohin ich unterwegs war. Im sichtbaren Zustand zog ich alle Blicke auf mich, sobald ich einen Raum betrat, auch wenn darin vornehme Gäste mit der Leiterin von Kongslund sprachen. Plötzlich stand ich mit meiner dunklen, befremdlichen Aura auf dem Rya-Teppich – eine anderthalb Meter große, verwachsene Gestalt –, und ich glaube zu wissen, was sie fürchteten, wenn sie mich sahen.

Magna lachte dann gerne laut, um die angespannte Stimmung aufzulockern. »Wir alle an diesem Ort befinden uns in der besonderen Situation, keines der beiden Enden unseres Lebens zu kennen«, sagte sie als Erklärung für das merkwürdige Geschöpf in der Türöffnung.

Was in den Tagen nach der Mondlandung und Magdalenes Beerdigung geschah, war deshalb vollkommen logisch. Ich habe es nie als unverständlich oder ein Wunder empfunden – oder als ein Zeichen Gottes oder des Teufels –, dass meine herzensgute Freundin wieder zum Leben erwachte, als wäre sie niemals weg gewesen. Sie trat in mein Leben, grazil, als hätte sie nie eine Behinderung gehabt.

Ich gehe davon aus, dass sie sich nach der glücklichen Befreiung von ihrem irdischen Körper erst einmal im Himmelreich ausgeruht hat, ehe sie eines Tages auf die Idee kam, wieder Kontakt zu mir – dem Findelkind Marie – aufzunehmen.

Denk nicht an mich, Marie, ich bin beim König, der dein Heim erbaut hat. Wir tanzen unter den Himmelsbuchen, gleich rechts neben der Andromedagalaxie. Es gibt keinen schöneren Ort im Universum!

Andromeda. Ich weinte. So sehr freute ich mich für sie.

Anfangs hörte sie einfach nur zu, wenn ich ihr meine kleineren und größeren Sorgen anvertraute, und sie riet mir, den Kindern oben am Strandvej aus dem Weg zu gehen, die mich mit meinen schiefen Schultern doch nur hänselten, mich Eskimo riefen, weil mein Gesicht so seltsam zusammengepresst unter den dunklen Haaren lag.

Denn sie wissen nicht, was sie tun, flüsterte die Freundin meines Lebens versöhnend aus dem Jenseits – mit dem Klang einer neuen, reicheren Weisheit in der Stimme, um den ich sie schon als Neunjährige beneidete. *Vergib ihnen, vergiss sie und verschwinde in dir selbst.*

Dieser uralte Rat war eine unglaubliche Erleichterung für mich.

Bald schon war sie immer und überall bei mir, wohin ich auch ging – fortwährend den alten Elefanten an seiner Kette hinter mir herziehend. Ich bin mir sicher, dass sie mich ganz bewusst an die Orte führte, an denen sie mich schon immer haben wollte.

Natürlich geschah dann, was geschehen musste – und wie wir es gemeinsam beschlossen hatten. Eines Tages, als ich in das Zimmer meiner Pflegemutter trat und wieder einmal die Worte aus ihren Gästen saugte, bis sie unsicher verstummten und zu Boden blickten, saß zu meiner Überraschung ein kleiner Junge auf einem von Magnas schicken, antiken Canapés und verwendete die gleiche Technik wie ich. Nachdem wir uns eine Weile studiert hatten (natürlich ohne direkten Augenkontakt), war das Zimmer beinahe luftleer, sodass einige der Erwachsenen zu husten begannen. Magna brach den Zauber unter Aufbietung all ihrer Kraft und sah mich direkt an: »Sag Orla guten Tag«, sagte sie und zeigte auf den kleinen, kantigen Jungen mit den großen, braunen Sommersprossen auf der Nase. »Er hat einmal hier bei uns gewohnt, er war zusammen mit dir in der Elefantenstube«, sagte sie, und ihr Lachen klang wie das Donnergrollen einer Sommernacht. Der Junge blinzelte nicht einmal. Er war eindeutig einer von uns.

In diesem Augenblick wusste ich, dass er das Gleiche fühlte wie ich und dass sein Schweigen ein Schutzwall war, den wir um uns errichteten, wenn wir uns in Begleitung von Erwachsenen an exponierten Orten befanden. Wobei wir unsere gegenseitigen Gedanken so deutlich verstanden, als schrien wir sie uns aus vollem Hals zu. Und dann formulierten wir in unserem Kopf den Satz, den alle Kinder gelernt haben, die sich einmal unter dem Dach von Kongslund befunden hatten: *Lieber Gott! Lass uns nicht an diesem Ort zurück! Um Himmels willen!*

Als ich ein paar Tage später zehn Jahre alt wurde, erinnerte Magdalene mich diskret an ihre Tagebücher, die ich in dem doppelten Boden der oberen Schublade meiner Schatulle versteckt hatte. Jetzt war ich alt genug, sie gewissenhaft und in der richtigen Reihenfolge zu lesen. Es war an der Zeit, dass ich Einblick in die Welt bekam, von der ich ein Teil war.

Sie hatte von ihrem Haus am Hang aus vierunddreißig Jahrgänge von Kongslund beobachten können, und während ich las, nahm sie in dem leeren Rollstuhl vor dem Fenster Platz und beantwortete meine Fragen.

Durch ihre Worte sah ich zum ersten Mal mich selbst, draußen vor dem steilen Aufstieg zu meiner kleinen Höhle.

Marie war wieder unten am Wasser und ist von Fräulein

Ladegaard ausgeschimpft worden. Sie scheint ebenso trotzig wie hartnäckig zu sein. Sie hat etwas von mir, schrieb sie in dem Heft, das die Jahre 1961 bis 1964 abdeckte und damit die erste Phase meines Lebens beinhaltete.

Ich blätterte ein paar Seiten zurück.

Wie unschuldig sie doch sind! Es ist Verfassungstag, und sie sind zur Flaggenparade auf der Wiese aufmarschiert. Marie steht neben Putte und Jønne. Fräulein Jensen hält sie an der Hand.

Und im Jahr davor stoße ich auf eine der selteneren Herbstnotizen aus dem November 1963: *Präsident Kennedy ist ermordet worden. Wäre man doch ein Kind und bekäme nichts von diesen schrecklichen Zeiten mit.*

Zu guter Letzt blätterte ich zurück zu dem Datum, das in meiner und Kongslunds Geschichte von zentraler Bedeutung war – zum 13. Mai 1961. Da hatte sie geschrieben: *Manchmal im Leben kommt es vor, dass man etwas sieht, das man nicht versteht und mit niemandem teilen kann.*

Ich spürte schon aus diesen wenigen Worten, dass sie etwas ganz Spezielles beobachtet hatte.

Ich war früh aufgewacht und hörte Schritte im Kies, und von meinem Platz am Fenster aus sah ich, was geschah.

Sie berichtete von der Ankunft des kleinen Findelkindes. Und sie war ohne Zweifel die einzige Zeugin.

Ich schäme mich nicht einzugestehen, dass ich den Vorgang durch das Fernglas des Königs verfolgt habe, auch wenn ich mir manchmal wünschte, meine Neugier wäre weniger stark ausgeprägt. Es war eine Botin, keine Mutter, das sah ich sofort. Das Kleine wurde einfach auf den Stufen abgestellt; kein Abschied, keine Trauer.

Sie beschrieb die Frau, die das Körbchen gebracht hatte, ihren Rückweg den Hang hinauf und danach den dümmlichen Auftritt von Schwester Agnes, die kurz darauf nach draußen gekommen und in lautes Geheul ausgebrochen war. Sie beschrieb, wie Magna angelaufen kam und das Körbchen an sich riss, bevor sie damit in der großen Villa verschwand. Und ein paar Wochen später schloss sie mit der simplen Feststellung, die meine ersten Wochen in Kongslund treffend wiedergab: *Es gibt Kinder, die werden im Dunkeln geboren und von niemandem gewollt.*

In diesem Augenblick hörte ich ihre Stimme so deutlich, als säße sie tatsächlich vor mir im Rollstuhl, wie immer schräg über die Armlehne gekippt.

Natürlich musst du herausfinden, wo die anderen abgeblieben sind!

Lachend nahm sie meine Hände.

Zu diesem Zeitpunkt war sie schon mehr als ein Jahr tot.

Natürlich musst du die Kinder finden, die von Kongslund fortgegangen sind. Nicht deine Eltern, die sind unwiderruflich verloren, aber die Kinder, die fortgegangen sind und neue Familien bekommen haben. Du musst dich vergewissern, dass es dort am anderen Ende tatsächlich ein Heim und ein Bett gibt. Wie hier.

Ich ging nach oben ins Königszimmer und sah mir das Bild der sieben Kinder an, das Weihnachten 1961 in der Elefantenstube aufgenommen worden war: Orla mit seinen stumm fragenden Augen, Asger, der die Sterne anlächelte, Peter unter dem Zweig, der seine Händchen nach der goldenen Trommel ausstreckt... *Natürlich musst du...*

An diesem Tag zog ich meinen japanischen Spielzeugelefanten auf den Steg, löste ihn von der rostigen Kette und ließ ihn ins Meer rollen, wo er auf den Grund sank und für immer verschwand. Ich blickte in die Strudel und spürte erst einmal nichts. Dann kam die Wut, und ich drehte mich um – weg vom Wasser und der Insel in der Ferne.

Ich hatte endlich Mut gefasst.

Meine Quellen, um die Kinder auf dem Bild zu finden, waren zuerst einmal Magnas Bücher mit den Zeitungsausschnitten und Postkarten sowie diskrete Gespräche mit den

Schwestern und Mitarbeitern. Besonders wichtig war dabei Gerda Jensen, die zwar spürte, dass ich im Begriff war, mich auf gefährliches Terrain zu begeben, meine Hartnäckigkeit aber bewunderte, war sie doch selbst eine starke Frau.

Eines Tages gab sie mir ganz beiläufig die kostbare Information, wo Magna die Reserveschlüssel für das Büro mit den gesammelten alten Kongslund-Dokumenten aufbewahrte. Ich habe dieses Geheimnis nie mit anderen geteilt, denn diese Journale enthalten Informationen über Tausende von Adoptivkindern und Adoptivfamilien, zu denen kein Außenstehender jemals Zugang bekommen sollte.

Ich öffnete die Tür ihres Büros, und auf dem Regal über ihrem Schreibtisch stand tatsächlich Ordner neben Ordner. Blau für dänische Kinder, grün für grönländische (sie kamen in den sechziger und siebziger Jahren), gelb für die kleinen Koreaner oder andere Nationalitäten (sie kamen in den siebziger und achtziger Jahren) und dunkelbraune für all die Existenzen, die heute hier wohnten.

Für mich waren die blauen interessant, fand meine neugierige Seele darin doch sowohl den ursprünglichen Namen der Kinder als auch den Namen, welchen ihre Adoptiveltern ihnen gegeben hatten. Magna hatte alles notiert. Die meisten Kinder wechselten bei der Adoption ihren Namen, da viele Adoptiveltern die Vergangenheit so effektiv wie eben möglich auslöschen wollten – allem voran die Erinnerung an die biologischen Eltern. Die Adoptivkinder konnten später versuchen, bei den Behörden Akteneinsicht zu erlangen, um ihre Wurzeln zu finden, aber in manchen Fällen waren die Papiere oder die Angaben über die biologischen Eltern verschwunden, und das waren die Fälle, die sich nur mit den Details hätten lösen lassen, die Magna so sorgsam in ihren Akten verzeichnet hatte – Unterlagen, die ihr so wichtig waren, dass sie es nicht gewagt hatte, sie der Mutterhilfe zu überlassen.

Es war der reinste Schatz, der dort in ihrem Büro in dem Regal ruhte, neben einer verchromten Büste von Winston Churchill – Auszeichnung für die Verdienste des Kinderheims im Widerstandskampf. Ich schloss die Tür ab und begann meine langwierige, systematische Suche, immer begleitet von Magdalenes leisem Flüstern. Anfangs sprach sie mit dem gleichen Lispeln zu mir, das sie auch als Lebende gekennzeichnet hatte, aber dieses Lispeln verlor sich in den Jahren nach der Beerdigung immer mehr.

Sieben – oder eigentlich sechs – Lebensgeschichten standen im Zentrum meiner Jagd. Meine eigene kannte ich ja.

Ich kletterte auf einen Stuhl und nahm die dicken blauen Ordner aus dem Regal; sie lagen schwer auf meinem Schoß, als ich Seite um Seite umblätterte, wie nur Kinder, die gelernt haben, geduldig zu sein, es können. Stundenlang saß ich auf Magnas Birkenholzsofa mit dem graugemusterten Seidenbezug und studierte meine Funde. Wenn ich eins der gesuchten Kinder fand, das ich bis in die Säuglingsstube Weihnachten 1961 zurückverfolgen konnte, schrieb ich den Namen auf einen Block und ergänzte ihn mit den anderen Notizen, die in der entsprechenden Spalte standen. Später half Magdalene mir von ihrem Himmelsstuhl aus, diese Informationen zu interpretieren. Wir flüsterten aufgeregt miteinander, schwiegen aber, sobald wir ein Knacken in dem alten Haus vernahmen. Magna schlich herum, als ahnte sie etwas. Aber die Geräusche und der Duft von Freesien und Zigarillos verrieten sie immer, bevor sie uns erwischen konnte.

Der erste Teil der Suche nach den Kindern aus der Elefantenstube dauerte mehr als ein Jahr – und unsere Anspannung schlug allmählich in Nervosität um. Meine Pflegemutter bemerkte nur deshalb nichts, weil ihre Arbeitsbelastung in dieser Zeit kontinuierlich zunahm. Wenn sie mit dem Strandvejbus zur Mutterhilfe in Vesterbro fuhr, schlüpfte ich in ihr Büro und setzte meine Suche fort. Zum Glück konnten sich diese Tage sehr in die Länge ziehen, da sich bei der Mutterhilfe die klügsten und kinderverständigsten Menschen des Landes trafen und über die vielen Adoptionsfälle entschieden, die sich auf ihren Tischen stapelten. Magna saß an einem Kopfende des Tisches, die Direktorin der Mutterhilfe – die mächtige Frau Krantz – am anderen.

Einmal hatte meine Pflegemutter sich in einem Termin geirrt und kam unverrichteter Dinge wieder nach Hause. Ich schaffte es gerade noch, zwei Ordner ins Regal zu stellen, die Tür von innen abzuschließen und mich hinter dem schweren, mit hellblauem Büffelleder aus dem Kongo bezogenen Mahagonisessel zu verstecken, der Magnas ganzer Stolz war und einst dem Marinekapitän Olbers gehört hatte, als ich sie auch schon auf der Treppe hörte.

Der Sessel verbarg mich ganz. Verkrampft und stumm kauerte ich beinahe drei Stunden hinter dem Möbel, während sie am Schreibtisch saß und arbeitete; für ein Kind, das trainiert darin war, jede Nacht viele Stunden ins Dunkel zu starren und auf den Morgen zu warten, war das keine besondere Herausforderung.

Meine Nachforschungen nahmen im Herbst 1971 – zwei Jahre nach Magdalenes Beerdigung – Fahrt auf und wurden mit der Zeit immer intensiver. Irgendwann waren die Ordner als Quellen erschöpft, und ich ging zu Magnas Briefen über, die in dem hohen Schubladenschränkchen am Fenster lagen, dessen Schubfächer sich lautlos und leicht öffnen ließen. Danach begann ich, ihre sämtlichen Notizen zu überprüfen und ihre Telefonate zu belauschen. Die Tür stand fast immer offen, wenn sie in ihrem Büro arbeitete, und manchmal kam ich so tatsächlich an brauchbare Informationen, weil sie immer die ursprünglichen Spitznamen der Kinder verwendete, wenn sie bei den Adoptivfamilien anrief: *Tønde, Butte* oder *Marilyn* – nach der Schauspielerin –, *de Gaulle, Chruschtschow* und *Gagarin* – nach dem sowjetischen Himmelsstürmer –, und einer war sogar *Erbprinz Knud* genannt worden, weil er so spät und so schlecht laufen lernte.

Manche Adoptiveltern kamen in regelmäßigen Abständen mit ihren Kindern zu Besuch. Eins dieser Kinder war wie gesagt Orla Berntsen. Ich hatte seit über einem Jahr eine exakte Abschrift seines Journals in einem Ordner, den ich hinter der Rückwand in meinem zwei Meter hohen Zitronenholzschrank aufbewahrte. Magna hatte mir den Schrank vermacht, ohne dieses Versteck bemerkt zu haben.

Am nächsten Morgen saß ich im Rollstuhl meiner alten Freundin und starrte aus dem Fenster über den Sund in Richtung Schweden.

Woran denkst du, Marie?, fragte Magdalene von oben. Sie klang ebenso geduldig wie früher, als sie quicklebendig in ihrem Rollstuhl vor mir gesessen hatte. Oft tröstete sie mich mit Geschichten über den Bürgerkönig, der sie immer fasziniert hatte und dem sie schließlich dort oben im Jenseits begegnet war.

»Ich würde so schrecklich gerne wissen, wo sie wohnen«, sagte ich und verschmolz mit ihr in dem Spiegelbild, das wir beide gleichermaßen hassten. Wir waren uns unserer Hässlichkeit voll und ganz bewusst – und ich glaube, dass der Spiegel unsere gesammelte Stärke sah und deshalb ein seltenes Mal schwieg.

Ja, ich verstehe dich, sagte die Freundin meines Lebens und lispelte nur ein ganz klein bisschen.

»Vielleicht könnte ich …?«

… natürlich kannst du, Marie. Aber du musst vorsichtig sein, und du musst Distanz wahren. Du darfst dich nicht zu erkennen geben, denn sie erinnern sich nicht mehr an Kongslund. Und vielleicht haben ihre Eltern ihnen nie von uns erzählt.

»Ja, ja«, sagte ich ungeduldig. »Das verstehe ich.« Drei Tage später verabschiedete ich mich.

Es war im Frühjahr 1972, und zu diesem Zeitpunkt waren

drei Jahre seit Magdalenes Tod vergangen. Wir hatten jeden Abend, wenn Kongslund zur Ruhe gekommen war, über meine Ermittlungen gesprochen, über unsere ausführlichen Aufzeichnungen und Erwartungen. Ich war bereit.

Früh am Morgen stand ich auf und schraubte das Fernglas von dem Messingbeschlag, der es mit dem Rollstuhl verband, legte es in die graue Schultertasche und fuhr mit dem Strandvejbus zum Rathausplatz und von dort weiter zum Emdrup Plads und Søborg Torv, wo ich in die Linie 168 umstieg, mit der ich bis zur Kreuzung Gladsaxevej und Maglegårds Allé fuhr.

Ich sah auf die Schilder und folgte dem Bürgersteig, der mich schließlich zu den roten Reihenhäusern führte; dort angekommen sah ich mich um.

Alles war wie in meinen Träumen und in den wenigen Aufzeichnungen, die ich aus Magnas geheimen Journalen kopiert hatte. Im ersten Sommer meines neuen Lebens war dies eine meiner Lieblingstouren, über die ich jedoch mit niemand anderem als Magdalene sprach. Und sie würde mich nicht verraten. Nicht einmal ihrem neuen Freund im Jenseits, dem Bürgerkönig (den sie natürlich bezirzt hatte).

Orla war der Erste, den ich besuchte, da ich mich am besten an ihn erinnerte. Schließlich war er als Kind mit seiner Mutter zu Besuch gekommen.

Auf einem Papier in Magnas Ordner mit den ärztlichen Notizen hatte gestanden: *Erneut Psychologen nach Søborg geschickt, Orla Pil Berntsen, ernste Sache, eilig.*

Das Ganze hörte sich für mich ziemlich dramatisch an und weckte meine Neugier aufs Äußerste.

Aus meinem Versteck in der Grünanlage beobachtete ich Orla durch Magdalenes Fernrohr. Er saß vornübergebeugt auf dem großen Stein, zu dem er eine große Liebe empfand. Er schien zu träumen, wenn er nicht nervös über all das nachdachte, was ihn zu Hause und in seiner Zukunft erwartete. Hätte damals jemand gesagt, dass er einmal den wichtigsten Posten des Nationalministeriums bekleiden würde, hätte das niemand geglaubt.

Abends fuhr ich in umgekehrter Richtung wieder nach Hause und notierte mir während der Fahrt die Details. Dem Vorbild meiner Pflegemutter folgend, schrieb ich ausführliche Journale.

Während alle anderen Kinder in ihren Zimmern mit ihren Meccano-Bausätzen spielten, rang ich darum, aus den Teilchen der Wirklichkeit, die ich ausspionierte, ein großes Ganzes zu bilden. Meine Abwesenheit wurde nie wirklich bemerkt, denn in diesen Jahren regierte Magna ihr Kinderheim mit kolossaler Energie, da die neuen Adoptionsgesetze es nötig machten, immer mehr Kinder aus weit entfernten Ländern zu holen. In ihrer Welt war ich – so sah sie das jedenfalls – vollkommen intakt und imstande, auf mich selbst aufzupassen. Sicherheitshalber erzählte ich ihr zwischendurch, ich ginge mit einer Freundin namens Lise in den Zoo, auch wenn diese Freundin nur in einem alten Kinderlied existierte. Nie fragte sie mich, wer diese Freundin war und wo sie wohnte.

Ich ging in diesen Monaten fort, um der Welt zu begegnen. Der Welt dort draußen, von der ich immer gewusst hatte, dass es sie gab.

Ich war neidisch auf das Leben, und ich fürchtete es, und das mit einer Intensität, vor der mich niemand gewarnt hatte. Vielleicht hatte Magdalene in ihrem halbwegs überirdischen Zustand die Gefahr nicht wirklich erkannt. Sie hatte schon einmal die Dämonen unterschätzt, die in den Ecken hausten, die so dunkel waren, dass niemand darin etwas vermutete.

Vielleicht wusste sie aber auch ganz genau, dass ich durch keine Warnung der Welt aufzuhalten gewesen wäre.

7

ORLA

1961–1974

Bereits eine Nacht nach ihrem Tod bekräftigte Magdalene den Kernsatz, der für jedes Kind gilt. Der einzige Satz, den ich niemals vergessen durfte, egal was auch geschah: Findest du einen Freund, hast du eine Chance – findest du keinen, gehst du unter.

Bei manchen Kindern wächst die Angst im Dunkeln still heran, ohne dass die Erwachsenen etwas bemerken; vielleicht hören sie nachts manchmal Geräusche hinter einer Wand, aber sie verbinden diese Geräusche nicht mit etwas Wichtigem – und darum kann die Zerstörung unaufhaltsam voranschreiten.

Ich habe ihn im Stillen Orla, den Einsamen, *genannt, weil er durch das Reihenhausviertel floh, als wäre ihm ein ganzes Heer von Dämonen auf den Fersen. Ich weiß, dass einige von Kongslunds Psychologen regelrecht Angst vor ihm hatten, zumal nach dem Mord an dem Schwachkopf.*

Ich hockte das ganze Frühjahr hindurch hinter einer Weißdornhecke und beobachtete Orla Berntsen, der später ein hohes Tier im Nationalministerium wurde. Den Zweitnamen Pil hatte er nach seinem Vater bekommen, den er nie kennengelernt hatte und dessen Existenz er genau genommen nicht beweisen konnte.

Da stand er im Schatten hinter den Garagen des Reihenhausviertels Frydens Vænge, ein kleiner, kräftig gebauter Junge mit Sommersprossen, vollen, breiten Lippen, einem birnenförmigen Gesicht und blonden widerborstigen Haaren – ein Elfjähriger, der seine natürliche Tollpatschigkeit übertrieb und die Rolle des Clowns spielte. In der Freundesclique, die er umkreiste, übte er sich stets und ständig lachend in der halsbrecherischen Kunst der Verstellung, ging immer einen halben Meter hinter den beliebten Jungs und wurde auf dem Bolzplatz grundsätzlich als Letzter gewählt, wenn die Mannschaften aufgeteilt wurden. Reglos stand er da – unerwählt und unerwünscht – und lachte über sich selbst – was hätte er sonst auch tun sollen?

Dort haben sie ihm auch die Geschichte von dem berüchtigten Sittenstrolch im waldigen Naherholungsgebiet am Fluss erzählt und sind johlend durch den Wald davongelaufen, auf der Flucht vor den sie verfolgenden Geistern und Dämonen, während er allein auf der falschen Seite der Brücke stand – mit Fantasien, die ihm die Knie weich werden ließen und ihm aus nackter Angst den Schnodder in die sommersprossige Knollennase trieben.

Als ob irgendjemand auch nur in seinen wildesten Fantasien auf die Idee gekommen wäre, ausgerechnet Orla Pil Berntsen zu entführen, das uneheliche Kind von Gurli Berntsen, einer alleinerziehenden Mutter und grauen Büromaus, die in dem kleinbürgerlichen Vorstadtviertel höchstens geduldet war.

Der Gedanke war lächerlich.

Seine Mutter war anständig, keine Frage, aber sie war es zu spät geworden, wofür Orla der lebende Beweis war. Er war ein uneheliches Kind am Ende einer Epoche, in der einer, der keine untadelige Familie hatte, ein Außenseiter war. Die Verantwortung für diese Sünde (und darum auch alle Anfeindungen) wurde immer der Frau aufgebürdet, die das Kind allein großzog, nie dem Vater.

Das Viertel seiner Kindheit bestand aus zwei kurzen Straßen und drei Reihenhausblöcken aus rotem Backstein, bewohnt von Büroangestellten, Angestellten und Lehrern und ganz am Ende neben den Garagen einem pensionierten Tabakhändler mit zwei weißen Pudeln. Eines schönen Tages im Frühjahr zog ein krummnackiger Pianist mit seiner Frau und zwei Söhnen in die Nr. 14 ein und traktierte fortan die Tasten seines schwarzen Flügels mit der rastlosen Melancholie der Kopenhagener Vorstadt. Er schloss sein Spiel immer mit einem Bassakkord ab, der noch in der Luft vibrierte, wenn das Instrument längst geschlossen war. An sonnigen Sommersonntagen strömten die Klänge durch die offene Gartentür hinaus und über Hecken und Rasenflächen von Terrasse zu Terrasse, wo die Unkraut jätenden und Rasen mähenden Familienväter brummend die Etüden tolerierten, immerhin spielte der Mann im Radio, als Intermezzo zwischen den Nachrichten aus Vietnam und Suez und Berichten von den Straßenkämpfen in Kopenhagen und Paris! Sein kraftvoller Anschlag blies die Saat des Bösen über die Hecken, bis nur noch das leise Klirren der Silbergabeln auf den Kuchentellern unter den Sonnenschirmen zu hören war.

Eines Tages passierte etwas Merkwürdiges, für das niemand eine richtige Erklärung hatte. Wenn die Intensität der Musik zunahm, liefen die beiden Söhne des Pianisten durch den Garten wie von einem unsichtbaren Taktstock angetrieben. An diesem Nachmittag liefen sie immer schneller und wilder durch den langen, schmalen Garten hinter dem Haus, runter zur Gartenpforte und wieder rauf zur Terrasse, runter zur Pforte und wieder zurück. Wie zwei wild gewordene Noten in einer irrsinnigen Partitur rannten sie rauf und runter, runter und rauf, bis sie das maximale Tempo erreicht hatten und plötzlich das Unmögliche fertigbrachten, nämlich an genau derselben Stelle mit nur wenigen Sekunden Verzögerung zusammenzubrechen – und sich mit identischer Präzision die Zungenspitzen abzubeißen. Beide wurden mit dem Krankenwagen in die Notfallambulanz nach Bispebjerg gefahren, wo die Ärzte zwei kleine parallele Wunder vollbrachten, indem sie ihnen die Zungenspitzen wieder annähten.

Das war einer dieser sonderbaren Zufälle, der Kinder wie Erwachsene in einem neu gewachsenen Vorstadtviertel, in dem jeder jeden kennt, aber niemand etwas Genaues weiß, zu der Spekulation veranlasste, dass es irgendwo da oben vielleicht doch eine höhere Macht gab – ein übergeordnetes Schicksal, das die Menschen verband.

Für Orla Berntsen, der die zwei Krankenwagen kommen und wieder abfahren sah, hatte diese Episode eine ganz andere und viel bodenständigere Bedeutung. Orla hatte gesehen, dass der kleine Bruder zuerst gefallen war, und als Einzelkind durchschaute er, dass der ältere Bruder sein Schicksal erkannt und akzeptiert hatte, seit er seinen kleinen Bruder zum ersten Mal in der Wiege gesehen hatte – nun selbst auch zu fallen und sich mit wenigen Sekunden Verzögerung die Zungenspitze abzubeißen, war Teil seiner universellen Pflicht und bedingungslosen Liebe. Eine Liebe, von deren Existenz Orla wusste, die er aber nie selbst erfahren hatte: Bruderliebe, Treue, unverbrüchliche Freundschaft, die Gewissheit, zu einem anderen Menschen zu gehören – egal, was passierte.

Ich war mit Sicherheit die Einzige, die ihn weinen hörte, wenn er nach Hause ging – alleine, wie er es immer tat.

Mir wurde sehr früh klar, dass Orla Berntsen ganz andere Probleme hatte als zwei abgebissene Zungenspitzen und dass seine Probleme nicht mit einem einfachen Faden und dem beherzten Eingreifen eines Arztes repariert werden konnten. Manchmal kam er mehrere Tage in Folge nicht aus dem Haus. Dann tauchte er wieder auf, ein bisschen gebeugter als vorher, etwas blasser um die Nase und nervös schniefend, mit funkelnden Augen und struppigen Haaren, als wäre er gerade aus einem Trümmerhaufen hervorgekrochen. Es gab Gerüchte, dass seine Mutter ihn schlug, aber das konnte nicht bewiesen werden und war ja auch ihre Privatsache, fanden die Bewohner des Viertels.

Jeden Nachmittag, wenn Gurli aus dem Büro kam, setzte sie sich in den dunkelblauen Sessel vor dem nach Westen gewandten Fenster, las das *Billed Bladet* und begab sich in ein Paralleluniversum, das Heim ihrer Träume. Ich versuchte vergeblich, mir aus der Entfernung vorzustellen, was sie dort sah und wonach sie sich sehnte. Der Gedanke lag nahe, dass ihr Schweigen, wenn sie dort in dem blauen Sessel saß, der Grund war, der Orla zum Fluss trieb, wo sich die größte Katastrophe seines bisherigen Lebens ereignete.

Vielleicht hätte seine Mutter ihm alles erzählen sollen, ehe es zu spät war.

Von ihrer Schwangerschaft und der Schande.

Von dem Mann, der verschwand, und von dem Gestank dreckiger Teppiche in einem muffigen Wohnzimmer. Von der Aussicht in den Garten, wo sie aufgewachsen war, und dem Gefühl des roten Kimonos auf der Haut, der um ihren weißen, vorgewölbten Bauch gewickelt wurde, nachdem sie ihre unwiderrufliche Sünde begangen hatte, und der zuvor ihrer Mutter und davor deren Mutter gehört hatte.

Von ihrem Vater, der in dem Ohrensessel saß, während seine kräftigen Daumen die Armlehne bearbeiteten, in ewig kreiselnden Bewegungen, rund und rund, bis der Plüsch abgewetzt war wie der letzte Rest einer großen und geballten Lebensenergie. Er sah seine Tochter nicht an, begnügte sich damit, die kahle Wand über ihrem Kopf anzustarren und zu schweigen, während seine Finger durch den blank geriebenen Bezug zu ihr sprachen, dass nun die Sünde in das Leben der unbesonnenen jungen Frau getreten war…

Ein vaterloses Kind zur Welt zu bringen.

Niemand konnte vor einer so schweren Sünde fliehen. Niemand würde das jemals vergessen. Die Missbilligung würde von nun an in jeder einzelnen Sekunde ihres Lebens und in jedem ihrer Gedanken mitschwingen. Keine Mutter- oder Vaterliebe war stark genug, dieses Prinzip aufzuheben.

Als Gurli Berntsen diese Wahrheit eingesehen hatte, schluckte sie ein ganzes Glas der stärksten Schlaftabletten, die sie finden konnte, und schlief drei Tage lang tief und fest, bis sie wieder aufwachte und sich drei weitere Tage übergab. Zwei Tage später ließ sie sich in das Hafenbecken neben dem Bahnhof Svanemølle gleiten, wurde aber von einem Passanten entdeckt und aus dem Wasser gezogen. Das Krankenhaus unterrichtete die Eltern der verzweifelten Frau von dem Vorkommnis, und ihr Vater reagierte, wie Männer seines Schlages in so einer Situation reagierten – mit Zorn. Er hatte es nicht anders gelernt. Aber es gibt stärkere Kräfte auf der Welt als den männlichen Zorn, wie Magna und ihre Fräuleins es tagtäglich bewiesen hatten, und am dritten Tag nach dem Selbstmordversuch hob Gurlis Mutter alle Ersparnisse der Familie vom Konto ab und kaufte die Nr. 12 in dem neu gebauten Reihenhausviertel mit den langgestreckten Gärten und den abschirmenden, Schatten spendenden Hecken. Kurz darauf wurde Orla geboren.

Die junge Frau brachte ihr Kind auf der Entbindungsstation im Rigshospital zur Welt und flehte die Krankenschwester an, es wegzubringen, weg von ihrem Bauch, ihrer Scham. Aber ihre Mutter und damit Orlas Großmutter sorgte dafür, dass der wenige Tage alte Säugling in der Krankenhauskirche getauft wurde und den zweiten Namen ihres Mannes (der Jens Orla Berntsen hieß) erhielt. Nun hieß der Kleine also wie sein Großvater, ein Beschluss, der wieder einmal die Ureinsicht der Frauen in jahrtausendealtes, maskulines Selbstbewusstsein demonstrierte.

Widerstrebend, aber dennoch geschmeichelt, kam der

frisch gebackene Großvater in die Krankenhauskirche und ließ die Finger eine Weile auf den harten Armlehnen des Kirchengestühls ruhen, während er ein Brummen ausstieß, das durchaus als »Amen« gedeutet werden konnte.

So hatte der kleine Orla allen Widrigkeiten zum Trotz doch noch eine Familie bekommen.

Die er aber am nächsten Tag schon wieder verlassen sollte. Er wurde mit einem Taxi in das Adoptions- und Säuglingsheim Kongslund nördlich von Kopenhagen gefahren, wo die energischen Fräuleins der Mutterhilfe auf ihn aufpassen sollten, bis Gurli (die zum Erstaunen des Vaters eine Depression bekommen hatte, trotz aller Unterstützung) wieder auf den Beinen war und ihr neues Heim eingerichtet hatte. Diese Geschichte, die sich erst nach und nach aus den wenigen vertraulichen Bekenntnissen seiner Mutter und durch seine jährlichen Besuche bei Magna zusammengesetzt hatte, war aus einem anderen Stoff als die der zur Adoption freigegebenen Kinder. Er begriff aber schon im frühen Kindesalter, dass seine Mutter ihn ins Heim abgeschoben hatte, um sich darüber klar zu werden, ob sie ihn in ihrem Leben haben wollte oder nicht – vorrangig, um sich selbst zu schützen.

Wegen ihrer Unentschlossenheit war er in die Säuglingsstube gekommen, in die Dunkelheit, und dies viel zu lange.

Als er endlich nach Hause durfte, brachte Gurli ihn in sein Zimmer, legte ihn in sein Bett und setzte sich in den blauen Ohrensessel, den sie von ihrem Vater geerbt hatte, der ein Jahr zuvor gestorben war. Ihre rastlosen Finger auf den blankgescheuerten Flecken der Armlehnen begannen zu zittern, wenn sie an den Mann dachte, der ihr Vater gewesen war und den sie mit einem Gefühl beerdigt hatte, über das sie mit niemandem sprechen durfte.

Nach ein paar Nächten, in denen ihr Sohn hinter der Wand vor sich hin gewimmert hatte, hatte sie ihm das Bild eines lachenden Mannes, der einen orangefarbenen Badeball in die Luft warf, aus einer Zeitschrift ausgeschnitten. Der Mann, der vielleicht sein Vater war, stand in der Sonne und lachte einen kleinen Jungen am Strand an, und der Badeball flog immer höher, unendlich weit, in den Himmel. Und sie erzählte ihrem Sohn, dass sein Vater Pil hieße, Orlas zweiter Name auf der Taufurkunde.

Sein Vater wäre noch in der Welt unterwegs, erzählte sie Orla, um einen Ort zu suchen, an dem sie drei zusammenwohnen konnten.

In seiner Sammlung illustrierter Klassiker las Orla in den folgenden Jahren von Männern wie ihm – *Hirschtödter*, *Ivanhoe* und *Kapitän Grant*, der mit seinen Kindern Gletscher, Bergpässe und Berggipfel überwand –, und mit der Zeit wurde ihm klar, dass jedes Abenteuer glücklich ausging, wenn man nur lange genug wartete. Das Schicksal hatte seinen Vater von ihm weggeführt, aber eines Tages würde es ihn wieder zu Orla leiten.

Es gab eine Sache, die Orla Berntsen zu etwas Besonderem machte. Er hatte nur mit Frauen zusammengelebt. Zuerst die Fräuleins und Kinderschwestern im Säuglingsheim, dann seine Mutter, die (soweit bekannt) seit ihrem Einzug in Frydens Vænge niemals einen Mann in ihre vier Wände gelassen hatte.

Aber obgleich Orla Berntsen mit den meisten Mädchen konkurrieren konnte, was Intuition und Einfühlungsvermögen betraf, gingen ihm die damit normalerweise verbundenen Charakterzüge wie Freundlichkeit, Anteilnahme, Behutsamkeit völlig ab.

Die Psychologen in Kongslund hatten keine Ahnung, wie es um ihn stand, weil er ihnen nichts von den Visionen erzählte, die er in diesen Jahren hatte.

Aus demselben Grund war seine erste Erfahrung mit dem anderen Geschlecht auch nicht die glücklichste. Es war das erste und letzte Mal, dass man ihn spontan auf einen anderen Menschen zugehen sah, unter Auferbietung des ganzen Vertrauens, das er aufbringen konnte.

Der Junge mit dem weiblichen Hintergrund lernte ein Mädchen kennen, das nicht nur von einem, sondern von zwei Vätern großgezogen worden war (der alte Sørensen und sein Sohn arbeiteten auf der großen Schiffswerft mitten in Kopenhagen). Aus welchem Grund auch immer machte sie noch als Achtjährige in die Hose, ohne Vorwarnung oder sichtbaren Grund. Und so, eines Tages, als sie alleine auf der Straße standen und auf die unselige Pfütze zwischen ihren Füßen starrten, zog Orla eine Tüte Pinocchiokugeln aus seiner Anoraktasche. Er reichte ihr die Tüte, sie aber sah ihn unverwandt mit ihrem unergründlichen Blick an, und er konnte weder Freude noch Dankbarkeit in ihren Augen erkennen. Orla, elf Jahre, trat ganz nah an sie heran und flüsterte: »Ich bringe dir jetzt ein Spiel bei, das keiner kennt... Danach ist man entweder ein Liebespaar – oder tot.«

Sie sah ihn wortlos an.

»Ich lege jetzt acht Kugeln in eine Reihe, und wenn du mir nicht einen Kuss gibst, bevor ich die letzte in den Mund stecke – die blaue –, sterbe ich, denn die ist *vergiftet*.« Damit legte Orla acht verschiedenfarbige Pinocchiokugeln auf den Bordstein, und sie gingen beide in die Hocke. Statt besorgt und sanft, wie es zu der Situation gepasst hätte, war ihr Blick auf eine Weise erwartungsvoll, die er nicht deuten konnte. Als Erstes steckte er eine gelbe Kugel in den Mund, dann eine weiße, eine rote, eine orangefarbene und wieder eine weiße, danach eine grüne und eine braune. Nun war nur noch die Kugel übrig, die den Tod bedeutete, die blaue, und er sah das fiebrig glänzende Leuchten in ihren Augen. *Sie wollte ihn doch nicht ernsthaft die blaue Kugel essen lassen? Das konnte sie doch nicht zulassen, sie wusste doch, dass er daran sterben würde? Sie musste seinem Plan folgen und ihm den Kuss geben, der sein Leben retten würde...* Aber sie sah ihn weiter nur erwartungsvoll mit glänzenden Augen und schräg gelegtem Kopf an, und ihre rosa Zungenspitze schob sich in die Lücke zwischen den oberen Schneidezähnen.

Das war der Moment, in dem Orla Berntsen begriff, dass er nur ein winziges Körnchen in einem riesigen Universum war, ein kleiner Junge mit Sommersprossen, Knollennase und einer dreckigen Hand, die auf halbem Weg zum Mund in der Luft hängen blieb, zum Tode verurteilt von der ersten und einzigen Liebe seines Lebens.

In diesem Augenblick sagte sie die Worte, die kein Junge oder Mann je wieder vergessen könnte: »*Kann ich dich nicht küssen und zugucken, wie du die blaue Kugel isst...?*«

Der Schock setzte erst ein, als er später am Abend im Dunkeln in seinem Bett lag.

Was hätte er ihr antworten sollen?

Es war der Herbst, in dem das Schicksal die letzten Festungsmauern einreißen sollte, die Orla, der Einsame aus Frydens Vænge, mühsam um sich herum errichtet hatte – durch einen Vorfall, der eigentlich wie ein Zufall wirkte.

Nachdem die Glocken der Søborger Kirchen den Sonnenuntergang eingeläutet hatten, ging die Haustür auf, und Orla Berntsen kam mit einem Blecheimer in der Hand und wachsamem Blick nach draußen. Der Eimer war gelb und zerbeult, und Orla lief wie gewohnt zu dem Pensionat in der Maglegårds Allé, ging um das Haus herum zur Hintertür, wo die Küche war, und grüßte den Koch, der ihm lachend durch sein borstiges Haar wuschelte und den gelben Eimer füllte. Danach spazierte Orla unter den Straßenlaternen nach Hause, bis er seine Neugier nicht mehr im Zaum halten konnte, stehen blieb und den Deckel des Eimers anhob, um einen Finger in die heiße Soße mit Bratwürsten, Frikadellen, Rippchen, Hacksteak und dampfenden Kartoffeln zu stecken, die weiß in dem braunen Tümpel glänzten. Er blieb immer wieder im Schatten der Bäume stehen und lutschte sich die Soße von den Fingern, während er völlig die Zeit vergaß und das Essen kalt wurde. Dabei gingen ihm Gedanken durch den Kopf, die er erst viel später verstand.

Katastrophen kündigen sich oft auf sonderbare Weise und hin und wieder ganz unschuldig an, und hätte er damals schon das Spiel durchschaut, in dem er mitspielte, würde er für immer den Abend verfluchen, an dem er all seinen Mut zusammennahm und Erik, den beliebtesten Jungen aus Frydens Vænge, fragte, ob er ihn beim Gang zum Pensionat mit dem gelben Eimer begleiten wollte.

Eriks Neugier war so groß, dass er tatsächlich mitging. Auf dem Nachhauseweg blieb Orla stehen, nahm den Deckel ab und steckte einen Finger in den dampfenden, braunen Inhalt, damit sein neuer Freund sehen konnte, welche Herrlichkeiten Orla und seine Mutter zum Abendbrot erwarteten.

»Igitt«, sagte Erik. »Eklige Frikadellen.« Er hatte schon gegessen, und bei ihm zu Hause wurden Frikadellen nicht in einem gelben Eimer geholt, sondern in der eigenen, gemütlichen Küche zubereitet, in der gekocht, mit Geschirr geklappert und gesungen wurde, außerdem wurden die Frikadellen bei ihm auf einer hübschen Glasplatte serviert, die Eriks Mutter mit dicken himmelblauen, selbst gehäkelten Topflappen hielt.

»Igitt«, sagte Erik noch einmal, als Erik die Soße vom Zeigefinger leckte. »Du hast ja eine *Warze* am Finger...!«

Der Fokus wechselte abrupt und gnadenlos, und das Schicksal schreckte mit einem Ruck hoch. Da saß tatsächlich ein graubraunes Ding an seinem Zeigefinger, unmittelbar über dem Knöchel. Unter der glänzenden Soße sah es fast lebendig aus.

Er reagierte blitzschnell – und diese Reaktion war fatal. »Wusstest du, dass einem die geheimsten Wünsche erfüllt werden, wenn man eine Warze ausdrückt?«

Erik sah ihn skeptisch an, war aber zugleich so fasziniert von der braunen Wucherung an dem verschmierten Finger, dass er stehen blieb. Orla drückte auf die Warze, presste sie fest zwischen Zeigefinger und Daumen und überließ in einem der entscheidendsten Augenblicke seines Kinderlebens dieser völlig idiotischen Idee das Ruder. Noch hätte er einfach aufhören und zugeben können, dass er keine geheimen Wünsche hatte und nie gehabt hatte. Vielleicht wäre dann alles anders gekommen, vielleicht wäre sein Leben dann so wie das seiner Mutter geworden – von der Jugend bis ins hohe Alter –, ein stummes Pendeln zwischen Zuhause und dem Büro. Aber es war zu spät.

Sein neuer Freund beugte sich vor, und Orla spürte, wie sein Abscheu sich in Faszination wandelte. Er nahm die Wärme des anderen Körpers wahr, den Atem an seinem Gesicht, er hörte, wie er die Luft durch die Nase und die konzentriert zusammengepressten Lippen einsog. Und dann spürte er den Körper seines Freundes an seinem, und das war der schönste Augenblick, den er je erlebt hatte; sie waren Freunde, alles war plötzlich so merkwürdig vertraut, als wäre Erik sein Bruder (er wagte kaum, das zu denken), und er drückte so fest zu, wie er vermochte, fester, als er jemals zuvor etwas oder jemanden gedrückt hatte, und …

…die Warze platzte auf, und Erik stieß einen lauten, verzweifelten Schrei aus.

Ein dünner Strahl aus der fleckigen Wucherung hatte ihn direkt im Auge getroffen, und gelbe, unappetitliche Tropfen sprenkelten seine linke Wange. Wie ein Irrer tanzte er über den Bordstein, beide Hände vor das Gesicht und die Augen gepresst, und schrie wie am Spieß.

»Jetzt können wir uns was wünschen!«, rief Orla im Versuch, ihn zu übertönen. Aber es kam kein Wunsch von seinem Freund, nicht ein einziger, nur ein gurgelndes Schluchzen.

»Ich wünsche mir einen langen, roten Bus, mit dem wir alle zusammen nach Bellevue zum Baden fahren können!«, rief Orla. »Einen Londonbus!«

Erik rannte los, so schnell er konnte, zurück nach Frydens Vænge. Und Orla lief so schnell hinter ihm her, dass der Deckel von dem hin und her schaukelnden Eimer fiel, aber das merkte Orla gar nicht.

»Ich wünsche mir einen Bluebird, mit dem wir 800 Kilometer in der Stunde fahren können... Und den schenke ich dir dann!«, rief er. Das war sein zweiter Wunsch, und in dem Augenblick kam es ihm wie der beste Wunsch überhaupt vor.

»Du bist ja... völlig verrückt... du Riesenarschloch!«, schrie Erik zwischen den Schluchzern. »Jetzt krieg ich Warzen im Auge... und werde blind!«

Orla stellte sich vor, wie die ansteckende Flüssigkeit in Eriks Haut einzog und wie eine braune, unförmige Masse aus Eriks Auge wucherte und die eine Gesichtshälfte bedeckte. Er würde sich bis an den Rest seines Lebens hinter einer Maske verstecken oder sich eine Kapuze über den Kopf ziehen müssen. Die Steinfliesen unter seinen Füßen verschwanden, und Übelkeit machte sich zwischen seinen durchgerüttelten Eingeweiden breit. Erik verschwand um die Ecke bei den Garagen, und gleich darauf knallte die Haustür, und das Geschrei verstummte. Sein verlorener Freund war zu Hause.

Erst jetzt merkte er, dass Soße, Frikadellen und Salzkartoffeln bei der wilden Rennerei aus dem Eimer geschwappt waren. Es war nichts mehr da von dem guten Essen. Seine Mutter würde hungrig ins Bett gehen müssen. Das Missgeschick hatte sich in einer knappen Minute zur vollendeten Katastrophe ausgewachsen. Er ließ den Eimer auf der letzten Steinfliese vor der Haustür stehen und lief, so schnell seine Beine ihn trugen, runter ins Wäldchen. Er floh in die Dunkelheit, wie er es von klein auf gewohnt war, so wie die meisten Kinder aus Kongslund reagierten, wenn sie sich in die Ecke gedrängt fühlten. Ich wusste das besser als irgendwer sonst.

Er verkroch sich in einem stacheligen Busch in der Nähe der Brücke und steckte den zitternden, malträtierten Zeigefinger, der blutete und gemein wehtat, in den Mund, schloss die Augen und spürte die Angst im Bauch heranwachsen und nach oben steigen, von wo sie zähflüssig und warm am Kinn herunterlief und auf die Erde tropfte. Das war kein Blut wie in den Commando-Heften über die Schlacht bei Tobruk, sondern Pensionssoße, gemischt mit Galle und gelber, ätzender Angst –, denn er wusste genau, was nun kommen würde: Von nun an würden die anderen Jungs ihn noch schlimmer als sonst piesacken, Palle und Bo, Henrik und Jens… Sie würden niemals damit aufhören, ihn überallhin zu verfolgen.

Der Regen setzte um Mitternacht ein. Seine Mutter lief mit dem leeren, zerbeulten Eimer in der Hand in Frydens Vænge von Tür zu Tür und fragte mit einem Zittern in der Stimme nach ihrem Sohn, wodurch sie bei den anderen Eltern das letzte bisschen Respekt einbüßte (»*Was ist das bloß für eine Mutter, die nicht auf ihr einziges Kind aufpassen kann?*«).

Resigniert erhoben die Väter sich aus ihren Sesseln, alles andere wäre herzlos gewesen, rüsteten sich mit Taschenlampen aus und liefen in einer langen Reihe hinunter zum Fluss.

Kurz bevor die Männer durchs Unterholz gewalzt kamen, hörte Orla Berntsen eine Stimme in der Dunkelheit, nicht lauter als das Rascheln der Blätter, ein Flüstern, das immer wieder den gleichen Satz sagte, als wäre sie in seinem Kopf eingesperrt. *Ich wünschte, ich wäre ein Stern*, sagte die Stimme, und Orla glaubte, dass der Satz aus einer Welt stammte, die lange vor dem Augenblick existiert hatte, in dem der Lichtkegel seinen Kopf traf (»Hier liegt er, der kleine Trottel!«).

Er stand mit geschlossenen Augen auf, die Hand mit der

Warze fest gegen den Mund gepresst, und dachte angestrengt und konzentriert an seinen dritten und letzten Wunsch. Die Männer mit den Taschenlampen hatten natürlich keine Ahnung – aber ich glaube, ich weiß, was er sich wünschte ...

Von diesem Tag an war der Zorn Orla Berntsens einziger Strohhalm. Er lag im Dunkeln wach, wenn seine Mutter sich schlafen gelegt hatte, und dachte an den Feind – der einzige Name, der ihm für seine Nöte einfiel. Der Feind war gesichtslos und unbarmherzig. In seinem zwölften Lebensjahr entwickelte Orla einen Hang zur Gewalt, der ihn jahrelang begleiten sollte. Irgendetwas zog ihn immer und immer wieder zum Ende der Garagen, wo das Viertel seiner Kindheit von einer hohen Weißdornhecke abgegrenzt war. Auf der anderen Seite der Hecke ragten die gelben Wohnblocks mit sechs Stockwerken in die Höhe. Dort wohnten Familien, die sich kein eigenes Haus leisten konnten (noch nicht einmal ein bescheidenes Reihenhaus). Die Weißdornhecke war im Laufe der Jahre so hoch und wild gewuchert, dass man nicht mehr darüber hinwegschauen konnte. Mindestens einmal pro Woche warfen die Kinder aus den roten Reihenhäusern Steine über die Hecke, die die unsichtbaren Gegner aus den gelben Wohnblocks treffen sollten, und keiner warf seine Steine so hart und weit wie Orla. Es war, als hätte eine mächtige und hemmungslose Raserei sich in seinem untersetzten Körper eingenistet, und er sprang höher und feuerte hitziger als alle anderen in Richtung der Geräusche auf der anderen Seite der Hecke. Und wenn ein Wurf mit einem Schrei und dem Geräusch weglaufender Schritte belohnt wurde, lachte er auf eine Weise, die seine Mitstreiter oft mehr erschreckte als den Feind, weil sie auf der gleichen Seite der Hecke standen wie er.

In dieser Phase, kurz vor Eintritt in die Pubertät, hätte es immer noch eine Rettung für einen eigenwilligen Jungen wie Orla geben können – das zumindest hätten die Psychologen von Kongslund behauptet. Daraufhin hätten sie sich ein Pfeifchen angezündet und sich aufmunternd über die Ränder ihrer Brillen hinweg zugenickt.

Das war natürlich völliger Blödsinn.

Bald nach der Episode mit der Warze machte Orla den letzten Schritt auf dem Weg, der seine Kindheit so abrupt beendete – indem er am Ende der Straße einen Ball hoch auf das Garagendach trat.

Er sprang spontan hoch und klammerte sich an der Dachkante fest, rutschte aber gleich darauf ab und landete mit den Fingern mitten in dem weichen Haufen, den ein Hund dort hinterlassen hatte.

Ich saß hinter der Hecke und sah die letzten Säulen seines Daseins wegbrechen – ich brauchte noch nicht einmal Magdalenes Fernglas, um das nackte Entsetzen in seinem Blick zu sehen.

Den Rest des Tages und seiner kurzen Kindheit in Frydens Vænge hallte ein Ruf durchs Viertel, der zum Fluch seines Lebens wurde: *Orla-Scheiß-an-der-Hand-Orla-Scheiß-an-der-Hand-Orla-Scheiß-an-der-Hand…!* Und der Junge, den ich aus welchem Grund auch immer zu verstehen versuchte, lief nach Hause, so schnell seine kräftigen Beine ihn trugen, und wusch sich unter brühheißem Wasser im Badezimmer die Hände. Dann erbrach er sich, nach Luft schnappend und immer wieder schluchzend, während seine Tränen sich mit dem braunen Wasser mischten, als würde sein Innerstes überquellen und der Strom des Brackwassers nie mehr versiegen. Er lief hinunter ins Wäldchen am Fluss – wohin sonst –, aber diesmal kam niemand hinter ihm her, um ihn zu suchen. Kurz meinte er, den Klageruf seiner Mutter zu hören, aber das war nur der Wind in den Bäumen.

Am nächsten Tag warf er einen großen Steinbrocken über die Hecke auf die Jungs aus den gelben Wohnblocks. Und dieses Mal hörte er nicht nur Schreie, sondern sogar Sirenen von Polizei und Krankenwagen. Die aufgeregten Stimmen auf der anderen Seite der Hecke überschlugen sich und riefen durcheinander. Ein Junge aus dem gelben Block sei mit einer klaffenden Wunde an der Stirn in die Notfallambulanz gefahren worden, hieß es. *Vielleicht stirbt er!*, schrie der Feind auf der gelben Seite der Hecke, aber es wurden nie Ermittlungen angestellt, weil die Steinewerfer aus den getrennten Welten sich nicht mit Namen kannten.

Einige Tage später klopfte die Frau aus der Nr. 16 von innen an ihr Küchenfenster und winkte Orla zu sich, der auf dem Bordstein hockte und in eine Wasserpfütze starrte.

Sie lud ihn zu sich an den Küchentisch ein und stellte ihm Brote mit blutroter Erdbeermarmelade hin und dickflüssigen Kakao. Mit ihnen am Tisch saß ihr Mann, Herr Malle, der jeden Tag in einer schwarzen Polizeiuniform und mit einer braunen Aktentasche unter dem Arm nach Hause kam. Orla war sicher, dass er ihn auf den Vorfall mit dem Jungen aus den gelben Wohnblocks ansprechen würde, aber Herr Malle lächelte ihn nur an. Und in den folgenden Monaten war Orla der einzige Junge aus der Straße, den der große Mann grüßte.

Vielleicht machte die Bekanntschaft mit dem Polizisten ihn unachtsam, jedenfalls war er komplett unvorbereitet auf das, was wenige Tage später passierte, als er sich in der Gegend zwischen der Lauggårds Allé und dem Gladsaxevej herumtrieb – im Randbereich der gelben Wohnblöcke – und nach seinen Feinden Ausschau hielt.

Vor einem Hauseingang sah er Carl Malle stehen, die Hand auf die Schulter eines schmächtigen Jungen gelegt, dessen Kopf mit einem mächtigen, kreideweißen Verband bandagiert war. (Er sah aus wie *Lawrence von Arabien*. Den Film hatte Orla im Kino in Søborg gesehen.) Malle trug keine Uniform, aber er hatte dem Jungen eine schwarze Polizeimütze auf den verbundenen Kopf gesetzt.

Orla wollte seinem Bekannten etwas zurufen, aber es kam kein Laut über seine Lippen.

Stattdessen machte er einen großen Bogen um die beiden und lief hinunter ins Wäldchen, wo er blieb, bis es dunkel wurde. Etwas in ihm war zerbrochen, ohne dass er wusste, warum. Das Wäldchen war der Ort, an dem Orla sich in seinem dreizehnten Lebensjahr am häufigsten aufhielt. Er streifte durch das Brachland zwischen Grønnemose Allé, Horsebakken und Hareskovvejen, lief am Fluss auf und ab und drang bis tief in das Schilfdickicht vor. Und dort, auf einer kleinen Lichtung, lag ein riesiger Stein. Auf diesem Stein verbrachte er seine Abende, die Augen fest zugekniffen, damit das Wasser nicht überlief, und dachte an seinen Vater, der nicht zurückkam. Seine Mutter hatte ihm einmal eine Geschichte erzählt von einem riesigen Stein, der in Wirklichkeit ein Mensch war, den ein Riese mit seinem bösen Blick verwandelt hatte. Und ich sah ihn mit der Hand über den Stein streicheln, als wäre er eine vermisste, geliebte Person. Ich beobachtete, wie er Frösche und Insekten und Schmetterlinge auf den großen Stein legte und sie mit Glassplittern durchbohrte, die er auf dem Weg gefunden hatte. Er tat das geistesabwesend, war mit den Gedanken ganz woanders, und wenn der Tag sich dem Ende entgegenneigte, reinigte er seinen Platz von Schmetterlingsflügeln, Spinnenbeinen und Froschaugen und streichelte ein letztes Mal über die Oberfläche wie über eine weiche, dreckverschmierte Hand. Der Anblick berührte mich, und ich kehrte heim zu Magdalene, legte mein Gesicht auf ihren Schoß und weinte, bis die Bilder verschwanden.

So vergingen die letzten Monate von Orla Berntsens Kindheit in einer immer verzweifelteren Einsamkeit, die kein lebendes Wesen sich vorstellen konnte. Zwischen dem verschwommenen Fantasiebild seines verschwundenen, versteinerten Vaters und dem realen Bild von Gurli in ihrem blauen

Sessel mit der hohen Rückenlehne, die die Wand über seinem Kopf anstarrte, während ihre Finger zitternd über die blauen Armlehnen zu wischen begannen, in kleinen, kleinen Kreisen...

Das Ganze fand an einem frühen Abend ein Ende, als die Sonne hinter den Bellahøjhäusern versank und er unten am Fluss das Knallen eines Luftgewehrs hörte.

Zwei Jungen standen auf einer Lichtung über einen angeschossenen Spatz gebeugt, der auf dem Waldboden rotierte wie eine an einer Nadel aufgespießte Fliege. Blätter wirbelten auf, und das Lachen der Jungs stieg hoch zu den Baumkronen.

Das war Orlas Begegnung mit dem wirklich Bösen: Karsten. Der breite, vierschrötige Karsten mit dem Bürstenschnitt. Und Poul mit den stahlblauen Augen, die böse wie die des Satans persönlich waren. Die beiden stellten ihm Benny vor, ihren sonderbaren Freund, einen schwachsinnigen Mann von fast zwei Metern, der rastlos am Wasser entlangstreifte und sich meist im Unterholz unten am Fluss versteckt hielt, von wo aus er sein sinnloses Gelalle durch den Wald schallen ließ. Die Leute aus dem Viertel hatten sich mit der Zeit an ihn gewöhnt – sie nannten ihn Schwachkopf –, und Orla hatte ihn oft als Schatten in der Abenddämmerung gesehen.

Benny beherrschte ein verblüffendes Kunststück: Begleitet von bedrohlichen Grimassen und einer schnellen Bewegung mit dem Kopf, konnte er sein linkes Auge aus der Höhle ziehen, sodass es an Sehnen und Nervenbahnen baumelnd über der Wange hing. Genauso blitzschnell stopfte er es dann immer wieder zurück an seinen Platz. Dieses verblüffende Kunststück erfüllte selbst abgehärtete Kerle wie Karsten und Poul mit Ehrfurcht. Als sie ihn fragten, ob er etwas sehen könnte, wenn sein Auge über der Wange baumelte, nickte er begeistert und rief »Ja! Ja!«. Poul glaubte ihm nicht, wie er nach seinen Erfahrungen mit seinem versoffenen Vater niemandem mehr glaubte oder traute. Orla fiel immer wieder der stiere Blick des Freundes auf, und es schauderte ihn beim Anblick der zusammengekniffenen, stahlblauen Augen, die den großen Mann musterten. Zwischendurch funkelten sie so böse, dass Orla warm wurde, als hätte er Fieber. Und eines Abends, als sie wie gewohnt zusammensaßen und Benny anstarrten, geschah etwas, das niemand im Viertel je wieder vergessen sollte.

Karsten hatte sich zum Pinkeln hinter einen Baum gestellt, und Poul saß da und stocherte mit einem Stock in der Erde. Scheinbar. Der geistesschwache Mann saß zwischen ihnen und summte zufrieden vor sich hin, glücklich mit seinem Können und der Gesellschaft – das eine Auge fröhlich über der linken Wange baumelnd. Die Bewegung im Dunkeln kam so unvermittelt, dass Schwachkopf keine Chance hatte zu reagieren: Wie ein schwarzer Vogel schoss etwas aus der Dunkelheit hervor und hackte auf den weißen Augapfel in dem Gewirr blutroter Nervenbahnen ein. Als Schwachkopf begriff, was da geschah, rief er laut »Neeeeeeeeiiiiin!« und griff nach dem muskulösen Unterarm seines Henkers – aber es war schon zu spät ...

Mit einem Knall riss die starke Jungenhand Bennys Auge aus der Höhle und schmiss es hoch in die Luft. Es flog in einem kurzen Bogen über den Fluss, bis es mit einem leisen *Plopp* irgendwo im Wasser landete.

Die drei Jungen liefen durch das Wäldchen, Schulter an Schulter, und lachten wie die bösen Dämonen, in die sie sich verwandelt hatten. Hinter sich hörte Orla die Schreie des Notleidenden – nur übertönt von Pouls nasalem Lachen, als sie anhielten, um Luft zu holen. Es klang, als würde Schwachkopf im Fluss herumwaten, als würde sich ein Knurren tief aus seiner Kehle emporarbeiten, bis es am Ende ganz still war. Die drei Jungen standen da und sahen sich an, ehe sie über ihre Schultern zurückschauten. Zögernd traten sie aus den Schatten unter den hohen Bäumen und schlichen zurück zum Fluss. Ganz in Ufernähe sahen sie Schwachkopfs Gesicht mit der schwarzen, leeren Augenhöhle zwischen ein paar Seerosen treiben.

»Scheiße, der ist tot!«, flüsterte Karsten. Und Poul und Orla wechselten wortlos Blicke.

Der eine Arm des Riesen lag regungslos halb auf dem Uferstreifen wie ein zerbrochener Stock. Ausgestreckt, als hätte er versucht, das Leben festzuhalten, am Schluss aber loslassen müssen. Irgendwie ein ganz friedvoller Anblick.

Sie standen stumm da und betrachteten den Mann, der vor ihnen im Wasser schwappte.

»Bleibt hier ... Ich hole was«, flüsterte Orla.

Fünf Minuten später war er mit einem kleinen Bündel in der Hand zurück.

»Das ist Eriks Mütze – die hängt er immer an das Geländer vom Kellerabgang.«

Die anderen kamen näher, und im Licht, das vom anderen Ufer herüberfiel, sah er das Funkeln in ihren Augen. Sie alle hassten Erik, den Guten.

»Und guck mal, er hat seinen Namen in die Mütze geschrieben!«

Jahre später erinnerte Orla sich nur noch an das eine Bild – der Mann im Wasser und seine beiden Freunde, die mit leicht gespreizten Beinen im Gras stehen. Wie Duellanten aus einem der Western im Kino in Søborg stehen sie da, nur dass der Feind bereits tot ist.

Sie schmissen die Mütze ins Gras und ließen sie dort liegen, wo der Ärmel des Toten sich an einer Baumwurzel verhakt hatte. Später am Abend tranken sie Wiibroe-Flag-Bier auf dem Marktplatz in Søborg und brachen in Orlas Schule ein, wo sie einen Diaprojektor und ein Tonbandgerät mitnahmen und bis zum Morgengrauen The Doors und *Light My Fire* hörten.

Zwei Tage später holte die Polizei Erik ab. Stundenlang saß er da und weinte, seine blaue Pudelmütze vor sich auf dem Schreibtisch des Polizisten. Sein Schicksal war auf seine Weise noch schrecklicher als Orlas, denn obgleich seine Eltern beteuerten, er sei um zehn Uhr ins Bett gegangen, würde der Zweifel ihn sein Lebtag verfolgen, weil niemand erklären konnte, wie seine Mütze ins Gras am Flussufer gelangt war, genau an der Stelle, wo sie den augenlosen Mann aus dem Schlamm gezogen hatten. Die Polizei wusste nicht, was dem Toten widerfahren war. Vielleicht war es ein unglücklicher Unfall gewesen, und er war einfach ertrunken (und ein Fisch oder eine Kröte hatte das Auge gefressen). Die Beamten konnten sich nämlich nur schwer vorstellen, dass der zitternde, flennende Dreikäsehoch vor ihnen den Schwachkopf überwunden und getötet haben sollte, um hinterher brutal sein Auge herauszureißen und auf ein Seerosenblatt zu legen, von wo es hinauf in den Himmel blickte (so hatten sie es gefunden). Und darum ließen sie den Jungen am Ende gehen.

Im Bett, in der Dunkelheit, unter dem Bild des Mannes und des Jungen mit dem orangefarbenen Badeball, fühlte Orla die Wärme von Eriks Gliedmaßen wie eine körperliche Berührung – fast glaubte er, seinen Atem an Wange und Stirn zu spüren. Er schwänzte die Schule und floh ins Wäldchen, saß auf dem großen Stein und wiegte sich vor und zurück. Er ging zum Fluss, kniete sich ganz an den Rand und schaute sein Spiegelbild im Wasser an.

»Was träumst du vor dich hin?«

Orla fuhr erschrocken zusammen.

»Ein dreizehnjähriger Junge, der sich im Wasser spiegelt und vor sich hin träumt – das kann nur etwas Nettes sein. Von einem Mädchen?«

Carl Malle zwinkerte ihm zu. Er trug keine Uniform. Orla hatte ihn noch nie im Wäldchen gesehen.

»Nö... Ich denke nur nach... über nichts Besonderes.«

Hatte Herr Malle den Auftrag, ihn abzuholen?

»Ich bin nur gekommen, um zu schauen, wie es dir geht. Du erinnerst mich an jemanden, den ich gekannt habe. Dich wirft so schnell nichts aus der Bahn.« In der Stimme des Polizisten schwang ein eigentümlicher Unterton von Stolz mit.

Orla ließ sich von dem Stein heruntergleiten.

»Ich muss los, Essen holen.«

»Nein, musst du nicht. Deine Mutter hat bei uns gegessen. Wir haben über deine Zukunft gesprochen.«

Seine Mutter hatte noch nie bei anderen Leuten gegessen. Sie aß nie etwas anderes als das, was in dem gelben Eimer war. Orla Berntsen war schockiert.

»Mach dir keine Sorgen. Wir haben eine Lösung gefunden.«

Orla stand in dem nassen Gras und schwankte leicht. *Eine Lösung*. Wollten sie ihn ins Gefängnis schicken?

»Du musst weg aus Frydens Vænge«, sagte der Polizist. »Weg von den Jungs hier. Wir haben ein Internat für dich auf Sjællands Odde gefunden.«

Wenige Tage später hatte Carl Malle die nötigen Papiere besorgt, und seine Mutter begleitete ihn schweigend zum Hauptbahnhof nach Kopenhagen.

»Bis bald«, sagte sie.

Er sagte nichts.

Er verließ das Viertel seiner Kindheit mit dem unumstößlichen Wissen, ganz allein auf der Welt zu sein, und sein Verschwinden wurde von den anderen Kindern kaum bemerkt. Der Sohn von Gurli Berntsen, der unansehnlichen Büromaus, war weg. Was spielte das schon für eine Rolle?

In den Monaten nach seiner Abreise bekam er regelmäßig Besuch von einem Pfeife rauchenden Psychologen aus Kongslund, dem er von seiner Kindheit in Frydens Vænge erzählen sollte (und einmal auch von Schwachkopf, dem Wäldchen und dem brutalen Übergriff).

Wo kommt sie nur her, diese enorme Wut – und wieso

trifft sie manche Kinder wie ein Rammbock aus der Hölle –, während andere von ihr vollkommen verschont bleiben?

Ich habe Orla Berntsens Aufwachsen in Frydens Vænge von meinem Versteck in der Weißdornhecke aus verfolgt und die langsame Zerstörung beobachtet, die keiner aufzuhalten versuchte. So entstehen Missbildungen in der Seele wie eine charakteristische Neigung des Kopfes oder die Krümmung einer Nase, ohne dass irgendjemand darauf reagiert. Orlas Demütigung war weder von Gott noch vom Teufel, sondern sie war von dem Menschen an ihn weitergegeben worden, der ihn eigentlich am stärksten hätte beschützen sollen – so wie Magdalene es gesagt hatte (heftiger lispelnd als zu Lebzeiten) –, von seiner eigenen Mutter.

Es war diese tief verwurzelte Aggression in dem halbwüchsigen Orla, die den Erwachsenen Angst machte, ein Zorn, der in anderen Zusammenhängen und unter einer dünneren Zivilisationsschicht explodiert wäre, bevor Orla überhaupt die Chance auf eine Karriere hätte wahrnehmen können. Magdalene fand nicht, dass es einen ernsthaften Unterschied gab zwischen dem Jungen, der nach Sjællands Odde gegangen war, und dem Mann, der vier Jahrzehnte später mit nüchterner Effektivität im Nationalministerium einen Fall nach dem anderen abhakte.

Eines späten Nachmittags kam Carl Malle zu Besuch ins Internat. »Vermisst du Frydens Vænge?«, fragte er.

Orla hatte die Frage nicht beantwortet. Das Einzige, was er wirklich vermisste, war das Bild an der Wand von dem Mann und dem Jungen mit dem orangefarbenen Badeball.

»Warum haben Sie dem Jungen aus dem gelben Wohnblock Ihre Polizeimütze gegeben?«, fragte Orla.

»Dem Jungen aus dem gelben Wohnblock?«

»Der, den ich mit meinem Stein verletzt habe. Mit dem weißen Kopfverband. Ich habe gesehen, dass Sie ihm die Mütze aufgesetzt haben.«

»Ich kenne niemanden aus den gelben Wohnblocks«, log der Polizist.

Orla spürte die Lüge körperlich und schlug den Blick nieder, um sich seine Wut nicht anmerken zu lassen.

An dem Tag, als Orla nach Frydens Vænge zurückkehrte – drei Jahre später –, kam Magdalene mich besuchen. Sie saß in ihrem Rollstuhl und ruckte vor und zurück, fast wie in alten Tagen.

Marie, sagte sie zwischen einer Serie kurzer Schnaufer und kippte halsbrecherisch zur Seite. *Merk dir meine Worte, Marie. Die Sünden der Mütter und Väter werden niemals von einem Kind wie Orla gesühnt werden. Er wird ein Teil der Dunkelheit werden – und am Ende das Dunkel selbst.*

Manchmal klangen Magdalenes himmlische Prophezeiungen wie ein Fluch aus der Hölle.

Dann warf sie sich seitwärts über die Armlehne, dass sie beinahe die ganze Konstruktion zum Umkippen brachte, schnaufte ein letztes Mal und verschwand.

8

DIE ANGST

8. MAI 2008

Meine Pflegemutter klopft an die Tür. Ich reagiere nicht auf ihr Klopfen, aber sie betritt trotzdem das Zimmer, das sie mir gegeben hat, und setzt sich aufs Bett. Ich bin an meinem Tisch vor dem Fenster mit Aussicht auf den Sund und die Insel Hven sitzen geblieben.

»Du liest wieder in diesen Heften, Marie«, sagt sie, und ich höre die Angst in diesem Satz, den sie seit Magdalenes Tod immer wieder gesagt hat. Sie ist überzeugt davon, dass die Tagebücher, die ich von meiner spastischen Freundin geerbt habe, Geheimnisse beinhalten, die kein Kind aushalten kann. Sie will mich schützen – wie sie immer ihre Herde gegen jede Bedrohung von außen geschützt hat.

Heute, viele Jahre nach ihrer Pensionierung, ist Kongslund zum Mittelpunkt eines Falls geworden, der zurückführt in eine geheimnisumwobene Vergangenheit.

Während der Nationalminister und sein Stabschef auf die anderen warteten, wiederholte Almind-Enevold beinahe wortgetreu, was er bereits auf der Krisensitzung vor drei Tagen gesagt hatte: »Sie kennen Carl Malle – und wissen, wofür er steht. Wir brauchen ihn jetzt... Wir können keine anonymen Drohungen gegen das Ministerium tolerieren. Auch wenn wir noch nicht durchschauen, was der Schreiber im Schilde führt, müssen wir Carl Malle mit allem, was in unserer Macht steht, unterstützen.«

»Aber dieser Brief entbehrt jedweder *Substanz*«, wandte Orla Berntsen ein.

Der Minister sah seinen Protegé lange an. Dann sagte er: »Über eine Sache müssen Sie sich im Klaren sein. Der Chef kann mit seiner Krankheit jederzeit ausfallen, sodass wir... sodass ich gezwungen sein werde, die Leitung des Landes zu übernehmen, mit allen damit verbundenen Komplikationen...« Im kleinen Kreis bezeichnete Almind-Enevold den Ministerpräsidenten immer nur als Chef. »Und ein Fall wie dieser darf uns dann nicht lange im Nacken sitzen. Wir dürfen nicht den Eindruck erwecken, als führten Mitglieder der Regierung ein Doppelleben, außerdem feiert Kongslund in wenigen Tagen ein sehr wichtiges Jubiläum, und ich will unter keinen Umständen, dass dieses Fest von den Schmiereien irgendeines... Verrückten überschattet wird.«

Orla hätte unter normalen Umständen eingewandt, dass dieser Fall doch eigentlich gar kein wirklicher Fall war – aber der Unterton in der Stimme des Ministers ließ ihn die Hände falten und auf das beruhigende Knacken der Gelenke lauschen, ohne etwas zu erwidern. Es war offensichtlich, dass der Minister nervöser als sonst war.

Schließlich brach der Nationalminister das Schweigen: »Wir bräuchten ein Ablenkungsmanöver...«

»Ein Ablenkungsmanöver?« Orla Berntsen wiederholte das Wort mit hörbarem Fragezeichen, obwohl er genau wusste, wie er das zu verstehen hatte.

»Wir brauchen einen Fall, der die Aufmerksamkeit von all dem hier ablenkt, falls Knud Tåsing und sein Klatschblatt wirklich Ernst machen. Das ist Carl Malles Vorschlag...«

»Wie wäre es mit dem jungen *Tamilen*...?« Der Vorschlag kam spontan über Orla Berntsens Lippen, ohne dass er darüber nachgedacht hatte. »Einige Zeitungen haben die bevorstehende Abschiebung bereits thematisiert«, sagte er. »Vielleicht wäre es eine Idee, ihn ...« Er hielt einen Moment inne und dachte nach.

»Ihn direkt rauszuschmeißen?« Der Minister runzelte die Stirn, dann hellte sein Gesicht sich auf: »Ja, verdammt ... das könnte den Fokus der Öffentlichkeit wirklich ablenken. Die Medien lieben rührselige Geschichten ... Übergriffe ... Misshandlungen. *Herrschsucht.*«

Es klopfte an der Tür. Die Sekretärin führte die beiden anderen Männer herein. Der Hexenmeister setzte sich neben Orla, während der Grauballemann neben dem Fenster zum Hof stehen blieb; seine Augen lagen tief in ihren Höhlen. Er sah wirklich elend aus. Bald sollte er pensioniert werden und hatte Angst, in allerletzter Sekunde noch von einem satanischen Atem erwischt zu werden.

Der Minister drückte auf einen Knopf und sagte: »Ist Carl gekommen ...? Dann führen Sie ihn bitte herein!« Er stand auf und begrüßte den früheren Polizisten zwischen Schreibtisch und Tür mit einer kurzen Umarmung und einem Schulterklopfen. »Wie geht's?«

Der stattliche Mann zuckte mit den Schultern. »Und selber? Wie geht es Lykke?«

»Keine Probleme ... abgesehen von dem, das zu lösen du hier bist.«

Der pensionierte Polizeichef begrüßte die drei übrigen Anwesenden und hielt Orlas Hand einen Augenblick länger fest als die der anderen. Er sah aus wie ein gutmütiger Labrador auf dem Weg zu seinem Platz vor dem Kamin.

Drei der fünf Männer im Raum wussten, wie sehr dieser Eindruck täuschte.

»Lange nicht gesehen«, sagte der frühere Polizist zu Orla. Er fragte nicht nach seinem Befinden – schon gar nicht nach Frau und Kindern –, was zeigte, dass er über die Details von Orla Berntsens an die Wand gefahrenen Privatleben Bescheid wusste. »Wenn ich das richtig verstanden habe, bist du der glückliche Empfänger…«, Carl Malle setzte sich dem Stabschef gegenüber auf das Sofa, »…eines mysteriösen Schreibens, das ein anonymer Verrückter aufgesetzt hat?«

»Wir müssen diesen Mann finden«, sagte der Minister von seinem Schreibtisch aus.

»Oder die Frau«, antwortete Malle. »Ich würde anschließend gerne mit Orla unter vier Augen sprechen.«

»Natürlich«, sagte Almind-Enevold an Orlas Stelle.

Der Expolizist beugte sich vor. »Gebt mir noch mal eine Zusammenfassung… falls es noch irgendetwas Neues gibt. Wurden im Ministerium verdächtige Personen auf den Gängen gesehen? Im Hof oder auf der Treppe? Hat jemand in den letzten Monaten etwas Ungewöhnliches beobachtet? Diese Sache scheint von langer Hand vorbereitet worden zu sein, dieser Brief ist kein Schnellschuss.«

Der Grauballemann starrte den früheren Polizeichef mit unverhohlenem Entsetzen an.

»Der Brief wird gerade untersucht«, sagte der Minister.

»Ich muss alles wissen… ohne Ausnahme. Alles, was in den letzten Monaten anders war als üblich. Ich will sämtliche Sitzungsprotokolle sehen und die Besucherverzeichnisse seit Neujahr. Die Person, die wir suchen, kann im Ministerium gewesen sein, um sich einen Überblick zu verschaffen.«

»Natürlich, Carl.«

»Und diese beiden Herren…?« Malle sah den Grauballemann und den Hexenmeister fragend an, der seinen Blick mit wachsamen Augen erwiderte. Mit seinem Kinnbart sah er aus wie ein Sechziger-Jahre-Künstler. Malle hatte mit seinem Polizeiradar längst beschlossen, dass die beiden keine Hilfe sein würden – eher im Gegenteil. Sie würden im Weg stehen, wenn die Ermittlungen erst richtig in Schwung kamen.

»Sie sind aus Koordinationsgründen hier«, sagte der Minister und klang dabei, als wollte er sich entschuldigen. »Solltest du irgendeine Form von Hilfe benötigen...«

»Ich habe meine eigenen Leute, Ole. Ich brauche *vollkommen* freie Hand. Das weißt du doch. Und bitte so wenig Öffentlichkeit wie eben möglich.«

Der Minister nickte den beiden Männern zu, worauf der Hexenmeister sich mit einer leichten Verbeugung erhob und verschwand. Der Grauballemann zögerte eine halbe Sekunde länger, bevor auch er aufstand, nach draußen schlich und lautlos die Tür hinter sich schloss.

Damit waren die drei Männer, die sich seit Jahrzehnten kannten, allein.

»Dann können wir wohl loslegen«, sagte der Minister. Er gab Orla ein Zeichen. »Ich muss erst mit Carl unter vier Augen reden, danach komme ich zu dir.«

Orla stand auf und ließ die beiden alten Widerstandskämpfer allein zurück.

Der Journalist hielt triumphierend zwei Sichthüllen mit Fotokopien hoch. »Wir sind auf der richtigen Spur – unser Kinderheim war über viele Jahre hinweg das Lieblingsausflugsziel der Wochenblätter. 1961 habe ich natürlich zuerst überprüft.«

Er betrachtete Nils Jensen über den Rand seiner Lesebrille hinweg und zündete sich eine der unentbehrlichen Mentholzigaretten an. »Ich habe Bilder vom fünfundzwanzigjährigen Jubiläum des Kinderheims, und es sieht so aus, als wäre an diesem Tag tatsächlich etwas Außergewöhnliches geschehen.«

Knud Tåsing stemmte seine Beine gegen einen großen, braunen Umzugskarton und streckte sich. Der anonyme

Brief lag neben dem Karton auf dem Boden, er selbst musste ihn dorthin gelegt haben.

Nils, der sich auf einen freien Stuhl am Fenster gesetzt hatte, stellte fest, dass der Karton sich nicht einen Millimeter bewegt hatte. Vermutlich enthielt er Berichte und Dokumente, die noch aus einer Zeit stammten, in der Tåsing mit wichtigen Fällen zu tun gehabt und alle drei Monate einen Artikel veröffentlicht hatte, der die ganze Nation erschütterte – wie der Bericht über den Palästinenser, der wegen Vergewaltigung angeklagt worden war und den damaligen Justizminister Ole Almind-Enevold dazu verleitet hatte, alle Fremden zu verdammen. Nach dem Tag, an dem der Freigesprochene auf einem Rastplatz zwei Jungs erschossen hatte, hatte der designierte Nationalminister diese Geschichte unablässig als Brennstoff seiner persönlichen Kampagne für den Wahlkampf 2001 genutzt.

Knud Tåsing hingegen hatte den Schwanz eingezogen und die Niederlage akzeptiert. Ohne seinen Artikel wäre der Mann vermutlich niemals freigesprochen worden, und dieses Wissen zog ihm den Boden unter den Füßen weg. Er verließ seine Frau und mietete sich eine kleine Wohnung in Christianshavn, wo er die nächsten fünf trostlosen Jahre als gescheiterter Freelancer verbrachte, bevor er trotz gewaltiger Proteste des Nationalministeriums den Job bei *Fri Weekend* angenommen hatte. Jeden Morgen radelte er nun am Hafen entlang zur Zeitung, kaufte auf dem Rückweg im *Brugsen* ein und verbrachte seine Wochenenden vor dem Fernseher.

»Ich bin sämtliche Ausgaben von *Billed Bladet*, *Hjemmet* und *Familie Journalen* von '61 durchgegangen, und im *Billed Bladet* vom 19. Mai habe ich diesen Artikel gefunden.« Knud Tåsing legte drei Fotokopien in A3 vor den Fotografen. »Darin geht es um das Findelkind von Kongslund ... Inger Marie Ladegaard.«

Findelkind am Jubiläumstag auf den Stufen des Säuglings-

heims gefunden, lautete die etwas holprige Überschrift über dem Bild einer jungen Frau mit weißem Kittel und blonden Locken.

»Sie existiert – aber das wussten wir ja schon.«

Der Journalist überhörte den mürrischen Kommentar. »Ich habe auch noch mal diesen John Bjergstrand unter die Lupe genommen«, sagte er. »Im Netz gibt es niemanden mit diesem Namen, und es steht auch niemand in den Telefonbüchern von 1990 bis 2007. Wir müssen also weiter zurückgehen, aber dafür benötigen wir Registereinsicht und alte Telefonbücher. Wir müssen mindestens zurück bis 1961, wenn nicht noch weiter.«

Der Fotograf antwortete nicht.

»Leider stammen die ausgeschnittenen Buchstaben auf dem Umschlag nicht aus dem Artikel im *Billed Bladet* von 1961. Eigentlich hatte ich das gehofft. Das Entscheidende ist aber erst einmal, dass die Buchstaben verschiedene Farben haben, weil das eine ganze Reihe der damaligen Zeitschriften ausschließt. Das *Dansk Familieblad* hatte damals zum Beispiel nur schwarze Überschriften, während *Alt for Damerne* wesentlich progressiver war und ihre Artikel mit verschiedenfarbigen Überschriften übertitelte. Wie beim *Billed Bladet, Hjemmet, Familie Journalen, Ude og Hjemme*. Die anderen muss ich noch überprüfen…«

Knud Tåsing stand auf und fand den schmalen Pfad zwischen den Papierstapeln hindurch bis zum Fenster. »Aber wir haben noch eine *dritte* Spur. Was an diesem Brief hat das Ministerium so aus der Fassung gebracht?«

Der Journalist ging zurück zu seinem Schreibtisch und schlug mit der flachen Hand auf den Artikel, den *Fri Weekend* am gleichen Tag auf der Titelseite veröffentlicht hatte.

Kongslund-Affäre: Was verbirgt das Kinderheim?

Neben den herausfordernden Worten war ein älteres Foto der früheren Heimleiterin, Fräulein Ladegaard, abgedruckt.

Sie trug ein dunkelblaues Kleid mit einer blauen Amethystbrosche auf der Brust, lächelte den Fotografen an und hatte ein kleines Mädchen mit blonden Locken auf dem Arm.

Mutter Dänemark, stand unter dem Bild.

Daneben ein Bild der jüngeren Susanne Ingemann. Sie stand auf der Treppe vor dem Gemälde einer Frau auf einer idyllischen Waldlichtung, und dieses Foto und die Bildunterschrift – *Geheime Vergangenheit?* – rief die unheilschwangere, vage Frage auf, dass irgendetwas nicht ganz stimmte und die Protagonisten dieser Geschichte möglicherweise gar nicht die waren, für die sie sich ausgegeben hatten, und dass Vergangenheit und Gegenwart gemeinsam betrachtet möglicherweise einen Betrug offenbaren konnten.

Geschickt ausgeführte Manipulation, dachte Nils.

Susanne Ingemann würde außer sich sein, das war klar.

»Der Prozess läuft«, sagte Knud Tåsing mit einem letzten Blick auf die Zeitung. »Ich habe sogar schon ein paar ziemlich interessante Hinweise bekommen.« Er weckte seinen Computerbildschirm mit einem Schlag auf die Maus. »Einer davon kam von unserem neuen, großen Fernsehsender, dessen Nachrichtenchef ich ... in einem anderen Leben mal richtig gut kannte.«

Der Journalist starrte auf eine Mail, die Nils nicht sehen konnte.

»Peter Trøst hat die Gabe ... *brutal* zu handeln, das kann man kaum anders sagen. Und du weißt ja, welche Berühmtheit er in unserem kleinen Fernsehland erlangt hat. Wenn irgendjemand den Spot auf etwas richten kann, dann er. Das soll uns nur recht sein – vorausgesetzt, es gelingt uns vor ihm, dieses Mysterium zu lösen.«

Der Fotograf sagte nichts.

»Wir gehen auf jeden Fall zu diesem Jubiläum, und in der Zwischenzeit mache ich mich auf die Jagd nach Leuten aus dieser Zeit. Als Erstes halte ich mal nach der Kinderschwester namens Agnes Olsen Ausschau.« Der Journalist klopfte auf das Zeitungsbild, das die Frau mit dem Findelkind auf dem Arm zeigte. »Bei dem Allerweltsnamen sicher kein leichtes Unterfangen.«

Orla Berntsen stellte sich vor, wie die Gesichter der beiden Männer schlagartig einen anderen Ausdruck annahmen, sobald er aus dem Zimmer war.

Er hatte das Büro des Ministers verlassen, nachdem Almind-Enevold ihm zu verstehen gegeben hatte, dass er gern allein mit seinem alten Freund und Verbündeten Carl Malle reden wollte.

Trotzdem kam es ihm so vor, als hörte er ihre Stimmen durch alle Wände des Palastes bis ins Vorzimmer seines Büros, in dem die Fliege verzweifelt zu verstehen versuchte, was eigentlich vor sich ging.

Was geht hier eigentlich vor...?
Eine sehr berechtigte Frage.
Du musst mit allen Mitteln versuchen, das in den Griff...!
Genauso lief es ab, da war er ganz sicher. Orla Berntsen setzte sich und wartete auf den Expolizisten. Vielleicht war Malles Untersuchung bloß eine Sicherheitsmaßnahme, aber die Nervosität des Ministers war nur zu deutlich, und Carl Malles intensive Warnungen wiesen darauf hin, dass er die Sachlage ähnlich wie der Minister einschätzte.

Was wussten sie? Und was fürchteten sie?

Orla Berntsen sah zur Tür, durch die ein schmaler Kegel Licht fiel, der ein krummsäbelähnliches Muster auf den Boden zeichnete. Das erinnerte ihn an den Ort, an dem er aufgewachsen war, das Reihenhaus beim Naherholungsgebiet Mosen. Eigentlich empfand er Türen als ungeheuer beruhigende Elemente, gerne so viele Türen wie möglich. Sie standen für frische Luft, Sauerstoff, Licht, Luftzirkulation und nicht zuletzt für einen Fluchtweg, falls er plötzlich den

Rückzug antreten müsste. Er dachte an den Brief. Warum war das Ganze so wichtig für die beiden Männer?

Orla starrte auf seine weißen Unterarme. Der Puls normal, die Hände ruhig. Sein Blick ging zu der kleinen Tür. Es war ein Geheimnis, das nur wenige kannten, dass das Büro des Stabschefs – wie das des Ministers und Staatssekretärs – für alle Fälle mehr als einen Ausgang hatte. Offiziell gab es nur den einen, der in den großen Saal führte, den sie Palastsaal nannten, doch halb versteckt hinter einer deckenhohen gelben Gardine befand sich noch eine weitere, kleinere Tür, die den wenigsten Besuchern auffiel. Über diese Tür gelangte man auf eine schmale Hintertreppe, die drei Etagen nach unten zu einem ramponierten Steinfundament führte. Und hier, tief unter Slotsholmen, landete man in einem niedrigen Korridor, der sich mit allerlei Verzweigungen unter dem gesamten Ministerium entlangzog. Diese Gänge wurden als Katakomben bezeichnet, und diejenigen Tamilen, Iraki, Afghanen und Sudanesen, die es durch das Nadelöhr des dänischen Asylsystems geschafft hatten und zum Dank mit einem Putzjob belohnt wurden, der ihnen in etwa Sozialhilfeniveau einbrachte, hatten hier unten ihre Umkleide- und Ruheräume. Das Ministerium, dem immer wieder Rassismus und Zynismus vorgeworfen wurde, hieß diese Leute tatsächlich in seinem Allerheiligsten willkommen.

»Du siehst aus wie der verlorene Junge aus dem Mosen-Wäldchen.« Carl Malle hatte das Büro vollkommen lautlos betreten.

Orla Berntsen ließ den Gedanken an Flucht fallen.

Der Sicherheitschef kam direkt zur Sache: »Du musst mir ehrlich antworten. Hast du irgendeine Ahnung, warum der anonyme Brief ausgerechnet bei dir gelandet ist?«

»Nein.« Warum sollte er nicht ehrlich antworten?

»Oder warum die Person sich abgesichert hat, dass du den

Brief nicht einfach verbrennst und alles vergisst, indem sie eine Kopie an den alten Todfeind des Ministeriums schickt? Das war wirklich raffiniert.«

Der Expolizist bekam keine Antwort.

»Damals, als du so richtig in der Scheiße gesteckt hast und wir dir den Platz auf dem Internat verschafft haben, wo alles besser war, haben wir dir geholfen, nicht wahr?«

»Ja«, sagte Orla und spürte, wie die Worte ihn zu dem Jungen machten, der den lockigen Polizisten bewunderte, der ihn in sein Arbeitszimmer eingeladen hatte.

»Es ist verständlich, dass Ole nervös ist. Immerhin steht er kurz davor, das wichtigste Amt des Landes zu übernehmen.«

Orla Berntsen antwortete nicht.

»Das Verrückte an der Sache ist, dass dieser Fernsehsender den Brief auch bekommen hat. Oder hat jemand Peter Trøst das Ganze zugeflüstert?« Der Polizist starrte Orla Berntsen vorwurfsvoll an. »Peter Trøst hat gerade angerufen, und Ole ist jetzt natürlich vollkommen außer sich. Schließlich ist es etwas ganz anderes, ob man es mit einer kleinen, sensationslüsternen Zeitung zu tun hat oder mit dem nationalen Fernsehsender *Channel DK*. Der Absender dieses Briefes hat seine Hausaufgaben gemacht.«

Er bekam noch immer keine Antwort.

»Wer zum Henker ist *John Bjergstrand*?« Er klang fast wütend.

»Ich habe keine Ahnung.«

»Ich glaube, du lügst... Und ich glaube auch, dass du eine vage Ahnung hast, worum es hier geht.«

Orla Berntsen war schon seit vielen Jahren nicht mehr rot geworden, doch jetzt glühten seine Wangen. Er erhob sich. »Wenn ich irgendetwas wüsste, würde ich es doch sagen.« Er hörte selbst, dass er klang wie ein Kind, das sich zu verteidigen versucht.

»Das hoffe ich.«

»Die Frage ist, ob *Ole* möglicherweise etwas weiß, schließlich hat er dich herbeordert.«

»Sollte dem so sein, finde ich es heraus. Und dann komme ich zurück.« Er stand auf und schloss mit einer Drohung: »Das verspreche ich dir.«

»War das ein Zufall damals – mit Severin?«, fragte Orla. Die Frage kam spontan und ohne Nachdenken. Obwohl er ihm seit drei Tagen aufs Band sprach, hatte er noch immer keinen Kontakt zu dem einzigen Menschen bekommen, mit dem er einmal befreundet gewesen war.

Carl Malle blieb auf seinem Weg nach draußen abrupt stehen. »Mit wem ...?«

»Mit Severin aus den gelben Häusern – dass Sie ihn auch kannten?«

»Ich habe keine Ahnung, wovon du redest.« Er hatte sich nicht umgedreht.

»Der Junge mit dem Verband. Søren Severin Nielsen, heute ist er Jurist, der gefragteste Flüchtlingsanwalt. War das ein Zufall?«

Der Sicherheitschef blieb stehen.

»Warum fragen Sie *ihn* nicht, ob er Post bekommen hat ...?«

Es war nicht zu übersehen, dass er einen Treffer gelandet hatte. Carl Malle holte tief Luft, wobei er ihm noch immer den Rücken zuwandte. Dann antwortete er: »Søren Severin Nielsen steht nicht gerade auf gutem Fuß mit den Repräsentanten dieses Ministeriums, das weißt du besser als jeder andere. Aber warum fragst du ihn nicht selbst?«

»Das habe ich bereits versucht. Ich glaube nämlich, dass der anonyme Briefschreiber seinen Brief an eine Reihe früherer Kongslund-Kinder geschickt hat. Ich weiß nicht, warum, und ich weiß nicht, in welcher Weise Ole und Sie involviert sind ...« Er schnaubte, und inmitten seiner Wut verbarg sich eine unerklärliche Angst. »... aber irgendetwas stimmt da nicht.« Carl Malle drehte sich nicht um. »Wenn der Fernsehsender anruft – wenn Peter Trøst dich kontaktiert –, dann sagst du ihm kein Wort. Nicht ein Sterbenswörtchen. Es ist schon genug an die Öffentlichkeit geraten.«

Orla Berntsen spreizte die Finger auf der Tischplatte. »Vielleicht sollten Sie mal überprüfen, ob Peter Trøst adoptiert worden ist. Der Stern der Nation. Vielleicht hat ihm der Briefschreiber persönlich etwas geflüstert…«

Ohne ein Wort verließ Carl Malle das Büro und schloss hinter sich die Tür.

9

FERNSEHSENDER

8. MAI 2008

Nichts läuft nach Plan, hätte Magdalene gesagt, nicht einmal in den oberen Rängen der Regierung. Über das kleine Kind, das die Kinderpflegerin mit Moses im Schilfkörbchen verglichen hatte, wurde in allen Zeitungen des Landes geschrieben; die großen Fernsehsender zogen nach, und in ihrem Kielwasser würden der Zorn und die Verärgerung endgültig an die Oberfläche steigen.

Genau das war die Situation, die das Ministerium am meisten fürchtete.

Von allen Kindern, die ich aufspürte und denen ich in den Jahren nach ihrer Abreise aus Kongslund folgte, war Peter der Zerbrechlichste und Eigentümlichste – obwohl auf den Fernsehbildschirmen des Landes davon nichts zu merken war. Als Erwachsener setzte er genau das um, was Magna ihm in ihrem endlosen Elefantenlied vorgesungen hatte: Sicher marschierte er voran, ohne jemals zu stolpern oder zu zögern.

Alle Blicke waren auf ihn gerichtet – und alle bewunderten ihn.

Niemand hätte geahnt, dass es in seinem Leben Geheimnisse gab, die er wie alle sieben Kinder aus der Elefantenstube erfolgreich verdrängt hatte.

Ein fantasiebegabter Mensch sah in dem Hauptgebäude von *Channel DK* südlich von Roskilde möglicherweise ein notgelandetes Raumschiff aus einer fernen Galaxie, aber nüchtern betrachtet war es bloß ein hohes, ovales, schwarzes Gebilde. Und da die nüchternen Blicke überwogen, hatte der Fernsehsender im Volksmund den Spitznamen *Zigarre*.

Im Dunst, der vom Fjord aufstieg, sah man jeden Morgen die Angestellten wie eine Ameisenprozession vom Parkplatz über die Rasenfläche in das Gebäude ziehen, wo sie ihrer täglichen Arbeit nachgingen. Keiner schaute zurück, und keiner hinterfragte die Aufgaben, die vor ihnen lagen. Alle waren immer auf den Schlag pünktlich – Chefs, Journalisten, Sekretärinnen, Techniker, Boten und Kantinenangestellte, waren sie doch allesamt dankbar für ihre Anstellung im Zentrum der Fernsehwelt. Sie alle folgten der Losung, die der Aufsichtsratsvorsitzende Bjørn Meliassen an einem Frühlingstag anlässlich der Gründung des Senders in der Spitze der Zigarre ausgegeben hatte: *Das Fernsehen gibt uns Nähe und Erkenntnis – das Fernsehen bringt uns Abenteuer – und es bietet uns ein Verständnis von unseren Mitmenschen.*

Meliassen war von Haus aus Studienrat, aber bereits in seinem ersten Fernsehauftritt war er zum Professor avanciert. Unter seiner Leitung entwickelte sich *Channel DK* im Laufe weniger Jahre zu Dänemarks größtem und fortschrittlichstem Medien-Arbeitsplatz und verfügte im Frühjahr 2008 (nur ein Jahr vor seiner überraschenden und katastrophalen Deroute) über einen eigenen Arzt und eine eigene Krankenschwester, einen Psychiater und drei Psychologen mit Behandlungsräumen in der sechsten Etage, ein halbes Dutzend Masseure und Physiotherapeuten sowie über die üblichen Köche, das Kantinen- und Reinigungspersonal, Handwerker, Techniker, Boten und Wachpersonal – und einen riesigen Journalistenpool. Auf der Etage des Vorstandsvorsitzenden gab es ein Kino, einen Konzertsaal, einen großen Hörsaal, einen Nachtclub und eine Mitarbeiterkantine, die *der Neunte Himmel* genannt wurde, weil sie auf der neunten Etage lag. Hier war auch, unsichtbar für das Auge des Besuchers, eine diskrete Tür zu den Chefkabinen, zwölf luxuriösen Schlafzimmern mit jeweils eigenem Bad, einem großen, ovalen Fenster und einem kleinen Balkon mit Aussicht nach Nordwesten über den Roskilde-Fjord, Holbæk-Fjord, Tuse Næs und Kongsøre. Eine Wendeltreppe führte auf eine, den zwölf Zimmern gemeinsame, hübsche Dachterrasse, wo neben einem Whirlpool und dem tropfenförmigen Swimmingpool neun Teakholzliegen standen. In dem nach Osten gewandten Teil der Terrasse lag der Erholungsbereich der Mitarbeiter, eine Parkanlage mit wild wachsendem Garten mit Bächen und einem Wasserfall, exotischen Bäumen, Sträuchern und Blumen. Die Anlage auf dem Dach des Fernsehsenders wurde von den Mitarbeitern *Paradiesgarten* genannt – oder nur *Paradies* –, das Einzige, das zu kennen sich lohnte.

Der liebe Gott konnte seins ruhig behalten.

»Vielleicht sollten wir unsere Verstorbenen hier oben begraben«, hatte der Betriebsrat einmal mitten in einer launigen Johannistagsansprache gerufen – und war am folgenden Tag mit den anderen lebendig Begrabenen aus dem Kulturressort in den Keller degradiert worden. Man machte keine Witze über einen so erfolgreichen Mann wie den Professor.

Der Kulturchef aus der Kellerregion wurde *Bestimmt* genannt, weil ihn bestimmt mal irgendwer irgendwo an der Erdoberfläche gesehen hatte – wo er nichts zu suchen hatte –, da seine Abteilung reine Alibifunktion für den beträchtlichen Public-Service-Zuschuss hatte, den der Sender von der Regierung bekam. Mitten in der Kulturabteilung hatte man einen schalldichten Raum eingebaut, mit bleigefütterter Stahltür, die alle offiziellen Gäste für die allerheiligste Herzkammer des Kulturjournalismus hielten. Bei eingeweihten Mitarbeitern lief sie unter der Bezeichnung *Konzeptraum*. In diesem Raum saßen die jungen Löwen, die nichts von der Welt wussten, aber alles darüber, wie man die Massen beeinflussen konnte. Hierher holte sich der Professor und unbestrittene Star des Senders, Peter Trøst, seinen Input für neue, erfolgreiche Programmformate.

Bestimmt hatte keine Ahnung von Konzepten. Im Gegenzug war er der Einzige, der die Features in den Zeitungen las – und darum war er auch der Erste, der den Artikel in *Fri Weekend* über den anonymen Brief und das berühmte Kinderheim gelesen hatte. In einem Anflug von Geistesgegenwart fuhr er mit dem Aufzug in Tageslichtregionen hinauf und legte den Artikel dem Nachrichtenchef Bent Karlsen im dritten Stock auf den Arbeitstisch. Karlsen, der dafür eingestellt worden war, ultrakurze, hochdramatische Nachrichtenbeiträge zu produzieren, stempelte die Story als definitiv zu zeitaufwendig ab, dafür war mindestens ein halber Recherchetag nötig und ein kompletter Tag für die Aufnahmen. Damit blieb der Artikel auf dem ovalen Nachrichtentisch liegen, als er mit dem Aufzug in den Neunten Himmel fuhr, um sich eine Schale grünen Salat zu holen.

Dort auf dem Nachrichtentisch fand der Nachrichten- und Unterhaltungskoordinator Peter Trøst Jørgensen rein zufällig den Artikel von Knud Tåsing. Sein Blick blieb an dem Foto der früheren Heimleiterin hängen.

Er erkannte sie sofort wieder.

Er setzte sich auf die Tischkante und las den Artikel, eine absolute Seltenheit für einen Mann in seiner Position.

Dann suchte er Karlsen auf, der in der himmlischen Kantine saß, ein Fetzchen Salat auf dem glatt rasierten Kinn, und Mineralwasser trank.

»Was ist das für eine Story …?« Er legte den Artikel mit dem Foto von der Frau mit Kind vor seinem Untergebenen auf den Tisch.

Karl starrte auf die Seite: *Bekanntes Kinderheim wird be-*

schuldigt, Kinder versteckt zu haben, lautete die Überschrift. »Das ist keine Story«, sagte er. »Das Klatschblatt *Fri Weekend* hat das schon gebracht... und...«, er schluckte eine Gurkenscheibe runter, »... es geht um Identitäten und Adoption und so weiter...« Karlsen schob eine ölig glänzende Cherrytomate in seinen Mund. »... darum habe ich ihn fallenlassen.«

»Sie haben ihn fallenlassen?«

»Ich habe ihn überflogen und gesehen, dass da kein Fleisch am Knochen ist, nichts, was sich aufzugreifen lohnt.«

»Aber hast du ihn richtig *gelesen*?« Trøst lehnte sich über den Tisch. »Bloß weil es in einer Zeitung stand... Keiner unserer Zuschauer liest mehr Zeitungen.«

»Nein...« Der Nachrichtenchef spießte ein halbes Ei auf seine Gabel. »Aber wir haben auch keine Leute für solch aufwendige Storys. Die Ferien haben angefangen.«

»Dann kümmere ich mich eben selbst darum«, sagte Peter Trøst, was charakteristisch für den jungen Sender war. Ab und zu schrieben die Chefs selbst Beiträge, wenn es um eine Story von besonderem Interesse oder politischem Gewicht ging.

Karlsen halbierte das halbe Ei mit der Gabel und zog die Schultern hoch.

Peter Trøst ließ ihn allein zurück und fuhr mit dem Fahrstuhl nach unten in sein riesiges, nach Südwesten gewandtes Chefbüro. Seine Sekretärin war wegen Überarbeitung krankgeschrieben, und er hatte noch nicht darum gebeten, eine neue zu bekommen.

Das Schockierende an dem Artikel in *Fri Weekend* war für den Fernsehchef nicht das Wiedererkennen des Kinderheims gewesen – oder das, was er über diesen Ort wusste –, das wussten auch Tausende anderer Dänen.

Er öffnete die einzige Schublade seines Schreibtisches, die er verschlossen hielt. Was ihn schockierte, war die Beschreibung des Umschlages mit den ausgeschnittenen Buchstaben, die Erwähnung der Kinderschühchen und des rätselhaften Formulars. Gut versteckt in dem antiken Birkenholzschreibtisch, unter einem A5-Ringblock, lag der Brief, von dem in dem Artikel die Rede war – oder zumindest eine exakte Kopie desselben.

Er hatte ihn am 5. Mai bekommen, am gleichen Tag wie die Zeitung und das Ministerium, in einem identischen Umschlag, beklebt mit identischen, farbigen Zeitschriftenlettern und mit dem gleichen Formular darin.

John Bjergstrand, hatte darauf gestanden, sonst nichts.

War er bewusst ausgewählt worden oder nur einer von vielen bekannten Medienleuten, die ein solches Formular bekommen hatten?

Er hoffte Letzteres, glaubte aber nicht wirklich daran.

In einem ersten Impuls hatte er den Brief in die Schublade gelegt und zu vergessen versucht. Aber der Artikel in *Fri Weekend* hatte ihn und seine gesamte Vergangenheit, die nur ganz wenige Menschen kannten, wieder ans Licht geholt. Seine Eltern und Großeltern hatten ihm von dem Kinderheim erzählt, sobald sie meinten, dass es zu verantworten und notwendig sei (an seinem dreizehnten Geburtstag). Sie hatten ihm über seine unbekannte Mutter erzählt, was sie wussten – fast nichts also –, und er hatte keine Möglichkeit gehabt, ihre Informationen zu überprüfen, weshalb er im Grunde genommen auch nicht wusste, wer er eigentlich war. Normalerweise war das kein Problem für ihn.

Neben dem Formular lagen die gehäkelten Babyschühchen, von denen die Zeitung geschrieben hatte. Einst weiß, waren sie im Laufe der vielen Jahre, die vergangen waren, grau geworden. Er dachte an seine beiden Töchter aus der letzten – gescheiterten – Ehe, die jetzt sieben und acht Jahre alt waren. Er sah sie nur selten, vermisste sie aber nicht. Er schnupperte an den Schühchen; sie rochen feucht und alt, mit einem leicht kräuterigen Duft, als hätten sie eine Weile in einem Blumenbeet gelegen. Seltsam. Seine Adoptivmutter hatte keine Handarbeiten gemacht. Nie hatte er sie auch nur in der Nähe eines Wollknäuels oder Nähzeugs gesehen. Er erinnerte sich aber an ihr fast schon krankhaftes Interesse für alle Sträucher, Bäume und Blumenbeete in ihrem Garten. Wahrscheinlich waren ihr die Pflanzen immer vertrauter gewesen als ihr Mann und ihr Sohn...

Adoptivsohn.

Er hatte an Knud Tåsing gedacht – und gezögert. Vielleicht hatte er nicht mehr den Mut zu ungestümen Entscheidungen, und wahrscheinlich waren sie weiter voneinander entfernt denn je, auch wenn sie sich bei diversen Presseveranstaltungen im Laufe der Jahre (stillschweigend) gegrüßt hatten (was leichter war, wenn man von den Kollegen umringt war). Sie hatten nicht mehr miteinander gesprochen, seit sich ihre Wege nach der Katastrophe auf der Privatschule getrennt hatten. Seit Direktor Nordals grausamem Tod hatten sie nicht mehr miteinander geredet, und in diesem Moment kam das Peter Trøst wie eine unendliche Zeitspanne vor.

Seine Finger tippten die Nummer der Zeitung; er hing fast vier Minuten in der Warteschleife.

Dann fragte er nach Tåsing, ohne sich vorzustellen, und wartete wieder. »Tåsing«, meldete der Journalist sich knapp.

»Peter Trøst hier.«

»Na, so was!«

Der Reporter schaffte es problemlos, die wenigen Worte mit der richtigen Prise Ironie zu würzen.

Peter hatte ein großes, geschwungenes Fragezeichen auf seinen Block gemalt und durchgestrichen. Er war am Zug. »Ich habe deine Story über Kongslund vor mir liegen«, sagte er. »Und ich überlege, einen Beitrag darüber zu bringen.«

»Hab mir schon gedacht, dass das dein Interesse wecken könnte. Wie meins auch. Mit dem, was ich weiß ...«

Peter Trøst ahnte, dass Knud Tåsing seine Geschichte beim Schreiben des Artikels im Hinterkopf gehabt hatte. Er war einer der ganz wenigen, die davon wussten.

»Aber du hast nichts darüber geschrieben, dass ...«, sagte er schließlich.

»Nein. Das ist schon so lange her. Wie lange? Dreißig Jahre?«

»Ja. Ich habe dir das am Tag nach meinem dreizehnten Geburtstag erzählt.«

»Meinst du, ich hätte es erwähnen sollen?«

Peter strich sorgfältig das Fragezeichen durch, bis nur noch ein schwarzer Fleck zu sehen war. Die Gegenwart hatte nichts mit dem Vorfall zu tun, der sie damals getrennt hatte. Sie waren Kinder gewesen. »Ich wollte nur hören ...« Er stockte.

»... was ich sonst noch über Kongslund weiß – und über die Angelegenheit mit dem Brief?«, beendete Knud Tåsing den Satz.

»Ja.« Peter malte ein Ausrufezeichen neben das überkritzelte Fragezeichen. »Genau wie du habe ich das Gefühl, die Story könnte interessant werden.«

»Hast du einen Brief bekommen?«

Die Frage kam unvermittelt. Knud Tåsing war ein geschickter Journalist. Die Pause verriet Peter, er war nicht schnell genug und konnte dann nur noch ja sagen. Es gab kaum Journalisten von Knuds Format. Vielleicht eine Handvoll.

»Der gleiche Wortlaut?«

»Ja.«

»Wenn du nach so vielen Jahren meine Hilfe willst, musst du ganz ehrlich sein«, sagte Knud Tåsing mit Nachdruck auf ehrlich. »Lassen sich noch welche von den früheren Leiterinnen der Mutterhilfe ausfindig machen?«

»Möglich«, sagte Peter ohne große Überzeugung.

»Vielleicht die alte Direktorin. Wie hieß sie noch gleich...?«

»Frau Krantz. Die ist senil«, antwortete Peter.

»Ich habe versucht, Kontakt zu Martha Ladegaard aufzunehmen«, sagte Knud. »Sie ist irgendwie in die Sache verstrickt. Aber sie scheint Angst zu haben und will nichts sagen.«

»Du glaubst also an die Geschichte mit den Reichen, denen geholfen wurde, ihre Seitensprünge zu vertuschen... die Kinder prominenter Männer?«

Der Journalist antwortete mit einer langen Pause. Dann fragte er: »Wer hat in der Säuglingsstube über dir gelegen? Aus Susanne Ingemann ist nichts rauszukriegen. Aber du hast das Kinderheim doch häufiger besucht, nachdem du...« Er stockte.

Peter dachte einen Augenblick nach. »Bei dreien bin ich mir sicher«, sagte er. »Der eine ist Orla Berntsen, uns beiden bekannt, und dann einer, der inzwischen Jurist ist und den du bestimmt auch kennst. Er ist Flüchtlingsanwalt und heißt Søren Severin Nielsen. In einem Porträt über sich hat Severin Nielsen mal erzählt, dass er als junger Student mit Orla Berntsen zusammengewohnt hat. Ein kurioses Detail, weil die beiden heute sehr unterschiedliche Positionen in der Flüchtlingsfrage einnehmen. Ich nehme mal an, niemand weiß, dass sie auch als Säuglinge zusammen im gleichen Kinderheim waren. Irgendwann scheinen sie sich jedenfalls gehörig zerstritten zu haben.«

Knud Tåsing sagte darauf nichts.

»Und dann war da noch Marie Ladegaard, das Mädchen, das später von der Heimleiterin adoptiert wurde. Und wenn ich mich recht entsinne, war da noch ein Junge, der Asger hieß. Von dem hat Marie mir irgendwann erzählt. Er ist in eine Familie nach Århus gekommen. Ich hab schon zig Jahre nicht mehr mit Fräulein Ladegaards Pflegetochter gesprochen.«

»Sie haben alle... irgendetwas Traumatisches erlebt. Ich habe Marie leider nicht zu fassen gekriegt. Wann willst du senden?«

»Direkt zum Jubiläum.«

»Also, wir wissen von *dir*, von *Orla*, dem *Anwalt* – wir wissen von *Marie* und eventuell einem Jungen namens *Asger*. Fehlen immer noch zwei. Wer zum Teufel sind die letzten beiden? Ein Mädchen und ein Junge...«

»Ich weiß es nicht.«

»Uns interessiert der Junge. Wenn jemand etwas aus Magna oder Marie herauskitzeln kann, dann du. Ich glaube, wir sind da einer fantastischen Story auf der Spur. Das spüre ich.« Er machte eine kurze Pause.

Peter hörte die Begeisterung seines früheren Freundes wie eine mächtige Welle anrollen. Vielleicht war er genauso überzeugt und sicher gewesen, als er den Fehler seines Lebens begangen und seine Karriere pulverisiert hatte.

»Hör mal, ich brauche dringend einen Erfolg... eine echte, wahre Enthüllungsgeschichte, meine todkranke Zeitung braucht eine. Sie lassen mir freie Hand, solange das Ganze auch nur ansatzweise nach Verschwörung riecht – gewürzt mit einer Messerspitze Klassenkampf –, verbitten sich aber jeden Skandal.« Der kompromittierte Journalist hustete. »Dass ein Monster aus der Vergangenheit auftaucht und reihenweise ehrenwerte Bürger anfällt, die arme Mädchen geschwängert und dann zur Adoption gezwungen haben – womöglich gegen Geld und die Schirmherrschaft über das bekannte Heim –, soll dabei natürlich nicht herauskommen. Erst recht nicht mit der großen sozialen, solidarischen Partei als dem Oberschurken.«

Peter sagte nichts. Knud Tåsing war schon immer sehr viel direkter gewesen als er. Der Arbeiterjunge und der Arztsohn. So hatte es angefangen.

Er beendete das Gespräch und versprach, sich zu melden.

Dann las er den Artikel noch einmal durch und rahmte die wichtigsten Abschnitte mit doppelten Strichen ein. Anschließend entschied er, einen unausweichlichen Anruf zu tätigen. Er hatte die direkte Durchwahl des Stabschefs.

Der Rückruf kam eine halbe Stunde später.

»*Almind-Enevold*«, meldete der Anrufer sich knapp mit sanfter, fast femininer Stimme.

Peter Trøst hatte den ideologischen Hardliner der Partei bei zahlreichen Gelegenheiten getroffen und ihn seinerzeit als Anchorman und Moderator von *Channel DK* mehr als zwanzig Mal interviewt. Er kam direkt zur Sache.

»Ich würde gerne mit Ihnen über Kongslund reden – das Kinderheim in Skodsborg, dessen Schirmherr Sie seit den Sechzigern sind. Zuerst einmal ganz formlos, später dann gern vor der Kamera.«

Lange Pause am anderen Ende der Leitung, was ganz untypisch für den mächtigen Mann war. »Kongslund ... Warum das?« Das dröhnende Lachen des Ministers bohrte sich in sein Ohr. Peter hielt den Hörer ein Stück weg.

»Wir wollen aus Anlass des Jubiläums der früheren Leiterin ein Porträt bringen«, sagte er. »Man könnte auch sagen, ein Stück dänische Geschichte.«

»Ich dachte, *Channel DK* setzt mehr auf ... *saftige* Geschichten.«

»Wir haben den Artikel über Kongslund in *Fri Weekend* gelesen.« Was sollte er lange um den heißen Brei herumreden.

»Ein sensationsheischender Artikel, Trøst. Sensationsjournalismus in einem Revolverblatt, auf das die Welt gut verzichten könnte.«

Der Fernsehjournalist kniff die Augen zu und konzentrierte sich auf die Wahl der richtigen Worte. »Darin wird ein anonymer Brief erwähnt«, sagte er.

»Hören Sie, Trøst. Ich spreche gerne mit Ihnen über das

Kinderheim und verstoßene Kinder, die zu unterstützen sich das Nationalministerium verpflichtet hat, aber ...«

Peter Trøst fiel ihm ins Wort. »In unserem Porträt soll auch auf die Vergangenheit eingegangen werden ...«

»... nicht, wenn *Fri Weekend* Ihre Quelle ist.«

»Können wir uns treffen und darüber reden – für eine mögliche Aufnahme?«

Wieder folgte eine lange, untypische Pause. Fast fünf Sekunden lang waren nur die Atemzüge des Ministers zu hören, während er nachdachte.

»Hören Sie, Trøst. Ich bin heute Abend bei einer Veranstaltung in meinem Wahlkreis in Vejle«, sagte er schließlich. »Ich komme auf dem Weg bei Ihnen vorbei – aber wirklich rein informell –, so gegen fünf.« Er legte auf, ohne sich zu verabschieden.

Peter Trøst Jørgensen fuhr mit dem Aufzug nach oben ins Paradies und starrte durch den Dunst nach Osten, bis er den blauen Schatten sah, der, wie er vermutete, der Øresund war. Dahinter lag Schweden.

Er betrachtete den blauen Schatten am Horizont und dachte, dass die Ferne die Vergangenheit symbolisierte. Das Kind, das er damals war, war bedingungslos den Menschen ausgeliefert gewesen, die es angenommen hatten. Er kam aus einer unbekannten Vergangenheit und kannte bis heute nicht seinen Geburtsort.

Viele Adoptivkinder suchten irgendwann nach ihren Wurzeln, wenn sie alt genug waren, aber er selbst hatte dieses Bedürfnis nie gehabt. Ganz im Gegenteil. Er hätte die Konsequenzen nicht absehen können, hätte die Sache nicht unter Kontrolle gehabt, und so ein Risiko ging man auf keinen Fall ein in seiner Welt, wenn es sich nicht irgendwie vermeiden ließ.

Er war ziemlich erstaunt über die Macht des anonymen Schreibens, welches das Ministerium so in Angst und Schrecken versetzte. Und außerdem hatte der Brief das eine oder andere in ihm losgetreten.

Vielleicht war es Trotz.

Er sah den toten Direktor vor sich und schloss die Augen. Wie viel wusste der anonyme Absender über die Dinge, die immer im Verborgenen gewesen waren?

10

PETER

1961–1973

Ich glaube, die Kinder in der Elefantenstube kannten den Zeitpunkt ihrer Abreise, lange bevor sie nach draußen getragen und in die Arme von Fremden gegeben wurden. Ich glaube, wir nahmen in aller Stille voneinander Abschied, wie Kinder das tun, und dass die Botschaft der bevorstehenden Trennung ganz unbeschwert von Bettchen zu Bettchen ging.

Aus irgendeinem Grund schlief ich immer ein, bevor Magnas Lied zu Ende war, und träumte, dass ich eines Tages selbst zu einem Auto eskortiert würde, das in der Einfahrt parkte, fortgespült auf den unendlichen Wogen Magnas nicht enden wollender Strophen.

Peter war der Nächste, der ging. Eines Morgens war sein Bettchen am Fenster leer. In meinen Träumen sah ich ihn über das feine Gespinst laufen, das die Frauen der Mutterhilfe für ihn gesponnen hatten. Er ging, ohne zu zögern, und schien nicht ein einziges Mal die Balance zu verlieren.

Am Ende des Sommers 1972 hatte ich Orla mehrere Monate lang intensiv beobachtet und war mir nicht mehr so sicher, ob ich mich wirklich danach sehnte, eine Familie zu finden und Kongslund zu verlassen.

Sein schweres Leben in dem Reihenhausviertel, umgeben von Kindern, die ihn verachteten – und die er trotzdem mit immer größerer Wut umkreiste wie eine Motte das Licht –, erschreckte mich. Nach meinen Ausflügen kam Magdalene oft abends zu Besuch (sie verbrachte nach wie vor viele ihrer hellen, himmlischen Stunden gemeinsam mit ihrem Seelenverwandten, dem Bürgerkönig), sodass wir gemeinsam meine Notizen durchgehen und ergänzen konnten, bevor ich sie in dem alten Zitronenholzschrank versteckte, und sie war es, die mir an einem Sommerabend vorschlug, mir noch ein anderes Kind aus der Elefantenstube genauer anzuschauen.

Unsere Blicke richteten sich natürlich auf Peter – Peter den Glücklichen.

Auf dem Weihnachtsfoto von 1961 liegt er auf der Decke unter dem Zweig mit der kleinen goldenen Trommel und lächelt direkt in die Kamera. Kein Wunder, dass die unablässig schwatzenden Kinderschwestern ihn Poul nannten, nach dem jungen Filmhelden Poul Reichardt. Magnas engste Vertraute, Gerda Jensen, erzählte mir später, wie sehr sie ihn anbeteten.

Ich fuhr mit dem Strandvejbus durch Skodsborg, Vedbæk und Christiansgave und stieg am Hafen von Rungsted aus, der damals nur aus ein paar Holzmolen mit einigen Booten und einem kleinen Strand bestand, wo die Hippies manchmal in ihren dicken Norwegerpullis in der Sonne saßen, Hasch rauchten und Selbstgebrannten tranken. Von hier aus ging ich das letzte Stück zu Fuß zu der Adresse, die ich in Magnas Unterlagen gefunden hatte. Es war eine große, weiße Villa mit einem noch größeren, gepflegten Garten, in dem eine kleine weiße Bank unter einer hohen Ulme stand. Peter saß auf dieser Bank, umspielt von einem einzelnen Sonnenstrahl, der auf wundersame Weise das dichte Laubdach der Ulme durchbrochen hatte. Im Schutz eines Busches liegend beobachtete ich die Vögel, die aus den Schatten getrippelt kamen und sich um ihn scharten, als wäre er eine Luftspiegelung, vor der sie keine Angst zu haben brauchten. Ich beobachtete sein Gesicht durch das Fernglas. Er bemerkte es nicht. Er hat mich nie gesehen.

Wochenlang stand ich so im Schutz der Hecken und Büsche, die den mächtigen Garten, der jetzt sein Garten war, säumten, und im Gegensatz zu Orlas Welt wirkte diese wie das Paradies selbst. Alles blühte, und vielleicht hätten Neid und Missgunst mir das Herz eingeschnürt, aber dann blickte ich in seine graublauen Augen, die Millionen von Dänen später jeden Abend sehen sollten. Er befand sich von seinem ersten Schultag an im Zentrum der Welt, aber seine enorme Popularität schien ihm nicht zu schaden. Sie verleitete ihn nicht, großspurig zu werden oder andere herumzukommandieren oder zu schikanieren, und sie führte auch nicht dazu, dass er die Schwächsten in der Klasse übersah, im Gegenteil.

Die Privatschule, auf die er ging, war ein Reservat für Kinder reicher Eltern mit direktem Zugang zu einem kleinen Wäldchen, durch das die älteren Schüler in den Pausen spazieren konnten. Vom Strandvej führte ein langer, gerader Schotterweg hoch zu einem Gittertor, das morgens geöffnet und abends wieder geschlossen wurde. Nachts wurde dieses Tor von den Hunden des Rektors bewacht, zwei bissigen, mageren englischen Windhunden, die tagsüber an einem Zaun in einer Ecke des Spielplatzes angekettet waren, nachts aber frei auf dem Gelände herumliefen. Näherte sich jemand im Dunkeln dem Tor, hörte man das Bellen der Hunde wie ein wütendes Echo durch den Wald hallen, gefolgt von dem bedrohlichen Scheppern, wenn die Tiere mit ihren sehnigen Körpern an dem Tor hochsprangen und damit Einbrecher, Brandstifter und alle anderen ungebetenen Gäste vom Gelände der Privatschule fernhielten.

Bis Rektor Nordal und seine beiden Windhunde starben und Peters elfjähriges Leben vollkommen auf den Kopf gestellt wurde.

Der Herrscher über die Privatschule war ein unglaublich strenger Mann, der von den zweihundertzwanzig vornehmen Schülern wegen seines leisen Sarkasmus und seiner plötzlichen, geradezu mastodontischen Wutausbrüche gefürchtet war. In Anwesenheit der Eltern lächelte er charmant und ließ immer wieder lobende Bemerkungen über die tüchtigen Töchter und Söhne fallen, was die Schilderungen ebenjener Töchter und Söhne über sein wutgeladenes, laut schreiendes Alter Ego als völlig unglaubwürdige Fantasiegespinste dastehen ließ. Die tränenerstickten Klagen über den Sadismus des Direktors resultierten nicht selten in einer extra Ohrfeige und einem Tag Hausarrest, und gerade jene Eltern, deren Kinder der Direktor so sorgsam für ihre Ehrlichkeit gelobt hatte, legten extra viel Kraft in die Züchtigung ihrer Zöglinge.

Und diese ehrlichen Kinder waren es, konstatierte Peter, die Rektor Nordal am wenigsten leiden konnte.

Früh am Morgen, nachdem die Hunde angekettet worden waren, kam er den Weg von seinem Privathaus heruntergeschlendert, den Blick erwartungsvoll auf das Tor gerichtet. In der Mitte des Parks blieb er unter der mächtigen Linde stehen, dem ganzen Stolz der Schule, und lauschte dem Rauschen des Windes in der mächtigen Baumkrone. Hätte er an diesem Tag nur die Warnung gehört, das Wehklagen und Jammern, weil die tiefen Wurzeln des Baumes längst erspürt hatten, dass der Tod im Anmarsch war... Aber er hörte nichts. Er hatte selbst mitgeholfen, den Baum zu pflegen, der dank seiner Größe mittlerweile zum Wahrzeichen der ganzen Gegend geworden war.

Dass noch immer Kinder zu spät kamen, obschon sie wussten, dass er gleich hinter dem Tor lauerte, sagt etwas über den Freiheitsdrang aus, der in uns Menschen und ganz besonders in den Kindern verankert ist. Mit aufrührerischer Angst im Blick schoben sie sich durch das große Tor, um gleich darauf von seinem wütenden Gebrüll empfangen zu werden. Wenn er sich über sie beugte, roch sein Atem nach Schwefel, Blitzen und Salzsäure und war noch gefürchteter als die sarkastischen Beschimpfungen. »Hat der kleine *Lord* seinen dicken Arsch wieder einmal nicht aus den Federn gekriegt...«, schrie er, während er brutal ein Ohr packte und den Ärmsten daran nach oben zog. »Ich werde dir Beine machen...!« Mit diesen Worten stieß er den Schüler über den Schotterweg vor sich her. »Ich werde dir zeigen, was es heißt...« Die Worte erstickten in einer Flut aus Beschimpfungen, bis der Delinquent am Boden kniete, eingehüllt in eine Wolke giftiger Gase, die alle Organe lähmten.

Es kam nur selten vor, dass ärmere Eltern aus der Autobahnvorstadt Hørsholm-Usserød auf die Idee kamen, ihre Kinder auf der Privatschule anzumelden, und wenn doch, redete ihnen Direktor Nordal dieses Unterfangen in Windeseile aus. Auf seine Schule sollten keine Söhne oder Töchter von Sekretärinnen oder Müllfahrern gehen, kein Proletarier sollte den exquisiten Ruf mit Namen wie Olsen, Jensen oder Hansen besudeln. Ganz zu schweigen von ... Pedersen, dem schlimmsten aller Namen, der so typisch für die Arbeiter war.

Nur einer in der ganzen Gemeinde hielt diesem Druck stand und bestand auf seinem Recht, drohte sogar damit, zur Usserøder Zeitung zu gehen, bis der Direktor schließlich blass vor Wut klein beigab. Dieser erste Bote einer Welt außerhalb der hohen Zäune kam schließlich eines Tages vollkommen verschämt und mit gesenktem Haupt als neuer Schüler in die Klasse. Schon bei der Vorstellung durch Fräulein Iversen erkannte Peter, dass der Neue anders war als alle, die er kannte: Er war dünn, hatte schulterlanges Haar und trug ein verblichenes T-Shirt und eine ungebügelte graue

Hose. Mit hängenden Schultern stand er vor der Tafel wie die Miniaturausgabe eines Mannes, den die Polizei bei einer Demo gegen die Weltbank oder den Krieg in Vietnam aufgegriffen hatte. Fräulein Iversen zeigte auf einen Stuhl in der Fensterreihe, auf den der kleine Junge überwältigt von der Riesenbürde sank, um sogleich in einer Aura aus Abwesenheit und Wortkargheit abzutauchen, die ihn gegen all die feindlichen Blicke zu schützen schien.

In jeder anderen Klasse wäre er wie eine Fliege zerdrückt worden, allein schon sein Name – Knud Mylius Tåsing – hätte dafür ausgereicht. Während der Nachname auf die dänische Insel zurückzuführen war, auf der seine Familie seit Generationen lebte, waren seine beiden Vornamen ein Resultat der uneingeschränkten Bewunderung seines Vaters für die Grönlandfahrer Knud Rasmussen und Ludvig Mylius-Erichsen.

Letztgenannter, erklärte Fräulein Iversen begeistert, sei ein echter dänischer Held gewesen. Vielleicht der größte überhaupt. Er verschwand im März 1907 in Höhe des 79. Breitengrades in der Polarnacht und wurde nie wieder gesehen. Mit lauter Stimme las sie die letzten Tagebuchaufzeichnungen vor, die ihr Held vor der Expedition in die Dunkelheit gemacht hatte, ohne dabei auch nur zu bemerken, dass der Junge mit dem zweiten Vornamen Mylius so heftig errötete wie die letzten, verzweifelten Signalraketen in der Polarnacht. »Gestern vollendete ich mein 35. Jahr. In 15 Jahren wird es mit der Manneskraft vorbei sein ...«

Fräulein Iversens begeisterte Heldenverehrung veranlasste die anderen Jungs, den Namensträger zu hassen. Sie tauften ihn noch am ersten Tag in My um, nach der großen My-Lokomotive, die eine Unzahl von Güterwagen aus dem Kopenhagener Bahnhof und über das ganze Land zog. Sie schnitten Grimassen und pfiffen aus den Mundwinkeln, als ließen sie den Dampf aus überhitzten Kesseln ab, und My sank machtlos zwischen ihnen zusammen. Sein Vater arbeitete in der Kleiderfabrik in Usserød, und seine Mutter war (wenn die Gerüchte stimmten) als Hippie irgendwo in Spanien an Pillen und Hasch zugrundegegangen.

Eines Tages lud Peter ihn trotzdem zu sich nach Hause nach Rungsted ein, und sie saßen zusammen auf der Bank unter der Ulme, wo My plötzlich eine Frage stellte, die Peter zu seiner Verblüffung irgendwie erwartet hatte.

»Wie groß war der Baum, als du klein warst?« My zeigte in die Ulme hinauf.

»Auf jeden Fall größer als ich«, sagte Peter mit der unermesslichen Logik, die die Menschen auf den Mond gebracht hatte und es ihnen ermöglichte, auch die kompliziertesten Fragen des Lebens zu beantworten.

My dachte über die Antwort nach, sagte aber nichts.

»Nein«, antwortete Peter.

My nickte.

Anfangs war My wie gesagt wortkarg, fast abweisend – ein mageres Bürschchen mit schmutzigen Nägeln und dünnen, nervösen Fingern. Und während Peters Vater Oberarzt war, mit dem Fachgebiet Neurologie und Hirnkrankheiten, war Knuds Vater jeden Tag von sechs bis vier in der Fabrik. Nach Feierabend kam er nach Hause, tauschte das Arbeitshemd gegen ein T-Shirt mit einem Schwarz-Weiß-Bild seines Revolutionshelden Lenin und setzte sich mit seiner Zeitung, dem kommunistischen Frontorgan *Folkets Blad*, auf den Hof vor dem Mietshaus im Ullerøder Kongevej.

War Peters Vater einsilbig, war Knuds Vater Hjalmar stumm wie das Mausoleum, in dem sie sein großes Vorbild aufgebahrt hatten. Was Peter über Mys Familie wissen wollte, musste er sich aus den wenigen Sachen in den kleinen Zimmern von dessen Wohnung zusammenreimen: über dem Esstisch Porträts der Väter des Sozialismus, Lenin und Marx, und ein Bild der vermissten Mutter, die nach Mys Worten gar nicht tot war, sondern auf einer Hippiefarm in Südspanien die echte Freiheit gefunden hatte und dort ihre buddhistische Lebensweise pflegte. Sie saß im Schneidersitz im Schatten der Berge, meditierte und schaute wehmütig aus den vergoldeten Rahmen, die überall in der Wohnung verteilt waren, auf den Jungen hinab. Sogar auf dem Shampoohalter in der von Hjalmar in der Küche eingebauten Duschkabine stand eines dieser Bilder.

Es war Peter ein Rätsel, warum der Leninbewunderer, ein langjähriges Mitglied der kommunistischen Partei und Vertrauensmann in seiner Firma, so hartnäckig darauf bestanden hatte, seinen einzigen Sohn in der privatesten aller Privatschulen mitten in der nordseeländischen Bürgeridylle anzumelden. Vielleicht die kapitalistischste aller kapitalistischen Schulen in ganz Dänemark. Einmal fragte er Hjalmar, ob er Direktor Nordal kannte.

Mys Vater saß erst stocksteif da und reagierte nicht, dann senkte er irgendwann den Kopf mit den kräftigen Augenbrauen und öffnete das *Folkets Blad*.

Erst im Lesen sagte er: »Rektor Nordal ist nicht wichtig.«

Es sollte sich zeigen, dass dies eine fatale Fehleinschätzung war. Vermutlich war es allem voran Knud Mylius Tåsings wachsende Popularität, die – über seine quasi unberechtigte Anwesenheit auf der Privatschule hinaus – Direktor Nordal dazu brachte, Amok zu laufen und damit sowohl seins als auch das Schicksal von Knuds Vater zu besiegeln. Nordals Hass auf den Mann, der zu politischen Versammlungen ging, blutrote Plakate druckte und andere zum Aufruhr gegen profitgierige Fabrikanten anstiftete, nahm nicht mehr kontrollierbare Ausmaße an – sicher auch dadurch bedingt, dass diese Fabrikanten im Leitungsgremium der Schule saßen und zu den soliden konservativen Eminenzen der Gemeinde zählten. Die Verfolgung begann Anfang des Jahres 1973 und hatte ihren Ausgangspunkt in einem Zufall, der Direktor

Nordal in die Hände spielte (erst Jahre später war es möglich, die Geschichte aus den verbliebenen Fragmenten zusammenzusetzen – wie wenn man ein abgestürztes Flugzeug mühsam wieder zusammenbaut, um die Ursache des Unfalls herauszufinden –, was ich getan habe).

Ermuntert von Mys Erfolg auf der Privatschule hatte einer von Hjalmars Kollegen seinen eigenen Sohn auf der vornehmen Schule angemeldet, nur hatte dieser Junge bei weitem nicht Mys Charme und Durchsetzungsvermögen. Außerdem fehlte ihm ein Freund wie Peter, sodass der kleine Junge vom ersten Tag an aufs Übelste gequält und gehänselt wurde. Am dritten Tag stand er ganz für sich allein am Rand des Schulhofs und weinte, und das Gehänsel und Gegröle der großen Jungs war so ausgelassen, dass die Hunde im Käfig hinter des Rektors Haus laut zu bellen begannen. Knud hatte von seinem wortkargen Vater drei Tugenden gelernt: Schutz für die Schwachen (das eigentliche Fundament der menschlichen Gesellschaft), Solidarität (das eigentliche Instrument jeder Veränderung) und Stolz (der Grundpfeiler der persönlichen Ehrlichkeit). So war es der Junge aus Usserød, der in Kopenhagen die Grundschule besucht hatte und dessen Mutter eine Revolutionärin in Andalusien in der vierten Inkarnation war, der den weinenden Jungen zu einer Bank führte und ihm den Arm um die Schultern legte. In der großen Pause gingen sie zusammen mit hoch erhobenen Köpfen durch den Park und übten mit ihren Blicken den frisch ausgerufenen gemeinsamen Widerstandskampf.

Als sie zurückkamen, standen die reichen Jungs leicht verunsichert um sie herum, und vielleicht ahnte Nordal in diesem Moment die Existenz eines viel mächtigeren Widersachers als die morgendliche Trägheit der reichen Kinder. Aus einem wurden zwei und aus diesen beiden dann vielleicht noch mehr, bis schließlich alle Pedersens der Welt das Tor des Gelobten Landes einrannten und die Domäne der Reichen stürmten.

Die Revolution hatte Einzug in die Privatschule gehalten.

Deshalb bereitete Nordal den Weg, der Knud Tåsings Vater verschlingen und alle Probleme seiner Welt für immer lösen sollte. Früh am Morgen des nächsten Tages schlug er zu. Er rief einige der großen Jungs aus der 7. Klasse zu sich und blieb mit ihnen bald eine Stunde im Direktorenzimmer. Danach ließ er nach Knud schicken. In der Pause standen die Jungs aus der 7. Klasse dicht beieinander auf dem Pausenhof und flüsterten leise miteinander. Knud kam nicht zurück. Stattdessen tauchte sein Vater in Arbeitskleidern und Holzschuhen auf dem Schulgelände auf. Kurz darauf gingen sie gemeinsam mit gesenkten Blicken zu seinem Moped und fuhren durch den Wald davon.

Erst eine Woche später kam Knud wieder in die Schule, umgeben von einer Aura aus Schweigen und Distanz, die ihn vor den Blicken der anderen schützte und die nie wieder ganz verschwinden sollte. Das Gerücht von dem Skandal machte in der ganzen Schule die Runde und wurde vom Blick des Rektors noch bestätigt. In der folgenden Zeit behandelte Direktor Nordal seine Schüler mit einer ungewohnten, nie gekannten Milde. Selbst die Sünder, die fünf, sechs oder gar sieben Minuten zu spät kamen, ernteten nur eine leise Ermahnung mit fest geschlossenem Mund und ganz ohne Schwefeldunst, bevor sie in ihre Klassenzimmer geschickt wurden. Sogar die Hunde waren in dieser Zeit leise.

Wie Knud Mylius Tåsing die dunkle, mehrere Monate andauernde Polarnacht seines jungen Lebens überstand, kann niemand wirklich sagen. Der Grund dafür schien hingegen klar zu sein – so die Beobachtungen der Siebtklässler: My und der neue Junge waren Arm in Arm in den Wald gegangen, und dort draußen zwischen den Bäumen musste irgendetwas vorgefallen sein. Man ging davon aus, dass My den Jungen zu etwas Widernatürlichem genötigt hatte, das man nicht laut aussprechen durfte.

Ein paar Nächte später hatte Peter einen erstickenden Traum: Wie ein Schatten stand er im Büro des Direktors und wartete auf das, was geschehen sollte. Ins Büro traten My und sein Vater, nach Schweiß und Zigaretten riechend, da er nicht die Zeit gehabt hatte, sich zu waschen und umzuziehen. »Ihnen ist sicher klar, dass wir einen Skandal oder eine mögliche Einmischung der Polizei um jeden Preis vermeiden möchten«, sagte Nordal zu dem Arbeiter, und im gleichen Moment sah man allen Widerstand und alle Skepsis – all die Verachtung für Männer von Nordals Kaliber, die My von klein auf gelernt hatte – leise aus Hjalmar herausrieseln wie Sand aus einer kaputten Tüte.

In diesem Augenblick verstand Peter, dass My unschuldig war. In seinen Augen war nicht die geringste Spur von Scham zu erkennen.

Ein paar Wochen später feierten Peters Eltern ein Herbstfest im Garten, zu dem ihre vornehmen Freunde aus Rungsted, Christiansgave und Vedbæk eingeladen waren. Die Zimmer füllten sich mit den feinsten Familien des Strandvej, und nach dem Essen hatten sich der Fabrikant und sein guter Freund, der Bürgermeister, in eine Ecke des Wohnzimmers zurückgezogen. Peter hörte sie lachen – und dann fielen Worte, die seine Aufmerksamkeit einfingen: Kommunist – und dann: *Skandal*.

Peter schlich näher heran.

»Wenn es hart auf hart kommt, ziehen die doch alle irgendwann den Schwanz ein«, tönte die Stimme des Fabrikanten, gefolgt von erneutem Lachen.

»Ja, diese Lektion wird er so schnell nicht vergessen«, stimmte der Bürgermeister ihm zu und hob das Cognacglas an. »Nordal hat das unglaublich elegant gemeistert.«

Der Fabrikant betrachtete die Glut seiner langen Zigarre und nickte: »Ja, jetzt haben sie beide ihren richtigen Platz gefunden – Vater wie Sohn.«

Eine Woche darauf bekam Peter die Geschichte bestätigt. Mys Vater hatte soeben mitgeteilt, dass er nicht noch einmal als Vertrauensmann der Firma kandidieren werde. Die Partei habe ihn umzustimmen versucht, schrieb die Usserøder Zeitung, er aber habe wiederholt, nicht mehr zur Verfügung zu stehen.

In dieser Sekunde war Peter das teuflische Ultimatum klar geworden, das Direktor Nordal an jenem Tag vorbereitet hatte, als Mys Vater in die Schule gekommen war: Hjalmar konnte zu seiner Meinung stehen und seinen Sohn verraten – oder er konnte seine Sache verraten und seinen Sohn retten. »Wenn wir es verantworten wollen, nicht die Polizei zu informieren, müssen wir diskret und verantwortungsvoll handeln. Das heißt dann aber, dass Sie nicht weiterhin als Vertrauensmann politisch aktiv sein können. Es kann auch nicht ausgeschlossen werden, dass sich die Polizei für Sie zu interessieren beginnt. Und bedenken Sie: Sie sind alleinerziehender Vater, und Ihr Junge *braucht* Sie – gerade nach dem, was geschehen ist.«

Peter hörte und roch die Worte so kristallklar, als stünde Direktor Nordal vor ihm. Sie suchten ihn heim, wieder und wieder, wenn er nachts wachlag und den Wind in der Ulme seiner sorglosen Kindheit rauschen hörte. Doch ob es wirklich der Wind war, der in den Blättern rauschte, oder Nordals übelriechender, triumphierender Atem, wusste er nicht wirklich zu sagen...

...nur dass er eines Morgens aufstand, sich seinen Schreibblock suchte und mit den Vorbereitungen begann, die andauerten, während Dänemark unter der Ölkrise litt, das ganze Land den Charakter änderte und seine Liebe für eine neue revolutionäre, rechtsnationale Partei entdeckte, um gegen etwas zu protestieren, von dem man bislang nur die Konturen erahnte.

Die Motorsäge hatte seit Jahren unbenutzt in der Garage

gelegen. Peter stopfte sie in eine große, schwarze Tasche und fuhr tief in den Rungsteder Wald hinein, wo er sich drei Wochen lang auf die Ausführung seines Plans vorbereitete: *Choke ziehen, Gas geben, festhalten, balancieren, drücken und das Blatt ruhig halten.* Etwas aufmerksamere Eltern hätten die Hornhaut in seinen Handflächen bemerkt, nicht aber Laust und Inge. Sie lasen ihre Zeitung, schrieben Briefe und saßen die meiste Zeit mit gesenkten Köpfen da.

Drei Tage vor Weihnachten war es dann so weit, und der Skandal traf die Privatschule wie eine Naturgewalt.

Der Direktor wollte seine Hunde wie gewohnt nach der nächtlichen Wache anketten, doch an diesem Tag war seltsamerweise weder Bellen noch das Scheppern des Tores erklungen. Der eine Hund lag tot in einer Ecke des Parks und der andere sterbend daneben. Schaum troff aus ihren zahnbewehrten Mäulern. Und Direktor Nordal hörte ein Jammern, das vielleicht mehr aus seinem Kopf kam als von dem schneebedeckten Schulhof. Der Stolz der Schule, die mächtige Linde, war wie von Riesenhand dicht über dem Boden abgesägt worden und seitlich in Richtung Brunnen gekippt. Die längsten Zweige hatten das Vordach und die Fenster des südlichen Anbaus zertrümmert. Polizei und Feuerwehr, die der schockierte Mann alarmiert hatte, liefen planlos zwischen den Glassplittern und herausgebrochenen Ziegeln herum, während der Direktor selbst machtlos und mit gefalteten Händen dastand und die Katastrophe zu begreifen versuchte.

Es gab eine einzige Spur, ganz unten am Fuß der Linde: Der mörderische Job war von einer kräftigen Motorsäge ausgeführt worden. Neben dem Baumstumpf lagen zwei teure Büffellederhandschuhe, die einem Jungen aus der 7. Klasse zugeordnet werden konnten, der ohne weiteren Tumult von zwei Beamten abgeführt wurde. Da niemand wirklich glaubte, dass der Junge den Anschlag allein ausgeführt hatte, bestellte man seine vier engsten Freunde auf die Wache. Die vergifteten Hunde wurden auf eine Plastikplane gelegt und ebenfalls zur Polizeistation gebracht, ohne dass der Direktor ihnen auch nur kurz nachsah. Stundenlang stand er regungslos da und starrte auf die gefällte Linde, und dort war er auch noch zu sehen, als das letzte Auto vom Schulhof rollte. Etwas Fremdes, Gewaltiges hatte sich Zutritt zur Privatschule verschafft. Vielleicht hatte er einen Verdacht, vielleicht verstand er, dass er unbeabsichtigt einen Geist herausgefordert hatte, der noch viel extremer war als sein eigener – und in dem viel mehr Hass steckte, als selbst er für möglich gehalten hatte.

Es war das letzte Mal, dass der Direktor von den Lehrern und Schülern gesehen wurde.

Am zweiten Weihnachtstag erlitt er einen Schlaganfall. Er starb exakt um acht Uhr am ersten Morgen des neuen Jahres im Usserøder Krankenhaus, ohne noch einmal zu Bewusstsein gekommen zu sein.

Nur eine Zeitung berichtete darüber, auf der Titelseite prangte die fette Schlagzeile: *Vandalismus bringt Rektor um.*

Die Polizei verhörte die fünf Jungen tagelang. Über Wochen brodelte es in der Gemeinde. Die wildesten Gerüchte und Vermutungen kursierten, aber da die mutmaßlichen Täter aus der 7. Klasse weder bestraft werden konnten noch ein Geständnis abgaben – ganz zu schweigen von der Existenz einer Mordwaffe, die zu den Gutachten der Holzexperten passte –, wurde der Fall schließlich zu den Akten gelegt und der Direktor beerdigt, sodass Gras über die Sache wachsen konnte.

Die Jungen aus der 7. Klasse wurden entlassen und gingen den häuslichen Strafen entgegen, die noch Wochen später über weite Areale des Strandvejs zu hören waren. Es waren die gleichen Jungen, die Knud verfolgt und sich im Herbst mit dem Rektor zu der fatalen Geschichte verschworen hatten, die den zerstörerischen Skandal losgetreten hatte.

Der Hauptverdächtige hat nie herausbekommen, wie seine Handschuhe von dem Regalbrett im Flur verschwunden waren, um zu seinem Entsetzen am letzten Schultag des Jahres – und des Rektors – am Fuß des gefällten Baumes wieder aufzutauchen.

Trotz redlicher Bemühungen gelang es den Lehrern und Schülern der Privatschule nicht, den Fall aufzuklären und den wirklichen Mörder von Baum und Mann zu finden.

II

DER NATIONALMINISTER

9. MAI 2008

Im Alter von zwölf, dreizehn Jahren fragte ich Magna, ob sie wirklich sicher wäre, dass das feine Netz der Spinne wirklich alle Füße aushalten würde, die Jahr für Jahr auf ihm herumbalancierten.

Sie sah mich ungeduldig an und antwortete: »Marie, dieses Netz trägt alle Kinder, die es in Gottes weiter Welt gibt!«

Vielleicht rührte meine Besorgnis von meinen eigenen deformierten Gliedmaßen her – oder aber ich begriff bereits damals, dass keine irdische Seele mich jemals zum Tanz auffordern würde – und sollte dieses Wunder doch eintreten, würde meine Hässlichkeit den fatalen Fehltritt auslösen, der die Fäden zum Reißen bringen und die Kinderherde meiner Pflegemutter in die Tiefe stürzen lassen würde.

Magna hatte wie üblich laut über meine Angst gelacht. Sie lachte grundsätzlich über diese Art von Grillen – und ich schloss die Augen und betete, dass Der Unversöhnliche dort oben in der Höhe es nicht hören möge.

Peter legte den Brief und die gehäkelten Babyschühchen zurück in die Schublade. Über die erste Phase seines Lebens hatte er nur mit ganz wenigen Menschen gesprochen.

Seinen Entschluss, die Tür zur Vergangenheit aufzustoßen, hatte er insgeheim gefasst wie damals, als er sich mit der Säge im Wald vorbereitet hatte. Dreißig Jahre lang hatte Peter Trøst in einer Art Tunnel gelebt, der direkt aus den Fernsehstudios in der Zigarre bei Roskilde in die dänischen Wohnzimmer führte, wo die Leute sich um nichts in der Welt – wie der Professor es ausdrücken würde – den gemütlichen Abend verderben lassen wollten. Fernsehen war wirklich nicht mehr als fern sehen. Man konnte die Welt betrachten, als wäre sie ganz nah, ohne dass sie es tatsächlich war. Kongslund aber war das intimste nationale Kleinod im Zeitalter der Globalisierung, das man sich nur denken konnte.

Im Konzeptraum, in dem die jungen Löwen des Senders sich knurrend und fauchend die neuen populären Superkonzepte für die Zuschauer ausdachten, hatte der Professor seinen Tag mit einem Aufruf gestartet: »*Gestern* bringt niemanden voran ... Niemand kann es sich leisten, sich mit Sorgen aufzuhalten ... Die Leute wollen sich *erinnern* – aber nicht an Probleme!«

Die jungen Löwen hatten genickt, denn im Palast des Fernsehens war sein Wort Gesetz. Er war der Herrscher des Himmels, der Ausgangspunkt aller Informationen und der Vater der ameisenemsigen *Channel*-Armee.

Als Oberstudienrat für Nordische Literatur an der Universität Kopenhagen hatte er seine überraschende und unerwartete Fernsehgeburt in einer Diskussionsrunde erlebt, in der er mit einem Kultursoziologen mit Bildschirmphobie die zunehmende Beeinflussung der Menschen durch das Fernsehen diskutiert hatte. Ein Satz, den er an diesem Abend formuliert hatte, hatte sein bis dahin etwas graues Dasein als Universitätsfaktotum für immer beendet: »Das Fernsehen ist das achte Weltwunder, weil es in der Lage ist, all die Probleme zu lindern und zu heilen, die jeder Einzelne von uns fürchtet: Einsamkeit, Isolation, Gewalt und Krieg, ja, selbst

Hungersnöte und Naturkatastrophen. Das Fernsehen ist die einzige wirkliche Revolution unserer Zeit!«

Wenige Jahre später erklärte *Channel DK* die nationale Identität zu ihrem Markenzeichen und ernannte den populären Fernsehprofessor zum Aufsichtsratsvorsitzenden. Mit der größten Leichtigkeit sprach der Professor in der Folge all das aus, was lange Zeit beim Fernsehen ein Tabu gewesen war. Er lobte die Mächtigen und Reichen und distanzierte sich von aller schwafeligen Humanismusduselei. »Wir Dänen wollen ablehnen dürfen, was uns fremd ist, sowohl Sitten und Gebräuche als auch Völker – seien es nun Osmanen, Polen, Rumänen, Slawen, Tamilen, Usbeken oder Türken.« Kein Wunder, dass er schnell enge Bande zur Partei geknüpft hatte – und dass die Zuschauerzahlen in die Höhe geschossen waren.

Peter Trøst stand am Panoramafenster seines ovalen Büros und schaute über die Waldstreifen bei Hejede Overdrev und Gyldenløveshøj. Er hatte mit seinen Eltern zusammen Kongslund besucht, nachdem sie ihm von seinen wahren Eltern erzählt hatten. Sie hatten so erleichtert gewirkt, als hätten sie ein schweres Verbrechen begangen und nun endlich Absolution erhalten. Aber vielleicht kam die Vergebung in Wirklichkeit von der alten Heimleiterin, die vor dem Haus auf sie wartete und Peter umarmte, als gehörte er noch immer dazu. Damals war er dreizehn Jahre alt gewesen.

Bei seinem nächsten Besuch hatte er Magnas Pflegetochter kennengelernt. Sie hatten in ihrem Zimmer in der ersten Etage gesessen, das an eine Schiffsbrücke erinnerte. Am Fenster hatte ein alter Rollstuhl mit einem an die eine Armlehne montierten Fernrohr gestanden. Sie hatten versucht, sich ihre gemeinsame Zeit in Kongslund ins Gedächtnis zu rufen, was sie natürlich nicht konnten. Aber dann hatte sie ihm von Asger erzählt, der in der gleichen Zeit wie er aus der Säuglingsstube adoptiert worden war. Obgleich

Asger nach Århus gezogen war und sein Leben weit von Kongslund entfernt lebte, konnte Marie erstaunlicherweise detailliert das Viertel beschreiben, in dem er aufgewachsen war, als wäre sie selbst dort gewesen und hätte ihn mit eigenen Augen gesehen. Das war Peter schon sehr seltsam vorgekommen.

Peter Trøst schüttelte den Kopf hinter seinem großen Chefschreibtisch, rief der Reihe nach die Volksschulen in Århus an und erkundigte sich nach einem Lehrerehepaar mit einem Sohn namens Asger. Beim fünften Versuch wurde er fündig. Der stellvertretende Schulleiter berichtete, dass die beiden viele Jahre an der Rosenvangschule in Viby angestellt gewesen und gerade in Pension gegangen waren. Ihr Sohn Asger leitete das Ole-Rømer-Observatorium in Højbjerg, das die Schüler der Schule mehrmals im Jahr besuchten.

»Schon als kleiner Junge war er so«, sagte der stellvertretende Leiter. »Hat wie Hawking davon geträumt, die Theorie zu finden, die hinter allem steckt.« Er wechselte abrupt das Thema. »Aber warum suchen Sie ihn denn? Er soll doch wohl nicht... wofür auch immer... an den Pranger gestellt werden? Er war nie extrem in seinen Ansichten, weder politisch noch...« Der stellvertretende Direktor stockte, dann suchte er eilig die Telefonnummer des Astronomen heraus und gab sie durch.

Peter wählte Asgers Nummer. Am anderen Ende der Verbindung klickte es.

»Dies ist der Anschluss von Asger Dan Christoffersen. Ich bin im Observatorium. Hinterlassen Sie eine Nachricht, ich rufe dann bei nächster Gelegenheit zurück.«

Die Stimme war tiefer, als Peter erwartet hatte. Er hinterließ eine kurze Nachricht, ohne zu erwähnen, worum es ging, weil er nicht riskieren wollte, den Mann zu verschrecken. Dann zog er Jacke und Hemd aus. In letzter Zeit fühlte er sich schon nach zwei, drei Stunden in denselben Kleidern schmuddelig, am schlimmsten war es, wenn die Winterkälte in die milden Frühlingstemperaturen überging und er das Gefühl hatte, jemand legte eine warme Hand auf seine Haut (er machte sich nichts aus Berührung). Zur Feierabendzeit trug er bereits den dritten oder vierten Anzug und schielte misstrauisch zu den Kollegen hinüber, die den ganzen Tag über dasselbe Hemd und denselben Schlips trugen.

Er nahm zum dritten Mal den Telefonhörer und rief Søren Severin Nielsen an. Der Name des Anwalts tauchte regelmäßig in den Zeitungen auf, meist in Verbindung mit irgendwelchen hoffnungslosen Asylfällen und dramatischen Appellen für humanitäre Aufenthaltsgenehmigungen für bedrohte Flüchtlinge. Er schien im Einmannbetrieb zu arbeiten, jedenfalls ging weder eine Sekretärin noch eine Anwaltsgehilfin ans Telefon. Stattdessen meldete sich der Anrufbeantworter und verkündete mit rauer Whiskeystimme fast flüsternd: »*Søren Severin Nielsen ist am Gericht. Sie können gerne eine Nachricht hinterlassen.*«

Peter zögerte eine Sekunde. Er erinnerte sich an Søren Severin Nielsen von dessen öffentlichen Auftritten in mehreren größeren Flüchtlingsangelegenheiten: schmächtig, einen Hauch rotwangig, als würde er seine zahllosen Niederlagen in zu vielen Feierabendbieren ertränken. Er legte auf.

Einen Augenblick zog er in Erwägung, Magna anzurufen, scheute sich aber, ohne zu wissen, warum.

Irgendwann hatte sie einmal zu ihm gesagt. *Denk immer daran, Peter: Die unehelichen Kinder kommen zu uns wie Moses im Schilfkörbchen, darum liegen die besten Kinderheime auch immer am Wasser!*

Ein merkwürdiger Blickwinkel, selbst in einem von Wasser umgebenen Land wie Dänemark.

Er schaute aus dem Fenster und betrachtete den Himmel über *Assendløse* und *Bregnetved* – kleine seeländische Orte, auf deren Bewohner er bei seinen planlosen Fahrten durch die Landschaft einen flüchtigen Blick erhascht hatte, wenn er seine Rückkehr nach Østerbro hinauszögern wollte. Am Tag, nachdem der Brief bei ihm eingetroffen war, hatte er sich (völlig untypisch für ihn) eine Landkarte vorgenommen und sich die Orte mit den seltsamen Namen aus vergangenen Zeiten angesehen. Ehrlich gesagt verstand er nicht, warum er das getan hatte. Vielleicht war der Brief daran schuld. Dabei wusste er sehr wohl, dass unglückliche Ereignisse selten nur auf einem Brief basierten.

»*Du warst das hübscheste Kind, das wir jemals in Kongslund hatten. Alle wollten sie dich mit nach Hause nehmen!*«, hatte Magna gesagt. Er hatte schon bald verstanden, was für ein Fluch das war. Der Lebensweg vieler Menschen wurde durch die physische Beschaffenheit bestimmt, die Gott in seiner untadeligen Kooperation mit dem Teufel ihnen bei der Geburt mitgegeben hatte. Manche Menschen sind so hässlich, dass sie niemals die Demütigungen verwinden, denen sie in ihrer Kindheit ausgesetzt waren – andere wiederum sind so hübsch, dass sie niemals der Aufmerksamkeit entfliehen können, an die sie in ihren Kinderjahren gewöhnt wurden und deren möglicher Verlust sie mehr beunruhigt als alles auf der Welt.

Alle Stars fürchteten den jähen Fall von den hohen Zinnen des Erfolgs – und mit der Kongslund-Affäre als tiefem Abgrund vor sich war Peter Trøst kurz vor einer Panik.

Sein Handy klingelte.

Der Minister war im Fahrstuhl auf dem Weg nach oben.

Er erhob sich, stellte zwei Weingläser auf den ovalen Palisandertisch und öffnete die Tür.

Almind-Enevold war kleiner, als er im Fernsehen wirkte, und aus der Nähe wirkte er so gepflegt, dass man ihn für schwul halten konnte – oder für jemanden, der eine Schwäche für kleine Jungs hatte. Aber dafür hatten die Bluthunde der Presse nie Beweise gefunden, eher im Gegenteil. Er lebte alleine mit seiner Frau, sie waren kinderlos, und ab und zu suchte er andere Frauen auf.

Vier Leibwächter begleiteten den Nationalminister – wahrscheinlich um die Geschichten über Drohungen und Schikane von moslemischen, fundamentalistischen Kreisen zu bestätigen, die sein Pressechef mit dem Spitznamen Hexenmeister in regelmäßigen Abständen den Medien steckte. Glücklicherweise blieben die Leibwächter aber vor der Tür.

Enevold setzte sich ohne Aufforderung in den breitesten und weichsten Sessel, ein Rotweinglas in der einen und einen dünnen Zigarillo in der andren Hand. Eine feine Rauchspirale stieg an die Decke, und der mächtige Mann nickte dem Nachrichten- und Unterhaltungskoordinator zu.

»Es gab Zeiten, da waren Nachrichten und Unterhaltung zwei unterschiedliche Dinge«, sagte er durch einen vollendeten Rauchring mehr zu sich selbst als zu seinem Gegenüber.

Peter Trøst schlug einen leichten Ton an. »Wir müssen mit der Zeit gehen – und auf die Zuschauerzahlen achten«, sagte er lächelnd. »So wie die Regierung auf ihre Zahlen reagieren muss.«

Der Minister sah ihn einen Moment lang verständnislos an.

»Die Umfrageergebnisse«, sagte Peter.

Der Minister stieß ein kurzes klirrendes Lachen aus. Alle Journalisten kannten die Härte des Mannes. Er war ein persönlicher Freund des Professors, seit sie in den Jahren des großen Aufruhrs zusammen die juristische Fakultät besetzt hatten.

Peter stellte sein Glas auf den Tisch. »Ich weiß von Ihrer besonderen Beziehung zu dem Kinderheim in Skodsborg. Und in vier Tagen wird die Heimleiterin ihr sechzigjähriges Jubiläum feiern.«

»Die ehemalige Heimleiterin, ja.«

»Die eigentliche Heimleiterin, könnte man wohl sagen... Sie haben sie immer als Vorsteherin des Kinderheims unterstützt, dem Sie ja auch zu seinem Ruhm verholfen haben.«

Der Minister reagierte nicht.

»Stammt die Idee der Jubiläumsfeier am 13. Mai von Ihnen?«, fragte Peter Trøst.

»Ja, ich habe das mit organisiert.«

»Um sicherzustellen, dass darüber berichtet wird und nicht über die anonymen Briefe? Oder über die Abschiebung eines kleinen, elternlosen Tamilenjungen...?« Peter konnte nicht sagen, wieso er plötzlich diese zwei Dinge miteinander vermischte. Vielleicht lag es am Wein. Ganz deutlich spürte er aber den Drang, sein Gegenüber auf eine Weise zu provozieren, wie sich das kein normaler Fernsehjournalist erlauben könnte.

»Ja«, sagte sein Gast ohne das geringste Anzeichen der Verwunderung über die unverschämte Frage.

Peter Trøst zog die obere Schublade auf, nahm sein Exemplar von *Fri Weekend* heraus und las Teile der eingerahmten Passagen vor.

»*Bekanntes Kinderheim wird beschuldigt, Kinder versteckt zu haben... Es waren Politiker, hohe Beamte oder Schauspieler, die ihren Ruf oder ihre Karriere nicht wegen eines kleinen Seitensprungs aufs Spiel setzen wollten... Stattdessen wandten sie sich an die Leiterin des Kinderheims in Skodsborg, deren Jubiläum in Bälde gefeiert werden soll, und konnten damit rechnen, dass ihre Probleme diskret und zur Zufriedenheit aller gelöst wurden.*«

Der Minister nippte an seinem Wein, sagte aber nichts.

»Möchten Sie diese Darstellung kommentieren?«

»Haben Sie mich deshalb so kurzfristig um diesen Umweg gebeten?« Der Minister hatte allem Anschein nach vergessen, dass der Vorschlag von ihm stammte. »Um diese abenteuerliche Geschichte zu bringen? Das ist gelinde gesagt unter meiner Würde.«

»Dabei handelt es sich doch sozusagen um *Ihre* Zeitung ... die Zeitung der Regierung. *Fri Weekend* wird nach wie vor mit Millionen Kronen von der Partei unterstützt.« Peters Bedürfnis, den Mann herauszufordern, nahm bizarre Züge an.

»Das *war* meine Zeitung«, sagte der Minister. »Bevor dieser Journalist ...«, er tippte auf den mit Knud Tåsings Namen signierten Artikel, »... bewusst versucht hat, die Regierung mit diesem Schlick zu besudeln.« Er verstummte.

»Schlick?« Peter Trøst war aufrichtig erstaunt über diesen Ausdruck.

»Ja ... wie er beim Reinigen eines Sumpflochs anfällt, das nach Fäulnis und Brackwasser stinkt ... Das bitte ich aber, nicht zu zitieren.«

»Die Zeitung schreibt, dass Sie einen alten Bekannten und ehemaligen Polizisten gebeten haben, sich der Sache diskret anzunehmen. Die Geschichte interessiert Sie also?«

Der Minister beugte sich vor. Seine Stirn glänzte. »Hören Sie zu, Trøst. Wenn so etwas ans Tageslicht kommt – und der Absender hat ja flugs dafür gesorgt, die Regenbogenpresse zu alarmieren –, muss man das ernst nehmen. Oder genauer gesagt: *so tun, als würde man es ernst nehmen*. Da ist es angeraten, eine private Agentur in Anspruch zu nehmen, statt auf Kosten der Steuerzahler das gesamte Establishment – die Polizei und den Nachrichtendienst – aufzuscheuchen. Meinen Sie nicht auch? Verschwendung ist doch ein beliebtes Thema beim *Channel DK*.«

»Auch Ihre rechte Hand – Orla Berntsen – war laut Zeitungsbericht vor langer Zeit in ebendiesem Kinderheim untergebracht. Was sagen Sie dazu?«

»Das ist jetzt außerhalb des Protokolls, nehme ich an?«

»Meines Wissens läuft keine Kamera«, sagte Peter und sah sich demonstrativ im Büro um.

»Ich habe keine Ahnung.«

Der Fernsehmoderator verkniff sich nur mit Mühe einen

bissigen Kommentar. Was für eine Frechheit. Er starrte den Minister an, der immer noch die Hände auf dem Tisch vor sich gefaltet hatte.

»Sie glauben also, es ist ein Zufall, dass ausgerechnet er so einen Brief bekommen hat...?« Die Ironie der Frage war deutlich, trotzdem zuckte der Minister nur kurz mit den Schultern, als befürchtete er ein verstecktes Mikrofon.

»Man könnte den Text so auslegen, als wüssten Sie, dass in Kongslund geheime Dinge vor sich gingen. Und Sie haben nicht eingegriffen.« Peter Trøst ließ die Unterstellung in der Luft hängen. Er bewegte sich auf gefährlichem Terrain.

Der Mann in dem Sessel sah aus, als blickte er in einen fernen Nebel – einen dichten Schleier aus Worten, der sein Universum und das des Fernsehjournalisten trennte. »Sagen Sie mir bitte, was ist Ihr Interesse in dieser Angelegenheit? Warum sind Sie so erpicht darauf, diesen *Dreck* im Fernsehen zu bringen?«

Peter Trøst richtete sich ertappt auf. Wusste der Minister von seiner Vergangenheit? Das war unmöglich. Er holte tief Luft.

»Haben in Kongslund derartige Dinge stattgefunden?«

»Ich kenne das Kinderheim und habe nie etwas in dieser Richtung bemerkt. Was nicht heißen will, dass nicht alles Mögliche dort vorgegangen sein kann, schließlich habe ich nicht dort gewohnt. Ich war nur ein guter Freund des Hauses, kenne Magna – Fräulein Ladegaard – noch aus dem Krieg...«

»Ich weiß.«

»...und habe ihren Lebenstraum unterstützt, wozu ich guten Gewissens stehe. Genau das sollte meiner Meinung nach in dieser Woche im Fokus von *Channel DK* stehen, immerhin wird Kongslund von Zehntausenden von Menschen gefeiert, nicht nur in Dänemark...« Er hob das Glas an und hielt es vor Peters Gesicht. »Prost. Es werden Gäste aus der ganzen

Welt erwartet.« Er leerte das Glas und machte Anstalten, sich zu erheben.

Peter wog seine letzte Frage ab: *Hat sie Ihnen oder jemandem, den Sie kennen, irgendwann einmal ihre Dienste angeboten?* Er wusste, dass er mit dieser Frage den ungehemmten Zorn des Ministers auf sich ziehen und unter Garantie jeden weiteren Kontakt mit dem Ministerium vereiteln würde.

Der Nationalminister sah ihn an und antwortete ohne den Hauch eines Zögerns: »Nein, ich persönlich bin nie in irgendwelche Geheimniskrämereien involviert gewesen...« Er lächelte unterkühlt. »Und wenn dem so wäre, würde das sicher nur die Regenbogenpresse interessieren.« Er stellte das leere Glas ab.

»Sie gehören einer Regierung an, die sich immer wieder die *menschlichen Werte* und die *Ehrlichkeit* auf ihre Fahnen schreibt. Geht es nach Ihnen, haben alle Kinder dieses Landes das Recht auf eine behütete Kindheit und ein gutes Leben in einer sicheren, dänischen Familie.« Wieder spürte Peter Trøst diesen unerklärlichen Zorn, der alles andere als professionell war, den er aber nicht steuern konnte. »Da wäre es *natürlich* höchst interessant, wenn ein Mitglied Ihrer Partei nach ganz anderen Prinzipien und gegen alle Regeln leben würde. Die Folgen von Seitensprüngen aus Rücksicht auf Karrieren aus dem Weg zu räumen... Wie viel mehr wäre wohl noch unter so einem Teppich zu finden...?«

Der Nationalminister stand auf. »Dieses Gerede entbehrt...«, er neigte den Kopf leicht zur Seite, »... jedweder Grundlage. Ich darf wohl einen gewissen Respekt einfordern, auch von der Presse.« Er starrte den Journalisten erbost an. »Keine Verdächtigungen und Sensationshascherei.«

In diesem Augenblick ging die Tür auf, und der Professor trat ein, ohne zu klopfen. Er ging zum Minister und fasste ihn kameradschaftlich an den Schultern. »Lieber Ole, so sind wir nun einmal, wir Presseleute. Wir müssen die alten Traditionen in Ehren halten – im Namen der Demokratie. Du lobst doch selbst die kritische Berichterstattung als Garant für Gerechtigkeit und freie Meinungsäußerung über den grünen Klee. Darauf wollen wir nicht verzichten.«

»Sensationen haben nichts mit Meinungsfreiheit zu tun«, sagte der Minister und wischte die Hände von seinen Schultern.

»Nein, und darum kannst du dir auch sicher sein, dass wir die Angelegenheit angemessen behandeln werden. Wir werden dich fair und angemessen behandeln, wie auch du und deine Regierung uns immer fair behandelt habt. Und dafür sind wir dankbar.«

Der Minister schaute aus dem Fenster, als hätte ihn ein spontanes Interesse für die Wälder zwischen Borup und Kirke Hvalsø ergriffen. Dann sagte er: »Ja, wir behandeln einander, wie jeder es verdient... Und ja, ich sähe es in der Tat *sehr* gern, dass wir das Andenken eines unserer herausragendsten Kinderheime aller Zeiten nicht beschädigen.« Er nahm seinen Mantel. Die vier Bodyguards betraten das Büro und nahmen ihn in ihre Mitte.

Peter Trøst sah den Professor an, der noch immer vor dem Minister stand. Er hatte die vage Vermutung, dass die beiden Männer einen Pakt eingegangen waren. Vielleicht hätte er das Siegel mit einer simplen Frage aufbrechen können. Aber er stellte sie nicht.

Es war eh nichts mehr zu ändern. So war es in den alten Märchen, so war es in der Liebe und im Krieg, und so war es im Universum der Mächtigen, wo der Ehrgeiz regiert und keine Gefühle geduldet werden.

Aber natürlich wurde so etwas bestraft.

An diesem Nachmittag befanden sich drei Menschen im Chefbüro der sechsten Etage. Ein halbes Jahr darauf waren zwei von ihnen tot.

Nach dem Treffen sagte der Professor zu Peter: »Du hast das sehr gut gemacht, bis zu dem Augenblick, als du ihm gedroht hast. Das war *dumm*.«

Der Professor musste das entgleiste Gespräch vor der Tür belauscht haben.

Er baute sich vor Peter auf. »Ich bin wie er der Meinung, dass du die Bedeutung der anonymen Briefe überschätzt. Jeder Idiot kann so ein talentloses Gewäsch zusammenkritzeln.«

Peter sah seinen Aufsichtsratsvorsitzenden an. Die Kongslund-Affäre stand den Plänen des Professors und der Junglöwen bezüglich neuer, nie da gewesener Zuschauerzahlen, mit denen die konkurrierenden Fernsehsender auf Distanz gehalten werden sollten, im Weg. Probleme durften gerne aufgegriffen werden, aber nur, wenn die Schuldfrage eindeutig geklärt war. Außerdem sollten die Täter Rocker, Terroristen oder Moslems sein – keine gesichtslosen Amtsinhaber und schon gar nicht der Wohlfahrtsstaat selbst. »Wir müssen für unsere Zuschauer *das Glück finden*«, hatte Bjørn Meliassen auf der Strategiekonferenz im Januar vor dem neunköpfigen (genannt: die neun Höchsten) *Channel-DK*-Leitungsgremium gebrüllt, »und Glück ist das, was wir alle längst besitzen... unsere Familie, unsere Kinder, unser Fernsehen, unsere Wohlfahrt und unser Land. All das, was wir zu verteidigen bereit sind! Lasst die Andersdenkenden einen anderen Ort finden und die Unangepassten dahin zurückkreisen, wo sie hingehören.«

Bjørn Meliassen atmete tief ein. »Ich weiß so einiges über dich, Trøst. Viel mehr als du glaubst. Ich weiß, dass du selbst als Kleinkind in diesem Kinderheim warst und dass du in Rungsted gewohnt hast und adoptiert wurdest. Ich kenne Knud, und ich weiß auch...«, er lehnte sich zu dem Fernsehstar hinüber, dessen Hand mit dem Rotweinglas in der Luft verharrte, »... dass der Direktor deiner Schule nach grobem

Vandalismus an einer Herzattacke gestorben ist. Ich weiß sehr viel mehr, als du ahnst, und ich kann gut verstehen, dass es mehr als einen durchschnittlich starken Menschen erfordert, um zu überstehen, was du durchgemacht hast.«

Peters Gesicht war hochrot angelaufen.

»Was hast du denn gedacht, Trøst? Dass ich keine Informationen über meinen größten Star einhole? Du Scherzkeks. Du hast nie Kontakt zu deinen leiblichen Eltern aufgenommen, wie die meisten anderen es tun. Du weißt nicht einmal, wer sie sind, und willst es auch gar nicht wissen. Deshalb ist Kongslund dir so wichtig. Du solltest unsere ausgezeichneten Psychologen aufsuchen und das Ganze klären.«

Peter Trøst fühlte die Übelkeit aus seinem Magen aufsteigen. Der Professor kannte Episoden aus seiner Vergangenheit, von denen er unter keinen Umständen etwas wissen dürfte. Woher hatte er diese Informationen?

»Hör zu, Trøst...« Der Professor nannte Peter nie beim Vornamen, wenn er dozierte. »Auch wenn wir vom reichen Onkel aus Amerika subventioniert werden, wird unsere Zukunft nicht auf Almosen errichtet, sondern auf knallharten Werbeeinnahmen. Das ist *unsere* Welt. Und in dieser Welt gibt es keine Verwendung für solche Geschichten. Glaub mir. Und da wäre noch etwas...« Peter hielt seinem bösen Blick aus zwei Metern Entfernung stand. »Carl Malle hat sich unmittelbar nach deinem Anruf bei mir gemeldet, im Namen des Ministers. Als Chef der Ermittlungen ist er nicht sehr erbaut über die Einmischung unsererseits.«

Peter sah ihn vor sich – Carl Malle, den Kontrolleur und Jäger –, und im gleichen Augenblick war ihm klar, woher der Professor seine Informationen hatte. Die Übelkeit arbeitete sich weiter durch seinen Hals nach oben. Sie wussten mehr, als eigentlich möglich war.

»Er hat mich ausgekundschaftet«, sagte er. »Du hast deine Informationen von Carl Malle.«

Die Augen des Professors flackerten kurz auf. Dann schüttelte er bedauernd den Kopf und sagte mit einem Rasseln in seinem Brustkorb: »Diese Geschichte ist dein Untergang, Trøst.«

Es klang wie eine Beschwörungsformel.

Mit der leeren Weinflasche in der Hand verließ er das Büro.

Draußen auf dem Parkplatz überkam Peter Trøst die Übelkeit erneut mit solcher Wucht, dass er sich zwischen zwei Sendewagen verzog, weil er glaubte, sich übergeben zu müssen.

Die nächsten drei Stunden fuhr er planlos zwischen den seeländischen Ortschaften herum, die er jeden Tag aus seinem Büro in der Zigarre sah. Er schaute in die erleuchteten Fenster und sah die Silhouetten der Menschen, die dort lebten.

Warum?

Er probierte erneut, Søren Severin Nielsen zu erreichen – vielleicht konnte der Anwalt ihm ja helfen. Er kannte den Stabschef des Nationalministers von früher und war selbst in Kongslund gewesen. Und er hatte einen Ruf als fähiger Jurist, trotz seines hoffnungslosen Lebenswandels.

Doch wieder ging niemand ans Telefon.

12

SEVERIN

1976–1984

Ich habe die Begegnung von Orla und Severin immer für einen Zufall gehalten – obgleich ich glaube, dass beide Jungen ganz bewusst in Carl Malles Nachbarschaft untergebracht worden waren. Das Risiko, dass die beiden sich in dem Viertel begegneten, war so gering, dass die unsichtbaren Puppenspieler der Kongslund-Affäre nie von einem solchen Zusammentreffen ausgegangen waren.

Severin verließ Kongslund ein paar Tage vor Orla, und alle Fräuleins, Kinderschwestern und Helferinnen standen wie üblich winkend in der Einfahrt und wünschten den kleinen Reisenden ein gutes Leben. Severins neues Heim war aber ganz anders als das der meisten anderen Adoptivkinder – in seinem Fall war der Tod vorausgefahren.

Und wieder kam ein Elefant angerannt... stapfte über das feine Netz und verschwand...

...und natürlich folgte ich ihm.

Kommen wir zurück zu dem großen Stein, auf dem Orla die letzten Kämpfe gegen seine inneren Dämonen ausfocht; grau und massiv lag er in der Mitte der Lichtung wie der gebeugte Rücken eines Riesen, der sein Kinn in der Hand abgestützt hatte, um übers Land zu schauen. Dort sah Severin ihn zum ersten Mal, während er mit seinem dicken Verband um den Kopf in seinem Versteck hockte. Es sollten aber noch sieben Jahre vergehen, bis sich der Junge aus den gelben Häusern zu erkennen gab.

In den Tagen nach dem Mord am Schwachkopf hatte Carl Malle alle Fäden gezogen, die damals in seiner Hand zusammenliefen, und ein Internat in Sjællands Odde gefunden, wo Orla, der Bastard, der nie zur Ruhe kommende, freundlose Junge in seinem Leben Fuß fassen sollte.

Als er knappe drei Jahre später zurückkam, um das Gymnasium zu beginnen, war sein ruheloses Clownsgemüt – sein einziger Schutz gegen die Einsamkeit seiner Kindheit – für immer verschwunden. Der neue Orla versteckte sich hinter ausdruckslosen Augen, die nur sehr selten etwas wirklich ansahen. Er verschmolz fast mit seiner Umgebung, sodass kaum jemandem auffiel, wenn er anwesend war. Er ging den Menschen ebenso demonstrativ aus dem Weg, wie er früher ihre Nähe gesucht hatte. Er hatte kurze Haare, während seine Altersgenossen sich die Haare immer länger wachsen ließen, alte Armeejacken und Stirnbänder trugen, auf Mofas herumfuhren und lauthals verkündeten, dass alle Eltern interniert und umprogrammiert werden müssten, damit die Welt endlich gerecht würde. Er war allein.

Sein Selbsterhaltungstrieb war aber stark genug, um bis zum Abi durchzuhalten und sogar zur Abschlussfeier und dem anschließenden Fest zu erscheinen. Und an diesem Abend – die Studentenmützen auf den Köpfen – trafen sich Orla Pil Berntsen und Søren Severin Nielsen. Orla Berntsen war gerade in eine angenehme, winterschlafähnliche Stimmung abgetaucht, in eine Unsichtbarkeit, die er vollständig wähnte, als er durch die Musik und die Rauchschwaden hindurch, die in dem großen Festsaal waberten, unerwartet von jemandem angesprochen wurde. Er war schockiert. So etwas kam nicht vor. Er wurde nie angesprochen.

Er hob den Blick und schielte einen Moment lang vorsichtig aus seinem Versteck heraus. Da stand er vor ihm, der schmächtige Kerl mit den dünnen Lippen und der dicken, schwarzen Hornbrille, und stellte ihm die Frage: »Wohnst du nicht in den roten Reihenhäusern...?«

Orla entschied sich für ein einfaches Nicken. »Woher weißt du das?«

»Ich habe dich da gesehen. Und im Wald. Ich bin Severin. Ich wohne in den gelben Häusern, Nummer 61.«

Orla schwieg, ihm war schlagartig unwohl geworden.

»Wir haben auch Steine auf euch geworfen – ohne *euch* zu sehen«, sagte Severin.

Orla kniff die Augen zusammen. Konnte der Junge seine Gedanken lesen? Ein kalter Schauer lief ihm über den Rücken.

Der Junge namens Severin schien das nicht mitzubekommen. »Ich wurde mal von so einem Stein getroffen und musste ins Krankenhaus – mit Rettungswagen und allem«, sagte er ohne jeden Vorwurf.

Vielleicht deshalb rutschte Orla eine kurze Antwort über die Lippen, die das Schicksal nutzte, um sie beide zu packen und auf den Schoß des Gottes der Freundschaft und Kameradschaft zu hieven.

»*Ich* war es, der diesen Stein geworfen hat!«, sagte Orla mit einem Lachen. »Du hattest einen Riesenverband um den Kopf.«

Sein neuer Freund erwiderte sein Lachen.

Sie gingen gemeinsam von dem Fest nach Hause und trennten sich an der Dornenhecke wie Erwachsene mit einem Händedruck.

Der Ernst des Lebens stand ihnen nun bevor, und beide schrieben sich für Jura ein. Sie zogen ins *Regensen* – das große, alte Kollegium beim Rundetårn in Kopenhagen, das für Sprösslinge aus einfachen Familien erbaut worden war.

Hier wohnten die Streber, die Jahrgangsbesten, Studenten mit Fleißprämien in ihren Aktentaschen, und hörten einander in Erbrecht, Steuerrecht und Strafrecht ab.

Severins Zimmer war klein wie er selbst, einfach und sparsam möbliert, doch an der Wand über dem Bett hing ein graugelbes Fell, das er mit acht langen Nägeln befestigt hatte.

»Legt man so etwas nicht eher auf den Boden?«, fragte Orla ihn eines Tages. »Vor den Kamin?«

»Das ist kein Bärenfell«, sagte Severin und sah plötzlich aus, als würde er gleich in Tränen ausbrechen. »Das ist das Fell vom Hund meines Onkels, einem Golden Retriever... Als Kind habe ich immer mit ihm gespielt. Onkel Dan hat das Fell abziehen lassen, nachdem er gestorben war, und es mir zu meiner Konfirmation geschenkt.« Er schwieg, presste die Lippen aufeinander und sagte schließlich: »Sie heißt Mille.«

Orla starrte Mille an – Milles Fell – und sah dann wieder zu Severin. Das war die zweite sehr persönliche Sache, die Severin ihm anvertraut hatte.

Obwohl die beiden Jungen die gleiche Herkunft hatten (ohne es zu wissen) und beide als Säuglinge von ihren Müttern verlassen worden waren, hatten sie sich in entscheidenden Punkten sehr unterschiedlich entwickelt. Bei Orla gab es eine immerwährende Angst, seine Mutter könnte verschwinden, sich in Luft auflösen, sodass er plötzlich ganz allein auf der Welt war, während bei Severin trotz aller Anerkennung und Liebe, die er von seinem Adoptivvater bekommen hatte, nie ganz das Gefühl verschwunden war, nicht dazuzugehören. Der erwachsene Severin kämpfte Tag und Nacht mit den Symptomen, die unmittelbar mit seinem unharmonischen Eintritt in diese Welt zusammenhingen. Er war direkt nach der Geburt und ohne jede körperliche Berührung in einen stockfinsteren Raum geschoben worden und fürchtete die Nähe anderer Menschen ebenso, wie er sich danach sehnte. Dass er Anwalt für die Schwächsten geworden war, war ein Phänomen, dem man durchaus den einen oder anderen Gedanken opfern sollte, wie auch der Tatsache, dass er über Jahre hinweg Fall auf Fall verlor und trotzdem weitermachte.

Dass die beiden jungen Männer in ihrem dritten Studienjahr Ole Almind-Enevold als Gastdozenten bekamen, sollte ihre Leben nachhaltig beeinflussen. Es war das Jahr 1982, und Enevold war Justizminister in der gerade zurückgetretenen Regierung gewesen. Schon allein deshalb waren seine monatlichen Gastauftritte an der Universität gut besucht, und trotz der Niederlage seiner Partei wagte niemand sich mit ihm anzulegen. Es war die Zeit der spektakulären, bewaffneten Revolten im Baskenland und in Belfast. Die Aggressionen waren erneut aufgeflammt, nachdem die letzten verzweifelten Mitglieder der Baader-Meinhof-Bande im Stammheimer Gefängnis in Westdeutschland zu Tode gekommen waren und die Linken der Regierung nicht glaubten, dass es sich um kollektiven Selbstmord handelte.

Ihr Lehrer – der frühere Justizminister – hatte nur laut gelacht: »Ich war selbst Widerstandskämpfer – ein *richtiger* Kämpfer für die Freiheit«, sagte er. »Aber diese Schweine da unten, das waren keine Freiheitskämpfer... das waren *Niemande*... Die haben einfach nur den bequemsten aller Wege gewählt – die hatten nicht die Stirn, wirklich Widerstand zu leisten.«

Sein Hohn hatte selbst die progressivsten Zuhörer im Auditorium gelähmt. Seine Lachsalven hatten sie versteinern lassen. Einer hängte sein Studium aus Protest an den Nagel, aber sein einsamer Protest blieb wirkungslos. Die übrigen Studenten nahmen instinktiv wahr, dass die Erde sich gedreht und die Welt sich verändert hatte. Kaum zehn Jahre später würden die meisten von ihnen wohlgenährte Gesellschaftsanwälte sein, während Stammheim nur noch der

Name eines Albtraums war – ein finsterer, mittlerweile verschütteter Trakt in dem Gemüt ihrer Jugend.

Im dritten Monat seines Lehrauftrags bat Almind-Enevold die Anwesenden, einmal gründlich nachzudenken und dann maximal sieben ganz generelle Eigenschaften zu notieren, die ihrer Meinung nach nicht mit einer juristischen Karriere vereinbar waren.

Die sieben Todsünden der Juristen.

Orlas bester und einziger Freund Severin hatte als Erstes notiert: *Faulheit.*

Nach reiflicher Überlegung hatte er das nächste Wort zu Papier gebracht: *Machtstreben.*

Nach einer weiteren Pause war das Wort *Verlogenheit* gefolgt.

Und gleich darauf: *Gier.*

Dann hatte er Orla sicherheitshalber seinen Zettel gezeigt, der ihm aufmunternd zugenickt hatte; alles in allem war das sinnbildlich für seinen Freund Severin. Sein fünftes Wort war: *Illoyalität.*

Danach hatte er lange schweigend dagesessen und über die letzten zwei Worte gegrübelt, während er immer wieder zu seinem Freund Orla hinübergesehen hatte, der regungslos dagesessen und mit vollkommen abwesendem Blick auf seinem Stift herumgekaut hatte. Schließlich schrieb er sein sechstes Wort: *Arroganz.*

Er schloss mit:

Gefühllosigkeit.

Orla hatte an seinem Kugelschreiber genagt, bis Almind-Enevold sich geräuspert und gefragt hatte, ob alle fertig seien; erst da beugte er sich abrupt über sein Blatt und schrieb ruhig ein einziges Wort auf.

Als der frühere Justizminister schließlich die Antworten las, lächelte er und nickte zufrieden. Er hatte sich nicht geirrt. Sein Lieblingsstudent hatte nur ein einziges Wort geschrieben.

Unentschlossenheit.
Sonst nichts.

Sein alter Kamerad Carl Malle hatte mit seiner Einschätzung richtiggelegen: Der Junge war wirklich aus dem gleichen Holz geschnitzt wie er selbst, als er in diesem Alter gewesen war.

Einen Monat später lud Almind-Enevold seinen Lieblingsstudenten nach der Vorlesung in die Pizzeria Italiano in der Fiolstræde ein. Orla bestellte eine Pizza mit Krabben und sein Gastgeber eine Tomatensuppe, bevor er begann, den jungen Mann auszufragen, sowohl zu seiner Kindheit und Jugend als auch zu seiner Meinung über Dänemark und die Zukunft des Landes.

Als Orla ins Wohnheim zurückkehrte, kam ihm sein Freund Severin im Innenhof an der gigantischen Linde entgegen. Nicht ahnend, dass die Welt sich verändert hatte, packte Severin Orla an der Schulter. »Wie ist es gelaufen?«, rief er fast. »Was wollte er? Hat er dir einen Job angeboten?«

Es war ihr letztes Studienjahr, die Frage war also durchaus berechtigt. Orla hatte aber keine Lust, ihm zu antworten. »Falls ja, kannst du den Job gerne haben«, sagte er.

»*Falls*…? Du musst doch wissen, ob er dir ein Angebot gemacht hat…?«

»Er hat mich eine Menge Sachen gefragt.« Orlas Stimme war abweisend.

Severins Augen sprangen hinter den Brillengläsern fast aus den Höhlen. »Ja, aber… was…?«

Orla wedelte abwehrend mit der Hand, die so ruhig den einen Charakterzug notiert hatte, den kein Jurist, der Karriere machen wollte, haben durfte: *Unentschlossenheit.* »Es ging überhaupt nicht um Jura, weder um Jura noch ums Studium.«

»Du warst aber doch zweieinhalb Stunden weg!«

Orla stellte seine Tasche auf die Steine und setzte sich auf eine der weißen Bänke, die unter der Linde standen: »Okay.

Er hat mich gefragt, ob ich wüsste, dass du in dem gleichen Kinderheim warst wie ich, als wir klein waren.« Er blickte nach oben ins Laub und ließ die einundzwanzig lähmenden Worte seiner Aussage auf Severins Kopf niedergehen.

»*Was*...?!« Severin war blass geworden.

»Er hat gesagt, du wärst als Kleinkind in einem Kinderheim gewesen, das Kongslund heißt. In Skodsborg. Das muss Anfang der Sechziger gewesen sein wie bei mir. Warst du da?«

Severins Arme waren nach unten gesackt. Der Spätsommerabend war kühl, und der Wind blies ein einzelnes Blatt vom Boden auf seine Schuhspitze.

Dann sagte Orla mit unerklärlicher Heftigkeit: »Du hast mir nie gesagt, dass du adoptiert worden bist – stimmt das?«

»Ja.«

»Das hättest du mir ruhig sagen können.« Wut. Was der frühere Justizminister ihm im Italiano erzählt hatte, war ein echter Schock gewesen, hatte im gleichen Moment aber die Entschlossenheit in ihm wachgerufen.

»Ja.« Die Bestätigung seines Freundes Severin blieb einsam in der Luft hängen.

»Aber gesagt hast du es nicht.«

»Meine Mutter hat es mir gesagt, bevor ich eingeschult wurde«, sagte Severin, als könnte das sein jahrelanges Schweigen erklären. Er kam ins Stocken und schüttelte seinen linken Fuß, das Blatt blieb aber kleben. Er stampfte auf der Steinplatte auf.

»Haben sie dich in Kongslund abgeholt?«

»Ja. Aber... woher weiß er das?«

»Ich habe ihm von mir erzählt, ihm gesagt, dass meine Mutter mich in Skodsborg untergebracht hatte – nur für die ersten Jahre. Er lachte bloß und sagte, das wisse er wohl, und dann hat er mir von sich erzählt.«

»Aber woher...?«

»Er hat gesagt, dass er die Vorsteherin von Kongslund schon seit Jahrzehnten kennt. Als junger Mann hat er die Mutterhilfe unterstützt. Die waren ja bis in die Sechziger für alle Adoptionen verantwortlich. Und dieser Mann vergisst nichts... Er behauptete, sich an jeden Namen zu erinnern, den er jemals gehört oder gelesen hat. Wir waren gleichzeitig da.«

»Das klingt...« Wieder kam Severin ins Stocken und starrte auf seine Schuhspitzen.

»Wie ein Zufall, ja... Aber ich bin nicht so sicher, dass es wirklich ein Zufall ist«, sagte Orla. Die Wut war wieder da.

Kurz darauf saßen sie unter Milles aufgespanntem Fell und redeten, und zum ersten Mal erzählte Severin von seinen Eltern. Sein Adoptivvater war Glasermeister und hieß Erling; seine Adoptivmutter kam aus Schweden und hieß Britt. Vor Severins Adoption hatten sie einen kleinen Sohn namens Hasse, der aber im Alter von sechs Jahren gestorben war.

»Er ist auf dem Gladsaxevej von einem Zwanzigtonner überfahren worden, der aus der Lauggårds Allé kam.« Severin sah aus, als wollte er gleich weinen.

Der Lastwagen hatte den Jungen erwischt, der vor Schreck stehen geblieben war und von allen vier Reifen der rechten Seite überrollt wurde. Das Einkaufsnetz, das Hasse in der Hand gehalten hatte, lag auf der Straße, und alle Einkäufe waren intakt. Seitdem lag das mit Blut bespritzte Netz in einer verschlossenen Schublade in Britts Schlafzimmer. Ihrem Mann war es nie gelungen, die Schublade zu öffnen und das makabre Kleinod zu entfernen. Hasse war ihr einziges Kind gewesen, da Britt nach der Geburt eine schwere Schwangerschaftsvergiftung erlitten hatte, an der sie fast gestorben wäre. Sie hatte sich in einen Kokon aus Trauer zurückgezogen und nur noch stumm am Fenster gesessen und auf den Spielplatz zwischen den gelben Häusern gestarrt. In Gedanken war sie in der Landschaft ihrer Kindheit und hatte am Waldrand die Fohlen grasen sehen.

Diese Fohlen waren es, die der Meister über alle Zufälle des Lebens zu seinen Werkzeugen in der Katastrophe erkoren hatte, die Severin viel später ereilen sollte.

Nachdem sie monatelang oben im Zimmer gesessen hatte, beschloss Erling zu handeln. Sie hatten relativ schnell die Erlaubnis erhalten, ein Kind zu adoptieren, was in der damaligen Zeit etwa drei Jahre bedeutete, und so war Severin in einer Gespensterfamilie gelandet, durch die noch der Geist eines anderen Jungen spukte, der immer wieder im Wohnzimmer stehen blieb, in der Hand das blutrote Einkaufsnetz.

Orla war über die Erzählung seines Freundes schockiert. »Man sollte meinen, Erwachsene wären in der Lage, etwas ... erwachsener zu sein«, sagte er. Severin lachte, verschüttete Rotwein auf sein Hemd und redete mit seinem kleinen, blutroten Mund weiter. Sein Gesicht war so dicht vor Orlas, als wollte er geküsst werden. Und Orla spürte aufs Neue die Wut, die Almind-Enevold in ihm losgetreten hatte.

Erling hatte den kleinen Severin – der in Kongslund nur Buster genannt worden war (nach dem beliebten Schauspieler Cirkus Buster) – abgeholt und war mit ihm in seinem Firmenwagen nach Skodsborg gefahren. Er hatte vier große Fensterscheiben auf der Ladefläche gehabt, die er bei einem Großhändler in Hellerup abliefern musste. Und während Severin auf der Rückbank schlief, setzte er die vier Scheiben in der mächtigen Villa ein und trank ein Bier mit dem Bauherrn. Auf einer Weide hinter dem Haus grasten vier graue Pferde, die Severins Adoptivvater wahrscheinlich auf die Idee zu dem späteren Tauschhandel brachten.

Im Grunde seiner Seele war Erling ein Gaukler. Einmal hatte er zwei Oberlichter gegen ein Einrad getauscht, auf dem er bald fahren und dabei mit zwei Bällen jonglieren konnte. Trotz Severins Ankunft saß Britt noch Jahre deprimiert an ihrem Fenster. Nichts schien sie in diese Welt zurückholen zu können. Eines Tages, Severin war damals sieben Jahre alt, zog sein Vater, als er von einer Sauftour heimkehrte, einen großen grauen Wallach hinter sich her, der den Kindern, die ihn mit weit aufgerissenen Augen anstarrten, verängstigt auswich. Britt sah ihn durch das geöffnete Küchenfenster kommen, und endlich einmal war es nicht sie, die die Blicke der Nachbarn auf sich zog.

»Guck mal, was ich dir mitgebracht habe«, rief er ihr zu.

Durch das Küchenfenster kam keine Antwort.

»Nur ruhig, Britt«, redete er besänftigend weiter. »Ich habe es nicht gekauft... bloß beim Großhändler eingetauscht...«

»Und wogegen hast du es eingetauscht?«, wollte Britt mit zitternder Stimme wissen und drückte Severin unwillkürlich fester an sich, weil sie sich nicht vorstellen konnte, was von ihren wenigen Habseligkeiten er für das Pferd hergegeben hatte.

»Na, ist doch klar, unser Auto...!«, brüllte Erling in seiner berauschten Glückseligkeit zurück und lachte so laut, dass das Echo vier- oder fünfmal zwischen den Häuserzeilen hin und her ging. »Das Mistding war ohnehin nichts mehr wert!«

»Idiot!«, rief Britt zurück und erhob zum ersten Mal seit Hasses Tod ihre Stimme. »Und wie willst du jetzt arbeiten?«

Erling erstarrte, als wäre ihm plötzlich aufgegangen, dass gute, solide Glasscheiben auf einem Pferd nur schwer zu transportieren waren. Das war typisch für Severins Vater: Er war impulsiv und mutig, wenn das Bier Wirkung zu zeigen begann, niemals aber aggressiv, sondern sanft und gefühlvoll, vernünftig, großherzig, einfühlsam, praktisch – und vor allen Dingen spontan gegenüber Menschen mit gut gemeinten Angeboten.

In dem Augenblick, in dem er den Großhändler getroffen und die vier hübschen, grauen Pferde gesehen hatte, waren seine Gedanken einzig und allein bei Britt gewesen, die immer von ihrer schwedischen Heimat träumte und ihm so oft von den weidenden Pferden erzählt hatte, auf denen Hasse hätte reiten sollen, wenn er nicht mit seinem Einkaufsnetz mitten auf der Straße stehen geblieben wäre. Mit einem Kloß im Hals erinnerte er sich daran, wie sie ein Pippi-Langstrumpf-Plakat gekauft und weinend über Hasses Bett gehängt hatte – ein Jahr nach seinem Tod.

»Aber wo soll es denn stehen…?«, hatte Britt verzweifelt gefragt. Der Wind spielte mit ihren blonden Locken und ließ sie wie die Filmikone eines nicht enden wollenden Dramas aussehen.

»Im Keller«, flüsterte Severins Vater in Richtung Fenster, aber laut genug, damit alle es hören konnten. »Nachts kann es doch in unserem Keller stehen, da ist Platz genug. Wir können ihm Heu und Torf und warme Decken geben, damit es nicht friert. Denkst du etwa, ich hätte nicht daran gedacht?«

Britt zögerte einen Moment und nickte schließlich ihrem Mann zu. »Dann musst du mir aber versprechen, dass es tagsüber im Wald weidet – sonst kriegt es noch Klaustrophobie.«

Erling lächelte, denn an dem schwedischen Tonfall seiner Frau hörte er, dass das Echo aus der Vergangenheit zu wirken begann.

Aber natürlich hatte es Klagen gegeben, und schließlich war der Blockwart gemeinsam mit seinem halbwüchsigen Sohn bei ihnen aufgetaucht und hatte sich stellvertretend für die zahlreichen anonymen Klagen bei ihnen beschwert; zum einen ging es um die Pferdeäpfel und den Geruch im Keller, zum anderen bekamen es viele Kinder mit der Angst, wenn das Pferd auf dem Spielplatz herumlief. Hinzu kam, dass es vermutlich ganz allgemein verboten war, in einem Mietshaus ein Pferd zu halten. Ein paar Wochen vor Kjelds letztem Ritt wurde auch die Polizei auf das seltsame Arrangement aufmerksam, woraufhin Erling endlich begriff, dass die Schlacht verloren war. Nach einigen Bieren war es ihm zu guter Letzt sogar gelungen, mit dem Großhändler erneut einen Tauschhandel abzuschließen: Auto gegen Pferd.

Orla sah den dünnen, jungen Mann mit dem großen Kopf verwundert an. Es fiel ihm schwer, die guten Manieren seines Freundes mit den absurden Aktionen seines Vaters übereinzubringen.

»Wir sind ja nicht verwandt«, sagte Severin. »Streng genommen stammen wir aus unterschiedlichen Familien ... zusammengebracht durch Hasse.«

Orla konnte kaum glauben, dass etwas derart Spannendes direkt auf der anderen Seite der Hecke stattgefunden hatte – in einer Welt, die sich sonst nur bemerkbar gemacht hatte, wenn ein Schrei in den Abendhimmel hallte, weil wieder einmal einer von Orlas Steinen getroffen hatte.

»Ich habe hier eine Narbe – da hast du mich getroffen«, sagte Severin und legte seinen schmalen Zeigefinger auf eine kleine Vertiefung über seinem linken Auge.

Dann hob er sein Glas und betrachtete sein Gesicht, das sich im Wein spiegelte. »Eigentlich erstaunlich, dass sie mich haben wollten, bei der Fratze, mit der ich auf die Welt gekommen bin.« Er nickte traurig seinem Spiegelbild im Glas zu.

»Fratze ...?«

»Ja. Ich kann nicht richtig lächeln.« Severin trank einen Schluck und sah Orla an. »Hier«, er grinste wehmütig, »siehst du?«

»Was?«

»Mein Gesicht ist einfach so, ich kann nicht richtig lächeln.«

Orla saß still da, und der Gott der Freundschaft und Kameradschaft drückte mit vehementer Kraft einen knorrigen, kalten Finger zwischen seine Schulterblätter, stieß seinen Oberkörper nach vorne und ließ ihn in einer unangenehm schiefen Position erstarren.

»Wie meinst du das?«

»Ach, egal. Ich lächle, wie es mir passt – auch wenn es niemand sieht.« Er lächelte unsichtbar und sah Orla direkt in die Augen. Dann senkte er plötzlich seine Stimme: »In den ersten sechs Jahren hatte ich keine Ahnung, dass die beiden nicht meine richtigen Eltern sind. Als ich es erfuhr, saß ich auf einem kleinen Hocker draußen auf dem Flur vor der Küche, während meine Mutter mir im Vorbeigehen mit Lockenwicklern in den Haaren sagte: *Ach, übrigens, wir sind nicht deine richtigen Eltern, Severin, die sind gleich nach deiner Geburt verschwunden. Aber wir haben dich dann aufgenommen.* Ich weiß noch, dass ich mich gewundert habe, wie klar sie sich ausgedrückt hatte...« Er starrte sich wieder in dem Weinglas an. »Kurz und bündig und leicht verständlich.«

Orla spürte wieder die Wut in sich aufsteigen, sagte aber nichts.

»Ich habe ein paar Fragen gestellt, aber eigentlich habe ich die Sache nicht so schwer genommen. Als mein Vater nach Hause kam, lief ich zu ihm nach draußen und rief: »*Du bist ja gar nicht mein richtiger Vater!* Ich werde nie vergessen, wie er zu weinen anfing und dann sagte: »*Doch, Severin, das bin ich.* Ich sagte darauf: *Mutter hat mir aber erzählt, dass ich einen anderen Vater habe*, woraufhin er noch mehr weinte.«

Severin sah Orla an. Seine Augen glänzten, er hatte mittlerweile eine ganze Flasche Wein getrunken. »Sie haben ihr leibliches Kind verloren und dafür mich bekommen. Sie hatten einen Sohn, und ich war ein Fremder. Wir waren ziemlich verwirrt, bis mein Vater mich irgendwann auf den Schoß nahm und sagte: *Es stimmt, ich bin nicht dein leiblicher Vater, aber dein Vater bin ich trotzdem, und ich liebe dich über alles auf der Welt. Du sollst wissen, dass es dir nie an etwas mangeln wird.* Trotzdem fragte ich mich schon in der ersten Nacht, wie meine richtigen Eltern wohl aussahen – es war etwas geschehen, ich wusste nur nicht, was. In Wirklichkeit...« Severin begann zu lallen und verstummte. Die Wirklichkeit musste warten.

Orla musterte ihn mit zusammengekniffenen Augen, während Severin einen weiteren Schluck Wein trank.

Orla spürte wieder die Wut, die ihre Freundschaft zerstören würde. Das wusste er ganz genau. »Sie waren dir nicht ähnlich... Britt und Erling?«

»Überhaupt nicht.«

»Auch nicht in ihrer Art?«

»Nein, sie sind beide groß und breit – und ich bin, na ja, du weißt ja, wie ich bin.«

Orla dachte an seinen Vater, der wie Severins Lächeln unsichtbar war.

»Unsere Namen sind hässlich, findest du nicht auch? *Severin und Orla.* In der Kennedy-Schule oben in Høje Gladsaxe haben sie mich ständig damit aufgezogen. Sie riefen immer: *Severin, Severin – stinkt schon wieder nach Benzin!*« Er lachte, und ein Tropfen Speichel landete auf seinem Kinn.

Orla nickte. Er kannte die Verhältnisse in Dänemarks erstem richtigen Betonghetto, dessen Schule nach dem ermordeten US-Präsidenten benannt worden war.

Severin sagte: »Und das alles wegen Hasse, dass sie überhaupt ein elternloses Kind adoptiert haben. Um sein Andenken mit dieser unendlich guten Tat zu ehren...« Er hatte einen einzelnen roten Tropfen im Mundwinkel hängen. Es sah aus wie Blut. »Ich weiß noch, wie ich mit meiner Mutter beim Friseur war und die Friseuse plötzlich sagte: ›*Kleiner Freund, du hast die Haare deiner Mutter!*‹ Die Hände meiner Mutter wurden eiskalt, und sie sagte: ›*Nein, das stimmt nicht.*‹«

Severin lächelte mit roten Lippen. »Die ganze Familie spielte bei dieser Lüge mit – alle zusammen, Hasse zu Ehren.« Er stand auf und ging mit unsicheren Schritten um den Tisch herum zu Mille, dessen Fell genau in Augenhöhe hing. Er hob die Hand und streichelte mit Daumen und Zeigefinger über die grauen Pfoten. »Sie hatten nur mich...«, er legte seine hohle Hand darüber, und nur die Krallen ragten zwischen seinen Fingern hindurch, »...um die Erinnerung an den kleinen, verdammt großen Bruder wachzuhalten. Für immer. Das ist wirklich paradox, nicht wahr... wie vor Gericht? Man muss die Wahrheit sagen und wendet dabei allen Anwesenden den Rücken zu. Wir sind völlig gefühllos, oder? Das ist unser Fluch. Nicht weil wir Adoptivkinder sind, sondern weil wir in Kongslund waren...«

Das Lächeln, das nicht existierte, war verschwunden.

»Ich bin kein Adoptivkind«, sagte Orla. »Meine Mutter konnte mich in den ersten Jahren nur nicht bei sich haben.«

»Natürlich bist du das.«

»Hast du jemals deine richtigen Eltern ausfindig gemacht?«

»Ich habe ihre Namen und Telefonnummern. Wir haben das Kinderheim besucht, und es gab da ein Mädchen, Marie... Sie hat mir die Namen gegeben. Ich habe sie auch schon angerufen, aber ich lege immer auf, bevor sie etwas sagen können. Ich schaffe es einfach nicht.«

Severin legte sich ohne Vorwarnung auf das Bett und schlief sofort ein. Sein schwarzes Adressbuch lag auf dem Tisch. Nachdem Orla eine Weile über Severins Geschichte nachgedacht hatte, nahm er das Adressbuch und klappte es auf. Er hatte kein bisschen Mitleid mit dem schmächtigen Jungen aus den gelben Wohnblocks. Severin hatte die beiden wichtigsten Telefonnummern seines Lebens an der erwarteten Stelle notiert – unter M und V –, so banal war das.

Er stand im Münzfernsprecher – es war drei Uhr in der Nacht – und starrte auf das kleine Stückchen Papier mit der sechsstelligen Nummer, die laut Marie Severins biologischem Vater gehörte. Seltsam, dass sie Zugang zu derart vertraulichen Daten hatte. Der Mann wohnte in der Gegend von Kopenhagen.

Das öffentliche Telefon im Studentenwohnheim hing halb versteckt hinter der grünen Tür, die in den Garten führte. Orla sah durch das schmale Fenster zu der Linde im Garten und wählte die Nummer. Nach einer ganzen Weile wurde der Hörer abgenommen, und eine schläfrige Männerstimme meldete sich: »Ja?«

»Und, war es ein guter Fick?«

»Was...?«, fragte die Stimme erheblich wacher. »Wer ist denn da?«

»Skodsborg 1961... War es *gut*, einfach seines Weges gehen und den Jungen vergessen zu können?«

»Wer... wer?«

»War es gut, einfach abzuhauen und Vater eines anderen Sohnes zu werden? Kinder mit einer anderen Frau zu bekommen...?«

»Verdammt...!«

»Denken Sie manchmal an Ihren Erstgeborenen? Hätten Sie gerne seine Nummer? Nein, bestimmt nicht. Sie wollen das bestimmt ruhen lassen. Die Vergangenheit soll vergessen bleiben, nicht wahr?« Orla knallte den Hörer auf die Gabel, beugte sich vor und sah in den Garten, in dem die Mädchen seiner Kolleggruppe in ein paar Stunden den Tisch für das gemeinsame Sonntagsfrühstück decken würden. Das Heilsmädchen würde wie immer mit strahlenden Augen lachen. Sie erinnerte Orla an das Mädchen in Vænget, das ihn aufgefordert hatte, die *blaue* Pinocchiokugel zu essen.

Er hatte nur wenige Stunden geschlafen, als er am Vormittag wach wurde. Im Kimono ging er nach unten zum Telefon und wählte die andere Nummer aus Severins Buch.

»Hier ist Pia«, ertönte eine jugendliche Stimme.

»Heißt deine Mutter Susanne mit Vornamen?«

»Ja... wer ist denn da?«

»Sag ihr einfach einen schönen Gruß und dass sie ein Kind vergessen hat. Das ist zwar lange her, aber trotzdem. In Skodsborg. Sag ihr einfach, dass sie damals einen kleinen Jungen vergessen hat, der noch immer auf sie wartet. Wenn sie Zeit hat...«

Orla legte auf und lehnte den Kopf gegen die Glasscheibe. Severin saß draußen am Tisch unter der Linde und lächelte gequält. Man sah ihm seinen Kater an. Das Heilsmädchen hatte sich über den Tisch gebeugt und schnitt auf dem massiven Schneidebrett des Kollegiums Scheiben von einer dicken, roten Wurst. Sie lachte und legte ihre Hand auf Severins Arm; dann sangen sie mit weit entfernten Stimmen einen Herbstpsalm. Orla blieb in seinem Versteck stehen und hörte ihnen zu. Die Worte waren kaum zu verstehen: *Verblichen ist der Wald...*

Dann wählte er eine dritte Nummer, und dieses Mal hörte er die Stimme seiner Mutter, ängstlich, als ahne sie bereits, dass etwas Schreckliches geschehen würde. Orla hielt den Hörer in der Hand, ohne etwas zu sagen, und dachte an die Distanz zwischen ihnen – exakt fünf Kilometer, 736 Meter und 59 Zentimeter, wenn sich keiner von ihnen bewegte.

Er lauschte ihrem Atem: »Hallo?«, wiederholte sie. Und dann ängstlich: »Bist du das, Orla...?«

Er legte eine Hand auf die Sprechmuschel und nahm sie wieder weg. Ein Tropfen Spucke spritzte von seinen gespitzten Lippen auf das glatte, schwarze Plastik, als er das Seerosenblatt an dem dunklen Wasser sah und das Auge, das ihn voller Entsetzen anstarrte. Er konnte seine Frage nicht stellen. Das Mädchen unter der Linde lachte, und dann sang sie und sah aus wie ein Engel. Später am Tag lud er das Heilsmädchen und Severin zu sich in sein Zimmer ein. Sie war katholisch erzogen worden und aus ihrem Zuhause in Søllerød geflohen, mit einer Plastiktüte mit Alice-Cooper- und Black-Sabbath-Platten als einzigem Gepäck. Ihrer guten

Laune hatte das aber keinen Abbruch getan. Sie sang, während sie die Treppe nach oben gingen – von Jesus und all der Freude, die er den Menschen bereitete, wenn sie nur um Verzeihung baten.

»Bauen wir doch einen Beichtstuhl für alle schuldbewussten Regensianer!«, rief Orla.

Severin sah ihn mit seinem unsichtbaren Lächeln an. Vielleicht war es diese absurde Idee, die die zum Tode verurteilte Freundschaft der beiden jungen Männer noch um ein paar Wochen verlängerte.

Die drei Freunde bauten eine mannshohe Box aus Paneelen, sägten ein Loch in die eine Seite und verkleideten die Öffnung mit dickem, dunklem Stoff. Abwechselnd würden sie sich anschließend auf den Hocker in der Box setzen und sich die Bekenntnisse der anderen anhören. Das Ganze war im höchsten Maße kindisch.

Als Reaktion auf die gebeichteten Sünden war nur eine Antwort erlaubt: »Ich verstehe dich.«

Severin und das Heilsmädchen erzählten Anekdoten von ihren sündigen Besäufnissen im Kolleg, und Orla kommentierte hinter dem Vorhang: »Ich verstehe dich.«

Doch dann war er selbst an der Reihe – und die Stimmung im Raum kippte auf einen Schlag: Er schnaufte durch seine große Nase, seine dicken Lippen bewegten sich und gaben derart bizarre Dinge von sich, dass sowohl Severin als auch das Heilsmädchen ihr Spiel zunehmend unangenehm fanden. Nicht einmal eine abtrünnige Katholikin wusste, wie sie damit umgehen sollte – und schließlich wollten sie keine weiteren Beichten mehr hören und entschuldigten sich mit bevorstehenden Klausuren und Kopfschmerzen. Orlas stetig angestiegene Wut war unkontrollierbar geworden, und eines Abends klopfte er wild an Severins Tür. »Du musst beichten – jetzt!«, sagte er mit belegter Stimme, und Severin, der die rot unterlaufenen Augen seines Freundes sah, ging mit ihm. Es sollte das letzte Mal sein, und er wollte das Geheimnis beichten, auf das Orla schon lange wartete.

»Ich hatte dir doch von Vaters Pferd erzählt, erinnerst du dich?«, begann der Junge aus dem gelben Haus, als er seinen Platz in der Box eingenommen hatte.

Der Tröster auf der anderen Seite antwortete nicht.

»Mit diesem Pferd ist etwas passiert, das ich dir nicht erzählt habe ... oder besser gesagt, mit dem Jungen, der es geritten hat. Kjeld ... der Sohn des Blockwarts ...« Severin zögerte einen Augenblick. »Das war der widerlichste, übelste Kerl, den ich kannte, aber dieses Pferd hat er wirklich geliebt, und wenn wir in den Wald gingen, um es grasen zu lassen, lief er hinter uns her. Irgendwann habe ich ihm erlaubt, darauf zu reiten, doch das Tier ist völlig durchgedreht und galoppierte wild los. Kjeld klammerte sich an die Mähne und schrie wie am Spieß, und als er am Schilf war – unten am Bach –, blieb es plötzlich stehen, sodass Kjeld in hohem Bogen durch die Luft flog und mit dem Kopf auf den großen Stein knallte, der da liegt – du kennst den ja. Als wir zu ihm kamen, lag er im Gras ... die Augen geschlossen. Ich weiß noch, wie ich dastand und ihn angesehen habe. Er hatte Blut auf Wangen und Stirn – und ich fühlte so etwas wie Genugtuung. Geschah ihm ganz recht, dass er da lag. Nach drei Wochen wurde er aus dem Krankenhaus entlassen, aber irgendwie funktionierte er nicht mehr richtig. Ein paar Monate später fiel er einfach um und wurde weggebracht. Später erfuhren wir, dass er tot war.«

Er schwieg einen Augenblick. »Wie Hasse.« Er hatte gebeichtet.

Dann kam Orlas Stimme, scharf und eindringlich. »Aber das war doch nicht *deine* Schuld.«

»Ich habe die Pointe ausgelassen ... Ich wusste nämlich ganz genau, wie wild das Pferd war. Mir war klar, dass es gefährlich war, schließlich hatte ich selbst mal versucht, auf dem Tier zu reiten – mich hat es aber auch abgeworfen. Es war *wild*, und auf ihm zu reiten war völlig undenkbar. Ich habe das Tier gehalten, während er aufstieg, und darauf geachtet, dass er sich gut an der Mähne festhält. Aber ich habe *gehofft*, dass er sich verletzt. Nie habe ich mir etwas so sehr gewünscht...« Severin räusperte sich. »Ich wollte von ganzem Herzen, dass er sich wehtut... aber dass ihn das umbringt...«

»Du hast gehofft, dass er stirbt.« Der Tröster stellte keine Frage.

»Das Einzige, woran ich mich wirklich erinnere, ist... Er war so... als er da lag... Er war so klein...« Severin weinte.

»Das verstehe ich.« Orlas Stimme drang klar durch den Vorhang. »Das verstehe ich.« Es gab keinen Zweifel, dass er verstand.

Wie Hasse.

»An diesem Tag habe ich begriffen, wozu der Mensch fähig ist. Man kann Lust bekommen zu töten – und vielleicht tut man es sogar. Aber darüber redet man nicht.«

»Nein.«

»Hast *du* jemals...?«

»Nein.«

Der Vorhang zitterte leicht, aber vielleicht war das auch nur der Wind aus der Kannikestræde.

Severin stand auf. Seine Schritte führten ihn aus dem Zimmer. Das war seine finale Beichte gewesen, im nächsten Monat wurden er und das Heilsmädchen ein Paar, und der Beichtstuhl blieb unbenutzt in einer Ecke in Orlas Zimmer stehen.

Glaubte er.

In Orla aber wütete noch immer die Geschichte, die er nie jemandem erzählt hatte. Statt Severin platzierte er ein altes Tandberg-Tonbandgerät hinter dem Vorhang, das drei Stunden ohne Unterbrechung aufnehmen konnte. Hätte jemand diese Bänder gefunden (sie lagen sorgsam verschlossen in einem großen Eichenschrank), wäre er noch entsetzter gewesen als Severin und das Heilsmädchen, denn alleine mit sich im Dunkeln brauchte Orla, der Seltsame, keine Rücksicht auf seine Umwelt zu nehmen, auf die Skepsis und Ablehnung seiner Mitmenschen. In diesem Moment war er Gott, Sünder und Beichtvater in einer Person, und während seine Kommilitonen schliefen, wechselte er unbeschwert zwischen den drei Rollen und erzählte dem schnurrenden Band des alten Tonbandgerätes alles. »Das verstehe ich gut«, sagte Gott – und der Sünder rief: »Verlass mich nicht!«, während der Beichtvater im Hintergrund saß und dafür sorgte, dass auch die Stille auf dem Band aufgezeichnet wurde.

Der Sohn flüsterte: »Verzeih mir.«

Der Vater blieb stumm.

Orla hörte sein eigenes Schweigen auf dem Band – für immer festgehalten –, während das Band Runde um Runde aufzeichnete und das Surren mit jedem Meter tiefer und tiefer wurde.

»Kein Mensch ist eine Insel«, sagte die Stimme.

Er antwortete: »Ich möchte gerne beichten, dass ich Almind-Enevold gefragt habe, ob er mir eine Stelle im Ministerium besorgen kann, wenn ich mit dem Studium fertig bin.« Dann war lange nichts zu hören, und man sah Orla beinahe vor sich – grinsend und mit einem Glas Wein in der Hand. »Ich kann im Sommer anfangen.«

Eine Minute verging ohne ein Wort, nur das leise Surren des Tonbandgerätes war zu hören. Dann kam die Stimme Gottes. »Du hast gesündigt. Aber durch deine Freundschaft zu Severin hast du für deine Sünden gebüßt. Mehr kann man nicht verlangen.«

Am folgenden Wochenende zog Orla aus, ohne Severin oder den anderen im Kollegium etwas von seinen Plänen zu sagen. Der Fahrer der Umzugsfirma hatte eine Tochter, die Puppentheater liebte. Ihr schenkte Orla den seltsamen Beichtstuhl.

Zwei Monate später begann er als Sachbearbeiter im Justizministerium in Slotsholmen, damals das beste und ehrwürdigste aller Ministerien, und erklomm die erste Sprosse der Karriereleiter jedes ambitionierten Juristen.

Er bezog ein Zimmer auf der Østerbrogade, mit Aussicht auf das Hotel Østerport und die Bahngleise. Er ging abends spät ins Bett und morgens früh aus dem Haus. An den Wochenenden pflegte er ein neues Ritual: Gegen Mitternacht ließ er sich in seinen alten Sessel sinken und entspannte voll und ganz. Dann durchforstete er Zentimeter für Zentimeter seinen Kopf und warf alles raus, was im Weg war, erst die Worte, dann die Gedanken und schließlich die Gefühle, bis er sich am Ende in vollkommener Dunkelheit unter einer glatten, perlmuttbesetzten Kuppel wähnte wie im Innern der Muschel, die seine Mutter ihm als Kind geschenkt hatte und die noch immer das Geräusch der Brandung des Meeres weit im Westen in sich trug.

Erst dann öffnete er mit ruhigem Atem den Deckel seines Unterbewusstseins und ließ alle Bilder aus Vænget, dem Viertel seiner Kindheit, und aus dem angrenzenden Wald in den Raum strömen. Die ausgerissenen Schmetterlingsflügel, das Auge auf dem Seerosenblatt, das schwarze Loch im Gesicht des Schwachkopfs. Er zündete drei Kerzen an und blieb in der gleichen Haltung sitzen, bis auch der letzte Docht verloschen war. Er ließ die Bilder um sein vom Kerzenschein erhelltes Gesicht tanzen und wieder verschwinden, während das Rauschen der Wellen zu einem leisen Flüstern wurde – jetzt aber entfernt und kraftlos.

Oft beendete er die Zeremonie mit einem Anruf bei Severins biologischen Eltern, wenn die Nacht fast vorbei war. Die Stimmen am anderen Ende waren immer gleich metallisch und schlaftrunken. Er sagte nie etwas, legte den Hörer bloß für eine halbe Minute neben die abgebrannten Kerzen, bevor er wieder auflegte.

Eines Nachts verlor er das Bewusstsein. Ein Windhauch löschte die drei Kerzen vor ihm, und er wachte plötzlich auf und sah sich selbst dort sitzen, allein in seinem Sessel, zusammengesunken, nach vorn gebeugt wie ein abgestürzter, schwarzer Vogel. Zugleich wurde ihm eiskalt, und er bekam keine Luft mehr: Tief in seinem Inneren explodierte die Angst und strömte durch all seine Nervenbahnen. Jemand hatte ihn allein zurückgelassen, tief im Innern seines eigenen Körpers, gefangen in seinem Schädel, in der Dunkelheit, ohne dass er wieder herauskam. Er konnte nicht leben... Er sprang aus dem Sessel und stürmte verzweifelt im Zimmer auf und ab, berührte mit zitternden Händen die Wände und stieß seltsam schnaufende Laute aus, die er nie zuvor gehört hatte – er war zwei Personen – eingesperrt in einem Körper, und sein Kopf wollte zerspringen: Nein, nein, nein... nein-nein-nein... nein-nein-nein-nein-nein! Er hörte das panische Trommeln seines Herzens und das Klatschen der Flügel, die vergeblich gegen das Glas schlugen...

Langsam lockerte sich der klaustrophobische Druck hinter seinen Augäpfeln, und er sank erschöpft zu Boden. Seine Arme konnte er nicht mehr spüren.

Ein paar Wochen später wiederholte sich das Ganze und machte ihm solche Angst, dass er sich ein etwas stärker nach außen gerichtetes Ritual suchte. Anfangs onanierte er in der Dunkelheit seines Zimmers – ohne sich zu rühren oder berühren, einfach kraft seiner Gedanken an die Frauen im Ministerium –, und nach ein paar Monaten war er so gut darin, dass er es im Bus auf dem Rückweg von Slotsholmen schaffte, während er durch das Fenster auf die nichts ahnenden Passanten starrte. Er stellte sich die neue Jurastudentin vor, wie er sie von hinten packte und über den Schreibtisch beugte, und er kam, noch ehe der Bus das Hotel Østerport erreicht hatte, und manchmal sogar schon auf halbem Weg durch die Bredgade.

Er hatte Severin fünfzehn Jahre nicht gesehen, als ihn der anonyme Brief im Ministerium erreichte.

Aber er spürte, wie die alten Gefühle aus dem Studentenwohnheim wieder aufloderten: Liebe, Sehnsucht – und Wut – und etwas, das noch viel tiefer steckte und sich nicht in Worte fassen ließ.

Der Brief war vor fünf Tagen gekommen, und Orla saß im Ministerium und wartete auf Severins Rückruf. Aber sein früherer Freund schien fest entschlossen zu sein, den Kontakt nicht wieder aufzunehmen.

13

DIE BLAUEN ELEFANTEN

10. MAI 2008

Das Jubiläum rückte näher – noch drei Tage –, und ich spürte die Anspannung, die das Ministerium und die Medien ergriffen hatte, man schien geradezu auf die sensationelle Enthüllung des Sündenfalls von Kongslund zu lauern. Und natürlich verfolgte die ganze Nation die Sache. Niemand schien den Prozess aufhalten zu können.

Vor vielen Jahren, an einem Abend vor einem weiteren Abschied und den ersten Strophen des alten Liedes, hatte ich Magna die Frage gestellt, auf die ich mir schon immer eine Antwort gewünscht hatte: »Wie viele Strophen hat das Lied eigentlich?«

Und meine Pflegemutter hatte geantwortet: »Was glaubst du?«

»Zweitausendneunhundertdreiundsiebzig«, hatte ich, ohne zu zögern, gesagt und sogleich die Besorgnis in ihrem Blick gesehen. Kleine Mädchen sollten eigentlich keine so großen Zahlen in sich haben. Dann sagte sie: »Unser Lied geht endlos weiter, Marie, auch wenn du und ich längst nicht mehr da sind.«

Ich war unter dem Gewicht dieser Mitteilung zusammengesunken. Verständlicherweise beruhigte mich die Antwort nicht im Geringsten.

Der Kommentar, der auf Seite 3 von *Fri Weekend* stand, ließ sich mit der flachen Hand komplett abdecken – der unzufriedene Blick des Chefs vom Dienst ließ erkennen, dass er viel, viel zu kurz war.

Die Kongslund-Affäre drohte sich in Luft aufzulösen, ehe sie überhaupt richtig ans Tageslicht gekommen war. Das schwächelnde Zeitungsprojekt entwickelte sich ganz und gar nicht nach Plan. In kleinen, aber deutlichen Schüben sickerte die Lebenskraft aus dem Redaktionskörper heraus, je stärker die Auflagenhöhe abstürzte, und es saß bereits der dritte Chef vom Dienst innerhalb von sieben Monaten auf dem Posten für die Inland-Nachrichten.

»Ohne deinen guten Ruf aus früheren Zeiten wäre das nie ein Thema geworden«, sagte er zu Knud Tåsing und drückte damit vor allen Anwesenden seine Unzufriedenheit über die Schlagzeile des Tages aus. *Heimleiterin schweigt zur Kongslund-Affäre.* Knud Tåsing war in einem anderen Leben ein echter Star gewesen, kein Zweifel, aber das persönliche Engagement des Journalisten für die Themen, über die er berichtete, war in seinen Augen alles andere als professionell.

Channel DK hatte am Morgen die ersten Werbespots für einen Dokumentarbeitrag über Kongslund gebracht. Bis zu dessen Ausstrahlung am 12. Mai waren es noch zwei Tage, aber eigentlich gab es am fünften Tag der Affäre keine Nachrichten, über die es sich zu berichten lohnte.

»Haben die irgendwelche Informationen, die wir nicht haben?«, fragte der CvD.

»Ich weiß es nicht«, sagte Knud Tåsing. Er hatte bereits das zweite Zigarettenpaket zu einer grünweißen Kugel zusammengeknüllt, die er jetzt anstarrte. Die übrigen Journalisten saßen ebenso schweigend wie resigniert an dem Sitzungstisch in dem nach den zahlreichen Entlassungen viel zu großen Redaktionsbüro.

Nils Jensen betrat den Raum und stellte sich vor eine der

beweglichen grünen Trennwände. Er trug seine Nikon über der Schulter.

»Ist aus dem Jubiläum ... was Brauchbares rauszuholen? Wenn ihr mich fragt, halte ich das mit der *großen Enthüllung* für reines Wunschdenken. Wir müssen endlich einsehen, dass es keine Enthüllung geben wird«, sagte der Chef vom Dienst.

Knud Tåsing schnipste die Zellophankugel über die Tischkante. »Da bin ich anderer Meinung – und ich arbeitete daran – aber mir werden ständig Hindernisse in den Weg gestellt. Ich komme nicht an die richtigen Stellen und erhalte keine Akteneinsicht, aber ohne Einblick in die alten Dokumente – Anstellungsverträge und Lohnauszahlungen – kann ich die früheren Angestellten auch nicht ausfindig machen. Die bremsen uns aktiv aus.«

»Die alten Angestellten sind bestimmt längst tot. Immerhin hat sich bisher noch niemand an uns gewandt und seine Hilfe angeboten«, sagte der Chef vom Dienst, der nicht wegen seines Talents für die Entwicklung von Ideen eingestellt worden war, sondern für sein Versprechen, trotz schrumpfender Mitarbeiterzahlen für wachsende Produktivität zu sorgen.

»Das könnte auch daran liegen, dass sie nicht zum festen Leserkreis unserer Zeitschrift gehören – falls es den überhaupt noch gibt«, antwortete Knud.

Der CvD rang die Hände. »Auf diese Art von Kommentar können wir gut verzichten, Tåsing.« Er warf einen Blick zu dem Fotografen, den, wie alle wussten, so etwas wie Freundschaft mit dem Journalisten verband, aber Nils senkte den Blick.

»Wir haben bestätigt bekommen, dass sowohl das Formular als auch die Kinderschuhe aus der damaligen Zeit stammen. Und wir haben Termine mit zwei Sozialarbeiterinnen der damaligen Mutterhilfe, die eventuell ein wenig Licht ins

Dunkel bringen können, vielleicht erfahren wir über die, was in den sechziger Jahren auf Kongslund gelaufen ist. Das ist die Story für morgen«, sagte Tåsing.

»Und was sagen die beiden Damen... diese Sozialarbeiterinnen?«

»Das habe ich sie am Telefon natürlich nicht gefragt...« Knud Tåsing starrte den CvD über den Brillenrand hinweg an. »Das wäre ein Riesenfehler.«

»Möglich, aber für uns heißt das, dass wir keinen Schimmer haben, was für eine Story wir morgen bringen. Falls es überhaupt eine ist.«

Die zwölf schweigenden Journalisten um den Sitzungstisch lächelten schief und verzogen die Gesichter zu nervösen Grimassen.

»Das stellt zumindest sicher, dass sie keine kalten Füße kriegen oder mit jemand anderem sprechen, der sie womöglich überredet, den Mund zu halten.« Knud Tåsing erhob sich hektisch von seinem Stuhl. »Kein Wunder, dass die Zeitschrift sich auf dem absteigenden Ast befindet. Vielleicht wollen die hohen Herren da oben ja...«, er nickte hoch zur Decke, »... schlicht und einfach ihre alten Freunde in der Partei und der Regierung nicht belästigen. Und uns klarmachen, dass wir noch immer eine Regierungszeitschrift sind und um alles in der Welt die guten alten Verbindungen bewahren sollten.«

Der Chef vom Dienst erhob sich so hastig, dass sein Stuhl umkippte. »Wir arbeiten nach dem *Wesentlichkeitskriterium*, das weißt du ganz genau...!«

»Ja – aber die Wesentlichkeit hat auch Augen und Ohren, und sie registriert besser als irgendwer sonst, wenn die eingeschlagene Richtung riskant wird.«

»Es gab Zeiten, Tåsing, da warst du ein allseits bewunderter Mann. Auch von mir. Aber dann ist etwas passiert, nicht wahr? Ich sage es an dieser Stelle ausdrücklich:... *mög-*

licherweise bist du es selbst, der sich bei dieser Story, die dir so wichtig zu sein scheint, am allermeisten im Wege steht... du kannst ja mal darüber nachdenken.« Der CvD holte tief Luft. »Wer zum Teufel glaubt schon eine Geschichte aus der Feder eines Mannes, der einen Fehler begangen hat, der zwei Kinder das Leben gekostet hat? Vielleicht ist es *diese* Alarmglocke, die in meinem Kopf schrillt... Sollen wir es wirklich wagen, den ganzen Laden und die Existenz der Zeitschrift auf diese eine Karte zu setzen?«

Knud Tåsing war blass um den Mund geworden und schien Atemnot zu haben. »Aha.«

In diesem Moment war von der Trennwand eine leise Stimme zu vernehmen. »Wir werden schon eine Geschichte für morgen daraus machen.« Die Worte kamen von dem Fotografen, der sonst nie etwas sagte – und ganz sicher nicht dann, wenn so viele Journalisten an einem Ort versammelt waren.

Alle Blicke wandten sich ihm zu. Überrascht.

Nils Jensen, der sonst nur in Bildern kommunizierte und der Knud gegenüber die Story als Sensationsstoff bezeichnet hatte, sagte: »Solange *Channel DK* an der Sache dran ist, werden die Zuschauer auch dranbleiben, wenigstens bis zur Jubiläumsfeier, und vielleicht geschieht ja noch etwas, womit keiner gerechnet hat...«

Er sah selbst etwas überrascht aus. Ob es an seiner unvermittelten Rede lag oder daran, dass er mit plötzlicher Klarsicht das Prophetische seiner Aussage erkannte, lässt sich schwer sagen.

Der Tontechniker schaltete den Motor aus und öffnete die Wagentür. Er stieg aus und sah sich um.

Peter Trøst blieb noch einen Moment auf der Rückbank sitzen. Obgleich die Abläufe der konkurrierenden TV-Kanäle eine immer höhere Effektivität *on location* erforderten, mit immer kleineren Teams, arbeitete der Chef der Nachrichten- und Unterhaltungsabteilung von *Channel DK* wie in alten Zeiten mit Tontechnikern, Kameramann und Produktionsassistentin zusammen.

Peter Trøst lehnte sich zurück und schloss die Augen. Kurz vor einer Aufnahme fühlte er sich immer am wohlsten. Er sog den Duft von Gummi und Leder ein, den Geruch der eingeschalteten Apparate und den Zigarettenrauch, der in der Luft hing, und genoss das Gefühl, dass alles lief und einsatzbereit war. *Channel DK*'s umgebauter Chevrolet war schicker und teurer als die meisten anderen Fahrzeuge der Branche und konnte eine größere Sendereichweite vorweisen als jeder andere Sendewagen des Landes, bezahlt vom großzügigen Muttersender in den USA.

Er stieg aus und schlug die Tür hinter sich zu, langsam, fast geräuschlos, als befürchte er, die schlafenden Wesen im Unterholz unter den Buchen zu wecken. Aber es war niemand zu sehen.

Er schaute hoch. Das Haus stand unverändert da wie bei seinem letzten Besuch – wenige Wochen nach seinem sechzehnten Geburtstag. Seine Mutter hatte wie üblich seine rechte Hand ergriffen und mit belegter Stimme gesagt: »Das hier war dein allererstes Zuhause, Peter. Das darfst du niemals vergessen.« Dabei hatten sie die längste Zeit seines Lebens genau das versucht.

Er gab dem Tontechniker, der gerade seine Zigarette ausdrückte, ein Zeichen. Die Produktionsassistentin stand bereits auf dem Treppenabsatz und pochte mit der Faust gegen die Tür, obwohl es eine Klingel gab. Er war laut Magna von einer unbekannten Frau im Rigshospital geboren worden, die ihn an einem Abend um sieben Uhr auf die Welt gebracht und unmittelbar danach weggegeben hatte. Sie hatten ihn in absoluter Dunkelheit in ein Bett gelegt. Er war allein in einer Welt gewesen, die weder Anfang noch Ende zu haben schien und in der man sehr scharfe Ohren brauchte, um das leise Werkeln Unseres Herrn auf der anderen Seite der Wand zu hören.

Neun Monate später war er von seinen neuen Eltern adoptiert worden. Sie gaben ihm den Vornamen Peter, den Zwischennamen Troest und den Nachnamen Jochumsen, Namen, die er in dem Augenblick, als er seine Journalistenausbildung abgeschlossen hatte, in bodenständigere Namen umwandelte, weil es zu der Zeit der Karriere zuträglich war, einer aus dem Volk zu sein – am besten aus der Arbeiterklasse. Die meisten Dänen kannten ihn nur unter seinem Starnamen Trøst. Jochumsen war zu Jørgensen geworden. Es gab kaum jemanden, der von seinem Weg aus dem Kinderheim in eine wohlhabende Familie wusste, da er sich immer strikt geweigert hatte, private Fragen zu beantworten, wenn er selbst einmal interviewt wurde.

Seine Mutter hatte schon in jungen Jahren eine Vorliebe für die empfindlichsten und zartesten Pflanzen dieser Welt entwickelt. Auf jedem freien Fleckchen Erde pflanzte sie kleine, seltene Bäume oder Büsche, die mit Stöcken gestützt und mit Bindfäden hochgebunden werden mussten, um überhaupt Sonne abzubekommen: Schwarzpappeln, Sumpfzypressen, Weißdorn, japanische Kirsche und sogar ein kaukasischer Ahorn mit roten Sommertrieben. Wegen dieser zarten Pflanzen war jegliches Herumtoben im Garten verboten gewesen, ebenso typische Jungsbeschäftigungen wie Fußball, Drachensteigen, Frisbee und Bogenschießen. Am liebsten hätte sie ihren Jungen auf der Bank im Schatten der großen Ulme festgebunden. An diesem Platz hatte er erstmals mit My über die Anschuldigungen gesprochen, die Rektor Nordal gegen ihn vorgebracht hatte.

Nach dem Skandal war Mys Vater immer mehr in sich zusammengesunken und noch schweigsamer geworden, als er ohnehin schon war. Rektor Nordals Sieg hatte seinen vormals so starken Rücken gebeugt. My, der seinen Vater bis dahin für unbeugsam und unverwundbar gehalten hatte, war zutiefst schockiert gewesen und hatte Peter auf der Bank unter der Ulme diese bis dahin bitterste Erfahrung seines Lebens anvertraut.

»Wenn ein Mann ... wie mein Vater ... einen Traum hat, es im Leben zu etwas zu bringen, fußt dieser Traum auf ein paar einfachen Worten, die er immer und immer wieder in seinem Kopf wiederholt. Ich habe die Worte meines Vaters gehört, nachts, wenn er im Schlaf gesprochen hat ...«

Peter sah seinen Freund voller Unruhe an. Sie standen vor einem unlösbaren Problem.

»Diese Worte sind sozusagen sein Rückgrat«, sprach My weiter. »Sie halten den Körper aufrecht und Knochen und Muskeln zusammen. Darum müssen diese Worte aus dem besten und stärksten Material sein, das man finden kann.« Er sprach fast wie ein Erwachsener. »Hjalmar hat geglaubt, das stärkste und beste Material wären Beharrlichkeit und Stolz ... wie in den Büchern.« Er hatte angefangen, seinen Vater beim Vornamen zu nennen, wenn der nicht in der Nähe war.

Er schüttelte seinen sommersprossigen Kopf und versuchte, den verwickelten Gedankengang zu Ende zu bringen. »Aber als er die Worte am dringendsten gebraucht hätte, konnte er sich plötzlich nicht mehr an sie erinnern.« Er schaute in die Krone der Ulme unter dem blauen Himmel über Peters Garten. »Verstehst du, was ich meine?«

Peter hatte ihn angesehen, ohne etwas zu sagen. Er war solche philosophischen Ergüsse von seinem ansonsten wortkargen Freund nicht gewohnt und hätte gern gefragt, was denn das beste Material wäre, schwieg aber.

»Die Worte haben nicht geholfen«, sagte My. »Nur schön geklungen.«

Danach hatten sie mehrere Minuten stumm nebeneinandergesessen.

»*Du darfst niemals aufgeben!*, hat er gesagt. *Du darfst niemals aufgeben!*« My schaute auf seine Hände, als wären die Worte dort zwischen seinen Fingern zu sehen.

Peter verstand. Dass Hjalmar kampflos aufgegeben hatte, war für ihn wie ein K.o.-Schlag.

»Das beste Material…«, My zögerte einen Augenblick. »Das beste Material ist, sich gut genug zu fühlen.« Eine Träne klebte wie ein schillerndes kleines Insekt auf seiner Wange. Mehr sagte er nicht. Aber mehr als dreißig Jahre später erinnerte Peter sich noch an die Aussage und seine eigene Angst, ausgelöst durch Mys absolut simple Beschreibung dessen, wie der Untergang eines Menschen seinen Anfang nahm. Damals hatte er auf Mys Hilferuf auf die einzige Weise reagiert, die er sich vorstellen konnte.

An dem Tag, als die große Morgenzeitung die Nachricht über den Tod des Rektors brachte – wenige Wochen nach dem Fällen der Linde –, schaute Mys Vater Hjalmar nur einmal von seiner Ausgabe des *Folkets Blad* auf. Er sah die beiden Jungen an, die am Tisch saßen und von dem bunten Weihnachtsteller naschten, und fing den Blick seines Sohnes ein paar Sekunden ein. Dann glitt er zurück in seine zusammengebrochene Welt, in der die Scham reglos auf dem Thron hockte.

Peter hatte My nie in sein Geheimnis eingeweiht. Sie hatten nie miteinander über das gesprochen, was geschehen war. Er wollte ihre Freundschaft nicht riskieren.

Aber das Schicksal hatte eigene Pläne.

Die Produktionsassistentin hatte seinen Namen laut gerufen, mehrmals, inzwischen klang sie besorgt. Auf dem oberen Treppenabsatz stand eine große Frau und hieß ihn mit einem Lächeln willkommen, als wären sie alte Freunde.

Vielleicht war das eine Reaktion auf seine Bekanntheit.

»Susanne Ingemann«, sagte die Frau mit einem angedeuteten Knicks.

Eigenartig, dachte er fasziniert. Sie machte einen Knicks, als wären sie zwei Figuren aus dem letzten Jahrhundert, ja als stiegen sie die Freitreppe hinauf in ein Märchenschloss.

»Sie waren ja schon mal hier«, sagte sie und dirigierte ihn mit der linken Hand in das alte Haus. Ihr rotbraunes Haar war mit einer Spange hochgesteckt, und sie trug ein grünes Kleid und weiße Sandalen.

Er erinnerte sich an die Halle und die breite, weiße Treppe, die nach oben zu den verborgenen Bereichen des Daseins führte – dort wohnten die Heimleiterin und ihre Mitarbeiter –, und er erinnerte sich an die Schwarz-Weiß-Fotografien über der Anrichte, die bis 1936 zurückreichten und alle Kinder zeigten, die die hohen Räume des Säuglingsheims Kongslund durchlaufen hatten.

»Wann haben Sie Kongslund das letzte Mal gesehen?«, fragte Susanne Ingemann.

»Als ich mein Abitur gemacht habe. 1980. Wir sind mit dem Pferdewagen nach Kopenhagen gefahren. Aber ich habe nicht reingeschaut.«

»Haben Sie in letzter Zeit mit Fräulein Ladegaard gesprochen?«

»Ich habe versucht, sie telefonisch zu erreichen, leider vergeblich.«

Sie tranken Tee im Wintergarten, mit Ausblick auf die saftig grüne Rasenfläche, den kleinen Strandabschnitt und den Sund. Die Luft war klar.

»Wir sind, wie Sie verstehen werden, entsetzt über den Bericht in *Fri Weekend*. Wenn Sie also eher an Sensationen interessiert sind, bin ich wohl nicht die Richtige für Sie... Ich beschäftige mich mit Kongslund, wie es heute ist, und kann Ihnen versichern, dass hier keine Kinder berühmter Persönlichkeiten untergebracht sind. Im Gegenteil.«

Ihr Dialekt war seeländisch, Mitte oder Westen, das konnte er nicht sicher sagen.

»Wann wurden Sie eigentlich adoptiert?«
»1962.«
»Sie wurden im Rigshospital geboren und kamen kurz danach hierher, nicht wahr? So war es wohl für die meisten.«
»Ja.« Er verstummte. *Rigshospital*, so stand es in seiner Taufurkunde. Er wollte nicht darüber nachdenken und von Bildern aus der Dunkelheit verfolgt werden, die ihn die ersten Stunden seines Erdenlebens umschlossen hatten. Über dreißig Jahre später war er wieder im Rigshospital gewesen, dieses Mal, um sein erstes Kind auf die Welt zu bringen (mit seiner zweiten Frau). Sie waren mitten in der Nacht in der Entbindungsstation angekommen, soweit er wusste, in der gleichen Abteilung, in der seine unbekannte Mutter ihn geboren hatte – ein fataler Fehler, wie sich hinterher herausstellte.

Denn das Schicksal wurde schlagartig wach und weidete sich am Übermaß an Möglichkeiten.

Im Kreißsaal 3 gab es eine Badewanne und Kissen, sogar einen Gebärstuhl, auf dem seine damalige Frau gelegen und gehechelt hatte. Die Geburt zog sich in die Länge, und Peter Trøst machte sich rastlos auf die Suche nach einem Fernseher mit Liveberichten von den Brennpunkten der Welt, um nach einer kurzen Pause wieder zurückzukommen. Auf halber Strecke war er Marianne begegnet, einer Bekannten aus Schultagen. Sie hatten sich in ihr Büro gesetzt und über alte Zeiten geredet. Welche Möglichkeiten ... Er hatte nicht erwartet, sie als Hebamme wiederzutreffen, und sie hatte nicht damit gerechnet, dass er mal berühmt sein würde (er hatte nicht länger das Hecheln seiner Frau im Ohr). Sie lachte. »Ich war auf dem Gymnasium schrecklich in dich verschossen«, sagte sie mit der Intimität, der Berühmtheiten häufig ausgesetzt sind. Das Telefon klingelte, aber sie ließ es klingeln. Sie war klein und blond und schlank. Sie drehte ihm den Rücken zu und reinigte irgendwelche Instrumente: welche Möglichkeiten ... Sie drehte sich um.

In der Ecke stand eine Pritsche, auf der das Personal sich ausruhen konnte. Das Schicksal reckte sich wohlig, fast unschuldig. Und so passierte es. Mit einer Hand schloss es die Tür, mit der anderen schubste es die beiden in eine gemeinsame Umlaufbahn; seine Hände begaben sich auf Entdeckungsreise, und sie seufzte guttural, was er so interpretierte, dass sie die gleiche Fantasie gehabt hatte wie er; sie wollte ihn vergessen lassen, dass er in diesem Moment der Vater des Kindes einer anderen Frau wurde.

Eventuelle Zweifel verflogen in ihrem warmen Atem, als ihr knabenhafter, schlanker Körper sich reckte und sie ihre Brüste seinem Mund entgegenstreckte. Sie kamen im gleichen Augenblick, und sie schrie, einmal, noch einmal, bis sie sich plötzlich in seiner Umarmung versteifte, ihn von sich stieß, ihren Kittel nahm und die Tür aufschloss.

Mit Verzögerung begriff er, dass der letzte Schrei nicht von ihr, sondern von einer Gebärenden gekommen war.

Die herbeigeeilten Ärzte taten, was in ihrer Macht stand, aber das Kind war tot. Es war ein Junge. Er lag mitten in all dem Weiß da und strahlte eine unfassbare Unschuld aus. Fast so etwas wie Glück am Ende eines kurzen Lebens.

Peter hatte tausend Entschuldigungen vorgebracht; er wäre nur kurz zum Kiosk gegangen; das hätte doch niemand ahnen können; und versuchte seine Frau dann zu überzeugen, es noch einmal zu probieren.

»Ich habe eine Frau schreien hören – und habe solche Angst gehabt«, sagte sie, ohne dass er ihr darauf antwortete.

Kurze Zeit später wurden sie geschieden.

»Wie haben Sie es erfahren?«, fragte Susanne Ingemann. Sie hatte ein Bein über das andere geschlagen, als sie ihre dritte Frage formulierte.

Er blinzelte und dachte, dass er seltsam auf sie wirken musste. Normalerweise hatte er sich besser im Griff.

»Dass Sie adoptiert wurden, meine ich«, fügte sie hinzu.

»Meine Eltern haben es mir an meinem dreizehnten Geburtstag gesagt.«

»Manch einer erfährt es nie.« Susanne Ingemann sah ihm tief in die Augen. »Man kann darüber spekulieren, was besser ist.«

Er nickte.

»Wenn manche Eltern nur bessere Schauspieler wären und ihre Kinder nicht mit den Sünden der Vergangenheit konfrontieren würden. Das fehlende Schauspieltalent ist letztendlich schuld an dem ganzen Dreck.«

Peter Trøst wunderte sich über die derbe Wortwahl. Ihre Stimme war gedämpft. Seine Recherchen hatten ergeben, dass sie allein lebte, die Wohnung der ehemaligen Heimleiterin als Privatwohnung nutzte, darüber hinaus aber auch noch ein kleines Reihenhaus in Christiansgave zwischen Vedbæk und Rungsted besaß.

»Wie waren Ihre Eltern?«, fragte sie. Normalerweise war er derjenige, der die Fragen stellte.

»Wir haben wie gesagt in Rungsted gewohnt«, sagte er linkisch. »Darum sind wir auch so oft nach Skodsborg gekommen. Damals, nachdem ich es erfahren hatte.«

»Irgendwelche Traumata...?«

»Nein«, sagte er. »Zumindest keine sichtbaren.«

Sie lächelte.

Er entspannte sich etwas. Natürlich hatte es ihn beschädigt, das war ihm immer klar gewesen. Er sah seine Töchter vielleicht zweimal im Jahr, hatte keine Freunde, und seine Adoptiveltern mit dem vornehmen Namen Troest Jochumsen besuchte er so selten wie möglich. »Ich war verwöhnt. Meine Mutter war zu Hause. Zu den schrecklichsten Erlebnissen meiner Kindheit gehört, dass mein Bleistift mitten in einer Englischklausur abgebrochen ist.«

»Behütet vor allen Gefahren von außen.« Sie sprach die Worte sehr langsam und deutlich aus.

»Ja.«

Ihre Direktheit machte ihn verlegen, ein Gefühl, das er nicht oft hatte. Beim Fernsehen konnte er derlei Gemütsregungen hinter einem Vorhang aus Scheinwerferlicht und Konzentration verbergen.

»In einigen Räumen in Kongslund darf nicht gefilmt werden...« Abrupter Themenwechsel. Sie erhob sich. »Einer davon ist der Raum, in dem die Säuglinge untergebracht sind. Aber für einen speziellen Gast wie Sie macht Kongslund natürlich gerne eine Ausnahme.«

Auch er stand auf. Ihre Worte lösten einen leichten Schwindel aus. Sie hatte ihm soeben die Erlaubnis erteilt, die Säuglingsstube zu betreten.

Eine merkwürdige Art von Vertrauensbeweis.

Sie zeigte zu einer blauen Tür, die vom Korridor abging, und klopfte leise mit den Fingerspitzen an. Eine junge Frau öffnete.

»Treten Sie ein.«

»Es ist noch alles wie in den Sechzigern, unverändert...«

Sie stehen in der Elefantenstube, wo alles begann. Es ist höher bis zur Decke, als er in Erinnerung hat. Vier Betten rechts, vier Betten links und weiße Gardinen, die sich im Windzug eines offenen Fensters bauschen. An den Wänden Hunderte kleiner, buckliger, blauer Elefanten, die über den Mowglis trompeten, die unter dicken, weichen Decken schlafen. Er sieht in ein blasses, schlafendes Gesichtchen mit geschlossenen Augen, geschlossenem Mund, eingerahmt von dunklem Haar. Er schwankt, wie von Schwindel gepackt.

Susanne Ingemann ist mitten im Zimmer stehen geblieben. »Ist Ihnen nicht gut?«

»Es ist nichts, alles in Ordnung...« Peter präsentiert sein Studiolächeln, um zu zeigen, dass alles in Ordnung ist. »Es ist nur merkwürdig, wieder hier zu sein.«

Was für eine idiotische Ausrede.

Später blieb er noch einmal in der Eingangshalle stehen, um sich die Schwarz-Weiß-Fotos anzusehen, aber sie schob sich geschickt zwischen ihn und die Fotowand und drängte ihn in Richtung Tür ab.

»Ich wollte nur mal schauen, ob ich mich selbst wiederfinde«, sagte er.

»Das kann fast keiner«, sagte sie.

»Ich gehe mal davon aus, dass ich irgendwo in den Unterlagen des Heims verzeichnet bin, oder? In den Akten und Registern aus der Zeit?« Ein linkischer Versuch, auf verbotenes Terrain vorzudringen.

Sie antwortete nicht.

»Oder gibt es keine Aufzeichnungen von damals?« (Knud Tåsing hätte sich totgelacht.)

»Das kann ich Ihnen nicht sagen. Soviel mir bekannt ist, wurden die alten Unterlagen ausgelagert. Ich brauche sie nie. Wenn Magna – Fräulein Ladegaard – sie nicht sogar mitgenommen und entsorgt hat.«

»Sie haben doch sicher den Artikel in *Fri Weekend* gelesen, zu dem Sie selber beigetragen haben?«

»Nein. Wenn ich ehrlich sein soll, lese ich selten Zeitung.«

»Interessiert es Sie gar nicht, was vor Ihrer Zeit gewesen ist? Ob hier Dinge vorgefallen sind, die...«, er suchte nach Worten, »... die nicht sehr glücklich waren.«

»Nicht sehr *glücklich*...?« Sie lachte spontan und herzlich. »Glück ist nicht unbedingt ein Wort, das die Kinder von Kongslund mit der Zeit verbinden, die sie hier verbracht haben, weder früher noch heute. Sollte man nicht lieber von Schicksal sprechen? Wie ein Finger von oben, der ausgerechnet dich für den denkbar schlechtesten Start ins Leben auswählt. Von den Eltern verlassen, von Anfang an...« Sie wurde wieder ernst. »Nun, Sie dürften das besser verstehen als die meisten anderen...?«

Peter dachte an das Kuvert mit dem mysteriösen Inhalt.

Nach dem Streit mit dem Professor hatte er es aus seiner Büroschublade genommen. Jetzt zog er kurz in Erwägung, ob er es Susanne Ingemann zeigen sollte. Er hätte gerne gesehen, wie sie darauf reagierte.

Stattdessen zuckte er mit den Schultern. »Nein... Ich dachte nur, Sie müssten neugierig sein. Es ist doch rätselhaft, dass ein ehemaliges Kind aus Kongslund einen solchen Brief bekommen hat, oder? Ich meine Orla Berntsen.«

»Kein Kommentar.« Die Antwort war überraschend formell.

»Und dass er obendrein seit Jahrzehnten beim Schirmherrn des Heims angestellt ist.« Er schlug mit seiner Plumpheit wirklich alle Rekorde.

»Wenn Sie wüssten, was für verrückte Zufälle es in einem kleinen Land wie unserem gibt«, sagte Susanne Ingemann mit einem Lächeln. »Kinder aus diesem Heim sind sich später an den erstaunlichsten Orten der Welt begegnet – ohne es zu wissen. Und aus Gründen der Schweigepflicht konnten wir es ihnen auch nicht erzählen. Dänemark ist nicht sonderlich groß. Viele Adoptiveltern leben ganz in der Nähe der leiblichen Eltern, ohne es zu wissen. Sie laufen sich im Supermarkt oder in Kleiderläden über den Weg. Sie spielen im selben Badmintonverein, grüßen sich und denken vielleicht: Was für ein netter Mensch, den würde ich gerne näher kennenlernen. Manche von ihnen verlieben sich vielleicht sogar ineinander, verloben sich, heiraten. Ohne es zu wissen.«

Sie lächelte, und ihre grünen Augen funkelten.

»In der Medienwelt haben wir es uns zur Aufgabe gemacht, solche Zufälle zu *eliminieren*.« Wie gestelzt klang das denn...?

Sie lachte. »Ist das Ihr Ernst? Sie sollten mehr Hans Christian Andersen lesen und nicht so viel Zeit darauf verschwenden, die Dinge zurechtzubiegen.«

»Ich glaube nicht, dass der anonyme Brief zufällig bei eben

275

dem Adressaten gelandet ist, und ich glaube ebenso wenig, dass Kongslund ein Zufall ist. Wir haben nur noch nicht den Zusammenhang gefunden.« Er hatte Lust, sie zu berühren.

Sie wich ein wenig zurück.

»Eine andere Frage: Stimmt es, dass Magnas eigene Pflegetochter immer noch hier im Heim lebt?«

»Ich verstehe nicht, was sie mit der Sache zu tun hat. Sie soll auf keinen Fall gefilmt werden.«

»Nein, nein. Aber ich erinnere mich von einem meiner Besuche hier, bei dem ich ihr begegnet bin, dass sie ... irgendwie behindert war. Ich würde sie gerne begrüßen.« Das klang so falsch wie alles andere, was er sagte.

»Sie redet mit niemandem. Außer zu ganz speziellen Anlässen. Sie weiß, dass Sie hier sind, und ist offenbar zu dem Ergebnis gekommen, dass dies kein solcher Anlass ist.« Alle Vertraulichkeit war wie weggeblasen. Susanne Ingemann machte zu.

Er hatte in der Elefantenstube mit der Handkamera einen einzelnen blauen Elefanten aufgenommen, während sein Team draußen in der Abenddämmerung auf ihn wartete. Er hatte sich einen Elefanten ausgesucht, der über einem dunklen Haarschopf über dem Kopfteil eines Bettes balancierte, hatte ihn so weit rangezoomt, bis nur noch der Rüssel, das breite Maul mit den kleinen Stoßzähnen und die schwarzen Augen zu sehen waren.

So wollte er den Beitrag beginnen lassen, bevor die Kamera in einem Abwärtsbogen jäh nach rechts schwenken und den Säugling in seinem Bettchen zeigen würde, eine Wange, ein Kissen, Gitterstäbe, im Hintergrund ein Fenster und dann Dunkelheit.

Später saß er im Wagen in der Einfahrt und checkte die Aufnahmen des Tages. Das Team saß auf der Treppe und rauchte, die Produktionsassistentin flüsterte, als wollte sie niemanden wecken. Er überlegte, dem Beitrag den Titel *Die*

Kinder aus der Elefantenstube zu geben, oder klang das zu sehr nach *Tim und Struppi*? Dann leitete er ihn mit den Worten ein: »Das Zimmer mit den blauen Elefanten hat Tausende von Kindern beherbergt, deren Start ins Leben nicht die allerbesten Voraussetzungen hatte...«

Er geriet ins Stocken, lehnte sich zurück. Mein Gott, wie banal.

Eine Weile saß er reglos da. Sein eigener Part in der Geschichte beunruhigte ihn, während seine Hände ruhig auf dem Pult lagen. Seine Finger sahen aus wie die schwarzen Zweige, die Rektor Nordal jetzt schon seit über dreißig Jahren in seinen Träumen nach ihm ausstreckte. Als er seine Hände langsam in die Höhe hob, hatte er das Gefühl, Blasen auf der Handfläche zu haben, als hätte er sich an ein glühendes Stück Eisen geklammert.

Dann hörte er sich selbst schreien, und im nächsten Augenblick sah sein Team ihn aus dem Wagen stürzen und rechts zwischen ein paar hohe Buchen taumeln, wo er sich erbrach. Seine Kollegen schauten ratlos in die grüne Dämmerung und glaubten, die Umrisse einer verlassenen Villa zu sehen.

Einer von ihnen erzählte später, er habe eine zusammengekauerte Gestalt neben einem Baumstumpf hocken sehen. War das Trøst?

Kurz darauf trat der Fernsehstar zwischen den Buchen heraus und nickte seinen Kollegen wortlos zu. Sie erhoben sich, nahmen ihre Plätze im Wagen ein und fuhren los.

Das erste Stück durch Jægerborg Hegn saß Peter Trøst halb nach hinten gewendet und schaute in die Dunkelheit. Nur wenige Autoscheinwerfer folgten dem großen Chevrolet mit den vier Fernsehleuten. »Bieg mal hier links ab«, sagte er nach fünf Minuten Fahrt, und der Tontechniker blinkte links und fuhr vom Skodsborgvej auf eine dunkle Nebenstraße.

Kurz darauf kam eine neue Order. »Hier rechts.« Der Fahrer

bog in den noch dunkleren Damvej ab, der fast wie ein Tunnel unter den riesigen Buchen und Kastanien entlangführte. Peter Trøsts Blick war noch immer nach hinten gewandt.

Einen Augenblick später bog ein Scheinwerferpaar um die Kurve, wenige hundert Meter hinter ihnen.

»Verdammt«, sagte er.

»Glaubst du, wir werden beschattet?«, fragte der Kameramann mit aufgesetzt munterer Stimme. Als er Peters Gesichtsausdruck im Licht der Armatur sah, verstummte er. Neben ihm duckte sich die Produktionsassistentin in ihren Sitz, als befürchte sie, dass jeden Moment eine Kugel die Heckscheibe durchschlagen könnte wie in einer amerikanischen Fernsehserie.

»Ich hätte nicht gedacht...« Peter Trøst brach den Satz ab, und keiner wusste, was er nicht gedacht hatte.

Schweigend saßen sie im dunklen Fond. Erst als das einsame Scheinwerferpaar sich auf der E4 in südlicher Richtung in den Strom Hunderter anderer Scheinwerfer einreihte, ließ die Anspannung nach. Die Produktionsassistentin richtete sich auf. Als die ovale Turmsilhouette des Fernsehpalastes aus dem Dunst auftauchte, sagte der Kameramann in gewohnter Unbekümmertheit: »Da oben am Hang steht noch ein anderes Haus, oder?«

»Ja«, sagte Peter Trøst. »Es steht schon seit vielen Jahren leer und ist völlig verfallen. Der Eigentümer soll in den USA leben.«

»Es sah aus, als wäre da oben... jemand rumgelaufen.«

Der Journalist saß lange da, ohne etwas zu sagen.

»Das kann nicht sein, Jesper.«

»Ein kleines Mädchen in einem weißen Kleid...«

»Das war dann bestimmt der Geist des kleinen Mädchens, das dort tatsächlich mal gewohnt hat – vor vielen, vielen Jahren. Aber sie konnte nicht herumlaufen. Sie war spastisch gelähmt und saß im Rollstuhl!«

Sie lachten, und in ihrem Lachen schwang Erleichterung mit.

Keiner von ihnen hatte Fantasie genug, um dechiffrieren zu können, was sie wirklich gesehen hatten. Und natürlich hatte auch keiner von ihnen die wortlosen Botschaften aufgeschnappt, die um den dunklen Giebel wirbelten und die zu vernehmen man ein ganzes Leben in Kongslund verbracht haben musste.

Er war in seine Wohnung in Østerbro zurückgekehrt, nachdem er wieder einmal ziellos durch die seeländische Landschaft gefahren war, die er von seinem Panoramafenster aus sehen konnte.

Er parkte seinen blauen BMW in der Holsteingade zwischen einem schwarzen Jaguar und einem weißen Renault und schloss die Eingangstür auf. Er erinnerte sich noch sehr gut an den Rat des Professors, als er im Sender Fuß zu fassen begann: »Bei uns in der Fernsehwelt besteht das Leben aus in Bildern dargestellten Emotionen – und die Wunderformel der Gefühle lautet: Wohlbefinden, Schadenfreude, Sentimentalität, Schock, Entrüstung, Ekel und Zorn. Mehr braucht es nicht.«

Er wollte das Rezept des Professors Punkt für Punkt abarbeiten und zuerst von Magnas schwerer Kindheit erzählen, ihrem heroischen Einsatz während der Besatzung und ihrem Kampf gegen das snobistische Bürgertum, was Kongslund schließlich den Sieg und Lob aus allen Ecken des Landes eingebracht hatte. Dann würde er inmitten des Triumphes den nagenden Zweifel anbringen und die Gerüchte einstreuen, dass die feine Klientel im Strandvej eine Verwendung für das imposante Heim entdeckt hatte, auf die niemand im Traum gekommen wäre – und das sogar mit Unterstützung der Partei.

Es war dieser dunkle Schatten der Vergangenheit, den der

anonyme Brief in einer Zeit wiederbelebt hatte, in der schon der kleinste Skandal einen Volksvertreter zu Fall bringen konnte.

Im Windschatten des Skandals würden die Fernsehnachrichten und die Sensationspresse die unausweichliche Frage stellen: *Konnte Kongslund nur überleben, weil mächtige Männer das Heim aus ebenso unmoralischen wie egozentrischen Motiven beschützt hatten? Wurden Tausende elternloser Kinder auf dem Altar des Schweigens geopfert, mit Unterstützung der Partei, die sich immer als solidarischer Beschützer der Schwachen bezeichnet hat?*

Er hörte Stimmen im Hinterhof und zog die Gardine beiseite. Eine junge Frau saß auf der Rasenfläche und unterhielt sich mit den Jungs aus der Wohngemeinschaft im zweiten Stock. Sie hatte rotes Haar wie Susanne Ingemann und drei Goldringe in dem Ohr, das Peters Wohnzimmer zugewandt war. Er öffnete das Fenster so geräuschlos wie möglich, konnte aber nichts verstehen. Sie sah dem Bild von Susanne in *Fri Weekend* täuschend ähnlich.

Er schloss das Fenster wieder, lehnte sich zurück und schaute auf das alte kubanische Revolutionsposter mit dem knienden Guerillakämpfer, das über seinem Bett hing. Das eine Knie war in die schwarze Erde gebohrt und der linke Arm so weit nach hinten gestreckt wie überhaupt nur möglich. Die linke Hand umklammerte die Handgranate, bevor sie sie mit einer Kraft nach vorne schleudern würde, die dem Glauben an eine unvergängliche und gerechte Sache entsprang.

Peter Trøst hatte dieses Poster seit seiner Jugend. Er hatte noch nie darüber nachgedacht, was es außerhalb der Ränder des Bildes gab oder wer der Feind war.

14

DER SCHUTZENGEL

11. MAI 2008

Ich glaube, dass der Fall des kleinen Tamilenjungen wie auch die Kongslund-Affäre Geister heraufbeschworen haben, die in diesen Tagen unkontrollierbar geworden sind. Wir sind schließlich ein Volk, das mit unzähligen Märchen von verstoßenen Kindern groß geworden ist – vom sterbenden Mädchen mit den Schwefelhölzern über das einsame Kind auf dem Seerosenblatt bis hin zu dem Märchen vom hässlichen Entlein oder der kleinen Meerjungfrau, die das Schloss verlassen musste, wo der Prinz sie als das Findelkind erkannte, das sie in Wirklichkeit war.

Die Wahrhaftigwerdung solcher Geister kann Schockzustände auslösen, Sentimentalität oder Verärgerung – und schließlich vielleicht sogar Wut. Und genau das war es, wofür Journalisten wie Knud Täsing und Peter Trøst bewusst oder unbewusst den Boden bereiteten.

Die Verteidigung der Kinder war das uralte Symbol dafür, dass die Herzensgüte doch noch immer irgendwo tief im Unterbewusstsein der Nation schlummerte.

Der Ministerpräsident hustete. Sein Gesicht zeichnete sich scharf vor dem Fenster und dem blauen Himmel über Slotsholmen ab. Ole Almind-Enevold lächelte, verdeckte sein

Lächeln aber sogleich mit der Hand und hustete solidarisch mit seinem Chef wie in alten Zeiten, als die Partei noch jung und rot war.

Der einzige Mann im Reich, der noch mehr Macht hatte als Ole Almind-Enevold, legte das weiße Taschentuch auf seinen Schreibtisch. Dort, wo seine Lippen den dünnen Stoff berührt hatten, zeichneten sich dünne, rote Streifen ab. Wurden aus den dünnen Streifen erst richtige Flecken, blieben ihm vielleicht noch wenige Wochen. Diese Krankheit würde sein Ende sein. Der sterbende Mann hatte sie nie beim Namen genannt. Seinem Kronprinzen erschien das alles höchst altertümlich – sowohl das Blut an den Lippen als auch der eingefallene Brustkorb und das langsame Dahinsiechen waren gewissermaßen eines Patriarchen würdig.

»Bevor wir zum nächsten Thema kommen, sagst du mir bitte noch kurz etwas über diesen... Fall mit dem anonymen Brief und diesem Kinderheim... wie heißt es noch gleich?«

»Kongslund.« Kongslund hatte nicht auf der Tagesordnung gestanden. Es war Pfingstsonntag.

»Warum interessiert die Presse sich überhaupt dafür?«

»Es ist eines unserer besten Kinderheime ... und mit dem Vorwurf, der gegen dieses Heim erhoben wird, ist wirklich nicht zu spaßen«, sagte Almind-Enevold.

»Stimmt der Vorwurf denn?«

»Natürlich nicht. Wir versuchen trotzdem, den Absender zu finden – und Zeitzeugen von damals. Wir unterstützen Kongslund ja über Staatsbeiträge, außerdem gibt es einen speziellen Fonds.«

»Gut.« Der Ministerpräsident hustete wieder in das Taschentuch mit dem Parteimonogramm und hinterließ einen weiteren Todesstreifen auf dem weißen Stoff. »Du hast über Jahre hinweg deine Hand über dieses Heim gehalten, nicht wahr?«

Ole Almind-Enevold richtete sich auf. Die Andeutung

war so haarfein und die Drohung so dezent, dass man schon mehr als ein Jahrzehnt lang der zweitmächtigste Mann im Staat gewesen sein musste, um sie aufzufangen. »Ich habe Carl Malle gebeten, den Absender zu ermitteln – er hat uns früher schon geholfen. Und er steht kurz vor dem Durchbruch. Es muss sich um jemanden handeln, der selbst in Kongslund war ... entweder als Kind oder als Angestellter ...«

»Gut«, wiederholte der Ministerpräsident und legte das rot gesprenkelte Tuch auf die Schreibtischunterlage.

Ole Almind-Enevold starrte einen Augenblick darauf. Dann sagte er: »Ich würde dich gern bezüglich der Tamilensache briefen.«

»Tamilensache?« Der Ministerpräsident hustete noch bellender als zuvor. Dieses Wort brachte inzwischen vermutlich jeden politischen Entscheidungsträger zur Verzweiflung.

»Ja, der Fall des elfjährigen Tamilenjungen, der seit einigen Tagen in den Zeitungen diskutiert wird. Wir müssen da kurzen Prozess machen. Laut meiner Quellen steckt hinter der Sache ein übles Netzwerk, und wir können ihm nicht einfach eine Aufenthaltsbewilligung erteilen, wie die Medien es fordern.«

»Da mische ich mich nicht ein, das ist einzig und allein deine Entscheidung als Nationalminister.« Nicht einmal der todgeweihte Regierungschef wollte mit dem empfindlichen Flüchtlingsthema zu tun haben, erst recht nicht, da ein Kind involviert war.

»Der Junge ist nur die Speerspitze eines größeren Manövers. Er ist mit einer Absicht hierher nach Dänemark geschickt worden. Wenn wir ihn bleiben lassen, kommen nur noch mehr minderjährige Tamilen nach und fordern am Ende den Familiennachzug ihrer Eltern aus Sri Lanka. Ich habe erfahren, dass einige Leute, die die Hintergründe kennen, kurz davor sind, Kontakt mit der dänischen Regierung aufzunehmen, um diese Unterwanderung der dänischen Asylpraxis zu stoppen«, sagte Almind-Enevold.

»Wunderbar.« Der Landesvater hustete wieder. Dann wechselte er abrupt das Thema. »Ich kann von heute auf morgen zu schwach sein, um hier weiterzumachen, und dann musst du bereitstehen.«

Almind-Enevold neigte seinen Kopf wie ein Königssohn vor dem Thron. »Natürlich. Aber ich bin älter als du und werde dann der älteste Ministerpräsident sein, den Dänemark jemals hatte.«

Der Ministerpräsident lachte zwischen neuerlichen Hustenanfällen. »Ja«, sagte er. »Weil wir einen reibungslosen Übergang zur nächsten Generation sicherstellen wollen, und in einer Krisensituation...«, er ließ sich das Wort einen Moment lang auf der Zunge zergehen und entschied sich dann für einen noch schlagkräftigeren Ausdruck, »... in einer *force-majeure-Situation* kann man es uns kaum vorwerfen, für eine Übergangszeit unseren erfahrensten Mann ins Rennen zu schicken.«

»Vielleicht hast du recht.«

»Sieh dich doch um, Ole. Die Welt will starke, ältere Führungspersonen. Wer war populärer als Präsident Reagan oder Parteisekretär Deng Xiaoping? Verglichen mit denen bist du ein Konfirmand. Du wirkst noch immer jung. Du hast noch deine Kraft. Ich hingegen, sieh mich doch an...« Die Aufforderung erstarb in einem heftigen Hustenanfall, bei dem er nicht einmal mehr die Kraft aufbrachte, sich das Taschentuch vor den Mund zu halten.

Dieses Mal hustete sein Nachfolger nicht mit.

Mit vor Anstrengung rotem Kopf gab der Landesvater seinem ersten Minister und wichtigsten Berater ein Zeichen. »Geh jetzt, Ole. Wenn wir uns das nächste Mal unter vier Augen sprechen, wird es deutlich wichtigere Sachen zu erörtern geben.«

Er hustete wieder, und in seinem Mundwinkel war Blut. Er sprach von seinem eigenen Tod.

Peter Trøst hatte nach der Redaktion des Kongslundsberichts zu viel Wein getrunken.

Er verließ seine Wohnung in Österbro früh am Morgen nach viel zu wenig Schlaf und saß dann in seinem ersten Anzug des Tages im sechsten Stock der Zigarre. Er dachte an Magna, die früher bei seinen Besuchen lächelnd in der Einfahrt gestanden und ihn umarmt hatte, als wäre er nie weg gewesen. Heute wagte sie es nicht einmal mehr, seine Anfrage zu beantworten – weil er der war, der er war.

Das Telefon klingelte, als er gerade nach dem Hörer griff.

»Hier ist Asger Christoffersen.« Die Stimme war ungewöhnlich tief. »Aus Århus. Sie haben eine Nachricht auf meinem AB hinterlassen.«

Einen Moment lang saß Peter da, ohne etwas zu sagen. Der Name kam ihm bekannt vor.

»Spreche ich mit Peter Trøst?«

»Ja...« Stress. Sein Hirn verweigerte den Dienst.

»Sie haben angerufen und eine Nachricht hinterlassen. Ich bin einer der kleinen, blauen Elefanten...« Die tiefe Stimme lachte kurz. »Wie Sie auch.«

Im gleichen Moment war seine Erinnerung wieder da. Was der Mann dann sagte, verschlug ihm aber erneut die Sprache.

»Das hat Marie mir schon vor langer Zeit gesagt«, erklärte die Stimme. »Marie Ladegaard von Kongslund.«

»Haben Sie mit ihr gesprochen?« Was für eine idiotische Frage.

»Nicht mehr, seit ich ein Jugendlicher war. Und wenn Sie nicht wollen, dass es an die Öffentlichkeit gerät, sage ich auch nichts.«

Peter kommentierte das Angebot nicht. »Ich würde Sie

gerne treffen, Christoffersen..., so bald wie möglich.« Er klang steifer als geplant.

»Ich glaube nicht, dass ich etwas weiß, aber meinetwegen.«

»Wir bringen morgen eine Sendung über Martha Ladegaards Jubiläum. Es ist möglich, dass ich zu einem späteren Zeitpunkt... eine Fortsetzung bringe.« Er zögerte einen Augenblick. »Es ist wichtig.«

»Sie sind herzlich willkommen. Ich bin im Ole-Rømer-Observatorium in Højbjerg zu finden. Sie können es nicht verfehlen, es liegt im Zentrum der Milchstraße.« Der Astronom lachte, und es klang ein bisschen wie ein Grunzen. Dann fügte er hinzu: »Der Mann im Ministerium ist übrigens nicht der Einzige, der einen Brief bekommen hat, das habe ich *aber auch noch niemandem* gesagt. Und ich fand das *auch* unheimlich...«

Auf eine solche Information war Peter Trøst nicht vorbereitet gewesen, und sie machte ihm Angst. Aus unerfindlichen Gründen hatte er geglaubt, dass ein unbekannter Mann in der Provinz außerhalb der Reichweite des Absenders lag. Da hatte er sich wohl geirrt – und das machte das Ganze nur noch rätselhafter. Wer verfügte über derart detaillierte Kenntnisse, um eine Handvoll Kinder ausfindig zu machen, deren einzige Gemeinsamkeit darin bestand, vor bald fünfzig Jahren in ein und derselben Stube eines bestimmten Kinderheims nördlich von Kopenhagen gelegen zu haben?

Wie war das möglich?

»Ich bekomme gleich Besuch von einer Gruppe Studenten. Wir werden die Andromedagalaxie studieren. Die ist weit, weit weg, ich muss also los. Rufen Sie an, bevor Sie kommen, wenn Sie denn kommen.« Er legte auf.

Peter wählte noch einmal Magnas Nummer. Sie ging wieder nicht ans Telefon. Er versuchte es erneut, als er auf den Fahrstuhl wartete, und ein drittes Mal, bevor er in das Büro der Konzept-Löwen trat, die wie immer mit gesenkten

Köpfen hinter ihren Monstercolas hockten und ihn aus den Augenwinkeln beobachteten.

Der Konzeptchef stellte ihnen mit lauter Stimme den neuen »Superdänen« des Senders vor, einen Philosophen, der behauptete, die Lösung des Rätsels der Zeit gefunden zu haben und der sich bei den Probeaufnahmen weit nach vorn vor die Kamera gebeugt und gesagt hatte: »Es gibt überhaupt keine Zeit!«, während er ganz beiläufig ein Füllhorn von Begriffen aus der Physik, Philosophie und Kosmologie zu einer Art religiöser Zungenrede verknüpfte. Der Konzeptchef war von seiner Medienpräsenz begeistert. »Das kann die reinste *Volksbewegung* in Gang setzen!«

»Das Einzige, was es gibt, ist Abstand!«, sagte der Wundermann oben auf dem Monitor über dem Sitzungstisch gerade. Er hatte einen dichten Vollbart, der eine Hasenscharte verdeckte. Etwas hinter dem Meister stand seine Jüngerschar. Drei von ihnen hatten einen Bart, und vier schienen wie ihr Chef eine Hasenscharte zu haben, und selbst in ihrem gedrungenen Körperbau ähnelten sie ihrem Meister. Nur ein Mann unterschied sich durch seine Größe von der Gruppe und wurde von den kleinen, gedrungenen Jüngern herumgescheucht. Der große Mann hieß Aksel, und die kleinen behandelten ihn wie den letzten Idioten. Peter sah, dass sie es genossen, und stellte wieder einmal fest, dass das Fernsehen, die Politik und die Religion eine große Gemeinsamkeit hatten: die Konformität. Man brauchte nur einen konstanten Strom von Abweichlern, die man seinen Jüngern zur Abschreckung und zur Kultivierung ihrer Wut zeigen konnte. Die Verdammung – und nur die Verdammung – war das Bindeglied ihres gemeinsamen Konzepts.

Der Professor war von seinem Platz am Kopf des Tisches aufgesprungen und rief: »Als junge Menschen haben die 68er gegen alles revoltiert, und jetzt finden sie die größte Befriedigung darin, sich zu Aussagen zu versteigen, die sie sich zuvor nie laut zu sagen getraut haben: *Bomben auf Afghanistan, Flüchtlinge nach Hause schicken, weg mit der Entwicklungshilfe, Einmarsch in den Iran*... Und die kolossale Befriedigung, die sie dabei empfinden, bringt noch etwas anderes mit sich...« Er hielt einen Augenblick inne – und das ganze Team reckte die Hälse, um im Chor mit dem Professor zu antworten: »Sie fühlen sich wieder jung.«

Peter sah die Bewegung der lederartigen Lippen, und irgendwie schien es, als kämen die Worte eine Viertelsekunde nach den Bewegungen; dann wedelte der Professor mit der Hand in der Luft herum, und das Treffen war beendet. Stühle kratzten über den Boden, und das kleine Heer verließ den Raum.

Der Professor gab Peter ein Zeichen. Sie setzten sich. »Haben Sie über das nachgedacht, was ich gesagt habe?«

»Über Kongslund...?« Das war eine rhetorische Frage.

»Ja, Trøst, es geht nicht darum, etwas zu verbergen, und auch nicht um meine Bekanntschaft mit dem Minister – Kongslund interessiert mich nicht. Entscheidend ist, dass wir eine Geschichte ausstrahlen, die niemand versteht und die mehr als vierzig Jahre zurückliegt!«

Der Professor hatte einen geradezu verschmitzten Ausdruck in den Augen, als er sagte: »Es ist ja nett, dass Sie noch an den Mythos des freien Informationsstroms glauben, an den Wirbel aus Bildern und Botschaften – aber das sind doch alles nur Lügen – und das sollten Sie wissen. In Wirklichkeit hat der Informationsstrom uns längst ersäuft, das ist die neue Sintflut, auf der wir alle wie tote Taucher herumdümpeln, die Köpfe unter Wasser.« Der Professor lächelte, zufrieden über seine Metapher. »Wir sind alle nur tote Taucher, die im Wasser treiben... Mag sein, dass es mitunter so aussieht, als würden wir uns bewegen, aber das ist nur eine Illusion.«

Peter wurde schlecht.

»Vergessen Sie die Sache, Trøst. Das führt nirgendwohin.« Der Professor stand auf und ging.

Vielleicht hatte der Professor ja recht. Er war nicht rational. Es gab Tage, da sehnte er sich nach der Unwissenheit seiner Kindheit zurück, an denen er zumindest scheinbar wie die anderen gewesen war. Ein Junge ohne das Wissen, das ihn jetzt zu zerstören drohte.

In den Wochen vor seinem dreizehnten Geburtstag hatte Peter bereits die eigentümliche Stimmung im Haus in Rungsted wahrgenommen und gewusst, dass irgendetwas Schreckliches bevorstand, eine Bedrohung. Kinder haben Sinne, von denen Erwachsene nichts ahnen. Sie spüren den Verrat, noch ehe er begangen wird, fühlen jeden Abschied nahen und leiden schon vor der Trennung unter der Sehnsucht. Irgendwo in seinem kindlichen Gemüt hatte sich die Erinnerung an eine Welt gespeichert, von deren Existenz er wusste, die er aber nicht sehen konnte. Er hatte oft das Gefühl gehabt, als lebte noch ein anderes Kind in dem Haus – ein unsichtbares Kind –, das ihn in den Garten begleitete und sich neben ihm auf die weiße Bank unter die Ulme setzte und jede noch so kleine Bewegung von ihm kopierte. Doch wenn er fragend zu seinen Eltern aufblickte, antworteten sie ihm nicht. Laust und Inge waren überzeugt, ihm von Anfang an ausschließlich ihre Liebe gezeigt zu haben. Sie waren sich der Trauer nicht bewusst gewesen, die sie mit sich herumtrugen. Tief in Inge verborgen lauerte ein Gefühl, das sie anderen gegenüber nie einräumen würde: Sie spürte Widerwillen gegen den Jungen, den sie jeden Abend zu Bett brachte.

Magdalene erkannte ganz deutlich die Wut auf das adoptierte Kind, welches Inge jeden Tag aufs Neue vorhielt, dass sie nie selbst in der Lage sein würde, einem Kind das Leben zu schenken.

Diese Wut kann über Jahre unbemerkt in der Seele eines Menschen hausen, aber Kinder spüren sie dennoch. Viele

Adoptivkinder versuchen unbewusst, diese Bedrohung dadurch zu mindern, dass sie ihrer Umgebung immer lächelnd Dankbarkeit entgegenbringen. Viele erfahren nie, dass sie adoptiert wurden, wissen in ihrem tiefsten Innern aber doch, dass sie nicht dazugehören. Sie lächeln die Welt um sich herum an, ohne den Grund dafür überhaupt zu kennen.

»Es gibt etwas, das wir dir gerne erzählen würden«, hatte seine Mutter gesagt.

Er hatte gelächelt.

Auf dem Tisch standen dreizehn Flaggen. Sie hatten ihm eine naturgetreue Kopie des Tigerpanzers aus dem Zweiten Weltkrieg geschenkt, dessen Kanonenturm sich um 360 Grad drehen konnte, wenn die Batterien eingelegt waren.

Direkt hinter ihr saß sein Vater mit braunen Locken und eingefallenen Wangen, die wie tiefe Senken in einem Wald aus dunklen Bartstoppeln aussahen. Seine Schritte ließen die Wände des Hauses in Rungsted erzittern. Peter sah in ihm immer den deutschen Panzergeneral aus der Fernsehserie über den Nordafrikafeldzug. Er sprach nur selten mit seinem Sohn.

Noch weiter im Hintergrund saßen seine Großeltern – Oma und Opa –, und im Schimmer der dreizehn Geburtstagskerzen, die seine Mutter auf die Sahnetorte mit dem Lakritzkonfekt gesteckt hatte, sah er die Erwartung in ihren Augen glänzen. Er schloss die Augen und hörte das Brummen der Katastrophe ebenso deutlich wie das Dröhnen der Panzer in der Wüste bei El Alamein.

»Peter, an deine ersten Jahre kannst du dich ja nicht erinnern«, sagte seine Mutter.

Er lauschte den sich nähernden Geräuschen...

»Wir möchten dir gerne ein bisschen von damals erzählen. Du warst in einem Kinderheim in Skodsborg, weil...« Inge kam ins Stocken.

...das Dröhnen wurde lauter und lauter, und er sah, wie

seine Großeltern sich langsam über den Tisch vorbeugten, um die entscheidenden Worte nicht zu verpassen, die sie sich am Abend zuvor gemeinsam zurechtgelegt hatten, während sie auf der Terrasse gesessen und gebackene Auberginen gegessen hatten.

»Wir sind nicht...«, begann seine Mutter, ehe sie wieder ins Stocken kam und tief Luft holte.

...in diesem Augenblick kam der Tigerpanzer auf der Wüstendüne zum Vorschein und richtete seine lange, schwarze Kanone direkt auf Peters Stuhl...

»Das heißt, das stimmt nicht, wir sind natürlich deine richtigen Eltern, nur dass wir dich nicht *geboren* haben...«

Er sah, wie die Botschaft ihren Mund verließ, nahm das Mündungsfeuer wahr, schaffte es aber trotzdem nicht, in Deckung zu gehen...

»...nicht geboren haben.« Sie nahm seine Hand, die neben der Torte ganz ruhig auf der Serviette lag.

Peter wartete auf den Einschlag und starrte sie einen Augenblick blind an – aber es geschah nichts...

Nicht geboren...

Vielleicht war dieser Augenblick der entscheidendste seines Lebens, aber die Explosion war still und lautlos. Danach hing plötzlich ein Schild über dem Kopf seiner Mutter, auf dem für immer und ewig die Botschaft stand: *Dich nicht geboren*.

»Aber wir lieben dich trotzdem.«

In diesem Augenblick hätte er ihr ausgeklügeltes Manöver durchschauen und sich dem Versuch widersetzen müssen, ihn vollständig einzukreisen. Er hätte diese verzweifelte Sekunde nutzen und einen Keil in die massive Front der Erwachsenen treiben und sie durchbrechen müssen. Er hätte sich zwischen Goldrand und Porzellantasse werfen und weinen müssen, bis sein Bastardherz in Stücke ging. Stattdessen erlebte er in den ersten schockierenden Sekunden die Existenz eines Wesens in seinem Innern, von dem er nichts geahnt hatte; ein Wesen, das viel älter war als dreizehn Jahre und den kaltblütigen, kalkulierten Betrug problemlos meisterte. Die Verstellung – die Basis jedweder Berühmtheit.

Ganz ruhig beobachtete er sich selbst durch ein feines Netz. Er sah seine leidenschaftslose Reaktion auf die erschütternde Nachricht. Er wohnte dem Augenblick der Veränderung still bei und empfand eine Art universeller Pflicht, all ihre Erwartungen zu erfüllen. Und dann hörte er sich selbst mit verblüffender Gelassenheit sagen: »Ich dachte mir schon so etwas, ihr müsst euch also keine Sorgen machen – das ist schon in Ordnung. Das Wichtigste ist doch, dass ich hier bei euch bin.«

Sie hätten sich über seine höfliche Wortwahl wundern müssen, ja sie hätten sich von ihren Stühlen erheben und ihn bitten müssen, diese Worte zurückzunehmen. Was er gesagt hatte, hätte sie zu Tode erschrecken müssen, doch stattdessen rief seine Antwort einen Seufzer der Erleichterung hervor, der gleich drei Kerzen auf dem Geburtstagskuchen löschte und die ersten dreißig Sekunden seines neuen Lebens in einen seltsam verwunschenen Zauber hüllte.

Es flossen Tränen, doch bloß Tränen der Erleichterung. Sogar der Kommandant auf dem weit entfernten Kanonenturm wirkte gerührt, und Peter demonstrierte zum ersten Mal in aller Öffentlichkeit, wie gut er darin war, herauszuspüren, was andere fühlten, und sein Verhalten vollständig an ihre Hoffnungen und Erwartungen anzupassen.

Ohne selbst irgendetwas zu fühlen.

Diese Fähigkeit hatte in der Wiege seines neuen Daseins gelegen und sollte von diesem Tag an zu seinem Alter Ego werden. In diesem Augenblick war ein Stern geboren worden.

»Das ist der beste Tag in meinem Leben«, sagte seine Mutter und drückte ihren Sohn so fest an sich, dass er ihr Herz klopfen fühlte. »Gleich nach dem Tag, an dem wir dich im Kinderheim geholt haben. Das lag wunderbar, direkt am Wasser.«

Er lächelte. Irgendwie hatte er gewusst, dass sie das sagen würde. *Die besten Zuhause liegen am Wasser.*

Sein Vater trat an den Tisch und legte ihm etwas steif die Hände auf die Schultern, wie es Väter mit einem Panzerkommandantengemüt taten. Der Rest des Tages versank in der großen Verstellung, die sie gemeinsam erschaffen hatten und die ihn, wie er bereits damals wusste, bis ans Ende der Welt begleiten sollte.

Jetzt stand auf dem Schild: *Als wir dich geholt haben.*

Später saßen die Erwachsenen in der warmen Sommernacht auf der Terrasse und stießen auf ihren Erfolg an. Die Stimmen stiegen zu Peter nach oben, der in seinem Bett lag und durch die Dachfenster in den Himmel blickte. Man konnte nicht sehen, ob er überhaupt noch wach war oder bloß mit offenen Augen schlief, wie er es in der Dunkelheit der Elefantenstube so oft getan hatte.

Aber wir lieben dich trotzdem, stand auf dem Schild.

Am nächsten Tag fuhr er mit dem Fahrrad zu My, den er von nun an, wie er sich entschlossen hatte, nicht mehr bei seinem Spitznamen nennen wollte. Ab sofort wollte er ihn Knud nennen. Mehr als ein Jahr war seit Direktor Nordals plötzlichem Ableben vergangen.

Knud Tåsing saß tief versunken in seinem grünen Sitzsack, hatte den Kopf zur Seite geneigt und dachte fast eine Minute lang über die ungeheuerliche Neuigkeit nach, die sein Freund ihm anvertraut hatte.

Dann sagte er: »Das ist echt verrückt, ich frage mich auch manchmal, ob ich nicht adoptiert bin und ob meine Mutter sich wirklich nach Spanien abgesetzt hat, so wie mein Vater es immer behauptet. Vielleicht ist sie ja gar nicht meine richtige Mutter ... und er auch nicht mein richtiger Vater. Ich sehe ihm ja überhaupt nicht ähnlich.«

Peter sagte nichts. Abgesehen von der Größe glichen sich My und sein Vater wie ein Tropfen dem anderen. Sie hatten beide hellblonde Haare, Sommersprossen auf der Nase und den gleichen, leicht gebeugten Gang, mit den Händen tief in den Hosentaschen. Auch wenn Hjalmar nach dem Skandal an der Privatschule nur noch ein Schatten seiner selbst war.

»Wir sind bestimmt beide adoptiert worden«, sagte sein Freund. Eine größere Solidaritätsbekundung konnte es nicht geben.

Er erinnerte sich noch an jedes Wort, als seine Mutter ihn am nächsten Morgen weckte und sagte, die Polizei habe angerufen. Knud hatte seinen Vater früh am Morgen auf dem Boden vor dem Marx-Plakat gefunden und schnell einen Nachbarn geweckt. Aber Hjalmar war nicht mehr zu helfen gewesen. Jetzt saß Knud allein auf der Polizeiwache.

»Sein Herz hat versagt«, sagte Laust.

Peter nickte. Auch sein Herz war beinahe stehen geblieben. Natürlich war es Knuds richtiger Vater gewesen. In diesem Augenblick spürte er eine Wut, die ihn so erschreckte, dass er wie angewurzelt vor seinem Vater stehen blieb.

Wir lieben dich trotzdem. Der Satz rollte noch immer in seinem Kopf herum wie eine Kugel, die hin und her gestoßen wurde und einfach nicht zur Ruhe kam.

»Willst du mit auf die Polizeiwache?«

Peter antwortete nicht.

»Er kann hier bei uns wohnen. Er hat ja sonst niemanden.«

Das war einer dieser Augenblicke, um die man niemanden beneiden sollte. Eine der großen, lebenswichtigen Entscheidungen, vor denen die Menschen manchmal stehen und denen sie sich stellen müssen.

Peter sagte nichts.

Laust sah seinen Sohn lange an und nickte, als hätte er eine Antwort bekommen. »Ich habe auf der Arbeit angerufen und mir heute freigenommen. Ich fahre jetzt.« Er sagte selten mehr als zwei Sätze auf einmal.

Peter zog sich an und verließ das Haus. Als er außer Sichtweite seines Hauses war, bog er nach links ab und radelte in den Wald. Auf der Lichtung setzte er sich auf einen der Baumstämme, die er selbst im letzten Herbst gefällt hatte, um zu trainieren. Seit Monaten hatte er nicht mehr an diese Episode gedacht. Weder an die Demütigung von Mys Vater noch an den leeren Schulhof im Dunkeln – oder an den Schneesturm und die schwere Säge, die erst beim dritten Versuch starten wollte.

Er hatte My – Knud Tåsing – nie von seiner Tat erzählt, wie er auch niemandem erzählen konnte, was sich zwischen ihm und seinem Vater ereignet hatte, bevor dieser allein zu Knud gefahren war. Er verstand es ja selbst kaum. Der Verrat war von solch gigantischer Dimension, dass er durch nichts zu entschuldigen war.

Knud Tåsing hatte einen Onkel auf Ærø, wo er bis auf Weiteres wohnen sollte. In der Nacht von Knuds Abreise träumte Peter, dass Direktor Nordal neben seinem Bett stand und sich schwer atmend über ihn beugte. Aus seinen Ärmeln ragten lange Zweige, und sein Atem roch nach Moder, Regen und fauligen Blättern (es war in den Monaten nach seinem Tod nicht besser geworden). Am nächsten Morgen versteckte Peter seinen Pyjama weit hinten im Schrank, damit seine Mutter den Gestank nicht bemerkte.

In diesen Tagen wurde er endgültig erwachsen und schlug den Kurs ein, der ihn schließlich in die sechste Etage des Fernsehpalastes in Roskilde gebracht hatte.

Er stand mit geschlossenen Augen am Panoramafenster und sah den erwachsenen Mann vor sich: Knud Mylius Tåsing – benannt nach den Männern, die die Polarnacht herausgefordert hatten und darin umgekommen waren. Aus einem absonderlichen Grund hatten die zwei Jungen sich nach mehr als dreißig Jahren wiedergefunden – um ein Rätsel zu lösen, das durch den Namen eines Kindes verkörpert wurde, den niemand von ihnen jemals gehört hatte.

Noch einmal ging er in Gedanken alles durch. Der anonyme Brief war auf jeden Fall an ihn, Orla Berntsen und Asger Christoffersen adressiert gewesen – und vermutlich auch an die beiden anderen Jungs, die laut der Fotolegende des alten Magazins Weihnachten 1961 in der Säuglingsstube gelegen hatten. Der anonyme Absender, der sie als Erwachsene ausfindig gemacht hatte, schien der Meinung zu sein, dass einer dieser Jungen John Bjergstrand war. Der Brief war nicht mehr als die simple Aufforderung, die Vergangenheit zu untersuchen. Der Empfänger, der seine biologischen Eltern nicht finden konnte, musste der geheimnisvolle Junge sein, für den der Absender sich interessierte.

Peter Trøst war kein mutiger Mann, und wäre Knud nicht gewesen, hätte er die Sache sicher nicht weiterverfolgt. Magna musste der Schlüssel sein. Magna, die vor Angst von der Bildfläche verschwunden war und mit niemandem sprechen wollte. Es musste Zeugen aus der damaligen Zeit geben – Krankenpfleger, Kinderschwestern, Hebammen, Sozialarbeiterinnen –, und Knud Tåsing würde sie ohne Zweifel finden, einen nach dem anderen, denn er hatte die Hartnäckigkeit seines Vaters geerbt.

Der Gedanke an die große, braune Villa trieb ihm eine Gänsehaut über die Arme und den Rücken. Vielleicht war es aber auch nur der Wind, der vom Fjord herüberkam und seine Angst anfachte. Als er sich im Wäldchen erbrochen hatte, ohne zu wissen, warum, hatte er wie die Kameraleute weit hinten zwischen den Buchen eine Gestalt gesehen. Sie hockte zusammengekauert da und schien ihn zu beobachten, bevor sie verschwunden war.

Kongslunds Schutzengel, hatte ihm in seinen Träumen irgendjemand eingehaucht. Das war absurd.

Er ließ seinen Blick über die Ortschaften schweifen, die in der Ferne das Grün der Landschaft durchbrachen. Sie hatten so seltsame Namen... Natürlich war er nicht normal... Er dachte an all die Nächte, in denen er seine Hände im Dunkel unter der Decke versteckt hatte, damit niemand herausbekam, was sie in der Nacht auf der Privatschule getan hatten. Der Geruch nach Moder und Verwesung und Direktor Nordals Silhouette im Mondlicht, das durch das Dachfenster fiel.

Diesen Mann hatte er auf dem Gewissen.

15

DAS GEHEIMNIS

12. MAI 2008

Magna hatte immer für das Unabänderliche gestanden, für die Ruhe und die äußere Fassade. Das würden alle ihre Kolleginnen bei der Kopenhagener Mutterhilfe an ihrem Todestag unterschreiben.

Wenn Gäste erwartet wurden, war ich, auch als Erwachsene noch, an ihrer Seite und sortierte Blumen, die in Wassereimern und Wannen herumstanden, und reichte ihr die langen grünen Stängel, die sie resolut nebeneinander auf den Küchentisch legte und plattklopfte, ehe sie sie in Vasen stellte. Danach verteilte ich die Vasen im Anbau, im Spielzimmer, im Turmzimmer und in der Säuglingsstube, in der während ihrer vierzig Jahre als Vorsteherin des Heims niemals eine verwelkte oder schwächelnde Pflanze zu sehen gewesen war.

Alle, die meine Pflegemutter kannten, würden bestätigen, dass unter ihrer Fürsorge weder Pflanzen noch Menschen verwelkten.

»Schubladenkinder«, sagte die Frau mit trockener Altweiberstimme, und ihr Ton verbot jeden Widerspruch.

Aber weshalb sollten die beiden Presseleute widersprechen? Sie wussten ja noch nicht einmal, was das Wort bedeutete.

»*Schubladenkinder* haben wir sie genannt.«

Die beiden älteren Damen hatten es sich in den großblumig bezogenen Sesseln gemütlich gemacht. Sie waren schätzungsweise Mitte siebzig und damit Zeitzeugen der Hochphase der dänischen Adoptionswelle.

»In den Sechzigern kam ein wenig Ordnung in die Sache«, sagte die Ältere. »Aber in den Fünfzigern gab es noch die erwähnten Schubladenkinder. Junge Frauen konnten im Schutz der Nacht ins Rigshospital gehen und ihr unerwünschtes Neugeborenes in ein großes Möbel legen, das wir dort aufgestellt hatten.«

»Eine Art Kommode«, ergänzte die Jüngere mit einem merkwürdig zufriedenen Ton. »Mit geräumigen, breiten Schubladen.«

»Ja«, sagte die Ältere. »Sie wurden woanders geboren, hierhergebracht und in eine Schublade gelegt. Bis dieses System abgeschafft wurde.«

Die beiden waren in jenen Jahrzehnten als Sozialarbeiterinnen bei der Mutterhilfe tätig gewesen, in denen dort Zehntausende vom Schicksal geschlagener dänischer Mütter und ihre ungewollten Kinder Hilfe fanden. Ganze Heerscharen von Ärzten und Sachbearbeitern hatten die ungeheuren Mengen an Adoptionen begleitet, so gewissenhaft es eben ging.

1961 hatten die beiden Frauen sich um die jungen alleinstehenden Mädchen gekümmert, die ihre Kinder in der Entbindungsstation B des Rigshospitals zur Welt brachten.

»Tausende wurden zur Adoption freigegeben. Und wir haben die besten Heime und Familien für sie gesucht.«

»War die Tür erst einmal ins Schloss gefallen, hatte die leibliche Mutter keine Möglichkeit mehr, mit ihrem Kind in Kontakt zu treten«, sagte die Ältere wieder in diesem seltsam zufriedenen Tonfall.

»Damals gab es weder Pille noch Spirale, und ein Pessar

konnte sich ein Mädchen nur mit Genehmigung der Eltern anpassen lassen. Die Mütter, die sich entschieden hatten, ihre Kinder wegzugeben – ich denke, das kann man getrost sagen –, haben das niemals vergessen, auch wenn sie sicher versucht haben, diese Erinnerung aus ihren Gedanken zu verbannen.«

»Ja«, sagte die andere und sah erst Knud und dann Nils an. »Wir haben ihnen mindestens drei Monate Bedenkzeit gegeben, falls sie es sich doch noch anders überlegten. Und tatsächlich bereute etwa die Hälfte der Frauen ihre Entscheidung. Die anderen wurden ins *Tagebuch* eingetragen, wie das damals hieß, und dann erhoben wir Vaterschaftsklage, um die Kosten für das Kinderheim zu finanzieren.«

Wie auf Kommando lachten beide. »So es uns denn gelang, die *Knilche* ausfindig zu machen...!«

»Viele Väter verschwanden also?«, fragte Knud.

»Das können Sie laut sagen... Wir nutzten aber nicht nur offizielle Kanäle, um an die nötigen Informationen zu kommen, und was wir erfuhren, trugen wir in ein grünes Formular ein. Da stand so ziemlich alles über die Eltern drin – Größe, Körperbau, Augenfarbe, bis hin zu Führungs- und Schulzeugnissen. Wenn sie vorbestraft waren oder anderweitig soziale Probleme hatten, haben wir versucht, eine besonders tolerante Adoptivfamilie für das Kind zu suchen.«

Die Logik dieser Maßnahme schien den beiden Damen völlig klar.

Knud sah von seinen Notizen auf. »Wer holte die Kinder ab, wenn sie nach Kongslund kamen?«

»Fräulein Ladegaard oder Fräulein Jensen. Sie kamen mit einer Babytragetasche und fuhren mit dem Taxi zurück«, sagte die ältere der beiden Damen.

»Mir ist schon klar, dass das lange her ist, aber erinnern Sie sich eventuell an einen Jungen, dessen Vater oder Mutter *Bjergstrand* hieß?«

Die ehemaligen Sozialarbeiterinnen lächelten nachsichtig. »Nein, natürlich nicht. Wir haben Hunderte ... nein, Tausende von Kindern zur Adoption begleitet. Haben Sie es schon mal mit den Kirchenbüchern im Rigshospital probiert?«

»Ich habe einen Bekannten gebeten nachzusehen, aber dort steht nichts. Es gibt niemanden mit diesem Namen.«

»Vielleicht hat Ihr Bekannter nur nichts gefunden, weil er kein genaues Datum hatte.«

»Es gibt nicht zufällig noch Unterlagen aus dieser Zeit?«

Erneut erntete er einen nachsichtigen Blick. »Sollte es die noch geben, sind sie sicher irgendwo in der Behörde für Zivilrecht vergraben – jetzt die Familienbehörde.«

»Aber wenn es weder Unterlagen noch Kirchenbucheinträge gibt – welche Möglichkeiten bestehen dann noch, Kinder aus dieser Zeit zu finden?«

Sie dachten beide mit leicht gesenkten Köpfen nach. »Da wären zum Beispiel die Führungszeugnisse«, sagte die Ältere, und die Jüngere nickte zustimmend. »Die zukünftigen Adoptiveltern mussten sich von zwei Bekannten bestätigen lassen, dass sie geeignet waren ... Ich erinnere mich an einen Pastor, der deswegen völlig aufgebracht war. Er war der Meinung, nur Gott könnte über ihn urteilen!« Sie lachten.

»Gibt es andere Möglichkeiten ...« Knud Tåsing hakte noch einmal nach.

»Wir sind später in die neuen Familien gegangen, um zu schauen, wie es läuft, und haben darüber natürlich Berichte geschrieben. Aber zu diesem Zeitpunkt hatten die Kinder bereits andere Namen.«

»Wissen Sie, wo der Junge lebt?«, fragte die Jüngere.

Knud schüttelte den Kopf.

»Ab und zu haben die glücklichen Familien Weihnachtsgrüße geschrieben. Die haben wir am Schwarzen Brett in der Adoptionsabteilung aufgehängt. Aber diese Karten sind natürlich längst weg.«

»Und man darf nicht vergessen, dass viele Eltern ihren Kindern nie erzählt haben, dass sie adoptiert wurden. Vielleicht, weil sie den passenden Zeitpunkt verpasst haben. Wir haben immer gesagt, dass es nach drei, vier Jahren zu spät ist. Egal, wann sie es erfahren, speichern sie in ihren Seelen ab, dass sie nirgendwo richtig hingehören, und fühlen sich betrogen. Das ist ungeheuer gefährlich. Wir haben immer gesagt, dass es entweder mit der Muttermilch eingeflößt werden sollte oder gar nicht.« Die alten Damen lächelten. Den letzten Satz hatten sie beinahe im Chor gesagt. Dann schwiegen sie.

»Viele Adoptiveltern haben also nie etwas gesagt?«, schaltete Nils sich erstmals in das Gespräch ein.

»Richtig. Das hat vermutlich mit der Scham zu tun, selber kein Kind zustande gebracht zu haben.«

»Wenn die Adoptionsgenehmigung und alles Weitere in Ordnung war, haben wir das grüne Formular hervorgeholt und den Adoptiveltern ein paar Dinge über die leiblichen Eltern erzählt. Aber eigentlich nur bei Kindern mit sichtbaren Defekten, die nicht adoptiert wurden, sondern zu Pflegeeltern kamen.«

»So wie Magnas Pflegetochter, Marie... Fräulein Ladegaards Pflegetochter?«

Die beiden Frauen richteten sich auf und sahen Knud mit einem Hauch Missbilligung im Blick an, als wäre er auf verbotenes Territorium vorgedrungen.

»Kennen Sie Marie Ladegaard?« Knud sah sie über den Rand seiner Brille hinweg aufmerksam an.

»Natürlich.« Wieder antwortete die Ältere. Zurückhaltend diesmal.

»Wie ist sie nach Kongslund gekommen? Es heißt, sie war ein Findelkind?«

Wieder kommunizierten die beiden Frauen wortlos miteinander, ohne sich anzusehen. Es lag eine Wachsamkeit in der Luft, die allein durch die Erwähnung von Marie Ladegaards Namen ausgelöst worden war und die sie jetzt beide schweigen ließ.

»Sie wurde auf einem Treppenabsatz gefunden – sagt die Legende?«

Sanftes Lächeln. »Ja, sie war ein Findelkind. Morgen ist es siebenundvierzig Jahre her.«

»Am Jahrestag von Kongslund ...?«

»Ja, am 25. Jahrestag der Einweihung des Kinderheims, am 13. Mai 1961. Wir waren selbst dabei.« Sie nickten im gleichen Takt, wie um die Erinnerung zu bestätigen.

»Und man hat nie herausbekommen, wer die Eltern waren?«

Darauf sagten sie nichts.

Knud Tåsing legte seinen Kugelschreiber auf den Block. »Sie wollen also nicht über Marie Ladegaard sprechen?«, fragte er.

Sie saßen da, ohne sich zu rühren. Am Ende beugten sie sich gleichzeitig nach vorn. »Nein«, sagten sie einstimmig.

Mir war schon klar, dass Knud Tåsing Leute aus der Zeit finden würde – wie die beiden Sozialarbeiterinnen –, aber das bekümmerte mich nicht wirklich.

Sie würden Magna informieren, was vor der Jubiläumsfeier nicht unbedingt zu deren Beruhigung beitragen würde.

In den Tagen nach dem Besuch der Journalisten hatte ich Susanne rastlos durch die Korridore laufen hören, aber nicht ein einziges Mal war sie an meine Tür gekommen. Vielleicht beängstigten die Dinge, die sich um uns herum ereigneten, sie mehr, als sie einräumen wollte. Wir spürten den Schatten des Ministeriums, der über Kongslund fiel, und sie schien zu wissen, dass das eher meinen Angriffsgeist wecken als mich dazu veranlassen würde, in Deckung zu gehen. Tagsüber kümmerte sie sich um die Adoptionsangelegenheiten, während ich im Königszimmer unter dem Dachfirst saß und nur hinausging, wenn ich Gesellschaft suchte. Manchmal vergingen Tage, ohne dass wir uns sahen, und wir sprachen nie über die Angelegenheit.

Magdalene kam nur noch selten zu Besuch, und auch dann eigentlich nur, um mir von ihrer Eroberung im Jenseits zu berichten, von der sie wie alle Verliebten glaubte, sie würde ewig halten: *Wir sitzen unter den Buchen auf einem Sofa aus italienischer Walnuss. Seine Majestät erzählt mir von früher, als er in der Schlacht bei Isted für sein Vaterland gekämpft und einen Arm verloren hat!*, flüsterte sie und machte vor Begeisterung eine Neunzig-Grad-Drehung nach rechts, sodass ich unwillkürlich die Arme ausstreckte, um sie festzuhalten. Obgleich mein Körper wie ihrer asymmetrisch zusammengesetzt war, durchschaute ich das Wesen und die Macht der Symmetrie über den Menschen. Ich wusste, worin sich die Lebenswege der Schönen und der Hässlichen unterschieden. Wenn ich mit Susanne im Garten saß, den Sund vor mir, war sie in einen rötlichen Schimmer gehüllt, als wollte die Sonne sie hinter den Horizont locken. Ich hingegen war kantig und dunkel, von Geburt an krumm und lebte, so lange ich mich entsinnen konnte, mit meinen beiden Körperhälften in zwei verschiedenen Welten – einer harmonischen und einer grotesken. Ich hatte mir, wenn jemand, was selten vorkam, an meine Tür klopfte, angewöhnt, die Schattenseite abzuwenden, bevor ich den Kopf hob. Ich wollte meine Gäste nicht gleich verschrecken, am wenigsten den Mann, der, wie Magna versprochen hatte, eines Tages kommen würde. Im Alter von zwölf, dreizehn Jahren hatte ich auf dem Dachboden ein grünes Kleid gefunden – die Farbe fast wie bei jenem der wunderschönen Frau auf dem großen Gemälde über der Treppe. Und wenn es still geworden war im Kinderheim, holte ich es hervor und tanzte allein mit mir vor dem Spiegel, die Stockflecken und Löcher in dem spröden Stoff sah ich gar nicht. *Du bist hässlich*, murmelte der Spiegel mürrisch – aber das focht mich nicht an, weil ich mir vorstellte, das Kleid hätte einer Prinzessin gehört, vielleicht sogar der Gräfin Danner persönlich.

Während meiner Kindheit in Kongslund war der Schirmherr des Heims, Ole Almind-Enevold, bereits ein aufsteigender Stern in der Partei, der mit seiner Politik der unveräußerlichen sozialen und demokratischen Rechte das natürliche Zentrum für den Durchschnittsdänen darstellte. Wenn er uns besuchte, drehte Magdalene resolut ihren Rollstuhl herum und verschwand in Richtung der weißen Villa oben am Hang. Ich wusste nicht, ob sie ihn fürchtete oder verachtete, vielleicht beides. Sich an einen Mann wie Ole zu binden, war eine bewusste und berechnende Entscheidung von Seiten meiner Pflegemutter, so viel begriff ich, da er immer wiederkam. Und ich spürte bereits in jungen Jahren, dass es um nicht weniger als das Überleben des Kinderheims ging.

Er war noch nicht so mächtig wie heute, aber einflussreich genug, um Kongslunds konservative Nachbarn, die nicht das geringste Interesse an der landesweit bekannten Zufluchtsstätte für uneheliche Kinder hatten, zu beeinflussen. Ganz allmählich führte der junge Politiker einen Stimmungswandel herbei und machte sowohl in der *Søllerød Posten* und *Berlingske Aftenavis* alle Handlungen Magnas zu einem urdänischen, heroischen Streben – ganz auf seiner Linie. Das *Findelkind* wurde zum Symbol für all das, wofür seine Partei kämpfte – und diese Kampagne machte mich für viele Jahre im ganzen Land bekannt. Ein geschickter Schachzug, und vermutlich hätte sie mich am liebsten für den Rest meines Lebens in Kongslund eingesperrt.

In meiner Teenagerzeit waren Magdalenes zwölf Tagebücher mein einziger Trost. Es gab einen Abschnitt, den ich immer wieder aufschlug. Im Februar 1966 hatte sie einige mysteriöse Beobachtungen gemacht, deren Sinn ich nie ganz verstanden habe:

Schon wieder ist eins entführt worden, schrieb sie. *Nur 25 Tage nachdem sie das Mädchen wiedergefunden haben. Sie haben gerade eine Suchmeldung in den Radionachrichten gebracht. Es ist ein kleiner Junge. Ist das vielleicht die Erklärung, nach der ich suche? Ist Marie so hierhergekommen?*

Ich war mir nicht sicher, was genau sie damit sagen wollte, und ärgerte mich maßlos. Ich saß auf meinem Bett und sah Magdalene vor mir, den Kopf über das Blatt gebeugt, das Kinn gegen den Brustkorb gedrückt, mit höchster Konzentration für jeden einzelnen Buchstaben. Aber ich verstand den Inhalt nicht. Wer waren die beiden entführten Kinder, von denen sie schrieb?

Fünf Jahre nach meiner Ankunft in Kongslund hatte Magdalene irgendeinen Zusammenhang zwischen der Entführung eines Jungen aus einer Straße in Kopenhagen mit meinem Auftauchen als Findelkind hergestellt. Und das hatte sie sehr beunruhigt und beschäftigt.

Ich denke viel über Maries Ankunft in Kongslund an dem Morgen nach, als ich die Frau am Hang gesehen habe. Warum auf diesem Weg, wenn jedes Kind problemlos anonym zur Adoption freigegeben werden kann? Als ich gestern von dem entführten Jungen gehört habe, musste ich wieder daran denken. Ich weiß nicht, was ich beunruhigender finde – dass Kinder einfach so verschwinden oder dass sie einfach so wieder auftauchen.

Das waren ihre Worte – unvollendet und für mich unverständlich –, ich bekam keine Antwort, als ich um eine Erklärung bat.

Orla Berntsen stand am Fenster, als Carl Malle die Tür hinter sich zuzog. Unten im Innenhof erhob die Schlange sich in einem mächtigen Bogen und spie so hoch in die Luft, dass das Wasser einen Sonnenstrahl streifte, ehe es in einem grünlila Glitzerregen auseinanderstäubte. Es waren so gut wie nie Angestellte des Ministeriums unten im Hof zu sehen, obgleich acht kurze Bänke zum Verweilen neben der Schlange einluden.

»Die Welt dringt nicht in deine Domäne ein.« In Carl Malles Stimme schwang ein Anflug von Spott mit.

Orla Berntsens Beschützer aus dem Reihenhausviertel in Søborg war älter geworden, sein Gesicht faltiger und das lockige Haar fast silbergrau, aber seine autoritäre Ausstrahlung war unverändert. Er duldete keinen Widerspruch und änderte seine Pläne nur, wenn es ihm passte. Und dass er einen Plan hatte, war klar. Dafür wurde er schließlich bezahlt.

»Wie läuft es mit dem Tamilenjungen?«, fragte der Expolizist.

»Du meinst den im Asylzentrum Nord, über den die Zeitungen schreiben?«

»Genau, den elfjährigen Jungen, den ihr festgenommen habt...« Carl Malle grinste höhnisch.

»So wollen es die Leute. Illegale Flüchtlinge sind in Dänemark unerwünscht – egal wie alt sie sind.«

»Die Leute...! Du warst selbst mal elf Jahre alt, Orla – und ja wohl auch irgendwie illegal. Zumindest unerwünscht, nicht wahr?«

Orla Berntsen kniff die Augen zusammen. Er konnte seinem Beschützer aus Kindertagen nicht sagen, dass die harte Behandlung des kleinen Tamilenjungen unter anderem dem Versuch geschuldet war, die Aufmerksamkeit der Medien von der Kongslund-Affäre abzulenken. Er spürte ein wohlvertrautes Kribbeln in den Handballen und Fingerspitzen. Er hatte sich noch nicht so recht an die Gegenwart des Sicherheitschefs im Ministerium gewöhnt. Der in die Jahre gekommene Polizist klapperte systematisch die Büros ab und fragte alle aus, von den jüngsten, nervös zitternden Beamten bis hin zum Grauballemann, zum Hexenmeister und ihm selbst.

Abends saß Carl Malle dann in stundenlangen Gesprächen mit dem Minister hinter der schalldichten Tür, was die Nervosität in allen Gängen und Winkeln des Ministeriums ins Unermessliche steigerte. Orla Berntsen war einer der wenigen, die wussten, wie nah der Minister und der ehemalige Vizepolizeipräsident sich standen. Als er sie das erste Mal völlig unvorbereitet zusammen gesehen hatte, war er schockiert gewesen. Er hatte keine Ahnung gehabt, dass es eine Verbindung zwischen den mächtigen Männern gab.

Die beiden hatten dicht zusammen im sogenannten Palastsaal des Ministeriums gestanden. Es war ein Morgen im Frühjahr 2001 kurz vor der Wahl gewesen, bei der alle mit einer Niederlage der Partei gerechnet hatten, die die Wahlstrategen mit dem absoluten Herrscher Enevold an der Parteispitze aber in einen Sieg umwandelten, indem sie die Einrichtung eines ganz neuen nationalen Ministeriums verkündeten.

Während die beiden Männer in ein Gespräch über eine Zehn-Punkte-Kampagne gegen die Dominanz der Moslems in den vier größten dänischen Städten vertieft waren, die in Kooperation mit dem neu gegründeten Fernsehsender *Channel DK* durchgeführt werden sollte, hatte Orla sich so dezent wie möglich zurückgezogen, aber nicht dezent genug, denn Carl Malle hatte ihn trotzdem bemerkt.

Orla hatte unerwartet heftig auf diese Begegnung reagiert, was nichts mit der Kampagne zu tun hatte. In seinem Büro musste er sich erst einmal auf dem Sofa ausstrecken und die Augen schließen, während er abzuwägen versuchte, in welcher Beziehung die beiden Männer zueinander standen. Er war zu keinem Ergebnis gekommen, hatte es sich nicht erklären können – wobei die Erklärung vielleicht so nahelag, dass er durch sie hindurchschaute.

Kurz darauf war der pensionierte Polizist in sein Büro gekommen – als ob nichts gewesen wäre – und hatte bereitwillig auf die Fragen geantwortet, die der zukünftige Stabschef noch gar nicht gestellt hatte.

»Woher wir uns kennen, Ole und ich? Aus dem Widerstandskampf. Was glaubst du wohl, wie der kleine Gnom sonst die Schrecken des Krieges überlebt hätte...?«

Carl Malle hatte laut gelacht.

»Aber wieso haben wir im gleichen Viertel gewohnt?« Orlas Stimme hatte unkontrolliert gebebt.

Carl Malle lachte wieder. »Dänemark ist ein kleines Land, Orla, ein sehr kleines Land.« Er setzte sich nonchalant auf die Kante von Orlas Schreibtisch. »Soweit ich mich erinnere, hat Magna deiner Mutter aus Rücksicht auf dich ein friedliches Viertel empfohlen, und da sie Vænget kannte, weil ich dort wohnte, hat sie wahrscheinlich diese Gegend vorgeschlagen. Magna kenne ich auch aus dem Widerstand. Mehr weiß ich wirklich nicht. Du kennst ja Magna. Sie fragt nie jemanden um Rat – und ganz sicher keinen Mann...!«

An dieser Stelle lachte er ein drittes Mal.

Seine Erklärung hatte plausibel geklungen, und in den folgenden Monaten hatte Orla an andere Dinge denken müssen. Seine Mutter lag in dieser Zeit in dem Reihenhaus in Søborg im Sterben. Der Knoten in ihrem Magen wuchs und wucherte, als bräche der gesamte, aufgesparte Kummer ihres Lebens auf einmal aus, um dem Ganzen ein Ende zu bereiten. Wenn sie ihn anrief, waren die Pausen zwischen den Sätzen mitunter minutenlang, und hinterher war sein Mund so trocken, dass er mit niemandem sprechen konnte.

Am Ende war er zurück nach Søborg gezogen, um seine Mutter zu pflegen, die in Decken gewickelt in dem blauen Ohrensessel saß und vor sich hin starrte. Ihre weißen Hände waren von rosa und lila Flecken übersät, und ihre Finger zitterten, längst zu kraftlos für die früher übliche Reise über den blankgescheuerten Plüsch.

Er hatte die stumme Ablehnung seiner Mutter gespürt, als

er mit seiner Frau zusammenzog. Sie hatte nichts gesagt, aber mit zusammengepressten Lippen auf ihrem blauen Thron gesessen. Vielleicht hatte Orla Berntsen Lucilla deswegen nicht geheiratet, solange seine Mutter noch am Leben war. So wie er auch nie einen Versuch gemacht hatte, die beiden Frauen einander näherzubringen. Lucilla, die in Kuba geboren und in einem alten Arbeiterviertel im Hafen von Havanna aufgewachsen war, hatte instinktiv die Gefahr gewittert, geschwiegen und ihren Lebensgefährten und Versorger in diesen Monaten bei seiner kranken Mutter wohnen lassen.

Eines Nachmittags lag eine Nachricht auf seinem Schreibtisch, als er aus einer Sitzung kam. Frau Berntsen hätte angerufen. Es war der 30. März 2001. Sie ging nicht ran, als er zurückrief.

Er verließ umgehend das Ministerium, ließ sein Rad stehen, hielt auf der Børsbroen ein Taxi an und ließ sich eilig nach Søborg fahren. Es war später Nachmittag.

Sie lag bäuchlings auf der Terrasse, mitten in der Sonne, als ob sie schliefe. Hätten die Nachbarn sich nur halb aus ihren Gartenstühlen erhoben und einen Blick über die Hecke geworfen, hätten sie sie gesehen, aber sie kümmerten sich schon seit Jahren nicht mehr um das, was jenseits ihrer Hecken vor sich ging. Auch nicht um den Tod. Der Pianist hatte ausnahmsweise mal seine Nachmittagssonate übersprungen. In Frydens Vænge herrschte damals absolute Stille.

Er hatte sie ins Wohnzimmer getragen und mit dem Gesicht nach Süden aufs Sofa gelegt. Sie hatte immer in diese Richtung geschaut. Sein Magen rumorte, und er hielt sich den Bauch. Dann ging er nach draußen auf die Terrasse, wo sie gelegen hatte. Auf der Gartenpforte saß eine Amsel. Er ging wieder ins Haus. Er dachte an den Abend am Fluss, an dem der Schwachkopf gestorben war, an das Auge auf dem Blatt, das ihn angestarrt hatte.

Er setzte sich in den Sessel mit den blank gescheuerten

Armlehnen, in dem er zuvor noch nie gesessen hatte. Gurli Berntsen, pensionierte Büromaus, vier Jahrzehnte lang in Frydens Vænge geduldet und ignoriert, von einer unheilbaren Krankheit befallen, war auf ihrer Terrasse zusammengebrochen und gestorben.

Die Fliege und Lucilla hatten die Beerdigung für ihn organisiert. Er hatte in der ersten Bankreihe einer fast leeren Kapelle gesessen und war auf dem Weg zum Grab durch den Regen gegangen, der vom Rand seines Schirmes tropfte. Lucilla verstand ihn, aber sie konnte Orla Pil Berntsen, dem unehelichen Sohn von Gurli Berntsen, nicht helfen und sagte nichts.

Tagelang war er anschließend durch das Haus in Søborg gelaufen. War nach oben gegangen und hatte die weißen Wände angestarrt. Hatte auf dem Bett gesessen und den Mann gemustert, der den orangefarbenen Badeball in die Luft warf, und den Jungen, der die Arme mit gespreizten Fingern in die Luft streckte, um den Ball zu fangen. Er nieste und schloss die Augen.

Eine Woche nach der Beerdigung war seine Welt noch immer voll gewesen von den flimmernden Bildern, die sie in ihm hinterlassen hatte. Er schlief in dem Bett seiner Mutter im Obergeschoss, während Lucilla in Gentofte auf ihre Tochter aufpasste.

Eines Abends fand Lucilla, die in einer sehr viel absonderlicheren Welt als Dänemark aufgewachsen war, ihn unter einer kleinen Hecke hinter dem Grab liegend vor. »Ich bin schwanger«, sagte sie. An diesem Abend schliefen sie im Bett seiner Mutter miteinander, und die Zeit lief rückwärts, bis es nicht mehr weiterging. Lucilla schrie, als hätte sie einen Geist gesehen. Sie setzte sich im Bett auf und schaute in Gurli Berntsens ovalen Spiegel mit dem blank polierten Palisanderrahmen, als blickte sie direkt in das Totenreich. Orla knipste augenblicklich das Licht an, aber seine Mutter war für immer weg. Lucilla hatte ihn aus der Dunkelheit heraufgezogen, seinen Körper mit ihrem bedeckt und den Handel vollendet, den ihr Schutzengel vor vielen Jahren mit seinem geschlossen hatte, als die Schiffe in Havannas Hafen tuteten und zwei Fremde sich küssten.

Am nächsten Tag hatte sie um seine Hand angehalten.

Sie heirateten am 7. April, gerade einmal zwei Wochen nach der Beerdigung – mit dem angehenden Nationalminister Ole Almind-Enevold als Trauzeugen. Ein einziger Zeitungsreporter hatte Wind von dem Ereignis bekommen und schoss ein gestochen scharfes Bild, als sie die Kirche verließen. Es entbehrte wahrlich nicht einer gewissen Komik, dass der für Ausländerfragen und Abschiebungen zuständige Minister einen halben Schritt hinter seinem Stabschef ging, der eine dunkelhäutige, exotische Braut an den christlichen Altar führte.

Das Foto fand sich bereits am nächsten Tag, am Palmsonntag, auf Seite 9 einer einzelnen überregionalen Tageszeitung wieder. Abgesehen von dieser einen undichten Stelle gelang es der Partei, die Episode, die sonst nur Verwirrung in den Reihen der zukünftigen Wähler gestiftet hätte, unter Verschluss zu halten.

Man mochte es eine Ironie des Schicksals nennen, dass ebenjenes Foto eines Tages den eigentlichen Auslöser der Kongslund-Affäre darstellen und den Tod so vieler Menschen verursachen sollte.

Er hatte das Reihenhaus unberührt gelassen, bis Lucilla den kleinen Nachzügler zur Welt brachte. Seitdem hatte es leer gestanden und war nur einmal im Monat von einer Reinigungsfirma geputzt worden.

Jetzt, da er seine Familie verlassen hatte, war er auf das Haus in Søborg angewiesen.

Jeden Nachmittag fuhr er raus nach Frydens Vænge und setzte sich in das seit dem Tod seiner Mutter unveränderte

Wohnzimmer. Er saß in ihrem Sessel, die Unterarme auf den fadenscheinigen Bezug gelegt. Mit geschlossenen Augen. Weit weg spielte der Pianist eine Brahms-Sonate. In den zackigen Taktschlägen hörte er die Worte, die er mit Severin geteilt hat: *Faulheit. Machtstreben. Verlogenheit. Gier. Illoyalität. Arroganz. Gefühllosigkeit...*

»... *Unentschlossenheit.*«

Er hörte seine eigene Stimme wie ein Flüstern im Raum.

»Unentschlossenheit nützt niemandem etwas!« Carl Malle hatte sich in seinen Gedankengang gedrängt.

Seine Seele flog zurück ins Ministerium und landete auf dem Bürostuhl, ehe Malle merkte, dass er sich auf einer langen Reise sieben Jahre in die Vergangenheit befunden hatte.

»Wenn du etwas von deinen alten Freunden hörst, besonders von Severin, möchte ich das gerne wissen!«

Orla Berntsen öffnete die Augen und schaute hoch. Der alte Polizist hatte natürlich seinen Werdegang verfolgt. Er wusste von seiner Trennung und dass er wieder in das Reihenhaus seiner verstorbenen Mutter in Frydens Vænge gezogen war. Es war sein Job, solche Dinge zu wissen.

Nur einen Monat nach der Hochzeit mit Lucilla hatte Orla Magna aufgesucht und ihr die Frage gestellt, die Carl Malle kurz zuvor so zuverlässig beantwortet hatte: »*Warum wohne ich im gleichen Viertel wie Carl Malle?*«

Von Magna hatte er allerdings eine völlig andere Antwort bekommen als die, die der Polizist ihm gegeben hatte. »Das hab ich mich auch öfter gefragt«, sagte Magna. »Aber soweit ich es verstanden habe, hat Gurli... deine Mutter... das Viertel von einem guten Freund empfohlen bekommen.«

»Sie haben ihr das Haus nicht empfohlen?«

»Aber nein...!« Magna hatte ein kehliges Lachen angestimmt. »Wir kümmern uns nur um die Kleinen, Orla, mein Junge – auf die Großen können wir nicht auch noch aufpassen, das müssen sie selbst tun!«

Er hatte das Spiel, in dem er mitspielte, nie ganz durchschaut. Aber die Angst hatte in ihm rumort als leise Unruhe, die sich abwechselnd in seinen Fingern, den Schultern oder seinen Gesichtsmuskeln zeigte. Er spürte, wie sein Schnaufen sich steigerte, und hörte schon die Spitznamen, die das im Ministerium auslösen würde.

Er hatte versucht, Magna aus dem Wohnzimmer in Frydens Vænge anzurufen, aber sie nahm nicht ab. Dann hatte er Kongslunds Nummer eingegeben, aber Susanne Ingemann hatte mit Nachdruck gesagt, dass Fräulein Ladegaard nicht gestört werden wollte und sie selbst könnte zu den Geschehnissen leider gar nichts sagen. »Was bitte sollte ich von Ihrer Vorgeschichte wissen? Ich bin erst 1984 nach Kongslund gekommen«, hatte sie mit einem leisen Zittern in der Stimme gesagt. Sie hatte definitiv Angst, und er hörte, dass sie log.

»Ich habe versucht, mich mit Marie Ladegaard zu verabreden«, sagte Carl Malle, als hätte er Orlas Gedanken gelesen. »Sie ist nicht sehr erpicht darauf, also werde ich wohl unangemeldet dort rausfahren. Sie geht ja nicht oft aus dem Haus.«

Orla hatte die Brille vor sich auf den Schreibtisch gelegt und den Expolizeichef damit in eine an den Rändern leicht ausgefranste Silhouette verwandelt. Er fürchtete, dass sein Verbündeter aus Kindertagen – mit seinem Polizeiinstinkt, der niemals in Pension gehen würde – den Verrat witterte, den er nur wenige Stunden zuvor begangen hatte. Er hatte jedes Vertrauen gebrochen und alle Grenzen überschritten. Er befürchtete, dass man ihm den Verrat anhörte, dass in seiner Stimme noch immer der Wahnwitz nachhallte, der ihn veranlasst hatte, Severin anzurufen, ihm alles zu erzählen, und ein Treffen zu vereinbaren.

Er hatte die Nervosität in der Stimme des Anwalts gespürt, aber trotz ihrer jahrelangen Feindschaft hatte Severin einem Treffen zugestimmt.

In der Anwaltskanzlei konnten sie sich nicht treffen, dafür war Orla Berntsen zu bekannt. Dass dieser Staatsbeamte, der eigenhändig an der stahlharten Ausländerpolitik der Regierung mitgebastelt hatte, an einem der wenigen Zufluchtsorte für notleidende Flüchtlinge auftauchte, wäre nur schwerlich zu erklären gewesen und hätte Søren Severin Nielsen für alle Zeit gebrandmarkt.

Sørens Wohnung war ebenfalls ausgeschlossen. Dort tauchten immer mal wieder unangemeldet Flüchtlinge und deren Freunde auf, und auch der eine oder andere Journalist kontaktierte ihn, auf der Suche nach einem kurzen humanitären Beitrag für eine langweilige Montagsausgabe. Orlas Wahl fiel deshalb auf ein Viertel, das sie beide gut kannten und wo Severins Adoptiveltern nach wie vor lebten. Sie verabredeten sich in dem roten Reihenhaus in Frydens Vænge.

Severin kam wie immer eine halbe Stunde zu spät. Er hatte einen hochroten Kopf, schütteres Haar und schob eine Fahne vor sich her, da er seinen Kummer über all die Niederlagen wie jeden Feierabend mit einem Bier heruntergespült hatte. Oder mit zweien oder dreien, je nachdem, wie viele Asylfälle er im Laufe des Tages verloren hatte. Orla streckte die Hand aus, aber sein einstiger Freund ignorierte sie und murmelte nur leise »Hallo«. Sie waren wortlos und ohne sich anzusehen ins Haus gegangen und hatten sich auf das Sofa gesetzt, auf das Orla seine Mutter sieben Jahre zuvor gelegt hatte. Dort hatten sie schweigend die Porzellanfiguren auf der Fensterbank betrachtet, Engel mit ausgebreiteten Flügeln und Bäuerinnen mit weißen Stoffhauben.

Schließlich hatte Orla die Stille durchbrochen: »Hast du auch einen Brief bekommen...?«

Severin hatte genickt und einen Umschlag vor sich auf den Kacheltisch gelegt.

Sie rückten zögernd dichter zueinander, um beide sehen zu können, und erstaunlicherweise empfand Orla nicht das

Unbehagen, das ihm körperliche Nähe sonst bereitete. Er hatte keinen anderen Menschen mehr berührt – über formelles Händeschütteln hinaus –, seit er mit Lucilla kurz nach der Beerdigung seiner Mutter geschlafen hatte.

»Genau der gleiche Inhalt«, sagte Severin. »Das Formular, die Babyschuhe ... das Foto von Kongslund.«

Orla Berntsen war in die Küche gegangen und hatte eine Flasche Weißwein geöffnet.

Er stellte die Gläser auf den Couchtisch.

»Ich weiß nicht, was das bedeutet, Severin. Oder was *Fri Weekend* darin vermutet.«

Der Anwalt starrte auf den Umschlag und den Brief. »Meiner Meinung nach hat die Zeitung bis jetzt noch keinen konkreten Anhaltspunkt, dass überhaupt etwas vorgefallen ist«, sagte Severin nüchtern. »Es ist nirgends belegt, dass Kongslund jemals Kinder bekannter Persönlichkeiten zur Adoption vermittelt hat – oder versucht hat, ihre Herkunft so zu verschleiern, dass sie nicht mehr zu rekonstruieren ist.« Severin warf einen Blick auf den rätselhaften Brief auf dem Tisch. »Wahrscheinlich ist das bloß wieder so eine wilde Behauptung von Knud Tåsing, und der hat ja schon einiges behauptet, wie du weißt.«

»Ein einziger Fall würde völlig reichen«, sagte Orla und spielte damit auf das Formular mit den spärlichen Informationen zu dem Kind mit dem Nachnamen Bjergstrand an. »Eine heimliche Adoption. Und es interessiert mich nicht ...« Er stockte.

»Dass du eine Vergangenheit hast, die du nicht kennst«, vervollständigte Søren den Satz.

Orla versteifte sich, sagte aber nichts.

»Du befürchtest, dass deine Mutter nicht die war, die zu sein sie vorgegeben hat. Oder womöglich gar nicht deine Mutter ...«

Orla Berntsen erhob sich mit einem Schnaufen vom Sofa.

»Nein«, sagte er. »Sie ist tot. Aber sie war immer meine Mutter.« Er hörte selbst, wie unsinnig das klang.

Severin nahm einen Schluck Wein wie damals im Studium vor ihrer großen Beichtstunde, kurz bevor Orla ihre Freundschaft für eine Karriere als Topbeamter bei Almind-Enevold geopfert hatte.

Orla hatte sich in den blauen Sessel gesetzt. »Hast du eigentlich irgendwann mal die Nummer deiner richtigen Mutter gewählt, die du immer bei dir getragen hast ...?« Die Worte waren wie von selbst aus Orlas Mund gekommen.

Severin stellte sein Weinglas auf dem Tisch ab. Das Rätsel um Orlas Mutter war vergessen.

»Woher weißt du davon?«, fragte er.

»Du hast es mir mal erzählt. Im Studium.«

»Ich habe sie nie angerufen, nein.«

Orla sagte nichts.

»Irgendwann war der Zug abgefahren. Und dann bin ich selber Vater geworden.«

»Du hast erzählt, Marie hätte dir die Nummer gegeben. Wo hatte sie die her?«

»Keine Ahnung.«

»Dann weißt du also auch nichts über deine Vergangenheit, deine Vorgeschichte.«

Severin wechselte abrupt das Thema. »Erinnerst du dich daran, als ich dir von Kjeld erzählt habe, dem Sohn unseres Blockwarts?«

»Ja.«

»Außer dir habe ich das nur ... meiner Exfrau Bente gebeichtet. Meiner Tochter habe ich es nie erzählt.« Severin hatte 1988 geheiratet, war Vater geworden und hatte die Kanzlei eröffnet, parallel zum Anstieg der Flüchtlingswelle. Er hatte nur wenig Zeit zu Hause verbracht.

»Vielleicht habe ich in Wirklichkeit bloß meinen Halbbruder Hasse zum zweiten Mal getötet.«

In dieser Sekunde überkam Orla das überwältigende Bedürfnis, Severin von dem Vorfall zu erzählen, der sein Leben verändert hatte – von dem Abend am Fluss mit Poul und Karsten und dem verletzten Schwachsinnigen, der brüllend vor Angst in dem schlammigen Wasser herumgestapft war.

Es dauerte weniger als zehn Minuten, die lange zurückliegende Geschichte zu erzählen. »Als wir zurückkamen, war er tot«, schloss er seine Beichte ab. »Und es lag einfach da … das Auge … auf einem Blatt.«

»Warum bist du so sicher, dass es deine Hand war, die …«, Severin suchte einen Moment nach den richtigen Worten, »die die Tat ausgeführt hat?«

Orlas Finger wischten in kleinen, kreiselnden Bewegungen über die Armlehnen. »Weil ich es in mir hatte«, sagte er matt.

»Es könnte genauso gut Pouls Hand gewesen sein. Du hast doch gesagt, dass er bösartig war.« Da sprach der Anwalt aus Severin.

Orlas Finger verharrten auf dem Plüsch. »Nein, ich habe ein Geräusch gehört, und das kam aus mir.«

»Was für ein Geräusch?«

»Wie ein Wasserfall, der durch einen …« Er stockte.

Severin legte die Stirn in Falten. »Machst du dir eigentlich jemals Gedanken über die Menschen, die du als Beamter fertigmachst, ohne dass sie wissen, warum …«

Der Stabschef des Nationalministers erhob sich aus dem blauen Sessel und schnaufte wütend. »Was ist das für eine merkwürdige Frage?«

»Seit unsere Wege sich getrennt haben und die ersten iranischen Flüchtlinge 1985 ein Volksbegehren über Asyl und Aufenthaltsgenehmigungen ausgelöst haben, sind wir über nichts mehr einer Meinung, obgleich wir im selben Viertel aufgewachsen sind. Das ist jetzt mehr als zwanzig Jahre her, Orla. Am Anfang hat meine Welt noch recht bekommen, aber inzwischen sagt deine Welt, wo's langgeht.«

Orla Berntsen schnaufte.

»Du bist tatsächlich die Hand, die aus dem Dunkel hervorschnellt… Du bist die Keule, die ohne Zögern einen elfjährigen Tamilenjungen erschlägt. Warum?«

Orla Berntsen hatte einen Schritt nach hinten gemacht und schnaufte. Er roch den süßlichen Verwesungsduft des bankrotten Anwalts.

»Herrgott, bist du melodramatisch. Weil die Bevölkerung es so will. Das weißt du genauso gut wie ich. Die Bürger wählen die Regierung, von der sie sich am besten beschützt fühlen und die ihnen die Zukunft des Landes garantiert, in dem sie leben wollen. Sie sind es, die sich gegen alles Fremde wehren, das den Zusammenhalt des Landes bedroht. Die Bevölkerung selbst bestimmt die Mittel. Du arbeitest dagegen. Das nennt man Demokratie.«

»Das ist eine Lüge. Die meisten Dänen würden dem Jungen Schutz anbieten. Wir wollen Menschen in Not helfen. So war es schon mit den Juden im Zweiten Weltkrieg, denen haben wir beigestanden.«

»Die Juden…« Orla registrierte die unkontrollierbare Aggression in seiner Stimme und holte tief Luft, um die Schnaufer zu unterdrücken, die Severin nicht hören sollte. »Wir nehmen den Menschen ihre Wurzeln und ihre Heimat, wenn wir sie hierlassen… Hat es dich je geschert, dass du adoptiert wurdest?« Ihm war klar, dass der Vergleich hinkte, aber er konnte nicht aufhören. »Sie gehen hier ein, Severin… sie sterben – mit ebenso großer Sicherheit wie Kjeld!«

Severin erhob sich von dem Birkenholzsofa, und einen Augenblick lang leuchtete sein Gesicht wie ein roter Mond in der Dämmerung. Er durchquerte mit wenigen Schritten das Wohnzimmer und blieb in der Tür zum Flur stehen.

»Du kannst meinen Brief behalten, Orla Pil Berntsen, er beschäftigt dich offenbar mehr als mich. Ich kann dir nicht helfen. In diesem Punkt bist du genauso dickköpfig wie alle anderen. Es ist mir ein Rätsel, dass wir zwei den gleichen Background haben und sogar einmal Freunde waren. Warum... kann ich nicht mehr nachvollziehen. Aber das ist ja auch egal. Du hast morgen meinen Antrag auf eine Aufenthaltsbewilligung für den Tamilenjungen aus humanitären Gründen auf dem Tisch. Und denk über deine eigene Vorgeschichte nach – ehe du die Hand hebst.«

»Er sitzt nur da und schnauft und tut nichts *Konstruktives*...«

Carl Malle hatte Orla Berntsen irritiert verlassen und machte nun seiner Empörung im Büro des Nationalministers Luft. »Ich bin fest davon überzeugt, dass alle fünf Jungen aus dem Jahrgang diesen verfluchten Brief bekommen haben. Wir haben ein Gespräch zwischen Asger Christoffersen in Århus und Peter Trøst abgehört, aus dem hervorging, dass beide den anonymen Gruß erhalten haben.«

»Du hörst einen Fernsehsender ab...?«, fragte der Minister ungläubig.

»Ja. Und ein Observatorium, das selbst die Ohren aufsperrt und das ganze Universum abhört. Zwischendurch ist es sehr praktisch, auf alte Kontakte zurückgreifen zu können, da musst du mir zustimmen.«

»Was hast du Susanne Ingemann erzählt?« Der Nationalminister stand am Fenster und schaute in den Hinterhof.

»Dass wir den anonymen Brief als die Aktion eines Psychopathen einstufen, als möglichen Vorboten einer deutlich drastischeren Tat. Vielleicht eines Attentats oder eines Terroranschlags. In Zeiten wie diesen kann man gar nicht vorsichtig genug sein, wenn das Nationalministerium solche Drohungen erhält... Und womöglich ist Kongslund ebenfalls gefährdet. Stell dir das vor – kleine Babys, die von durchgedrehten Muslimen in die Luft gesprengt werden. Nicht auszudenken.«

»Ja«, sagte der Minister aufgebracht. »Es ist eine schreckliche Welt, in der wir leben.«

Carl Malle nickte. »Wir sind dabei, den Umschlag und die ausgeschnittenen Buchstaben zurückzuverfolgen, und ich trage gerade die Namen sämtlicher Familien zusammen, die in den Jahren 1961 bis '62 Kinder aus Kongslund adoptiert haben. Susanne Ingemann ist uns behilflich, auch wenn sie natürlich nicht gerade erbaut darüber ist, uns Einsicht in die alten Akten zu gewähren...«

»Und wenn du die Namen der Familien hast...?«

»Finden wir auch die aktuellen Adressen der Kinder heraus. Sie sind bestimmt längst ausgeflogen – aber wenn wir erst einmal die geografischen Koordinaten des Absenders haben, können wir sie mit der Liste vergleichen.«

Der Nationalminister ballte die Hände zu Fäusten. »Carl, du musst die alte Mutterhilfe komplett durchleuchten. Und sieh zu, was du bei der Familienbehörde rausfinden kannst. Du hast alle Befugnisse. Ja, ich weiß, wir haben es bereits versucht – erfolglos –, aber Magnas Einfluss ist jetzt nicht mehr so groß. Ich möchte, dass jede verdammte Kiste in ihren Archiven untersucht wird, jeder einzelne Ordner und jede Mappe, in der etwas abgelegt worden sein könnte. Ich möchte, dass du persönlich jeden Stein hier und im Ausland umdrehst, auf den jemand diesen Scheißnamen geschrieben haben könnte – *John Bjergstrand*. Such alle Familien auf, die in dieser Zeit Kinder adoptiert haben, und krieg raus, ob sie jemals von Außenstehenden kontaktiert wurden, die sich in irgendeiner Form für die Kinder aus Kongslund interessiert haben.«

Carl Malle lächelte milde. »Schön und gut, aber im Moment stellt Severin unser größtes Problem dar.«

Enevold legte in Zeitlupe die Hände vor dem Kinn zusammen. »Severin«, sagte er abfällig. »Ein abgewiesener Junge, der sämtliche Chancen verspielt hat. Der Anwalt all der verlorenen und verirrten Seelen, der Schwindler und Hochstapler, die nach Dänemark kommen. Wo liegt das Problem?«

»Die beiden haben sich gestern Abend getroffen. Nicht lange – aber sie haben sich getroffen.«

Der Blick des Ministers flackerte kurz.

»Ich hatte einen Mann zu Severins Überwachung abgestellt. Er ist direkt aus der Kanzlei nach Frydens Vænge gefahren, wo Orla ihm die Tür geöffnet hat.« Carl Malle schnipste mit zwei breiten Fingern. »Und *schwupp* waren sie wieder vereint.«

»Wissen wir, worüber sie geredet haben?«

»Nein, aber das dürfte nicht schwer zu erraten sein, oder?«

»Nimm Kontakt zu ihm auf…« Der Minister hielt inne. Der Flüchtlingsanwalt und der Regierungshardliner im gleichen Boot. Das könnte in einer Katastrophe enden. Carl Malle war an die Decke gegangen, als er herausbekommen hatte, dass Ole Almind-Enevold sich Orla gegenüber verplappert und ihm irgendwann während der Zeit an der Uni erzählt hatte, dass Severin im gleichen Kinderheim wie er gewesen war. Seiner Meinung nach stellte das ein kolossales Risiko dar.

Der Expolizist holte tief Luft. »Ich werde sowohl Orla als auch Severin Nielsen kontaktieren und dafür sorgen, dass die Verbindung beendet wird. Und ich werde mit Susanne Ingemann – und mit Marie Ladegaard – reden und danach nach Århus zu Asger Christoffersen fahren. Peter Trøst können wir getrost dem Professor überlassen.«

Der Minister lehnte sich zurück. Ruhe breitete sich in dem fein geschnittenen, femininen Gesicht aus. Ole war, als Carl Malle ihn kennengelernt hatte, ein schmächtiger Junge gewesen, den die älteren Freiheitskämpfer kaum beachtet hatten – außer sie brauchten jemanden für Botengänge oder um Nachrichten und Sprengsätze von einem Ende der Stadt ans andere zu transportieren. Einen so schmächtigen

Burschen würden die Deutschen niemals verdächtigen, hatten sie gedacht. Außerdem hatte Ole keine Fragen gestellt und war nie umgekehrt, wenn er sich erst einmal in Bewegung gesetzt hatte.

Carl Malle hätte nie im Leben geglaubt, dass Ole jemals etwas anderes als ein Laufbursche sein würde.

Als er 1979 erstmals zum Minister ernannt worden war, hatte der mächtige Polizist eine diskrete Untersuchung seiner Vorgeschichte angestellt, da es Gerüchte von einer kommunistischen Mutter gab, und in diesen Jahren nahm man den Kommunismus nicht auf die leichte Schulter. In Nicaragua hatten die Sandinisten gesiegt, die Sowjetunion hielt Osteuropa im eisernen Griff, und der 1. Mai wurde überall in Europa als großer Nationalfeiertag mit riesigen Menschenmengen auf den Straßen begangen. Malle tat sich mit einem alten Freund vom polizeilichen Geheimdienst zusammen, und die beiden Polizisten erledigten ihre Arbeit schnell und diskret – und mit einem einigermaßen beruhigenden Ergebnis. Der neu ernannte Minister war in einer Häuslerstelle südlich von Vejle aufgewachsen, bei einem Vater, der seinen einzigen Sohn mit allen Instrumenten gezüchtigt hatte, die er zu fassen gekriegt hatte (das war noch vor der sanfteren Zeit der Kleiderbügel), und seine Mutter war nach der russischen Revolution 1917 Kommunistin geworden. Aber nichts wies darauf hin, dass er sich hatte infizieren lassen. Die Mutter hatte ihren Sohn mit der Überlegung in den Widerstandskampf gedrängt, dass die Deutschen auch nicht gefährlicher für ihn sein konnten als ihr unberechenbarer Mann – und hatte ihn so indirekt mit Malle zusammengebracht.

Als Carl und seine engsten Kameraden im September 1943 nach Kopenhagen geschickt wurden, folgte Ole ihnen und traf in Skodsborg, als die Judentransporte begannen, erstmals Magna. Später, während des Jurastudiums, hatte er Lykke kennengelernt, die er an seinem einundzwanzigsten Geburtstag geheiratet hatte. 1957 bekam er den Auftrag von der Gefangenenfürsorge, ein Projekt über weibliche Häftlinge und den Einfluss des Gefängnisalltags auf ihr Wohlbefinden durchzuführen. Bereits zu Beginn des Projektes entwickelte der frisch gebackene Jurist mit der schweren Kindheit die interessante – und erstaunlich geschlechterpolitische – These, dass ein Gefängnisaufenthalt weiblichen Gefangenen definitiv mehr schadete als Männern. Ursache dafür wäre die Tatsache, dass sie dem ältesten und stärksten Urinstinkt der Welt – der Erfüllung der Mutterschaft – nicht folgen konnten.

Diesen Teil der Notizen zu Almind-Enevolds Leben hatte Carl Malle selbst geschrieben – und danach versteckt –, weil er keine Notwendigkeit sah, andere Menschen auf die Spur der Ereignisse zu lenken, die seine Lebensversicherung sein könnten, sollte Ole ihn jemals zu seinem Feind erklären. Der aufstrebende junge Jurist und Aspirant auf eine große politische Karriere hatte ein wachsendes, eheliches Problem: Drei Jahre hatten er und Lykke vergeblich versucht, ein Kind zu bekommen, aber Lykke war trotz aller Versuche und Bemühungen nicht schwanger geworden.

Der junge Jurist war außer sich über das Defizit seiner Frau in diesem absolut existenziellen Lebensbereich. Er hatte so lange von einem Sohn geträumt, dass er sich ein Leben ohne einen Nachfolger gar nicht vorstellen konnte. Ein Grund dafür mochte auch die Erinnerung an seine eigene Kindheit und den jahrelangen Albtraum mit seinem sprachlosen, gewaltsamen Vater sein.

Lykke verwehrte ihm die Chance zu beweisen, dass er alles besser machen würde und dass man Muster ändern konnte.

In dieser verfahrenen Situation war das Schicksal erschienen und hatte seine magere Hand erhoben, als winke es den Sterblichen dort unten im Inferno zu. Das war im April 1960. Es heißt, Gott und der Teufel seien nach dem Ebenbild des

Mannes erschaffen – aber das Schicksal in seiner launischen, scheinbaren Unvorhersehbarkeit war das weibliche Pendant zu den beiden bösartigen Herren.

Der Minister drängte sich in seine Gedanken. »Carl... warum jetzt? Warum ausgerechnet jetzt...?«

»Es ist von essenzieller Bedeutung, dass wir das lösen...« Der Expolizeichef zögerte einen Augenblick, ehe er weitersprach. »Eine letzte Sache noch, von der ich nicht genau weiß, wie ich sie handhaben soll.« Das war ein äußerst seltenes Zugeständnis aus Carl Malles Mund. Der Sicherheitschef beugte sich vor. »Da draußen läuft ein Kriminalkommissar herum – genauer gesagt ein pensionierter Kriminalkommissar –, der sich mit einer Information an den jetzigen Chef des Morddezernats gewandt hat, die offensichtlich etwas mit der Kongslund-Affäre zu tun hat.«

Ole Almind-Enevold zog die Augenbrauen hoch.

»Wenn ich richtig informiert bin, hat der pensionierte Kollege seinem Nachfolger vorgeschlagen, sich einen älteren, unaufgeklärten Fall einer weiblichen Leiche noch einmal vorzunehmen – ein rätselhafter Todesfall am Strand in der Nähe von Kongslund. Mehr weiß ich auch nicht. Ich habe diese Information nicht vom Chef des Morddezernats persönlich, sondern von einem Angestellten..., der mir regelmäßig Bericht erstattet.«

»Aha.«

»Ich werde das näher untersuchen müssen.«

»Weiß Gott.« Das war die letzte ausdrückliche Order an einen alten Verbündeten, ehe das Schicksal mit solcher Wucht zuschlug, wie niemand es für möglich gehalten hätte.

Carl Malle erhob sich ohne weiteren Kommentar und verließ das Büro.

TEIL III

EVA

16

KÖNIGLICHES SKODSBORG

12. MAI 2008

Kongslund wurde in den gleichen Monaten errichtet, in denen auch das Grundgesetz verabschiedet wurde, was ohne die Inspiration durch einen König, den das ganze Volk liebte, nicht möglich gewesen wäre. So lautete der Mythos.

Und als etliche Jahre später die Reihen der zielbewussten Fräuleins der Kopenhagener Mutterhilfe ausschwärmten, um ein Heim für die unerwünschten Kinder der Dänen zu finden – welcher Ort hätte sich besser geeignet als der Lieblingsort des Bürgerkönigs? Keiner! Der König war selbst Sohn einer leichtlebigen, verantwortungslosen Mutter – von der er bereits als Kind getrennt worden war –, und als Erwachsener hatte er eine Frau aus dem Volk zu seiner illegitimen Ehefrau gemacht und sich von den Vergnügungen des Alltags hinreißen lassen; danach war er ohne einen Erben in den Himmel aufgestiegen, sodass sein Zweig des königlichen Stammbaums ebenso abgestorben war wie die Karpfen in dem See im Tierpark, in dem er so gerne gefischt hatte.

O ja. Kongslund hatte er geliebt.

Das Grundgesetz hingegen hatte er ziemlich geistesabwesend unterschrieben – zwischen zwei Angeltouren.

Ich musste etwas übersehen haben, dachte ich, als das Ministerium seine Jagd nach dem anonymen Briefschreiber intensivierte.

Es musste etwas Entscheidendes passiert sein, als ich noch ganz klein gewesen war; etwas, das ich nicht mitbekommen hatte und das so diskret abgewickelt worden war, dass ich nachher keine Spur davon hatte finden können.

Ich ging noch einmal sorgfältig die Dokumente durch, die vielleicht Licht ins Dunkel bringen konnten.

In den Monaten nach meinem Auftauchen hatten acht kleine, weiß lackierte Holzbetten in der Säuglingsstube gestanden – vier an der nördlichen und vier an der südlichen Wand. So viel wusste ich. Wenn der Raum voll belegt war, hingen acht kleine Saugflaschen an einem Stativ unter der Decke, und die Nachtschwester konnte über ein ausgeklügeltes Schnursystem die Flaschen zu den Kindern herunterlassen, die so etwas trinken konnten, ohne Gefahr zu laufen, die Flaschen aus den Händen zu verlieren. Magna hat die Existenz dieses Flaschenstatives der Presse gegenüber immer geleugnet und behauptet, dass ich Gespenster sähe. »Liebe kleine Inger Marie, du machst nur wieder Schnüre aus den Rüsseln der Elefanten!«, sagte sie mit einem Lachen – aber ihre Stimme verriet sie. Sie hatte nicht realisiert, dass die Kinder in der Säuglingsstube ihre Geheimnisse miteinander teilten, bevor die Erwachsenen dies überhaupt für möglich erachteten.

Ich begab mich zurück in mein erstes Jahr in der alten Villa, während ich nach den Zeichen suchte, die – und da war ich mir sicher – hinterlassen worden sein mussten.

Magdalenes Großvater hatte gerade das Fundament fertiggestellt, als es zu einem Ereignis kam, das er zeit seines Lebens in Erinnerung behalten hatte. Oben auf der Anhöhe über dem Bauplatz hatte der König seinen Lieblingsaussichtspunkt, wenn er in seiner Sommerresidenz im nahegelegenen

Skodsborg-Palais weilte. Mitte März 1848 stolperte er über eine Baumwurzel und rutschte auf seinem Allerwertesten bis hinunter auf den Bauplatz, wo er an dem einzigen Baumstumpf landete, der noch nicht beseitigt worden war.

Der Zufall wollte es, dass der erschrockene Bauherr am Fuß der Böschung stand und den Sturz des Königs beobachtete. Er eilte ihm entsetzt zu Hilfe und verbeugte sich. Der König öffnete die Augen und sah direkt auf das frisch gegossene Fundament der großen Villa. Durch diesen glücklichen Zufall war das Schicksal des Hügels besiegelt. Villa Kongslund wurde in den gleichen Monaten errichtet, in denen auch das Grundgesetz des Staates Dänemark geschrieben wurde. Im Sommer, in dem die absolute Monarchie einer konstitutionellen Verfassung weichen musste, nahm der König den Überlieferungen zufolge deutlich intensiver an dem Bau der Villa am Sund teil als an den umständlichen Ausarbeitungen des Verfassungstextes. Immer etwas außer Atem schob er sich durch das Dickicht, wenn er wieder einmal dem Hofleben im Palais und den langweiligen Sitzungen entkommen war, die er am liebsten verschlief. Auf dem Bauplatz grüßte er gerne die Handwerker. »Was für ein fantastischer Ort – welch mächtige Buchen!«, hörte Magdalenes Großvater ihn rufen, während er so fest an seiner Pfeife zog, dass die Spitzen seines majestätischen Schnäuzers in der Hitze verbrannten. Wenn der Tabak verbraucht war, kam er mitunter sogar auf die Idee, irgendwelche Blätter in die Pfeife zu stopfen und sie in blauschwarzen Rauch zu verwandeln.

»Wie ich sehe, habt ihr tatsächlich ein Zimmer zwischen den Türmen errichtet, von dem aus er über den Sund bis nach Schweden blicken kann«, sagte er durch den Rauch.

»Aber selbstverständlich, das war doch Euer Vorschlag!«, protestierte der Architekt mit der Bescheidenheit des Untergebenen.

»Ja, ja, ja«, sagte der König, stellte sich unter die zwölf

Buchen am Hang und paffte hingerissen weiter. »Wie ich diese grüne Oase liebe.«

In ihren Tagebüchern gab Magdalene die Beschreibungen ihres Vaters wieder. Der König hatte mit seinem langen, königlichen Fernrohr unter den Buchen gesessen und über den Sund und die Insel Hven geblickt – und als der Bau fertig war, vermachte der König sein Fernrohr dem Architekten von Kongslund als Dank für seinen Einsatz. An einem der letzten Tage vor dem Abschluss der Bauarbeiten kam Seine Königliche Hoheit hinter den dicken Stämmen der Buchen mit seiner großen Liebe im Arm zum Vorschein. »Dies ist das Schloss, von dem ich dir erzählt habe, Louise«, sagte er, und die kleinen Blätter, die aus seiner Pfeife herausragten, knisterten so munter, dass man vor lauter Rauch kaum sein Gesicht sehen konnte.

»Ich denke, es war die Mühen wert«, lautete ihre etwas kryptische Antwort. Sie hatte selbst vor Jahren ein Kind zur Adoption freigegeben, das sie im Verborgenen nach einer Affäre mit dem Kammerherrn Berling bekommen hatte – worin ich einen Beweis dafür sah, dass es immer die Frauen sind und waren, die das chaotische Treiben der Männer zu einem trotz allem verständlichen Netz verweben.

Der Bürgerkönig starb Ende des Jahres 1863, ohne einen Thronfolger oder Erben zu hinterlassen; er wusste wohl schon lange, dass dies nicht möglich war – nicht einmal mit dem heißblütigen Fräulein Rasmussen an seiner Seite. Mit ihm starb deshalb der letzte Abkömmling des alten Königshauses aus, und die Nation musste einen neuen König suchen. Man kann beinahe sagen, dass das Reich ein neues Königsgeschlecht adoptierte, weil es kein eigenes aufbieten konnte.

»Marie!« Es klopfte an meiner Tür. Ich zuckte zusammen. Wie so oft zuvor hatte ich auch jetzt wieder die Geschichte Kongslunds mit der Lösung meines Rätsels verwoben, ohne zu wissen, warum. Das waren absurde Fantasien.

»Komm bitte sofort...!« Susanne rief mich vom Flur aus.
Ich stand auf, nahm die Hände von dem alten, königlichen Fernrohr und öffnete die Tür.

Susanne Ingemann hatte ich selten so angespannt gesehen wie in diesem Moment.
Ihr hübsches Gesicht glänzte, als wäre sie eine Treppe hinaufgelaufen, die dreimal so lang wie die Treppe von Kongslund war.
Sie hatte die Besuche der Zeitungen und Fernsehsender mit der gleichen Gelassenheit hinter sich gebracht, die Magna an den Tag gelegt hatte, und dabei den Journalisten nicht den kleinsten Teil des uralten, schicksalsträchtigen Kongslund-Universums offenbart. Sollten sie etwas hinter den dicken Türen geahnt haben, so hatte Susanne Ingemann diese Türen resolut verschlossen gehalten. Wer den Verdacht hegte, dass irgendwo in der alten Villa wichtige Geheimnisse verborgen seien, war diesen im Laufe der vergangenen Tage nicht einen Schritt näher gekommen.
Mit Carl Malle verhielt es sich ganz anders, und Susanne ließ mir keine Wahl. »Du musst jetzt wirklich runterkommen«, sagte sie mit einem Zischen, als bereute sie es, zuvor gerufen zu haben.
Er saß im Gartenzimmer mit einer Tasse Oolong-Tee in der Hand, den Magna so gerne getrunken hatte und den nun auch Susanne trank. Das feine Porzellan verschwand fast in seiner großen Hand. Er hatte sich in all den Jahren, die er jetzt an Weihnachten oder bei Jubiläen zu den festen Gästen des Hauses gehörte, kaum verändert. Er war wie immer sonnengebräunt, und sein Lächeln hatte nach wie vor jene Offenheit, die über die Jahre so viele Menschen davon überzeugt hatte, dass er ein ehrlicher, gutmütiger Polizist war, der ihnen Hilfe und Schutz bieten wollte und für den Verrat und Betrug Fremdwörter waren.

Susanne und ich wussten genau, wie falsch dieser Eindruck war.

Er erhob sich ein Stück aus seinem Sessel und nickte mir zu. »Marie Ladegaard. Danke, dass du mir endlich die Gelegenheit gibst, dir ein paar Fragen zu stellen.«

Ich wusste nicht, ob er unser Gespräch bereits mit Ironie einleitete.

Susanne setzte sich auf das Sofa, das mit dem Rücken zu Garten und Sund stand, während ich auf dem Sessel vor dem Sicherheitschef Platz nahm. Ein paar Meter von ihm entfernt, aber mit direktem Augenkontakt.

»Marie«, sagte Susanne. »Carl möchte dir im Zusammenhang mit den anonymen Briefen gerne ein paar Fragen stellen.«

»Dazu kann ich wirklich nicht viel sagen.« Meine Stimme war abweisend, und ich servierte die formelle Aussage sicherheitshalber mit einem leichten Lispeln.

Carl Malle betrachtete mich lange mit zusammengezogenen Augenbrauen. Dann sagte er: »Marie, Susanne hilft mir, die Kinder zu finden, die als Erwachsene etwas mit ... dieser Sache zu tun haben könnten. Die Presse ist völlig aus dem Häuschen. Im Moment wittern die Journalisten überall Verschwörungen. So etwas kann das Ministerium nicht einfach ignorieren. Der Minister möchte, dass in der Angelegenheit ermittelt wird.« Er öffnete seine Hand und stellte die Teetasse ab. Sie landete mit einem lauten Klirren auf der Untertasse. »Der Absender war klug genug, diesen Mist gleich an mehrere Personen zu schicken, die irgendwie mit diesem Ort zu tun hatten ... Ich gehe davon aus, dass du und Susanne keinen anonymen Brief bekommen habt?«

Ich schüttelte für Susanne und mich den Kopf.

»Dachte ich mir«, sagte er.

»Aber wie soll Kongslund der Polizei helfen?«, fragte ich.
»Brauchen Sie Zugang zu Kongslunds vertraulichen Archi-

ven – wollen Sie eine Hausdurchsuchung machen?« Dass ich damit nicht einverstanden wäre, war deutlich zu hören.

Carl Malle lächelte über meine Wut. Seine weißen Zähne waren die eines jungen Mannes. »Nicht *durchsuchen*, Marie. Susanne ist eine gute, alte Freundin des Ministers – und dieser Fall stellt eine Belastung für all die Kinder dar, denen Kongslund über die Jahre geholfen hat. Formloser Kontakt und gegenseitige Unterstützung können sicher nicht schaden – außerdem bin ich nicht bei der Polizei.«

Susanne saß still da, den Rücken zum Sund. Ihr blasses Gesicht hatte wieder den roten Glorienschein, der sie in den Augen der Männer so attraktiv machte.

»Unsere höchst vertraulichen Dokumente müssen davon ausgenommen sein«, sagte ich.

»Das Problem ist nur, dass es hier kaum noch Dokumente gibt – die sind wie vom Erdboden verschluckt.«

Ich sagte nichts und versuchte konzentriert, meine Zufriedenheit über Malles Frustration zu verbergen. Sie waren sich sehr sicher gewesen, dass Susanne zur Mitarbeit bereit wäre. Dabei lag es auf der Hand, dass ihr Antritt als Vorsteherin in Kongslund 1989 ebenso wenig ein Zufall war wie die Namen der Empfänger der Briefe im Mai 2008.

»Bei keinem der sieben Kinder, die Weihnachten 1961 im Elefantenzimmer lagen, können wir die Namen oder Adressen der biologischen Eltern finden«, sagte Carl Malle. »Du bist die Einzige, von der wir wissen, woher sie stammt ... von nirgendwoher ...« Der frühere Polizist schaute uns beifallheischend an, als hätte er etwas besonders Amüsantes von sich gegeben. »Im Moment macht es tatsächlich den Anschein, als wären sie alle Findelkinder gewesen, und das verwundert uns wirklich. *Wo sind die Papiere?*« Er warf Susanne Ingemann einen Blick zu, die aber natürlich keine Antwort hatte.

Und in meinem Beisein würde er es niemals wagen, ihr die Frage direkter zu stellen. Das wussten wir alle drei.

Ich dachte an Magna und erlaubte mir ein Lächeln. »Nemesis«, sagte ich mit einem Lispeln.

Mein vorlautes Benehmen wurde ganz überraschend ignoriert. Carl Malle wollte an diesem Punkt des Gesprächs anscheinend keinen Streit riskieren. »Es müsste Taufscheine geben – oder zumindest Kopien davon – und Geburtsurkunden«, sagte er stattdessen.

Er hatte recht. Die Kinder, die man nicht getauft hatte, weil ihre biologischen Mütter nach der Geburt verschwunden waren, wurden wenigstens mit einem Dokument übergeben, aus dem hervorging, wann sie wo geboren worden waren. *Namentlich nicht bekanntes Kind, geboren am N.N., von N.N., im Rigshospital.*

Das Geburtsdatum und der Name der Mutter mussten bekannt sein.

»Wo sind diese Dokumente?«, fragte der große Mann und klang wie ein unglückliches Kind, das vergeblich von der Schatzsuche eines Kindergeburtstages zurückkam.

Ich antwortete nicht, denn was sollte ich sagen. Ich wusste besser als alle anderen, dass es diese Dokumente nicht mehr gab. Die einzigen Spuren, die noch existierten, endeten in einem Geheimfach in einem Zitronenholzschrank nur wenige Meter über ihm.

»Und es sollte auch noch andere Dokumente geben. Die Mutterhilfe hat sowohl für die leiblichen Eltern als auch für die Adoptiveltern Bestätigungsschreiben verfasst.«

Er wusste verblüffend viel über die Abläufe damals. Des Weiteren hatte der Expolizeichef gerade eine mögliche Lösung jenes Rätsels geliefert, auf das ich sehr früh gestoßen war, das ich aber nie jemandem gegenüber zu erwähnen gewagt hatte: Wie hatte Carl Malle Orla und Severin ausfindig machen können? Damals in Søborg ahnten die beiden noch nichts davon, dass sie ihre ersten Jahre gemeinsam in Kongslund verbracht hatten. Wie war es ihm gelungen, gerade diese beiden Jungen ausfindig zu machen, wenn doch nur die Vorsteherin und die Adoptiveltern etwas über die Vergangenheit und den aktuellen Aufenthaltsort wussten? Bis zu diesem Besuch hatte ich geglaubt, dass er über irgendeinen Kanal Zugang zu den Papieren in einer Behörde gehabt hatte – seine Frustration zeigte nun aber deutlich, dass das nie der Fall gewesen war.

Die Konsequenz daraus war äußerst unangenehm, denn dann konnte der Ursprung seines engen Kontaktes zu Orla, Severin und Peter nur Kongslund selbst sein, also Magna.

Ich konnte nicht glauben, dass meine Pflegemutter ihr Wissen freiwillig mit einem Mann wie Carl Malle, einem langjährigen Vertrauten von Ole Almind-Enevold, teilte. Sollte ich recht haben, blieb nur die andere Möglichkeit, die ich bisher als zu abwegig ausgeschlossen hatte. Ich musste der Wahrheit ins Auge sehen: Sie hatten die Kinder aus der Säuglingsstube überwacht und in ihrem neuen Zuhause beobachtet, nachdem diese Kongslund verlassen hatten.

Ein recht einfaches, aber auch sehr drastisches Vorgehen, dachte ich und erkannte, wie naiv ich gewesen war.

Seine Stimme bohrte sich durch meine Gedanken: »Von der zweiten Hälfte des Jahres 1961 bis zum Frühling 1962 waren sieben Kinder in der Säuglingsstube ... und genau diese sieben biologischen Elternpaare können wir in den Unterlagen nicht finden ... Die Angaben sind ... weg.«

Ich blickte auf. »Was ist denn gerade an dieser Zeitspanne so interessant?«, fragte ich ihn.

Ich hatte diese Frage schon lange Magna stellen wollen, stellte sie nun aber ausgerechnet dem Mann, der mich wie kein anderer beunruhigte, ja verunsicherte. Mit dieser Frage hatte ich ihn jedoch zum Schweigen gebracht.

»Worum geht es überhaupt?«, fragte ich.

Der Expolizist fand seine Sprache wieder. »Du hattest Zugang zu den Dokumenten ...«

Ich erstarrte. »Ich? Nein, natürlich nicht!«

»Mit vertraulichen Papieren Schindluder zu treiben, ist strafbar, Marie Ladegaard.«

»Und warum sollte ich so etwas tun? Ein Adoptivkind, das gerne seine Wurzeln finden will – das würde ja noch Sinn machen –, aber ich bin die Einzige aus dem Elefantenzimmer, von der es ganz sicher keine solchen Papiere gibt.«

Die unmittelbare Logik zog ihm für einen Moment den Boden unter den Füßen weg, und ich atmete langsam aus.

Susanne beugte sich mitsamt rotbraunem Glorienschein vor. »Es gibt keinen Grund, Marie zu bedrängen. Sie hatte nun wirklich keinen Grund, die Papiere von irgendjemandem zu stehlen«, sagte sie.

Sie konnte kaum mehr im Irrtum sein.

Carl Malles Faust schloss sich wieder über der Teetasse, die wie durch ein Wunder nicht in tausend Stücke zerbrach.

»Ich bin sehr dankbar für die Hilfe, die Sie mir einmal haben zukommen lassen, Carl«, sagte Susanne. »Und Sie kennen meine Geschichte besser als jemand sonst. Um nichts auf der Welt hätte ich es geduldet, dass jemand Kongslund Schaden zufügt. Dagegen hätte ich mich mit all meiner Kraft gewehrt...«

Carl Malle war schachmatt.

»Wir hatten hier in Kongslund einmal einen Einbruch – das war noch zu Magnas Zeiten. Damals ist das ganze Büro im ersten Stock durchwühlt und auf den Kopf gestellt worden. Vielleicht sind die Papiere dabei verschwunden. Vielleicht interessieren sich außer *Ihnen* noch andere Leute für diese Unterlagen.«

Carl Malle starrte sie an, und kurz fürchtete ich, dass Susanne noch einen Schritt weitergehen würde: *Vielleicht waren das damals ja Sie, der das Büro durchsucht hat?*

Zum Glück kam es nicht dazu.

»Es gibt nur einen Ort, an dem diese Dokumente sein

können, und das ist bei Magna«, sagte sie und schob den Schwarzen Peter damit ihrer Vorgängerin zu. Aber Magna kam allein zurecht, und das wusste sie.

Ich hätte noch einen anderen Ort nennen können: das Kirchenbuch in der Kapelle des Rigshospitals. Auch darin waren viele der Adoptivkinder vermerkt. Auf jeden Fall diejenigen, die man entweder in aller Eile getauft hatte, weil sie schwächlich waren und ihr Überleben auf der Kippe stand – aber auch diejenigen, deren Mütter noch an ihrer Entscheidung zweifelten und auf einer Taufe bestanden hatten, bevor sie dann doch ihres Weges gegangen waren. Vermutlich war er dort längst gewesen – offenbar ohne Erfolg. Ohne einen Namen auf der Geburtsurkunde und ein konkretes Geburtsdatum war es selbst für den früheren Vizepolizeidirektor nicht leicht, sich in dem Kirchenbuch zurechtzufinden.

Carl Malle nickte. Er schien zu spüren, dass wir uns gegen ihn verbündet hatten, ohne dass er beweisen konnte, warum oder auf welche Weise. Die Tasse lag noch immer wie ein kleines, weißes Vogeljunges in seiner starken Faust. »Ich bin dabei, alle Adoptivfamilien jener Zeit aufzuspüren«, sagte er langsam. »Um so den heutigen Aufenthaltsort der damaligen Kinder zu ermitteln.« Er machte eine Pause, die mindestens fünf Sekunden dauerte, bevor er fortfuhr: »Die Briefe an das Ministerium und die Zeitung wurden in einer Poststelle in Østerbro aufgegeben. Ich habe in ganz Seeland nur drei Läden gefunden, die die Art von Umschlag verkaufen, in denen das Formular und die Schühchen verschickt worden sind. Einer davon liegt auf der Østerbrogade...« Wieder machte er eine lange Pause. »Es gibt aus dieser Zeit natürlich viele Adoptivkinder im Großraum Kopenhagen – trotzdem schränkt dies das Feld ein wenig ein«, sagte er.

Dann hatte er also Asger Christoffersen als Absender ausgeschlossen, weil er in Århus wohnte.

»Ich verstehe nicht, was das bringen soll«, sagte Susanne Ingemann. »Jedenfalls nicht, bevor Sie nicht ein Motiv gefunden haben, das die vielen Unschuldigen von dem anonymen Absender trennt«, sagte sie mit ernster Miene. »Wenn ich auch keine Sünde darin erkennen kann, einen Brief an ein paar Menschen zu schicken, die früher einmal in einem Kinderheim gewesen sind. Vielleicht wollte derjenige den Adoptivkindern nur helfen…« Sie sah ihn über den Tisch hinweg an, quer über das Niemandsland und die Jahrzehnte, die seit damals vergangen waren. Dann beendete sie das Gespräch mit seltener Brutalität. »… Aber das sind sicher Gefühle, die *Sie* noch nie hatten.«

Als er ging, war er trotz des Schocks kurz davor, mich darum zu bitten, mein Zimmer durchsuchen zu dürfen. Bett und Schränke und all die verschlossenen Schubladen zu durchwühlen.

Ich konnte es ihm ansehen. Aber er behielt diesen Wunsch für sich.

Wieder spürte ich meine Furcht. Der Mann wog jeden seiner Schritte genauestens ab und wollte sich erst ganz sicher sein.

Aus irgendeinem Grund hatte mich der Freispruch von Asger als möglichem Absender beunruhigt. Carl Malle konnte jederzeit seine Meinung ändern, sollte die Kopenhagener Spur ins Leere führen. Ich hatte Asger aus der Ferne beobachtet: Was leicht gewesen war, denn er war immer wieder in den Zeitungen und gab ebenso interessante wie beliebte Einführungen in die Rätsel des Himmels, die ich fast alle gelesen hatte. Schließlich war ich mit Aussicht auf die Insel Hven und mit einer heimlichen Liebe zu dem alten Astronomen Tycho Brahe drüben auf seiner Sternenburg aufgewachsen. Asger hatte im Sommer 1975 Kongslund besucht, kurz vor Beginn der 8. Klasse. Einige Jahre später hatten ihm seine Eltern das Geheimnis seines Lebens anvertraut. *Du bist adoptiert.*

Ich wusste, dass Susanne die Geschichte kannte, wie sie auch den Jungen einmal viel besser gekannt hatte als ich.

Sie waren gegen Mittag nach Kongslund gekommen. Asger und seine Eltern waren quer durch Dänemark gereist, während das Land unter einer Hitzewelle ächzte, die alle Menschen an die Küsten trieb. Er war damals vierzehn Jahre alt gewesen und hatte von seiner früheren Vergangenheit nichts mehr gewusst. Er kannte weder das Haus noch das Wasser oder die große Frau, die ihn so mütterlich umarmte. Und auch nicht den japanischen Elefanten auf Rollen oder das kleine Mädchen, das sich an diesem Nachmittag brav verneigt und dann seine Hand gedrückt hatte. Ich hatte mich in den wenigen Jahren recht deutlich verändert, war heller geworden, und meine Pflegemutter verstieg sich manchmal sogar zu der dummen Äußerung, ich wäre hübsch.

Trotzdem fragte er mich, ob wir uns nicht schon einmal gesehen hätten. Formelle Worte, besonders für einen Vierzehnjährigen.

Ich schüttelte den Kopf, und er fragte nicht weiter. Asgers Vater hatte blass gewirkt und gesagt, er wolle kurz einen Spaziergang am Strand machen. Bald darauf sah ich ihn auf einem Stein am Wasser sitzen, als hätte er einen Hitzschlag bekommen. Asgers Mutter saß währenddessen mit Magna im Gartenzimmer und trank Oolong-Tee.

Ich führte Asger in die Säuglingsstube und sagte. »Da wären wir.« Dann ließ ich ihn einen Augenblick lang alles betrachten. Die blauen Elefanten stapften um uns herum über die Wände – er aber ging direkt zur Terrassentür und ließ seinen Blick über den Sund schweifen.

»Ist das da drüben Hven?«, fragte er mit dem Rücken zu mir.

Ich folgte seinem Blick – aber er sah in diesem Augenblick

überhaupt nicht zu der Insel hinüber. Ganz unten am Wasser hockte noch immer sein Vater zusammengesunken auf dem Stein. Dann bewegte er sich plötzlich und zeigte über seinen Vater in die Luft: »Tycho Brahe hielt die Sonne für das Zentrum der Welt. Die Wissenschaftler haben zu jeder Zeit geglaubt, alles zu wissen. Dabei haben sie immer nur entdeckt, wie wenig sie eigentlich verstehen und wie viele Fehler sie machen – warum sollten wir also ausgerechnet jetzt alles verstehen? Irgendwann wird selbst der Tod als eine Art finstere Mittelalter-Vorstellung des ultimativen Endes aufgefasst werden.«

Was für eine halsbrecherische Aussage, sogar für einen Vierzehnjährigen, der so klug wie Asger war. Ich nickte, ohne zu verstehen, was er meinte. Er war schon damals die rätselhafteste Person, die ich je getroffen hatte.

»Einige Forscher meinen, dass es die *Zeit* überhaupt nicht gibt«, sagte er. »Und wenn es keine Zeit gibt, gibt es vermutlich auch keinen Abstand. Doch wenn es den nicht gibt, ist jede Form der Bewegung eine Illusion.«

Das waren merkwürdige Worte, selbst an einem Ort wie diesem (trotzdem notierte ich sie sorgfältig in einem meiner Tagebücher, als ich wieder allein war). Unten am Strand hatte sein Vater sich jetzt ganz nach vorn gebeugt, als studierte er sein Gesicht im Wasser. Es sah eigentümlich aus. Asger trat vom Fenster weg, und ich sah, dass er Tränen in den Augen hatte. Warum, habe ich nie verstanden.

»Ich wünschte, es wäre so«, sagte er versonnen.

»Wie?«, fragte ich und hatte plötzlich das Gefühl, als spreche er über seine Eltern.

»Dass Gedanken die einzige Kraft im Universum sind«, sagte er.

Dann lief er aus der Säuglingsstube und ließ mich zwischen den marschierenden blauen Elefanten zurück.

Zweitausendneunhundertdreiundsiebzig, alles in allem.

17

DER PROFESSOR

13. MAI 2008

»Hier an diesem Ort haben wir weder Gott noch den Teufel gebraucht!«, *hörte ich meine Pflegemutter häufig zu den ausländischen Gästen sagen, die nach Kongslund kamen, um ihr beeindruckendes Wirken und das der übrigen Fräuleins zu studieren. Eine Delegation hatte den weiten Weg aus Japan auf sich genommen, mit einem Elefanten auf Rädern als Gastgeschenk. Dabei ließ sie keinen Zweifel aufkommen, dass es sich bei Gott und Teufel um Männer der übelsten Sorte handelte.*

In Magnas Welt konnte alles Unvorhergesehene und Verkrüppelte so korrigiert werden, dass es funktionierte. Dafür war ihre Pflegetochter, das berühmte Findelkind, der lebende Beweis. Und aus diesem Grund entging ihr der Schatten, der auf sie fiel und der von dem Großen Meister stammte, wie Magdalene ihn in ihren Tagebüchern nannte. Der König über alle Wechselfälle des Lebens, der unablässig auf der Suche nach menschlicher Torheit war, Wangen tätschelnd, charmant, unwiderstehlich, nonchalant, unberechenbar – und vollständig rücksichtslos.

Natürlich kam das Verderben von dieser Seite.

Alle spürten, dass dies ein ganz besonderer Morgen war. Man hörte es an den Schritten des Nationalministers, am Schnaufen des Stabschefs, am Stöhnen des Grauballemanns und am sehr untypischen Schweigen des Hexenmeisters.

Es war Dienstag, der 13. Mai 2008. Die Sonne strahlte von einem wolkenlosen Himmel herab und löste sommerliche Gefühle aus, trotz der Nervosität, die sich in den letzten Tagen im Ministerium ausgebreitet hatte.

Acht Topleute waren im Büro des Staatssekretärs versammelt. Die meisten von ihnen sollten später am Vormittag zu der Feier nach Skodsborg fahren. Das Ministerium legte größten Wert darauf, zahlreich repräsentiert zu sein, wenn Kongslunds legendäre Heimleiterin für sechzig Jahre im Dienst der Herzensgüte geehrt wurde. Die Hälfte blätterte lautlos in den verteilten Morgenzeitungen und las die Kommentare zu der dreisten Minidokumentation über Kongslund, die *Channel DK* am Abend zuvor ausgestrahlt hatte.

Channel DK-Anchorman Peter Trøst hatte – wie es in den Morgenzeitungen wiedergegeben wurde – dem Ministerium »undemokratische Verschlossenheit« vorgeworfen und die Affäre mit dem anonymen Brief und der Vergangenheit des Heims in ein dunkles, geheimnisvolles Licht gestellt.

Ging das Säuglingsheim Kongslund – um sich damals in den Fünfzigern und Sechzigern gut mit den Behörden zu stellen – einer geheimen Tätigkeit nach, indem es die Seitensprünge machtvoller Männer vor der Enthüllung schützte? Boten die Verantwortlichen des Heims eine heimliche Alternative zu den riskanten und illegalen Abtreibungen, indem sie uneheliche Kinder unmittelbar nach der Geburt von ihren Müttern trennten und in ein Adoptionssystem schleusten, in dem alle Spuren der ursprünglichen Eltern verwischt wurden?

Sowohl der Fernsehsender als auch die Morgenzeitungen hatten um Hinweise von Leuten gebeten, die in der Zeitspanne zwischen 1950 und 1970 adoptiert worden und bislang nicht in der Lage gewesen waren, ihre biologischen Eltern ausfindig zu machen. Laut beider Medien konnten sie sich vor Rückmeldungen kaum retten. Verblüffend viele Dänen hatten unglaubliche Geschichten über ihre eigene mysteriöse Vergangenheit zu erzählen, auch wenn nur die wenigsten davon überprüft werden konnten. Die Nachrichtenredaktionen ertranken fast in abenteuerlichen Geschichten von Dänen, die glaubten, heimliche Verwandte von reichen und berühmten Eltern zu sein, von Grafen und Baronen – oder gar der königlichen Familie, in der ja in jeder Generation irgendjemand über eine fleischliche Versuchung gestolpert war.

Beim frühen Morgenbriefing hatte der Minister seinen engsten Mitarbeitern nachdrücklich untersagt, öffentlich über die Angelegenheit zu sprechen. Er wollte sich die Jubiläumsfeier in Kongslund ganz sicher nicht durch die Sensationspresse verderben lassen. Nachdem das klargestellt war, wandte sich der Grauballemann gegen die Vorgehensweise im Fall des kleinen Tamilenjungen, die etwa zeitgleich mit dem Gezerre um die Kongslund-Affäre in den Fokus der Zeitungen gerückt war und ebenfalls ein potenzielles Risiko darstellte. Der elfjährige Junge war ohne Begleitung Erwachsener nach Dänemark gekommen und hatte sich hier aufgehalten, bis sein Asylantrag routinemäßig von einem Sachbearbeiter, der nicht viel mehr über Sri Lanka wusste, als dass es schrecklich weit weg lag, als unbegründet abgeschmettert worden war.

Ein älterer Beamter hatte der Akte einige aktuelle Zeitungsausschnitte angeheftet mit Überschriften wie: *Elternloser Tamilenjunge wird ausgewiesen* und *Neue raue Linie: Selbst unschuldige Kinder werden abgeschoben.*

Der Grauballemann hatte den Kopf geschüttelt und an seine eigenen zwei erwachsenen Kinder gedacht, die ihn selten (eigentlich nie) besuchten.

Orla Berntsen studierte seine Handrücken. »Das Rote

Kreuz hat Protest eingelegt...« Seine Gesichtshaut war bleich, und über die runden Wangen und die knubbelige Nase zog sich ein blasser Streifen Sommersprossen. »Und verteidigt wird der Junge von *Søren Severin Nielsen*.«

Allein der Name löste um den Tisch herum nervöses Raunen aus, da ebendieser Anwalt grundsätzlich nur im Beisein der Medien prozessierte – egal wie hoffnungslos seine Fälle waren.

»Hat er eine Familie, zu der er zurückkehren kann?« Der Grauballemann schaute in die Runde und fügte seltsamerweise hinzu: »Er ist doch noch... ein Kind.«

Mehrere der Anwesenden stutzten. Orla Berntsen holte tief Luft, ehe er antwortete: »Bekanntermaßen ist die Altersgrenze für eine automatische Aufenthaltsgenehmigung die letzten Jahre gefallen, und jetzt haben die Behörden und der Ausschuss also eine neue Praxis eingeführt, die sich an die klaren Anweisungen der Regierung hält, alle Kinder, die elf Jahre und älter sind, auszuweisen.« Er klopfte auf die Akte. »Dieser Fall ist ein Präzedenzfall für die Behörden und damit auch für das Ministerium und die Regierung. Die Ausweisung wird die gewünschten Signale aussenden.«

»Schickt sie nicht nach Dänemark«, murmelte ein anderer hoher Beamter.

Einen Augenblick war es ganz still, als hätte jemand etwas Überraschendes gesagt oder zu laut gesprochen.

Der Grauballemann schaute auf seine Uhr, deren Metallarmband mit jedem Jahr lockerer um sein knochiges Handgelenk hing. Die Tränensäcke unter den Augen hingen so tief, wie es eben ging. Sein Gesicht war wieder gänzlich ausdruckslos.

»Dann geht es jetzt also ums Prinzip...?« Der Grauballemann sah Orla Berntsen an.

Der Stabschef erwiderte den Blick seines Vorgesetzten. »Die konsequente Durchführung der Ausweisung dürfte eine ziemlich... unangenehme Angelegenheit werden«, sagte er. »Andererseits wäre es nicht sehr geschickt, jetzt in irgendeiner Form nachzugeben. Das würde nur als Argument für alle folgenden Fälle herangezogen werden. Fremde Kinder würden Dänemark überfluten...« Er ließ den letzten Satz unheilschwanger in der Luft hängen. »Aber das ist nicht die Linie, die das Parlament und die Bevölkerung sich wünschen.« Der Stabschef musterte die ausdruckslosen Gesichter um den Tisch eins nach dem anderen. »Und noch etwas«, fuhr er mit einer gewissen Härte fort, »fechten wir den Kampf jetzt aus, hätte das den angenehmen Nebeneffekt, dass die Aufmerksamkeit von dem lästigen anonymen Brief abgelenkt wird, mit dem die Opposition hofft, die Partei zu diskreditieren und mit ihr die Regierung.«

In dem kleinen, geschlossenen Kreis konnte er das seelenruhig ansprechen; er brauchte noch nicht einmal das kurze, triumphierende Aufblitzen hinter seinen Brillengläsern zu verbergen.

Alle Anwesenden verstanden augenblicklich, wie das Signal zu deuten war, das der Stabschef aussandte.

»War es das dann?«, fragte der Grauballemann und erhob sich. »Wir machen also weiter wie gehabt – auch in der Sri-Lanka-Angelegenheit.«

Die acht Ministerialbeamten standen auf.

Der Staatssekretär blieb am Fenster stehen und sah in den Hof hinunter, wo die Schlange ihren Steinnacken nach oben reckte und das Wasser hoch in die Luft spie. *Terrarium* hatte ein Witzbold von der zweiten Etage der Ausländerbehörde die Anlage getauft. Vielleicht hatte er damit das gesamte Ministerium gemeint.

Peter Trøst hatte drei Fernsehkritiken gelesen, während er sich in seiner ersten Anzuggarnitur des Tages in der Chefkabine auf der neunten Etage die Zähne putzte – und zwei weitere, ehe er auf der sechsten Etage der Zigarre aus dem Fahrstuhl trat.

Der hausinterne Telefonanschluss summte, und er spürte die Anwesenheit des Professors bereits, ehe das erste Wort kam.

»*Trøst?*« Bjørn Meliassens Stimme kam wie das leise Pfeifen eines Elektrokessels aus dem Lautsprecher – nasal, fast flüsternd. »*Trøst, zum... Trøst, nimm ab... Wir haben eine Verabredung. Jetzt.*«

Vier Etagen weiter oben beugte sich der Präsident von *Channel DK* jetzt wahrscheinlich über seinen gigantischen Schreibtisch, vor sich die Zeitungskritik des Fernsehberichts vom Vorabend. Vermutlich hatte der Nationalminister sich bereits rasend vor Wut gemeldet. Trøst ließ den Blick über die Landschaft schweifen, die bis jetzt nur aus Schatten im weißen Morgendunst bestand... *Gadstrup, Viby, Osted, Kirkr Hvalsø*... Kleine Orte, kleine Menschen... *Ein durchschnittliches Leben*. Er hasste diesen Ausdruck.

»*Trøst, verdammt noch mal!*«

Die Stimme des Professors ließ keinen Zweifel an seinem Anliegen. Jedweder Beitrag, der sich mit der Kongslund-Affäre beschäftigte, sollte gestoppt werden, und jeder auch nur annähernd verständige Journalist würde sich an diese Order halten. Es war leichter, sich zu ducken, als den Kampf aufzunehmen, der einem unweigerlich den Ruf eines Querulanten mit heimlicher politischer Agenda einbrachte. Diesen Stempel wollte niemand riskieren. Die Kämpfe, die Peter und seine Kollegen in den achtziger und neunziger Jahren im Namen des Idealismus ausgefochten hatten, waren mit der explosionsartigen Vermehrung der Unterhaltungskanäle sinnlos geworden – und so hatten sie allesamt einen Schwenk gemacht wie eine Armada auf hoher See, die den Sturm auf eine uneinnehmbare Festung aufgab. Die meisten waren mit den Jahren Kritiker all der Anschauungen geworden, die sie einst vertreten hatten, und rechneten gnadenlos mit jedem ab, der die Bastionen nicht mit ihnen zusammen verlassen hatte. Sie hatten *Channel DK* zu einem Riesenerfolg gemacht und sieben fette Jahre gehabt. Jetzt aber sanken die Zuschauerzahlen Monat für Monat, und keiner wusste, warum.

»*Trøst, antworte… sofort!*« Bjørn Meliassens Stimme aus dem Lautsprecher war jetzt so nasal, dass die Membranen bei den Konsonanten schepperten.

Trøst unterbrach die Verbindung und wählte die Nummer des Nationalministeriums. Er bat die Sekretärin, ihn zum Chef durchzustellen, was zu seiner Verwunderung ohne Zögern getan wurde. In diesem Augenblick brach die Maisonne durch den Nebel und tauchte die kleinen Flecken der ländlichen Bebauung in gleißendes Licht. Peter Trøst schwang die Füße über die Schreibtischkante und drückte mit der rechten Hand den roten Aufnahmeknopf bis zum Anschlag durch. Das Band lief, das Gespräch wurde aufgezeichnet.

»*Enevold.*«

»Trøst hier. Ich rufe wegen Kongslund an. Wir wollen einen weiteren Bericht bringen. Über das Kinderheim. Und die Jubiläumsfeier, auf der Sie ja die Festrede halten werden… Und natürlich auch über die eigentliche Affäre.«

»Das kann ich mir vorstellen.«

»Ich würde Sie gerne in dem Bericht zitieren. Es wird auch nicht viel Zeit in Anspruch nehmen. Wir könnten das Interview in Skodsborg führen – heute –, wenn Ihnen das passt.«

»Haben Sie das… in Absprache mit dem Professor disponiert?«

Peter Trøst hätte sich fast zu einem Lachen hinreißen lassen. Das Gespräch fand in einem Ton statt wie zur Zeit der absoluten Herrscher. »Nein, selbstverständlich nicht«, sagte er. »Er ist Präsident, kein Redakteur.«

»Sie genehmigen sich also Ihre redaktionelle Freiheit?«

»Ja.«

»Dann möchte ich mir auch die persönliche Freiheit vorbehalten, *nicht* teilzunehmen.«

»Sie wollen sich nicht äußern?«

»Nein, und den Grund haben Sie bereits gehört. Rufen Sie mich in dieser Angelegenheit bitte nicht mehr an. Das ist doch nur Dreck.« Das letzte Wort wurde von der unterbrochenen Verbindung abgeschnitten.

Das kontroverse Gespräch war erstaunlich kurz gewesen.

Peter Trøst nahm den Fahrstuhl in den Neunten Himmel und bereitete sich auf die nächste unausweichliche Konfrontation des Tages vor. Meliassen saß hinter seinem Schreibtisch im blauen Schein der vielen Monitore. Einer stand vor ihm auf der Arbeitsplatte, einer hing über der Tür, und einige weitere standen auf niedrigen Mahagonirolltischen an einer Wand des Raumes. Mit seinen gespitzten Lippen, dem gebeugten Nacken und den tief liegenden Augen hatte er etwas von einem Aasgeier, der über seiner Beute kauerte, einen Fetzen Herzmuskel im krummen Schnabel.

»Soso, Trøst, hat die Pressefreiheit also gesiegt. Könnten wir dann endlich einen Strich darunter ziehen?« Es rasselte in seinem Brustkasten.

Peter hörte sich antworten: »Nein.« Nur dies eine Wort.

Der Professor kämpfte sichtbar gegen den Ausbruch an, der über jeden anderen Angestellten niedergegangen wäre. Dann sagte er mit leiser Stimme: »Ich sehe keinen triftigen Grund, diese Sache weiterzuverfolgen – solange wir noch nicht einmal ahnen, worum es da geht. Und ich verstehe auch nicht, worin der Appell an die Zuschauer bestehen soll, Trøst. Das Ganze ist doch an den Haaren herbeigezogen und *unrealistisch...*«

»Im Gegenteil. Diese Sache ist sehr real. Es geht um Lügen. Und der Nationalminister ist darin verwickelt. Seine Partei hat Jahrzehnte dafür gesorgt, den Skandal zu vertuschen.«

»Es gibt keine weiteren Beiträge.« Wieder rasselte es bedrohlich in der Kehle des alten Mannes.

»Wenn sich das Ganze weiterentwickelt, müssen wir auch weiter berichten. Das erwarten unsere Zuschauer von uns. Tun wir das nicht, geben wir zu, dass wir – dass Sie – ein etwas zu enges Verhältnis zum Minister haben. Und Sie wissen so gut wie ich, wie viele Tageszeitungen mit Kusshand den größten Fernsehsender des Landes in Misskredit bringen würden.«

Das war eine unverkennbare Drohung, und die Stirn des Professors glänzte phosphoreszierend blau. »Denken Sie gründlich darüber nach, was Sie tun, Trøst, sehr gründlich. Unsere Zuschauerzahlen sind *im Keller*, unser *share* ist ein Graus.«

»Das Problem haben alle Sender«, sagte Peter. »Das liegt daran, dass der Kuchen für alle zu klein ist... Alle wollen Fernsehen machen, es gibt kaum noch Zuschauer.« Das klang wie ein Witz, aber keinem der beiden Männer war nach Lachen zumute. *Channel DK* war auf dem besten Weg, unter dem Arbeitsdruck und dem ständigen Bedürfnis nach neuen Konzepten und Programmideen in die Knie zu gehen. Die Stress-Symptome hatten sich wie ein Pesthauch durch die Etagen nach oben gearbeitet und machten immer neue Abteilungen zu Quarantänebereichen. Etliche Mitarbeiter waren krankgeschrieben, während andere nach der Arbeit in den Wirtshäusern in Roskilde und Tølløse versackten. Einer hatte sich am Bahnhof von Lejre sogar quer über die Schienen gelegt, während ein anderer versucht hatte, sich an einem Haken in der Kneipentoilette zu erhängen. Noch war kein Mitarbeiter von der Terrasse des Paradieses gesprungen, aber genau dieses Szenario fürchtete der Professor mehr als alles andere. Es wäre die willkommene Sensation für die Konkurrenz: *Mitarbeiter von Dänemarks größtem TV-Sender springt in den Tod.*

Peter stand auf. »Ich stimme das mit der Redaktion ab und nehme dann heute Nachmittag ein Team mit raus zu der Jubiläumsfeier. Es würde keinen guten Eindruck machen, wenn wir als Einzige nicht dort auftauchen.« Er wusste, dass der Professor neben anderen Topmedienleuten eingeladen war, vermutlich auf persönliche Veranlassung des Nationalministers.

Das einzige Geräusch im Raum war das leise Rasseln in dem gebeugten Hals.

Trøst verließ den Professor und fuhr mit dem Fahrstuhl nach unten in die sechste Etage, schloss die Tür seines Büros hinter sich und stand einige Minuten am Fenster und betrachtete die seeländische Landschaft mit dem Sund und der schwedischen Küste im Osten.

Dann zog er sich um und machte sich bereit zum Aufbruch. Er war mit Knud Tåsing und Nils Jensen an der Hafenfront verabredet, um mit ihnen zusammen zum Jubiläum der alten Heimleiterin zu fahren.

18

DAS JUBILÄUM

13. MAI 2008

Das Schicksal hatte entschieden, dass keiner von denen, die in die Kongslund-Affäre verwickelt waren, in Ruhe gelassen werden sollte.

Dafür lagen überall zu viele offene, verlockende Fadenenden – zu viele Möglichkeiten.

Aus dem gleichen Grund hatte ich mich für den großen Tag abgemeldet, an dem Kongslund die ganze Nation einlud, um das sechzigjährige Jubiläum der legendären Magna Ladegaard im Dienst der verstoßenen Kinder zu feiern. Ich hatte mein Fehlen mit einer heftigen Frühjahrserkältung begründet, was durchaus glaubhaft war, da halb Kongslund während der Vorbereitungen niesend und mit laufender Nase herumgelaufen war, was allerdings auch mit dem schweren Duft der frischen Freesien zu tun haben konnte.

Hätte ich geahnt, wie nutzlos auch diese letzte Sicherheitsvorkehrung war, hätte ich vielleicht anders gehandelt. Auf jeden Fall trafen mich die folgenden Ereignisse so punktgenau, als hätte ich schutzlos auf der Wiese zwischen den festlich gedeckten Tischen von Magnas Jubiläum gesessen.

Der Nationalminister saß mit gefalteten Händen neben seinem Stabschef auf dem Rücksitz des großen Dienstwagens, der sie über Charlottenlund, Skovshoved und Klampenborg schließlich zum Strandvej nach Skodsborg brachte. Das letzte Stück fuhr ihr Chauffeur, Lars Laursen aus Helgenæs, in sehr gemessenem Tempo.

Der Mann war erst seit ein paar Monaten Chauffeur des wichtigen Mannes, strahlte aber eine Ruhe aus, die Ole Almind-Enevold gleich gefallen hatte.

Der Stabschef sah zu dem Minister hinüber, der durch die getönten Scheiben nach draußen blickte und nicht sonderlich gesprächig war. »Es gibt etwas, über das wir reden müssen...«, sagte er ungewohnt zögerlich.

Ole Almind-Enevold nickte geistesabwesend.

»Es geht noch einmal um den jungen Tamilen, der ausgewiesen werden soll.«

Der Nationalminister antwortete nicht gleich. Orla lehnte sich zurück und ließ die Gedanken schweifen. Seine eigentümlichsten Charakterzüge hatte er als Wrackteile in seiner Kindheit zurückgelassen, das war beruhigend, trotzdem holte ihn seine Vergangenheit noch manchmal ein. Dann waren sie plötzlich wieder da, die Dämonen seiner Kindheit, und erinnerten ihn an das Viertel, das Wäldchen oder das verfluchte Auge – ganz zu schweigen von seiner gescheiterten Familie mit Frau und zwei Kindern, die er aus unerfindlichen Gründen verlassen hatte. Kurz nach seinem Start im Justizministerium hatte er zum ersten Mal in seinem Leben Urlaub gemacht und war nach Kuba geflogen. Das aufrührerische, von der guten Gesellschaft ausgestoßene Land hatte ihn schon immer fasziniert. In der Neujahrsnacht feierten die Kubaner den fünfundzwanzigsten Jahrestag der Revolution – und inmitten des Lärms am Hafen von Havanna hatte er eine Frau ein paar amerikanische Worte rufen hören: »*Happy New Year!*« Der Gruß der jungen Frau war natürlich an Ché in seinem blutroten Himmel gerichtet und nicht an den seltsamen Mann, der in Frydens Vænge in Søborg aufgewachsen war. Als sie bemerkte, dass er sie gehört hatte, musste sie mit ihm lachen. In gewisser Weise hatte er die erste und einzige Frau seines Lebens also einem kommunistischen Revolutionshelden zu verdanken. Ein halbes Jahr später war sie nach Dänemark gekommen und hatte fast sofort eine Aufenthaltsgenehmigung erhalten. Das war noch vor der großen Flüchtlingswelle 1985 gewesen. Sie hatten ein Mädchen bekommen – sie war jetzt dreiundzwanzig –, und nach dem Tod seiner Mutter war 2001 dann noch eine Nachzüglerin dazugekommen. Er war froh, keinen Sohn zu haben.

»Ich hoffe, dass du weißt, was du tust.« Die Stimme des Nationalministers durchschnitt seine Gedanken.

Sie passierten Sølyst, Emiliekilde und Bellevue, wo er mit seiner Mutter Fahrradtouren gemacht hatte, während die anderen Jungen in den Autos ihrer Eltern und mit frisch gekämmten Haaren und modischen Kleidern nach Hornbæk oder Tisvilde gefahren wurden.

Orla sagte: »Ja. Die Ausweisung des Tamilen wird Kongslund sofort alle Medienaufmerksamkeit rauben. Aber das ist nicht alles...«

Der Minister schwieg.

»Anschließend werden wir seinen Asylantrag als eine einzige Lüge entlarven«, sagte Orla. »Die Methode ist einfach. Es herrscht Uneinigkeit zwischen den großen und kleinen Flüchtlingsgruppen aus Sri Lanka – den Tamilen und den Singhalesen –, und die kleine Gruppe der Singhalesen in Dänemark wird mit Sicherheit aufdecken, dass der Fall des Jungen ein einziger Betrug ist und dass alle tamilischen Flüchtlinge aus kriminellen Netzwerken hervorgehen, die ihnen helfen, den dänischen Staat zu betrügen, indem sie ihnen falsche Papiere ausstellen und irgendwelche Lebensgeschichten entwerfen. Das Ministerium wird diese Informationen von einer verlässlichen singhalesischen Quelle bekommen – ein Mann, mit dem wir bereits in Kontakt stehen.«

»Aber da die Singhalesen mit den Tamilen in Sri Lanka Krieg führen, wird eine solche Quelle doch schnell in der Kritik stehen?«, gab der Minister zu bedenken.

»Ja, wenn sie in Erscheinung tritt.«

»Aha.«

»Aus Rücksicht auf die persönliche Sicherheit des Mannes werden wir seine Aussage nur in anonymisierter Form veröffentlichen – vielleicht in Form eines Briefes oder Faxes. Wir müssen seine Identität natürlich schützen, und die Presse wird das verstehen... Was die Dramatik dieses Falls nur noch *erhöhen* wird. In Wirklichkeit sind der Presse diese Petitessen natürlich egal – solange sie ihre Story kriegen.«

Der Minister nickte. Das Wort *Termiten* lag ihm auf der Zunge, er sprach es aber nicht aus.

»Unsere Quelle wird berichten, dass die Tamilen in Dänemark über ein geheimes Netzwerk verfügen, das im Begriff ist, auf illegalem Wege so viele Tamilen wie eben möglich nach Dänemark zu holen. Mit falschen Papieren und mit Hilfe illegaler Menschenschmuggler, die eiskalt und zynisch vorgehen.«

Der Minister schwieg. Die Lüge wurde in eine Hülle aus Unschuld verpackt, die vollständige Ehrlichkeit signalisierte. Und schon kam sie wie eine unverrückbare Tatsache daher.

»Er wird erzählen, dass der kleine Tamile, den im Augenblick alle beweinen, die Speerspitze eines geheimen Plans ist, den dieses zynische Netzwerk ausgeheckt hat und der darauf basiert, *Kinder* vorzuschicken, um via Familiennachzug auch die Eltern ins Land zu holen. Zynischer geht es nicht. Das Ziel ist eine tamilische Parallelgesellschaft innerhalb der Landesgrenzen – wie es sie auch in Südindien gibt.«

»Wirklich nicht schlecht...!« Der Minister holte tief Luft.

»Wenn der Presse und der Bevölkerung *diese* Wahrheit

aufgeht, können wir das Tamilenproblem, wie ich glaube, ein für alle Mal lösen«, sagte Orla.

Der Minister saß einen Augenblick lang schweigend da. Dann sagte er: »Und diese Quelle... gibt es wirklich?«

»Ja. Ich stehe in Kontakt mit dem Mann. Er wird sich per Fax melden.« Orla wandte sich seinem Chef zu. »Aber da ist noch etwas... Ich denke, wir sollten dafür sorgen, dass unser Hexenmei... unser PR-Chef diese Idee an seinen Kollegen im Büro des Ministerpräsidenten weitergibt. Es sähe besser aus, wenn das Anschreiben dort auftaucht. Sie sind nicht unmittelbar in diese Sache involviert – und der Chef hat ja einen ganz anderen Ruf, was... den Umgang mit Fremden angeht.«

Ole Almind-Enevold starrte durch die dunkle Scheibe hindurch auf den Nacken des Fahrers. Mit dem Chef war der Ministerpräsident gemeint, womit sie sich auf gefährlichem Terrain bewegten, sehr gefährlichem.

Orla verstand, was sein Minister dachte: Sein eigener Stabschef, sein Liebling unter den Mitarbeitern und der beste Problemlöser von ganz Slotsholmen, bat ihn auf der Fahrt zu Magnas Jubiläum darum, den todgeweihten Ministerpräsidenten in den Vordergrund zu schieben. Sollte irgendetwas schiefgehen, würde das den Hauptverantwortlichen und damit den Regierungschef den Kopf kosten. Ging es gut, würde der Ministerpräsident ihm hingegen für den hervorragenden Plan danken, ohne auch nur zu ahnen, wie sehr er selbst in der Schusslinie gestanden hatte, ja, dass sein politisches Leben ganz und gar in den Händen seines engsten Mitarbeiters gelegen hatte. Wie auch immer es ausging, würde der Plan Ole Almind-Enevold den Weg zu der Position ebnen, von der er in all den Jahren als Nummer zwei geträumt hatte. Sollte der Ministerpräsident im letzten Augenblick doch noch auf die Idee kommen, ihn links liegen zu lassen – kranke Menschen neigten manchmal zu unerklärlichen Handlungen, außerdem schien die Kongslund-Affäre an ihm zu zehren –, konnte Almind-Enevold ihn mit dem Singhalesenplan unter Druck setzen und behaupten, der Ministerpräsident selbst hätte die perfide Idee gehabt, die Öffentlichkeit hinters Licht zu führen und die Tamilen an den Pranger zu stellen. Sein Ruf wäre damit für alle Zeiten ruiniert.

Orla sah aus den Augenwinkeln, wie sein Chef den Plan abwog. Es dauerte aber nur eine Sekunde.

Es war entscheidend, dass der Minister den Plan nie offiziell bestätigte, damit er seine Beteiligung notfalls mit echter Entrüstung leugnen konnte.

»Wirklich hübsch hier«, sagte er also und blickte in Richtung Strandmøllekroen.

Mit der Leichtigkeit, die typisch für langjährige Zusammenarbeit ist, hatten sie die dunkle Welt, zu der keiner der Wähler der Partei jemals Zugang hatte, wieder verlassen.

Der Wagen des Ministers fuhr über den Skodsborg Bakke und bog nach rechts in die breite Einfahrt ein, die sich zwischen den mannshohen chinesischen Pfeilern auftat.

Wie ein Wal in einem grünen Meer tauchte der dunkelblaue Audi in die Schatten unter den Buchen ab und hielt vor den Fenstern, die Orla so gut kannte. Chauffeur Lars Laursen stieg aus und öffnete ihnen die Tür.

Nils Jensen saß allein vorn wie ein Privatchauffeur, damit die beiden Reporter auf dem Rücksitz sich eine gemeinsame Strategie zurechtlegen konnten, bevor sie Skodsborg erreichten. Sie hingen an Enevolds blauem Audi. »Ich glaube nicht, dass der uns gesehen hat«, bemerkte der Fotograf und legte seine Hand auf die Kamera, als ziehe er einen Schnappschuss durch die Windschutzscheibe in Erwägung.

Heute würde niemand mehr glauben, dass der Fahrer des großen Mercedes in einer winzigen Wohnung hinter dem

Assistens Kirkegaard aufgewachsen war. Hatte die Fotografie ihm doch Zutritt zur weiten Welt verschafft. Er war begnadet im Reisen und im Ablichten der sieben großen und besonders fotogenen Plagen der Erde: Überschwemmung, Erdbeben, Waldbrand, Hungersnot, Völkermord, Krieg und Orkan. Sein Vater hatte vor Kurzem mit zusammengekniffenen Augen in der Galerie Glashuset gestanden und das Foto einer sterbenden Afrikanerin betrachtet (ein kleines Mädchen), ohne mit seinem Sohn ein Wort zu wechseln (er ging kaum noch nach draußen ins Tageslicht, das dem früheren Nachtwächter mit jedem Jahr schärfer und greller erschien). Nils hatte direkt hinter ihm gestanden, in der Lederjacke, die er sich von dem Ausstellungshonorar gekauft hatte. Für das gleiche Geld hätten zehn afrikanische Familien ein paar Jahre genug zu essen gehabt. Sein Vater hatte den Geruch des teuren Leders wahrgenommen und die beinahe blinden grauen Augen noch weiter zusammengekniffen.

»Macht *Fri Weekend* mit der Berichterstattung weiter?«, fragte Peter Trøst und spielte damit auf die früher so enge Verbindung der Zeitung zur Regierung an.

»Und *Channel DK*?«

Die zwei Journalisten maßen einander trotzig.

Knud Tåsing gab als Erster nach: »Bei einigen Quellen, die das Heim aus früheren Zeiten kennen, habe ich ziemlich interessante Sachen gefunden. In diesen Jahren war das Elefantenzimmer anscheinend ganz speziellen Kindern vorbehalten, die sowohl von der Vorsteherin als auch von ihren beiden Assistentinnen besondere Aufmerksamkeit bekommen haben.«

»Ich dachte, das wäre die Säuglingsstube für die Neugeborenen gewesen.«

»Das stimmt. Alle Neuankömmlinge verbrachten ihre ersten Tage in der Säuglingsstube – die von der Nachtschwester besonders beobachtet wurde –, aber die meisten wurden von da ziemlich schnell in eines der anderen Zimmer verlegt. Nur einige wenige verblieben dort.«

Er brauchte nicht zu erwähnen, dass auch Peter einer dieser Auserwählten gewesen war. Das wussten sie beide.

»Bei voller Belegung waren sieben Kinder in dem Zimmer – wenn es auch immer ein Zusatzbett gab, das die Assistentinnen das achte Bett nannten. Man wollte sichergehen, dass alle Babys, die zur Adoption freigegeben worden waren, auch wirklich ein Bett hatten. Ich habe eine Quelle, die in den für uns interessanten Jahren in dem Heim gearbeitet hat, und sie konnte noch immer all die Spitznamen der Kinder aufsagen und sogar die neuen Namen von denen, die nach ihrer Adoption hin und wieder zu Besuch kamen. Der *Großhändler* war Orla Berntsen. Seine Mutter war alleinerziehend und lebte in Søborg. Und *Tjavsen* – oder *Buster* – war der Name für Søren Severin Nielsen, der später auch ein paar Mal vorbeigekommen war. Dein jütländischer Freund Asger hatte den Spitznamen *Viggo* nach dem damaligen Ministerpräsidenten Viggo Kampmann, dann gab es noch eine *Clara*, benannt nach der Schauspielerin Clara Pontoppidan – das muss, wenn ich richtig rechnen kann, das andere Mädchen auf dem Bild von 1961 sein...«

»Beeindruckend.«

»Ja, aber der Lösung des Rätsels bringt uns das nicht näher.«

»Orla!«

Seinen Namen zu hören, versetzte ihm einen Stoß. Niemand sonst (nicht einmal Almind-Enevold) rief den Stabschef in diesem Tonfall beim Vornamen.

Die Vergangenheit wurde in diesem Moment zur Gegenwart. Sie stand leibhaftig vor ihm, genau wie früher, in der Hand einen altmodischen Fotoapparat, mit dem sie ein Bild von ihm machte, noch ehe er etwas sagen konnte.

Der Fahrer hielt dem Minister die Tür auf, aber Enevold stieg vorerst nicht aus. Er mochte keine Fotos.

Magna legte ihre Bärenarme um Orla Berntsen und begrüßte ihn. Orla hatte den Eindruck, als wären ihre Augen fiebrig, was bei dem Druck, der auf ihren Schultern und dem Heim lastete, nicht weiter verwunderlich war. Nichtsdestotrotz war Magnas Stimme klar und direkt wie eh und je: »Ihr seid beinahe die Letzten«, sagte sie und hielt ihn fest, als wollte sie ihn trösten. Er ließ sich von ihr drücken, ohne ihre Umarmung zu erwidern. Sie trug ein blaues Kostüm und hatte sich die Wangen gepudert.

Hinter ihr im Schatten stand ihre Nachfolgerin. Die große, schlanke Frau trug zum feierlichen Anlass einmal kein grünes, sondern ein kanariengelbes Kleid. Auf ihren Lippen lag die Andeutung eines Lächelns, das halb formell, halb ironisch wirkte. Susanne Ingemann reichte erst dem Minister und dann Orla die Hand, bevor sie zuletzt auch den Chauffeur begrüßte.

Auf dem Rasen vor der Villa hatten sich mehr als hundert Gäste versammelt, weitere standen im Schatten unter den Buchen nahe des Südflügels. Alle Gäste hielten langstielige Gläser in den Händen, und ein Heer aus Zeitungsfotografen schwärmte um sie herum. Kinder waren keine zu sehen, und der Zutritt zum Haus war den Journalisten untersagt. Auf dem Strand unweit des alten Badestegs stand eine seltsam aussehende Metallkonstruktion mit einem Hebearm, an dem eine Kamera mit schwarzer Linse hoch über den Gästen schwebte. *Channel DK*, stand auf den drei Stützbeinen des Stativs.

Eine Gruppe Presseleute schob sich seitlich an der Menge vorbei und näherte sich ihrer Hauptbeute, dem Festredner Ole Almind-Enevold. Die meisten kamen von Boulevard- und Frauenzeitschriften wie *Glas* und *Gala*, und alle Reporter hatten im Vorfeld geloben müssen, die Feier nicht durch peinliche Fragen zu stören. Der Hexenmeister war mit einem Taxi gekommen, um die Festlichkeit zu überwachen; vielleicht hoffte er darauf, den anonymen Briefschreiber im unmittelbaren Umfeld des Ministers zu erblicken. Etwas abseits ragte Carl Malles hohe Gestalt aus einer Gruppe älterer weißhaariger Frauen, die auf einer weißen Bank unter den Buchen saßen, ohne Zweifel die letzten Überlebenden aus der Blütezeit der Mutterhilfe.

Ole Almind-Enevold hatte die Terrasse erreicht und blieb im Schatten des Vordachs neben zwei schlanken, weißen Säulen stehen. Er erhob sein Glas mit dem perlenden portugiesischen Weißwein und prostete Magna zu. »Und Sie passen noch immer gut auf unsere *kleinen blauen Elefanten* auf?«, fragte der Nationalminister die alte Heimleiterin.

»Ja, natürlich.«

Nur Orla Berntsen war in Hörweite, sodass niemand sonst die Worte auffing, dafür war es im Garten zu laut.

Die Gäste wendeten ihre Gesichter der Terrasse zu, und ihre Gespräche verstummten langsam. Carl Malle war hinzugekommen und legte seine Hand auf Almind-Enevolds Arm. Der alternde Minister erstarrte unter der Berührung. Dann lächelte er plötzlich, als hätte er ein Stichwort für eine schlagfertige Replik erhalten, zog ein gefaltetes Blatt aus der Tasche und hielt es am ausgestreckten Arm vor sich.

So würde Orla Ole Almind-Enevold in Erinnerung behalten: wie er im Handumdrehen in seine Rolle als Minister schlüpfte.

Susanne Ingemann strahlte die Gäste an: »Ich freue mich, dass Sie alle heute unsere Gäste sind. Unser Ehrengast, Nationalminister Ole Almind-Enevold, wird nun zu Ehren unserer Magna, unserer Jubilarin – Fräulein Ladegaard – ein paar Worte sprechen.«

Ihre kurze Ansprache wurde mit lautem Beifall beantwortet.

Der Nationalminister wandte sich der alten Heimleiterin zu und sprach sie direkt an. Seine Stimme war bis unten an den Sund zu hören, der Balkon vor dem königlichen Zimmer verstärkte jedes Wort. »Die Zeit, Magna, die Zeit«, sagte er, hob den Blick und sah zu den zwölf Buchenkronen hinüber, die sich am Hang hinter ihr erhoben. »Die Zeit ist unsichtbar, sie ist unwirklich, und es gibt sogar Leute, die behaupten, es gäbe sie überhaupt nicht, und doch...«, er sah sie wieder direkt an, »... bestimmt sie alles im Leben der Menschen. Auch in *deinem* Leben. Die Zeit und ihr treuester Begleiter...«, Almind-Enevold war dicht vor sie getreten, bis er nur noch gut einen Meter von ihr entfernt war, »...die Sehnsucht.«

In diesem Augenblick hätte man ein Blatt zu Boden fallen hören können. Dann warf er einen Blick auf seine handschriftlichen Notizen, beschrieb mit dem rechten Arm einen Bogen und sagte: »Dort oben unter den Buchen wurde vor vielen Jahren ein kleines, spastisches Mädchen geboren. Sie war die Enkelin des Architekten, der Kongslund entworfen hat und dessen Ideen – dem Mythos zufolge – von einem der Schöpfer unserer Demokratie, nämlich von König Frederik VII. beeinflusst wurden. An diesem Hang und unten am Meer machte der König seine Abendspaziergänge.« Der Minister hielt einen Augenblick inne und wandte sich dann zum Nachbarhaus, dessen weiße Fassade durch die grünen Buchenblätter gerade noch zu erkennen war. Er hob seinen Arm wieder: »Hier ging er spazieren, unser Bürgerkönig, der Vater unserer Verfassung. Und dieses Haus...«, er deutete auf die Villa Kongslund, »entstand in den denkwürdigen Jahren, in denen auch unsere Verfassung ausgearbeitet wurde.«

Spontaner Beifall. Ein paar Fotografen senkten ihre Kameras und klatschten mit.

Der Nationalminister richtete seine Aufmerksamkeit wieder auf die Versammlung. »An diesem Ort hier kam einst ein kleines Mädchen zur Welt, ein Mädchen, das ich heute auserwählt habe, um Martha Louise Ladegaard einen Gruß aus der Vergangenheit zu überbringen. Von Geburt an spastisch gelähmt und außerstande, selbst zu laufen und diese Hänge, den Wald und die Felder selbst zu erforschen. Geboren, um anders zu sein... Natürlich war ihre Missbildung eine Bürde – andererseits konnten einem ihr helles Gemüt und ihr Appetit auf das Leben Kraft und Mut geben. Sie war ein Kind, dessen Stärke wir all unseren Kindern wünschen. Ohne solche Kinder kann ein Land wie unseres nicht überleben. Lassen Sie mich Ihnen erklären, warum...« Der Nationalminister erlaubte sich ein Lächeln, dann fuhr er fort: »Statt zu jammern und zu klagen, brachte sie sich selbst das Schreiben bei. Zu den vielen Berühmtheiten, die bei dem Architekten-Großvater des Mädchens im Haus am Hang ein und aus gingen, gehörte auch ein Mann mit Namen Hans Christian Andersen. Vielleicht erklärt das ihren Drang, Geschichten zu erzählen und sich auszudrücken. Vielleicht hat er ihr geholfen oder sie inspiriert, vielleicht hat er sogar ihre Hand geführt, ganz vorsichtig, als sie die ersten Buchstaben zu Papier zu bringen versuchte...« Hier ignorierte der Nationalminister wissentlich die Tatsache, dass Andersen viele Jahre vor Magdalenes Geburt verstorben war.

Er nahm ein kleines Heft aus der Tasche und hielt es mit der rechten Hand zur Seite, damit alle es sehen konnten. »Als sie 1969 starb, hier an diesem Ort, hinterließ sie Magnas Tochter Marie, die heute leider krank ist und nicht mit uns feiern kann, ihre Tagebücher. Ich hätte mich gefreut, wenn sie eine bestimmte Passage für uns gelesen hätte, aber so muss ich es wohl selbst übernehmen.«

Vereinzelt war Lachen unter den Buchen zu hören, und der Minister machte erneut eine Kunstpause, bevor er fortfuhr: »Bedenken Sie – während Sie ihren Worten lauschen –, dass sie eine Frau mit einer schweren Behinderung war. Für jede

Zeile brauchte sie Tage. Ihr Name war Ane Marie Magdalene, sie wurde von allen aber nur Magdalene genannt.«

Dann las er: »*Glaub mir, die Sehnsucht hat mich all diese Jahre nicht losgelassen. Wir sind wie Schwestern, waren niemals wirklich getrennt, und ich glaube nicht, dass ich ohne die Kinder von Kongslund noch am Leben wäre. Sie laufen um mich herum, sie klettern auf meinen Schoß, sie trösten mich, Tag für Tag, ohne es zu wissen. Aber ich sehe auch die Sehnsucht in ihren Augen, und ich erkenne, dass ihre Sehnsucht noch tiefer geht als meine. Eine Sache habe ich gelernt: Bevor ich ihre Sehnsucht erlebe, bleibe ich lieber in meiner Unbeweglichkeit gefangen, weiß dafür aber, woher ich stamme und wo meine Wurzeln sind.*«

Ole Almind-Enevold ließ das Papier sinken. Die Gäste rührten sich nicht. Selbst der Wind schien über dem Sund innezuhalten. Eine Fernsehkamera auf einer Schulter leuchtete rot, ein Fotograf hatte sich links vor der Terrasse hingehockt (er wollte sicher die grünen Baumkronen im Hintergrund haben), und die schreibende Zunft wartete auf die Fortsetzung.

Langsam wandte der Minister sich wieder der Jubilarin zu: »Die Sehnsucht, Martha, sie ist das Geheimnis deiner Arbeit hier in den letzten sechzig Jahren. Niemand hat sich so wie du mit all seiner Kraft gegen diese Sehnsucht gestemmt.« Der Nationalminister hob eine Hand. »Hier an diesen Hängen zwischen Buchenwald und Sund, die über die Jahrhunderte viele dänische Dichter inspiriert haben, wohnten all die ehrwürdigen Familien, ob sie nun Kaufmann, Nebelong, Ottosen, Damm, Henriques, Holbek oder Michelsen hießen.« Er zog die Augenbrauen hoch, um eine leise Missbilligung auszudrücken. »Und dann kamst du, Magna, mit deiner kleinen Kinderschar ganz gewöhnlicher Dänen ... *Jensen, Olsen, Nielsen* und *Larsen* ... Und Jørgensen, Hansen, Svendsen und Pedersen. Deine Arbeit war in ganz Skodsborg bekannt, ja bald auch in Kopenhagen und schließlich im gesamten Land. Du warst von Beginn an in der Vereinigung *Kinder für das Leben* engagiert, und diese Vereinigung ist heute populärer denn je, was in Zeiten der freien, ja beinahe ungehemmten Abtreibungspraxis in diesem Land ja nicht verwunderlich. Aber was war *Kongslunds* Geheimnis…?«

Er steckte sein Blatt zurück in die Tasche und sah Magna direkt an. »Ich glaube, das war dein Gefühl, deine Kenntnis dieser *Sehnsucht*, Martha. Niemand kennt die Natur der Sehnsucht besser als du. Es war kein Zufall, dass du die blauen Elefanten auf die Wände der Säuglingsstube hast malen lassen – denn im wahrsten Sinne des Wortes hast du die Schutzlosen dieses Landes mit deiner ganzen Kraft geschützt, mit deiner Ruhe und deiner unerschütterlichen Hartnäckigkeit, und wenn ich mir den Vergleich erlauben darf, du hast diesen Kindern damit den gleichen Schutz geboten wie eine Elefantenmutter ihrem Kalb.«

Ein Lachen ging durch die Gästeschar auf dem Rasen. Magna – die mit richtigem Namen Martha Magnolia Louise Rasmussen hieß – saß mit gesenktem Haupt da, aber auf ihrem Hals entfaltete sich ein roter Schatten und legte sich wie ein verirrtes Mohnblatt auf ihre Haut. Sie trug eine tiefgrüne Perlenkette und hatte seitlich des Ausschnitts eine blaue Amethystbrosche befestigt.

»Für Tausende von Kindern bedeutete das, dass die Zeit weitergehen konnte. Aber – und es gibt immer ein Aber – und um dieses Aber zu illustrieren, will ich einen weiteren Abschnitt aus Magdalenes Tagebuch lesen. Diese Zeilen hat sie kurz vor ihrem Tod geschrieben.«

Ole Almind-Enevold nahm noch einmal das Papier aus der Tasche, öffnete es und konzentrierte sich auf den Text:
»*Kein Mensch und keine Handlung kann die Sehnsucht voll und ganz nehmen. Sie steckt im Dunkel, das uns umgibt. Sie entschwindet in der Morgendämmerung, kommt aber mit der Nacht wieder zurück. Die Kinder spielen um mich herum, und sie zeigen*

mir deutlich und ohne Scham, dass ich allein sterben werde und sich irgendwann niemand mehr an mich erinnern wird. Meine Fragen werden nie beantwortet werden, und ich kann sie nicht einmal jemandem stellen, wenn das Dunkel kommt.«

Er hielt inne und blickte auf, als wollte er einen bestimmten Punkt besonders unterstreichen. »*In all den Jahren, die ich gelebt habe, habe ich auf ein Wunder gehofft. Nicht in Form von physischer Beweglichkeit oder mehr Worten als denen, aus deren Vorrat ich bereits geschöpft habe. Auch nicht in Gestalt der großen Liebe, von der mir andere erzählt haben. Stattdessen träumte ich viele Jahre davon, ein Zeichen jener Göttlichkeit zu finden, die laut Bibel in jedem von uns stecken soll. Ein Funke Selbstlosigkeit, der Geist und Körper übersteigt. Viele Jahre glaubte ich, dass so etwas nur weit von mir entfernt passieren könnte oder auf einer Reise, die ich niemals unternehmen würde – oder vielleicht in Büchern, die ich nicht lesen konnte. Dabei war das Wunder die ganze Zeit über hier. Es befand sich direkt vor meinen Augen, hier im Garten unter den Buchen. Ich fand es bei dem einsamsten Menschen, den ich je getroffen habe.*«

Der Minister schwieg. Kein Windhauch ging. Dann las er die letzten Zeilen: »*Das war es, was ich dir immer erzählen wollte, Marie, wozu mir zu Lebzeiten aber der Mut fehlte. Du warst die Liebe, die Gott mir geschenkt hat. Du warst der Riss in meiner Unbeweglichkeit. Du warst mein Licht. Erst wenn man alt wird, sieht man das Einfache mit klarem Blick. Ich habe meine Antwort nun bekommen: Jedes Mal, wenn ein Mensch allein im Dunkeln sitzt und um einen anderen Menschen weint, geschieht dieses Wunder – und gibt uns Freiheit.*«

Der mächtige Minister drehte die handbeschriebenen Seiten zum Publikum auf dem Rasen – als feierte er einen in Vergessenheit geratenen Triumph. »Ein Findelkind.«

Seine Geste hatte ungeheure Wirkung. Sämtliche Gäste, auch die Fotografen, standen regungslos da, einige sogar mit Tränen in den Augen. Die Fähigkeit, feierliche Stimmungen heraufzubeschwören, war eine der vom Volk geliebten Eigenschaften des Nationalministers. Noch einmal ergriff er oben auf der Terrasse das Wort: »Aber hast du je Sehnsucht hinterlassen, Magna? Hast du von Sehnsucht erfüllte Seelen zurückgelassen? Ja, würdest du sicher antworten, kein Mensch ist perfekt.« Er trat einen halben Schritt zurück und sah sie an. Die rote Feuerzunge hatte sich um ihren Hals gelegt. Ihre Lippen waren geöffnet, als hätte sie Atemnot. Aus der Ferne konnte es als Lächeln gedeutet werden, aber es war kein Lächeln.

»Ich glaube, eine Lektion kann man aus deinem Wirken und aus deinem Leben lernen, Magna – die Sehnsucht existiert und kann nie ganz entfernt werden, aber man kann sie lindern. Auch ich trage eine Sehnsucht in mir, Magna, eine Sehnsucht, deren Ursprung nur du und ich kennen und die nur durch ein Wunder gelindert werden kann. Magdalene hat sich dieses Wunder zu guter Letzt gezeigt. Vielleicht ergeht es auch mir so. Darauf hoffe ich.«

Seine Worte waren rätselhaft, wurden aber in einem leichten Ton vorgetragen, ehe er noch einmal seine Stimme erhob: »Und mit diesem Wunsch bitte ich alle hier Anwesenden, die Gläser zu erheben und ein dreifaches *Sie lebe hoch* für unsere Jubilarin Magna anzustimmen, die über sechzig Jahre hinweg so etwas wie der Schutzengel von Kongslund war …!«

Eine der Frauen auf der weißen Bank unter den Buchen flüsterte: »Er hat ihr gerade gesagt, dass er sie liebt und dass er immer diese Sehnsucht in sich hatte … Gott, ist das schön!«

Die anderen Frauen nickten andächtig.

Auf der Terrasse stand Ole Almind-Enevold noch immer Magna zugewandt. Susanne Ingemann hatte sich zwischen sie geschoben, als wollte sie sie trennen. Orla Berntsen näherte sich dem Minister mit einem Glas in der Hand, und Nils trat auf die Terrasse und hob seine Kamera: »Ich hätte gerne ein Foto des Ministers mit der Jubilarin«, sagte er.

Magna starrte den Fotografen an. Sie hielt sich die Hand vor den Mund, als wollte sie ein Wort festhalten, das nicht über ihre Lippen sollte. Dann war Orla Berntsen bei ihnen. »Ein Anruf für den Minister, im Büro – es eilt...« Eine Hand unter dem Ellenbogen des Ministers versuchte er, ihn von dem Fotografen zu entfernen.

Hinter ihnen tauchte der Hexenmeister auf, verharrte auf der Treppe und ließ die Dinge geschehen.

Die alte Vorsteherin starrte Susanne Ingemann an, die unmerklich den Kopf schüttelte und die Hände hinter den Rücken schob, den Blick auf die Gartentür gerichtet. Währenddessen schob sich die Katastrophe in slow motion zwischen den Gästen hindurch, die Treppe zur Terrasse hinauf bis ins Epizentrum der Emotionen.

Plötzlich spürte Nils eine schwere Hand auf seiner Schulter. »*Weg mit dem Fotoapparat!*« Das Geräusch des Auslösers klang wie ein Gewehrschuss, und im gleichen Moment fegte ein Arm die Kamera aus seiner Hand. Dann traf ihn ein Faustschlag seitlich am Kopf, während eine große Hand am Riemen der Kamera zerrte. Zwei taumelnde Schritte, weiteres Gezerre, die schwere Nikon-Digitalkamera knallte gegen die Scheibe der Tür, die mit einem Klirren zu Bruch ging, das alle einhundertundfünfzig Gäste schockiert aufblicken ließ. Drei Ministerialbeamte warfen sich in dem Glauben, beschossen zu werden, zu Boden (schließlich lebten sie in einer Zeit des Terrors und hatten gerade erst einen Überlebenskurs besucht), während eine Faust Nils am Solarplexus traf und alle Luft aus seinen Lungen schlug.

Knud Tåsing sprang vor den kräftigen Mann, der noch immer den Riemen der Kamera umklammerte. »Was zum Teufel tun Sie denn da?« Die Stimme des Journalisten bebte.

»Dieser verdammte Fotograf!«, schimpfte Carl Malle.

Dann war Susanne Ingemann zur Stelle, schob sich zwischen die Männer und sagte mit fester Stimme: »Schluss jetzt!«

Orla Berntsen hielt noch immer den Ellbogen des Ministers umfasst, jetzt mit beiden Händen, was ein seltsam unbeholfenes Bild abgab. Der Nationalminister schaute perplex auf das Gewirr auf der Terrasse. Ein paar Meter entfernt stand Peter Trøst, erstarrt in einer Sekunde der Verwirrung, weil er seinen Kameramann nirgends sehen konnte und nicht verstand, was vor sich ging.

»Raus mit denen, raus mit denen, sofort…!« Carl Malles Befehle klangen wie die eines Polizeibeamten während einer Straßenschlacht. Aus der Säuglingsstube war lautes Kinderweinen zu hören, und die weißen Gardinen der Terrassentür flatterten im Wind.

Peter Trøst trat dicht vor Carl Malle. »Die Kinder werden sich erst nach Monaten von diesem Schock erholen«, sagte er, in der bizarren Situation seltsam deplatziert. Trotzdem trat der Sicherheitschef einen Schritt zurück, ein Zeichen, das sowohl von den Frauen als auch vom Minister verstanden wurde, denn im nächsten Augenblick waren alle vier in der Säuglingsstube verschwunden. Orla Berntsen blieb zurück, wäre gerne mit ihnen gegangen, musste aber stattdessen einem Befehl Folge leisten, den niemand gehört hatte.

Peter Trøst legte ihm die Hand auf den Arm. »Was ist hier eigentlich los, Berntsen, warum sollen wir keine Bilder von der Jubilarin und dem Minister machen?«

Der Stabschef antwortete nicht. Der Hexenmeister stand mit eingezogenem Hals hinter seiner linken Schulter.

»Warum soll die Öffentlichkeit sie nicht zusammen sehen…?«

Der Protegé des Ministers fixierte den Fernsehmann. Seine Augen hinter den großen Brillengläsern flackerten.

»Was passiert mit dem anonymen Brief? Weiß die Polizei davon…?« Knud Tåsing hatte sich neben Trøst gestellt.

Orla Berntsen starrte seinen alten Todfeind an und schnaufte.

»Ich habe die Rede des Ministers auf Band aufgenommen – aber so ganz habe ich sie nicht verstanden, das räume ich gerne ein. Können Sie mir sagen, worum es darin ging? Haben Sie an dem Text mitgearbeitet?«

Orla Berntsen schnaufte noch einmal. Wie angewurzelt stand er vor seinen beiden Feinden und hätte sich am liebsten in Luft aufgelöst.

»Was versuchen der Minister und die Jubilarin zu verbergen?«, fragte Knud Tåsing.

Der Stabschef schnaufte jetzt zum dritten Mal.

»Was soll dieses Gerede über … Sehnsucht?«

»Woher soll ich das denn wissen?« Orla Berntsen bewegte sich einen Schritt nach hinten. Jetzt schien endlich auch der Hexenmeister wieder zu sich zu kommen. Er schob sich zwischen Orla und seine Quälgeister und zog seinen Chef in Richtung der halb geöffneten Flügeltür.

»Irgendjemand hier in Kongslund hat doch Dreck am Stecken!«, rief Knud ein wenig theatralisch. »Wir finden schon noch heraus, was es ist!« Er fiel für einen Moment aus seiner Rolle als objektiver Berichterstatter und klang wie ein Amateurdetektiv, fand Peter Trøst. Nils Jensen saß noch immer auf der Treppe. Die Schläge des Expolizisten hatten ihn eher schockiert als verletzt. Der reinste Kindergarten, dachte Peter Trøst, bestätigt vom Hexenmeister, der ausrief: »Können wir uns nicht wie erwachsene Menschen aufführen?«

Zu diesem Zeitpunkt waren alle Kameras auf die letzten Verbliebenen dieser dramatischen Auseinandersetzung gerichtet. Die drei Presseleute realisierten zu spät, welchen Effekt diese Bilder auf den Titelseiten der Zeitungen des nächsten Tages haben würden.

Natürlich gab es einen handfesten Skandal.

Die konkurrierenden Medien freuten sich, und natürlich weideten sich alle an der geheimnisvollen Note des Ereignisses. Niemand konnte genau sagen, worum es bei dem Aufruhr auf der Terrasse überhaupt gegangen war, da der Angriff des Expolizeichefs sich vollkommen überraschend vollzogen hatte.

»Das Thema ist damit ein für alle Mal durch«, sagte Knud Tåsings Chef bei der Redaktionssitzung unter synchronem Nicken sämtlicher anwesenden Journalisten, die eine beinahe rührende Übereinstimmung mit ihrem Chef demonstrierten.

Keiner der Anwesenden, nicht einmal Nils Jensen, erwähnte auch nur die Möglichkeit, den ehemaligen Polizisten anzuzeigen.

In der Zigarre saß der Professor mit mahlendem Kiefer. »Exit Kongslund... *exit Kongslund*, mein lieber Trøst. So eine subjektive Einmischung ist journalistisch nicht akzeptabel – aber das wissen Sie ja.« Sein dröhnendes Lachen war bis hinauf in den Neunten Himmel und den Paradiesgarten und noch unten im Büro des Psychologen auf der sechsten Etage zu vernehmen. Alle sollten wissen, dass sich das über *Channel DK* hängende Damoklesschwert in Luft aufgelöst hatte. Obgleich die verschrobene Geschichte unkontrollierbar geworden war. Der Abendbeitrag über das Jubiläum war ein kurzer News-Beitrag mit schlechter Tonqualität, in dem der Minister der Jubilarin auf der Terrasse vor dem Kinderheim gratulierte.

Am nächsten Tag erschien *Fri Weekend* mit einem zweispaltigen Artikel auf Seite 7 im hinteren Teil der Zeitung, ganz ohne Bilder. Die Geschichte über die geheimnisvollen Adoptionen war damit mausetot. Nur der Skandal – die Schlägerei zwischen bekannten Presseleuten und einem Berater des Ministeriums – war noch von Interesse.

Am Abend trafen sich die drei Journalisten in Peter Trøsts

Wohnung in Østerbro. Knud Tåsing betrachtete das Plakat des Soldaten mit der Handgranate vor dem roten Hintergrund, sagte aber nichts. Nils Jensen trug eine kleine Leica-Kamera an einem Riemen um den Hals und sah noch immer aus, als fehlte seiner Lunge der Sauerstoff, den sie brauchten. Die drei Männer schwiegen lange.

»Ich für meinen Teil mache auf jeden Fall mit den Ermittlungen weiter«, sagte Knud Tåsing schließlich. Draußen war es dunkel geworden. Natürlich würde er weitermachen. Wenn er die Sache nicht zu einem spektakulären Ende brachte, würde er sehr bald seinen Job verlieren. »Egal was ihr macht, ihr müsst euch die Resultate meiner letzten Nachforschungen ansehen.« Der Journalist öffnete die ramponierte Tasche, die er seit der Blütezeit seiner Karriere mit sich herumtrug. Sie war randvoll mit Zeitschriften.

Peter Trøst schaltete die Schreibtischlampe ein, sagte aber noch immer nichts.

»Seht euch das an...« Der Zeitungsjournalist warf ein Magazin auf den Tisch, eine verblüffend gut erhaltene Ausgabe von *Ude og Hjemme*, datiert am 25. Mai 1961. Auf dem Umschlag prangte ein kleines Mädchen in einem weißen Spitzenkleid mit einem dicken Strauß gelber Freesien im Arm. Das Mädchen und die Blumen waren sorgsam freigestellt und vor einem blauen Hintergrund platziert worden. Sie sah die Leser unter ihren dunklen Haaren hinweg verschmitzt an. *Werfen Sie mit uns einen Blick in das beste Kinderheim der Welt – 25 Jahre Kongslund*, stand unter dem Bild.

Peter Trøst sah seinen früheren Freund beinahe zornig an. »Haben wir nicht langsam genug Magazine gelesen?«

Nils Jensen begann zu blättern und stellte fest, dass das Papier überraschend dünn war. *Die Bilderlotterie mit Gewinnen bis zu einer ¼ Million geht weiter*, stand mit dicken blauen Buchstaben in einer Anzeige, gefolgt von dem Bericht über das Jubiläum: *Findelkind unerwarteter Gast am großen Festtag*. Es folgte ein Foto vom Garten von Kongslund.

»Dieses Bild wurde am fünfundzwanzigjährigen Jubiläum von Kongslund aufgenommen«, sagte Knud. »Mit anderen Worten, 1961. Wie ihr sehen könnt, haben sie auch damals draußen auf dem Rasen gefeiert.«

»Unglaublich, ich habe mein Foto von exakt der gleichen Stelle aufgenommen«, sagte Nils.

»Gewisse Dinge ändern sich halt nie«, kommentierte Knud Tåsing. »In diesem Fall ist der Text aber viel interessanter ... besonders der Teil des Textes, in dem es um das Findelkind geht. Und noch etwas.« Er machte eine fast triumphierende Pause. »Diese Zeitschrift verwendet ohne Zweifel die Schrifttype, die der anonyme Absender für seinen Brief genutzt hat.«

Ein Augenblick der Stille folgte.

Dann beugten die beiden anderen sich vor und lasen die Worte, die der Journalist rot unterstrichen hatte.

Für Fräulein Ladegaard und ihre Mitarbeiterinnen war dieser Tag kein gewöhnlicher Festtag, denn bereits früh am Morgen hatte sich ein unerwarteter Gast gemeldet. Als eine der Kinderschwestern Lärm vor dem Südflügel des Hauses hörte und nach draußen blickte, sah sie ein Körbchen mit dem süßesten kleinen Geschöpf, das man sich nur vorstellen kann. Ein Findelkind! Die Kinderschwester, Fräulein Agnes Olsen, berichtete Ude og Hjemme *gegenüber, dass niemand gesehen habe, wer den kleinen Jungen gebracht hatte. Er sei aber in sehr guter Verfassung. Die Polizei habe noch keinen Anhaltspunkt bezüglich seiner Eltern.*

Peter Trøst runzelte die Stirn: »Der kleine Junge ...?«

Knud Tåsing ballte seine Faust wie der Soldat auf dem Plakat. »Ja, genau ...? Es hieß immer, das Findelkind von Kongslund sei ein kleines Mädchen gewesen – in allen Zeitschriften steht das so. Ein Mädchen ... nämlich Marie Ladegaard, die ein paar Jahre später die Pflegetochter der

Vorsteherin wurde. Das haben wir auf jeden Fall immer zu hören bekommen.«

»Das muss ein Schreibfehler sein«, sagte der Fotograf.

»Das sieht nicht nach einem Schreibfehler aus«, sagte Knud Tåsing. »Aber ich habe – wenn es auch Knochenarbeit war – diese Agnes Olsen gefunden. Sie wohnt heute in Brønshøj.« Knud Tåsing lächelte. »Ich habe ein paar alte Bekannte in den Berufsgenossenschaften ausfindig gemacht, und schwupps, irgendwann war sie dabei. Sie kriegt eine Invalidenpension und ist kinderlos. Vielleicht hatte sie ja irgendwann genug von Kindern.«

Niemand lachte über seinen Scherz.

»Und jetzt kommen wir zu dem wirklich Interessanten: Agnes Olsen erinnert sich sehr detailliert an diesen Tag. Sie weiß noch genau, dass sie an diesem Morgen überzeugt war, dass es sich bei dem Findelkind um einen Jungen handelte. Ich fragte sie, warum denn in allen anderen Zeitschriften aus dem Jungen ein Mädchen geworden war. Sie konnte sich das nicht erklären. Als sie draußen auf der Treppe gestanden hatte, war das einfach ihr erster Eindruck gewesen, und das hatte sie dem Zeitungsjournalisten auch gesagt. Der Tag sei ja insgesamt schrecklich hektisch gewesen.«

Nils Jensen sah von seinem Kollegen zu Peter Trøst und wieder zurück. Dann formulierte er die Frage, die ihnen beiden auf der Zunge lag: »Und wenn ...?«

Knud Tåsing fischte sich eine grüne Prince aus seinem silbernen Etui. Nur Nils wusste, dass an dessen Boden das Datum von Tåsings Hochzeit eingraviert war. 8.8.88. Ein Jahr nach dem Skandal, der das Ende seiner Karriere bedeutet hatte, war er geschieden worden.

Der Journalist zündete sich die Zigarette an. »Was meinst du mit ... und wenn?«

Peter Trøst ergriff das Wort: »Du bestellst uns hierher, um uns mitzuteilen, dass du weitermachen willst, weil du etwas Neues gefunden hast, dabei ist dein einziger Anhaltspunkt ein kleiner Zweifel, dass es sich bei dem Findelkind vor fünfundvierzig Jahren um einen *Jungen* und nicht um ein *Mädchen* gehandelt hat...« Er wedelte mit der Hand durch Knuds Rauchwolken. »Was ist denn daran so wichtig?«

»Ihr vergesst wohl...«, sagte Knud Tåsing, »... dass John Bjergstrand ein Junge war.«

19

DER TOD

15. MAI 2008

In der oberen Etage der Villa sitzt meine Pflegemutter wie üblich pflichtbewusst über ihre Akten und die Buchhaltung gebeugt. Zwischendurch zieht sie die obere Schublade der hübschen Rosenholzschatulle mit den Bronzebeschlägen auf, nimmt Kongslunds Protokoll heraus und schreibt etwas hinein. Es ist dick wie der Unterarm eines Ringers und in dunkelgrünes Leder gebunden. Auf die in meiner kindlichen Neugier gestellte Frage, was das denn für ein Buch sei, hatte sie ohne Zögern geantwortet: »Das ist mein Logbuch, Marie. Ohne das könnte ich mit meinem Schiff nicht Kurs halten!«

Der Inhalt des Protokollbuchs war ein Geheimnis, das sie um jeden Preis mit ins Grab nehmen würde. Und keine noch so hartnäckige Neugier, wie sie Findelkindern zu eigen ist, würde je die Schatulle öffnen und den Inhalt ergründen können. Dafür war sie zu solide gebaut und außerdem mit einem Schloss versehen, das man nicht einmal mit allergrößter Geduld aufbekam. Meine Versuche waren jedenfalls alle gescheitert.

Mag sein, dass sie die feinen Schrammen im Rosenholz gesehen und ihre Schlüsse daraus gezogen hat ... Beunruhigt wird sie das kaum haben.

Martha Louise Magnolia Ladegaard starb zwei Tage nach ihrem unwiderruflich letzten Jubiläum.

Die ganze Nation war schockiert, war sie doch gerade einmal zwei Tage zuvor auf allen Bildschirmen so lebendig und gravitätisch aufgetreten. Die Feierlichkeiten hatten ein wenig die harschen Anklagen der vorigen Woche vergessen lassen, und wieder einmal wurde meine Pflegemutter als die Frau gelobt, die Tausende dänische Kinder auf den ersten Schritten ins Leben begleitet und bei dankbaren Eltern in sicheren dänischen Haushalten untergebracht hatte.

Magdalene hatte einmal zu mir gesagt: »*Alle anderen hat sie ins Leben rausgeschickt – aber dich wollte sie ganz für sich behalten.*« Und dann hatte sie noch mit einem kräftigen Lispeln hinzugefügt: »*Der Zorn, Marie. Der Zorn. Vor dem Zorn musst du dich in Acht nehmen!*«

Ehe ich sie um eine Erklärung bitten konnte, war sie wieder mit den Schatten verschmolzen und ließ nur den schwachen Duft von Erde und Pfeifenrauch in meinem irdischen Raum zurück.

Magnas unerwarteter und gewaltsamer Tod rückte die Kongslund-Affäre in den Fokus der Polizei.

Bis jetzt hatten die leitenden Beamten hinter ihren verschlossenen Bürotüren nur milde lächelnd mit den Schultern gezuckt. Ihrer Meinung nach reagierte das Ministerium vollkommen überzogen auf den dilettantischen anonymen Brief, weshalb auch niemand widersprochen hatte, als Carl Malle die Ermittlungen übernahm. Sie mochten ihn ohnehin nicht und gönnten es ihm, sich auf den gebohnerten Böden des Heims Blasen zu laufen.

Nachdem jetzt aber die Hauptperson der Affäre tot in ihrer Wohnung in Skodsborg aufgefunden worden war, rückten die Mordermittler in voller Stärke aus, um die letzten Stunden der berühmten pensionierten Heimleiterin in endlosen Verhören abzuklopfen und detailliert zu kartieren.

Sie hatten meine Pflegemutter im Wohnzimmer gefunden, auf dem Boden unter dem Fenster, das zum Bestattungsunternehmer auf der gegenüberliegenden Seite des Strandvej rausging, viele Stunden nachdem ein Wunder oder ein Arzt ihr Leben hätte retten können. Sie lag in einer Blutlache, den Kopf auf einer Sammelmappe mit Hunderten von Zeitungsausschnitten und Bildern kleiner Kinder aus zig Jahrgängen des Heims.

Auch auf dem Boden um den Leichnam lagen Ausschnitte verstreut.

Die Polizei versuchte in den folgenden Tagen, den Ablauf der Ereignisse in Magnas Wohnung zu rekonstruieren. Geschehen war alles zu einem Zeitpunkt, an dem die meisten Bewohner im Haus geschlafen hatten. Nur ein Zeuge hatte Stimmen aus Magnas Wohnung gehört, er war davon sogar geweckt worden. Ihm gehörte der kleine Supermarkt an der Ecke Strandvej–Skodsborgvej, und er wohnte direkt unter Magna. Am Abend zuvor hatte er sie mit einem Anflug von Stolz, den er sonst in Bezug auf Frauen nicht kannte, im Fernsehen gesehen – würdevoll und unverwundbar, vom ganzen Land bewundert.

Offenbar hatte Magna in den Sammelmappen geblättert, als sie Besuch bekommen hatte, zumindest lagen etliche der weißen, roten und braunen Mappen mit Briefen, Fotos und Zeitungsausschnitten in einem Stapel auf dem Couchtisch, als die Polizei gewaltsam die Tür aufbrach. Daneben standen zwei unbenutzte Kaffeetassen. Die alte Heimleiterin lag rücklings vor dem Regal auf dem Boden. Auf dem Teppich neben ihr lag ein verloschener Zigarillo – Bellman, ihre Lieblingsmarke. Der Inhaber des Ladens hatte bereits im Bett gelegen, als er ein lautes Geräusch in der Wohnung über sich gehört hatte. Er war eher der ängstliche Typ, in ebendem Zimmer geboren, in dem er jetzt schlief – seine Mutter hatte ihn gleich nach der Geburt in eine Decke gewickelt und in eine aufgezogene Kommodenschublade gelegt. Er hatte nicht den Mut gehabt aufzustehen.

Die Polizei war zu dem Schluss gekommen, dass Magna beim Herausziehen der weißen Sammelmappe aus dem Regal das Gleichgewicht verloren und sich beim Sturz die Stirn angeschlagen hatte. Im Fallen hatte sie laut geschrien, was das zweite Geräusch war, das der Ladeninhaber gehört hatte. Danach war sie vermutlich seitwärts auf den Sheraton-Stuhl gekippt, von dem die klaffende Wunde an der Schläfe herrührte. Das Genick war in dem Moment gebrochen, in dem der Kopf auf den Boden aufschlug. Magnas rechte Wange ruhte auf einer Sammelmappe, in deren oberer rechter Ecke in zierlicher Handschrift die Jahreszahlen 1961-1964 notiert waren, in etwa der einzige, nicht mit Blut verschmierte Fleck.

Schließlich hatte der Ladeninhaber das Licht angeknipst und seine schnarchende Frau angesehen. Dabei war er, wie so oft, von der namenlosen Angst überrollt worden, sein Leben mit einem Menschen zu teilen, den er nicht wirklich kannte und der den Großteil ihrer gemeinsamen Zeit verschlief.

Vielleicht hatte ihm diese Angst den Mut gegeben, aufzustehen und die Polizei zu alarmieren. Wenige Augenblicke später war das Epizentrum seines Lebens mit blinkenden Blaulichtern, Sirenen und trampelnden Schritten im Treppenaufgang erfüllt.

Auf dem Flur und in Magnas Schlafzimmer waren Schubladen herausgerissen und der Inhalt ausgekippt worden. Das konnte theoretisch natürlich auch vor ihrem Tod passiert sein. Vielleicht hatte sie ja selber »aufgeräumt«, was die Polizei allerdings bezweifelte. Das Problem war, dass es keine technischen Beweise dafür gab, dass es sich um etwas anderes als einen unglücklichen, altersbedingten Schwächeanfall handelte. Es gab keine Spuren vorsätzlicher Gewalt in Form von Schlägen oder Tritten. Nur die Aussage des Ladeninhabers zu den merkwürdigen Geräuschen aus der Wohnung über ihm.

»Was lief im Fernsehen, als Sie den Besucher kommen gehört haben?«, hatte einer der Ermittler ihn gefragt.

Der Ladeninhaber antwortete: »Das weiß ich nicht. Wir haben einen uralten Telefunken, den ich immer ordentlich laut stelle. Meine Frau schnarcht, verstehen Sie.«

Der Polizist hatte genickt und nichts verstanden. Der Morgen brach an. Durch das Fenster konnte man die schwedische Küste als schmalen, grauen Wattestreifen am Horizont erkennen, und der Bestatter, der direkt gegenüber wohnte, stand in seiner Tür und beobachtete die Polizeiautos.

»Das letzte Mal habe ich Fräulein Ladegaard vorgestern gesehen, gleich nach dem Jubiläum, da hat sie Briefmarken bei mir gekauft«, erinnerte der Ladeninhaber sich plötzlich. »Sie kam mit einem Brief oder eher einem Päckchen, das nach *Australien* gehen sollte. Daran erinnere ich mich noch... nach Australien...« Der Blick des Ladeninhabers schweifte sehnsüchtig in die Ferne.

Dann sackte er auf dem Stuhl zusammen und zog die Schultern hoch, als wollte er sich wieder in die Kommodenschublade verkriechen, in der sein Leben begonnen hatte.

»Nach Australien?« Der Polizist musterte seinen einzigen Zeugen und fragte sich, was das mit dem Fall zu tun haben sollte, weshalb er sich auch keine Notizen machte.

Aber der Ladeninhaber hatte seine Frage nicht mehr gehört. Er saß am Tisch und starrte schräg nach oben, als wollte er die alte Dame in der Wohnung über sich wiederauferstehen lassen.

Der Polizist ließ ihn in Frieden weinen.

Die Polizei fuhr die wenigen hundert Meter von Skodsborg nach Kongslund, wo ich in diesen frühen Morgenstunden in meinem Königszimmer lag und schlief.

Sie klopften an die Eingangstür. Susanne Ingemann öffnete ihnen.

Der süße Verwesungsgeruch der gelben Freesien, die wir am Tag nach der Jubiläumsfeier in großen Müllsäcken entsorgt hatten, hing noch immer in der Luft, als die Polizei eintraf und Susanne an meine Tür klopfte. »Die Polizei ist da... Deine Mutter ist...«, sagte sie und sah für einen Augenblick so aus, als wollte sie losweinen.

»Meine Pflegemutter«, korrigierte ich sie, ehe sie den Satz zu Ende bringen konnte. Aber ich wusste auch so, was sie sagen wollte. Und in mir hätte etwas einstürzen oder sich zumindest ein Spalt zu einer tieferen Ebene auftun müssen. Aber es passierte gar nichts.

Ich kann mich nicht daran erinnern, in diesem Moment irgendetwas gefühlt zu haben.

Die wenigen routinemäßigen Fragen der Polizisten – und meine knappen Antworten – nahmen nicht mehr als zehn Minuten in Anspruch. Ich wusste nichts, hatte etwa eine Stunde vor dem Eintreffen der ersten Jubiläumsgäste das letzte Mal kurz mit Magna gesprochen und war danach mit orangefarbenen Ohrstöpseln ins Bett gegangen, weil mein Zimmer zum Garten rausging, wo die Feierlichkeiten stattfanden. Ich hatte tief geschlafen und nichts gehört oder gesehen.

Der Polizist kondolierte noch einmal und verabschiedete sich. Ich ging in die Säuglingsstube und schloss die Tür hinter mir. Die Vorhänge waren zugezogen. Durch die dicken Falten fiel nicht das kleinste bisschen Licht. Die Kinder schliefen. Das Lied war verklungen.

»Willkommen«, sagte die Dunkelheit. »Du hältst es aber nicht besonders lange durch, dich fernzuhalten...« Man musste sie so lange kennen wie ich, um zu verstehen, dass diese Worte im Gegensatz zu denen des Spiegels nicht höhnisch gemeint waren.

Ich ging zum Fenster und zog die Vorhänge auf, und die blauen Elefanten kamen aus den Schatten hervor und spritzten goldene Lichtstrahlen aus ihren Rüsseln, wie sie es immer getan hatten. Früher hatte ich Gerda einmal gefragt, wie viele blaue Elefanten sie für das Zimmer gemalt hatte, und sie hatte gesagt: »Als es genug waren, habe ich aufgehört.«

Ich vermutete einen tieferen Grund für Gerdas Besessenheit. Einige der Kinderpflegerinnen meinten zu wissen, dass sie für jedes Kind, das die Säuglingsstube bis zu ihrer Pensionierung passiert hatte, einen gemalt hat. Einmal, ich war damals vielleicht sieben oder acht Jahre alt, sah sie mich lange an und sagte: »Wir haben hier jede Art von Kindern gehabt… Kinder blutjunger Mädchen oder bettelarmer Eltern, die keine Möglichkeit sahen, sie zu behalten… Kinder von Professoren, Politikern und Direktoren, sogar Kinder von Verbrechern und Mördern. Die hatten es am schwersten von allen, denn ein solches Erbe verfolgt die Kinder ihr ganzes Leben lang, wenn niemand eingreift.«

Gerda hatte nie die Bedeutung des biologischen Erbes in Frage gestellt – viele Jahre, bevor die Wissenschaft ihren Fokus auf die sozialen Rahmenbedingungen richtete.

»Der Charakter eines Verbrechers kann in seinem Kind weiterleben – auch wenn sie zeitlebens keinen Kontakt zueinander haben«, sagte sie einmal zu mir. »Selbst wenn das Kind in Verhältnissen aufwächst, wie man sie sich besser nicht wünschen kann, bei den besten und liebevollsten Adoptiveltern der Welt, lassen sich die Blutsbande nicht einfach zerreißen, Marie. Jedes Kind trägt das Erbe seiner leiblichen Eltern tief in seinem Innern.«

Ich stand am Fenster und ließ meinen Blick auf einem Lichtstrahl zu dem blauen Elefanten rutschen, der über dem Bett über die Wand spazierte, in dem ich selbst als Säugling gelegen hatte. Der runde Körper des Elefanten war in der Mitte geteilt, wo zwei Tapetenbahnen aneinanderstießen,

383

aber er schwebte noch immer über mir auf den unsichtbaren Fäden des Netzes, und zum ersten Mal spürte ich die Gefahr, von der Gerda gesprochen hatte, ohne genau zu wissen, in welche Richtung ich meinen Blick richten sollte. Ich war sicher, dass sie damit auf eines der Kinder anspielte, die Weihnachten 1961 mit mir in der Säuglingsstube gelegen hatten – und wenn meine Vermutung richtig war, handelte es sich bei diesem Kind um den rätselhaften John Bjergstrand, den das ganze Land als Stellvertreter für einen unerwünschten, ausgemusterten und verstoßenen Menschen kennengelernt hatte. Eines der Wesen, für dessen Rettung sich die guten Geister von Kongslund immer eingesetzt hatten.

Ich ging nach oben und setzte mich in Magdalenes Rollstuhl, den Blick auf Hven gerichtet. Dort lag die mächtige Sternenburg, in der Tycho Brahe den Fehler seines Lebens beging und der Erde eine falsche Position am Himmel zuwies. »*Niemals werde ich akzeptieren, dass die Sonne und nicht die Erde im Zentrum des Universums steht*«, hatte er gerufen. »*Das ist eine infame Lüge, die Erde bewegt sich nicht.*«

Dieser Irrtum hatte mich immer angesprochen.

Natürlich erwischte der Spiegel mich vollkommen schutzlos und sah seine Chance gekommen, mir seine bis dahin bösartigste Frage zu stellen: »Meine liebe, kleine Marie, wer mag wohl deine Mutter sein?«

Du, hätte ich ihm am liebsten entgegengespuckt. Aber ich schwieg. Die alten Rokokospiegel in den großen Villen am Strandvej verstehen diese Form von Ironie nicht. Außerdem gab es in diesen Stunden weitaus wichtigere Dinge, über die ich mir Gedanken machen musste.

In den folgenden Tagen ermittelten die Kriminalbeamten vom Morddezernat um Magnas gewaltsamen Tod herum, ohne einen Durchbruch zu verzeichnen. Sie fanden kein Motiv, kein Muster, keinen Weg durch das Labyrinth. Wenn sie tatsächlich mutwillig gestoßen worden war – und falls das irgendetwas mit dem anonymen Brief zu tun hatte, wie die Presse vermutete –, eröffneten sich plötzlich viele Möglichkeiten, die aber nur zu noch größerer Verwirrung und noch fantastischeren Theorien führten. Doch jede neue Theorie führte in eine neue Sackgasse, und jede Sackgasse nährte die Frustration.

Da fiel einem jungen Polizisten plötzlich ein, dass der Supermarktinhaber aus Magnas Wohnhaus irgendetwas von einem Päckchen gesagt hatte, das Magna bei ihm aufgegeben hatte, ein Päckchen nach Australien. Das Päckchen war natürlich längst außer Landes, und der betrübte Mann konnte sich beim besten Willen nicht an den Namen erinnern, den Martha Magnolia Louise Ladegaard auf den Umschlag geschrieben hatte. Wohl aber erinnerte er sich daran, dass der Brief über zweihundert Kronen Porto gekostet hatte, Magna sich aber trotzdem mehrfach bei ihm bedankt hatte.

Nach einer Woche steckten die Ermittlungen komplett fest.

Von dem Polizisten, der einige Tage später nach Kongslund kam und sich ausführlich mit mir über Magna unterhielt, erfuhr ich, dass ihr Tod den Ministerpräsidenten, den Nationalminister und seinen Sicherheitsberater Carl Malle erneut aufgescheucht hatte. Die Ermittler der Polizei hatten sogar Unterstützung vom polizeilichen Geheimdienst angeboten bekommen, dieses Angebot aber abgelehnt.

Falls Magna etwas gewusst hatte, das zu der Konfrontation in ihrer Wohnung in Skodsborg geführt hatte, waren womöglich noch *weitere* Menschen in Gefahr, sagte er.

Meinte er damit mich?

Hatte Magna über lebensbedrohliches Wissen verfügt?

Ich antwortete ihm nicht.

Was hat derjenige, der ihre Schubladen durchwühlt hat, wohl bei ihr gesucht?

Diese Frage konnte keiner beantworten. Ich bekam aber

mit, dass die Polizei ganz selbstverständlich den Nationalminister und Carl Malle in die Kategorie *nicht verdächtig* einstufte. Genauso hatten sie das gemeinschaftliche Alibi aller Angestellten und Anwesenden im Heim akzeptiert, die nach dem Jubiläum mit den Aufräumarbeiten beschäftigt gewesen waren.

Einige Tage später forderten sie eine Liste aller Namen der Kinder an, die zwischen 1961 und 1962 nach Kongslund gekommen waren und eventuell mit dem geheimnisvollen John Bjergstrand aus dem anonymen Brief in Verbindung gebracht werden konnten. Ich nannte ihnen nur einen einzigen Namen: meinen eigenen.

Danach beschlagnahmten sie sämtliche Unterlagen und Dokumente und machten sich an die Lektüre. Sie konnten ja nicht wissen, was ich längst wusste – dass nämlich alle Spuren von Magnas Taten sorgfältigst aus dem grünen Ringordner mit den Informationen über die dänischen Kinder der entsprechenden Zeitspanne entfernt worden waren. Ich dachte an Magna, aber ich weinte noch immer nicht.

Falls es überhaupt Antworten gab, wusste ich, wo man sie suchen musste. Alles Wissenswerte stand in dem Buch, das Magna, solange ich denken konnte, in der Rosenholzschatulle aufbewahrt hatte. Dieses Buch hatte mich immer fasziniert, dabei habe ich es nur wenige Male für kurze Augenblicke gesehen. *Das Kongslund-Protokoll.*

Magnas wertvolles, geheimes Tagebuch.

Ich war mir nicht sicher, ob Ole Almind-Enevold und Carl Malle von der Existenz dieses Protokolls wussten. Die Polizei hatte Magnas gesamte Habe untersucht, aber nichts von Bedeutung gefunden. Das Protokoll war verschwunden, was mich nicht wirklich überraschte. Nachdem ich durch den Bericht des Ladeninhabers von Magnas letzter Handlung erfahren hatte, ahnte ich bereits, wo sich das Protokoll inzwischen befand.

Aber auch dieses Geheimnis wollte ich mit niemandem teilen. Das Protokollbuch gehörte nach Magnas Tod mir – und ich wollte es um jeden Preis haben.

Irgendwann verlor Susanne die Geduld, was die Ermittlungen der Polizei betraf, und sie verlangte die Freigabe von Magnas sterblichen Überresten – es waren inzwischen fast drei Wochen vergangen –, damit die ehemalige Heimleiterin auf dem Friedhof von Søllerød würdevoll bestattet werden konnte. Die Polizei gab ihrem Wunsch nach und gestand damit ihre Niederlage ein. Der Fall sollte als Unfall zu den Akten gelegt werden.

Falls sich jemand daran erinnerte – und eine Person gab es da ganz sicher –, war genau das Gleiche sieben Jahre zuvor schon einmal geschehen. Bei der Frauenleiche am Strand zwischen Kongslund und Bellevue. Sie war wie Magna bei einem Sturz unter rätselhaften Umständen zu Tode gekommen, und am Ende war das Ganze aus Mangel an Beweisen als unglücklicher Unfall abgeschlossen worden. Der inzwischen pensionierte Kommissar, der in dem Todesfall ermittelt und später einem Journalisten von seinem Verdacht erzählt hatte, ohne dass die Geschichte jemals veröffentlicht worden war, saß in seinem Sommerhaus in Rågeleje und las die Zeitungsartikel über die verstorbene Heimleiterin wieder und wieder durch.

Schließlich legte er die Zeitungen weg, schaute lange aus dem Fenster und dachte nach.

Die tote Frau am Strand hatte ein Foto der Villa Kongslund bei sich gehabt. Und jetzt war Kongslunds ehemalige Heimleiterin auf genauso rätselhafte Weise gestorben.

Und wieder einmal saß er mit dem Telefonhörer in der Hand da und überlegte, was er tun sollte. Sein Pflichtgefühl sagte ihm, dass er jemanden auf diesen seltsamen Zufall hinweisen musste. Sein Polizeiinstinkt sagte ihm, dass er bloß wieder auf Carl Malle stoßen würde, und einer seiner früheren Kollegen hatte ihm dringend davon abgeraten, dieses Risiko einzugehen.

Seine Frau sah ihn warnend an. Sie merkte sofort, dass er mal wieder von dem jugendlichen Bedürfnis gepackt wurde, sich auf unsicheres und gefährliches Terrain zu begeben.

Aber er war nicht mehr jung.

Ihr ängstlicher Blick gab schließlich den Ausschlag. Er legte den Hörer wieder auf.

20

DIE BEERDIGUNG

5. JUNI 2008

Vielleicht stimmt das, was Magdalene mir an dem Abend, bevor wir meine Pflegemutter auf ihre letzte Reise ins Dunkel geschickt haben, aus dem Jenseits geschrieben hat: Denk dran, Marie, Erwachsene sind auch bloß Kinder, die es gelernt haben, ihr wahres Ich hinter hübschen Kleidern und unschuldigen Mienen zu verstecken. In Wirklichkeit reagieren die Menschen mit dem Alter immer kindlicher, was sie aber auch gefährlicher, gewalttätiger und unberechenbarer macht.

Seit Magnas Tod kommunizierte sie nur noch schriftlich mit mir.

Ich starrte auf ihre Worte und lag anschließend den längsten Teil der Nacht wach. Mir schwante, dass das nicht bloß eine allgemein gehaltene, philosophische Betrachtung war, sondern dass sie dabei an eine ganz konkrete Person dachte.

Wenige Stunden später besuchte mich der Journalist Knud Tåsing und stieß die Türen auf, hinter denen lange sehr viel verborgen gewesen war.

Die Kirche von Søllerød lag mit ihren weißen Mauern und dem Turm aus roten Ziegeln hoch überm Søllerødsee. Auf ihrem Friedhof, der sanft zum See hin abfiel, sollte meine

Pflegemutter einen Aussichtsplatz bekommen, der ihrem Bedürfnis, immer den besten Platz für sich, ihre Nächsten und all ihre Kinder zu finden, sicher entgegenkam. Magna hatte ihre letzte Ruhestätte selbst ausgesucht und in diese Suche viel Zeit investiert.

Ich sah zur Kirchendecke empor und erwartete beinahe, Magnas Blick zu begegnen oder ihre Stimme zu hören. Ganz bestimmt schwebte sie irgendwo über uns und verfolgte die Zeremonie, wobei ihr sicher auch nicht entging, dass ich noch immer nicht geweint hatte.

Ich war zuletzt als kleines Mädchen in dieser Kirche gewesen, als Magdalene ohne ihren Rollstuhl und ihr Fernrohr ins Jenseits befördert worden war. Damals war ich weinend auf Magnas Schoß gesessen und hatte meine einzige Freundin betrauert, die schon so alt gewesen war, dass ich nicht mehr daran geglaubt hatte, dass sie überhaupt jemals sterben könnte. Jetzt lag Magna selbst höchst feierlich unter dem Blumenbukett im Vorraum der Kirche, und neben mir saß ihre langjährige Assistentin Gerda Jensen, die trotz ihrer geringen Größe die dritte große Frau in meinem Leben war. Und die einzige, die noch lebte. Sie saß mit zusammengekniffenen Augen da und starrte nach vorn. Der Duft von Freesien erfüllte den Raum und löste alle ein bis zwei Minuten ein unterdrücktes Niesen aus. Es kam von weiter hinten und erfüllte mich mit fast kindlicher Freude. Die Ewigkeit empfing ihre Auserwählte nicht in der würdevollen Stille, die der Ehrengast der Feierlichkeiten, Ole Almind-Enevold vermutlich vorgezogen hätte. Hinter mir saßen Minister und Amtspersonen, frühere Widerstandskämpfer, pensionierte Ärzte und Staatsräte, Krankenschwestern und Hebammen und ganz hinten eine Auswahl älterer Fräuleins aus der Blütezeit der Kopenhagener Mutterhilfe. Der Sarg war mit weißen und roten Sträußen geschmückt, und die Gottesfürchtigen, die absolut in der Überzahl waren, saßen mit gesenkten

Köpfen da, als beteten sie still und leise für die von uns gegangene Seele. Ich aber wusste, dass das nicht stimmte; die meisten dachten nicht an die Verstorbene, sondern an ihr eigenes Dasein und ihren erbärmlichen Weg durchs Leben. Sie waren in Sorge, dass unser Herr Jesus Christus vielleicht doch nicht auferstanden war und demnach auch nicht auf sie wartete, wenn ihr letzter Tag gekommen war und sie sich über blühende Wiesen in die Ungewissheit transportieren lassen mussten. Dass der Herrgott sowohl Uhrzeit als auch das Versprechen des ewigen Lebens vergessen haben könnte, weil er einfach zu viel zu tun hatte. Oder die kaum auszusprechende Möglichkeit, dass es ihn gar nicht gab und die Atome des Körpers bloß in die Stratosphäre hinaufschwebten und ein Teil des Universums wurden – nicht aber der Ewigkeit.

Ich zweifle nicht daran, dass Magna gespannt war auf ihre Begegnung mit dem Ewigen Dunkel, denn sie war von Natur aus neugierig und wollte alle Geheimnisse des Lebens ergründen. Auch das letzte. Trotzdem weiß ich, dass sie es vorgezogen hätte, noch ein paar Jahre auf der Erde zu bleiben, um die Rolle in dem Projekt auszufüllen, die das Schicksal ihr zugedacht hatte: die große Reparatur... die gigantische, unvollendete Korrektur all jener Defekte, die Erwachsene gedankenlos Gottes kleinsten und wertvollsten Geschöpfen zufügten. Dieses Projekt lief schon seit der Zeit der Cromagnonmenschen, aber viel weiter waren wir nicht gekommen. Vielleicht ist es uns gelungen, mit jeder Generation ein Hundertstel mehr des menschlichen Egoismus zu lokalisieren und auszumerzen, und vielleicht hat sich auch die Fähigkeit, Empathie zu empfinden, pro Jahrhundert um ein Promille verbessert. Obwohl das wirklich wohlwollende Schätzungen waren, basierte Magnas Hoffnung genau darauf.

In der Bankreihe hinter mir saß Susanne Ingemann und neben ihr Carl Malle und die längst pensionierte Direktorin der alten Mutterhilfe, Frau Krantz. Hinter ihr saß Orla Berntsen neben Peter Trøst und Søren Severin Nielsen, flankiert von zwei älteren Ehepaaren, die bedingt durch den Blumenduft unaufhörlich schnieften. Ihre Eltern. Ole Almind-Enevold stand am Sarg und ragte aus dem Blumenschmuck heraus. Er nickte, bevor er ein weiteres Mal in so kurzer Zeit eine Rede für meine Pflegemutter halten wollte. Die größte Reparateurin der Nation. Er trug einen dunklen Anzug und sah mit den gefalteten Händen wie der Bestatter vom Strandvej in Skodsborg aus, der in der letzten Bankreihe saß.

»Magna hat mir einmal eine Geschichte erzählt, die ich bisher niemandem weitererzählt habe, weil ich mir nicht ganz sicher war, wie ich sie verstehen sollte...« Er machte eine kurze Kunstpause, und sogar das vereinzelte Niesen verstummte. »Sie erzählte mir von einem Kind, dessen Vater an Tuberkulose erkrankt war und nicht mehr lange zu leben hatte. Das unglückliche Kind betete zu Gott im Himmel, seinen Vater doch bitte leben zu lassen, und der Vater, der die verzweifelten Gebete hörte, gab seinem Kind schließlich ein bis über den Tod hinaus gültiges Versprechen: *Wenn ich weg bin*, sagte er, *musst du nur geduldig warten, dann komme ich irgendwann zurück. Und dann weißt du, dass ich noch bei dir bin und dass Gott existiert und auf dich aufpasst. Eines Tages werden wir gemeinsam in der Ewigkeit leben.* Der kranke Mann starb und wurde beerdigt – und das Kind begann zu warten...«

Hinter mir wurde wieder leise geniest. »Magna beendete ihre Geschichte an exakt diesem Punkt und reagierte erst, als ich die Geduld verlor und fragte: Aber Magna, wann hat sich der Vater des Kindes denn nun gezeigt? Sie antwortete: Das ist doch gerade die Pointe, Ole. Er hat sich *nie* gezeigt. Das kann doch nicht sein, sagte ich, dann macht die Geschichte doch keinen Sinn. Doch, sagte sie, das Kind wartete und wartete. Jahre vergingen, es wurde erwachsen, aber es geschah noch immer nichts. Irgendwann war das Kind alt, hatte das Warten aber noch nicht aufgegeben, und schließlich kam statt des Vaters der Tod. Der Vater hat sein Versprechen nie eingelöst.«

Almind-Enevold lächelte. Ich spürte die leichte Unruhe, die in der Kirche aufgekommen war.

»Es war *ihr* Vater«, sagte er. Seine Augen huschten zum Sarg. »Es war Magnas Vater.«

Die Trauergäste hielten die Luft an.

»Wie viele von Ihnen bestimmt wissen, war Magnas Vater Pastor in Gauerslund bei Børkop. Wenn die Ewigkeit existiert, muss man auch die unbegrenzte Geduld der Ewigkeit aufbringen. In Magnas Augen hatte sein Versprechen keine Begrenzung, kein Ende. Ihr Vater hatte das einzig Richtige getan. Er hatte versucht, seine Tochter zu trösten, und er hatte zu seinem Glauben gestanden, hat sie mir gesagt. Und auch sie hat ihr Leben lang nach diesem Prinzip gelebt.«

Er schwieg einen Augenblick und sagte dann: »*Endlose Geduld.*«

Ich kannte die Geschichte nicht, meine Pflegemutter hatte sie mir nie erzählt. Das wunderte mich aber nicht, da sie sicher geahnt hatte, wie wütend ich darauf reagiert hätte. Ich verstand besser als alle anderen, was Magna aus dem tragischen Erlebnis gelernt hatte: Entscheidend war der *Wille*, Gutes zu tun, dann würde das Gute sich schließlich schon zeigen. Sie war nicht der Mensch, der die Enttäuschungen berücksichtigte, die diese Philosophie bei anderen Menschen auslösen konnte, sie zögerte nie, wenn sie am Schmiedeherd stand. Wenn sie reparierte, flogen die Funken und trafen Groß und Klein, während sie sich auf ihre Arbeit konzentrierte. Für sie war letztendlich der gute Wille von entscheidender Bedeutung, und vermutlich war das genau der Grund dafür, weshalb ich nicht weinte.

Ole Almind-Enevold senkte den Kopf. Die Rede war zu Ende. Dieses Mal hatte er weder Magdalene noch mich erwähnt und auch nicht aus Magdalenes Tagebüchern zitiert. Woher er die kannte, wusste ich nicht.

Die Kirche leerte sich langsam.

Der weiße Sarg mit den vergoldeten Handgriffen wurde von Carl Malle, Ole Almind-Enevold, Susanne Ingemann, Orla Berntsen, Søren Severin Nielsen und Peter Trøst getragen. Eine bizarre Gruppe. Ich hatte mich geweigert teilzunehmen. Niemand sollte sehen, dass die Pflegetochter der alten Vorsteherin mit ihrem schiefen Rücken und den nach innen gedrehten Füßen unter dem Gewicht des toten Körpers ihrer Mutter zu Boden ging.

Sie traten mit viel zu kleinen Schritten hinaus ins Licht und damit vor die versammelte Presse. Es wimmelte von Reportern, und überall waren Mikrofone und Kameras zu sehen.

Knud Tåsing stand neben Nils Jensen, der die Prozession aus irgendeinem Grund nicht fotografieren wollte. In den Tagen vor der Beerdigung hatten sich die Spekulationen in der Presse überschlagen: Hatte Martha Magnolia Louise Ladegaards Tod etwas mit den anonymen Briefen zu tun? Wer hatte sie am Abend ihres Todes besucht? Wer war der Empfänger des geheimnisvollen Päckchens, das sie ein paar Stunden vor ihrem Tod abgeschickt hatte?

Angeblich hatte die Polizei drei ergebnislose Anfragen an die australischen Behörden gerichtet und Erkundigungen bei dänischen Vereinen und Clubs in Sydney, Melbourne, Brisbane, Adelaide und Perth eingeholt. Ohne Resultat. Anscheinend gab es keine Spur, die auf eine Verbindung der alten Vorsteherin oder des Kinderheims in Kongslund mit irgendjemandem dort unten verwies. Nach drei Wochen intensiver Medienberichterstattung über mögliche Verbindungen zur Kongslund-Affäre verlief die Geschichte im Sand, und ich bildete mir ein, bereits am Grab das zufriedene Blitzen in Ole Almind-Enevolds Augen gesehen zu haben. Auch der Fall des kleinen Tamilen war vollständig aus den Medien verschwunden, nachdem Søren Severin Nielsen die Abschiebung mit einem Haufen von Anträgen für ein Bleiberecht aus humanitären Gründen und diversen Klagen gegen den Bruch der Kinderrechtskonvention blockiert hatte.

Wir standen am Hang, blickten in Richtung Søllerødsee und sangen ohne die Sentimentalität, die sich unter den Kuppeln der Kirchen so schnell in diese Lieder schlich. Magna wurde in die dunkle Tiefe hinabgelassen, wo ihr die Aussicht auf ihre irdische Werkstatt für immer verwehrt war. Die Medienvertreter waren auf der Südseite der Kirche stehen geblieben.

Die prominenten geladenen Gäste fuhren nach Kongslund, wo noch mehr Blumengebinde lagen und es überall, wie zu Magnas besten Zeiten, nach Freesien duftete. Die meisten Gäste gingen nach draußen auf die Terrasse oder standen im Garten, wo die Sonne Muster auf den Rasen stickte und alles in einen goldenen Schimmer hüllte. Viele der Anwesenden waren erst vor wenigen Wochen bei Magnas Jubiläum gewesen – jetzt waren sie gekommen, um sich zu vergewissern, dass die große Vorsteherin von Kongslund tatsächlich fort war.

Ole Almind-Enevold stand in der Tür des Gartenzimmers und redete mit Susanne, die mich plötzlich zu sich rief: »Marie, komm doch mal her...!«

Ole empfing mich mit seinem durchdringend arroganten Nationalministerblick. Er hatte mich noch nie gemocht, und vielleicht glaubte er, dass ich etwas über das wusste, was in den letzten Wochen über Kongslund hereingebrochen war.

Ohne meine Rolle dabei einschätzen zu können.

»Ole fragt nach einem Tagebuch, das Magna geführt haben soll...«, sagte Susanne und sah mich mit einem eigentümlichen Blick an. Ich glaube, sie wollte nicht, dass ich antwortete. Andererseits hatte sie Angst vor dem mächtigen Mann.

»Ein Tagebuch?« Ich stand schwankend auf meinen schiefen Beinen und starrte in Gedanken in Magnas Grab. Sie hatte es nicht mit sich genommen. So viel wusste ich.

Susanne nickte. »Ja. Ein Tagebuch mit Aufzeichnungen über alle Kinder im Heim – vermutlich reicht es zurück bis ins Jahr 1936.«

»Die Journale stehen alle im Büro«, sagte ich und blickte aus dem Dunkel auf, aber nicht zu Ole Almind-Enevold.

»Möglicherweise hat sie es als Protokoll oder ihr Logbuch bezeichnet – es hatte ungefähr die Größe eines Lexikons und war mit grünem Leder eingebunden.«

Ich zuckte mit den Schultern und sah ausschließlich Susanne an. »In solche Dinge hat Magna mich nie eingeweiht.«

Ole Almind-Enevold erstarrte, und ich spürte seine Wut, die wie ein kalter Luftzug über meine linke Schulter schwappte.

Auch Susanne spürte das. »Vielleicht könnte das Buch beweisen, dass nichts von dem, was in den Zeitungen vermutet wird, stimmt…«

Natürlich hatte Ole Almind-Enevold recht. Magna tat nie etwas Unüberlegtes. Wenn sie das Protokoll am richtigen Ort aufbewahrte, konnte sie damit sicherstellen, dass die mächtigen Männer, denen sie geholfen hatte, Kongslund auch weiterhin unterstützten.

Doch die eigentliche Gefahr hatte sie übersehen.

»Wem in Australien kann sie geschrieben haben?«, fragte der mächtige Mann leise. Ich hatte das seltsame Gefühl, dass er die Antwort kannte.

Susanne war kreidebleich. DieStimmen im Garten erreichten mich nur wie ein entferntes Surren. Ich drehte mich um und ging. Fand den Weg in die menschenleere Halle. Niemand folgte mir, und nur die Frau in Grün lächelte mich aus ihrem gewaltigen Rahmen an, als ich an ihr vorbeiging.

Schnell schloss ich die Tür zu meinem Zufluchtsort hinter mir und drehte den Schlüssel im Schloss herum. Hierher hatte Magna mich vor mehr als vierzig Jahren gebracht, damit ich vom Fenster aus die Welt und ihre Küsten betrachten konnte, die ich in Wirklichkeit nie betreten würde. Sie hatte genau gewusst, was sie tat.

Ich hatte gerade zum zweiten Mal einen König beleidigt.

In diesem Augenblick klopfte es an meine verschlossene Tür. In all den Jahren, in denen Susanne jetzt Vorsteherin war, hatte nur sie mich im Königszimmer besucht; ich besuchte selbst niemanden und wurde von niemandem besucht.

Es klopfte wieder. Und ein drittes Mal.

»Susanne?«, fragte ich.

»Nein. Hier ist Knud Tåsing ... der Journalist.«

Ich konnte nicht so tun, als hätte ich ihn nicht gehört, aber aufhalten konnte ich ihn sowieso nicht. Vielleicht wollte ich das auch gar nicht, denn es war an der Zeit, die entscheidende Phase der Kongslund-Affäre einzuleiten, bevor sie, wie von der Regierung gewünscht, in Vergessenheit geriet. Es ging mir in dieser Zeit in gewisser Weise so, wie es Jesus in seinen letzten Tagen auf Erden ergangen sein musste: Ich wusste genau, was wann zu tun war – und auch wie alles enden würde –, zögerte aber trotzdem (oder gerade deshalb) vor dem nächsten, alles entscheidenden Schritt.

Ich erhob mich und öffnete die Tür. Der Journalist stand allein auf dem dunklen Flur. Er war schmal und kleiner, als ich erwartet hatte, und trug eine braune Cordhose und einen grünen Pullover.

Nie zuvor hatte ich einen Mann in mein Zimmer gelassen.

»Ich möchte Sie nur nach einer ganz einfachen Sache fragen, es wird schnell gehen«, sagte er.

Ich nieste. Es gibt keine einfachen oder schnellen Sachen. Ich zeigte auf den Chippendale-Stuhl am Fenster, und er nahm vorsichtig Platz, als fürchtete er, er könne unter ihm zusammenbrechen. Ich war mir im Klaren darüber, dass der alte Mahagonispiegel alles missbilligend verfolgte. Doch jetzt gab es kein Zurück mehr. Ich setzte mich in Magdalenes Rollstuhl, sah ihn an und stellte meine schiefen Füße auf die Stützen. Das war meine Lieblingsposition, wenn ich unruhig war und Inspiration von meiner alten, spastischen Freundin aus dem Jenseits brauchte. Falls er es seltsam fand, zeigte er dies mit keiner Miene.

»Erst einmal möchte ich Ihnen natürlich mein Beileid aussprechen ... Magna Ladegaard war eine fantastische Frau«, sagte er als Einstieg.

Statt einer Antwort bot ich ihm die schiefe Seite meines Gesichts dar, während ich auf seine erste Frage wartete. Alles in allem hatte ich ihn mit meinen Aktionen wohl selbst hierhergebeten.

»Ich habe die Hoffnung, ein paar Dinge mit Ihnen besprechen zu können. Es geht um Kongslund«, sagte er.

Ich sagte noch immer nichts.

»Marie, ich glaube, dass Sie die anonymen Briefe geschickt haben.« Er ließ den Satz zwischen uns in der Luft hängen.

Obwohl ich das erwartet hatte, traf mich seine Direktheit wie ein Stromschlag. Seine Hand lag auf der braunen Schultasche, die er immer bei sich hatte, und ich wusste, dass er sie jeden Augenblick öffnen und seine Dämonen auf alle diejenigen loslassen konnte, die seine Fragen nicht beantworteten.

Ich lächelte mein schiefes Lächeln, aber die Grimasse verunsicherte Knud Tåsing nicht. Er verzog keine Miene.

»Sie haben die Briefe geschickt, weil Sie hier in Kongslund auf ein Geheimnis gestoßen sind – ein großes Geheimnis, nicht wahr, Marie?«

Ich sagte noch immer nichts.

Er öffnete die Tasche, wie ich es vorhergesehen hatte, und sagte: »Sehen Sie, hier.«

Ich erkannte den Dämon, den er mitgebracht hatte, sofort, und es stimmte, er würde alle Türen öffnen.

»Dieses Heft habe ich in der Königlichen Bibliothek gefunden. Gehe ich recht in der Annahme, dass Sie auch ein Exemplar dieser Zeitung haben? Die würde ich gerne sehen«, sagte er.

Ich brauchte mich nicht einmal vorzubeugen, um zu wissen, welche Nummer der alten Zeitschrift er in der Hand hielt. Es war *Ude og Hjemme* vom 25. Mai 1961.

Er entnahm meiner Reaktion, dass ich in der Falle saß. »Ja«, sagte er. »Ich habe die Schwester besucht, die das Findelkind auf der Treppe gefunden hat. Sie hatte alle Zeitschriften aufgehoben, die über den Fund ihres Lebens berichtet hatten, nur nicht die hier...« Er warf mir die mehr als fünfundvierzig Jahre alte Zeitschrift auf den Schoß, und in der gleichen Bewegung – so sah es wenigstens aus – flog ein neuer Dämon aus seiner Tasche, ein kleiner, weißer Umschlag, der oben auf der Zeitschrift landete. »Und hier ist der anonyme Brief an *Fri Weekend*, das Nationalministerium, an *Channel DK* – und an all die anderen, die in der fraglichen Zeit mit der Elefantenstube zu tun hatten. Das Interessante... Marie Ladegaard... ist, dass die Buchstaben oben auf dem Umschlag die gleichen sind wie die im Artikel über das Kongslund-Jubiläum und das mysteriöse Findelkind... rot und schwarz, groß und klein... sie stammen alle aus dieser Zeitschrift. Daran gibt es keinen Zweifel.«

Er machte eine große Sache aus seiner Recherche.

»Und wissen Sie, warum die Schwester, die Sie gefunden hat, diese Zeitschrift nicht mehr in ihrer Sammlung hatte...?«, fragte er.

Ich antwortete nicht.

»Weil sie sie *dem Findelkind* gegeben hat.« Seine Augen strahlten. »Sie ist ziemlich bald nach dieser Episode von Kongslund weggegangen, hat vor ihrem Abschied aber noch

Gerda Jensen gebeten, die Zeitschrift an das Kind weiterzugeben, das sie auf der Treppe gefunden hatte. Als Erinnerung. Sie hat nur diese eine Zeitschrift weggegeben – und das vermutlich auch nur deshalb, weil da kein Bild von ihr drin war …«

Meine Bewegungen waren nicht annähernd so flüssig wie seine, und er zuckte zusammen, als ich wortlos meinen Rollstuhl umdrehte und zu der alten Schatulle rollte, die einmal Marinekapitän Olbers gehört hatte.

Ich öffnete die unterste Schublade der Schatulle, nahm zwei Stapel alter Mappen und Zeitungsausschnitte heraus und reichte ihm die Nummer der Zeitschrift, die er mir mitgebracht hatte.

Er schlug sie rasch auf und studierte die Seiten, auf denen der Kongslund-Beitrag gestanden hatte. Alle Überschriften und große Teile des übrigen Textes waren sorgfältig ausgeschnitten worden. Überall fehlten Buchstaben.

Er lachte tonlos und ohne eine Miene zu verziehen. Das war eine Glanzleistung.

Ich machte die Schublade wieder zu und legte den Kopf auf die Seite. Sollte die asymmetrische Obszönität vor seinen Augen ihn irritieren, verbarg er dies gut. Dann sagte ich mit Magdalenes Lispeln, das ich immer benutzte, wenn die Welt außerhalb Kongslunds Spalten und Ritzen in das Dasein fand, das ich mir so sorgsam aufgebaut hatte: »Ja, so ist es. Aber ich würde das niemals öffentlich zugeben, Sie können es also gleich wieder vergessen«, sagte ich.

»Aber warum denn?«, fragte er schließlich. »Sie wollen doch auch, dass alles aufgeklärt wird.«

Mein Lispeln war jetzt so leise, dass Knud Tåsing sich in Chippendales Meisterwerk unbequem weit vorbeugen musste. »Das ist nicht wichtig.«

»In dem alten Artikel wird das Findelkind als Junge bezeichnet. Wie erklären Sie sich das?«

Ich antwortete nicht.

»Kann das ein Fehler sein?«

Ich schwieg noch immer.

»*Wer ist John Bjergstrand?*«

Ich senkte den Kopf, bis mein Kinn die linke, schiefe Schulter erreichte, und schielte zu ihm hinüber. Er verzog keine Miene. Die Stille stand wie eine dicke Glastür, die keiner von uns öffnen wollte, zwischen uns. Schließlich sagte ich: »John Bjergstrand, wer ist das? Nein, das wissen Sie vermutlich wirklich nicht, sonst hätten Sie Ihre Umwelt ja nicht um Hilfe bitten müssen. Sonst wären die Briefe an die anderen Bewohner der Elefantenstube vermutlich nie geschrieben worden. Aber warum haben Sie ausgerechnet *mich* kontaktiert...?« Er beugte sich weit vor. Er war wie alle Journalisten schrecklich eitel und wollte um jeden Preis eine Antwort bekommen. Er hätte nicht fragen sollen.

Als ich ihm die Wahrheit sagte, war er noch schockierter, als ich erwartet hatte.

»Sie haben den Brief *nicht* an mich geschickt...?« Knud Täsing war ein seltenes Mal sprachlos. Ich klärte ihn auf, wer mein eigentlicher Empfänger war, und das erschütterte ihn nur noch mehr.

»*Nils*...?«, sagte er ungläubig.

»Ja, 1961 waren fünf Jungen in der Elefantenstube. Orla, Peter Trøst... Severin und Asger... Nils war der fünfte Junge – er war für mich am schwersten zu finden.«

Er starrte mich entgeistert an. Der Spiegel betrachtete uns beide spöttisch.

»Ja, er ist adoptiert – hat das aber nie erfahren. Ich weiß es allerdings schon lange«, sagte ich.

»Aber warum...?«, fragte er.

Ich antwortete nicht.

»Sie haben denen allen geschrieben, weil Sie wissen wollen, wer John Bjergstrand war – oder was aus ihm geworden ist?«

Magdalene musterte ihn aus ihrem Versteck in meiner Seele, aber sie schwieg.

»Aber Sie wissen es noch nicht?«

Ich schwieg.

Lange saß er mit halb geschlossenen Augen da, dann sagte er: »Ich habe die Mutter des Jungen gefunden, oder genauer gesagt, ich weiß, wer den Jungen damals zur Welt gebracht hat.«

Jetzt war ich es, die sich vorbeugte. »Wo ist sie?« Ich fragte ganz bewusst im Präsens.

»Sie war eine sehr interessante Frau«, sagte er und ließ seinen dritten Dämon aus der Tasche: einen Block mit dicht beschriebenen Seiten, den er mir hinhielt. Aber seine Handschrift war so unleserlich, dass ich sie nicht entziffern konnte.

»Als ich mit Ihrem Brief... an Nils... dasaß, hatte ich nur den Namen, und ich glaube, das war eine der härtesten Nüsse, die ich in meinem Leben zu knacken hatte: Wer war dieser Junge?

Wer hatte die anonymen Informationen geschickt und *warum*? Mein erster Schritt war, in die Vergangenheit zu reisen, und ich hatte Glück. Sehr viel Glück. Der Name war selten und tauchte tatsächlich in einem der alten Telefonbücher aus der Mitte der fünfziger Jahre auf. Der Name gehörte einer Frau, die damals in der Istedgade in Vesterbro gewohnt hatte. Sie hieß Ellen Bjergstrand.« Er hielt einen Augenblick inne.

Die kurze Pause war beinahe unerträglich. Er hielt tatsächlich einige der Puzzlesteinchen in der Hand, nach denen ich so lange gesucht hatte.

»Diese Frau könnte eine Verwandte des geheimnisvollen John sein – aber meine Recherchen bei den verschiedenen Gemeinden oder bei anderen alten Bewohnern des Viertels waren nicht von Erfolg gekrönt. Zu guter Letzt war ich so verzweifelt, dass ich in die Königliche Bibliothek ging und mir alle Lokalzeitungen aus der betreffenden Zeit anschaute. Wie schon so oft zuvor, führte die geduldige Lektüre dann zum Ziel. Plötzlich stand der Name da, und das war gar nicht so verwunderlich, denn Ellen Bjergstrand war 1959 in ihrer Wohnung in Vesterbro ermordet worden. Und das nicht von irgendjemand, sondern von der eigenen Tochter – und diese Tochter trug den Namen ...«, er sah mich an, »Eva Bjergstrand.«

Ich blickte wortlos zu Boden, und meine schiefe Schulter verdeckte meine Gesichtszüge. Dann stellte ich die einzige logische Frage, sicher wartete er längst darauf: »Und was geschah mit dem Mädchen? Mit Eva Bjergstrand?«

»Davon stand nichts in den Zeitungen. Aber ich habe sie trotzdem gefunden. Später. Damals wurden junge Frauen, die wegen schwerer Verbrechen verurteilt worden waren, in das Horserødgefängnis auf Seeland gebracht, also habe ich mich durch die Unterlagen der Gefangenenfürsorge gewühlt. Ich bin alle Jahresberichte und Akten durchgegangen, und sie war tatsächlich 1960 nach Horserød gekommen. In den Archiven der Fürsorge fand ich schließlich noch eine weitere Spur, die allerdings so vage war, dass ich sie bestimmt übersehen hätte, wäre da nicht ...«, er zögerte ein paar Sekunden, während ein zufriedenes Lächeln beide Mundwinkel nach oben zog, »... dieser eine Satz gewesen.«

Ich hatte damit zu kämpfen, meine Neugier nicht zu deutlich zu zeigen. Es ärgerte mich maßlos, dass er den Stolz des Jägers, der seine Beute aufgespürt hatte, nicht wenigstens ein bisschen zügelte.

»Im Mai 1961 wurde eine junge Frau namens Eva Bjergstrand begnadigt und aus dem Gefängnis Horserød entlassen – vermutlich, ohne dass die Öffentlichkeit jemals davon erfuhr. Und danach ... verschwand sie.«

Meine Schulter sackte noch tiefer herunter.

»Aber warum ...?«, fragte er. »Warum wurde das Mädchen plötzlich begnadigt?«

Ich sagte nichts.

»Weil sie *schwanger* war. Das Resultat ihres Schwangerschaftstests war tatsächlich noch in den Archivakten. Auch wachsame Menschen begehen Fehler. Die Untersuchung war im Rigshospital gemacht worden. Eva Bjergstrand war 1959 wegen Mordes verurteilt worden, im Alter von gerade einmal fünfzehn Jahren. Und sie gebar ein Kind auf der Entbindungsstation *B* des Rigshospitals... mit größter Wahrscheinlichkeit im Frühjahr 1961... Da war sie siebzehn.«

Ich war beeindruckt. Er war in nur wenigen Tagen ebenso weit gekommen wie ich selbst in all den Jahren.

Noch einmal blickte er mich triumphierend an. »Diese Info passte zu einer anderen Spur – nämlich zu der Hebammenschülerin, die ich in den alten Kopenhagener Fachverbandsarchiven gefunden habe und die Anfang der sechziger Jahre im Rigshospital gelernt hat. Sie hat mir eine seltsame, ja beinahe unglaubliche Geschichte erzählt.« Knud Tåsing lächelte. »Eine blutjunge Frau wurde in die Klinik gebracht und hat dort unter seltsamsten Bedingungen entbunden. Ihr Kind wurde *augenblicklich* von den Verantwortlichen des Krankenhauses weggebracht, wonach auch das Mädchen verschwunden sein soll. Die mittlerweile pensionierte Hebamme hat diesen Tag *nie* vergessen. Sie hat später sogar einmal versucht, das Mädchen wiederzufinden, um eine Erklärung für das seltsame Ereignis zu bekommen, aber das ist ihr nie gelungen, da sie ihren Namen ja nicht kannte. Und sowohl der Arzt als auch ihre beiden älteren Kolleginnen, die bei der Geburt geholfen hatten, waren zu diesem Zeitpunkt bereits tot. Es gibt nirgends Aufzeichnungen über die Entbindung, und an das genaue Datum kann sie sich nicht mehr erinnern. Nur dass es im Frühjahr oder Frühsommer 1961 gewesen sein muss.«

Ich nickte meinem Gast mit widerstrebender Bewunderung zu und erinnerte mich daran, dass die frühere Hebamme unten auf der Treppe gestanden und Magna um Hilfe gebeten hatte. Noch heute sehe ich vor mir, wie Magna bedauernd die Arme ausbreitete, die so viele Säuglinge gehalten hatten.

Natürlich hatte sie die Frau angelogen. Sie erinnerte sich an jeden einzelnen Säugling.

Knud Tåsing kam zum Fazit seiner Geschichte. »Mit anderen Worten: Nachdem die Mörderin Eva Bjergstrand begnadigt wird, bekommt ein junges Mädchen unter höchst seltsamen Umständen im Rigshospital ein Kind. Das ist so auffällig, dass man kaum anders kann, als einen Zusammenhang zwischen diesen beiden Ereignissen herzustellen. Das Resultat ist für mich einleuchtend. Die Mutter des Jungen, den wir als John Bjergstrand kennen, ist das junge Mädchen, das seine Mutter aus einem Grund getötet hat, der in den Zeitungen verschwiegen worden ist. Im Gefängnis wurde sie schwanger – mit nur siebzehn Jahren. Ihre Pflegemutter und die Fräuleins von Kongslund halfen sowohl ihr als auch dem Mann, der daran beteiligt war, aus der Patsche. Und das Einzige, was hinterlassen wurde, ist das Formular, das Sie, Marie, Jahre später gefunden haben und dann an mich... oder Nils... geschickt haben...«

Knud Tåsing sah mich über den Rand seiner Brille hinweg an. »Habe ich recht?« Seine Stimme klang fast bittend.

Ich sagte nichts. Seine Puzzlesteinchen lagen neben meinen auf dem Tisch und passten perfekt. Es gab nur ein Problem: Sie gaben weder ihm noch mir eine Erklärung für das eigentliche Geheimnis, verrieten sie uns doch weder, wer der Vater des Jungen war, noch, wo man ihn heute finden konnte. Und sie gaben uns keinen Anhaltspunkt, was in der Zwischenzeit aus den beiden Hauptpersonen, Mutter und Kind, geworden war.

Knud Tåsing wusste das natürlich auch. »Das gibt uns aber keine Antwort darauf, warum Ihre Mutter Magna ... sterben musste oder wo der Junge sich heute befindet.«

»Hat die Hebamme Ihnen etwas über das Kind sagen können?«

»Nein, nichts. Sie war an der eigentlichen Geburt nicht beteiligt. Ihre Aufgabe war es, Eva vor und nach der Geburt zu betreuen – gemeinsam mit einer anderen Schwester. Sie sollte angezogen und aus dem Kreißsaal gebracht werden. Je früher, desto besser. Das war damals ja so. Wenn Sie an besondere Merkmale denken ... Muttermale oder so etwas ...« Er kam ins Stocken.

»Die Augen«, sagte ich nur.

Er ignorierte meinen Einwurf. Vielleicht hatte er mich gar nicht gehört. »Mich wundert nur, dass Carl Malle und das Ministerium nicht längst das Gleiche getan haben«, sagte er. »Jeder einigermaßen brauchbare Detektiv sollte sie finden können. *Bjergstrand* ist in Dänemark ein ziemlich seltener Name.« Er sah mich an, als erwartete er einen Kommentar.

»Denken Sie nach«, sagte ich. »Vielleicht brauchen Sie das gar nicht.« Mein Lispeln war jetzt verschwunden.

Knud Tåsing sah mich verwirrt an.

»Vielleicht weiß Carl Malle längst über all das Bescheid, was Sie mir gerade erzählt haben. Vielleicht ist genau das der Grund dafür, dass der Name Bjergstrand im Ministerium eine solche Panik ausgelöst hat.«

»Ich verstehe, was Sie meinen«, sagte er. »Aber wie haben *Sie* den Namen und das Formular gefunden ...?«

Ich schob Magdalenes Rollstuhl zur Schatulle hinüber. In der obersten Schublade lag der Brief, den niemand außer mir und der Frau, die ihn geschickt hatte, je gesehen hatte. Bis heute hatte ich diesen Brief sorgsam versteckt – und von der Kongslund-Affäre getrennt gehalten. Ursprünglich war er an meine Pflegemutter adressiert gewesen, doch das Schreiben hatte sie nie erreicht.

Ich reichte Knud Mylius Tåsing den Brief. »Der ist von ihr.«

»Von Eva Bjergstrand?«, fragte er entgeistert.

»Ja.«

Er nahm ihn mit fast feierlicher Geste entgegen und las die eine handschriftliche Seite unendlich langsam und gründlich zweimal durch, ehe er auf das Datum blickte und sagte: »13. April 2008.«

Er hielt die Luft an.

Dann las er den Brief ein drittes Mal, als wollte er ihn Wort für Wort auswendig lernen, und sagte: »Sie haben diesen Brief hier bekommen ... und dann das Formular mit dem gleichen Namen gefunden und ... an uns weitergeschickt?«

»Ja.«

Er sah mich beinahe bewundernd an.

Ich schwieg.

Dann blickte er auf seine Uhr. »Heute ist der 5. Juni. Der Brief muss nach Ostern geschickt worden sein – also ein paar Tage später, in der dritten Aprilwoche. Gehen wir davon aus, dass er eine Woche unterwegs war. Wir haben Ihren anonymen Brief am 5. Mai erhalten. Sie haben schnell gehandelt, sehr schnell.«

Ich sagte nichts. Aber mein Herz klopfte.

»Erzählen Sie mir, was passiert ist ... Marie Ladegaard«, raunte er.

Ich schüttelte den Kopf. Knud Tåsing bekam nur die Mosaiksteinchen zu sehen, die ich ihn sehen lassen wollte. »Mehr gibt es nicht zu sagen. Ich habe den Brief bekommen, ein paar Sachen untersucht und dann die Informationen weitergeleitet.«

Das war eine Lüge, weshalb auch mein Lispeln wieder da war.

Knud Tåsing öffnete den Mund, als wollte er etwas sagen, überlegte es sich dann aber anders.

Das Büro des Nationalministers mit den bordeauxfarbenen Wänden war groß wie ein Ballsaal.

An der einen Wand stand ein bombastischer Schrank aus italienischem Walnussholz, die Fächer und Schubladen verziert mit exotischen Mustern und Intarsien. An der anderen Wand hatte ein deutscher Innenarchitekt einen falschen Kamin angebracht, komplett mit Griffen und Zügen aus Schmiedeeisen und einem Überbau aus gebeizter, grüner Eiche.

In der Mitte des Raumes stand der mächtige Schreibtisch des Nationalministers, und Almind-Enevold saß auf seinem Thron und betrachtete seinen Sicherheitsberater mit finsterer Miene. Auch Carl Malle sah alles andere als zufrieden aus. Orla Berntsen stand am Fenster.

Zehn Minuten vorher hatte der persönliche Chauffeur des Ministers, Lars Laursen, sie nach der Beerdigung der Frau, die jeder der drei an einem äußerst entscheidenden Punkt seines Lebens getroffen hatte, im Ministerium abgeliefert.

»Ich war wie abgesprochen bei der Familienfürsorge«, sagte Carl Malle, »und bin auf etwas wirklich Merkwürdiges gestoßen.«

Der Minister sah ihn lange an und sagte: »Hast du eine Spur von dem Namen gefunden?«

»Nein«, sagte der Sicherheitschef. »Aber es ist alles durchwühlt worden, das war deutlich zu erkennen. Die Mappen mit den Unterlagen von Kongslund, darunter die Auflistung der Kinder in der Elefantenstube, hat vor mir schon jemand akribisch durchsucht. Da war jemand vor uns da – und vermutlich vor einer ganzen Weile. Die Unterlagen waren nämlich schon wieder verstaubt. Das kann Jahre her sein.«

Orla zweifelte nicht an den Worten des Sicherheitschefs. Für so etwas hatte Carl Malle einen Blick.

»Aber das ist doch vollkommen absurd«, sagte der Nationalminister. »Wer soll bitte schön vor diesem anonymen Brief etwas davon gewusst haben?«

Carl Malle wandte sich an Orla. »Ja... wer? Wer hat die Archive der Mutterhilfe durchstöbert und die Unterlagen an alle Welt verteilt, dass man nicht mehr weiß, wo vorne und hinten ist?«

Orla Berntsen antwortete nicht.

»Vielleicht Severin – oder auch du, auf der Suche nach der Vergangenheit...« Carl ließ die Anklage einen Moment wirken. »Bei der Fürsorge weiß niemand etwas. Aber alle Archivkartons sind geöffnet worden, und einzelne Unterlagen fehlen. Da herrscht wirklich die schlimmste Unordnung.«

Orla sagte vom Fenster aus: »Ich war das nicht.«

»Dann könnten es Severin oder Trøst gewesen sein – oder Marie.« Carl Malle war sichtlich wütend. Jemand hatte ihn noch auf der Ziellinie überholt und vor ihm das Material gefunden, das zu John Bjergstrand führen konnte. Carl Malle war es nicht gewohnt, geschlagen zu werden.

»Ist nicht langsam klar, dass jemand der *Partei* den Schwarzen Peter zuschieben will?«, fragte Orla Berntsen. »Vielleicht sollten wir uns mal darauf konzentrieren? Was spielt es schon für eine Rolle, dass jemand alte Archivschachteln durchwühlt hat?«

»Du hast wirklich nichts begriffen«, sagte Carl Malle und starrte den Mann an, dem er aus seiner miserablen Kindheit im Reihenhausviertel in Søborg herausgeholfen hatte. »Kapierst du wirklich nicht, dass dieser Junge der Schlüssel zu allem ist, was dort geschehen ist...«

»Was du sagst... ist lächerlich...« Der Minister hatte sich von seinem glänzenden Thron aus Mahagoni- und Birkenholz erhoben. Sein Gesicht hatte eine purpurrote Färbung angenommen, fast wie ausgeschnitten aus dem Regenbogen draußen auf dem Platz.

»Aber der anonyme Absender hat dir den Brief doch aus einem ganz bestimmten Grund geschickt«, sagte Carl Malle, noch immer an Orla gerichtet. »Bewahrst du alte Papiere oder irgendetwas aus Kongslund auf?«

»Ich nicht, wenn, dann meine Mutter…«

»Deine Adoptivmutter ist tot.« Der Minister fuhr seinem Stabschef brutal über den Mund. Er hatte *Adoptivmutter* gesagt.

»Meine *Adoptivmutter*?«, fragte Orla.

»Deine Mutter, meinte ich.«

»Es ist jetzt dein Haus«, sagte Carl Malle. »Vielleicht findest du in ihren Unterlagen etwas, das uns weiterhelfen kann.«

Orla Berntsen war blass geworden und schnaubte zweimal, ehe er antwortete. »Wohl kaum«, sagte er. »Das Haus ist sehr klein, wenn es da etwas gäbe, hätte ich es längst gefunden.«

»Guck trotzdem noch mal nach.« Der frühere Polizeichef war sich vollkommen klar darüber, wie Orla in dem leeren Haus lebte – er hatte noch nicht ein Möbelstück umgestellt und wohnte dort nur, bis seine Scheidung durch war und er wusste, wie es anschließend weiterging.

»Ja, geh das Haus noch einmal durch, so schnell wie möglich.« Der Minister zeigte in Richtung Tür. »Vielleicht findest du etwas, das du bislang übersehen hast.«

Die Audienz war vorbei, und Orla verließ die beiden Männer mit sichtlichem Trotz.

Erst als der Minister mit seinem Sicherheitsexperten allein war, kam die Frage: »Wenn ich nur wüsste, *wer*…?«

Carl Malle antwortete nicht.

»Wer war… wer *ist* John Bjergstrand?«

»Es gibt *eine* Sache, die wir tun können… Wir müssen die Person herausfordern, die Magna immer am nächsten stand, vielleicht ist sie die Einzige, die etwas weiß, das uns weiterhelfen kann.«

»Marie?« Malle senkte den Kopf.

»Sie bereitet mir immer so ein ungutes Gefühl. Diese kleine, zerbrechliche Hexe mit all ihren merkwürdigen Zitaten aus dem Tagebuch ihrer spastischen Freundin.«

»Auf das du beim Jubiläum aber nur zu gerne zurückgegriffen hast.«

»Ich glaube nicht, dass Marie eine Ahnung davon hatte, dass ihre Pflegemutter eine Kopie von dem Tagebuch gemacht hat.«

»Vielleicht war Magna in Wirklichkeit eifersüchtig auf sie.«

Der Minister reagierte nicht. Er hing seinen eigenen Gedanken nach. »Was kann in diesem Päckchen gewesen sein… War das womöglich ihr Protokoll… dieses Tagebuch?«

»Ja«, sagte Malle. »Ich denke schon. Ich denke, Magna hat das Buch mit all den Informationen schließlich an die Mutter geschickt – und damit auch alle Informationen über uns und das Kind. Sie muss ganz genau gewusst haben, wohin sie dieses Päckchen schicken muss.«

»Wir *müssen* es finden…!«

»Ich habe zwei Männer nach Australien geschickt. Wir haben sie noch nicht gefunden, aber das werden wir. Wir werden diesen Wettlauf gewinnen.«

»Das müssen wir.«

»Sie müssen natürlich sehr diskret vorgehen – aber wenn es diese Frau noch gibt, finden wir sie. Da ist aber noch etwas anderes…«

»Ja?« Der Nationalminister sah Malle abwartend an.

»Dieser pensionierte Kommissar, der sich bei den Ermittlungsbehörden gemeldet hat… Ich hatte dir von ihm erzählt…?«

»Ja, du wolltest ihn finden.«

»Nein, ich wollte wissen, warum er angerufen hat. Ich bin seinerzeit nicht besonders gut mit ihm ausgekommen, weshalb ich keinen direkten Kontakt will. Aber er stellt ein Problem dar.«

»Inwiefern?«, fragte der Minister.

»Er ist ein sehr guter Polizist. Wie gesagt hatte er vor Jahren einen Leichenfund. Eine Frau am Strand unweit von Bellevue... und Kongslund. Der Fall hat ihn bis heute nicht losgelassen. Sie haben nie herausgefunden, ob es ein Unfall war... oder Mord.«

»Ein Unfall?«

»Ja, vielleicht ist sie nur unglücklich gestürzt. Die Tote konnte dazu ja nichts mehr sagen. Es gab aber ein paar Umstände, die das zu einem... sehr rätselhaften Fall machten.« Carl Malle zögerte. »Sie hatte keine Papiere bei sich. Und sie haben nie herausgefunden, wer sie war.«

»Aber das ist doch nichts Außergewöhnliches. Vielleicht eine Touristin auf der Durchreise. Oder eine Selbstmörderin, die nicht identifiziert werden wollte.«

»Sie haben da draußen am Strand aber *gewisse Dinge* gefunden«, sagte Carl Malle, ohne sich ablenken zu lassen, und fuhr fort: »Und diese Tatsache hat den Kommissar beunruhigt. Er hat die Liste der Fundstücke an das FBI geschickt und um Hilfe gebeten, aber das war in den Tagen nach dem Terroranschlag im September 2001 – außerdem hatte das FBI natürlich gar nicht die Voraussetzung, diese Zeichen richtig zu deuten, wenn es da denn überhaupt etwas zu deuten gab.«

»Du redest doch sonst nicht in Rätseln, Carl... Was waren das für *Zeichen*?«

»Neben der Leiche lag ein Buch mit einer alten Science-Fiction-Geschichte. Und ein Ast, der von einem Baum abgesägt und hinunter zum Strand getragen worden sein musste. Außerdem lag da eine Seilschlinge und – sicher das Seltsamste – ein Kanarienvogel mit gebrochenem Hals. Die Frau war beim Sturz auf einem Stein aufgeschlagen, dem einzigen

Stein am ganzen Strand. Eines ihrer Augen wurde dabei zerschmettert.«

»Und?«

»Ich dachte nur... es könnte sein, dass es da etwas gibt, das ich verstehen sollte... Ich komme nur nicht darauf.« Carl Malle kam ins Stocken und sah an die Decke, als könnte er von dort Hilfe bekommen.

Der Minister lehnte sich auf dem antiken Stuhl der Schreinerbrüder Andreas und Severin Jensen zurück. »Man muss schon ganz besondere Fähigkeiten haben, um darin eine Logik zu erkennen, Carl. Gab es mehrere solcher Fälle...?«

»Nein, das habe ich untersucht.«

»Und was hat das mit Kongslund zu tun?«

»Das letzte Zeichen steckte in der Tasche der Frau.«

»Und?« Der Minister klang gleichermaßen neugierig wie verärgert.

»Eine Fotografie. Ein kleines Schwarz-Weiß-Bild...« Jetzt beugte Carl Malle sich vor. »Von der Villa Kongslund. Und zwar exakt das gleiche Bild, das der Briefschreiber vor einem Monat an das Nationalministerium und *Fri Weekend* geschickt hat. Der Kommissar hat dieses Bild in den Zeitungen erkannt und ist natürlich darauf angesprungen.«

Die Information erschütterte den Nationalminister offensichtlich. Trotzdem gab er sich gelassen: »Aber Massen von Adoptivkindern können doch rein zufällig auf die Kopie dieses Bildes der Villa Kongslund gestoßen sein.«

»Auf genau das gleiche Bild?«

»Ja, natürlich.«

»Aber – da ist noch etwas...«

»Ja?«

»Sie hielten die Frau damals nicht für eine Dänin. Sie haben ihre Kleider untersucht.« Carl Malle ließ die Information im Raum stehen.

Der Minister musste seinen Sicherheitschef nicht um die Fortsetzung bitten.

»Sie meinten, dass sie entweder aus Neuseeland oder…«, Malle legte eine gezielte Kunstpause ein, »aus Australien käme.«

»*Nein…!*« Ole Almind-Enevold war ehrlich schockiert.

»Und um diesen Punkt sollten wir uns wirklich Sorgen machen.«

21

BRIEF AUS DER VERGANGENHEIT

24. APRIL 2001

Ich hätte die natürliche Aversion des Schicksals gegen die Symmetrie durchschauen müssen, des Menschen Schutzschild gegen die Ungewissheit und die Vorstellung, dass es keine höhere universelle Ordnung gibt. Ich hätte die Zeichen erkennen müssen, dass es aus seinem Himmelbett gestiegen war.

Mehr als vier Jahrzehnte lang waren Magdalenes zierliche, handgeschriebene Worte das einzige Echo aus Kongslunds unbekannter Vergangenheit, und ich hatte geglaubt, das würde auch so bleiben – bis das Schicksal seine Hand hob und durch die Wolkendecke auf mich zeigte. Mir war in diesem Moment unmittelbar klar, dass es kein Entrinnen mehr gab.

Eva Bjergstrands letzte Worte erreichten mich an einem Aprilmorgen 2001. Aus dem Nichts. Der Brief lag auf der braunen Bastmatte in der Halle, direkt unter dem Gemälde der Frau in Grün. Ich hätte ihn liegenlassen sollen, aber in einem der unbedachtesten Augenblicke meines Lebens tat ich genau das, wovon das Schicksal lange geträumt und worauf es gewartet hatte.

Die eine Briefmarke auf dem Umschlag zeigte das Opernhaus in Sydney, die andere ein springendes Känguru in einer graugelben Wüstenlandschaft. Imposante Briefmarken wie das Land, das sie repräsentierten, aber da ich früher einmal Briefmarken gesammelt hatte, wusste ich, dass australische Briefmarken selten etwas wert waren. Je größer sie waren, desto weniger Wert hatten sie.

Dieser absurde Gedanke ging mir durch den Kopf, als ich in der Halle stand.

Ich bin mir fast sicher, dass ich beim Anblick des Briefes ein instinktives Unbehagen empfand, aber möglicherweise empfinde ich das auch nur nachträglich so, weil dieses Schreiben so katastrophale Geschehnisse auslöste. Die Adresse war gut leserlich in Druckschrift geschrieben worden, aber der Postbote hatte im Eifer des Gefechts den Namen falsch gelesen, der auf dem Umschlag stand – und ihn deswegen Marie statt Martha Ladegaard zugestellt. Meine Pflegemutter war 1989 pensioniert worden und aus der Villa Kongslund in eine Wohnung in Skodsborg weiter oben am Strandvej gezogen. Der Brief war natürlich an sie gerichtet.

Ich brütete lange unentschlossen über dem Umschlag, während ich über seinen möglichen Inhalt nachdachte. Der Poststempel war vom 17. April 2001, der Brief war also eine Woche unterwegs gewesen.

Wahrscheinlich war der Absender ein ehemaliges Kind aus dem Heim oder eine dankbare Adoptivfamilie, die einen freundlichen Gruß von einem fernen Kontinent schickte – aber aus unerfindlichen Gründen überzeugte mich das nicht.

Ich trug den blauen Umschlag in das Königszimmer und setzte mich auf mein Bett. Meine krummen Finger zitterten wie Konfettischlangen im Wind, als ich ihn schließlich aufriss. Möglicherweise spürte ich bereits da die Angst, oder sie kam erst beim Lesen – das kann ich im Nachhinein nicht mehr so genau sagen.

In dem Umschlag steckte ein einzelnes, gefaltetes Blatt Papier, das auf beiden Seiten beschrieben war. Das Blatt war um einen zweiten, kleineren und ganz weißen Umschlag gefaltet worden. Auf den hatte der Absender mit krakeliger Handschrift zwei Worte geschrieben, mehr nicht: *Mein Kind.*

Ich sah mir das eine Blatt an, das im Vergleich zum Umschlag von durchschnittlicher Qualität und nicht für Luftpost gedacht war. Diese kleine Unlogik speicherte ich für eventuelle, spätere Verwendung in meiner rechten Hirnhälfte ab. Vielleicht verriet es mir ja etwas Brauchbares über den Absender.

Der Brief war vier Tage vor dem Datum des Poststempels datiert, und ganz unten auf Seite 2 hatte die Briefschreiberin mit ihrem Namen unterschrieben: *Mit den allerherzlichsten Grüßen – Ihre Eva Bjergstrand.*

Zu dem Zeitpunkt sagte mir das überhaupt nichts.

Unter dem Namen folgten noch zwei weitere Zeilen:

PS: Hoffentlich nehmen Sie es mir nicht übel, dass ich Sie nach so vielen Jahren kontaktiere. Ich vertraue darauf, dass das Ganze auf diese Weise ohne große Komplikationen zum Besten aller geregelt werden kann, und sehe Ihrer Antwort entgegen.

Ich hätte das Blatt wieder zusammenfalten und es liegen lassen können, ungelesen, auf meinem Schreibtisch. Um es Magna zu bringen, wenn ich das nächste Mal zum Bäcker nach Skodsborg musste.

Aber das wäre wider meine Natur gewesen.

Rückblickend und mit dem Wissen, dass die Zeit sich nicht zurückdrehen lässt, wünschte ich mir, ich hätte diesen Brief niemals gesehen. Und gelesen. Andererseits bot mir der Brief Einblicke in eine mir unbekannte Welt, auf die ich schrecklich neugierig war. Es war, wie Magdalenes königliches Fernrohr ans Auge zu setzen und in eine Zeit zu schauen, die alle längst überwunden und vergessen glaubten und von der mir deshalb niemand erzählen wollte.

Das, was ich in dem Brief zu sehen bekam, war mein Zuhause vor über vier Jahrzehnten – und ich hörte eine Stimme, die fast genauso lange stumm gewesen war.

Ich konnte der Versuchung einfach nicht widerstehen.

Sehr geehrtes Frl. Martha Magnolia Ladegaard (Magna)

In der Hoffnung, dass dieser Brief Sie erreicht und in dem Sinne gelesen wird, in dem er abgeschickt wurde, nehme ich nun all meinen Mut zusammen und schreibe die Worte, die mir schon so lange auf dem Herzen liegen.

Vierzig Jahre lang war Kongslund in meinen Gedanken. Nicht als ein Schatten oder Echo aus der Vergangenheit, sondern lebendig und gegenwärtig wie an den Tagen 1961, als wir uns darüber unterhalten haben, wie es weitergehen sollte. Über die Begnadigung und die Adoption und dass ich fortgehen sollte, um ein neues Leben anzufangen. Vor mir liegt Ihr Weihnachtsgruß von 1961 mit dem Bild von den sieben Zwergen. Wie beneide ich sie um ihre Unschuld und die strahlenden Augen unter den Zipfelmützen. Sie haben nicht geschrieben, ob eins der sieben Kinder meins ist, was ich aber fest glaube. Natürlich weiß ich, warum Sie nichts schreiben konnten, selbst wenn Sie es gewollt hätten.

Vielleicht ist es ein Fehler, Ihnen zu schreiben. Vielleicht sollte ich besser den Stift aus der Hand legen. Ich schreibe diesen Brief nicht, um etwas zu ändern oder Ihnen irgendwelche Fehler vorzuwerfen. Im Gegenteil. Ich glaube, Sie haben von Herzen das Beste getan, in der Hoffnung, uns die Chance für einen Neuanfang zu geben. Meinem Kind und den Adoptiveltern. Und mir.

Diese Zeilen wurden an einem Karfreitag geschrieben. Wie Sie wissen, hat dieser Tag eine besondere Bedeutung für mich. Erinnern Sie sich noch, wie wir über den merkwürdigen Zufall gelacht haben, dass ich ausgerechnet an dem bedeutendsten Todestag der ganzen christlichen Welt geboren wurde?

Ich sollte alles vergessen, haben Sie gesagt. Dieses Versprechen musste ich um meines Kindes willen geben. Bis heute habe ich mein Wort gehalten. Ich habe mein Bestes getan, um zu vergessen, und es gab Zeiten, in denen mir das auch fast gelungen ist. Ich frage mich oft, ob ich überhaupt eine andere Wahl hatte, habe aber nie eine Antwort gefunden.

Auch wenn die Zeit nicht alle Wunden heilt, so gewöhnt man sich doch an die Trauer. Aber es braucht nicht viel, dass sie zurückkehrt, und das ist der Grund für diesen Brief. Unmittelbar vor Ostern lief ich zufällig durch Adelaide. Vor dem alten Hotel sitzen häufig dänische Touristen und lesen Zeitungen und Zeitschriften, die sie aus den Flugzeugen mitgenommen haben. Einer von ihnen hatte seine Zeitung auf der Bank liegenlassen, und ich ließ mich verführen nachzuschauen, was es für Neuigkeiten aus meiner Heimat gab. Das tue ich sonst nie.

In der Zeitung stand ein langer Artikel über eine Hochzeit in Holmens Kirke in Kopenhagen, und auf dem Foto erkannte ich den Vater meines einzigen Kindes, aufgenommen am Samstag, den 7. April. Das war ein echter Schock. Ich sehe noch immer sein Gesicht im Besuchsraum des Gefängnisses vor mir und höre seine Stimme, die so lange auf mich einredete, bis ich nicht mehr widerstehen konnte.

Möge Gott mir vergeben, Frl. Ladegaard, aber an dem Tag, an dem Jesus gekreuzigt wurde, frage ich Sie: Welches Recht hat er auf so viel Glück? Welches Recht hat er auf all das, was mir mein ganzes Leben versagt geblieben ist?

Können Sie sich die Einsamkeit in dem Zimmer vorstellen, in dem ich jetzt sitze? Ein ganzes Leben in Scherben wegen einer einzigen unseligen Begegnung und einer Entscheidung, die nicht hätte anders ausfallen können. Ich fürchte, dass er sein Kind nicht nur kennt, sondern auch sieht, während ich alleine hier in der Fremde sitze. Hört sich das sehr selbstmitleidig an? Ich kann nicht anders reagieren.

Darum habe ich beschlossen, diesen Brief an Sie zu schreiben. Nicht, um das Schweigeversprechen zu brechen, das ich gegeben habe, sondern um Sie um einen letzten Gefallen zu bitten: Würden Sie meinen beigelegten Gruß und meinen Namen an mein Kind weitergeben und ihm meine Existenz bestätigen? Würden Sie meinem Kind erzählen, dass nicht ein einziger Tag vergangen ist, an dem ich nicht mit meinen Gedanken bei ihm war und von Herzen wünschte, dass alles anders gekommen wäre und ich die fürchterliche Sünde, die begangen wurde, hätte wiedergutmachen können?

Würden Sie ein gutes Wort für mich einlegen, jetzt, wo die Zeit allmählich knapp wird?

Ich weiß nicht, ob ich genug für meine Sünden gestraft bin. Die Antwort bekomme ich bald. Vielleicht gibt es noch Hoffnung auf Trost. Oder gar Vergebung.

Mit den allerherzlichsten Grüßen – Ihre Eva Bjergstrand
PS: Hoffentlich nehmen Sie es mir nicht übel, dass ich Sie nach so vielen Jahren kontaktiere. Ich vertraue darauf, dass das Ganze ohne große Komplikationen zum Besten aller geregelt werden kann, und sehe Ihrer Antwort entgegen.

Es gab keinen Absender auf dem Brief, der schien Magna also bekannt zu sein.

Am nächsten Tag rief ich bei der australischen Botschaft in Kopenhagen an, aber offensichtlich verstanden sie meine Frage nicht.

Die Sekretärin schlug mir vor, die dänische Botschaft in Sydney anzurufen, aber ich wollte möglichst keine dänischen Behörden einschalten.

Möglicherweise hatte ich bereits zu diesem Zeitpunkt die vage Ahnung, dass meine Suche nach der geheimnisvollen Briefschreiberin, Eva Bjergstrand, und ihrem geheimnisvollen Kind mit einem sehr hohen Risiko verbunden war.

Ich verließ ausnahmsweise einmal Kongslund und nahm den Bus vom Strandvej nach Østerbro. Die Botschaft war in Anbetracht der Größe des Landes, das sie vertrat, in einer erstaunlich kleinen Villa untergebracht.

Von Angesicht zu Angesicht mit der Botschaftssekretärin wiederholte ich mein Anliegen, und sie notierte sich die wenigen Fakten, die mir vorlagen, wobei sie mir erneut riet, die dänische Vertretung in ihrer Heimat zu kontaktieren. Am Ende erklärte sie sich dennoch bereit, der Sache nachzugehen.

Ich begab mich weiter in die Hauptbibliothek in der Krystalgade und blätterte die drei größten, überregionalen Zeitungen durch, von denen ich mir vorstellen konnte, dass sie auf einer Bank in Adelaide endeten. Aber das Foto, von dem Eva Bjergstrand gesprochen hatte, fand ich nicht. Hatte sie sich vielleicht im Datum geirrt?

Schon am nächsten Tag rief die Botschaftsangestellte in Kongslund an und fragte nach mir. Susanne klopfte an meine Tür und konnte ihre Neugier kaum verbergen. Zum einen wurde ich nie angerufen, zum anderen hatte die Frau am Telefon Englisch gesprochen und sich drittens mit der australischen Botschaft gemeldet. Aber Susanne war schlau genug, nicht zu fragen.

Ich nahm mir heraus, die Bürotür zu schließen, damit Susanne das Gespräch nicht mithören konnte. Und in den dann folgenden Minuten bekam ich in wenigen Worten den Bescheid, den ich erwartet hatte. Es gab keine Frau namens Eva Bjergstrand in und um Adelaide. In ganz Australien nicht. Entweder war sie weggezogen, oder sie hatte einen anderen Namen angenommen, von dem in Dänemark niemand wusste. Das machten eine Menge Leute. Es folgte eine vielsagende Pause. Australien war ein riesiges Land, das wie Amerika im letzten Jahrhundert viele schwarze Seelen aufgenommen hatte, die sonst zugrunde gegangen wären. Im

Zuge dessen hatten viele Menschen ihre alte Identität gegen eine neue eingetauscht.

Und dass auch Eva Bjergstrands Seele schwarze Flecken hatte, hatte ich verstanden.

Ich saß mehrere Tage mit dem Brief vor mir da. Ich sah mir den blauen Luftpostumschlag an und den Brief der Frau, die mit Eva Bjergstrand unterschrieben hatte, bis ich den Inhalt auswendig kannte.

Ich sollte alles vergessen, haben Sie gesagt. Dieses Versprechen musste ich um meines Kindes willen geben. Bis heute habe ich mein Wort gehalten.

Und dann war das Unvorhersehbare eingetreten.

In der Zeitung stand ein langer Artikel über eine Hochzeit in Holmens Kirke in Kopenhagen, und auf dem Foto erkannte ich ...

...den Vater des Kindes.

...aufgenommen am Samstag, den 7. April. Das war ein echter Schock ...

...Rachegedanken?

Welches Recht hat er auf all das, was mir mein ganzes Leben versagt geblieben ist?

Diese Worte trafen mich mit einer Wucht, auf die ich nicht vorbereitet war. Magna war das einzige Bindeglied zu dem Kind, das die Frau nie gesehen hatte – und sie hatte ihrem Brief ein weißes Kuvert mit der Aufschrift *Mein Kind* beigefügt.

Ich war überzeugt, dass meine Pflegemutter ihren Wunsch niemals erfüllen würde. Sie öffnete niemals freiwillig die Tür zur Vergangenheit. Genau darin lag schließlich ihre Macht. Und ich verstand, dass genau deshalb das Schicksal in Gestalt eines einfachen Postboten entschieden hatte, mir Evas Brief vor die Füße zu werfen. Und so saß ich nun also mit dem weißen Umschlag in meinen Händen im Zimmer des Königs. *Mein Kind.* So banal. Evas letzte Worte an ihr Kind.

Alle Alarmglocken schrillten in meinem Kopf – so eindringlich wie Magnas Lied von den ewig marschierenden blauen Elefanten. Mehrere Tage lang ließ ich den Umschlag unangetastet liegen, während ich meine Möglichkeiten abwog, den Wunsch der Frau zu erfüllen, ohne einen Verrat zu begehen. Abend um Abend versuchte ich Magdalene herbeizurufen, meine einzige Verbündete in schweren Lebenssituationen, aber sie verließ immer seltener und nur in Notfällen ihren königlichen Seelenverwandten im Jenseits. Wahrscheinlich hatten sie Wichtigeres zu tun. Ihre ausbleibende Antwort bestätigte jedenfalls meine Vermutung.

Früh am dritten Morgen schlich ich in die Säuglingsstube, und als der erste Lichtstrahl sich durch den Vorhangspalt bohrte und auf die Wand mit den ewig marschierenden Elefanten stieß, erhielt ich die Antwort, auf die ich in den letzten drei durchwachten Tagen und Nächten gehofft hatte. *Sieben Elefanten kommen angerannt,* sang eine ferne Stimme hoch über meinem Kopf, und es kam mir vor, als lächelten die kleinen Gesichter in den Betten dem Unbekannten entgegen, für das sie noch keine Worte hatten. Die Botschaft war nie deutlicher gewesen und so klar wie zu Magnas besten Zeiten.

Ich ging zurück ins Zimmer des Königs und nahm den Umschlag von der Schreibtischplatte des Kapitäns.

Er war nicht einmal einen Millimeter dick und so leicht, dass man sich fragen konnte, ob er überhaupt etwas enthielt. Ich warf einen letzten Blick hinaus auf den Sund und nach Hven, wo der alte Astronom natürlich keinen Blick für solch irdische Probleme hatte, kniff die Augen zu und riss ihn auf.

Da saß ich nun in Magdalenes altem Rollstuhl, von dem aus unsere Augen über ein halbes Jahrhundert die Welt überwacht hatten – mit dem Brief in der Hand. Noch ein Brief, den ich nicht hätte lesen sollen.

Evas Botschaft auf dem dünnen Papier war so zart wie die

Fäden eines Spinnennetzes, das hundert Jahre in der Dunkelheit aufbewahrt worden war. Aber sie duftete ganz schwach nach menschlicher Gegenwart.

Mein eigenes Kind.

So lautete ihre erste, sentimentale Zeile.

Auch das schreckte mich nicht ab weiterzulesen ...

Mein eigenes Kind.

Es war nie geplant, dass wir uns begegnen. Das musste ich vor langer Zeit einsehen, und ich glaube, es ist das Beste für uns beide. Aber du sollst wissen, dass kein Tag, keine Stunde vergangen ist, an denen ich nicht an dich gedacht und dir alles Glück gewünscht habe, das ein Mensch erlangen kann.

Wie viel weißt du? Wie viel haben sie dir erzählt? Das habe ich mich in all den Jahren, die ich dich nicht bei mir haben konnte, oft gefragt. Du wurdest mir unmittelbar nach der Entbindung weggenommen, ohne dass ich dich gesehen habe. Meine Augen haben nie auf deinem Gesicht geruht, und heute kommt mir das wie die größte Strafe vor, die ein Mensch bekommen kann. Frl. Ladegaard hat darauf bestanden, deinen Namen und die Identität deiner Adoptivfamilie geheim zu halten. Aus Rücksicht auf uns beide. Ob sie dir später von deiner Mutter und ihrem Schicksal erzählt hat, weiß ich nicht, ansonsten bitte ich sie mit diesem Brief, dir alles zu erzählen und alle Fragen zu beantworten, die du sicherlich haben wirst: über mein Verbrechen und meine Flucht, die ich am Ende akzeptiert habe, weil ich nach dem, was ich meiner eigenen Mutter angetan hatte, nicht mit dir zusammenleben konnte.

Ich war siebzehn Jahre alt, als du im Rigshospital entbunden wurdest. Es durfte niemand wissen, dass ich schwanger war. Meine einzige Bedingung war, dass du auf meinen Namen getauft wurdest, und das geschah am Morgen nach deiner Geburt in der Hospitalkapelle. Es gibt also ein Dokument, das bezeugt, dass wir zusammengehören. Das war in all den Jahren der einzige Trost für mich. Seitdem bist du in meinen Gedanken und mir bis heute so nah wie in der Nacht, als du meinen Körper verlassen hast.

In den letzten Stunden vor der Entbindung habe ich meinen Mut verloren. Ich verlangte, mit Frl. Ladegaard zu sprechen, um eine glimpflichere Lösung zu suchen, aber die gab es nicht, sagte sie. Du solltest in aller Heimlichkeit einer Adoptivfamilie übergeben werden. Ich flehte sie an, mir den Namen deiner neuen Familie zu nennen, damit ich mich später wenigstens versichern konnte, dass es dir gut ging. Dass dort, wo du hinkommen solltest, alles gut war. Sie lehnte ab. Erst als ich ihr drohte, meine Reise nicht anzutreten und meine Geschichte an die Öffentlichkeit zu bringen, zeigte sie mir das Adoptionsformular mit dem Namen deiner Adoptivmutter. Und darüber bin ich noch heute froh. Dieses Wissen ist der Beweis dafür, dass ich niemals versucht habe, mein Versprechen zu brechen oder irgendetwas zu tun, was dir schaden könnte. Deine Adoptivmutter heißt Dorah Laursen und wohnte damals in Østerbro. Ich habe nie Kontakt zu ihr aufgenommen und ihr niemals ein Lebenszeichen von mir geschickt. Das war mit das Schwerste in meinem ganzen Leben, aber ich habe Wort gehalten.

Was gewesen ist, kann nicht ungeschehen gemacht werden. Aber du sollst wissen, dass meine Liebe lebendig ist, unabhängig von der großen Distanz oder der Frage, ob wir uns jemals begegnen werden. Es liegt keine Dramatik in meinem jetzigen Entschluss, nur die Gewissheit, dass ich die Sehnsucht nicht länger aushalten kann. Ich wurde an einem Karfreitag geboren und habe mein nicht wiedergutzumachendes Verbrechen an einem Karfreitag begangen. Und nun schreibe ich meinen letzten Brief an einem Karfreitag. Ich lebe in einer Welt, in der ich nichts verloren habe. Für mich bedeutet nur dein Leben etwas. Ich bete, dass du das Gute in mir weiterführen kannst. Nicht zuletzt, weil du so weit entfernt von meinen schlechten Seiten und meinem schlechten Einfluss aufgewachsen bist. Ich bete dafür, dass du mich in Erinnerung behältst, damit ich in dir und der Liebe weiterleben kann, die du an deine eigenen Kinder weitergibst. Das wäre mein größter Wunsch.

Frl. Ladegaard hat meinen vollen Segen, dir den Rest meiner Geschichte zu erzählen.

Meine Liebe für dich wird ewig leben. Eva. Deine Mutter.

Meine erste Reaktion war nicht Mitleid mit der fremden Frau, die alles verloren hatte, was sie liebte – ihr Kind, ihre Heimat und ihre Familie (falls sie eine gehabt hatte) –, sondern ein viel egoistischeres Gefühl, das ich nicht gleich einordnen konnte: unsägliche Wut und tiefe Empörung.

Ich verspürte das jähe Bedürfnis, den Brief wegzuschmeißen und alles zu vergessen, was damit zu tun hatte, die unsichere Schrift, die umständliche Ausdrucksweise. Deutete sie am Ende ihren Selbstmord an? Nicht zuletzt diese Möglichkeit machte mich aggressiv.

Ich wandte mich der praktischen Seite zu – dem Namen der Adoptivmutter. Eine Dorah Laursen aus Østerbro war mir während all meiner Nachforschungen nie untergekommen. Ich konnte mich nicht erinnern, dass meine Pflegemutter Magna je Kontakt zu einer Frau mit diesem Namen hatte, weder vor vierzig Jahren noch heute.

Hinter der Rückwand des Zitronenholzschranks lagen die ausführlichen Notizen über die von mir observierten Kinder, deren Adoptivfamilien ich ausfindig gemacht hatte. Meine Nachforschungen waren von Anfang an dank Magdalenes Hilfe logisch aufgebaut, und Kongslunds Aufzeichnungen waren so präzise, wie man es von einer Vorsteherin von Magnas

Format erwarten konnte. Das Einzige, was uns schon damals wunderte, war das komplette Fehlen von Informationen zu den leiblichen Eltern. Normalerweise waren in den Akten der Mutterhilfe und des Kinderheims die Familiennamen sorgfältig aufgelistet, aber bei den Kindern aus der Elefantenstube waren die Felder für die Namen der leiblichen Eltern leer. Mir waren die Eltern zu dem Zeitpunkt eigentlich egal, mich interessierte damals ausschließlich, wo die Kinder sich in dem Moment aufhielten. Und die Adressen der Adoptiveltern fand ich problemlos heraus.

Zu Beginn spürte ich die Familien auf, die nah an Kongslund wohnten, um sie in meiner Neugier auf das Leben außerhalb des Heims aus der Distanz zu studieren – Peter Trøst und Orla Berntsen als Erste, später dann Severin und Asger.

Nur der fünfte Junge von dem Weihnachtsfoto von 1961 war nicht ausfindig zu machen. Es gab keine Aufzeichnungen zu ihm in Magnas Unterlagen, und egal wie lange ich suchte, bekam ich nicht heraus, wo er abgeblieben war. Der Tag seiner Ankunft war ordentlich im Jahreskalender von 1961 eingetragen worden: Am 3. Mai war er nach Kongslund gekommen und in ein Bett in der Elefantenstube gelegt worden.

Es war kein Name eingetragen, aber das war immer so, wenn es keine Taufe im Rigshospital gegeben hatte. In Kongslund bekamen viele Kinder ihre Namen von Magna und ihren Assistentinnen.

Damals hatten Magdalene und ich irgendwann widerstrebend aufgegeben und das Rätsel ungelöst liegenlassen. Nur Magna allein konnte mir die Wahrheit erzählen, aber das würde sie mit der Begründung ablehnen, die in ihrem ganzen Wirken immer tonangebend gewesen war: Die Kinder von Kongslund standen unter ihrem Schutz und mussten deshalb nicht fürchten, von wem auch immer aufgespürt zu werden – schon gar nicht von den leiblichen Eltern, die selbst entschieden hatten, sie zu verlassen. Außerdem wollte ich nicht verraten, was ich herausgefunden hatte.

Mit jahrelanger Verzögerung hatte der Brief aus Australien nun das Mysterium um diesen Jungen wieder ans Licht gebracht. Das war die Spur, die mir all die Jahre gefehlt hatte, davon war ich überzeugt.

Ich dachte noch einmal über den Namen der Frau nach, die laut Eva ihr Kind adoptiert hatte: *Dorah Laursen*, damals wohnhaft in Østerbro.

Es wunderte mich, dass meine Pflegemutter dieses Risiko eingegangen war. Magna war trotz ihres aufbrausenden Temperaments eine enorm vorsichtige Frau.

Andererseits wäre die Alternative ein Skandal enormen Ausmaßes gewesen, schließlich hatte die blutjunge Mutter damit gedroht, an die Öffentlichkeit zu gehen und alles zu sagen: Ein ehrenwerter Bürger hatte ein wegen Mordes inhaftiertes, minderjähriges Mädchen geschwängert – womöglich in einer Gefängniszelle –, schlimmer konnte es kaum sein. Möglicherweise war der Vater ein Polizist oder Gefängnisdirektor; ein Mann, der die Karriereleiter so weit erklommen hatte, dass in den Zeitungen von ihm berichtet wurde – auf jeden Fall in der Zeitung, die Eva auf einer Bank in Adelaide gelesen hatte.

1961 oder '62 mussten die Konsequenzen einer solchen Enthüllung sowohl dem Mann als auch den Fräuleins von Kongslund unüberschaubar erschienen sein.

In Susanne Ingemanns Büro am Ende des Flurs fand ich ein Telefonbuch und schlug den Namen Laursen nach. Es gab in Kopenhagen niemanden mit dem Vornamen Dorah.

Ich rief bei der Auskunft an, erhielt aber das gleiche Resultat. Möglicherweise war ihre Telefonnummer auch unter dem Namen ihres Mannes registriert, falls sie verheiratet oder liiert war, woran ich nicht zweifelte, war das damals doch eine der unabdingbaren Voraussetzungen für die Adoption eines Kindes. Geordnete Familienverhältnisse. Was natürlich nicht ausschloss, dass sie seitdem mehrmals geschieden und wieder verheiratet oder was auch immer war.

Mein nächster Gedanke war herauszufinden, ob es in dem für mich relevanten Jahr 1961 eine Person oder Familie des Namens in Østerbro gegeben hatte. Es kostete mich einige Tage und einen Besuch bei der Telefongesellschaft. Dort lieh ich mir das Telefonbuch von 1961 aus und fand auf Anhieb die Telefonnummer der Familie Laursen – bemerkenswerterweise unter Dorahs Namen und genau in dem Stadtteil, den die Frau aus Australien angegeben hatte.

Svanemøllevej 31, Østerbro.

Indem ich Hinweise aus der Zeit mit aktuellen Telefonbüchern abglich, blieben am Ende drei Personen, die noch im selben Wohnblock lebten – eine von ihnen sogar im selben Treppenaufgang.

Am nächsten Tag nahm ich den Bus nach Østerbro und klingelte an der Tür der Wohnung, in der Dorah gewohnt hatte. Ich sprach mit einer jungen Mutter, die ihre Vormieter nicht kannte. Damit hatte ich gerechnet. Also begab ich mich eine Etage nach unten zu der einzigen Familie, die auch schon in den Sechzigern dort gewohnt hatte. Ein älterer Mann öffnete die Tür und sah mich fragend an. Im sicheren Schutz seiner langen, dünnen Beine stand ein Terrier mit grauem Bart und knurrte mich an.

»Ich suche Dorah Laursen, die vor vierzig Jahren in diesem Haus gewohnt hat, im dritten Stock«, sagte ich etwas gestelzt. Ich war es nicht gewohnt, mit Fremden zu reden.

»Fräulein Laursen? Aber die ist schon vor vielen Jahren weggezogen.« Erstaunlicherweise erinnerte er sich sofort an sie. Ich konnte mein Glück kaum fassen. »War sie verheiratet?«, fragte ich, weil ich dachte, dass man den Mann sicher leichter aufspüren konnte.

»Verheiratet?«, sagte er. »Nein, nicht dass ich wüsste. Sie wohnte allein.«

Die Information überraschte mich. Das wäre ein klarer Verstoß gegen die Grundregel der Mutterhilfe, dass adoptierte Kinder in intakten Familien aufwachsen sollten – also mit Mutter und Vater.

»Aber... sie hatte doch ein Kind...?«, fragte ich verwirrt und mit bangen Vorahnungen.

»Ja...« Der alte Mann zögerte einen Augenblick. »Sie hat ein Kind bekommen, kurz vor ihrem Auszug.«

»Kurz vor ihrem Auszug?«

»Das war in dem Jahr, als meine Frau starb...« Wieder zögerte der Alte. »1966.«

»1966?«

Ich fühlte mich, als ginge ich durch einen langen Flur und stellte fest, dass hinter allen Türen, die ich öffnete, dunkle Räume waren, von deren Existenz niemand etwas geahnt hatte.

»Genau, in dem Jahr hat sie einen kleinen Jungen bekommen.« Er lächelte. »Sie ist mit dem Kinderwagen zum Kaufmann spaziert... Ich glaube übrigens, dass der Junge adoptiert war.«

»*Adoptiert?*«

»Ja.«

»Könnte das auch früher gewesen sein?« Ich versuchte dezent, ihn weiter zurück in die Vergangenheit zu führen, mehr in die Nähe des Jahres, auf das es mir ankam. »1961 oder '62?«

»Nein«, sagte er sehr bestimmt. »Meine Frau ist 1966 gestorben.«

»Wissen Sie, wo sie... mit ihrem Jungen hingezogen ist?«

»Ja, nach Jütland. Sie war die Großstadt leid. Nach dem Tod meiner Frau hat sie mir einen Brief geschrieben.«

Er schien die Neugier in meinem Blick zu bemerken, je-

denfalls ging er in die Wohnung und kam gleich darauf mit einem kleinen Kuvert in der Hand zurück an die Tür. Auf der Rückseite war in zierlicher Handschrift ihre Adresse notiert: *Dorah Laursen, Sletterhagevej 18, Stødov, Helgenæs.*
Der Hund starrte mich spöttisch zwischen den Beinen des Mannes hindurch an, als wüsste er, was mir bevorstand.

Ich musste reisen, obgleich ich es hasste zu reisen. So weit war ich seit meiner heimlichen Observierung von Asger Christoffersen und seinen Eltern in Jütland nicht mehr gereist, und da waren wir noch Kinder.

Die neue Jahreszahl gab mir Rätsel auf. Ich verstand einfach nicht, wieso die Frau, die 1961 Evas Kind adoptieren sollte, plötzlich wieder kinderlos war – bis sie dem alten Mann zufolge 1966 einen Jungen adoptiert hatte. Fünf Jahre zu spät.

Ich dachte stundenlang über mögliche Alternativen nach, aber es gab keinen Weg zurück. Drei Tage später stieg ich in der Kleinstadt Stødov auf Helgenæs aus dem Bus 361 und klopfte an die schmale, niedrige Tür eines weiß gekalkten Hauses mit Strohdach. Geöffnet wurde mir von einer kleinen, korpulenten Frau mit kurzem, dickem Hals und sehr kurzen Beinen.

»Guten Tag«, sagte ich.

Sie war um die siebzig, und ihr niedriges Wohnzimmer wirkte ziemlich unordentlich, vollgestopft mit Nippes und voller feiner Spinnweben.

Im gleichen Augenblick, als ich den Namen »Kongslund« aussprach, fiel sie mir mit einem erschrockenen Funkeln im Blick ins Wort. »Sie kommen aus Kongslund? Vom Kinderheim?«

Ich drehte die schiefe Hälfte meines Gesichts in den Schatten des Wohnzimmers, um ihrer Besorgnis nicht noch mehr Nahrung zu geben, und sagte vorsichtig: »Ja, ich habe dort mein ganzes Leben verbracht.«

Sie saß ganz still da. Dann sagte sie: »Was ist nach so vielen Jahren in Kongslund passiert, dass Sie zu mir kommen?« Die Frage war berechtigt und dennoch sonderbar – ihre Stimme zitterte.

»Wie lange ist es her, dass Sie das letzte Mal etwas aus Kongslund gehört haben?«, fragte ich.

Aus einem mir unerfindlichen Grund errötete sie. »Meinen Sie, als ich mein Kind abgegeben habe – oder später?« Ihre Furcht hing wie ein dunkler Schatten unter der niedrigen Decke.

»Erzählen Sie mir vom ersten Mal«, sagte ich und versuchte meine Verwirrung über ihre sonderbare Frage zu verbergen.

»Das ist nicht leicht ... es ist ja so lange her«, sagte sie mit der unerträglichen Langsamkeit der Dicken. »Ich erinnere mich nur, dass ich Kontakt dahin aufgenommen habe, als ich damals schwanger wurde.« Sie schloss die Augen. »Ich habe sie um Hilfe gebeten ... weil ich ja nicht wusste, wer der Vater war.«

»In welchem Jahr sind Sie schwanger geworden?«

»1961. Mein Sohn ist heute ...« Sie brach den Satz ab, öffnete die Augen und starrte mich an. »Er wurde zu jemand anderem gegeben.«

»Aber Sie haben doch ein eigenes Kind, oder?« Ich sprach mit ihr wie mit den zweijährigen Mädchen aus dem Giraffenzimmer, aber sie merkte es nicht.

»Ja, Lars. Im zweiten Anlauf sozusagen ... als ich auf die Barrikaden gegangen bin.«

»Im zweiten Anlauf?«

»Ja. Beim ersten Mal sind sie ja gekommen und haben ... meinen Sohn abgeholt. Früh am Morgen. Eine Frau, die ich nicht kannte.« Sie stieß einen kurzen Schluchzer aus. »Sie hatten mir versprochen, sich nie wieder bei mir zu melden. Sie hat das Kind mitgenommen ... meinen kleinen Sohn ...

Das war ja keine offizielle Adoption. Und das war es dann.« Sie schaute auf, fast erschrocken, als wäre es gerade eben geschehen. »Es war vier Uhr am Morgen.«

»Wer hat ihn mitgenommen?«

Den Oberkörper vorgebeugt, sagte Dorah leise, aber mit Nachdruck: »Woher soll ich das denn wissen? Ich habe mich zuerst an die Mutterhilfe gewandt und dann mit einer Dame aus Kongslund gesprochen, die sich um alles kümmern wollte. Ich sollte einfach nur ihre Botin einlassen, wenn sie käme. Und hinterher sollte ich alles vergessen.«

Botin. Ich registrierte ihre Wortwahl mit einem leisen Schaudern. Sie hatte genau das gleiche Wort gewählt, das in Magdalenes Tagebuch stand.

Es war eine Botin, keine Mutter, das sah ich sofort. Das Kleine wurde einfach auf den Stufen abgestellt; kein Abschied, keine Trauer.

»Und Sie sollten die ganze Angelegenheit einfach vergessen?«

»Ja. Es sollte niemals mehr darüber geredet werden.«

»Aber dann sind Sie erneut schwanger geworden.«

Sie sah mich überrascht an. »Nein. Genau das war ja das Problem. Es war, als hätte mein Handeln...« Sie suchte einen Augenblick nach den passenden Worten, gab es dann aber auf und sprach mit gedämpfter Stimme weiter, als vertraute sie mir ein großes Geheimnis an: »Nach einer Weile habe ich bereut, meinen Sohn weggegeben zu haben. Also habe ich sie angerufen und verlangt, mein Kind wiederzubekommen. Darauf bekam ich erneut Besuch aus Kongslund...«

»Von der gleichen Frau?«

»Ja. Ich erinnere mich nicht an den Namen, aber sie war klein und zierlich. Das war im Winter 1965. Sie erklärte mir, dass ich mein Kind nicht zurückbekommen könne, weil es längst in einer Adoptivfamilie untergekommen sei.« Dorah schluchzte erneut und wischte sich mit ihrem breiten Unterarm unter der Nase entlang wie ein Kind. »Das hat mich so richtig wütend gemacht. Ich hatte die letzten Jahre alleine verbracht, weil sie behauptet hatten, das wäre das Beste für mich. Aber da haben sie sich komplett geirrt. Ich hätte meinen Jungen behalten sollen.« Sie zog die Nase hoch. »Und dann habe ich von ihr verlangt, mir einen neuen kleinen Jungen zu geben als Ersatz für den, den sie mir weggenommen hatten. Allem Anschein nach lebten sie ja in einer Welt, in der man kleine Babys geben und nehmen konnte...«

Ich zuckte zusammen, so offensichtlich, dass sie nervös zwischen den Sofakissen abtauchte. Es dauerte eine Weile, bis sie sich wieder aufrichtete.

»Zuerst wollten sie sich nicht darauf einlassen. Diesen Wunsch könnten sie mir nicht erfüllen, meinten sie. Aber das war wirklich mein Ernst. Und dann bekamen sie Angst...« Sie lächelte, was ich fast ein bisschen unheimlich fand.

»Wieso haben sie Angst bekommen?«

Sie lachte und schluchzte gleichzeitig und sagte: »Ich glaube, am liebsten hätten sie *mich* weggegeben und irgendwo eingeschlossen – aber das haben sie sich nicht getraut. Und am Ende haben sie nachgegeben und mir mitgeteilt, dass ich warten sollte.«

»Warten?«

»Ja. Auf die Lieferung.« Jetzt strahlten Dorahs Augen mit sichtbarer Glut.

Die Lieferung. Meine schiefen Schultern erstarrten.

»Das war Anfang Februar...« Sie sah mich an, trotzig, als wäre ich eine von ihnen. »1966.«

Ich wartete auf die beunruhigende Fortsetzung.

»An einem Samstagabend kam sie... mit meinem Kind. Meinem neuen Sohn. Natürlich waren alle Papiere in Ordnung, sogar getauft hatten sie ihn. Er hieß Lars, und der Name könnte nicht mehr geändert werden, sagten sie. Aber das war mir egal.« Sie lächelte mit einem Blick auf die Wanduhr und war offensichtlich wieder zurück in der Vergangenheit.

Bei dem Triumph ihres Lebens.

Grotesk.

»Meinetwegen durfte er gerne Lars heißen«, sagte sie.

Ein ganzer Strom an Fragen spülte durch meinen Kopf, ich wusste nur nicht, mit welcher ich beginnen sollte. Das, was sie mir erzählte, passte nicht zu meinen anderen Informationen.

Und wo war ihr erstes Kind abgeblieben?

Und wer war die Frau, die Kinder gab und nahm – die Botin der Herzensgüte?

»Ich verstehe das nicht«, sagte ich langsam, ohne Hoffnung auf eine Erklärung.

»Ich habe das auch nie wirklich verstanden«, sagte Dorah und sprang unvermittelt auf. »Aber ich will nicht mehr darüber reden. Es spielt keine Rolle. Ich habe Lars bekommen, und das ist das Wichtigste. Es gab nie Probleme mit ihm. Und das ist jetzt so viele Jahre her.«

»Wo ist er jetzt ... Ihr Sohn?«

»Er ist nicht hier. Er ist Chauffeur. Er fährt für ein Limousinen-Unternehmen in Århus. Sie fahren bei Festen und Hochzeiten von reichen Leuten. Heute Abend kommt er mich besuchen.«

»Sie haben ihm nie erzählt ... dass Sie ...«

»Nein, was hätte ich ihm sagen sollen? Ich habe ja nicht gewusst, woher er kam ... Und ich hatte versprechen müssen, mit niemandem darüber zu reden.«

Ich spürte den Zorn in meinem krummen Körper. Er bahnte sich einen Weg durch die Eingeweide, die Lunge und meine Kehle und bereitete sich darauf vor, rotglühend in den Raum zu springen, wo kein Platz für so einen gewaltsamen Ausbruch war.

Ich atmete tief ein und versuchte mich zu beruhigen. Dann

stand ich auf. »Hören Sie mir gut zu... Fräulein Laursen. Man darf seine Kinder über Dinge wie diese *niemals* im Ungewissen lassen. *Niemals*, hören Sie?« Die letzten Worte waren kaum mehr als ein Flüstern. »Weil sie es *in jedem Fall spüren*... und das beschädigt sie für alle Zeit. Das zerstört ihr Leben. Sie *wissen* ganz genau, dass etwas nicht stimmt, auch wenn niemand es laut ausspricht. Sie *wissen es*... Alle Menschen wissen solche Dinge. Lüge ist eine Illusion. Tief in seinem Innern kennt jeder die Wahrheit.«

Sie sah mich erschrocken an.

»Jemand hat Sie betrogen, Dorah, und dem müssen Sie... und ich zusammen auf den Grund gehen. Bis jetzt wissen wir nur, dass Kongslund da irgendwie mit drinsteckt, und wenn Sie Lars nicht davon erzählen, tue ich es. Das meine ich ernst... Sie... müssen ihm die Wahrheit sagen. Heute...«

Sie war auf dem grauen Sofa zusammengesunken und weinte.

Ich habe Dorah nie wiedergesehen. Ich verabschiedete mich am späten Nachmittag von ihr, ehe ihr Sohn nach Hause kam, obgleich ich – im Hinblick auf die späteren Ereignisse – selbstverständlich hätte bleiben und das Ganze gründlich durchsprechen sollen. Mit allen beiden.

Ich hätte dabei sein sollen, als ihr Junge mit dem Vornamen Lars den schrecklichen Bescheid bekam. Ich hätte da sein sollen, um seine unmittelbare Reaktion auf die schockierende Nachricht mit eigenen Augen zu sehen. Niemand weiß, wann und in welchen Situationen Menschen unkontrollierbar reagieren, aber in meiner Verwirrung über Dorahs Tränen hatte ich mir eine stille und ähnlich untersetzte, jüngere männliche Ausgabe Dorahs vorgestellt, was natürlich ein fataler Irrtum war.

Ich hätte das besser als irgendwer sonst wissen sollen.

Als er in Kopenhagen auftauchte, war es zu spät. Und wie

er es schaffte, in Magnas engsten Kreis zu gelangen, habe ich nie erfahren.

Mein Entschluss stand fest, als ich nach Kongslund zurückfuhr: Ich wollte noch einmal alle Akten durchgehen, in denen der Name Bjergstrand vorkam, und sie mit den wenigen, mühsam gesammelten Informationen in meinem Gedächtnis abgleichen. Dass das lange Nachforschungen werden würden, wusste ich. Und ich musste Susanne Ingemann in meine Pläne einweihen – und ihr damit auch von Eva Bjergstrands Brief erzählen.

Dieser Punkt machte mir keine allzu großen Kopfschmerzen. Sie würde diskret sein. Alles in allem hatte ich mehr mit ihr gemeinsam als mit irgendeinem anderen Menschen. Und weit mehr, als irgendein Außenstehender ahnte.

Der Vorschlag, meine Nachforschungen auf die Akten der Mutterhilfe auszuweiten, die im Laufe der Jahre in die Abteilung für Zivilrecht überführt worden waren, kam damals von ihr. Mit ihrem Status als Heimleiterin von Kongslund verschaffte sie mir innerhalb weniger Tage Zugang zu den Akten.

Etliche Kartons standen unter den Dachschrägen, ein völlig unüberschaubarer Arbeitsaufwand, den man nur mit fanatischer Zähigkeit zu bewältigen hoffen konnte. Eins jedenfalls war mir klar: Hätte Magdalene mir nicht Geduld und Beharrlichkeit beigebracht – und hätte ich diese Fähigkeiten nicht in meinen Kinderjahren auf Kongslund perfektioniert –, hätte ich nach den ersten drei, vier Kartons aufgegeben, die nichts als endlose Journalmappen, Papierstapel und komplizierte, unverständliche Dokumente enthielten, die ich auf meiner Suche nach der Nadel im Heuhaufen Seite für Seite und Zeile für Zeile durcharbeitete.

Tag um Tag begab ich mich zu meinen Schatzkisten und nahm mir Mappen und Ordner aus den starken Adoptionsjahren in den Fünfzigern und Sechzigern vor. Am verblüffendsten fand ich die umfassenden psychologischen Gutachten zu den sogenannten »geschädigten Kindern« und deren häufig nicht minder geschädigten Eltern, die unendliche Mappen füllten. Was für eine Lumpenparade kränklicher, humpelnder, gescheiterter Existenzen, die sich unermüdlich von einer Niederlage zur nächsten wanden – um unmittelbar vorm Abgrund einer Frau zu begegnen, die nach Zigarillos und frisch gepflückten Freesien duftete und ihnen Belohnung, Vergessen und Vergebung anbot – eine neue Chance.

Meine Pflegemutter hat wirklich daran geglaubt, dass die Söhne und Töchter der Erniedrigten bei reinen, tadellosen Menschen ein neues Leben beginnen konnten. In den Annalen der großen Generalreparatur war Magna die größte Reparateurin, die es je gegeben hatte – das wurde mir in aller Deutlichkeit klar.

Die Luft auf dem niedrigen Dachboden wurde mit der Zeit immer trockener – als würde mein konzentrierter Zorn ihr auch noch das letzte bisschen Feuchtigkeit entziehen. Ich hustete unentwegt und war kurz davor aufzugeben, als meine lange Suche wie durch ein Wunder Ergebnisse zeitigte.

Es war am Ende des sechsten Tages. Ich hatte einen der letzten Umzugskartons geöffnet – mit dem einzelnen Wort *Mutterhilfe* auf dem Deckel – und die schwarze Plastikabdeckung entfernt, die über dem Inhalt lag. In einer Mappe mit der Aufschrift *In Angriff genommene Fälle – 1961* fand ich einen Karteireiter mit der Aufschrift *Unabgeschlossene Fälle* – und hinter dem Blatt zwölf Formulare mit den Namen von Kindern, die offenbar nie den offiziellen Adoptionsprozess durchlaufen hatten.

Auf einem der Formulare stand der Name, nach dem ich so lange gesucht hatte: *Bjergstrand*.

Handgeschrieben, mit klaren Strichen, davor ein einzelner Vorname: *John*.

John Bjergstrand.
Meine Hand zitterte ein wenig.

In der linken oberen Ecke stand die Jahreszahl – 1961 – mit ziemlich kleinen Ziffern. Darunter gab es ein paar Felder zum Eintragen von *Name, Geburtsdatum, Geburtsort* und *Wohnort*. Nur zwei der Felder waren ausgefüllt, ehe der Fall aus irgendeinem Grund abgeheftet worden und in den geräumigen Archiven der Mutterhilfe verschwunden war. Mit Bleistift oder Kugelschreiber hatte jemand den Namen eingetragen: *John Bjergstrand.*

Ich las es immer wieder. Mit fragendem Blick. Gleich hinter dem Namen stand in derselben Schrift: *Säuglingsstube.*

Es wäre der logische nächste Schritt gewesen, mit dem Formular zu Magna zu gehen, aber das konnte ich nicht. Stattdessen spazierte ich früh am nächsten Morgen den Strandvej entlang zu ihrer früheren engen Mitarbeiterin Gerda Jensen, die in einer der teuren, neu errichteten Skodsborg-Wohnungen mit Ausblick über den Sund lebte. Wie sie sich diesen luxuriösen Lebensabend leisten konnte, war mir ein Rätsel – andererseits sind die Fräuleins in den Jahren im Dienst der Mutterhilfe vermutlich mit wenig ausgekommen und konnten so ein kleines Vermögen zusammensparen.

»Gerda, erzähl mir von dem letzten Kind in der Elefantenstube«, hatte ich sie ohne Umschweife gebeten und das berühmte Foto von den sieben Zwergen vor ihr auf den Tisch gelegt. Das Weihnachtsfoto von 1961.

Die übrigen Spuren, das Formular, die Wollschühchen und den Brief aus Australien behielt ich bis auf Weiteres für mich.

Sie zuckte nicht einmal mit der Wimper. Sie war schon immer unglaublich stark gewesen. Treu ergeben nur einer einzigen Person auf dieser Welt, Magna Louise Ladegaard. Aber sie hatte zeit ihres Lebens auch eine Schwäche für mich gehabt (immerhin war ich Magnas einzige, wenn auch unechte Verwandte), und das war meine Chance.

»Warum in der Vergangenheit stochern?«, sagte die zierliche Frau, die die blauen Elefanten an die Wände der Säuglingsstube gemalt hatte. »Die Vergangenheit hat keine Bedeutung mehr.«

Wir saßen auf ihrem Sofa. »Für mich hat sie eine Bedeutung. Wo ist das *siebte* Kind?« Ich tippte mit dem Finger auf das Foto, auf dem Mädchen und Jungen wegen der Zipfelmützen kaum zu unterscheiden waren. »Wer von ihnen ist es?«

Gerda starrte vor sich hin, als hätte sie meine Frage nicht gehört. Dann nippte sie mit gespitzten Lippen an ihrer Teetasse aus feinem, hellblauem, königlichem Porzellan. Diese Frau hatte einst eine ganze Gestapo-Einheit zum Rückzug gezwungen.

»*Wie habt ihr ihn genannt...?*« Das war die einzig logische Frage. Alle neuen Kinder in der Elefantenstube bekamen einen Spitznamen.

Sie zögerte. Dann stellte sie die Tasse weg und griff nach meiner Hand. »Marie, das hat *keine Bedeutung*...«

Hinter den Worten nahm ich ihren schwachen Punkt wahr. Gerda litt an einer Schwäche, die man nur bei sehr wenigen Menschen auf diesem Erdenrund findet: Sie konnte nicht lügen. In ihrer frühen Jugend hatte sie es ein paar Mal versucht, wie Magna mir erzählt hatte, aber schon nach wenigen Worten wich das Blut aus ihrem Gesicht, und ihre Pupillen weiteten sich auf die doppelte Größe, ihre zarte Stimme versagte und löste sich auf, bevor sie hyperventilierte, Sauerstoffmangel bekam, zu schwanken begann und schließlich in Ohnmacht fiel. Das war faszinierend und erschreckend zugleich, sagte Magna, der es nie schwergefallen war, weiße, graue oder pechschwarze Lügen vorzubringen, wenn es dem Zweck dienlich war.

An diesem Morgen war mein Wissen über Gerdas Schwäche meine stärkste Waffe. Wollte Gerda nicht lügen, musste sie von Anfang an schweigen, ihre schmalen Lippen fest zusammenpressen und ihren Blick auf einen Punkt weit hinter aller irdischen Falschheit richten. Aber dazu war es schon zu spät.

»Gerda, für mich ist das wichtig«, wiederholte ich.

Ihr langes, fast dreieckiges, blasses Gesicht mit den großen dunklen Augen und der schmalen, spitzen Nase wandte sich mir zu, und ihr Mund sagte nur ein Wort: »John.«

Nur diesen einen Namen, ohne jede Betonung. *John.*

»John?«, sagte ich. Mein Herz hämmerte in meinem Brustkorb. »Bist du sicher?«

»Ja. Die Kinderpflegerinnen haben ihn *Little John* genannt, weil er nicht größer war als ...«, plötzlich lächelte sie, und das Dreieck öffnete sich wie eine Seeanemone in einem Lichtstrahl von oben, »... ein Stück Tabak für einen *Schilling*.«

»Little John«, wiederholte ich. »Dann hieß er also John?«

»Er wurde John genannt.«

»Aber ...« Ich setzte noch einmal neu an. »Sind wir zur gleichen Zeit gekommen?«

»Das ist lange her, Marie.«

»Aber wo kam er her? Wer waren seine Eltern?«

»Er hieß John, und er wurde adoptiert.«

Ich sah, dass Gerda sich an das einzige Detail klammerte, das sie preisgeben wollte. Sie war vor Kurzem achtzig geworden, und ihr Gedächtnis ließ nach. Aber ich war überzeugt, dass sie mehr wusste, als sie zugab, und dass sie meinen Fragen nur aus Loyalität Magna gegenüber auswich.

»Ist das der gleiche John wie der auf diesem Formular?« Ich schob ihr das Blatt mit dem Namen *John Bjergstrand* unter die Nase.

Ihr Körper wurde steif. Einen Augenblick lang lagen ihre Finger wie dünne, krumme Spinnenbeine auf dem Papier. »Das weiß ich nicht, wirklich nicht, Marie. Das ist so lange her.«

»Wer war er, Gerda?«

Sie sackte auf dem Sofa zusammen wie ein löchriger Ballon. Dann richtete sie sich plötzlich auf und schnappte nach Luft, während alles Blut ihr Gesicht verließ. »Ich... weiß... nicht... woher...«, hauchte sie. »Er... wurde... adoptiert... von...«

Ich fasste nach ihrem Arm, der mich als Säugling getragen und mit dem sie den blauen Elefanten über meinem Kopf gemalt hatte. Sie musste den Satz zu Ende bringen, ehe sie ohnmächtig wurde.

Aber zu spät. Gerdas Körper machte eine halbe Drehung und glitt seitwärts vom Sofa.

Ich griff blitzschnell nach ihr und fing sie auf. Kraftlos hing sie in meinen trotz der Missbildung starken Armen und bewegte die blutleeren Lippen, um etwas zu sagen. Sie konnte nicht lügen.

»Ja...?« Ich schrie fast.

»...von... einer... Nachtwächterfamilie aus Nørrebro...«

»Wie hieß die Familie?«

Gerda war jetzt steif wie ein Stock und konnte jede Sekunde weg sein.

»Wie hießen sie...?«, wiederholte ich meine Frage. Ich hätte sie erschlagen können.

»...Er hieß... Anker... Jensen...«, flüsterte sie.

»War er *John Bjergstrands* Vater?«, fragte ich und versuchte mit aller Kraft, Gerda wieder in eine sitzende Position hochzuziehen.

Sie verdrehte die Augen so, dass nur noch das Weiße zu sehen war, ein schauriger Anblick. »... Das... bedeutet... *nichts*...« Weißer Speichel in ihrem Mundwinkel. Kaum zu glauben, dass diese Frau im Zweiten Weltkrieg Kongslund und Hunderte von Juden gerettet hatte, indem sie einfach geschwiegen hatte. Hätte der deutsche Befehlshaber nur die richtige Frage gestellt und eine Antwort von ihr verlangt, hätte sie ihm alles erzählt.

»Doch, das tut es ... für mich ...!«, schrie ich, obwohl ich eigentlich längst die Hoffnung aufgegeben hatte.

Da hob sie plötzlich die Stimme, als hätte sie eine Entscheidung getroffen: »Marie ... Es gibt keinen John Bjergstrand!«

Ich ließ sie los. Sie rutschte auf den Boden.

Es war Magna gelungen, diese Frau so eng an sich zu binden, dass sie an diesem empfindlichen Punkt alles beiseitezuschieben bereit war, woran sie ihr ganzes Leben geglaubt hatte. Sie, die niemals log, hat mich belogen.

Ich atmete aus und sagte ein letztes Mal: »Es bedeutet etwas, Gerda ...«

Aber sie hörte mich nicht mehr.

Ich verließ ihre Wohnung und sah sie erst an dem Tag wieder, als wir den Leitstern unserer beider Leben zu Grabe trugen.

Von allen Fehlern, die ich begangen habe, war es einer der größten, nicht auf Gerda Jensens letzte Warnung zu hören.

Nach meinem Besuch bei Gerda war mir klar, dass ich feststeckte. Ich konnte beim besten Willen keinen Zusammenhang erkennen zwischen dem Baby, das Eva Bjergstrand unter größter Geheimhaltung im Rigshospital zur Welt gebracht hatte, und dem Sohn, den Dorah mehrere Jahre später bekommen hatte.

Als ich Susanne von meinem Besuch bei Gerda erzählte, sah sie mich verdutzt an. Danach haben wir uns den Brief aus Australien noch einmal vorgenommen und sehr gründlich Zeile für Zeile durchgesehen.

»Das ist schon merkwürdig, Marie ... Eva weiß noch nicht einmal, dass es ein Junge ist.«

»Das war ja der Sinn der ganzen Prozedur. Die Gebärenden sollten nichts über ihr Fleisch und Blut wissen.« Es hörte sich fast so an, als wollte ich die Praxis der damaligen Ärzte verteidigen.

Wir saßen im Gartenzimmer und überdachten die Situation. Außer Magna mussten wenigstens noch ein paar andere Personen Bescheid wissen. Es mussten Ärzte oder Personen aus den Behörden involviert gewesen sein, auch wenn es nicht einfach sein würde, diese heute noch ausfindig zu machen. Ganz abgesehen davon, dass sie, falls wir sie finden sollten, sicher gute Gründe hatten, den Mund zu halten, wenn damals wirklich im Verborgenen etwas gelaufen war.

»Magna hätte ihr doch wenigstens verraten können, ob es ein Junge oder ein Mädchen war«, sagte Susanne mit seltsamer Bitterkeit in der Stimme.

»Sicher nicht, sie hat schließlich dafür gesorgt, dass erst der Junge und dann Eva von der Bildfläche verschwindet.«

»Die Nachtwächterfamilie, von der Gerda gesprochen hat, die müssen John adoptiert haben...«

»Nur eigenartig, dass sie den Namen nicht geändert haben. Dass Magna... Das ergibt keinen Sinn.«

Susanne verstand meinen nagenden Zweifel – und meine Angst. Wenn wir Kontakt zu der Nachtwächterfamilie aufnahmen, würden die Adoptiveltern mit hundertprozentiger Sicherheit nichts über die Vorgeschichte des Jungen zu sagen haben. Und wir konnten durch nichts beweisen, dass der John, den sie adoptiert hatten, tatsächlich der Junge war, den die wegen Mordes verurteilte Eva Bjergstrand 1961 im Rigshospital geboren hatte. Ohne jeglichen Beweis riskierten wir, der Familie einen großen Schaden zuzufügen. John den Brief zu geben, den Eva Bjergstrand an ihr Kind geschrieben hatte, könnte ein verhängnisvoller Fehler sein.

Ganz davon abgesehen hatten wir keine Ahnung, ob wir nicht vielleicht einer falschen Spur folgten.

Der einzige logische Schritt war also, einen neuen Versuch zu unternehmen, Eva Bjergstrand zu finden. Vielleicht konnte das Kind durch etwas identifiziert werden, was nur sie wusste. Eine dänische Frau musste bei ihrer Einreise nach Australien – die wir mit einer Genauigkeit von einem halben bis dreiviertel Jahr eingrenzen konnten – doch irgendwelche Spuren hinterlassen haben.

Ich suchte wieder meine Kontaktperson bei der australischen Botschaft auf und überredete sie mit der mir eigenen Hartnäckigkeit, es noch einmal zu probieren. Und das Wunder geschah. Mit Hilfe meiner Angaben über das Ausreisejahr, ihr Alter und dem groben Wohnbereich fand sie nach mehrtägiger Suche eine dänische Frau, die 1975 die australische Staatsbürgerschaft angenommen hatte – und vierzehn Jahre zuvor in dem großen Land eingereist war. Allerdings nicht unter dem Namen Bjergstrand, was keine Überraschung war. Ihre mächtigen Helfer hatten ihr sicher ohne größeren Aufwand eine neue Identität verschaffen können.

Das Alter passte, und ihr Vorname war Eva. Und dann kam der Schock.

Die Botschaftsangestellte schaute lange auf ihren Bildschirm und errötete leicht, als sie mir erzählte, womit ich nie gerechnet hätte. Die Frau, die sie gerade ausfindig gemacht hatte, sei vor zwei Tagen in Dänemark eingereist ... Die Information dürfe sie eigentlich nicht an mich weitergeben, aber ... Meine australische Freundin war aber mindestens ebenso verblüfft darüber wie ich selbst.

Susanne und ich waren fast hysterisch. In wenigen Tagen könnte das Rätsel gelöst sein. Ein unerwarteter Glücksumstand hatte uns auf wunderbare Weise etwas vor die Füße geworfen, das ganz wie ein absurder Zufall aussah.

Heute würde ich mir (natürlich) wünschen, dass wir nicht weitergegangen wären.

Die nächsten Schritte waren im Grunde simpel: Wir fingen noch am gleichen Tag an, alle Hotels im Zentrum von Kopenhagen abzuklappern. Ich erzählte die rührende, frei erfundene Geschichte einer australischen Arbeitskollegin, deren Hoteladresse ich verbaselt hatte.

Wohnte eine Frau dieses Namens bei ihnen?

Am ersten Tag brachte unsere Wanderung durch die Stadt kein Resultat, aber schon am nächsten Vormittag konnte ich Susanne erzählen, dass im fünften Hotel der Rezeptionist mir gesagt hatte, vor ein paar Tagen habe eine Frau mit australischem Pass eingecheckt. Dummerweise war sie aber am Tag zuvor abgereist, ohne irgendwelche Spuren zu hinterlassen.

»Sie ist nicht mehr da«, sagte ich zu Susanne. »Bestimmt ist sie zurück nach Australien gereist.«

Susanne war meiner Meinung, fand aber trotzdem, dass wir in die Zeitschriftenbibliothek in der Krystalgade fahren sollten, um zu überprüfen, ob eine Frau vermisst gemeldet worden war oder einen Unfall hatte. Sie schien eine schreckliche Vorahnung zu haben, die rein rational nicht zu erklären war, und ich äußerte meine Skepsis an dem ziemlich vagen Unterfangen.

Am folgenden Tag saßen wir gemeinsam im Lesesaal der Hauptbibliothek, und nach nur einer halben Stunde fand Susanne in einer Kopenhagener Morgenzeitung die gesuchte Notiz.

Man sagt, ein jäher Schock könne den gesamten Bewegungsapparat eines Menschen lahmlegen und größere Bereiche der linken und rechten Hirnhälfte gleichzeitig außer Kraft setzen.

So wirkte diese Notiz auf Susanne Ingemann.

Ich erinnere mich dran, als wäre es heute, wie sie über die Zeitung gebeugt dasaß, kreidebleich im Gesicht, und versuchte, die schockierende Information in Worte zu fassen. Es war, als stieße man eine Tür auf, hinter der etwas war, das die wildesten Fantasien überstieg.

Unsere Suche fand durch die wenigen, aber beunruhigenden Zeilen des Zeitungsartikels ein jähes Ende.

In den folgenden Tagen sprachen wir nur flüsternd darüber, immer kurz vor der Panik.

Magna wusste offenbar genauso viel über Eva Bjergstrand wie wir. Eva dürfte kaum mit einem anderen Ziel nach Dänemark gekommen sein, als ihre alte Verbündete aufzusuchen, die damals ihr Kind zur Adoption freigegeben und ihr erzählt hatte, dass alles gut werden würde.

Ich verstand instinktiv, was Eva schließlich dazu veranlasst hatte, in ihre Heimat zurückzukehren und das Versprechen zu brechen, das sie gegeben hatte. Sie hatte einen Brief geschickt, aber keine Antwort bekommen. Sie konnte unmöglich wissen, dass Magna ihre eindringliche Bitte, Kontakt zu ihrem Kind aufzunehmen, schlicht und ergreifend nicht erhalten hatte, weil ich den Brief abgefangen und in meiner Leichtsinnigkeit beschlossen hatte, mich zur Herrscherin über den weiteren Verlauf der Dinge zu machen.

So gesehen war ich verantwortlicher als jeder andere dafür, dass die Dinge sich so entwickelt hatten. Durch mich waren die Grundlagen für die Begegnung der beiden Frauen gelegt worden – und ich bin mir sicher, dass Magna kurz darauf entdeckte, dass die Frau, die sie im September 2001 besucht hatte, verschwunden war.

Kein Wunder, dass meine Pflegemutter ungewohnt nervös reagierte, als der Inhalt des ersten anonymen Briefes sieben Jahre später in *Fri Weekend* veröffentlicht wurde. Sie war eine der Wenigen, die wussten, welche Dämonen eine Reise in die Vergangenheit wecken konnte. Es muss sie kalt erwischt haben, diese verborgenen und längst vergessenen Details über den mysteriösen Jungen in der Zeitung zu lesen. Eva war für immer fort – daran ließ die Zeitungsnotiz, die Susanne damals in der Zeitschriftenbibliothek in der Krystalgade gefunden hatte, keinen Zweifel –, aber jetzt schälte sich ihre

Vorgeschichte aus der Vergangenheit heraus und bedrohte die Lebenden, die zu vergessen versuchten.

Als die Journalisten Magna mit ihren aufdringlichen Fragen belästigten, hatte sie beschlossen, sich von Kongslunds Protokoll zu befreien, das alle privaten Aufzeichnungen aus einem halben Jahrhundert ihres Lebens enthielt.

Das war die einzige plausible Erklärung für das Paket nach Australien.

Ich erzählte Knud Tåsing an dem Nachmittag nach der Beerdigung meiner Pflegemutter natürlich nur den allernotwendigsten Teil der Geschichte – und ließ ihn wohlweislich in dem Glauben, dass Evas Brief im April 2008 in Kongslund eingetroffen war, nur wenige Wochen zuvor.

Er hatte den Brief dreimal gelesen, ohne die offenbare Unlogik zu bemerken, die ihn zurück auf die richtige Spur hätte führen können, sowohl was Eva Bjergstrand anging als auch meine Rolle in der Angelegenheit. Er hatte sich das Datum angesehen, ohne etwas bemerkt zu haben, und war in vollem Galopp auf die falsche Fährte eingebogen. Hätte er etwas genauer hingeschaut, wäre ihm mein stümperhafter Änderungsversuch der Eins in eine Acht sofort aufgefallen. Natürlich hatte ich die Jahreszahl geändert. Niemand durfte wissen, dass Eva Bjergstrand nicht mehr lebte.

Ich lächelte ihn an und öffnete nicht den kleinsten Spalt zu meinem dunklen Innenleben.

»Was ist mit dem Brief an das Kind, von dem sie spricht?«, sagte er schließlich.

»Es war kein Brief beigelegt«, sagte ich. »Sie muss es sich im letzten Augenblick anders überlegt haben.«

Meine Lüge ging mir so leicht über die Lippen, dass mir selbst einer der skeptischsten Journalisten des Landes glaubte. Aber ich hatte auch reichlich Zeit zum Üben gehabt. Knud Tåsing hatte überdies keine Möglichkeit, den Spuren zu folgen, die ich verfolgt hatte, da ich ihm weder von

Dorah noch von Helgenæs erzählt hatte und er auch nichts von meinem Kontakt zur australischen Botschaft oder der Einreise der australischen Frau nach Dänemark und ihrem schrecklichen Schicksal wusste.

Deshalb sagte er schließlich genau das, was ich erwartet hatte. »Das Päckchen, das Magna kurz vor ihrem Tod verschickt hat, war für Eva. Es war an Eva Bjergstrand gerichtet, oder?«

Ich blieb ihm die Antwort schuldig.

»Vielleicht hat Magna in ihrem Brief an Eva all das erzählt, was wir nicht wissen. Wenn die Polizei ihren Namen weiß, muss es doch möglich sein, sie in Australien ausfindig zu machen.«

Wieder übersah er das Naheliegende, und mein Schweigen ließ ihn annehmen, dass ich seine Theorie teilte.

»Ja, das sollte möglich sein«, sagte ich. »Aber es wäre riskant, die Behörden in irgendwas einzuweihen, so lange Carl Malle die Ermittlungen leitet.«

Ich sah, dass ich ins Schwarze getroffen hatte, und spürte wieder eine große Erleichterung.

Seit Magnas Tod waren Susanne und ich mit dem brisanten Wissen über Eva Bjergstrand allein, dass sie seit sieben Jahren tot war und 2001 unter mysteriösen Umständen am Strand von Bellevue gefunden worden war. In den vergangenen Jahren hatten wir beide dieses Geheimnis bewahrt und aus Angst nicht weiter nach der Lösung des Rätsels um ihr verschwundenes Kind geforscht. Das war etwas, das nur zwischen uns existierte wie eine stumme, schreckliche Erinnerung.

In Gedanken hatte ich sie natürlich nie losgelassen. Ich konnte ihr Urteil über den Vater des Kindes einfach nicht vergessen und erinnerte mich mit einer Wut daran, von der ich nicht mehr sagen konnte, ob es ihre oder meine war. Sieben Jahre lang hatte die Wut sich im Winterschlaf befunden, ehe ich das Schweigen nicht länger aushielt.

Ich hatte meinen Entschluss kurz vor Magnas großem Jubiläum am 13. Mai 2008 gefasst und eigenhändig – auf die einzige Weise, die für mich Sinn ergab – die spärlichen Informationen, die ich gesammelt hatte, an die Kinder geschickt, um die sich das Ganze drehte. Anonym.

Susanne Ingemann hatte ich nichts von meinem Unterfangen gesagt, denn sie hätte unter Garantie versucht, mir das alles auszureden. Ich spürte die Angst, die sie niemals losgelassen hatte. Natürlich musste sie ahnen, dass ich der Absender der anonymen Briefe war, und ich tat auch nichts, um diesen Verdacht von mir abzulenken.

Gesagt hatte sie aber nichts.

»Dieser Brief hier ...«, Knud Tåsing legte die Hand auf das handgeschriebene Blatt, »... könnte den Fall wieder aufrollen. Er zeigt eine Verbindung zwischen Magnas Tod und dem rätselhaften John Bjergstrand ... Australien.«

»Wo die Polizei noch nichts herausgefunden hat«, sagte ich.

»Soweit wir wissen«, sagte er. »Aber eine Frau mit einem so ausgesprochen dänischen Namen in Australien, noch dazu in dem von ihr benannten Umkreis von Adelaide, sollte doch wohl zu finden sein.« Knud Tåsing zog die Schultern hoch. »Ich könnte das«, sagte er selbstbewusst.

Anderthalb Wochen später wusste er, wie überheblich seine Prahlerei im Zimmer des Königs gewesen war. Es gab in ganz Australien keine Eva Bjergstrand, teilte er mir an einem Sonntagabend in einem Telefonat mit. Wenn jemals eine Eva Bjergstrand in dem riesigen Land gewohnt hatte, war sie spurlos verschwunden. Er klang sehr niedergeschlagen. In den australischen Telefonbüchern war sie ebenso wenig zu finden gewesen wie in den Adressdateien der Post oder im Internet. Vielleicht hatte sie sich hinter einem Namen versteckt, den nur Magna kannte, meinte er – und ich konnte hören, wie sehr ihn diese Niederlage wurmte.

Ich sprach ihm mein Bedauern aus. Zum Glück konnte er mein Gesicht nicht sehen.

Auch wenn ich seine detektivischen Fähigkeiten gerne weiter für mich genutzt hätte, konnte ich nicht verhehlen, dass ich erleichtert war. Aus meiner und Kongslunds Perspektive betrachtet war Eva Bjergstrand hiermit ein abgeschlossenes Kapitel. Es gab andere, weitaus wichtigere Dinge, auf die die Lebenden sich konzentrieren sollten. Allem voran den Vater, der für mich der Inbegriff männlicher Arroganz war und den ich mit jedem Tag dringlicher entlarven und ihm einen Namen geben wollte. Dieser Mann hatte nach seinem »kleinen Seitensprung« weiter ein sorgloses Leben geführt, ohne je auch nur einen Gedanken an Eva oder das verlassene Kind zu verschwenden. Ich würde niemals in meine eigene Vergangenheit zurückkreisen können – die Tür war effektiv verschlossen –, dafür gelobte ich, John Bjergstrands Ursprung zu finden. Und damit auch seinen Vater.

Deshalb spielte ich nun die letzte Karte aus, die Knud Tåsing sehen sollte. »Das Kind, das Sie John genannt haben, könnte laut Aussage einer der früheren Mitarbeiterinnen… Nils Jensen sein«, sagte ich zu ihm.

Ich hörte förmlich, wie es in seinem Kopf arbeitete.

»Das wissen Sie aber nicht mit Sicherheit?«, fragte er schließlich. Mit einem eigentümlichen Unterton von Hoffnung in der Stimme.

»Nein. Ich bin mir nicht sicher. Ich weiß nicht, ob Nils tatsächlich das Kind ist, das Eva Bjergstrand nach der Geburt weggenommen wurde. Sowohl Magna als auch die anderen von der Mutterhilfe könnten die Sache verkompliziert haben, um potenzielle Verfolger zu verwirren.«

Einige Tage später kam er noch einmal nach Kongslund und saß lange in dem Chippendale-Stuhl.

Schließlich sagte er: »Eigentlich ist er gar nicht so wichtig, oder? Es ist nicht John, der Sie interessiert ... stimmt's? Ihre hartnäckige Suche gilt dem Vater des Jungen, nicht wahr? Dem Mann, der sein Kind im Stich gelassen und die Mutter des Kindes für immer verschwinden lassen hat, nicht wahr?«

Ich saß zurückgelehnt im Rollstuhl und sagte nichts.

»Nur Magna wusste Genaues über den leiblichen Vater – und sie ist inzwischen tot – womöglich aus ebendiesem Grund.«

Ich rührte mich nicht, kein Nicken, kein Kopfschütteln.

Dann sagte er die Worte, auf die ich all die Jahre gewartet hatte: »Vielleicht sollten wir die Kinder aus der Säuglingsstube wieder zusammenbringen. Man sollte die sieben Kinder aus der Elefantenstube zusammenbringen und schauen, ob sie – ob wir – das Rätsel lösen können.«

Das war die Chance, auf die ich so lange gewartet hatte. Es kostete mich große Konzentration, mir meine Erregung nicht anmerken zu lassen. »Wir werden Orla niemals überreden zu kommen«, sagte ich mit hart erkämpfter Ruhe – und ganz ohne zu lispeln. Ich wusste nicht genau, wieso ich ihn als Ersten nannte.

»Möglich. Aber Peter Trøst hat am Freitag eine Verabredung in Århus. Ich könnte ihn dazu bringen, Asger Christoffersen mit nach Kopenhagen zu nehmen.« Nils Jensen erwähnte er nicht, und ich verstand den Grund. Wenn es nach Knud Tåsing ging, sollte der Fotograf niemals die Wahrheit erfahren. Was für eine bizarre Doppelmoral für einen Journalisten, dachte ich, dessen vorrangiges Anliegen es ansonsten war, *alles* rücksichtslos aufzudecken – wenn auch in Bezug auf Menschen, die er nicht kannte.

Nachdem er gegangen war, saß ich noch eine Stunde am Fenster und sah mir Hven unter einem glitzernden Sternenhimmel an. Ich war ganz ruhig. Am Nachmittag hatte ich mich auf dem Postamt in Søllerød darum gekümmert, dass von nun an alle an Magna adressierten Briefe und Postsendungen an meinen Namen nach Kongslund weitergeleitet würden.

Da Eva seit Langem tot war, würde Magnas Paket an sie irgendwann an den Absender zurückgeschickt werden. Und dann würde es bei mir landen.

Die Stimme aus der Vergangenheit würde mir in wenigen Tagen erzählen, was alle wissen wollten und was ich um alles in der Welt vor allen anderen erfahren musste.

Ich erwartete lebenswichtige Post.

22

DAS KONGSLUND-PROTOKOLL

20. JUNI 2008

Ich habe die Angst immer als Zwillingsschwester der Wut empfunden. Bei mir gibt es die eine nur selten ohne die andere.

Aber die Furcht, die uns in der Zeit nach der Entdeckung Eva Bjergstrands gelähmt hatte, die wir natürlich in der toten Frau am Strand erkannt hatten, war durch kein anderes Gefühl zu überwinden.

Susanne Ingemann wollte um keinen Preis noch mehr mit dieser Angelegenheit zu tun haben.

Und auch ich hatte meine Gründe, das Ganze erst einmal für Jahre auf sich beruhen zu lassen.

Der Junihimmel wurde langsam dunkel, als der meergrüne Bedford Caravan mit dem königsblauen Logo von *Channel DK* auf der Seitentür durch Århus rollte und den Hafen erreichte, wo er als letztes Auto auf die Schnellfähre nach Sjællands Odde fuhr.

Die zwei Männer hatten die 22-Uhr-Nachrichten im Wagen gehört, aber es gab keine Neuigkeiten über den Kongslundfall, was sie auch nicht erwartet hatten. Dafür war ein längerer Beitrag über den elfjährigen Tamilen gebracht worden, an dem alle anderen Medien das Interesse verloren hatten, nachdem es Søren Severin Nielsen gelungen war, die Abschiebung mittels einer Reihe juristischer Spitzfindigkeiten aufzuschieben. Seine letzte Klage war aber inzwischen abgewiesen worden, woraufhin das Ministerium mit Sicherheit schnell reagieren und den Jungen nach Kastrup fahren würde, um ihn dort in das erste Flugzeug nach Kalkutta zu setzen, von wo aus er, eskortiert von vier stämmigen dänischen Polizisten, nach Colombo, der Hauptstadt Sri Lankas, gebracht werden würde.

Der Nationalminister hatte es wieder einmal geschafft, lautete die anerkennende Schlussfolgerung des politischen Kommentators. Almind-Enevold hatte einmal mehr seine patriotische Grundhaltung demonstriert, die ihren Ausgangspunkt in der heroischen Rettung der dänischen Juden während des Zweiten Weltkriegs hatte und die ihn jetzt dazu veranlasste, ungeachtet ihres Alters alle Fremden auszuweisen, die keine Aufenthaltsgenehmigung für Dänemark hatten. Überdies hatte eine vertrauliche Quelle im Ministerium behauptet, der Junge sei nur die Speerspitze einer neuen Einreisewelle, hinter der ein weitverzweigtes Netzwerk stand, das Tausende von Tamilen ins Land schaffen wollte.

In den Nachrichten von *Channel DK* würde dem Schicksal des Jungen kaum viel Platz eingeräumt werden, dafür war die Berichterstattung über die vom Sender selbst arrangierten Roadshows in den beiden größten Städten des Landes viel zu wichtig. Eine Serie öffentlichkeitswirksamer, fast erweckerischer Zusammenkünfte sollte die führende Position des Senders am sich ständig ändernden Programmhimmel wiederherstellen. Es begann mit einer gigantischen Freitagsshow in Århus, gefolgt von einer noch größeren Show am Sonntag in Kopenhagen.

In Århus hatte Nachrichten- und Unterhaltungschef Peter Trøst den Tausenden von Schaulustigen eine Kostprobe des kommenden Programms gegeben, während die sieben anwesenden Konzeptlöwen Schulter an Schulter in der letzten Reihe gesessen und die Reaktion der Massen verfolgt hatten. Das kontroverseste Thema des Abends war auf dem Höhepunkt der Stimmung lanciert worden, und die Programmplaner hatten mit triefenden Mundwinkeln verfolgt, wie der Trailer der Show mit der provokanten *Forderung nach der Wiedereinführung der Todesstrafe in Dänemark* über die Großbildschirme gelaufen war. Die Vorschau war gespickt mit Beispielen von Kinderschändungen, Terroranschlägen und Serienmorden, um den Argumenten für *Die höchste aller Strafen* Futter zu geben – während die Ü-Wagen Kühler an Kühler standen, um auch wirklich jedes Wort in die dänische Welt hinauszusenden. Bei der Premiere der Show sollte das Publikum dann die Gelegenheit bekommen, fiktive Urteile über ausgewählte tatsächliche Verbrecher zu fällen, und alle erwarteten, dass diese Urteile wesentlich härter und konsequenter ausfallen würden als die butterweiche Rechtsprechung des dänischen Rechtssystems. Während dramatische Bilder von Anschlägen mit Brandsätzen auf die dänischen Botschaften in Syrien und Saudi-Arabien nach der Veröffentlichung der Mohammed-Karikaturen über die Großbildschirme flimmerten, hatte Peter Trøst gerufen: »Die Zukunft ist nicht gratis! Wir alle müssen gemeinsam für die Zukunft kämpfen!«

Wie der in Schieflage geratene Sender um seine Zuschauerzahlen kämpfte.

In der Garderobe hatten sie sich anschließend zugeprostet, obschon Peter das ganze Projekt und seine Rolle darin längst nicht in allen Punkten zusagte.

Seine schlechte Laune hatte sich erst gebessert, als er Asger Christoffersen wie abgesprochen auf dem Parkplatz getroffen hatte. Der hagere, große Mann hatte unsicher und mit ungekämmten Haaren zwischen all den Ü-Wagen gestanden. Sie hatten sich per Handschlag begrüßt, und Peter hatte den etwas ramponierten roten Koffer des Astronomen in den Bedford gehievt, bevor sie zum Hafen gefahren waren.

Es hatte eine bedrückende Stille zwischen den beiden geherrscht, bis Christoffersen seine Brille zurechtgerückt und gesagt hatte: »Meinetwegen können wir bis zum Mond und wieder zurück fahren.«

»Zum Mond?«

»Ja, verstehst du die Symbolik nicht?«

Peter schüttelte den Kopf.

»Du bist Tintin, und ich...«, der kauzige Professor lachte kindlich, »... bin Professor Bienlein.«

Er sah wirklich ein bisschen wie die zerstreute Comicfigur aus. Peter fühlte zu seiner Verblüffung eine plötzliche Erleichterung – als wäre die Begegnung mit Asger Christoffersen schon viele, viele Jahre vorherbestimmt gewesen.

Auf der Fähre waren sie hinter den getönten Scheiben sitzen geblieben, während der Rest des Fernsehteams sich auf die Jagd nach einem Bier und etwas Essbarem begeben hatte.

Asger Christoffersen lehnte sich in den weichen Sitz zurück und sagte: »Als Junge war ich klein und dünn, aber irgendwann bin ich einfach gewachsen, als wollte ich immer höher ins Licht – und das schneller als alle anderen!«

Peter lächelte.

»Als ich an der Uni in Århus angefangen habe, hatte der amerikanische Physiker Alan Guth gerade die Mechanik der Entstehung des Universums entschlüsselt – jene inflatorische Epoche, in der alle Materie, aus der wir bestehen, mit einer unvorstellbaren Kraft in den Raum geschleudert wurde. Weißt du, was er danach in sein Notizbuch geschrieben hat? *Eine aufsehenerregende Erkenntnis!*«

Der Astronom lachte so laut und unvermittelt, dass Peter Trøst zusammenzuckte. Dann wechselte er abrupt das Thema.

»Ist es nicht erstaunlich ... dass wir als Säuglinge im gleichen Zimmer gelegen haben?« Asger Christoffersen klang höchst zufrieden und nahm einen weiteren Quantensprung in seinem inneren Universum vor. »Ich war wie du verheiratet und bin geschieden. Und ich habe ein Kind zurückgelassen, genau wie ich zurückgelassen worden bin. Selbst wir aus Kongslund machen die gleichen Fehler, unter denen wir leiden mussten. Ist das nicht seltsam?«

Der Motor der Fähre wurde lauter, und der Wagen begann rhythmisch zu wippen. Peter Trøst hatte keine Lust, über sich oder Kinder zu diskutieren – egal mit wem.

»Meine Tochter ist jetzt fünfzehn«, sagte Asger Christoffersen. »Es ist echt merkwürdig. Ich dachte, die Sehnsucht wäre das ganze Leben hindurch gleich. Ich meine, die Sehnsucht eines Vaters nach seinem Kind ... Sie sollte unumstößlich sein und grenzenlos. Aber so ist es nicht. Nach einer Weile nahm sie einfach immer weiter ab ... Bis ich es dann eines Tages verstanden hatte: Die Sehnsucht wird – wie alles andere auf der Welt – von anderen Partikeln mit anderen Ladungszuständen beeinflusst; und dieser Einfluss ist wiederum abhängig von den drei Grundpfeilern des Lebens: Abstand, Bewegung und Zeit. Wenn wir also lange genug warten, ohne uns zu erkennen zu geben, und wenn der Abstand dabei groß genug ist, beginnen diese Kräfte zu wirken. Dann verschwindet die Sehnsucht und mit ihr die Liebe. So war es bei mir. Je weniger ich meine Tochter sah, desto weniger habe ich sie vermisst. Meinst du nicht, dass das bei unseren biologischen Eltern genauso war?«

Peter Trøst fühlte sich etwas benommen, als hätte das leichte Rollen der Fähre einen Anfall von Seekrankheit ausgelöst.

»Ich war bei der Geburt meiner Tochter dabei«, sagte der Astronom und schüttelte in größter Verwunderung den Kopf. »Das gehörte sich damals in den Neunzigern ja so. Und ich ging wirklich auf in meiner Rolle. Ich spürte alle Schmerzen, die meine Frau spürte, die Stiche und Schnitte – es war die reinste Schmerztelepathie. Zu guter Letzt mussten sie mir auch eine Epiduralanästhesie geben und mich in einen Stuhl in einer Ecke des Kreißsaals setzen, damit ich mich wieder beruhigte. Die hielten mich für verrückt.«

Peter wusste nicht, ob der Astronom sich über ihn lustig machte.

»Etwas später, als mein kleines Mädchen auf der Welt war, bekam ich Schluckauf und Magenschmerzen, sobald sie Koliken hatte.« Asger Christoffersen lehnte sich etwas nach links und berührte Peter Trøsts Schulter. »Bloß Milch hatte ich natürlich keine für das Kind.«

Sie fuhren südlich um Roskilde herum und hinein in das Lichtermeer der Hauptstadt, als Asger Christoffersen seinen Monolog wieder aufnahm. »Wusstest du, dass das Flimmern der Millionen von eingeschalteten Fernsehern den Nachthimmel erleuchtet und uns blind macht für all die Planeten, Sterne und Galaxien? Das ist fast symbolisch, nicht wahr?«

Peter Trøst sah wieder zu dem Mann hinüber, mit dem gemeinsam er vor langer Zeit in dem berühmten Kinderheim gewesen war. Er sah aus, als meinte er jedes Wort ernst.

Seine eigene Unschuld hatte er unwiderruflich verloren, als er im ersten Jahr auf der Journalistenschule eine Ministerialsekretärin verführte, um hinter die Kulissen des Ministeriums blicken zu können und Informationen über die Verschwendung öffentlicher Mittel für Reisen, Hotels, Restaurantbesuche und Liebschaften zu bekommen. Gnadenlose Methoden wie diese hatten später zum Mythos Peter Trøst Jørgensen beigetragen. Er hatte die Frau anscheinend zufällig in einem Schwimmbad in Gentofte getroffen, und nach drei Wochen Beziehung hatte sie ihm erzählt, was er wissen wollte. Danach hatte sie ihn erst wieder im Fernsehen gesehen, als er stolz seine Entdeckungen präsentierte. Für den damals Zwanzigjährigen war das ein fulminanter Einstieg gewesen, über die Konsequenzen hatte er nicht weiter nachgedacht. Seine einzigen Leitlinien waren die Erwartungen des Redakteurs gewesen. Die Frau verlor ihren Job, ihre Kollegen und all ihre Freunde, und fünf Monate später fand man sie ertrunken, nicht im großen Warmwasserbecken der Kildeskovhalle, sondern in einer Badewanne mit eiskaltem Wasser, in dem sie zur Sicherheit noch ihre Pulsadern in Längsrichtung aufgeschnitten und drei Packungen Schlaftabletten genommen hatte.

Diese Episode und all die Mythen, die sich darum rankten, hatten bei jungen wie alten Kollegen Bewunderung ausgelöst. Peter hatte die Geschehnisse ganz bewusst verdrängt, aber in letzter Zeit war sie ihm immer wieder in seinen Träumen erschienen und starrte ihn vom Himmel herab an, während das Wasser, das aus ihren Haaren tropfte, sein Kopfkissen durchnässte. Sie hätte eigentlich auch noch Rektor Nordal an der Hand halten können, aber auch so schon war er schweißgebadet aufgewacht und hatte das Rauschen von Wasser gehört, als schösse es aus einer Öffnung im Dunkeln auf ihn zu.

Sie parkten vor dem SAS-Hotel in der Hammerichsgade, wo Peter den großen Astronomen in einem kleinen, aber luxuriösen Zimmer in der obersten Etage einquartiert hatte, weitab von all den irdischen Störungen und mit Aussicht auf den Sund und die schwedische Küste.

Asger Christoffersen stand lange am Fenster und versuchte, Hven zu erblicken – aber die berühmte Insel seines Vorgängers lag im Dunkel verborgen.

Es war der dritte Freitag im Juni. Wir hatten die *Channel-DK-Roadshow* aus Århus den ganzen Abend über verfolgt. Die Sendung war gerade zu Ende, als mich ein sechster Sinn antrieb aufzustehen und einen Blick aus dem Fenster der

Halle zu werfen. Ein dunkelblauer Audi bog vom Strandvej ab und fuhr auf den Vorplatz. Carl Malles Wagen.

So schnell hatten wir nicht wieder mit dem Sicherheitschef gerechnet. Sein Besuch ließ vermuten, dass die Stimmung im Ministerium verzweifelt war. Dabei konnte er doch nicht im Ernst glauben, dass wir mehr sagen würden, als wir bereits gesagt hatten.

Wir setzten uns wie beim ersten Mal an den kleinen Glastisch, von dem aus man das Meer und den Strand sah. Aber Carl Malle hatte keinen Blick für die Schönheit des Himmels oder des Meeres. Er war gekommen, um die Wahrheit zu finden, die seiner Meinung nach in Kongslund versteckt war. Carl Malle runzelte die Stirn und sagte: »Ich habe mit dem Nationalminister gesprochen. Er glaubt noch immer, dass Sie etwas wissen, das für uns von Nutzen ist.«

Er sah mich direkt an und sagte ungewöhnlich sentimental: »Marie, tu es für deine Pflegemutter ...«

»Für meine Pflegemutter soll ich Ihnen Informationen liefern, die ich nicht habe?«, fiel ich ihm mit deutlicher Verachtung ins Wort, während meine Wut mich für einen Moment meine Angst vergessen ließ.

»Was wusste Magna über den Jungen ... um den es geht?«, fragte er.

»Sie hat *nie* etwas über einen John Bjergstrand gesagt«, antwortete ich wahrheitsgemäß.

»Wer hat den anonymen Brief geschrieben?«

»Welchen meinen Sie?«

Er starrte mich lange an. »Der Brief an die ehemaligen Bewohner der Säuglingsstube. An Orla Berntsen und die Presse?«

»Woher soll ich das wissen?«

»Du wohnst hier schon dein ganzes Leben.« Er breitete die Arme aus, ohne vorher seine Tasse abzusetzen. »Du hast doch ein Gespür für ...« Er hielt inne.

»Für die Vergangenheit?«, fragte ich.

Susanne hatte sich nicht die Mühe gemacht, dem Sicherheitschef irgendwelche Kuchen oder Kekse zu servieren. Vielleicht als Ausdruck ihrer Missbilligung.

»Ja«, sagte er.

»Was haben Sie und der Minister mit dieser Sache zu tun?« Die Gegenfrage kam unerwartet und sehr direkt.

Die Hand mit der Tasse fiel förmlich auf den Tisch, und er saß einen Moment lang reglos da. »Wir kennen Magna seit der Gründung von Kongslund.«

»Ja. Ich habe Sie in Søborg gesehen.«

Er kniff die Augen zusammen. Für einen Mann wie Carl Malle war das eine ungewohnt nervöse Geste.

»Zusammen mit Orla und Severin – als die beiden noch Kinder waren.«

»Ich habe da gewohnt.« Seine Stimme war leise.

»Sie haben die anderen auch beobachtet, nicht wahr?«

Er wandte sich Susanne zu, die wie immer mit dem Rücken zum Sund auf dem dunklen Mahagonisofa mit dem graublauen Seidenbezug saß. Ich hatte den Eindruck, als wäre er etwas blasser geworden.

»Was war an den sieben Kindern aus der Elefantenstube so interessant? Besonders im Jahr ... 1961?«

Ich hörte seinen Atem jetzt bis auf meine Seite des Tisches. »Marie, ich verfolge die Geschicke dieses Hauses seit mehr als fünfzig Jahren. Ich kenne deine Mutter schon sehr, sehr lange«, sagte er.

»Meine Pflegemutter«, korrigierte ich ihn.

»Was hat Magna dir erzählt? Mehr will ich nicht wissen.«

»Sie haben meine Frage nicht beantwortet.« Ich klang schon selbst wie eine Polizistin.

»Du bist klug. Das warst du schon immer.« In seiner Stimme schwang eine seltsame Bewunderung mit, die ich nicht erwartet hatte. »Aber deine Fragen haben nichts mit dem Fall zu tun. Ich wusste von Magna, dass zwei der Jungen bei mir im Viertel aufwuchsen, so simpel ist das. Es gab auch andere Kinder, nach denen ich ab und zu schauen sollte – aus Neugier und Liebe.« Das Wort klang aus seinem Mund vollkommen verkehrt. »Oder wenn sie in Schwierigkeiten waren. Das gebe ich gerne zu.« Das klang schon realistischer. »In gewisser Weise war ich ihr Schutzengel.« Er versuchte sich erfolglos an einem Lächeln, und das letzte Wort wurde beinahe geflüstert. Ich sah ihm an, dass es ihm sauer aufstieß, sich rechtfertigen zu müssen – als säße er selbst auf der Anklagebank.

»Wie gut kennen Sie Asger Christoffersen?«, fragte ich, solange ich ihm überlegen war.

»Woher sollte ich den kennen?«

»Ich bin mir sicher, dass Sie ihn kennen.«

»Ja, ich kenne ihn.« Das Eingeständnis kam schneller als erwartet und wurde durch einen herausfordernden Blick der grauen Augen begleitet.

»Schließlich waren es seine Eltern, die um ein Haar alles zum Einsturz gebracht hätten, nicht wahr?«

Sein Blick flackerte, ein wirklich seltener Anblick. In all den Jahren, die ich ihn in Søborg ausspioniert hatte, hatte ich so etwas nie gesehen.

»Als Sie Susanne und Asger zusammenbrachten, nicht wahr?«

Ich sah, wie es Susanne durchzuckte. Carl Malle schwieg.

»Wir sollten nicht miteinander reden, so war es doch, oder? Wir sollten nicht herausfinden, dass keins der Kinder aus der Elefantenstube auch nur eine vage Ahnung von seinen biologischen Eltern hatte – oder dass sie zur gleichen Zeit am gleichen Ort gewesen waren und ganz ähnliche Lücken in ihrer Vergangenheit hatten? Magna hatte nämlich ganz im Gegensatz zu der üblichen Vorgehensweise in Kongslund die Adoptiveltern dieser sieben Kinder aufgefordert, niemals etwas über ihre Vergangenheit zu verraten. Die Kinder sollten nie erfahren, dass sie adoptiert worden waren und aus diesem Heim kamen... Nur so konnte sie... den Skandal verhindern, der Kongslund und alle Involvierten zerstört hätte. Drücke ich mich verständlich aus?«

Er saß einen Augenblick lang still da – und schüttelte dann den Kopf.

»Worin bestand der Skandal? Wer ist John Bjergstrand?«

Er atmete scharf ein und fand schließlich seine Stimme wieder. »Hör gut zu, Marie. Hilf uns, diesen Jungen zu finden, jetzt wo Magna nicht mehr da ist – und jemand sie womöglich wegen dieser Briefe umgebracht hat... und vielleicht auch wegen des Namens. Sie war schließlich deine Mutter.«

Meine Pflegemutter.«

»Ja. Und vielleicht hat jemand deine Pflegemutter umgebracht, um ihn vor uns zu verstecken.«

»Oder um ihn zu finden.«

Er saß eine Weile still da, während er versuchte, seine Wut unter Kontrolle zu bringen. Seine großen Hände hielten die Tasse, aus der er kaum getrunken hatte. »Wir suchen auch nach ihrem persönlichen Tagebuch. Dem *Kongslund-Protokoll*«, sagte er schließlich.

»Was ist so besonders an uns, Carl? Warum machen Ihnen die Kinder aus der Elefantenstube so große Sorgen? Was ist so interessant an uns?«

Er stand abrupt auf und knallte die Tasse auf die Untertasse. Er hatte die Geduld verloren. »Wir glauben, dass Magna das Protokoll vor ihrem Tod an jemand anderen weitergegeben hat. Und für uns bist du da eine der naheliegendsten Kandidatinnen.«

Er warf eine kleine, weiße Karte auf den Tisch. »Ruf mich an, wenn du mit mir reden willst. Ich bin mir sicher, dass du eine Ahnung hast, worum es bei dieser Sache geht. Ruf mich an.« Er hatte im letzten Augenblick seine Fassung wiedergefunden.

»O ja, Maries Gespür für Mord…«, fauchte ich. Ich konnte meine Wut jetzt auch nicht mehr zurückhalten.

»Nicht wahr? Das klingt nach Groschenroman«, sagte Carl Malle, dann verließ er das Zimmer, und kurz darauf hörten wir unten die Haustür ins Schloss fallen.

Susanne Ingemann, die Vorsteherin von Kongslund, hatte während der gesamten Konfrontation nicht ein Wort gesagt.

Natürlich würde sie gezwungen sein, das Geheimnis zu verraten, das nur sehr wenige Menschen kannten und das Carl Malle und ich gerade in ihrem Zimmer diskutiert hatten.

Susannes Position als Leiterin des berühmten Säuglingsheims, der Begriff Vorsteherin war nicht mehr in Mode, war nämlich ebenso wenig ein Zufall wie irgendeines der anderen Geschehnisse, die die Kinder der Elefantenstube verband.

Magna setzte sie 1984 als persönliche Assistentin ein, und fünf Jahre später löste sie ihre Chefin als Vorsteherin ab. Als wir ein paar Wochen nach der Ernennung Tee im Gartenzimmer tranken, wurde mir bewusst, dass sie mit den Jahren noch hübscher geworden war. Und ich wunderte mich (wie alle anderen) darüber, dass sie nicht geheiratet und Kinder bekommen hatte. Es musste Hunderte gegeben haben, die ihr den Hof gemacht hatten, aber so etwas Intimes traute ich mich natürlich nicht, sie zu fragen.

Zu meiner großen Verwunderung besuchte sie mich ein paar Tage später in meinem Zimmer. Mich verunsicherte das, hatte ich doch nie andere Gäste gehabt als Gerda oder meine Pflegemutter und natürlich Magdalene.

Ich bot ihr etwas unsicher meinen Chippendale-Stuhl an und setzte mich stumm und außerstande, etwas zu sagen, aufs Bett. Sogar der Spiegel schwieg an diesem Tag.

Während ihres ersten Besuchs stellte sie mir Fragen über

die Kinder und die Routineabläufe im Heim. Das war nicht ungewöhnlich, schließlich war ich schon mein ganzes Leben hier. Ich antwortete, so gut ich konnte, und ging vielleicht tiefer ins Detail, als wirklich nötig war, während ich ihr von Magnas pädagogischen Methoden berichtete, die niemand je in Frage gestellt hatte, von ihrem Verhältnis zu Gerda und von ihrem Kampf gegen die mächtigen, besserwisserischen Männer, die im Laufe der Jahre versucht hatten, sich in die Angelegenheiten von Kongslund einzumischen, obwohl sie ja eigentlich wissen sollten, dass dies Magnas unangefochtenes Territorium war und sie mit der gleichen unbändigen Energie zurückschlagen würde, mit der sie die Blumenstiele auf dem Küchentisch flachklopfte. Die lange Erklärung machte mich kurzatmig, ich war es nicht mehr gewohnt, so lange am Stück zu reden. Mit der Zeit entspannte ich mich etwas, weil Susanne mir konzentriert zuhörte und nichts zu Persönliches fragte.

Das sollte sich dann aber ändern.

»Du bist eine sehr hübsche Frau, Marie!«, sagte sie plötzlich eines Samstagabends, als ich ihr gerade mit unverhohlener Bewunderung erzählt hatte, wie Gerda im Krieg den deutschen Gestapo-Offizier abgefertigt hatte.

Und dann sagte sie das Unvorstellbare: »Warum hast du dir nie einen Mann gesucht?«

Das Blut schoss augenblicklich bis in meine schiefen Wangenknochen und ließ meine linke, hängende Schulter wie Feuer brennen. Ich hatte meine Hässlichkeit bislang immer nur mit dem Mahagonispiegel geteilt, der seit meiner Kindheit im Zimmer hing. Schon als Kind hatte ich mich ebenso an seine boshaften Zerrbilder gewöhnt wie an die aufdringlichen Fragen und unsere nächtlichen Gespräche, die immer um meine angeborenen Defekte kreisten. Meine ganze Kindheit hindurch hatte Magna versucht, meine bizarre Erscheinung kleinzureden, indem sie in Anwesenheit anderer

Witze darüber gemacht oder ganz offen ausgesprochen hatte, wie sehr die Missbildungen des Findelkindes die medizinische Welt verblüfft und begeistert hatten.

Aber Susanne lächelte nicht. Sie schob den Stuhl näher an mein Bett heran, an dessen Kopfende ich mich verkrochen hatte.

»Du nimmst das selber wahrscheinlich gar nicht wahr, Marie, weil du dich immer nur in dem alten, kaputten Spiegel siehst, der dich nie ganz zeigt. Du siehst immer nur das Schiefe, das Andersartige. Aber nie das ganze Bild...« Ihre Lippen waren leicht geöffnet, und das Licht der niedrig über dem Sund stehenden Sonne liebkoste ihren Hals und ihre Schultern. Ich kann das heute nicht anders beschreiben. Nicht einmal Magdalene hatte meine Seele jemals so ungeniert berührt, ich war vollkommen überwältigt. Trotzdem wagte ich es in diesem magischen Augenblick nicht, ihr zu antworten, da ich fürchtete, das Lispeln, das ich nach dem Tod meiner spastischen Freundin von ihr übernommen hatte, könnte zurückkehren und meine Worte auf eine Weise verfremden, die Susanne nicht verstand. Aber ich machte mir umsonst Sorgen.

In diesem Augenblick beugte sie sich im Licht der sieben Kerzen, die in dem vergoldeten Leuchter standen, den ich von Gerda zur Konfirmation bekommen hatte, vor und küsste mich. Ich war so erschrocken, dass ich nicht einen Zentimeter vor ihr zurückwich. Der rote Glorienschein der untergehenden Sonne hüllte uns ein, und ich versank ganz in ihm und umarmte zu meiner eigenen Verwunderung zum ersten Mal in meinem Leben einen Menschen meines Alters – und verlor mich auf eine nie gekannte Weise.

Als ich Stunden später – nachdem sie gegangen war – allein im Bett lag, musste ich laut lachen.

Susanne kehrte Abend für Abend zurück. Den ganzen Winter über verbrachten wir unsere Nächte gemeinsam im Königszimmer, während die Kinder schliefen und die Schwestern Wache hielten. Und eines Nachts, der Wind strich eiskalt um die sieben mächtigen Schornsteine der Villa Kongslund, erzählte sie mir ihre Geschichte.

Sie schloss die Augen und erzählte mir von der Halbinsel mit dem Bauernhaus und den Brombeersträuchern. Ihre Geschichte war unheilvoller und unverständlicher als alles, was ich je gehört hatte. Sie zu erzählen war ein Vertrauensbeweis, den Susanne sonst niemandem zuteil hatte werden lassen und der den schwarzen Spiegel hinter ihrem Rücken ein für alle Mal seiner Macht beraubte. Wobei sie nicht wissen konnte, dass ich ihr tiefstes Geheimnis bereits kannte. Sie kam 1961 nach Kongslund und bekam ein Bett in der Säuglingsstube, wo sie das Weihnachtsfest gemeinsam mit mir und fünf kleinen Jungen verbrachte. Sie war eins der sieben Kinder auf dem alten Zeitungsfoto *Die sieben Zwerge*, neben mir das einzige Mädchen.

Ich wagte es nicht, ihr zu gestehen, was ich über ihr Leben und ihre Vergangenheit wusste. Vielleicht schämte ich mich für meine jugendliche Neugier, alles über die Kinder herausbekommen zu wollen, die adoptiert worden waren, und für mein einzigartiges Talent, ihnen nachzuspionieren, ohne dass einer von ihnen jemals meine Anwesenheit bemerkt hatte. Aber der wichtigste Grund war natürlich der, der sie alles kosten konnte, sie meiner Meinung nach und trotz ihrer auffälligen Schönheit aber erst zu der machte, die sie war: Sie hatte getötet – und das auf eine absolut eindeutige Weise.

23

SUSANNE

1961–1978

Als Erwachsene kam sie das zweite Mal nach Kongslund. Sie betrat die Villa mit der Mischung aus Wachsamkeit und Trotz, die allen Kindern aus Kongslund in den Knochen steckt.

Ich glaube, ihre Neugier brachte sie dazu, sich von Magna überreden zu lassen, die Stellung in Kongslund anzutreten und erst als ihre Stellvertreterin und später als ihre Nachfolgerin zu arbeiten. Andererseits war niemand dazu besser geeignet als sie.

Für mich war sie immer die Inkarnation des kleinen Mädchens, das auf dem großen Seerosenblatt den breiten Fluss hinabgetrieben ist. Ich liebte sie, seit ich sie das erste Mal hinter Holunder- und Dornenbüschen versteckt heimlich beobachtet und mir vorzustellen versucht hatte, wie ihr Leben wohl sein mochte – weit draußen auf Næsset.

Sie kam als Fremde und ging als Fremde.

So einfach lassen sich Anfang und Ende von Susanne Ingemanns Kindheit beschreiben.

Seit Magdalenes Tod waren fünf Jahre vergangen, als ich meine Aufmerksamkeit dem Mädchen zuwandte, das uns im März 1962 verlassen hatte. Das war nicht einfach, da ihre Eltern in einer schwer erreichbaren Gegend wohnten.

Als ich das erste Mal den Zug vom Kopenhagener Hauptbahnhof nach Kalundborg nahm, war ich dreizehn. Magna verbrachte das Wochenende mit ihren Genossinnen der Mutterhilfe in einer Sommerpension in Hornbæk. Ich erinnere mich, dass Gerda mich mit dem Blick bedachte, der die deutschen Soldaten damals aus der Villa Kongslund vertrieben haben musste, mich am Ende aber ziehen ließ – und obendrein noch versprach, nichts von meinem Ausflug zu verraten.

Ich verbrachte einen ganzen Tag auf der hellen Landzunge, wo sie im Schatten eines großen Ahornbaumes lebte. Sie bemerkte mich nicht, und ich gab mich nicht zu erkennen. Vielleicht hätte ich das tun sollen, im Hinblick auf die späteren Ereignisse, aber das wäre mir in dem Augenblick nicht eingefallen. Sie war das schönste, unschuldigste Wesen, das je aus der Elefantenstube abgereist war. Und niemand, der sie sah, konnte ernsthaft glauben, dass ihr irgendetwas Schreckliches zustoßen könnte. Diesen Irrtum habe ich mir später oft vorgeworfen. Susanne Ingemann war in ein Zuhause gekommen, in dem mächtige Dämonen hausten, was ich in den ersten Monaten, in denen ich sie aus meinem Versteck beobachtete, nicht gemerkt habe.

Sie kam im kalten Frühjahr 1962 nach Næsset. Der kleine Hof war ordentlich geführt und solide gebaut und befand sich seit vier Generationen im Besitz der Familie Ingemann. Oben von der Straße zwischen Våghøj und Kalundborg aus betrachtet, erinnerte das Hauptgebäude an eine flache Kuchenschachtel, die ein kreatives Kind mit Fenstern, Türen und einem spitzen Dachfirst versehen hatte. Zwischen zwei Hügel gedrückt, war es vor neugierigen Blicken und den heftigen Windböen vom Fjord geschützt. Neben dem Hauptgebäude stand eine niedrige Scheune, und an das Grundstück schloss ein kleines Moor an mit einem See, den die Kinder aus dem Ort im Winter zum Schlittschuhlaufen und im

Sommer zum Baden nutzten. Am Johannistag war der See graublau und im November, wenn die Winterstürme kamen, tiefgrün. Die erste bewusste Erinnerung, die Susanne hatte, war von einem Herbsttag unten am See. Sie war ein Stück ins Wasser hinaus gewatet und hatte in die Tiefe gestarrt, als sich plötzlich vor ihr zwischen Zweigen, Seerosenblättern und Pestwurz ein fremdes Gesicht zeigte und wieder verschwand. So hat sie es mir einmal beschrieben.

Aus dem Dunkel unter der Wasseroberfläche schaute ein verzweifeltes kleines Mädchen zu ihr hoch, und Susanne spürte ein heftiges Verlangen, sich zwischen den Seerosen ins Wasser gleiten zu lassen und die Kälte und Stille mit ihr zu teilen. Ich glaube, sie fand erst sehr viel später heraus, wen sie dort unten gesehen hatte, aber sie verriet es nie, wahrscheinlich nicht einmal sich selbst gegenüber. Die Rufe ihres Vaters vom Ufer haben sie damals gerettet, mehr hat sie darüber nie erzählt.

Es hatte immer männliche Erben auf dem Bakkehof gegeben, bis Susannes Großeltern drei Mädchen und danach keine weiteren Kinder bekommen hatten. Als ihre älteste Tochter Josefine beschloss, den Großknecht vom Nachbarhof zu heiraten, fiel allen ein Stein vom Herzen, konnte der Hof auf diese Weise doch noch eine Generation weitergeführt werden.

Das Schicksal hatte ihre erleichterten Seufzer gehört, sofort entsprechende Maßnahmen ergriffen, und es war Josefine Ingemann, die an den Rand des Abgrundes gelockt wurde. Einige Monate, bevor sie dem Großknecht das Jawort gab, hatte sie mit einem Sommergast aus Kopenhagen geflirtet. Er hieß Ulrik und hatte die junge Frau vom Land mit seiner exotischen, weltgewandten Art beeindruckt. Sie war dem hochgewachsenen, schmucken Mann an einem Markttag in der Stadt begegnet, hatte seinen Blick auf sich gezogen und mit ihm seine Träume geteilt. Zuerst einmal wollte er ein Jahr durch die Welt reisen und Stoff für einen großen Reiseroman sammeln, der ihm nach seiner Rückkehr zu Reichtum und Berühmtheit verhelfen sollte. Danach wollte er sie heiraten und zur Königin in ihrem Traumschloss machen.

Hatte er gesagt.

Eines Tages reiste er wie angekündigt ab. Sie schrieb monatelang Briefe an seine Poste-restante-Adressen überall auf der Welt, aber es kam nie eine Antwort.

Irgendwann resignierte sie – und heiratete doch noch den Großknecht vom Nachbarhof, der sie sein ganzes Leben lang aufrichtig liebte – und reihte sich damit in die unendliche Schar der Frauen ein, die einen hingebungsvollen Mann heiraten, während sie im Geheimen von einem anderen träumen, dem sie letzten Endes nicht zu folgen wagten.

Der Hof in Våghøj war ein Heim ganz nach Magnas Geschmack. Es lag direkt am Fjord, und man konnte gen Süden und Westen Wasser sehen, so weit das Auge reichte.

Die ältesten Bewohner auf Næsset erzählten jedem, der es hören wollte, dass die windzerzauste Landschaft Geheimnisse und Tragödien von den Ursprüngen des Landes barg. Hier wurde der Sohn von König Valdemar Sejr von einem verirrten Pfeil ins Herz getroffen, worauf der König in seiner ohnmächtigen Trauer ein großes Feuer entfachte, das jeden Stamm, jeden Zweig und jedes Blatt auf der ganzen Halbinsel verzehrte – und im Schein der Flammen schwor er, dass die Bewohner Næssets in alle Ewigkeit von Stürmen und Winden gepeitscht sein und niemals mehr einen windgeschützten Platz finden sollten.

Aber wie es eben so geht, die Bäume schlugen wieder aus und streckten sich dem Himmel entgegen, und über den Hügeln, Talmulden und Wiesen schwebten weiße, gelbe und orangefarbene Schmetterlinge, umschwirrt von summenden Insekten.

Inmitten dieser Farbenpracht stand Anton Jørgensen – Josefine Ingemanns Gatte –, der so bescheiden war, dass er vermutlich nie auf die Welt gekommen wäre, wenn nicht jemand anders ihm diese Entscheidung abgenommen hätte. Das launische Schicksal richtete es so ein, dass Josefines Ehemann Anton Jørgensen nicht in der Lage war, einen Erben zu zeugen und damit den größten Traum von Våghøj zu erfüllen.

Die Idee, ein Kind zu adoptieren, kam ihnen, als Josefines jüngste Schwester in einer Zeitschrift einen Artikel las, in dem auf acht bebilderten Seiten von einem Kinderheim in Skodsborg bei Kopenhagen berichtet wurde. Unter der Überschrift: *Lasst die Kindlein zu mir kommen* stand auf einer großen Rasenfläche die Heimleiterin mit ausgebreiteten Armen.

Sie mussten fast zwei Jahre auf die Adoptionsbewilligung warten und bekamen den Bescheid in der gleichen Woche, in der Susanne geboren und mit einem Taxi die wenigen Kilometer vom Rigshospital in das Säuglingsheim Kongslund gefahren worden war. In dieser Zeit lag sie in dem Bett neben meinem (wie ich später herausfand), und der Gedanke faszinierte mich, als ich sie aus meinem Versteck im Gesträuch von Våghøj beobachtete.

Ob es Antons kleinlaute Scheu vor den starken Frauen von Kongslund war, die verhinderte, dass die Familie den heiß ersehnten Jungen bekam, konnte nie aufgeklärt werden. Als Susanne ihren Vater viele Jahre später nach ebendiesem Detail fragte, sah er sie einen Augenblick lang verwundert an, bevor er die Hände in die Hosentaschen steckte und tat, als wäre er gar nicht da. Wenn Anton sich mit einer der schwierigen Fragen des Lebens konfrontiert sah, tat er genau das: Er verschwand ohne Vorwarnung aus seinem Körper, den er aufrecht stehend auf der Erde zurückließ, wo er ihn wieder einnehmen konnte, sobald das Problem oder der Plagegeist verschwunden war. Susanne verstand, dass er diese Frage niemals beantworten würde, und ließ ihn alleine auf dem Hofplatz zurück. Ein paar Minuten später bewegte er sich wieder und ging weg. Die ganze Situation war ziemlich unwirklich.

Nachdem alle Formalitäten geregelt waren, kamen Anton und Josefine am 9. März 1962 in ihrem nagelneuen vanillecremefarbenen Volvo nach Skodsborg, und Josefine aus Våghøj verfiel augenblicklich der kleinen Schönheit. Erst viele Jahre später bekam ich heraus, dass Magna Josefine und Anton an diesem Tag die Vorgeschichte des kleinen Mädchens erzählt hat, die, ob nun frei erfunden oder wahr, einen Menschen das Leben kosten sollte: Susannes biologische Mutter war direkt aus dem Kindbett zum Hauptbahnhof gefahren, wo sie eine passende Anzahl Männer getroffen und das Nötige erledigt hatte, um einen Ersteklassefahrschein nach Hamburg zu lösen – wo sich ihre Spur verlor. Nach diesem Bericht stimmte das Paar von Næsset nur allzu gerne dem Vorschlag der Heimleiterin zu, die wenigen existierenden Unterlagen zu der zweifelhaften Mutterschaft zu vernichten – ganz gegen die eigentlichen Prinzipien der Mutterhilfe.

Sie fuhren die hundertzwanzig Kilometer auf eisglatten Straßen zurück nach Næsset, erfüllt von dem Bedürfnis, ihr neues Kind in seinem neuen Heim zu betten und in einem neuen Leben erwachen zu sehen, wenn die Sonne am nächsten Morgen über dem Fjord aufging.

Spät in der Nacht liebten sie sich, als wollten sie damit die Empfängnis des neuen Lebens symbolisieren, und Josefine stöhnte hemmungslos unter Antons muskulösem Körper, als sie die Sorgen und den Kummer vieler verfluchter Jahre auf Næsset losließ. Danach schliefen sie ein, eng umschlungen, und hörten nicht den Gesang des Schicksals, das in dieser Nacht in Josefines fruchtbarem Körper das Lied des Lebens sang – dazu war ihr Schlaf zu tief.

Als der Morgen graute, war der Schneesturm nach Norden weitergezogen. Die Sonne schien auf Våghøj und den Bakkehof und bahnte sich einen Weg zwischen den dichten Zweigen der Bäume hindurch. In einem Sonnenstrahl, der durchs Fenster fiel, saß das Mädchen so verträumt und hübsch wie Däumelinchen auf seinem Seerosenblatt in der weißen Wiege und lauschte dem Ruf, den nur sie allein hören konnte.

In genau diesen Tagen tauchte der Globetrotter Ulrik – zwischen zweien seiner vielen Reisen durch die Welt – wieder in Josefines Leben auf. Diskret und weltgewandt, wie sie ihn in Erinnerung hatte. Sie entdeckte ihn in der Storegade in Kalundborg, wo sie ihre Wochenendeinkäufe machte, und war hoffnungslos verloren. Er lud sie zum Mittagessen ins Sømandshotel ein. Danach folgte sie ihm auf sein Zimmer und lauschte seinen Erzählungen von den vielen dunklen Kontinenten, die er bereist hatte (ohne ihr einen einzigen Gedanken zu widmen), und ihr war, als wäre der Reisende nie fort gewesen, als hätte ihr Körper sich nie nach einem anderen gesehnt.

Anton war so beschaffen, dass er sich nicht über die späte Heimkehr seiner Frau an diesem Tag wunderte. Und Josefine begrub die Erinnerung an ihr Abenteuer so tief in ihrem Innern, dass nicht einmal ihre beste Freundin etwas bemerkte. In ihrem Regal gab es von diesem Tag an ein Fach mit Ringordnern, in denen sie Jahr um Jahr alle seine Artikel aus den Wochenblättern *Hjemmet, Alt for Damerne, Familie Journalen* sammelte.

In den folgenden Jahren, in denen sie erneut unbeantwortete Briefe in alle Ecken der Welt schickte, veröffentlichte er immer dickere Bücher mit immer abenteuerlicheren Geschichten aus allen Teilen der Welt. Sie kaufte sie alle, aber ihn sah sie niemals wieder.

Als sie im Sommer 1962, genau vier Monate nach Susannes Ankunft, den schockierenden Bescheid bekam, dass sie schwanger war, sprach sie sechs Tage lang kein Wort.

Am siebten Tag nahm sie Anton beiseite, als er gerade vom Traktor kletterte, und weihte ihn in die verblüffende Tatsache ein, dass in der Nacht nach ihrer Rückkehr aus Kongslund das Wunder geschehen und sie schwanger geworden sei.

Anton besaß nicht die Fantasie, sich einen Betrug solchen Ausmaßes auch nur vorzustellen. Und so stand er in seinem flatternden, rotkarierten Hemd auf dem Hofplatz und suchte nach Worten, um seiner Freude Ausdruck zu verleihen. Da äußerte sie schon ihren nächsten Gedanken. »Wie sollen wir jetzt Susanne zurückgeben?«

Anton hatte regungslos dagestanden, es hatte ihm die Sprache verschlagen. »Wie meinst du das ... *sie zurückgeben*?«

Josefines blaugrüne Augen hatten die gleiche Farbe wie die Oberfläche des Sees in den frostklaren Wintermonaten, und sie sprach mit ihm wie mit einem Kind. »So hätte es doch eigentlich von Anfang an sein sollen, Anton! Wir hätten ein eigenes Kind haben sollen. Jetzt, wo ich mit unserem Kind schwanger bin, gibt es doch sicher irgendwo anders im Land kinderlose Eltern, die sich über Susanne freuen würden. Wir brauchen keine zwei Kinder.«

Normalerweise wäre Anton in einer Situation wie dieser auf der Stelle verstummt und hätte seinen Körper verlassen – aber nicht dieses Mal. Das hätte Josefine warnen sollen.

Er schwankte, um Worte ringend, vor und zurück und sagte schließlich: »Du meinst, wir sollen sie weggeben ... an andere Menschen ... wildfremde ...« Er brach den Satz ab.

Josefine hatte genickt und gelächelt. »Wir waren doch auch Wildfremde für sie«, sagte sie. »Bevor wir sie zu uns genommen haben.«

Anton Jørgensens Arme hingen leblos an seinen Seiten herunter; er sah aus wie die Vogelscheuche im Küchengarten, der seine Schwiegermutter im Winter immer die vom ihm abgelegten, verblichenen Bauernhemden anzog.

»Hör zu«, sagte Josefine und schien mit sanften Bewegungen bereits das neugeborene Kind von ihrem eigenen Fleisch und Blut in ihren Armen zu wiegen. »Wir rufen die Mutterhilfe in Kopenhagen an und schildern unser Problem. Sie sollen eine neue Familie für Susanne suchen – die ihr all das geben kann, was wir ihr nicht mehr geben können.«

Als erwachsene Frau hatte Susanne Ingemann oft über diesen einen, fundamentalen Augenblick spekuliert, in dem Anton stumm vor seiner Ehefrau stand und ihre Absicht begriff, in dem er seinen Körper verließ und gen Himmel schwebte, von wo aus er das betrachtete, was er nie für möglich gehalten hätte. Von einer Sekunde auf die andere verwandelte sich seine unbeugsame, bedingungslose Liebe in schwarze, verkümmerte Verzweiflung. Ich bin sicher, dass Josefine ihn in diesem Augenblick verschwinden sah und dass beide wussten, dass Susanne auf dem Hof bleiben würde und sie sich als Mann und Frau für immer verloren hatten.

Natürlich trennten sie sich nicht, erzählte Susanne mir, denn keiner von ihnen hätte gewusst, wohin er hätte gehen sollen. Nur ihre Seelen flogen in der Abenddämmerung für immer davon wie ein paar losgerissene Blätter.

Josefine drehte sich um und ging zurück ins Wohnhaus, leicht vornübergebeugt, als hielte sie noch immer das unsichtbare Kind im Arm. Anton blieb stehen wie in der Erde verwurzelt, mitten auf dem Hofplatz, und regte sich erst wieder, als es dunkel wurde.

Im folgenden Winter brachte Josefine ein kleines Mädchen zur Welt, das sie Samanda taufte, weil sie beschlossen hatte, dass die Namen der beiden Kinder mit dem gleichen Buchstaben beginnen sollten. Vielleicht wollte sie auf diese Weise unbewusst den unterschiedlichen Ursprung der beiden Mädchen verschleiern – Samanda ihr eigen Fleisch und Blut,

Susanne eine Fremde, laut Magna in die Welt gesetzt von einer Mutter, die als Hure in Hamburg geendet war.

In den ersten Jahren wuchsen die Mädchen in augenscheinlicher Harmonie auf, umgeben von der eigentümlichen Stummheit ihrer Eltern und des Ortes, an dem sie lebten. Die meisten Menschen tragen Kindheitserinnerungen mit sich durchs ganze Leben, gut verpackt und in den untersten Schichten des Bewusstseins verstaut, bis sich diese Erinnerungen dann irgendwann ganz überraschend melden und verwirrende Bilder und Sätze produzieren. So erinnerte sich Susanne viel später an das Gefühl von Unsicherheit, wenn sie in der Küche bei ihrer Mutter saß und sich wie in Gesellschaft einer Fremden fühlte. Sie konnte das frisch gebackene Brot riechen, hörte Samandas Geplapper, sah ihre Mutter Samanda hochheben, auf den Küchentisch setzen und ihren Blick festhalten, während sie ihr übers Haar strich – und in diesem Augenblick spürte sie den Unterschied, den zu benennen sie nicht imstande war.

Sie spürte die Liebe ihres Vaters, wenn er sie auf dem Arm mit hinaus aufs Feld nahm und ihr von all den großen und kleinen Wundern erzählte, die über und unter der Erde verborgen waren, doch auch bei ihm hörte sie einen Unterton von Mitleid. Als sie älter war, hätten ihre Eltern ihr erzählen können, wie alles zusammenhing, aber in dem weißen Kuchenschachtelhaus war schon vor langer Zeit bestimmt worden, dass die Wahrheit verschwiegen werden sollte. Josefines Bindung an Samanda wurde mit den Jahren immer enger, während sie Susanne zunehmend ignorierte. In ihren hohen, schmalen Regalen standen die hohen, dünnen Bücher mit Ulriks Schilderungen aus der großen, weiten Welt, die sie nie mit eigenen Augen sehen würde; schneebedeckte Gipfel in Tibet, tiefe Felsklüfte im Himalaya, schmale, steinige Inkapfade in den Anden, die sich immer weiter und ohne Ende aufwärts wanden; durch Ulriks Worte schlichen die Konquistadoren ungesehen an Anton und den Mädchen vorbei in Josefines Zimmer, das ihnen immer offenstand.

Josefine zog sich in sich selbst zurück, kenterte und sank und legte sich auf dem Grund des Daseins zur Ruhe, das ihr zugeteilt worden war. Jeden Abend saß sie auf der Bank im Schattenmeer unter den Haselsträuchern, den Blick nach Süden gewandt. Sie grüßte ihre unsichtbaren Besucher mit einem leichten Schütteln des Kopfes, als würde sie stumm eine Botschaft verneinen, die nur sie hören konnte. Von meinem Versteck aus sah ich ihre Schultern zur Erde sinken, in der sie irgendwann verschwinden würden, und ihr Mund stand halb offen wie im Protest gegen einen maßlosen, chronischen Hunger, den niemand zu stillen vermochte.

Ich hatte noch nie so eine mächtige Sehnsucht erlebt. Noch nicht einmal bei Magdalene, die eine Expertin für alle physischen und psychischen Sehnsüchte war. Ich erkannte mit gnadenloser Wucht, dass Magnas Botschaft an die Kinder von Kongslund eine Lüge war: *Die besten Zuhause liegen am Wasser.* Dass das nicht stimmte, lernte ich auf Næsset.

Am Wasser liegen die Zuhause, denen keiner entkommt.

Wäre ihre Mutter nur dem Ruf gefolgt, hatte Susanne einmal gesagt, aber sie klang nicht wirklich überzeugt.

Von außen betrachtet war Josefine eine glückliche Mutter mit zwei hübschen Töchtern, die sehr unterschiedlich waren und sich überhaupt nicht ähnelten – und so gut wie nie zusammen spielten. Wie es halt hin und wieder bei Geschwistern ist. Kein Außenstehender hätte geahnt, dass Josefine nicht für alle beide dieselben mütterlichen Gefühle hegte.

Niemand bemerkte die Angespanntheit, wenn Josefine kleinste Anzeichen von Fremdheit in Susanne wahrnahm. Für die meisten Eltern stellt die angeborene Verschiedenheit zwischen ihren Kindern kein Problem dar, weil ihre Liebe so unendlich ist, dass sie alle Eigenheiten, Fehler und unerklärlichen Unterschiede einschließt. Aber wenn Josefine bei ihren Töchtern saß, bevor sie einschliefen, kam der feine Unterschied, den es nicht hätte geben dürfen, zum Vorschein und nahm seinen Platz im Raum ein. In ihrer Stimme schwang ein schwacher Unterton mit, und Susanne verstand, dass sie nur zu Gast und eigentlich fremd war.

Susanne suchte instinktiv die Nähe ihres Vaters, der aber seine Gefühle nicht in Worte zu fassen vermochte; weder Liebe noch Trauer noch Zorn. Männer wie er mussten dafür andere Wege suchen.

Eines Tages saß er auf einem Baumstumpf auf einer Lichtung im Wald und hielt seiner Tochter einen kleinen Frosch hin. Er schloss behutsam die Hand um ihn und sagte: »Das hier ist eins der größten Wunder des Lebens...« Er drückte den Hals des Frosches mit zwei Fingern so fest zusammen, dass die Nägel ganz weiß wurden. »... die Pforte zwischen Leben und Tod...« Damit brach er dem Frosch das Genick und ließ das leblose Tier ins Gras fallen.

Susanne hatte seine Worte damals nicht verstanden, aber zugesehen, wie er den kleinen Frosch getötet hatte. Der Ausdruck in seinem Blick hatte ihr Tränen in die Augen getrieben.

In der fünften Klasse zeigte Susanne plötzlich merkwürdige Körperreaktionen. Es begann mit einem Grummeln im Bauchraum, gefolgt von Stichen im Magen, als hätte sie eine Wespe verschluckt, die unentwegt ihren Stachel von innen in ihr Fleisch bohrte. Nachdem der Direktor und der Klassenlehrer ihre Beschwerden als Bauchkneifen abgetan hatten, weil sie an einem Regentag mit nassen Schuhen herumgelaufen war, bekam sie reguläre Magengeschwürsymptome und wurde auf strenge Diät gesetzt, bestehend aus Haferschleim und Zwieback. Ihr strömte viel Mitgefühl entgegen, und sie achtete darauf, in regelmäßigen Abständen die Zähne zusammenzubeißen, als durchlitte sie tapfer ein besonders bösartiges Leiden. Sie seufzte aus tiefer Kehle – nur nicht zu übertrieben, da sie bereits früh begriffen hatte, dass Mitgefühl weder totale Verzweiflung noch Hoffnungslosigkeit tolerierte, geschweige denn Mitverantwortung.

Zu ihrem zwölften Geburtstag bekam Susanne ein blaues Fahrrad mit glänzenden Schutzblechen geschenkt. Zwei Wochen später fand ein Lehrer es verbeult und zerkratzt im Kies unter dem Regenschutz. Es sah aus, als hätte jemand es voller Zerstörungswut durch die Gegend geschleudert und wäre hinterher gnadenlos auf Rädern, Speichen und Rahmen herumgetrampelt.

Susanne starrte stumm auf das Wrack, vergoss aber keine Träne. Als der aufgebrachte Schuldirektor zusammen mit dem Hausmeister eine große Untersuchung ankündigte, um den Verantwortlichen für diesen Vandalismus zu finden, sagte sie noch immer nichts und senkte den Blick. Verunsichert von dem absonderlichen Schweigen, unterließen sie das umfassende Verhör aller Schüler, und die Angelegenheit geriet erstaunlich schnell in Vergessenheit. Niemand sprach mehr über die Episode, und selbst die Lehrer im Lehrerzimmer schwiegen.

In diesen Monaten schienen ihre Mutter Josefine alle Kräfte zu verlassen. Ihre Augen versanken in den Höhlen, und sie war von einem schwachen Schimmer umgeben, als bewegte sie sich durch eine Geisterwelt oder eine andere Dimension als die vertraute irdische. Die Teppiche knisterten leise, wenn sie darüberging, und die schweren Vorhänge im Wohnzimmer bewegten sich leicht wie in einem Luftzug, wenn sie vorbeischwebte, selbst in den Phasen, wenn auf Josefines ausdrückliche Anweisung sämtliche Fenster im Haus geschlossen waren. Und in allen Räumen, in denen sie sich aufhielt, herrschte absolute Stille.

Kurz vor den Sommerferien hörte diese Phase dann genauso plötzlich auf, wie sie gekommen war, als wäre das Böse von allein gegangen und hätte alle negativen Energien in dem Boden versickern lassen, aus dem sie hervorgekommen waren. Niemand konnte sich das erklären, aber alle waren erleichtert, was sich als ganz und gar voreilig erwies.

Knapp vier Monate nach Susannes zwölftem Geburtstag wurde das Erntefest gefeiert. Es war ein verhältnismäßig lauer Abend, und nachdem Anton in einem der wenigen berauschten Augenblicke seines Lebens mit allen Kleidern in sein Bett gekippt war, schlich Josefine durch die Zimmer mit den sich bauschenden Vorhängen und setzte sich schließlich auf den Boden, den Rücken an das hohe Regal gelehnt, in dem all die exotischen Bücher standen. Sie nahm eines heraus und las ein Kapitel, und so fand ihre Tochter sie um Viertel nach fünf am Morgen.

»Schau her, diesen Mann hat deine Mutter einst gekannt...« Josefine zeigte auf den Umschlag des Buches und das kleine Foto des Autors mit weißem Safarihemd und breitkrempigem Hut. Seine kräftigen Zähne glänzten weiß unter dem blonden, dichten Oberlippenbart.

»Mutter...?«, sagte Samanda.

Josefine schaute in seine blauen Augen.

»Mutter...?«, wiederholte Samanda.

Josefine erinnerte sich an seinen Finger auf ihren Lippen und seinen Abschiedskuss, die offenstehende Tür des Taxis, ehe er in die Welt entschwand.

»Mutter...?«, sagte Samanda. »Erzähl mir das Abenteuer!«

Josefine faltete die Hände hinter dem Buchrücken und las das Kapitel von der spanischen Armada, die Schiffsladungen lebenden Goldes nach Hause brachte, das die Konquistadoren auf den Kanarischen Inseln gefunden hatten, kleine gelbe Vögel, die so viel hübscher sangen als alle Vögel in den tiefen, schwarzen Wäldern der Fürsten und Könige Europas.

»So einen will ich haben«, jubelte Samanda, und niemand konnte ahnen, dass dieser unschuldige Wunsch jenen Plan vollenden sollte, den das Schicksal schon vor Jahren ausgeheckt hatte – und der in der Konsequenz ihren Untergang besiegelte, wie Susanne es später erzählt.

Als Josefine und ihre Tochter am Montagmorgen nach Kalundborg fuhren, war der Wunsch auf zwei Vögel angewachsen. Im Laden angekommen, verdoppelte er sich noch einmal auf vier. Selbst der größte Käfig im Laden war bereits zu klein, sodass Josefine um einen großen Karton mit Luftlöchern bitten musste, damit die kleinen Wesen atmen konnten, als sie eilig nach Hause fuhren. Sie holte Anton von seiner Arbeit auf dem Feld und steckte ihn mit ihrer Begeisterung für die vier neuen Mitbewohner an. Auf den nachdrücklichen Wunsch seiner Frau und jüngsten Tochter hin baute er in einer Nacht und einem Tag eine riesige Voliere mit gespannten Netzen über einem Boden aus Birkenbrettern und mit Öl behandelten Holzfaserplatten. Nach Josefines Anweisungen platzierte er den imposanten Käfig zwischen der Küchentür und dem nach Süden gehenden Fenster. Schon einen Monat später bekamen die vier Gäste zwei neue Kameraden, und bald saßen auf den geschnitzten Stöckchen aus Eiche, Buche, Birke, Ulme und Esche acht grellgelbe, muntere, laut singende Kanarienvögel, die acht eifrigen Schnäbel hoch gen Himmel gestreckt. Manchmal war ihr Gezwitscher so laut, dass Susanne sich am liebsten die Ohren zugehalten hätte, aber das traute sie sich nicht, weil sie sah, wie angetan ihre Mutter von der neuen Gesellschaft war. Noch ehe das Jahr vorbei war, waren aus den acht Vögeln zwölf geworden – genau die Zahl, von der Josefine immer geträumt hatte. Und sie gab den Vögeln die Namen griechischer Götter oder Philosophen, die sie in einem Buch über den Olymp gefunden hatte, von Ulrik in dem Jahr veröffentlicht, als Samanda geboren wurde: *Hera, Aphrodite, Amphitrite, Aiolos, Athene, Hermes, Dionysos, Prometheus, Poseidon, Zeus, Sokrates, Platon...* Stunden verbrachte sie auf einem Hocker vor der Voliere in der Küche und schaute konzentriert durch den Maschendraht, als wartete sie auf ein Ereignis, das noch nicht in Sicht war.

Eines Morgens fuhr sie erneut nach Kalundborg. Als sie am späten Nachmittag wieder zurückkam, stellte sie ihr Einkaufsnetz auf das Sofa und entnahm ihm einen kleinen mit einem grünen Tuch abgedeckten Holzkäfig. Der Käfig stand die Nacht über neben ihrem Bett, und am Morgen wurde das ganze Haus von einem trillernden Flöten geweckt. Susanne hörte ihre Mutter ausgelassen lachen. »Das ist mein größter Schatz«, rief sie lachend aus ihrer Schlafkammer.

Sie taufte den dreizehnten Vogel Aphrodite, das war ihr Lieblingsname, und die erstgeborene Aphrodite wurde in Aristoteles umbenannt.

Die neue Aphrodite war mit einer besonderen, äußerst seltenen Farbmutation geboren worden: Sie hatte eine weiße Brust und schmale Streifen Gelb auf den zierlichen Flügeln, die wie Gold glänzten. Aphrodite saß zwei Tage lang eingeschüchtert in der Voliere und schielte nervös zu ihren zwölf Artgenossen. Am dritten Tag ertönte ein merkwürdig trockenes Husten vom Boden des riesigen Käfigs, worauf die zwölf Kanarienvögel die Köpfe neigten und das Zwitschern einstellten. Josefine stieß einen Schrei aus. Die neue Aphrodite mit der goldenen Federzeichnung saß zusammengekrümmt in der Voliere und schnappte angestrengt nach Luft. Sie war der Mittelpunkt des ungeteilten Interesses der übrigen Vögel. Es vergingen zwei weitere Tage, an denen sie all ihre Pracht einbüßte und den größten Teil ihrer Federn verlor, sodass sie eher an einen alternden Sokrates erinnerte als an die üppige Göttin der Liebe: zerrupft, aufgebläht, fast kahl.

Am nächsten Morgen legte sie ein Ei. Ein großes, grünlich schimmerndes Ei mit braunen Flecken. Josefine hielt ausnahmsweise Antons Hand umklammert, als sie den Prozess beobachtete.

Das Ei war größer als die Mirabellen, die sie im Sommer an der Spitze von Næsset pflückten – und Josefine wimmerte gequält, als wäre sie die Gebärende. Die gewölbte Schale schob sich ein Stück weiter heraus, dass es dem Vogel fast die Augen aus dem Kopf drückte, während sein Brustkasten sich in ohnmächtiger Angst hob und senkte. Bei dem Anblick entrang sich Josefines Kehle ein Stöhnen. Endlich kam das ganze Ei heraus, und Susanne, die hinter ihrer Mutter gestanden hatte, stürzte auf die Toilette und erbrach sich röchelnd und übertönte fast die Vollendung der grotesken Geburt in der Voliere. Die übrigen zwölf Vögel saßen wie versteinert da, und Samanda weinte mit weit aufgerissenen Augen.

Sie sahen Josefines Liebling neben dem furchteinflößend großen Ei auf dem Boden der Voliere umkippen. Der Brustkasten hob und senkte sich. Dann machte der Vogel einen Versuch, sich zum Brüten auf das Ei zu setzen, rutschte aber immer wieder herunter. Das Schauspiel wiederholte sich ein paar Mal, ohne dass einer von ihnen eingriff. Susanne fühlte kein Mitleid mehr, weder mit Aphrodite noch mit Josefine. Am Ende schob Anton einen Arm in den Käfig, nahm das Ei heraus und sah es sich genau an. Es war angeknackst und sah tot aus. »Sie war scheinschwanger«, stellte er fest. »Und sie wird endlos weiter Eier legen, wenn wir sie nicht töten.«

Josefine sah ihn mit leeren Augen an. Dann stand sie auf, nahm das Ei aus seiner Hand und legte es behutsam in eine Tupperdose, die sie in ihr Zimmer trug. Am nächsten Tag sahen sie, dass sie den Riss im Ei mit Pflaster und Wachs geschlossen hatte, aber es sah noch genauso leblos wie vorher aus.

Zwei Tage später lag das Ei immer noch in seiner Wachshülle in der blauen Schale. Josefine hatte jeden Morgen das Pflaster gewechselt, und die Schale hatte eine grünliche Färbung angenommen. Am sechsten Tag gab Josefine auf.

Am Morgen darauf nahm Anton die völlig entkräftete Aphrodite und die Schale mit dem angeknacksten Ei. Susanne stand abwartend in der Küchentür.

Sie dachte an den Frosch, den ihr Vater ohne Vorwarnung vor ihren Augen getötet hatte.

»Komm mit!«, sagte er, und sie lief hinter ihm her.

Vater und Tochter stapften durchs Unterholz, bis sie einen passenden Platz hinter einem Wacholderbusch mit nackten, stacheligen Zweigen fanden. Sie stellten Aphrodite auf den Boden, die zitternd in ihrem Holzkäfig saß und sie ansah, als wüsste sie genau, was sie erwartete. Susanne starrte auf die Hände ihres Vaters und verspürte zu ihrer Überraschung ein eigentümlich erwartungsvolles Kribbeln in ihren eigenen Fingern wie Nadelstiche. Sie bekam eine Gänsehaut und wusste nicht, warum.

Ihr Vater ging mit dem verängstigten Vogel in der großen Hand in die Hocke und sah Susanne tief in die Augen. Dann streckte er ihr langsam seine Hand entgegen. Und sie nahm den Vogel und tat, was er damals mit dem Frosch getan hatte, um ihr die Pforte zwischen Leben und Tod zu zeigen. Einen Augenblick später lag Aphrodite mit gebrochenem Genick in ihrer Schachtel, den Schnabel halb geöffnet, stumm, die Augen gebrochen. Sie gruben ein Loch in den Waldboden und stellten die Holzschachtel mit dem kleinen gelben Vogelkörper hinein. Hinterher traten sie die Erde fest und beseitigten alle Spuren des Grabes, damit niemand es jemals wiederfinden würde. Abschließend trat Anton fest auf das Ei, bis von der grünlichen Schale nur noch winzige Splitter übrig waren, die vom Wind davongetragen wurden.

Der Winter wurde hart. Josefine hatte den Tod ihres Goldvogels offensichtlich als böses Omen verbucht und schien sich zu weigern, jemals wieder an dem gewöhnlichen Alltag teilzunehmen. Sie schwebte wie ein Geist durch die Räume, der Mund ein weißer, dünner Strich unter den schwarzen

Augen, die nichts Irdisches mehr fokussierten. Selbst ihre Freundinnen hielten sich fern, und das leise Zwitschern der übrigen Vögel in der Voliere in der Küche vermochte kaum die dichte Stille zu durchdringen.

Eines Nachts, als alle schliefen, schlich das Schicksal ungesehen durch die Räume und vollendete die Katastrophe (die Susanne seit Aphrodites Ankunft und Tod erahnt hatte). Ich war der erste Mensch, dem sie diese Geschichte je erzählt hatte, und es war das Merkwürdigste, was ich je gehört habe.

Eines frühen Morgens waren plötzlich alle Geräusche verschwunden – das leise Picken gegen die Stöckchen, das Klingeln und Wuseln und Gezwitscher aus der Küche –, alles war verstummt. Die Tür zur Voliere stand offen, genau wie die Tür, die auf den Hofplatz führte. Alle Vögel waren ausgeflogen. Nur eine Frauenstimme durchbrach die Stille, die fast zwei Monate nach Aphrodites Tod angehalten hatte, mit einem Laut, der nicht von dieser Welt war.

Als Anton in die Küche kam, saß Josefine am Tisch und schüttelte ihr blasses, immer noch hübsches ovales Gesicht zwischen zwei geballten Fäusten. Ihr Mund stand halb offen, und ein klägliches Jammern gurgelte aus ihrer Kehle. Als hastige Schritte auf dem Flur zu hören waren, baute Anton sich in der Küchentür auf und verscheuchte seine erschrockenen Töchter mit einem lauten »Nein, nein, nein!«.

Es bestand kein Zweifel, dass jemand die Vögel vorsätzlich freigelassen hatte. Die Tür der Voliere hätte noch durch einen Stoß oder ein Missgeschick aufspringen können, aber die Küchentür auf den Hof hinaus ging nicht von allein auf.

»Ein Landstreicher vielleicht«, schlug Anton vor.

Josefine starrte mit glasigem Blick ins Nichts.

Da schwieg auch er. Nur ein Irrer würde mit zwölf gelben Kanarienvögeln weglaufen und das Tafelsilber liegenlassen.

Samanda und Susanne schlossen zwei Monate später die

erste beziehungsweise zweite Gymnasialklasse ab. Der schlimmste Schock schien überstanden, und alle hofften darauf, dass das böse Schicksal genug bekommen hatte.

Gleichwohl dachte Susanne noch manchmal an die Tür, die geöffnet worden war, als alle schliefen, und an die Sonne, die über dem Fjord aufgestiegen war und die kleinen Vögel herausgelockt hatte. Sie dachte an den Frosch und Aphrodite, die leblos draußen in der kalten Erde lag.

In den folgenden Monaten war Josefines Haut papierener als je zuvor. Ihr Gang war zögernd, ihre Gelenke steif und verkrampft, sie schienen den Anweisungen des Gehirns nicht mehr Folge zu leisten. Susanne hatte sie schon mehrmals gut dreißig Minuten lang reglos im Wohnzimmer stehen sehen, als wüsste sie nicht, wo sie war oder wie sie ihre Gliedmaßen bewegen sollte. Es kamen keine neuen Vögel ins Haus. Die Voliere stand leer und klapperte leise, wenn Susanne oder ihr Vater zwischen Kühlschrank und Küchentisch hin- und hergingen. Das Abendessen wurde schweigend eingenommen. Der leere Käfig befand sich in Susannes rechtem Blickfeld, und sie hasste ihn, war er für sie doch so etwas wie ein Mausoleum. Es wunderte sie, dass das Stahlgitter so blank blieb, als würde Josefine es weiter mit ihrem leicht angefeuchteten Wischlappen putzen, wenn keiner es sah.

Sie atmete tief ein. »Wenn ich in die dritte Klasse komme, ziehe ich aus«, sagte sie.

Josefine hob den Blick, zum ersten Mal seit Langem. Anton führte ganz langsam eine Gabel Gulasch zu seinem Mund. Er wirkte, als hätte er sie nicht gehört. Vielleicht schwebte er bereits unter der Decke, um sich von dem Auftritt zu distanzieren.

Samanda saß merkwürdig steif da.

»Ich kann eine Wohnung in der Stadt mieten«, sagte Susanne. Mit der Stadt meinte sie Kalundborg.

Josefine rührte sich nicht.

Susanne sah ihr direkt in die Augen. »Wenn ich zu Hause bleiben soll, gehe ich vom Gymnasium ab und suche mir eine Arbeit als Kassiererin.« Sie wusste nicht, wieso sie das sagte.

Anton starrte auf seinen Teller. Josefine saß mit halb offenem Mund da. Samanda war steif und bemerkenswert blass, ohne das Lächeln, das Susanne erwartet hatte.

»In diesem Haus wird man krank«, sagte sie.

In diesem Augenblick hob Josefines Brustkorb sich plötzlich bis zum Anschlag.

Samanda streckte die Hand aus, aber es war zu spät.

»*Du...!*« Josefine richtete ihren rechten Zeigefinger direkt auf Susannes Gesicht. »*Du hast hier nie einen Platz gehabt!*«

Aus dem Augenwinkel sah Susanne Samandas abwehrende Handbewegung und die aufgerissenen Augen, und im Hintergrund hörte sie die Voliere rasseln, als ob auf wunderbare Weise die Vögel zurückgekehrt wären, um ihre Plätze zum Showdown einzunehmen.

»*Und... komm ja nie wieder hierher zurück! Ich will nicht... dass du noch einmal einen Fuß auf dieses Grundstück setzt...!*«

Da wurde Anton plötzlich wach und versuchte den erhobenen Arm seiner Frau festzuhalten, aber sie fegte ihn mit der Wucht ihres Ausbruchs beiseite, als wäre er nichts weiter als ein Staubball im Wind auf dem äußersten Zipfel von Næsset.

Die Druckwelle ihres Zorns traf Susanne und hob sie fast vom Stuhl. »*Weißt du, was du bist... Weißt du überhaupt, was du bist... Weißt du, wo du herkommst... Weißt du, wo du... Weißt du, wo... In Hamburg... in Hamburg... Deine Mutter ist eine Hurendirne... Du wurdest von einer Hure aus Hamburg geboren...!*«

Dann wurde Josefine von einem Schluchzer zerrissen, der tief aus ihrem Inneren hochstieg. Susanne sprang auf und rannte aus der Küche, dicht gefolgt von Anton. Sie erreichte ihr Rad, das, von Anton repariert, noch immer Spuren der

Zerstörungswut zeigte, und war weg, ehe er sie aufhalten konnte. So endete Susannes Leben in dem Kuchenschachtelhaus in Våghøj so abrupt, wie es begonnen hatte.

Der Koffer des Kinderheims mit den kleinen blauen Elefanten stand noch immer in ihrem Schrank. Er war eine Erinnerung an die wenigen Tage, in denen sie Antons und Josefines Wunschtraum gewesen war; das Mädchen aus Kongslund mit dem goldenen Glorienschein und dem Glück, das sich in allem widerspiegelte, womit sie sich umgab.

»Hat sie das wirklich gesagt...? *Eine Hurendirne aus Hamburg...*«, fragte ich verblüfft, als Susanne mir die Geschichte zum ersten Mal erzählt hatte, aber sie hatte nur einen Finger an ihre schönen Lippen gelegt. »Marie, du darfst niemals...« Sie stockte. Hinter ihr hing der alte Spiegel, schwarz und stumm vor Empörung über die Geschichte, die vor ihm aufgerollt worden war.

»Ich habe doch niemanden, dem ich es erzählen könnte«, sagte ich.

»Wie auch immer... So endete die Geschichte.«

»So abrupt?«

»Ja. Aber irgendwie habe ich immer gewusst, dass es so kommen würde. Es lag in der Luft. Seit sie sich die Vögel gekauft hat.« Sie verstummte.

»Die Vögel?«

»Ja, und als Aphrodite gestorben ist.« Wieder schwieg sie.

Ich war zu ungeduldig, um mich an dem merkwürdigen Unterton in ihrer Stimme aufzuhalten, und das war ein Fehler, den ich erst sehr viel später bemerkte. Stattdessen stellte ich die naheliegendste Frage: »Und wie ging es weiter?«

»Ich wohnte bei den Eltern einer Freundin in Kalundborg – während ich natürlich über die Adoption und alles, was damit zusammenhing, nachdachte. Ich wollte wissen, woher ich kam und so weiter. Was mich aber am meisten traf, war die Tatsache, dass ich nun nicht mehr das Mädchen meines Vaters war. Dieser Gedanke war für mich schier unerträglich. Meine Mutter und Samanda waren mir egal. Ich hasste sie beide.«

Ich registrierte, dass sie noch immer »meine Mutter« sagte.

»Mein Vater hatte mich gelehrt, wie man sich entzieht, wie man in den Himmel fliegt, bis unten wieder freie Bahn ist.« Sie ergänzte diese groteske Beschreibung von Antons Lebensangst mit einem kleinen Lächeln. »Und dann bekam ich ein winziges Zimmer im fünften Stock eines Miethauses in Kalundborg.«

»Ihr habt nie wieder miteinander gesprochen?«

Sie schüttelte den Kopf. »Nicht einmal bei der Beerdigung.«

»Welche Beerdigung?« Ich richtete mich auf und sah in diesem Augenblick ihren schlanken, unbeweglichen Rücken wie einen dunklen Schatten in dem Zerrspiegel hinter ihr.

Sie nickte, ohne eine Miene zu verziehen. »Samandas Beerdigung. Sie ist gestorben. Nicht allzu lange nach meinem Weggang.«

»Sie ist gestorben?« Ich dachte, ich hätte mich verhört.

»Ja. Sie ist etwa ein Jahr später gestorben. Unten am See. Wo wir immer Frösche gefangen haben.« Sie sah mich mit ihren strahlend grünen Augen an, und es lag eine merkwürdige Ruhe über ihrem Gesicht. Ich war erschüttert. »Nachdem ich ausgezogen war, ist sie regelrecht verwelkt. Keiner konnte sich das erklären. Niemand konnte herausfinden, was ihr fehlte.«

Es lief mir kalt den Rücken runter. Ich verfluchte mich selbst, weil ich die Gefahr nicht gesehen hatte, die auf Samanda lauerte. Ich hatte bei den zwei Schwestern immer nur Augen für Susanne gehabt.

»Sie kriegte keine Luft mehr, und am Ende konnte sie kaum noch laufen«, sagte Susanne Ingemann, noch immer bemerkenswert ruhig, und beugte sich vor, sodass ich ihre Konturen nicht mehr in dem alten Spiegel sehen konnte, der schon lange in die Märchenwelt verbannt worden war, wo Spiegel und Menschen wenigstens eine gewisse Kontrolle über die Ungeheuerlichkeiten haben. »Ihre Beine wurden immer dünner und wackliger, als wollten sie einfach nicht mehr.«

Ich öffnete den Mund, um die nächste Frage zu stellen, aber sie antwortete, ehe ich sie überhaupt ausgesprochen hatte.

»Die Ärzte fanden nichts heraus. Alles an ihr gab einfach nach. Und eines Morgens haben sie sie im See gefunden. Wahrscheinlich war sie dort hingegangen, um zu baden, das tat sie morgens gerne, wenn es warm genug war – die Kräfte müssen sie verlassen haben, als sie wieder zurück ans Ufer wollte.«

Sie beschrieb das Ende tonlos, beinahe desinteressiert, und in diesem Augenblick wünschte ich mir, Magdalene an meiner Seite zu haben. Aber sie besuchte mich nie, wenn Susanne da war.

»Sie ist ertrunken...?«

»Ja.«

Die besten Zuhause liegen am Wasser, hatte Magna gesagt.

»Zu ihrer Beerdigung war ich das erste Mal zurück auf dem Hof.«

»Hatte das irgendetwas zu tun mit...?« Ich wusste nicht, wie ich meine groteske Frage formulieren sollte, und Susanne ignorierte mein Stammeln.

»Nein. Sie war die meiste Zeit mit meiner Mutter zusammen«, sagte sie. »Mit ihrer Mutter, meine ich... gar nicht so einfach, was...?« Sie war aufgestanden und schaute durchs Fenster in die Dunkelheit, die sowohl die schwedische Küste als auch Hven mit der abenteuerlichen Sternenburg des alten Himmelsforschers verschluckt hatte.

»Ich habe keinen blassen Schimmer, was meine Mutter sich eigentlich unter einem *glücklichen* Familienleben vorgestellt hat«, sagte sie. »Das Problem der Mütter ist, dass sie sich zu sehr wünschen, dass ihre Kinder nach ihnen schlagen... ihnen aufs i-Tüpfelchen gleichen. Dabei sollten sie uns lieber helfen, alles besser zu machen und die Fehler zu vermeiden, die sie selbst begangen haben. Josefine wollte, dass ich wie sie bin. Sie wollte einfach nicht wahrhaben, dass sie eine Fremde bei sich aufgenommen hatte.«

Ich war nicht ihrer Meinung, hatte eine andere Erklärung, die ich viel naheliegender fand. »Vielleicht hat es sie auch einfach maßlos erzürnt oder enttäuscht, dass du ihre Kanarienvögel freigelassen hast«, sagte ich. »Die Vögel haben ihr schließlich alles bedeutet.«

Susanne hatte zwei Finger an ihre geschwungenen Lippen gelegt. Sie war wunderschön. Kein Wunder, dass die meisten Männer sich in ihrer Gegenwart wie verschüchterte Jungs benahmen – und dass ich selbst sie geliebt habe.

»Aber Marie«, sagte sie nach einer ganzen Weile, leise und mit amüsiertem Blick, den ich etwas unpassend fand. Sie neigte den Kopf, wie um die zwölf entflohenen Kanarienvögel zu imitieren. »Du hast das falsch verstanden, Marie. Das war doch nicht ich... Hast du das wirklich geglaubt?« Sie lachte, und alles um sie herum begann zu strahlen, selbst der Spiegel war für einen Moment geblendet und reflektierte ihren Strahlenglanz so ordinär wie gewöhnliches Fensterglas.

Ich sank auf mein Bett, schiefer und finsterer als sonst, unbeweglich.

»Marie... hör zu, ich habe die Vögel nicht freigelassen!« Sie lachte wieder, noch lauter, dann wurde sie plötzlich ernst. »Und das wusste sie, ganz sicher.«

Ich konnte nicht antworten.

»Hast du das wirklich geglaubt? Dann denkst du auch, dass ich mein Rad zerstört habe, nicht wahr? Die anderen haben geglaubt, das wäre Samanda gewesen. Aber sie war es nicht.«

Plötzlich konnte ich den Zorn des einen Kindes auf Næsset verstehen – und diese Offenbarung zog mir den Boden unter den Füßen weg.

»Ich habe sie wirklich gehasst, Marie, das gebe ich zu. Du kannst dir nicht vorstellen, wie sehr man jemanden hassen kann, wenn man sich... derart... wie ein Stück Dreck fühlt... das alle anwidert.« Sie zog die Schultern hoch und sagte in überraschend leichtem Tonfall: »Natürlich hätte ich nicht einfach gehen dürfen. Letzten Endes konnte Samanda nichts dafür. Aber das war mir damals egal. Ihre Sehnsucht war mir egal, weil ich sie so sehr hasste. Aber vielleicht... habe ich auch genau gewusst, was ich tat...« Wieder zog sie die Schultern hoch. »Und dann ist sie gestorben.«

In dieser Sekunde hatte ich das unheimliche Gefühl, dass sich noch ein weiterer Mensch in meinem Zimmer befand. Ich hatte schon immer einen Hang zum Melodramatischen. Aber da war nur Susanne, und sie saß unbeweglich vor mir. Vielleicht war sie gerade dabei abzuheben wie Anton. Ich dachte an ihre Beschreibung des Gesichts, das sie als Kind in der Tiefe des Sees in Våghøj gesehen hatte. War das tatsächlich ein Traum gewesen? Ich fröstelte.

Ihre Stimme holte mich zurück. »Marie, du hast dein ganzes Leben an einem Ort verbracht, an dem alles zur Harmonie verdammt war. In dem schönsten Haus, nah am Wasser, unter den zwölf Buchen, im berühmtesten Kinderheim des Landes. Du kannst dir nicht vorstellen, *wie sehr man hassen kann*... dass man bereit wäre zu töten. Und manchmal kommt es tatsächlich so weit.«

Ich schaute noch einmal zu dem Spiegel, um Kontakt zu dem Wesen aufzunehmen, das sich darin befand, wie ich sicher glaubte. Aber das Glas war ganz schwarz.

»Was glaubst du, wer die Tür der Voliere geöffnet hat?«

Susanne hatte den Kopf geneigt, und ein leichtes Lächeln umspielte ihre Lippen. »*Wer*, glaubst du, hat es getan, Marie? Bevor du das nicht weißt, weißt du nichts.«

Ich antwortete nicht auf ihre Frage. Vielleicht gibt es Dinge, die man tief in seinem Innern gar nicht verstehen will.

»Da musst du selber draufkommen, Marie«, sagte sie.

Ich sagte noch immer nichts.

»Erst wenn du das verstehst, verstehst du alles.«

Später in der Nacht, nachdem wir das Licht gelöscht hatten und zur Ruhe gekommen waren, hörte ich ihre Stimme in der Dunkelheit. Ich glaube nicht, dass sie mitbekommen hatte, dass ich weinte, weil ich instinktiv verstand, dass sich in dieser Nacht eine Barriere zwischen uns geschoben hatte, aber noch nicht wusste, warum.

»Während wir Psalmen singend in der Kirche an der äußersten Spitze von Næsset saßen, der Pastor vom *Ewigen Leben* predigte und Samandas Mutter ohne Unterlass weinte, beschloss ich mich auf die Suche nach meinen leiblichen Eltern zu machen«, sagte sie.

Ich spürte einen Anflug von Panik und hielt die Augen geschlossen. »Aber du hast sie nicht gefunden?«, flüsterte ich. Ich kannte die Antwort besser als irgendwer sonst.

»Nein«, sagte sie.

»Keinen von beiden…?« Meine Stimme zitterte, aber sie merkte es nicht.

»Nein«, sagte sie. »Es gab überhaupt keine Anhaltspunkte. Keine Adoptionspapiere, keinen dramatischen Brief, keinerlei Unterlagen, auch nicht bei der Mutterhilfe. Noch nicht einmal irgendwelche Notizen in Kongslund. Alles war weg… oder *verlegt*, wie Magna es nannte. Vielleicht war das der Grund dafür, dass sie mich später zu ihrer Stellvertreterin machte. Wahrscheinlich tat ich ihr leid.«

Was für eine himmelschreiende Naivität. Mehr als dreißig

Jahre nach ihrem ersten Abschied aus Kongslund war sie zurückgekehrt – als Magnas rechte Hand –, und wenige Jahre nach ihrer Ernennung zur Heimleiterin tat sie etwas Sonderbares, an das ich mich in jener Nacht erinnerte, wonach ich sie aber nicht zu fragen wagte. Sie installierte einen hübschen Vogelbauer mit vier eidottergelben Kanarienvögeln, die wie besessen sangen und die Kinder begeisterten. Sie hatte den Käfig in das hohe Fensterfach in Magnas altem Büro gestellt, damit die Vögel den ganzen Tag auf ihren Stöckchen sitzen und zu den zwölf großen Buchen hinausschauen konnten, die sie niemals erreichen würden. Es war wie eine Wiederholung ihrer eigenen Vergangenheit.

Drei der Vögel lebten beinahe fünfzehn Jahre, eine unglaubliche Zeitspanne für diese Art, und als der letzte starb, schaffte sie keine neuen an. Der Käfig blieb leer und unberührt in der Fensternische stehen wie das Zimmer eines Verstorbenen, das die trauernden Hinterbliebenen nicht ausräumen wollten.

Der vierte Kanarienvogel war einige Jahre zuvor ganz plötzlich verschwunden gewesen. Eines Morgens war der Vogel einfach weg.

Sie hatte in der Morgensonne gestanden und versucht, den simplen, unumstößlichen Fakt zu verstehen, den niemand ihr erklären konnte: Das Fenster stand offen, aber die Klappe des Käfigs war verschlossen.

Es deutete alles darauf hin, dass sie irgendwann im Laufe der Nacht geöffnet und danach wieder verschlossen worden war.

»Kein Kanarienvogel öffnet selbst die Käfigklappe – und schließt sie wieder hinter sich...«, sagte Gerda ängstlich. Sie brauchte den Satz nicht zu Ende zu sprechen.

...bevor er wegfliegt.

Keiner von uns sagte etwas.

24

NILS

21. JUNI 2008

Natürlich hatte Magna die Fäden gezogen und ihren treuen Diener Carl Malle vorgeschickt, um mit Susanne Ingemann zu reden, während diese noch in der Ausbildung war.

Das war typisch für die mächtigste Frau in meinem Leben, sie ging immer so vor, wenn sie Dinge aushecke und weder auf Gott noch auf den Teufel vertraute.

Magna hatte Susanne das Angebot gemacht, im Heim zu arbeiten und später ihre Nachfolgerin zu werden. Wie hätte das Mädchen aus Næsset das ablehnen können?

Alles war vorbereitet worden, genau wie meine Pflegemutter es gewünscht hatte.

Nach einer traumlosen Nacht war ich früh aufgestanden, obwohl die Gäste erst gegen Mittag erwartet wurden.

Seit dem Tod meiner Pflegemutter waren inzwischen sechs Wochen vergangen.

Vor mir lag der Tag, von dem ich mein ganzes Leben geträumt hatte und den Magdalene mir vom ersten Tag unserer Begegnung an in Aussicht gestellt hatte.

»Geduld«, hatte sie leise gelispelt. »Geduld ist der einzige Verbündete der Ausgestoßenen und Missgebildeten.« Heute sollte ich mit drei der fünf Jungen aus der Elefantenstube wiedervereint werden.

Ich blickte über den Sund in Richtung Hven, ließ das Fernglas aber im Stativ stecken. Laut Kongslunds Kalender war es der längste Tag des Jahres, was ich als ein besonderes Zeichen der Mächte auffasste, die uns zusammengeführt hatten.

Kurz vor zwölf Uhr hörte ich zwei Wagen auf der anderen Seite des Hauses halten. Ich wartete fast fünf Minuten, ehe ich mich langsam aus dem Rollstuhl erhob, einen Blick in den Spiegel warf (der stumm zurückstarrte) und leise über die Treppe nach unten ging.

Ich weiß noch, dass ich kurz innehielt und einen Blick auf N.V. Dorphs Frau in Grün warf, als hätte sie etwas mit der bevorstehenden Festlichkeit zu tun oder als könnte sie mir etwas dazu sagen, aber sie schwieg. Deshalb ging ich nach unten in die Halle und öffnete die Tür der Säuglingsstube, wo mich Gerdas Elefanten mit ihren hoch erhobenen Rüsseln sofort umringten. Das kleinste Kind war für den Mittagsschlaf in den Gartenpavillon gebracht worden, sodass niemand sonst im Raum war. Ich blieb lange hinter den Gardinen stehen und beobachtete die vier Gäste draußen auf der Terrasse. Mein Herz klopfte schnell und hart, dass ich aus Furcht meine Zähne zusammenbiss, damit niemand es hörte.

»Jetzt, Marie«, flüsterte mir die Verbündete meines Lebens zu. »*Jetzt.*«

Die vier Männer standen mit Susanne Ingemann zusammen. Ich konnte nicht hören, was gesprochen wurde, aber aus ihren Gesichtern schloss ich, dass sie noch bei den ersten, linkischen Begrüßungsfloskeln waren. Asger Christoffersen lächelte. Er war fast einen Kopf größer als die anderen, als hätte sein Streben nach den Sternen auch seine Muskeln und Sehnen beeinflusst, und seine Brillengläser waren dick wie Teleskoplinsen. Links neben ihm stand Nils Jensen. Mit all den Apparaten, die um seinen Hals hingen – eine Nikon-Spiegelreflexkamera, eine kleine Leica und ein großer Blitz –, sah er aus wie auf dem Zeitungsporträt, das von ihm gemacht worden war, nachdem er mit dem Foto eines toten, blutüberströmten irakischen Jungen den Preis für das beste Pressefoto des Jahres bekommen hatte. Peter Trøst stand etwas abseits, die Hände tief in die Taschen vergraben und den Blick auf den Sund gerichtet. Zögernd, als hätte er lieber die Flucht ergriffen, wandte er sich den anderen auf der Terrasse zu. Knud Tåsing stand still und mit gerunzelter Stirn da. Zwei Kinderschwestern hatten sonnengelbe Freesien in vier blauen Vasen unter einen blauen Sonnenschirm gestellt und einen weißen Gartentisch mit Kristallgläsern und glänzendem Silberbesteck gedeckt. Susanne Ingemann beugte sich vor und schob die Vasen etwas weiter in die Mitte des Tisches, als wären sie vorher nicht wirklich richtig platziert gewesen.

Ich sah, dass sie meine Anwesenheit spürte, da sie sich plötzlich zu den flatternden Gardinen in der halb geöffneten Terrassentür umdrehte und irgendetwas zu den anderen sagte. Alle Blicke richteten sich auf die Tür der Säuglingsstube, und mir blieb gar nichts anderes übrig, als zu ihnen nach draußen in das Sonnenlicht zu treten.

Sie erstarrten, als sähen sie ein Gespenst oder einen Menschen, den sie schon seit Jahren für tot gehalten hatten. Ich trug ein schwarzes, am Hals eng geschlossenes Kleid, wie es Magdalene getragen hatte. Ich hielt es für passend, auch wenn ich damit sicher ziemlich unzeitgemäß aussah und wie aus einer entschwundenen Ära in ihre Welt trat.

»Das ist Marie.« Susanne reichte mir ein Glas Holundersaft, um ihre und meine Schüchternheit zu verbergen.

Meine Hände zitterten erstaunlicherweise nicht, aber ich spürte die Neugier der anderen wie kleine Vögel in der Luft um mich herumflattern. Ich war während der gesamten Kongslund-Affäre und wahrscheinlich auch schon vorher ein Mysterium gewesen, und jetzt stand ich plötzlich höchst lebendig vor ihnen. Das schiefe, kleine Mädchen aus dem Dachzimmer, die absonderliche, unsichtbare Pflegetochter der Vorsteherin.

Susanne stellte sie mir einen nach dem anderen vor, aber keiner der vier Männer machte Anstalten, mir die Hand zu geben. Berührungen fielen keinem von uns leicht – auch nicht Knud Tåsing, obwohl er doch gar keiner von uns war. Ich wusste, dass er den anderen von dem Brief von Eva erzählt hatte, womit ich als anonyme Briefschreiberin enttarnt war. In ihren Blicken lag aber keine Feindseligkeit. Ich ging davon aus, dass sie wie der Journalist den Brief für aktuell hielten – und in diesem Glauben wollte ich sie natürlich lassen. Des Weiteren sollten sie glauben, dass dem Umschlag an Evas Kind nie etwas beigelegt gewesen war.

Susanne redete mit mir, und ich bekam immerhin so viel mit, dass sowohl Knud Tåsing als auch Peter Trøst versucht hatten, Søren Severin Nielsen zu erreichen, aber der Anwalt hatte nicht zurückgerufen. Orla war gar nicht erst angerufen worden. Der TV-Star prostete allen mit einer leichten Verbeugung zu. »Herzlichen Dank für die Einladung.« Auch Asger verbeugte sich höflich und etwas steif. Er trug trotz der sommerlichen Temperaturen einen Wollpullover und hatte den Kopf geneigt. Vielleicht dachte er genau in diesem Moment daran, dass ich ihn auf die Spur seiner biologischen Eltern gebracht hatte.

Merkwürdigerweise setzte unser Gespräch genau an diesem Punkt an. »Asger hat mir erzählt, dass du ihm geholfen hast, seine leibliche Mutter zu finden?«, fragte Peter Trøst leichthin.

Ich blickte zu Boden, und mein Herz klopfte wie wild, während ich mir eine Antwort auf seine unerwartete Frage ausdachte. Als Kind hatte ich Peter geliebt wie alle anderen – wenn auch nur aus der Ferne.

»Wie hast du sie gefunden...?« Knud Tåsing stand etwas abseits und betrachtete mich mit einem unergründlichen Blick; der Journalist hatte in seiner Zeitung mit keiner Silbe erwähnt, dass ich hinter den anonymen Briefen steckte, und obgleich ich wusste, wie schwer es für ihn sein würde, seine Vermutung zu beweisen, wenn ich alles abstritt, wunderte seine Zurückhaltung mich ein bisschen. Vielleicht hoffte er auf weitere Fragmente, die zur Lösung des Rätsels der adoptierten Kinder beitragen konnten – oder er fürchtete, dass die nächste Information seinen einzigen verbliebenen Freund, Nils Jensen, betraf. Ich verstand, dass Knud den Fotografen ihrer Freundschaft zuliebe in Unwissenheit gelassen hatte. Was dazu führte, dass Nils jetzt nichtsahnend nur wenige Meter von dem Ort entfernt stand, an dem er seine ersten Jahre in Magnas Obhut verlebt hatte.

Diesen Verrat würde der Journalist nie wiedergutmachen können.

»In den Akten«, sagte ich schließlich und hielt die Luft an. »Ich habe den Namen in den *offiziellen* Berichten in Magnas Büro gefunden.«

Susanne wusste als einzige Anwesende, dass diese Antwort eine blanke Lüge war. Sicher fragte sie sich, was ich dem damals fünfzehnjährigen Asger wohl gesagt hatte, versteckte ihre Unsicherheit aber so perfekt wie immer. Ich sah, dass die vier Männer, so unterschiedlich sie waren, ebenso tief wie ich von ihrer Schönheit beeindruckt waren, und dass sie glaubten, die Eckpunkte ihres Lebens, wie sie in den Artikeln über Kongslund beschrieben standen, gut zu kennen.

Knud Tåsing wandte sich an den Astronomen. »Und wer ist Ihre leibliche Mutter, Asger?« Seine Stimme klang skeptisch.

»Sie hieß jedenfalls nicht Bjergstrand.« Asgers Stimme klang unvermindert munter.

»Haben Sie sie jemals... besucht?«

»Ja, das heißt nein, ich habe sie gesehen.« Die Munterkeit war aus seiner Stimme verschwunden.

Susanne kam ihm zu Hilfe. »Kommen Sie, bringen wir das Essen nach draußen.«

Sie drehte sich zur Tür der Säuglingsstube um und klatschte resolut in die Hände.

»Hat noch jemand aus der Runde versucht, seine Eltern zu finden?« Knud Tåsing fixierte seinen Freund aus Kindertagen, aber Peter Trøst sagte nichts.

»Wo sind diese Unterlagen eigentlich jetzt?«, fragte Tåsing und wandte sich wieder Susanne zu.

»Sobald ich Zeit dafür habe, werde ich sie auf dem Dachboden suchen gehen«, sagte Susanne Ingemann.

»Dann finden Sie vielleicht ja auch Ihr Formular – *von damals*.«

Alle Bewegungen auf der Terrasse erstarrten.

Das Glas in meiner Hand zitterte. Er konnte das nicht wissen.

Die Kinderschwester, die mit einer Schale Currysild in jeder Hand aus der Säuglingsstube kam, erstarrte wie eine Eistänzerin mitten in einer Pirouette, und auf dem Sund glitten die weißen Segel in die Häfen von Tårbæk und Tuborg.

Es gelang Susanne nicht, die Verblüffung zu verbergen, die in diesem Moment ihr schönes Gesicht entstellte.

»Sollten wir das nicht erfahren?« Knud Tåsing stand ihr direkt gegenüber. In dem grünen Pullover und der braunen Cordhose sah er aus wie ein alter Lehrer. »Ich war so blind und habe mich immer nur für die fünf Jungs interessiert, statt mich auch um das zweite Mädchen aus der Säuglingsstube zu kümmern...«

Susanne ließ sich am Ende des weißen Tisches auf einen Stuhl fallen. Auch wir anderen setzten uns. Nur Asger blieb stehen. Die Schwester trug mit zitternden Händen den Hering auf, während Knud Tåsing Susanne nicht aus den Augen ließ.

Dann räusperte sich Asger. »Ich habe es schon vor langer Zeit herausgefunden«, sagte er. »Das habe ich heute früh Peter und Knud erzählt – und Nils –, nachdem wir erfahren hatten, dass Inger Marie die Briefe geschrieben hat. Bislang hab ich dem keine weitere Bedeutung beigemessen, weil es ja um einen Jungen geht – aber inzwischen glaube ich, dass wir alles wissen müssen, wenn wir herausfinden wollen, was wirklich geschehen ist.«

Susanne hatte ihre Stärke wiedergefunden und wies die Schwester an, sich zurückzuziehen. Es war beeindruckend.

»Woher weißt du das?«, fragte sie.

Asger legte seine Hand auf Susanne Ingemanns Schulter. »Meine Eltern haben deine Mutter bereits 1962 kennengelernt, hier in Kongslund, während sie auf die Adoption warteten. Und dann haben sie sie zehn Jahre später in Kalundborg wiedergesehen, als ich in der Klinik lag. Deine Mutter hatte damals die Idee, dass du den armen Jungen doch mal besuchen könntest … Wir hatten damals keine Ahnung von unserer gemeinsamen Zeit in Kongslund, denn natürlich hatten sie uns davon nichts gesagt. Als ich in dieser Klinik war, mussten meine Eltern mir erzählen, dass sie mich adoptiert hatten, da meine Krankheit erblich war. Die Ärzte mussten für ihre Untersuchungen wissen, dass ich nicht ihr leiblicher Sohn war. Ein paar Jahre später erzählten sie mir dann von dir.«

Susanne Ingemann saß mit gesenktem Kopf da und sah niemanden an.

»Ich habe nicht verstanden, warum du plötzlich nicht mehr gekommen bist«, sagte Asger leise.

»Meine Mutter hat es mir verboten …«, sagte Susanne.

»Verboten?«

»Ja.«

»Deshalb also. Deine Mutter wollte nicht riskieren, dass ich meine Geschichte weitererzähle, damit ihre Tochter nicht auf dumme Gedanken kommt. Du solltest das nicht wissen?«
»Nein.«
Es sah aus, als wollte der große Astronom noch eine weitere Frage stellen, doch dann sank er plötzlich in sich zusammen, setzte sich auf den letzten, freien Stuhl und starrte vor sich hin.

»Aber wie bist du wieder hier gelandet?«, fragte Nils Jensen, der immer verwirrter aussah.

Es sollte noch viel schlimmer kommen.

»Ich habe Carl Malle getroffen.« Susanne zuckte mit den Schultern, als wollte sie sich entschuldigen – oder andeuten, dass sich die Anwesenden den Rest der Geschichte doch wohl denken konnten. »Er hat mich während der Ausbildung aufgesucht und mir von Magna erzählt. Sie waren alte Kriegskameraden. Und dann hat er mir eine Anstellung in Kongslund angeboten. Ich habe eine Weile darüber nachgedacht und schließlich zugesagt. So bin ich dann zurückgekehrt ... ja.«

»Ihr seid überwacht worden, alle. Von einem großen, mächtigen Schutzengel mit dunklen, lockigen Haaren«, sagte Knud Tåsing. Sollte das ein Witz gewesen sein, verleitete dieser niemanden zum Lachen.

»Ich habe Carl Malle vor Kurzem zum ersten Mal gesehen«, sagte Peter.

»Wahrscheinlich hast du ihn einfach nicht bemerkt.« Alle sahen mich an. Ich hatte mich zum ersten Mal aus freien Stücken eingemischt. Die Worte waren über meine Lippen gerutscht, bevor ich sie hatte aufhalten können. Die anderen konnten nicht wissen, wie gut ich unterrichtet war – und außerdem hatte Peter übersehen, wie schnell die Geschichte mit dem verstorbenen Rektor unter den Teppich gekehrt worden war, nachdem er die Ungerechtigkeiten, die seinem Freund angetan worden waren, gerächt hatte. Auch Orla hatte nicht registriert, wie schnell und unauffällig er nach dem Mord an Schwachkopf nach Sjællands Odde gekommen war. Mir aber war das alles nicht entgangen.

»Sie wollten verhindern, dass wir je unsere gemeinsame Vergangenheit entdecken«, sagte Asger. »Sie haben uns beobachtet, aber sicher nicht mit der Absicht, dass wir uns eines Tages begegnen...« Er blickte die anderen der Reihe nach an. »Weder Susanne, Marie oder Peter und...« Er hielt abrupt inne, als wäre ein unbekannter Himmelskörper zwischen uns auf der Erde eingeschlagen.

»...*Nils*«, sagte ich gnadenlos.

Auf so etwas verstand ich mich meisterhaft.

Alle bis auf einen wussten sofort, was ich meinte.

Sie saßen wie Statuen auf ihren Stühlen.

Der Fotograf starrte mich an. »Was?« Er holte tief Luft. »Warum bin ich hier?«, fragte er tonlos. Dann ließ er seinen aufgeschreckten Blick von Knud über Peter zu Asger und zuletzt zu Susanne Ingemann schweifen.

Ich wagte es nicht, Knud anzusehen, auch nicht Peter oder Asger. Sie wussten nicht, was ich über Verlust und Verdammnis wusste, und sahen nur das Unversöhnliche, das persönliche Opfer, das Nils Jensen, lief es nach meinem Plan, bringen musste.

»Ich war... hier...?« Er klammerte sich verzweifelt an Susannes Blick. Wenn alles in der Welt so bleiben sollte, wie es war, musste sie diese Frage verneinen.

»Ja«, sagte sie.

»Aber... meine Eltern. Das kann doch nicht stimmen.« Er war leichenblass.

»Doch.«

»Das hätten meine Eltern mir doch gesagt«, versuchte er die Wirklichkeit zu verleugnen.

Sie antwortete ihm nicht.

Wir saßen still da, wie es Menschen tun, wenn die Trauer oder der Tod zwischen ihnen Platz genommen haben und niemand das Wort zu ergreifen wagt. Nils Jensen hatte Tränen in den Augen, und ich sah die unbändige Wut in ihm erwachen, als die anhaltende Stille ihm sagte, dass dies kein Traum war, in dem er sich befand. Er stand auf. »Ich gehe jetzt nach Hause.«

Niemand hielt ihn auf. Wir hörten den Mercedes starten und die Einfahrt hochfahren.

Die Stille hielt auch danach noch eine ganze Weile an.

»Wolltet ihr ihn den Rest seines Lebens im Ungewissen lassen?«, fragte ich schließlich und spürte den gleichen Zorn, den ich auf Dorah in Helgenæs gehabt hatte.

»Hätte das irgendetwas geändert?«, fragte Knud Tåsing. »Sie machen ja doch, was Sie wollen.«

»Bedeutet die *Wahrheit* denn nichts?«

Asger räusperte sich: »Ich muss sagen, dass ich mich ... nachdem meine Eltern, nachdem Ingolf und Kristine, mir das gesagt hatten ... irgendwie freier gefühlt habe.«

Susanne sah ihn mit einem Blick an, der ihn gefreut hätte, hätte er nicht unablässig auf das Tischtuch vor sich gestarrt. Ich hatte in all den Jahren, in denen ich ihn beobachtet hatte, immer Asgers Klugheit bewundert. Seine Sehnsucht nach den Sternen erinnerte mich an meine eigene Sehnsucht, wenn ich zum Fernglas des Königs griff und es auf Hven richtete, das ich als meine Freistatt empfand, die ich erreichen konnte, ohne mein Zimmer unter den sieben weißen Schornsteinen verlassen zu müssen.

»Ihr kennt meine Geschichte natürlich nicht«, sagte er beinahe formell, und alle schüttelten erleichtert die Köpfe, als hätten sie nach diesem Vorwand gesucht, um nicht mehr an Nils denken zu müssen.

»Es war eigentlich nicht beabsichtigt, dass ich es erfahre«, sagte er. »Meine Eltern haben es mir erst gesagt, als sie nicht mehr anders konnten...« Er faltete die Hände, als wollte er beten. Ich kannte seine ganze tragische Geschichte, detailliert und von Anfang an, ohne dass er das wusste.

Zum ersten Mal ergriff ich das Wort, ohne zu lispeln. »Du hast im Säuglingsheim Kongslund exakt ein Jahr und neun Wochen verbracht.«

Er blickte überrascht auf.

»Sie kamen in einem blauen VW-Käfer, um dich zu holen.«

Asger sah aus, als hätte er einen Geist erblickt. Und in gewisser Weise hatte er das ja auch. Nur dass dieser Geist aus der realen Welt kam und über alle beobachteten Geschehnisse exakt Protokoll geführt und das Wesentliche auswendig gelernt hatte.

»Du kamst in eine Lehrerfamilie in Højbjerg, wo du als junger Mann den Selbstmord deines besten Freundes verschuldet hast...«

Alle saßen wie versteinert da – sie hätten es nicht mitbekommen, wenn der Mond neben ihnen auf die Wiese gefallen wäre.

Meine Wiedersehensfeier war zum zweiten Mal in nur wenigen Minuten geplatzt, was mich nicht wunderte. Menschen, die so lange in einem geschlossenen Raum gelebt hatten wie ich, erwarteten nicht, dass sich in zwei Stunden alles zum Guten fügte, nicht einmal auf einer sonnenbeschienenen Terrasse mit Blick auf den glänzenden Sund. Aber es gab nun einmal keine andere Möglichkeit, das Rätsel von Kongslund zu lösen.

25

ASGER

1961–1972

Wenn einige meiner alten Zimmergenossen aus der Elefantenstube kleinen, gemeinen Schubsern des Schicksals ausgesetzt waren – und natürlich waren sie das –, war der Stoß, der Asger zum zweiten Mal in seinem Leben von den Beinen holte, so grausam, wie keine irdische Macht sich das hätte ausdenken können.

Ich sehe ihn vor mir – sowohl in Kongslund als auch in dem Zimmer mit Blick aufs Meer, wo ich ihn viel später wiederfand, oder im Sanatorium, wo er Susanne kennenlernte.

Erst als Asger sich durch seine Starrköpfigkeit und eine gehörige Portion Zynismus, die ich ihm gar nicht zugetraut hatte, schuldig machte am Tod seines Freundes aus Kindertagen, begriff ich, was sonst noch in ihm schlummerte und wie mächtig seine Liebe zu den Sternen und Galaxien immer schon gewesen war.

Er wurde seiner Mutter in der Entbindungsstation B an einem frühen Morgen 1961 weggenommen.

Drei Tage später hob Magna ihn aus seinem Bett und verließ das Hospital mit dem kleinen Jungen in ihren schützenden, starken Armen.

Bestimmt schaute er über ihre Schulter, als sie ihn nach draußen zum Taxi trug, und ich stelle mir vor, dass seine kugelrunden Forscheraugen strahlten, als wären sie schon zu diesem frühen Zeitpunkt ganz fasziniert gewesen von all dem Blau, das den Planeten umspannte.

Bereits als Fünfjähriger fand Asger den Sinn des Lebens in illustrierten Heften mit Geschichten über fliegende Untertassen und fremde Zivilisationen, und seine Fantasie ergötzte sich bereits damals an der scheinbaren Unendlichkeit des Universums. Als er sieben Jahre alt war, entdeckten zwei amerikanische Forscher nichts Geringeres als den Ursprung der Welt; zuerst hatten sie ein schwaches Knistern in einem Radioteleskop in New Jersey gehört und geglaubt, es wäre Taubendreck in die Apparatur geraten, worauf sie versuchten, die Entstehung der Welt mit Hilfe von Wasser und Seife von ihrem Gerät zu waschen, was ihnen bekanntermaßen nicht gelang. Das, was sie gehört hatten, war das Geräusch des Big Bang gewesen, der Geburt des Universums, und diese wahre und wunderbare Geschichte richtete endgültig Asgers Blick nach oben – hoch über die Ödnis des irdischen Lebens.

Als Achtjähriger war er so besessen vom Himmel mit all seinen leuchtenden, blinkenden, flammenden und fliegenden Phänomenen, dass seine Eltern ihn jede Nacht auf der Fensterbank kauernd vorfanden, völlig fasziniert vom glitzernden Silberband der Milchstraße, die kleine Splitter der Unendlichkeit in sein Jungenzimmer rieseln ließ. Immer wieder wurden Ingolf und Kristine von vertrauten Geräuschen geweckt und fanden ihren Sohn hochkonzentriert unter dem Mond sitzend, den klaren Blick gen Himmel gerichtet.

Seine Mutter Kristine war zu bodenständig, um die Faszination ihres Sohnes für den unfassbar großen Weltraum auch nur ansatzweise nachvollziehen zu können. Es war fast eine Ironie des Schicksals, dass das Lehrerehepaar schließlich in einem Viertel ein Haus fand, in dem alle Straßen nach Himmelskörpern benannt worden waren: *Neptun, Atlas, Jupiter*, in direkter Nachbarschaft zu dem Observatoriumshügel, auf dem die berühmte, nach Ole Rømer benannte Sternwarte mit ihren zwei großen Kuppeln stand.

Die beiden jungen Lehrer waren der Inbegriff felsenfester elterlicher Fürsorge – die Vorhut des neuen gewissenhaften Reihenhausdänen. Und genauso gewissenhaft diskutierten sie jeden Abend, wenn ihr Sohn im Bett war, über das, was die Welt der sechziger Jahre bewegte: Freiheit und Aufstand, der Vietnamkrieg und atomare Probesprengungen, die Franco-Diktatur, die Mauer in Berlin und Bürgerrechte in Amerika.

Bis Kristine mit fast greller Stimme den anregenden Unterhaltungen ein Ende bereitete und verkündete, ihr Sohn säße schon wieder oben auf der Fensterbank.

Ihr Mann schlug die Beine übereinander und schielte nervös zur Tür des Kinderzimmers. So saßen sie lange da. Sie waren sich peinlich darüber bewusst, dass der Junge, der dort drinnen hinter der Tür hockte, nicht der ihre war und dass er Eigenschaften von Menschen in sich trug, die sie nie getroffen hatten.

»Haben wir was falsch gemacht?«, flüsterte sie und schaute aus dem Fenster zu den Kuppeln der Sternwarte, ohne zu begreifen, dass nichts Geringeres als das Universum durch einen schmalen Spalt in ihr Leben eingedrungen war. Am Ende gab sie selbst die Antwort auf die Schuldfrage. »Das ist deine Schuld«, legte sie eines Abends kategorisch fest, als die Furcht wieder angeschlichen kam. »Weil du unseren Freunden erzählt hast, dass er an dem Tag geboren wurde, an dem sie den Mann ins All geschossen haben!«, sagte sie mit vorwurfsvollem Nachdruck auf dem Wort *Mann*.

Ingolf lief ein leiser Schauer über den Rücken. Es stimmte, er hatte damit kokettiert, dass der erste große Triumph der Raumforschung mit der Geburt ihres Sohnes Asger zusammenfiel. In dem Augenblick, als im Rigshospital in Kopenhagen Asger mit seinen dünnen, langen Gliedmaßen gewaschen, gewogen und gemessen wurde, erfuhr die Welt, dass der sowjetrussische Astronaut Jurij Gagarin es genau dreihundert Kilometer ins Nichts geschafft hatte – in dem Raumschiff *Vostok*.

»Ein mutiger Mann stieg in den Himmel auf – und ein kleiner, mutiger Junge kam auf die Erde«, wie Ingolf es ein paar Freunden und Nachbarn gegenüber ausgedrückt hatte. Aber das hatte er nur in der betrügerischen Absicht getan, sie glauben zu lassen, dass er und Kristine bei der Geburt dabei gewesen waren – und dass Asger ihr leiblicher Sohn war.

Sollte er jetzt die Strafe dafür bekommen?

Gagarin hatte an jenem Tag im April exakt hundertacht Minuten gebraucht, um seinen fernen Himmelsposten zu erreichen, nur ein paar Minuten mehr, als die Frau im Rigshospital – Asgers leibliche Mutter – benötigte, um ihren gesunden Jungen zur Welt zu bringen. Die beiden furchtlosen Reisenden, der Mann und der Junge, hatten danach eine ordentliche, flüssige Mahlzeit zu sich genommen, worauf der Junge eingeschlafen war und der Raumfahrer in schwerelosem Zustand ein paar Zeilen – auf Russisch – niederschrieb, hoch oben in der Atmosphäre über unserem blauen Planeten. Was Ingolf niemandem erzählte, war der traurige Fakt, dass die Mutter in ebenden Minuten, als der Mann in der Kapsel in die irdische, sowjetrussische Umarmung zurückkehrte (wir befanden uns mitten im Kalten Krieg), aus ihrem Bett stieg, zur Tür hinaus zu dem wartenden Taxi marschierte und aus dem Leben ihres Kindes verschwand. So hatte Magna es ihnen erzählt. Asgers leibliche Mutter war eine *Hure*, lautete ihr Urteil.

»Aber das hat er doch überhaupt nicht mitbekommen«, sagte Ingolf irritiert wie immer, wenn Kristine von den schädlichen Auswirkungen der Raumfahrtgeschichte auf den kleinen Jungen im Rigshospital anfing.

Aber Kristine sah ihn nur wütend an. »Es gibt mehr zwischen Himmel und Erde, als du glaubst, Ingolf!« Dann weinte sie wieder.

Ungeachtet der Ursache wuchs der unüberwindbare Drang des Jungen, alles zu beobachten und zu erforschen, das sich am Himmel bewegte: Sterne, Kometen, Planeten, Galaxien, Supernovas, Jetflugzeuge, Möwen, Singvögel, Marienkäfer, Wespen, Bienen und Schmetterlinge. Als Sechsjähriger bekam er eine Brille mit Gläsern, so dick wie die Linsen eines Fernglases, und in der ersten Klasse glich er aufs i-Tüpfelchen einem zerstreuten Professor in theoretischer Physik. Sein Kopf war um einiges größer als der durchschnittliche Jungenkopf im nördlichen Århus.

In Asgers neuntem Jahr landeten die zwei amerikanischen Astronauten Neil Armstrong und Edwin Aldrin im Meer der Ruhe, und Armstrong wanderte über zwei Stunden durch den Mondstaub in der fremden Welt und sprach die zwölf Worte aus, die Asger über seinem Bett aufgehängt hatte: »*That is one small step for man, one giant leap for mankind.*«

Am Tag danach hinkte Asger erstmals auf dem rechten Bein – ein merkwürdiges Zusammentreffen. In den Monaten nach dem epochalen Riesensprung der Mondlandung wurden seine Schritte immer kleiner, bis er kaum noch normal gehen konnte. Sein sonderbares Gebrechen begleitete ihn über ein Jahr, und am Ende saß er da, den Rücken zum Himmel gewandt, den Blick nach unten gerichtet. Ein ganz schlechtes Zeichen. Er nahm die Brille ab und betrachtete sein rechtes Bein, dann schloss er die Augen und begann zu weinen. Ingolf und Kristine fuhren ihn ins Krankenhaus, wo die Ärzte ihn gründlich untersuchten. Er hatte eine sehr seltene Krankheit, deren Namen seine Eltern kaum aussprechen konnten, als sie die Diagnose bekamen: *Legg-Calvé-Perthes*, nach den drei Ärzten benannt, die der Allgemeinheit die Krankheit erklärten. Sein rechter Oberschenkelhalskopf war wegen mangelnder Kalkzufuhr einfach in sich zusammengefallen – auf dem Röntgenbild sah er aus wie eine zerbrochene Tonkugel, die in der Hüftschale herumschabte –, und dieser Zusammenbruch war einem genetischen Defekt geschuldet, den es, wie die Ärzte sagten, seit Urzeiten gab. Der Fehler sei in der *Erbmasse* des Jungen verankert, sagten sie.

Eine Woche später wurde Asger in ein Krankenhaus auf Næsset bei Kalundborg gebracht, wo sein krankes Bein gestreckt werden und er mit anderen Kindern mit derselben genetischen Fehljustierung gegen die Krankheit ankämpfen sollte. Er musste im Bett liegen; nicht eine Woche oder einen Monat, sondern mindestens anderthalb Jahre, sagten die Ärzte. Allen Kindern im Küstensanatorium wurde zur Sicherheit eine Art Geschirr angelegt, das sie mit drei kräftigen Ledergurten auf jeder Seite auf dem Rücken liegend in ihrem Bett festschnallte. Der Junge, der immer davon geträumt hatte, in den Himmel hinaufzufliegen, war so gründlich an sein irdisches Lager gefesselt, wie es nur ging. So dichtet das Schicksal, wenn es eine seiner grausamen Launen hat. Ich kannte das ja bereits. Ich unternahm drei längere Ausflüge in das Küstensanatorium, in dem Asger lag. Mich konnte nichts mehr überraschen. Glaubte ich.

Am ersten Tag im Krankenhaus brach Kristine vollständig zusammen, so leid tat sie sich selbst. Sie weinte, war untröstlich – und Asger hörte ihr Weinen den ganzen Flur hinunter, bis die schwere Krankenhaustür hinter ihr ins Schloss fiel. Sein Vater stand steif und blass in der Türöffnung und bekam kein Wort heraus, dann wandte er sich ab und folgte seiner Frau. In diesem Augenblick war Asger klar gewesen, dass er alleine auf der Welt war. Ebenso allein wie ein Astronaut, der aus seiner Raumkapsel gefallen war und nun endlos durchs schwarze Nichts trieb. Es gab um ihn herum am Himmelsgewölbe zwar jede Menge andere leuchtende Punkte, aber die würde er niemals in seinem ganzen Leben erreichen. Damals konnte Asger noch nicht wissen, dass er durch Kongslund sehr viel besser auf die Dunkelheit und die Einsamkeit vorbereitet worden war als irgendeines der anderen Kinder in dem großen Sanatorium.

In der ersten Nacht erwachte er mit einem Schrei – ihm war, als wäre das Krankenzimmer voller Menschen, die er nicht sehen konnte. Dann vernahm er plötzlich eine Stimme, und es kam ihm vor, als hätte er die Worte schon einmal gehört, aber er verstand sie nicht.

»*Wessen Kind ist das?*«, fragte die Stimme.

In Århus wachte Kristine jäh in ihrem Bett auf und rief: »*Meins!*«, sich wundernd, weil sie auf eine Frage geantwortet hatte, die ihr gar nicht gestellt worden war. Sie dachte an Asger, an sein krankes Bein und an den Gendefekt, der sie alle verraten hatte. Am härtesten hatte die knappe Mitteilung der Ärzte sie getroffen: Der Defekt wird ausschließlich von Mutterseite an die nächste Generation weitergegeben, er ist untrennbar mit dem weiblichen Chromosom verbunden. Die leibliche Mutter, die ihren Jungen verlassen hatte, hatte ihm diese Krankheit vererbt.

Kristine hatte deshalb den Ärzten gegenüber das Geheimnis lüften müssen, dass Asger nicht ihr leiblicher Sohn war.

Als sie mehr wissen wollten, gab sie ihnen den Namen und die Anschrift der Heimleiterin von Kongslund. Hinterher wurde sie von einer tiefen Sorge erfasst, ihren Jungen an einen unbekannten Feind verraten zu haben.

Ingolf strich ihr in der Dunkelheit übers Haar. »Niemand kann ihn uns wegnehmen, Kristine, und das will auch niemand… Aber wir werden ihm die Wahrheit sagen müssen, nachdem alle Ärzte sie kennen.«

Sie schwieg und fühlte sich wie ein Tier in der Falle.

Um ihn nicht zu verlieren, mussten sie ihm die Wahrheit sagen, durch die sie ihn verlieren konnten. So sah sie das.

Zum ersten Weihnachtsfest im Sanatorium bekam er von seinen Eltern ein kleines Teleskop mit so starken Linsen geschenkt, dass er selbst nachts die Schiffsbesatzungen der Tanker sehen konnte, die in der Einfahrt des Fjordes bei der Kleinstadt Kalundborg ankerten.

In seinem Zimmer lagen Kinder aus allen Ecken des Landes, aus Møn, Kopenhagen, Helsingør und Vejle. Ein Zwillingspärchen kam sogar von den Färöern – Høgni und Regni – und ein Junge namens Daniel, der nie Besuch bekam und nach einem Dreivierteljahr vergessen hatte, wie seine Eltern und Geschwister aussahen, von Grönland. Er war teigig blass, und seine schwarzen Augen lagen hinter zwei tiefen Hautfalten, sodass niemand wusste, was er dachte. Seine braunen Hände hielten ein steifes Seehundfell umklammert, das er seit seiner Ankunft nicht aus den Augen ließ.

Eines frühen Morgens, ehe die Sonne über dem Fjord aufgegangen war, fand Daniel die Seele seiner Vorväter wieder; er krümmte die Finger zu Klauen und riss mit aller Kraft an den Gurten und trat wild mit den gestreckten Beinen um sich, während er schrie und lallte und Schaum vorm Mund hatte, bis am Ende die Riemen durchs Zimmer flogen. Es brauchte vier Pfleger und einen herbeigerufenen Krankenträger, um die Arme und Beine festzuhalten, die sich von seinem gefesselten Körper loszureißen drohten. Er wurde mit Pillen und noch stärkeren Riemen ruhiggestellt und durfte das Seehundfell nicht länger bei sich haben, das die Revolte ausgelöst hatte. Danach sprach er mit niemandem mehr ein Wort.

Einige Tage darauf gelang es dem breitschultrigen Arbeiterjungen Benny aus Kopenhagen, die Revolte weiterzuführen und seine Gurte zu lösen, die Bandagen von seinen Beinen zu wickeln und mit unheimlichem Hohngelächter, das wie ein Knurren aus seinem Bauchraum aufstieg, das Bettgitter herunterzuklappen und die Beine über die Bettkante zu schwingen. Unsicher stand er ein paar Sekunden da und klammerte sich an einen Stuhl, ehe er losließ und versuchte, auf seinen schwachen Beinen zu gehen. Überrumpelt von seiner Kraftlosigkeit fiel er beim ersten Versuch vornüber und lag eine Weile jammernd auf dem Boden. In den Betten um ihn herum lagen seine Kameraden mit erschrocken aufgerissenen Augen, gelähmt von der Vorahnung der unsäglichen Katastrophe.

Wie bei allen neu gegründeten Widerstandsbewegungen hielten sie sich ängstlich zurück und ließen den Anführer die ersten (und oft auch die letzten) Schritte alleine gehen. Aber da stand Benny plötzlich auf, getragen von einer ungeahnten Kraft in seinem Innern, und machte den Spaziergang seines Lebens von einer Wand zur anderen – ohne Muskeln in den Beinen – direkt in die Hölle, denn auf dem Rückweg (knapp vier Meter bis zum Bett) brach sein mühsam wieder aufgebauter Oberschenkelhalskopf in der Hüftschale, und er stürzte seitwärts in die Dunkelheit. Er bezahlte diese Revolte mit zwei zusätzlichen Jahren im Bett.

Besonders tragisch lief es für Karsten, den Sohn eines Fernfahrers, der im letzten Sommer, bevor er entlassen wurde, Botengänge auf seinen Krücken für Asger machte. Er kehrte heim zu seinem Vater, der ihn direkt als Helfer auf seinem Lastwagen einstellte, wo er tagein, tagaus Kartons und Säcke schleppte, bis die noch immer geschwächte Hüfte dem Druck nicht mehr standhielt und nachgab. Ein paar Tage bevor er wieder zurück ins Küstensanatorium sollte, stieg er aus seinem Bett in Sorø, humpelte durch die Dunkelheit in den naheliegenden Wald und erhängte sich an einem dicken, soliden Ast, der sein Fliegengewicht zehnmal getragen hätte. Er war zu dem Zeitpunkt zwölf Jahre und zwei Tage alt. Die grausige Geschichte wurde flüsternd unter den Pflegern erzählt und erschreckte die Kinder zu Tode. Keiner aus der Abteilung probte je wieder den Aufstand. Und in seinem

Bett mit Aussicht auf den Fjord begriff Asger, dass das Schicksal noch nicht einmal die bereits Geschädigten schont und niemanden vorzeitig vom Tisch aufstehen lässt. Und er begriff, dass es eine spezielle und universelle Abneigung gegen Jungen wie Daniel und Benny und Karsten hegte, die aus Familien stammten, die nichts verstanden und nichts gelernt hatten und sich aus reiner Dummheit gegen das Unausweichliche auflehnten. Es schien eine besondere Befriedigung darin zu finden, die ärmsten und im Voraus am härtesten getroffenen Familien in den Abgrund zu stoßen und die Söhne und Versorger niederzustrecken, ehe sie fliehen konnten. Asger, der instinktiv das ganze Ausmaß dieser Botschaft verstand, hielt die Luft an und machte in diesen Tagen keine unüberlegten Bewegungen. Er wusste besser als irgendwer sonst, wie deutlich selbst die kleinste Regung vom Weltall aus gesehen werden konnte.

Im Juli 1972 nahmen sie ihm die Gurte und Bandagen ab, gerade als der amerikanische Wissenschaftler Carl Sagan für die Entsendung der ersten menschlichen Botschaft an außerirdische Zivilisationen in der Raumsonde Pioneer 10 warb. Hierfür hatte die Menschheit auf einer Aluminiumplatte das Bild eines Mannes und einer Frau hinterlegt, ergänzt durch die Position der Erde in der Milchstraße, falls jemand vorbeischauen wollte.

Für Asger war das die Verheißung der Freiheit, die ihn draußen erwartete. Plötzlich konnte er wieder seine Knie beugen und sich im Bett aufsetzen. Und ein paar Stunden am Tag war es ihm erlaubt, die sechs Riemen zu lösen, die ihn an die Matratze fesselten.

Als er sich das erste Mal im Bett aufsetzte, stand ein Mädchen in der Tür mit offenem, schulterlangem, rotbraunem Haar, das sie wie ein Heiligenschein umgab. Er hatte ewig keine Mädchenstimme mehr gehört.

»Darf ich reinkommen?«

Sein Herz hämmerte.

»Ich wohne gleich hier in der Nähe«, sagte sie. »Ich heiße Susanne.« Ihre Stimme schmiegte sich wie ein kleiner Vogelkopf an die Haut seines Brustkorbes.

»Ich wollte nur mal schauen, wie es dir geht«, sagte sie. »Meine Mutter hat gesagt, du wärst hier.«

Er wollte sie um nichts in der Welt verschrecken und stellte keine Fragen zu der merkwürdigen Aussage.

»Und, wie geht es dir?«, fragte sie.

»Hast du gehört, dass sie ein Raumschiff losgeschickt haben, um nach Leben im All zu suchen?«, sagte er. Und da geschah das Wunder. Sie lachte ihn nicht aus, sondern antwortete einfach: »Und, haben sie was gefunden?«

Es war Liebe auf den ersten Blick. So einfach war das. Und vielleicht hat er seitdem nie eine andere Frau geliebt. Die beiden Kinder wussten nicht, dass sie sich schon einmal begegnet waren, aber ich glaube, ihr Unterbewusstsein identifizierte ein paar unverkennbare Signale: einen Duft, eine Farbe, die Art, sich zu bewegen – möglicherweise den Klang der Stimme –, all das, was sie in der Elefantenstube geteilt hatten.

Sie tauchte an einem Donnerstagnachmittag im August 1972 auf, an dem die Sonne von einem tiefblauen Himmel schien und der bislang größte Riesentanker des Jahres im Fjord direkt vor Asgers Fenster seine Anker ausgeworfen hatte. Er trieb wie ein silberglänzender Wal auf dem Wasser, und Asger lächelte die ganze Welt an.

»Weißt du, dass unsere Eltern sich kennen?«, fragte sie.

Er dachte eine Weile über die Frage nach. »Nein«, sagte er. »Das haben sie nie erzählt. Seit wann?«

»Sie haben sich bei unserer Geburt in Kopenhagen getroffen«, sagte sie fröhlich.

Die Vorstellung war verheißungsvoll. Dann kannten sie sich sozusagen schon von Anfang an.

»Davon wusste ich nichts«, sagte er.

»Im Rigshospital.«

»Ich weiß nur, dass ich an dem Tag geboren wurde, als Gagarin – als Erster – ins Weltall geflogen ist.«

»Eltern erzählen nicht immer alles«, sagte sie altklug, und er hätte am liebsten die Hand ausgestreckt und ihr übers Haar gestrichen.

Im Wohnzimmer in Århus richtete Kristine sich auf ihrem Stuhl auf und griff sich an die Stirn, als wollte sie einen plötzlichen Kopfschmerz wegwischen – und sagte: »Mir ist gar nicht wohl dabei, dass Frau Ingemann Jørgensen ihre Tochter gebeten hat, Asger zu besuchen.«

»Aber darüber haben wir doch gesprochen... Keiner der beiden weiß etwas von seiner Vergangenheit.«

»Wir müssen es ihm bald erzählen. Alle Ärzte wissen es.«

»Aber wir haben Frau Ingemann versprochen, es geheim zu halten.«

»Vielleicht möchte sie in Wirklichkeit, dass die Wahrheit ans Licht kommt.«

»Warum sollte sie das wollen?«

»Wir müssen es ihm erzählen...« Kristine schüttelte den Kopf. »Bevor es die Ärzte tun. Und dann...« Es lag Angst in ihrem Blick.

»Gut, dann werde ich es ihm sagen«, sagte er und erhob sich.

In dieser Nacht liebten sie sich mit einer ungestümen Leidenschaft, wie sie sie seit ihren ersten Studientagen nicht mehr erlebt hatten. Es war fast wie ein neu gewonnenes Glück, das im Unterschied zu früher nicht mehr durch den hoffnungslosen Traum aus jungen Tagen gestört wurde, Kristine schwängern zu wollen. Als hätte sich plötzlich ein Knoten in ihrer Beziehung gelöst und sie lustvoller und leichter zurückgelassen, als sie sich je zuvor erlebt hatten.

Es herrschte vollkommenes Schweigen auf der Terrasse vor Kongslund. Ich sah Asger an, dass dieser Teil seiner Geschichte besonders schwierig für ihn war.

Ich hatte mühsam die Teile zusammengetragen (Susanne kannte einige wichtige Versatzstücke, aber nicht alle), doch es war zweifellos das erste Mal, dass er selbst darüber sprach – zusammenhängend und unter so speziellen Umständen.

Er musste sich im Klaren darüber sein, dass seine Vergangenheit eine Verbindung zu dem Rätsel barg, das zu lösen wir uns versammelt hatten, und natürlich beunruhigte ihn das. Die Erwachsenen um uns herum hatten einen Pakt geschlossen, der sie in dem Schweigen vereinte, für das sowohl das Kinderheim wie auch die jungen Adoptiveltern gute Gründe hatten.

»Mein Vater ... also, mein Adoptivvater«, fügte er mit einem Zwinkern hinter den dicken Brillengläsern hinzu, »nahm die Fähre nach Kalundborg wie so oft zuvor. Aber dieses Mal kam er alleine.«

Alle Anwesenden auf der Terrasse waren ganz Ohr, weil sie wussten, dass nun der entscheidende Augenblick kam.

Ja, Ingolf fuhr alleine. Er wollte die Aufgabe so schnell wie möglich hinter sich bringen, mit der seine Frau ihn betraut hatte. Die Fahrt von der kleinen Stadt zum Sanatorium dauerte mit dem Taxi eine Viertelstunde. Ein Krankenpfleger schob Asgers Bett in den Aufenthaltsraum, wo die beiden ungestört miteinander reden konnten.

»Du wunderst dich wahrscheinlich, wieso ich komme«, sagte Ingolf.

»Ja«, sagte Asger. Er war mitten in der Erstellung einer Liste über die wichtigsten Meilensteine bei der Erforschung der erdnächsten Galaxien seit 1890, und sein Gehirn war noch nicht ganz wieder zurück auf dem Planeten Erde.

»Mutter und ich haben nachgedacht und möchten dir gerne etwas erzählen, ja etwas, das wir dir vielleicht schon längst hätten erzählen sollen.«

Asgers Augen waren blau und offen und ohne Argwohn.

»Deine Mutter und ich konnten keine Kinder bekommen«, sagte Ingolf.

Asgers Blick zeigte keine Reaktion, aber in seinem Gehirn schoss ein dünner Lichtstrahl durch die Hirnlappen und bohrte sich mit einem dumpfen Knall in das Stirnbein. In den Sekunden, die der Aussage seines Vaters folgten, hätte problemlos die Entstehung der gesamten Milchstraße von den Staubpartikeln zu jener Spiralgalaxie der Mittelklasse Platz gehabt – sie kamen ihm noch heute vor wie eine Ewigkeit.

»Darum haben deine Mutter und ich beschlossen, ein Kind zu adoptieren. Dich.« Das wurde mit viel zu lauter und entschiedener Stimme vorgebracht. Ingolf lächelte. »Das war die beste Entscheidung, die wir je getroffen haben.«

Deine Mutter und ich. Sein Vater hatte gesagt: *Deine Mutter und ich* – nicht: *Mutter und ich und du* –, die einzige Sicherheit, die er je gekannt hatte.

Er wollte das Lächeln erwidern. Aber da gab seine Kehle einen Laut von sich, als ob tief in seiner Brust etwas zerriss, und ihm wurde schwarz vor Augen. Innerhalb einer Sekunde lief ihm Wasser aus allen Körperöffnungen und Poren wie aus einem Sieb.

Das Lächeln seines Vaters verschwand. »Aber Asger, deswegen sind wir doch noch immer deine Eltern… Deine Mutter und ich werden immer für dich da sein.«

Deine Mutter und ich.

Gleich darauf stand die Oberschwester, Frau Müller, neben seinem Bett und hielt seine Hand. Sie bat Ingolf, draußen zu warten, während das Bett neu bezogen wurde. Danach kam er zurück. Er lächelte entschuldigend, aber der Schock stand ihm ins Gesicht geschrieben. Nach einer Weile des Schweigens – es war überhaupt kein Laut im Raum zu hören – stand Ingolf auf. Er musste los. Es war schon spät, und er hatte am nächsten Tag Schule und konnte nicht einfach wegbleiben. Außerdem musste er zu Hause berichten, wie es ausgegangen war – Kristine verging sicher schon vor Nervosität.

»Ich muss jetzt los«, hatte er gesagt. »Ich muss morgen in die Schule.« Er hatte nicht einen einzigen Fehltag in seinem langen Lehrerleben gehabt. »Und wie gesagt, ich soll dich tausendmal von deiner Mutter grüßen. Sie wollte gerne, dass wir beide das unter vier Augen besprechen, von Mann zu Mann, und das haben wir jetzt ja getan. Du hast das ganz toll aufgenommen... ganz toll.«

Asger hatte kein Wort gesagt.

Ingolf hatte mit einer Spur Ungeduld den Kopf geschüttelt. »Deine Mutter hat einen langen Brief an dich geschrieben, den wirst du sicher morgen kriegen. Ich rufe dich dann am Dienstag oder Mittwoch an.« Asger sollte natürlich nicht tagelang ohne ein Lebenszeichen von ihnen hier liegen und über die neue Wirklichkeit brüten, sagte er zu Frau Müller. »Sonntag besuchen wir dich dann wie gewohnt. Und bringen dir alle neuen Hefte mit: *Akim*, *Mickey Mouse*, *Fart og Tempo*, *Battler Britton*...«

Er hatte sich mit einem Kuss auf die Stirn von Asger verabschiedet – da, wo die meisten Väter ihre Küsse platzieren.

Viele Jahre später verstand Asger, was ihm nach dem Besuch bei seinem zerrissenen Sohn durch den Kopf gegangen sein musste, während er auf der Fähre zurück zu der Frau und ihrer neu entdeckten Zärtlichkeit saß.

Es ist keine Sünde, die Wahrheit zu sagen. Das war die richtige Entscheidung. Vielleicht hätten wir es eher tun sollen, aber andererseits – unter den gegebenen Umständen war das nicht verkehrt.

Es kam nie ein Brief von seiner Mutter, aber drei Tage später rief sie an. Er wurde zum Telefon geschoben und sagte, es ginge ihm gut.

»Dein Vater war ziemlich erschöpft, als er nach Hause kam.« Vater sagte sie mit besonderer Betonung.

Asger antwortete nicht.

»Wir bringen dir neue Hefte mit«, sagte sie und legte auf.

Den ganzen Donnerstag wartete er vergeblich auf einen weiteren Anruf.

In der Nacht schlief er kaum, und als Oberarzt Bohr, Sohn des berühmten Atomphysikers Niels Bohr (den Asger für seinen unschätzbaren Einsatz in der Quantenphysik bewunderte), den Raum betrat, wie üblich flankiert von Frau Müller und einer kleinen Schar Krankenschwestern, und fragte: »Wie geht es uns denn heute?«, verließ wieder alle Flüssigkeit Asgers Körper, mit der gleichen schlagartigen Wucht wie schon beim Besuch seines Vaters. Alle um ihn herum schauten sich das Ereignis entgeistert an. Später erinnerte er sich an Frau Müllers Duft nach frisch gebügeltem Kittel und Puder. »Ich rufe deine Eltern an«, sagte sie. »Sie kommen dich besuchen und schlafen im Gästezimmer des Oberarztes.«

Nur eine Stunde später kam Susanne. Sie erschien sonst nie am Samstag. Als hätte sie gespürt, dass etwas nicht in Ordnung war. Asger lag verzweifelt unter der dicken blauen Decke in seinem Bett, als sie völlig unerwartet ihre Arme um ihn schlang und in Tränen ausbrach. Er erzählte ihr alles, und sie reagierte mit eiskaltem Zorn. »Sie hätten bei dir bleiben müssen. Ich rede mit meinen Eltern darüber. Die kennen sie. Sie können mit ihnen reden. Ich komme wieder.«

Dass er sie gehen ließ, war der größte Fehler seines Lebens gewesen, denn sie kam niemals mehr zurück. Weder um drei noch um vier oder fünf Uhr. Und Adresse oder Telefonnummer hatte er auch nicht. Als er all seinen Mut zusammennahm und Frau Müller fragte, wo das Mädchen wohnte, musterte die große Oberschwester ihn ausgiebig und sagte schließlich: »Ich würde sagen, wir überlassen es ihrer Entscheidung, wann und ob sie kommen will.« Sie setzte sich auf seine Bettkante. »Vielleicht wollen ihre Eltern, dass sie heute

Abend zu Hause bleibt.« Ihre Augen hatten dasselbe klare Grau wie der Fjord.

Als er aufwachte, saß seine Mutter an seinem Bett. Sein Vater stand hinter ihr. Im Hintergrund stand Frau Müller mit ihrer weißen Haube auf dem silbergrauen Haar.

In dieser Nacht – wie in Tausenden Nächten, die dieser folgten – versuchte er die Ereignisse zu begreifen, die in wenigen Minuten sein Leben in eine neue Umlaufbahn katapultiert hatten, die sich nicht berechnen oder messen ließ. In weniger als einer Sekunde war er von den Menschen abgeschnitten worden, die bis dahin seine Eltern gewesen waren.

Und wenige Tage später auch noch von Susanne.

Es wurde Oktober, November, Dezember, irgendwann gab er das Warten auf. Es bestand kein Zweifel, dass das Mädchen, das er geliebt hatte – wie nur ein Junge von elf Jahren lieben kann –, für immer weg war. Sie war ein Märchen, ein Gespinst seiner Sehnsucht. Und der merkwürdigste Traum, den er je gehabt hatte.

Susanne Ingemann war zurück in der Gegenwart, sie saß mit Tränen in den Augen am Terrassentisch, ein seltener Anblick, da sich in ihrem Leben jede Form von Sentimentalität als buchstäblich tödlich erwiesen hatte.

Asger legte eine Hand auf ihren Arm, und ich stellte mir vor, dass sie so auch als Kinder dagesessen hatten. Er berührte sie nach so vielen Jahren, und sie spürte seine Vergebung (das einzige Wort, welches mir für das einfiel, was sich vor meinen Augen abspielte).

Knud Tåsing, der durch seinen Beruf die größte Übung darin hatte, sich von Gefühlen zu distanzieren, sagte: »Aber das gibt uns keine neuen Erkenntnisse über Eva... oder Evas Kind. Ich habe euch von Maries Rolle als anonyme Briefschreiberin erzählt, aber sie weiß offenbar auch nicht mehr als wir...« Das klang wie eine Frage.

Peter Trøst saß mit glasigen Augen stumm auf seinem Platz.

»Ich habe versucht, Eva Bjergstrand zu finden«, sagte Knud Tåsing. »Aber das ist mir nicht gelungen.«

Ich senkte den Kopf und versuchte meine Erleichterung zu verbergen. Mein linkes Auge begann zu tränen.

»Wer immer nach ihr sucht, wird kein Glück haben«, sagte Asger mit seiner tiefen Stimme fast tröstend.

»So ist es. Weil wir nach einem Gespenst suchen«, sagte Knud Tåsing.

Ich hielt die Luft an. Es war mir schleierhaft, wie er an die Information gekommen war, die niemand außer mir haben konnte. Wieder senkte ich den Kopf und kniff beide Augen zu.

In diesem Moment ließ er gnadenlos die Bombe platzen. »Nach meinen Recherchen starb die Person, die den von Marie abgefangenen Brief geschrieben hat...«, ich konnte am Klang seiner Stimme hören, dass er lächelte, »... sieben Jahre, bevor er geschrieben wurde.« Den nächsten Satz richtete er direkt an mich. »Darf ich den Brief noch einmal sehen, Marie?«

Meine Augen tränten. Ich wagte nicht, den Kopf zu heben.

»Warum wollen Sie den Brief sehen?« Susannes Stimme.

»Weil ich nicht daran glaube, dass Tote Briefe schreiben. Ich glaube, der Brief wurde viel früher geschrieben. Das Schreiben, das Marie mir gezeigt hat, wurde laut Datum nur wenige Wochen vor Maries anonymem Brief geschrieben – im April 2008 –, was aber nicht möglich ist...«

Ich erhob mich und verließ die Gesellschaft. Trotz meines überraschenden Abgangs rührte sich keiner.

Gleich darauf stand ich an der Eichenholzschatulle im Königszimmer und wischte mir die Tränen aus dem Gesicht. Und ich fasste einen Beschluss. Dieses Mal ließ ich den Brief in dem blauen Luftpostumschlag liegen, den ich Knud Tåsing bei seinem ersten Besuch nicht gezeigt hatte.

Als ich zurückkam, saßen alle – soweit ich es sehen konnte – in der gleichen Haltung da, wie ich sie verlassen hatte. Offenbar hatten sie die ganze Zeit kein Wort gesagt.

Asgers Hand lag noch immer auf Susannes Arm.

Ich warf den Brief wortlos vor dem Journalisten auf den Tisch.

»Das verschwundene Kuvert«, sagte er mit einem Lächeln. »Und siehe da, abgestempelt in Adelaide, wo die mysteriöse Frau lebte und starb. Und was sagt das Datum... tatsächlich... abgestempelt im April 2001... vor sieben Jahren.«

Alle Blicke waren auf ihn gerichtet.

Er nahm das erste Blatt heraus und hielt es gegen das Licht. »Und das Datum... das Eva geschrieben hat... in diesem Licht kann man es ganz deutlich sehen...« Er sah mich an, und jetzt bemerkte ich auch, wie Peter und Asger mich erwartungsvoll anstarrten. »Die Eins in 2001 wurde in eine Acht geändert, nicht sehr elegant, aber ich bin drauf reingefallen. So wurde Evas sieben Jahre alter Brief aktualisiert. Aber *warum* ..?«

Susanne schob die Hand des Astronomen weg. In diesen Teil meines Unterfangens hatte ich sie nicht eingeweiht.

»Das ist richtig, ja... Der Brief kam... Ich habe versucht, Eva ausfindig zu machen, aber das war unmöglich...« Ich ließ Susanne außen vor. Sie saß reglos da, und ich sah ihr an, dass sie sich verraten fühlte. Aber ich wusste auch, dass sie mich nicht unterbrechen würde, solange sie nicht wusste, was hier vor sich ging.

»Stattdessen...«, sagte ich, »... stieß ich in den alten Archiven der Mutterhilfe auf dem Dachboden der Abteilung für Zivilrecht auf eine Spur des Kindes. Dort fand ich das Formular mit dem Namen John Bjergstrand. Aber ab da wusste ich nicht, wie ich weitermachen sollte. Das ist jetzt sieben Jahre her...« Ich stockte.

Eine Weile war es ganz still um den Tisch, dann sagte Knud Tåsing: »Sie haben sieben Jahre gewartet. Dann haben Sie beschlossen, anonyme Briefe an die Menschen zu schicken, die verstehen würden, worum es geht, und das Ganze öffentlich machen würden. In der Hoffnung, dass etwas zu Tage kommt?«

Ich nickte. Tränenflüssigkeit tropfte auf meinen Teller, aber das sah niemand.

»Aber wieso haben Sie die Jahreszahl von 2001 auf 2008 geändert?«

»Weil ich wollte, dass es aktuell aussieht.« Ich hatte meine Antwort sorgsam vorbereitet.

Beide Journalisten nickten nachdenklich. Nur Asger zog die Brauen noch höher. Susannes Gesichtsausdruck konnte ich nicht deuten, aber das war nicht so wichtig, solange sie mich nicht unterbrach.

»Warum haben Sie gewartet?« Der nach Menthol duftende Journalist war wirklich hartnäckig.

»Weil ich unsicher war. Außerdem wollte ich nicht riskieren, dass die Sache mit der Begründung vom Tisch gefegt wird, dass es sich um olle Kamellen handelt«, sagte ich. Das traf nicht ganz zu, war aber plausibel.

»Aber warum hast du niemandem den eigentlichen Brief gezeigt... nur das Formular...?«, fragte Asger.

»Ich habe den Brief umdatiert, für den Fall, dass irgendjemand ihn irgendwann in die Hände bekommen sollte. So schwierig war es schließlich nicht, den Absender des anonymen Briefes rauszufinden.« Ich sah tief in Asgers Augen und hoffte auf Unterstützung für meine linkische Geschichte.

»Das hätte auch schiefgehen können«, sagte er. »Es gefährdet die Glaubwürdigkeit einer Sache, wenn ein zentrales

Dokument plötzlich umdatiert wird. Falls Knud das veröffentlich hätte...«

Er brauchte nicht mehr zu sagen.

Knud Tåsings Blick ruhte auf dem Brotkorb, als überlegte er, die Mahlzeit zu beginnen, auf die niemand Appetit hatte.

»Ich hätte Maries kleinen Betrug sofort bemerken müssen«, sagte er. »Eva Bjergstrand hat schließlich ausdrücklich darauf hingewiesen, dass sie den Brief an einem Karfreitag geschrieben hat. Und dass sie kurz vorher in einer dänischen Zeitung etwas von einer Hochzeit am 7. April gelesen hatte. Aber 2008 war Ostern im März. Ich hätte es merken müssen – aber Ostern war nie mein Fest...« Er grinste ironisch. »Einleitend schreibt sie außerdem, dass sie Dänemark vierzig Jahre zuvor verlassen hat, 2008 wären es aber siebenundvierzig Jahre gewesen – so unpräzise wäre sie nicht gewesen...« Er senkte den Kopf. »Die Zeichen waren da, aber ich habe sie nicht erkannt. In dem Glauben, der Brief wäre erst vor Kurzem geschrieben worden, habe ich Kontakt zur australischen Botschaft in Kopenhagen aufgenommen. Aber ich hatte Glück... Ich habe mit einer Sekretärin gesprochen, die vor einigen Jahren eine ähnliche Anfrage hatte...«

Und wieder folgte eine lange Pause angespannten Schweigens.

Der Journalist nahm ein Stück Brot und brach es durch. »Vor mir hatte sich also bereits eine andere Person nach Eva Bjergstrand erkundigt, aber nicht kurz vor mir, wie ich dachte, sondern vor etlichen Jahren. Damals hatte eine Frau gefragt, und als die Sekretärin mir diese Frau beschrieb...«, er drehte sich zu mir um, »da fiel der Groschen, dass der Brief womöglich sehr viel älter war, als ich vermutete. Ein kurzer Blick in den Kalender reichte. 2001 fiel der Karfreitag auf den 13. April.«

Mein Herz hämmerte im Brustkasten und wartete auf die nächsten, entscheidenden Worte.

Er führte das Brot zum Mund, biss aber noch nicht hinein. »Die Botschaftssekretärin erinnerte sich außerdem daran, dass es keine Eva Bjergstrand gab – vermutlich, weil sie ihren Namen geändert hatte. Nachdem sie alle dänischen Frauen durchgegangen war, die im Laufe der Jahre in der Gegend um Adelaide die australische Staatsbürgerschaft angenommen hatten, fand sie eine Frau, bei der Alter und Geburtsdatum übereinstimmten. Aber genau zu dem Zeitpunkt – Anfang September 2001 – war diese Frau aus Australien ausgereist...« Jetzt biss er in das Brot. »... und in Dänemark eingereist.

Die Sekretärin hatte den Fall völlig vergessen. Als ich sie bat nachzuprüfen, wo die dänische Frau heute lebte, stellte sich heraus, dass sie allem Anschein nach nie nach Australien zurückgekehrt war. Zumindest war sie aus allen Registern gestrichen worden. Wie es aussieht, ist sie in Dänemark geblieben. Aber wo ist sie dann?«

»In Dänemark...?« Es war Asger, der die Überraschung aller am Tisch stammelnd in Worte fasste.

»Ja. Und dann kam der nächste Schock. Als ich sie nämlich endlich fand...« Er zögerte.

»Was...?«

»...stellte sich heraus, dass sie in der Zwischenzeit gestorben war.«

»Gestorben?«

»Ja. Hier in Kopenhagen. Ganz in der Nähe...«

»Aber wie...«

»Ich habe mir alle großen Morgenzeitungen vom Herbst 2001 vorgenommen. Vielleicht hatte ja irgendetwas in Dänemark stattgefunden, das mich zu ihr führte. Ein Jahrestreffen des dänisch-australischen Freundeskreises, ein Kongress... oder womöglich war sie einem Unfall zum Opfer gefallen. Vielleicht war ihre Reise ja irgendwo registriert oder dokumentiert worden, dachte ich. Natürlich war das ein ziemlicher Schuss ins Blaue, aber Dänemark ist ja ein kleines Land.«

Knud Tåsing sah unverschämt selbstzufrieden aus. Er legte das angebissene Stück Brot weg und feuerte seine letzte Granate ab. »Am Morgen des 11. September 2001 wurde eine unbekannte Tote gefunden – gleich hier – am Strand zwischen Kongslund und Bellevue – möglicherweise ermordet. Vermutlich war sie aus Australien, zumindest nach ihren Kleidern zu urteilen...«

Um ihn herum herrschte jetzt Totenstille.

»Sagt Ihnen das Datum etwas?«, fragte Knud und erhob sich von seinem Platz.

Keiner antwortete auf die überflüssige Frage.

»Nicht wahr? Wenige Stunden später flogen zwei Passagierflugzeuge in die Zwillingstürme in New York, und die ganze Welt stand kopf. Ich habe nur wenige Zeilen über die tote Frau in den Zeitungen dieser Tage gefunden. Es gab einfach wichtigere Themen. Aber mir reichte es. Denn jetzt wusste ich, was aus *Eva Bjergstrand* geworden war... und wieso sie Dänemark nie wieder verlassen hat.«

Trotz meiner Nervosität und Angst irritierten mich die Dramatik seines Vortrages und seine Wortwahl. Aber er hatte ins Schwarze getroffen. Er hatte Eva Bjergstrand gefunden. Ich vermied es, Susanne anzusehen. Mindestens zwei Augenpaare hätten ihre fehlende Überraschung verraten können, aber wir hatten Zeit genug gehabt, uns auf das vorzubereiten, was jetzt kam.

»Aber wie kamen Sie darauf, dass es Mord gewesen sein könnte?«

»Sie lag am Spülsaum und hatte Verletzungen am Kopf, die von einem scharfen Stein herrührten. Es gab jedoch keine Beweise. Sie konnte genauso gut gestürzt sein. Sie hatte keinen Ausweis bei sich, aber ihre Kleider ließen darauf schließen, dass sie nicht aus Dänemark kam. Eins der Länder, das die Zeitungen in Erwägung zogen, war wie gesagt Australien. Aber von dort war nie eine Rückmeldung gekommen.

Also haben sie den Fall zu den Akten gelegt, und auch die Zeitungen brachten nur wenige, kurze Notizen.«

Die drei übrigen Männer am Tisch hatten keine Ahnung, was seitdem alles passiert war, aber alle begriffen, welche Kräfte mein anonymer Brief womöglich losgetreten hatte. Jemand hatte die Verbindung zu der toten Frau am Strand von Bellevue hergestellt und wusste, wer sie war und woher sie kam.

Selbst Magna, die sonst nicht so schnell aus der Ruhe zu bringen war, hatte versucht, der Gefahr auszuweichen, die sie gespürt hatte, als die anonymen Briefe kamen – und sich von dem geheimen Protokoll getrennt, ehe sie ermordet worden war.

»Es muss eine Verbindung zum Ministerium geben.« Peter hatte das Wort ergriffen. »Das Ganze muss etwas mit Enevold und Carl Malle zu tun haben. Sonst wären die beiden doch nicht so scharf darauf, den Jungen zu finden.«

»Oder Orla Berntsen«, sagte Susanne Ingemann und errötete.

»Wenn Orla unter Verdacht steht, dann wir genauso.« Asgers Brille war ihm auf die Nasenspitze gerutscht. »Vielleicht ist Eva nur nach Dänemark gekommen, um ihr Kind aufzusuchen. Im Grunde genommen der einzige Grund für sie, hierher zurückzukehren – ihr Kind.« Er schaute auffordernd in die Runde.

Niemand widersprach ihm.

»Eva hätte ihrem Kind verraten, unter welchen Umständen es geboren wurde... und von dem Skandal erzählt... dass es das Kind einer Mörderin war«, fuhr Asger fort. »Womöglich hat das eine unkontrollierbare Lawine ausgelöst. Ich jedenfalls wäre ausgerastet. Und dann wurde das Kind der Mörderin selbst zum Mörder – was den Verdacht auf uns alle lenkt –, auf alle, die 1961 in der Elefantenstube gelegen haben und auf dem Foto zu sehen sind. Meine Wenigkeit, Peter,

Susanne, Severin, Marie, Orla, Nils... Mit jedem von uns kann Eva Kontakt aufgenommen haben – und die Reaktion war möglicherweise sehr heftig.«

»Das biologische Erbe? *Die mörderische Gesinnung...?*«, sagte Susanne spöttisch.

Asger wandte sich ihr zu und erwiderte ihren Blick durch seine dicken Brillengläser hindurch. »Ja, Susanne. Ja... die mörderische Gesinnung... schon möglich.«

»Und was war das hinterher – mit Magna –, ist die deiner Meinung nach auch ermordet worden?«

»Vielleicht. Der Mörder hat versucht, seine Spuren zu verwischen. Und dabei stand Magna ihm im Weg. Mit all ihrem Wissen. Der anonyme Brief hat eine Kettenreaktion in Gang gesetzt.«

»Falls sie ermordet wurde – das konnte nicht bewiesen werden«, kam es von Peter.

Ich schloss die Augen.

»Zumindest Marie steht außer Verdacht«, sagte Knud Tåsing links von mir. »Ihr Motiv war die ganze Zeit, das alles aufzudröseln.«

»Ja... vielleicht«, sagte Asger geistesabwesend.

Da wechselte der Journalist abrupt das Thema. »Ihr habt mich gar nicht gefragt, was in der Zeitung stand, die Eva Bjergstrand auf der Bank in Adelaide gefunden hat, mit dem Artikel, der so aufwühlend war, dass sie sich entschlossen hat, Magna zu schreiben.«

Ich schlug die Augen wieder auf.

Er genoss die Situation wie ein Jäger, der mit seiner frisch erlegten Beute vor der ansonsten mit leeren Händen dastehenden Jagdgesellschaft auf der Lichtung steht. Ich hatte ebenfalls versucht, den Artikel ausfindig zu machen, auf den Eva sich bezog, und erfolglos eine Reihe überregionaler Tageszeitungen durchkämmt.

Alle sahen ihn in stummer Erwartung an.

»Es gab nur eine Zeitung, in der ich eine Story gefunden habe, die sie irgendwie interessiert haben könnte«, sagte er. »Und zwar die Zeitung, für die ich arbeite – zu der Zeit noch Regierungszeitung ...« Er schnalzte zufrieden mit der Zunge. »Wie dieses kleine Blatt auf einer Bank in Adelaide endete, weiß ich nicht – aber Wunder gibt es ja immer wieder.«

Keiner sagte ein Wort.

»Am 7. April wurde in Kopenhagen, genauer gesagt in der Holmens Kirke, eine diskrete Trauung durchgeführt. Der mächtigste Beamte des damaligen Innenministeriums, das kurze Zeit später in Nationalministerium umgetauft wurde, heiratete seine langjährige Lebensgefährtin.« Knud Tåsing legte eine Pause ein und fuhr erst fort, als die Stille kaum noch zu ertragen war. »Der Stabschef *Orla Pil Berntsen* ehelichte *Lucilla Morales*, geboren in Havanna, Kuba ...« Er grinste, als amüsierte er sich über die groteske Konstellation der Eheleute. »Und bei der Trauung zugegen war kein Geringerer als der damalige Innenminister, unser aller Freund und Wohltäter – und Kongslunds langjähriger Beschützer –, Ole Almind-Enevold.«

Tåsing schwieg ein paar Sekunden, hustete kurz und setzte dem Ganzen die Krone auf. »Sie standen alle drei zusammen – im Schulterschluss – in meiner Zeitung. Außer ihnen war niemand auf dem Bild.«

Die Information spülte wie eine Schockwelle um den Tisch.

Jeder der Anwesenden verstand, was das bedeutete. War der Inhalt von Eva Bjergstrands aufgebrachtem Brief verlässlich, gab es keine andere Deutungsmöglichkeit als die, zu der Knud Tåsing mit seiner hervorragenden Detektivarbeit gekommen war: Der Schatten im Leben der jungen Frau, der Mann, der sie erst geschwängert und danach dafür gesorgt hatte, dass sie ihr Kind abgab und dann für immer verschwand und zu Grunde ging, war kein anderer als der, der in allen Zusammenhängen die Moral und Nächstenliebe verfocht, insbesondere die uneingeschränkten Rechte kleiner Kinder vor und nach der Geburt...

...der Nationalminister des Landes. Ole Almind-Enevold.

Glaubte man Evas Worten, hatte der populärste Politiker des Landes am Anfang seiner Karriere ein blutjunges Mädchen geschwängert – ausgerechnet in einem Gefängnis – und danach alle Hebel in Bewegung gesetzt, um den Skandal zu vertuschen. Nachdem sie das Kind zur Welt gebracht hatte, einen kleinen Jungen, wurde er ihr sofort weggenommen, und sie wurde in aller Heimlichkeit des Landes verwiesen. Von der ganzen Affäre blieb, durch einen simplen, aber fatalen Fehler, nur eine einzige winzige Spur, Jahrzehnte vergessen und verborgen in einem Karton der Mutterhilfe – der Name des Jungen...

...John Bjergstrand.

Wir saßen ein paar Minuten da, ohne etwas zu sagen. Kein Wunder also, dass Almind-Enevold – wenn die Geschichte stimmte – dieser Tage so viele verzweifelte Maßnahmen ergriffen hatte. Ohne Zeugen aus der Vergangenheit – allen voran der Junge persönlich – stände die Geschichte als pures Hirngespinst da, eine Ausgeburt kranker Medienhetze und einer blutrünstigen Opposition. Tauchte der Junge allerdings auf, reichte ein simpler DNA-Test, den ein Mann in seiner Position und mit seiner Moralvorstellung kaum ablehnen konnte, und die Wahrheit kam ans Licht – und zwar schneller, als der Hexenmeister »kein Kommentar« zischeln konnte. Alles deutete in Almind-Enevolds Richtung. Eines von Magnas Kindern hatte einen besonderen Hintergrund: eine Mutter, die wegen Mordes inhaftiert war, während der Vater zum gleichen Zeitpunkt am Anfang seines stetigen Aufstiegs zum höchsten Amt des Staates stand. Erhob sich diese Geschichte aus der Krypta der Vergangenheit – weil ein

Journalist wie Knud Tåsing sie ausbuddelte –, kostete das den Nationalminister sein Königreich. Wahrscheinlich würden bezüglich Magnas Tod sogar polizeiliche Ermittlungen eingeleitet werden, sobald sich auch nur die Andeutung eines möglichen Mordmotivs zeigte.

Im Augenblick war das nicht mehr als eine zerstörerische Theorie. Es gab nach wie vor zu viele lose Enden, und der Journalist, der schon einmal in seinem Leben einen verheerenden Fehler begangen hatte, wusste das besser als irgendwer sonst. Ich spürte, wie die Furcht mich umkreiste. Es stand mehr auf dem Spiel, als wir uns bis vor ein paar Minuten hätten ausmalen können. Die Häppchen, die die Kinderschwester serviert hatte, standen unberührt vor uns auf dem Tisch. Sie würden nicht gegessen werden.

»Es ist vertrackt, dass wir den Brief nicht haben, den Eva an ihr Kind schicken wollte, aber dann doch nicht beigelegt hat«, sagte Asger.

Ich senkte den Blick und schwieg.

Susanne Ingemann versuchte mit leiser Stimme das zu formulieren, was die meisten dachten, aber nicht in Worte zu fassen vermochten.

»Wenn Ole tatsächlich der Vater ist… dann hätte er auch ein Motiv…« Sie hielt einen Augenblick inne, als wären in dem Gedanken Dämonen verborgen, die sie nicht wecken wollte. »Ich meine… die Frau am Strand…« Sie verstummte erneut, seltsam blass, als wäre ihr überhaupt nicht wohl in ihrer Haut. »Almind-Enevold und Carl Malle…«

Knud Tåsing schüttelte langsam den Kopf. »Vielleicht. Vielleicht auch nicht. Ich habe in der Botschaft noch etwas anderes erfahren. Zwei Angestellte von Carl Malles Sicherheitsfirma haben wenige Tage nach Magnas Tod ein Visum für die Einreise nach Australien bekommen. Die Botschaftssekretärin hätte das natürlich nicht sagen dürfen, tat es aber trotzdem. Am nächsten Tag habe ich in Malles Firma angerufen, mich als Vertreter des Nationalministeriums ausgegeben und die Sekretärin gefragt, ob die beiden Männer aus Adelaide schon wieder zurück wären...« Er schaute über den Sund, als suchte er die Antwort in den Wellen vor der schwedischen Küste. »Sie hat das verneint.«

»Wenn Ole oder Carl etwas wussten... oder gar dahintersteckten...«, Peter Trøst stockte, »... müssten sie doch auch gewusst haben, dass Eva Bjergstrand tot war.«

Der Astronom nickte. »Es ist unlogisch, dass sie in Australien suchen, wenn sie wussten, dass sie 2001 nach Dänemark gekommen und nicht wieder zurückgekehrt ist. Warum hat Carl Malle zwei seiner Leute dorthin geschickt? Eigentlich gibt es auf diese gute Frage nur eine einleuchtende Antwort...«

»Ja«, sagte Peter. »... Sie haben es nicht gewusst.«

»Vielleicht haben sie aber auch nach dem Brief gesucht, den Magna vor ihrem Tod abgeschickt hat«, meinte Knud Tåsing.

Asger Christoffersen sagte nichts. Sein Blick ruhte auf Susanne wie die meiste Zeit. Ich war sicher, er liebte sie noch immer.

»Oder«, sagte Asger unendlich langsam, »es gibt mehr zwischen Himmel und Erde, als wir uns in unseren kühnsten Träumen vorstellen können. Nur eins ist sicher. Wir müssen uns Informationen über unsere leiblichen Mütter besorgen – wer sie waren und woher sie kamen –, um rauszukriegen, ob eine von ihnen Eva Bjergstrand war.« Er hielt einen Augenblick inne. »Das gilt natürlich auch für Orla, Severin und Nils. Jeder von uns wird seinen Adoptiveltern ein paar unangenehme Fragen stellen müssen... Was wussten sie eigentlich über unseren Hintergrund? Was hat Magna ihnen erzählt? Wir müssen Einsicht in die Dokumente verlangen, die sie bei der Adoption ausgehändigt bekommen haben, falls sie noch existieren...«

Ich konnte sehen, was Peter und Susanne dachten, während Asger sprach. Für ihn war es einfach – er wusste, wo er suchen musste, und hatte nichts mehr zu verlieren.

In dieser Nacht träumte ich von Nils Jensen.

Er stand im Mondschein im Wohnzimmer neben seinem Vater, dem Nachtwächter des Assistenzfriedhofs, und lauschte der fantastischen Geschichte von dem Kind, das tief ins Innere der Erde verbannt worden war, weil es das Brot seiner Eltern in den Schmutz getreten hatte, um seine Schuhe nicht dreckig zu machen. Dieses Kind hatte durch seinen Hochmut jegliches Recht auf Licht und Leben und die Vögel des Himmels verwirkt, das hatten alle Kinder gelernt.

Der alte Nachtwächter hatte nie auch nur eine Silbe über die Vergangenheit seines Sohnes verraten oder über das Wunder, dass einer armen Hinterhoffamilie eine der gefragten Adoptionen zugestanden worden war, obwohl diese sonst nur wohlhabenderen Familien vorbehalten waren. Und Nils Jensen hatte nie Verdacht geschöpft. Auf seiner Schulter hatte kein Satan gesessen und ihm Wahrheiten ins Ohr geraunt. Jetzt steckte er mit flackerndem Blick in einem Traum fest.

Nils Jensen wiederholte seine Frage: »Wer hat mich geboren?«

In meinem Traum waren der Nachtwächter und sein Sohn nun allein. Sie saßen lange da und sagten nichts.

»Wer sind meine Eltern?«, fragte Nils wieder.

Ich konnte die Antwort des alten Mannes kaum verstehen. »Ich habe deine Taufurkunde all die Jahre versteckt. Sie haben gesagt, ich sollte sie verbrennen, aber ich habe sie versteckt.« Entschuldigend und trotzig zugleich streckte er die Hand nach seinem Jungen aus.

Für einen Augenblick erstarrte jede Bewegung im Raum,

und eine Schrecksekunde lang glaubte ich, das würde jetzt für immer so bleiben.

Aber dann nahm Nils die Hand seines Vaters, und ich weinte, weil das ja bedeuten musste, dass das Kind in der Dunkelheit nicht notwendigerweise für immer verloren war. Vielleicht änderte der Märchendichter ja den Schluss einer Geschichte...

Später in der Nacht werde ich wach und lausche in der Dunkelheit auf die Atemzüge der Kinder im Haus. Ich kann den Gedanken an all die Kinder, die im Laufe eines halben Jahrhunderts in diesen Räumen geschlafen haben, nicht abstreifen. Ab und zu bilde ich mir ein, mich an alle Gesichter zu erinnern, dabei weiß ich sehr wohl, dass nur Magna diese Fähigkeit besessen hat.

Asger hat sich in Gerda Jensens alte Wohnung im Südturm zurückgezogen. Ein bisschen weiter hinten im gleichen Flur im Obergeschoss schläft Susanne Ingemann. Ihre gemeinsame Anwesenheit weckt ein schwaches Gefühl des Triumphes in mir.

Seit Magna mich im Königszimmer untergebracht hat – als Mahnung an das Unvollständige und Beschädigte in ihrem ansonsten perfekt symmetrischen Heim –, habe ich auf diesen Augenblick gewartet.

Ich denke an die, die jetzt zurückgekommen sind – und lächle. Ich lächle sonst nie.

Ich überlege, ob der erwachsene Asger auch noch im Besitz der himmlischen Unschuld ist, die nur sehr wenige Menschen wirklich besitzen. Orla nicht, nicht Susanne, Nils und Peter nicht, nicht einmal Severin, der sich für die bedrängten Seelen auf dieser Welt geopfert und so vielen Menschen geholfen hatte – und ich nicht. Keiner von uns hat je diese Unschuld besessen.

Und Asger?

»Glaubst du, er verdächtigt uns ... oder jemand Bestimmtes?«, fragte ich sie, nachdem wir ihm sein Bett im Turmzimmer bereitet hatten.

Susanne war vor dem Königszimmer stehen geblieben. »Wie hast du damals seine Eltern gefunden?«, fragte sie. Auch sie beherrschte die Kunst, das Thema zu wechseln.

Ich zog mich rückwärts in den Türrahmen zurück, bis wir uns in der Dunkelheit kaum noch sehen konnten. Einzig die Lampe über der Treppe gab noch ein bisschen Licht. Es war lange her, dass sie mir in das Königszimmer gefolgt war.

»Ich habe geglaubt, alle Informationen zu den leiblichen Eltern wären aus den Akten der Kinder aus der Elefantenstube entfernt worden«, sagte sie.

Ich antwortete nicht.

»Dann existieren sie also noch?«, sagte sie.

Ich floh rückwärts in mein Zimmer und stieß die Tür zu, sodass meine trügerischen Worte in der Dunkelheit hinter mir hängen blieben wie kleine, leuchtende Planeten. »Daran erinnere ich mich nicht mehr«, sagte ich.

In dem Augenblick wusste ich nur eins. Ich hatte sie immer geliebt. Susanne Ingemann war aus dem Stoff, den Männer und Frauen liebten. Unerreichbar.

26

DAS BLINDE MÄDCHEN

22. JUNI 2008

Man kann auf vielerlei Weise einen Menschen töten. Zum Beispiel so, dass es wie ein Unfall aussieht und fast nicht zu erkennen ist. Die kleinen Schubser, die fast immer das Werk eines bösen Schicksals sind, haben mich seit jeher interessiert.

Für einen Jungen wie Asger war die ausführende Hand aber nur ein Schatten auf seiner Seele. Für ihn unsichtbar, als es geschah.

Im Blick des Ministerpräsidenten lag die Verblüffung, die alle Menschen heimsuchte, denen der Tod plötzlich den Weg versperrte – obwohl gerade diese Begegnung ja die einzig sichere im ganzen Leben war.

Alle Zeichen des Abschieds waren da. Seine Regierungszeit konnte nur noch Tage dauern, und Ole Almind-Enevold unternahm nichts mehr, um diese Wahrheit zu vertuschen.

»Alles ist bereit – es wird so laufen, wie du dir das wünschst«, sagte er feierlich zu dem sterbenden Regierungschef.

Er sprach gleichermaßen über den anstehenden Tod seines Chefs und seinen eigenen Aufstieg in das höchste Amt des Staates.

»Gut.«

Im Angesicht des Todes hatte der Ministerpräsident das Taschentuch weggelegt, um Ole Almind-Enevold ein Mal ohne jeden Schutz ins Gesicht zu husten. Er konnte sich diese beispiellos machtvolle Provokation nicht verkneifen.

Almind-Enevold hätte den Thron gerne schneller bestiegen, wagte es aber nicht, den Mann herauszufordern, der selbst dem Tod so offensichtlich zu trotzen wagte.

»Haben wir diese... Tamilensache im Griff?« Allein die Verwendung des Tabuwortes zeigte, wie nah am Abgrund der Chef sich befand.

»Ja«, sagte der Nationalminister, während er in Gedanken bei der Kongslund-Affäre war.

Carl Malle hatte Asger Christoffersens Adoptiveltern in Århus besucht und sie einen Abend lang über Asgers Vergangenheit und ihren Kontakt zu Magna ausgefragt. Aber die beiden hatten nichts gewusst.

Carl Malle hatte den Minister und Orla Berntsen über seinen Misserfolg informiert, während die Fontäne im Garten ihre gelbgrünen Kristalle so hoch in den Himmel gespuckt hatte, dass die Fliege, die mit dem Kaffee hereinkam, einen seltenen Moment lang abgelenkt war und ihre schimmernden, dunklen Augen auf die glitzernde Welt dort draußen richtete.

»Was ist mit den Ärzten in dem Küstensanatorium... Ist da vielleicht was zu finden? Sie müssen damals doch alle nur erdenklichen biologischen Proben genommen haben?«, stellte der Nationalminister die logische Frage. Carl Malle wartete mit der Antwort, bis die Fliege wieder abgeschwirrt war. »Da ist nichts zu holen«, sagte er. »Da war ich früher schon einmal. Die leibliche Mutter haben sie nie gefunden. Aber es gibt noch etwas anderes...« Carl Malle bewegte sich unruhig. »Sein Vater erzählte mir, dass Asger einmal für vier Tage verschwunden gewesen sei. Er hatte damals behauptet, zu einem Festival auf Seeland zu wollen, einer seiner Kameraden hatte aber später verraten, dass er dort nie war. Und kurz vor diesen vier Tagen hatte Asger mit Marie gesprochen...« Carl Malle schüttelte den Kopf, als wollte er diese verblüffende Enthüllung noch extra unterstreichen. »Sein Vater hat das Gespräch der beiden mitbekommen.«

Er machte eine kleine Kunstpause, und der Minister beugte sich vor. »Er glaubt, dass Asger in diesen Tagen seine leiblichen Eltern besucht hat...«

Die besten Zuhause liegen am Wasser, pflegte Magna zu sagen. Das Gleiche kann man auch über Krankenhäuser sagen. Die meisten liegen im Landesinneren oder mitten in den großen Städten. Nicht so das Küstensanatorium, es lag ganz für sich allein direkt am Fjord.

Im Dezember 1972 hatte Asger Susanne bereits seit drei Monaten nicht mehr gesehen. Damals waren die Zeitungen voll gewesen vom Vietnamkrieg, den Bomben der Amerikaner und den mahnenden, nach Frieden lechzenden Worten des neuen Ministerpräsidenten, der früher einmal ein ganz normaler Arbeiter gewesen war, jetzt aber Dänemark in die europäische Gemeinschaft führen sollte. Während die Welt brannte, sollte Europa sich einen, um auf Dauer existieren zu können. »Wofür soll das gut sein!«, raunten sich die Schwestern mit den schneeweißen Häubchen zu. Wie die meisten aufopfernden Menschen vertrauten sie in erster Linie ihrem eigenen Willen – und fürchteten den der anderen.

An einem der letzten Junitage hörte Asger draußen auf dem Flur Schritte und riss widerwillig den Blick von Fjord und Himmel los. Monatelang hatte er auf die Schritte gelauscht, die ihm Susanne wiederbringen würden, aber sie kam nicht, und auch jetzt wusste er, dass es nicht Susanne war, die sich näherte, außer sie ging plötzlich am Stock.

Tok-tok-tok, klang es. Als schlüge jemand mit einem Stöckchen auf die Holzvertäfelung.

Er richtete sich im Bett auf und sah zur Tür.

Ein blindes Mädchen – sie musste etwa in seinem Alter sein – bog zielbewusst in Asgers Zimmer ab und suchte den Raum mit ihrem Stock ab, bis sie schließlich den Stuhl neben Asgers Bett fand. Das war wirklich beeindruckend. Einen Moment lang saß sie regungslos da. Sie hatte einen Topfschnitt und exotische Gesichtszüge, und ihre eine Schulter hing etwas schief an ihr. Auch ihr Gesicht war aus dem Fokus geraten, als starrte sie ihn durch zwei leicht verschobene Linsen an.

Asger war so beeindruckt von ihrem Aufmarsch fast bis auf seinen Schoß, dass er die Luft fünf Sekunden lang anhielt, ehe er schließlich fragte: »Wer bist du?«

Sie antwortete, noch bevor er die Frage beendet hatte, als hätte sie schon damit gerechnet: »Ich gehe in Næsset auf die Blindenschule und wohne da auch.« Ihr kleiner Mund kräuselte sich zu einer perfekten Blüte zusammen, die den Saft aus den Worten sog und auf mehr wartete. Dann richtete sie den Blick auf ihn, ohne ihn zu sehen, wobei er dennoch das Gefühl hatte, von ihr beobachtet zu werden.

Vermutlich hatte eine der Schwestern Mitleid mit ihr gehabt und sie hereingebeten.

»Bist du wirklich blind?«, fragte er.

Sie antwortete ihm nicht.

»Wie heißt du?«, fragte er und sah neugierig in ihre blinden Augen.

»Inger«, sagte sie, was wegen ihres kleinen Sprachfehlers fast wie Ing-gir klang.

»Willst du eine Geschichte hören?«, fragte er.

Plötzlich kam Leben in ihre linke Hand. Sie suchte tastend herum. Dann spürte er fünf Finger auf seinem Unterarm, und sie kauerte sich zu einer kleinen Kugel auf Susannes Stuhl zusammen.

Er las ihr das erste Kapitel aus Carl Sagans Buch über die Erforschung des Lebens im Weltraum vor – und als er fertig war, stand sie auf, klopfte mit dem Stab rhythmisch vor sich auf den Boden und verschwand wortlos.

Ein paar Wochen später kam sie wieder, und Asger dozierte in seiner Freude über den Besuch stundenlang seine Theorien. »Wissenschaftler wie Niels Bohr haben gezeigt, dass man die Bahnen der Elektronen in einem winzigen Atom nicht vorhersagen kann. Sobald man sich nähert, verschieben sie sich völlig zufällig – das bedeutet, dass nichts auf der Welt jemals so sein oder bleiben wird, wie wir glauben ...«, sagte er.

Sie saß da, den Stock zwischen die Beine geklemmt, und hörte ihm zu, und plötzlich sah er, wie gut alles zusammenpasste.

Im Januar fing er mit dem Training für sein gesundes Bein an, dafür sollte er eine Stunde pro Tag mit Krücken laufen. Einmal gingen sie gemeinsam spazieren, und anschließend las er ihr vor, während sie konzentriert wie immer zuhörte.

»Wo bist du eigentlich zu Hause?«, fragte er sie.

»Am Wasser«, hatte sie geantwortet.

»Wohnst du gerne am Wasser?«

»Ja«, antwortete sie. »Die besten Zuhause liegen am Wasser.«

Er fand die Antwort irgendwie merkwürdig und auch ein bisschen beängstigend. Selbst mit viel gutem Willen konnte man nicht behaupten, dass sein Elternhaus in Århus am Wasser lag.

»Ich komme bald nach Hause«, sagte er.

Sie antwortete nicht.

Drei Tage, bevor er aus dem Sanatorium entlassen wurde, hörte er ihre Schritte etwas früher als sonst – *tok-tok-tok*. In ihrer freien Hand hielt sie ein kleines Päckchen, das sie ihm reichte, nachdem sie auf dem Stuhl Platz genommen hatte.

Er packte es aus und starrte auf den Inhalt. In einer kleinen, weißen Schachtel lag ein getrockneter Frosch mit vorstehenden Augen. Der Körper war mit trockenem Gras und Blättern ausgestopft. Es sah aus, als wäre das Genick des Tieres gebrochen. Einen Moment lang kribbelte die Haut seines kranken Beins, und er bekam Gänsehaut auf den Armen, was sie aber zum Glück nicht sehen konnte.

»Ein Frosch...«, sagte er. »Danke, vielen Dank!«

Er fragte sich, wie ein blindes Mädchen es wohl anstellte, einen Frosch zu fangen, und dann stellte er sich vor, wie sie das Tier mit einem brutalen Griff um den Hals getötet hatte. Beeindruckend. Sein Blick klebte an ihren dünnen, braunen Fingern.

»Hast du jemals etwas von der *Andromedagalaxie* gehört?«

Sie schien seine Frage nicht mitbekommen zu haben.

Aber das störte Asger nicht, denn er liebte die Andromedagalaxie. Allein schon der Klang des Wortes! »Die Andromedagalaxie ist eine Nachbargalaxie der Milchstraße. Nachts sieht man sie deutlich...«, sagte er und nahm impulsiv ihre Hand. Ihre Haut fühlte sich ebenso kalt und trocken an wie die des Frosches, aber er wollte sie nicht loslassen. »Nachts sehe ich Andromeda durch mein *Teleskop*, ich kann dir sagen, das ist wirklich ein fantastischer Anblick.«

Ihre Hand blieb unbeweglich unter seiner liegen.

»Dort, wo ich wohne, haben wir ein Observatorium. Ich zeig es dir gerne, wenn du Lust hast.«

Sie zog ihre Hand zu sich und richtete sich langsam auf. Ihre Finger legten sich wie vorher um den Griff des Stocks, und ihre Fingerknöchel wurden weiß. Dann stand sie auf und ging zur Tür. So eilig hatte ihn noch nie jemand verlassen.

Im letzten Augenblick drehte sie sich um und sah ihn an, und er wartete auf ihren Abschiedsgruß. Er wusste instinktiv, dass sie sich nie mehr wiedersehen würden. »Ich habe die Venus über Hven gesehen«, sagte sie und war weg.

Er weinte drei Nächte hintereinander, während die anderen Kinder schliefen, und wusste nicht, warum. Die Wesen, die er anzog, waren, wenn das überhaupt möglich war, noch seltsamer und einsamer als er selbst. Das war wirklich eine Glanznummer des Schicksals. Er hatte nicht selten das Gefühl, in Parallelwelten zu leben, wie es der exzentrische Physiker David Deutsch später beschrieb. Deutsch ging davon aus, dass es keine einzigartige, festgezurrte Wirklichkeit gebe und man deshalb die Fähigkeit erlernen müsse, im richtigen Moment einen Schritt zur Seite in ein neues Universum zu treten.

Aber dieser Traum war natürlich ebenso unerreichbar wie die Liebe, der er begegnet war.

Im Dezember 1973 passierte die amerikanische Raumsonde Pioneer 10 den Jupiter, den größten Planeten des Sonnensystems, und das Raumschiff mit der Botschaft der Menschheit an andere Lebensformen folgte von nun an der Bahn, die es aus unserem Sonnensystem hinaus und durch den Weltraum führen sollte.

»Carl Sagan hat das herausgefunden«, sagte Asger beim Abendbrot, als er wieder zu Hause in Højbjerg war.

Seine Eltern nickten und schauten weg, um sich nicht ansehen zu müssen.

Der lange Krankenhausaufenthalt hatte in dieser Beziehung keine großen Veränderungen gebracht – außer dass Asger jetzt nicht mehr allein war mit seinem Interesse für den Weltraum. Er hatte einen neuen Freund, der im Ole-Rømer-Observatorium wohnte, das am Ende von Asgers Straße oben auf einem grasbewachsenen Hügel thronte. Ejnars Mutter war bei der Geburt gestorben, und sein Vater, der Leiter des Observatoriums, hatte im Dienste der Wissenschaft eine seiner Studentinnen geheiratet, die nun auf seinen Sohn aufpassen konnte, während er selbst die Sterne im

Auge behielt. Der westliche Bereich der Anlage wurde von zwei beeindruckenden Kuppeln dominiert, die zwei riesige Cassegrain-Teleskope beherbergten. Tagsüber sahen die beiden Kuppeln wie silberne Helme aus, die ein Riese auf den Boden gelegt hatte. Das gesamte Gelände wirkte äußerst geheimnisvoll.

Asgers neuer Freund stammte entfernt von dem Astronomen Peder Horrebow ab, der noch bei Ole Rømer selbst studiert hatte.

Seit der Entdeckung des Urknalls durch zwei Wissenschaftler saß Ejnars Vater – Anhänger des Astronomen Fred Hoyle, für den das Weltall statisch und im Gleichgewicht war und der Big Bang lediglich ein Blaulicht – zusammengesunken unter den Kuppeln und starrte ins Dunkel, als hoffte er, dass eine neue, epochale Erkenntnis aus dem Nichts auftauchte und ihn und Hoyle rettete und erneut die Unveränderlichkeit des Universums stützte. Ejnar war in diesen Jahren der treueste Jünger seines Vaters, und im Grunde verband genau das die beiden Jungen. Sie kreisten konstant um das gleiche Thema, über das sie so unterschiedliche Ansichten hatten: *Hatte die Welt einen Anfang oder nicht?*

»Die Welt beginnt mit dem Big Bang!«, sagte Asger begeistert.

»Nein«, protestierte Ejnar trotzig. »Das Universum hat schon immer existiert, und seine Größe ist unveränderlich.«

»Glaubst du an Ufos?«, fragte Asger eines Tages auf der Suche nach einem Thema, das ihr Auseinanderdriften stoppen konnte.

»Wenn es sie gibt, waren sie schon immer da – und wo sind sie dann?«, antwortete Ejnar überheblich, während er sich suchend umblickte.

Dass Ejnars Liebe und Sehnsucht für seine Sache so groß und endlos war wie Hoyles grenzenloses Universum, erkannte Asger erst, als es zu spät war.

Wie der Astronom Craig Watson, der vor hundert Jahren ein tiefes Loch in die Erde gegraben hatte, um aus der Dunkelheit den Himmel noch besser observieren zu können, gruben die beiden Jungen südlich der Stadt in Richtung Moesgård Strand im Wald ein Loch. Als sie fertig waren, sahen sie sich an und kletterten über eine selbst gebaute Leiter nach unten, ohne zu sehen, dass das Schicksal immer an ihrer Seite war.

In der ersten Nacht unter den Sternen sagte Asger gedankenlos zu Ejnar: »Die Wissenschaft hat zu jeder Zeit geglaubt, dass nun alles entdeckt und notiert sei... ähnlich wie dein Vater und Hoyle mit der *Steady-State-Theorie*... Eigentlich ist das nichts Neues.«

Ejnar bewegte sich im Dunkeln. »Willst du damit sagen, dass mein Vater dumm ist?«

»Nein, aber er hält an etwas Veraltetem fest... Du solltest das nicht tun...«

»Aber was, wenn er recht hat?«, ertönte Ejnars Stimme aus dem Dunkel.

»Das hat er nicht. Was er behauptet, stimmt nicht. Der Weltraum dehnt sich noch immer aus. Alles wegen dem Big Bang. Das wissen mittlerweile doch alle.«

In diesem Augenblick glitt ein unendlich trauriger Ausdruck über Ejnars ovales Gesicht – aber im Dunkel des Lochs konnte Asger das natürlich nicht sehen, weshalb er fortfuhr: »Dein Vater träumt davon, die Zeit zurückzudrehen...« Er kam ins Stocken, bis die Worte wie von selbst über seine Lippen stolperten... *bis in die Zeit vor deiner Geburt*.

Sie hockten in der Dunkelheit und starrten sich an. Vor Ejnars Geburt war das Universum vollkommen im Gleichgewicht gewesen, egal, wohin der Professor schaute. Da hatte die Theorie seines Lebens noch Gültigkeit, und die Frau, die im Kindbett sterben sollte, war noch an seiner Seite. Er fühlte sich frei und voller Kraft und Energie, doch all das war ihm mit Ejnars Auftauchen und dem neuen astronomischen Weltbild genommen worden.

Asger hörte das wütende Fauchen seines Freundes im Dunkel. »Ich habe echt keinen Bock mehr, hier mit dir in diesem Loch zu hocken.«

So einfach kann wissenschaftliche Uneinigkeit in einem Loch vier Meter in der Erde ausgedrückt werden.

Sekunden später kletterte Ejnar nach oben und verschwand. Von dem Tag an sah man die beiden nie wieder zusammen. Das Loch im Waldboden stand leer, und die fremden Raumschiffe – wenn es sie denn jemals gegeben hatte – starteten ihre Raketen und verschwanden unverrichteter Dinge aus der Gegend westlich von Moesgård Strand. Nach dem Bruch zwischen ihnen lief Asger ein paar Monate alleine herum. Etwa in dieser Zeit nahmen seine Eltern ihn mit in das Kinderheim auf Seeland, um ihm den Ort seiner Herkunft zu zeigen. Aber der Besuch schien keinerlei Eindruck auf ihn zu machen.

Doch dann, eines Samstagvormittags, an dem sonst niemand im Esszimmer war, ging er zum Telefon, das im Fensterrahmen stand, und wählte die Nummer, die er schon so lange auf einem Zettel in seiner Hosentasche herumtrug.

»Hier ist Inger Marie Ladegaard.«

Sie meldete sich leise, aber deutlich.

»Hallo ...?«, sagte sie dann.

»Hier ist Asger Dan Christoffersen«, meldete er sich.

»Du bist der, der mit seinen Eltern hier war, nicht wahr? Mit seinen Adoptiveltern.«

»Ja, genau.« Er kam einen Augenblick ins Stocken. Maries freundliche Stimme schüchterte ihn ein.

»Ich habe mich gefragt ...« Er zögerte wieder.

Sie atmete ruhig in den Hörer, sagte aber nichts.

Er räusperte sich und atmete tief durch. »Du darfst das niemandem sagen ... überhaupt niemandem ... Ich würde gerne mit meinen richtigen Eltern in Kontakt kommen. Ich will wissen, wo sie wohnen und was sie machen.«

»Das ist aber früh.«

»Früh?«

»Ja, die meisten rufen erst mit zwanzig oder dreißig an...«

Sie brachte diese merkwürdige Botschaft ganz leise vor, und er wusste nicht, was er antworten sollte.

»Viele Erwachsene haben dieses Bedürfnis«, sagte sie.

Er sagte noch immer nichts.

»Ich werde sehen, was ich machen kann«, sagte sie.

Im Hintergrund rief jemand ihren Namen.

»Gib mir die Namen deiner Adoptiveltern und deine Telefonnummer, dann rufe ich dich zurück.«

Er hatte sich darauf eingerichtet, tagelang auf ihre Antwort zu warten, doch schon eine Stunde später klingelte das Telefon.

»Hallo. Ich musste nur warten, bis ich allein bin«, sagte sie.

Er spürte sein Herz hämmern.

»Hast du was zum Schreiben?« Ihre Stimme war so ruhig, als würde sie solche Botschaften jede Woche überbringen, allerdings glaubte er, ein schwaches Lispeln zu hören.

Er legte den Hörer auf den Tisch. Durch das Fenster sah er seine Eltern im Garten arbeiten. Sein Vater zimmerte an dem Vogelhaus herum, in das seine Mutter jeden Morgen Brotkrümel und Sonnenblumenkerne legte... *deine Mutter und ich...* Er schlug den letzten Nagel in das Querholz für das kleine Dach, das die Futterstelle vor Regen und Schnee schützte – und lächelte zufrieden.

Welche Fürsorge.

»Ja, ich habe alles«, sagte er in den Hörer.

»Deine Mutter... also deine leibliche Mutter... wir haben nur ihren Namen... Sie heißt Else Margarethe Jensen. Bei deiner Geburt wohnte sie in Nørrebro in Kopenhagen... in der Fiskergade 5. Den Rest musst du allein herausfinden.«

»Den Rest?«

»Ja, du musst zum Einwohnermeldeamt. Sie können sie für dich finden – das dauert nur ein paar Sekunden –, vorausgesetzt, sie lebt noch.«

»Danke.« Asger schloss die Augen und sah vor sich eine junge, hübsche Frau mit dem Vornamen Else Margarethe.

»Mit wem redest du?« Sein Vater stand hinter seiner rechten Schulter.

Asger zuckte zusammen und schnappte sich den Block mit dem Namen seiner leiblichen Mutter.

»Jetzt scheint dich jemand zu stören?« Maries Stimme klang, als würde sie lächeln. »Sag deinen Eltern, dass sie sich mehr um *dich* kümmern sollen als um den *Garten*.« Dann legte sie auf.

Er war viel zu schockiert über Ingolfs Anwesenheit, um sich darüber Gedanken zu machen, dass sie über die Lieblingsbeschäftigung seiner Eltern Bescheid wusste. Sie wühlten wirklich ständig im Garten herum.

»Else Margarethe, wer ist das?« Sein Vater stand noch immer hinter ihm. Er hielt den Hammer in der Hand und entzifferte mühsam den Namen auf dem Block. Dann sagte er unvermittelt: »Komm doch mit raus. Du kannst mir helfen, die Löcher im Gartenschlauch zu flicken, der ist das reinste Sieb. Das Vogelhaus habe ich schon repariert, deine Mutter kann also wieder ihre Vögel verwöhnen.« Er lachte laut und marschierte aus dem Zimmer.

Asger folgte ihm, mit einem Mal unbändig erleichtert, dass der Mann im Garten nicht sein leiblicher Vater war.

Er ließ sie glauben, dass er mit zwei Freunden zum Rockfestival nach Roskilde fuhr – und Kristine und Ingolf freuten sich über dieses erdnahe Interesse.

Er fuhr mit der Fähre von Århus nach Kalundborg und von dort weiter mit dem Zug nach Tølløse. Er war allein.

Vom Bahnhof wanderte er über die Landstraße in Richtung Westen und versuchte nicht einmal zu trampen, weil er sein Ziel so diskret wie möglich erreichen wollte. Laut Einwohnermeldeamt war seine Mutter in das Dorf Brorfelde in Mittelseeland gezogen, auf einen kleinen Hof, etwa fünf Kilometer von dem berühmten Observatorium gleichen Namens entfernt. Für den fünfzehnjährigen Asger ergab das Sinn: Wenn seine Eltern in dem Observatorium angestellt waren, erklärte das seine lebenslange Passion für die Sterne, dann wäre alles ganz einfach biologisch begründet.

Versteckt hinter einem tief hängenden Zweig konnte er den Hof sehen. Er nahm sein Teleskop aus dem Rucksack. Auf beiden Seiten des Grabens erstreckten sich Weizenfelder, und schon mit bloßen Augen konnte er bestimmte Details auf dem Hof erkennen: ein alter zugemauerter Brunnen mit einem Baum in der Mitte, eine umgekippte rote Schubkarre und eine violettblaue Bank neben der grünen Haustür. Er nahm die Kappe vom Teleskop und stellte es sorgsam scharf.

Kurz darauf trat eine Frau auf die Treppe. Ihr Gesicht im Okular ein dunkles Oval mit tiefen Schatten – Asger zweifelte keine Sekunde daran, dass das seine Mutter war. Seine leibliche Mutter. Es war einer der eigentümlichsten, intimsten Augenblicke, die er je erlebt hatte, und im Stillen dankte er Marie dafür. Drei Tage lang beobachtete er die Gestalt. Einmal blickte er auf das selbstleuchtende Zifferblatt und drückte auf einen Knopf, wodurch die Uhrzeit angezeigt wurde. Sie stand regungslos in der Mitte des Bildes. Es gab niemanden sonst auf der Welt, nur sie. Konnte sie ihn sehen? Er blinzelte noch einmal, plötzlich schien die Linse beschlagen zu sein. Weit vor ihm bewegte der Schatten sich. Die Tür wurde geschlossen, und das Geräusch erreichte ihn mit einer halben Sekunde Verspätung.

Das Teleskop fiel ihm aus den Händen.

Er ließ es liegen.

Kurz darauf schlief er tief und fest, über sich den perfekten Bogen des Himmels. Eine Ewigkeit später drang die NASA mit der ruhigen Stimme zu ihm durch, die er so gut kannte ... *do-you-copy?* ... Er lag im Wasser, hörte die Sauerstoffbehälter zischen und fühlte die Luft in seine Lungen strömen. Ein paar Minuten später kam der Horizont zurück. Er erhob sich aus einer Wolke knisternder Punkte, um sich dann als der blaue Streifen einzuregeln, der seine Welt im Gleichgewicht hielt. Er spuckte ein paar Steinchen aus und entfernte einen kleinen Splitter von seiner Zunge.

Später stand er an der Reling der Fähre *Prinsesse Elizabeth* und sah auf der Steuerbordseite das Küstensanatorium vorübergleiten. Er fühlte sich noch immer seltsam allein in der Welt, aber die rote Dämmerung über Næsset mischte ein nie gekanntes Gefühl von Freiheit in seine Einsamkeit. Er hatte das kleine Haus, in dem seine Mutter aus und ein ging, drei Tage lang beobachtet, und zu guter Letzt hatte die NASA seine Kapsel sicher zurück durch die Atmosphäre gebracht, bis sie im Meer gelandet war. Er heftete seinen Blick auf die dunklen Schatten der vertrauten Baumgruppen im Osten des Sanatoriums. In Gedanken versuchte er noch einmal, sich Susannes Gesicht in Erinnerung zu rufen, aber nicht sie trat aus den Schatten, sondern das blinde Mädchen, deren Namen er längst vergessen hatte. Im Wind, der über den Fjord wehte, hörte es sich tatsächlich so an, als riefe sie ihm eine Warnung zu – dabei wusste er ganz genau, wie idiotisch dieser Gedanke war. Nach seinen Tagen in Brorfelde war er einfach nur müde.

Ohne Vorwarnung dachte er plötzlich an Ejnar – zum ersten Mal, seit sie sich vor zwei Jahren beim Erdloch im Wald getrennt hatten.

Er drehte sich um und ging in die Cafeteria.

Tags darauf saß er am Fenster im Atlasvej und beobachtete die beiden Menschen, die fünfzehn Jahre lang seine Eltern gewesen waren. Sie umkreisten wie immer das Vogelhaus im Garten, offensichtlich zufrieden mit ihren Reparaturen. Das Fenster war gekippt, und er hörte Kristine zu Ingolf sagen: »Asger hat keine Ahnung, wer auf dem Festival gespielt hat…« Seine Mutter wusste, dass sie ihn verloren hatte – nur warum, wusste sie nicht.

Er nieste und sah in den Himmel.

Ein paar Tage später ritten ein paar junge Dänen während der amerikanischen Unabhängigkeitsfeier am 4. Juli in den Park Rebild Bakker, und die merkwürdigen Fernsehbilder von Indianern auf Pferden lenkten seine Aufmerksamkeit zurück auf die Welt, in die er geboren worden war.

Tags darauf versuchte der Junge – dem seine gleichaltrigen Kameraden den Spitznamen Ufo-Ejnar gegeben hatten –, ihn anzurufen. Das wiederholte sich am folgenden Tag, aber Asger hatte nicht die Kraft, die langwierigen Diskussionen über die Beschaffenheit des Universums wieder aufzunehmen, nachdem sich das Leben auf der Erde so nachhaltig in seine Gedanken gedrängt hatte. Er musste sich über sein Verhältnis zu seiner leiblichen Mutter klar werden, und für Ejnar gab es da keinen Platz, weshalb er ihn verdrängte.

Als er 1980 sein Astronomiestudium aufnahm, war auch Ejnar unter den Kommilitonen des Fachgebiets. Asger hielt das für einen Zufall. Er war sich sicher, dass Ejnar seine jugendliche Faszination für Ufos abgelegt hatte, ging ihm aber auch an der Uni aus dem Weg.

»Wollen wir nicht mal nach Moesgård fahren und nachgucken, ob die Ufos noch da sind?«, fragte Ejnar eines Tages, als er etwas linkisch vor ihm in der Mensa stand. Er war rot geworden wie damals, als sie sich über die Beschaffenheit des Universums gestritten hatten.

Asger hatte nur den Kopf geschüttelt.

Ejnar versuchte es mit einem letzten Trumpf: »Vielleicht ist das Loch im Boden ja noch da. Wollen wir nicht nachsehen?«

Es nützte nichts.

Es ist schier unglaublich, wie unsichtbar und meisterhaft das Schicksal seine Fäden zu spinnen versteht, wo es in anderen Momenten so faul und unentschlossen wirkt. Diese Erkenntnis sollte zu Asgers neuer Lebensweisheit werden, nachdem er seinen alten Freund so gedankenlos abgewiesen hatte. Um Neujahr herum verschwand Ejnar. Es kursierten Gerüchte, er wäre mit einem Mädchen nach Kopenhagen gegangen; andererseits hatte ihn nie jemand mit einem Mädchen gesehen.

Sie fanden ihn Anfang März, weit draußen im Wald.

Ein Jogger hatte den Moesgård-Strand und das Eishaus passiert, um in einem weiten Bogen über die kleinen Waldwege zurück zur Landstraße bei Bellahage zu laufen, als er plötzlich auf eine Holzkonstruktion aufmerksam wurde, die den Weg versperrte. Sie sah aus wie ein Turm, der aus der Erde ragte. Ein paar Schritte später erkannte er, dass es sich um eine alte, ramponierte Leiter handelte. Der Jogger blieb stehen und atmete tief durch, während er die Konstruktion in der Morgensonne näher betrachtete. Dann fiel ihm das Loch im Boden auf. Er ging neugierig einen Schritt näher, bis der Geruch ihn innehalten und wieder zurückgehen ließ. Entsetzt alarmierte er die Polizei.

Ein paar Stunden später holten sie die halb verweste Leiche Ejnars aus dem Loch. Weiße Knochen ragten aus dem Gewebe, das einmal Haut und Muskeln gewesen war. Im Institut verstummten alle Gespräche, und die Sterne verloschen unter der Decke des Planetariums, als das Seminar abgebrochen wurde. Niemand wusste, was er sagen sollte. Asger kannte ihn am besten. Aber Asger redete mit keinem. Weder an diesem noch an einem anderen Tag.

Ejnar war laut Polizei in das Loch im Waldboden geklettert, wo er gehockt und zu den Sternen aufgeblickt hatte. Er war nicht wieder nach oben geklettert. Neben ihm hatte ein Buch von Fred Hoyle gelegen. *Die schwarze Wolke.*

Die Polizei hatte das Buch konfisziert, ohne überhaupt zu wissen, ob es etwas mit dem Todesfall zu tun hatte. Vielleicht hatte sogar einer der Kommissare die 170 Seiten gelesen, bevor der Fall zu den Akten gelegt wurde.

In der Kirche lag Ufo-Ejnar in einem von weißen, gelben und roten Blumen umgebenen Sarg – und Asger, der wie das ganze Institut an der Beerdigung teilnahm, stellte sich mit Grauen vor, wie die hervorquellenden Augäpfel blind an den Deckel des Sargs starrten, wie sie zuvor in den Himmel gestarrt hatten. Ejnars Vater saß in der ersten Reihe und beweinte seinen einzigen Sohn, und aus Furcht vor dem Gefühl des Triumphs, das Asger zu seinem eigenen Entsetzen mit in die Kirche gebracht hatte, wagte er es nicht, den rotgeränderten Augen des Professors zu begegnen. In diesem Augenblick musste der alte Mann ein für alle Mal erkennen, dass das Universum nicht unveränderlich war und es auch niemals gewesen war. Tief in seinem Inneren hörte Asger sich selbst vor dem Professor und seinem Sohn, die er eigentlich immer um ihren Glauben und ihre Treue beneidet hatte, dozieren: *Ihr wollt das Universum statisch machen, damit die Welt ewig währt und ohne Anfang oder Ende ist. Aber so ist es nicht, die Welt steht in einem Kontext. Ich habe Ejnar das zu erklären versucht, aber ich bin nicht zu ihm durchgedrungen.* In der ersten Reihe der Kirche hob Ufo-Ejnars Vater den Kopf, als hätte er ein Geräusch vernommen, das er nicht zuordnen konnte.

Die Polizisten hatten unten in dem Loch ein verdrecktes Stück Papier gefunden, auf dem zuoberst Asgers Name gestanden hatte. Nur ein paar Kommissare und Asger selbst hatten es gelesen.

Du hattest recht, aus dieser Position heraus kann man den An-

dromedanebel ganz deutlich erkennen. Auch ohne Teleskop. Das war immer dein Nebel. Heute leuchtet er klarer als jemals zuvor.

Draußen vor der Kirche ging Asger an der langen Reihe der Leute vorbei, die dem Professor ihr Beileid bekunden wollten.

Asger hätte in jenem Sommer nicht nach Brorfelde reisen sollen. Er verstand nicht, woher diese Einsicht kam, wusste aber, dass es stimmte, weil alles miteinander zusammenhing. Dieses Wissen teilten die Astronomen mit den weisen Alten, trotzdem nahm niemand davon Notiz. Ejnar hatte Asger mit all der Liebe geliebt, die im Weltraum zu finden war – so einfach war das.

Ich glaube, das Schicksal war an diesem Tag mehr als zufrieden.

»Sie müssen noch einmal zu ihr«, hatte Knud Tåsing kategorisch gesagt.

Der Journalist war allein gekommen, ohne Nils Jensen, und Peter Trøst hatte absagen müssen, weil er drei Tage vor der großen Roadshow im Kopenhagener Forum nicht wegkonnte.

Der Brunch war wie am Tag zuvor nicht angerührt worden. All die ans Licht beförderten Geheimnisse waren den Anwesenden auf den Magen geschlagen. Schließlich hatten zwei Kinderschwestern das Essen wieder abgeräumt.

Falls Asger Christoffersens Geschichte über Brorfelde, den Tod und seinen Verrat Knud Tåsing berührt haben sollte, ließ der Journalist sich davon nichts anmerken. Er wandte sich an den Astronomen: »Sie müssen sie fragen, ob sie 1961 wirklich ein Kind zur Adoption freigegeben hat. Es wundert mich wirklich, dass Sie als Einziger Ihre Mutter ohne Schwierigkeiten finden konnten«, sagte er.

Ich hielt die Luft an und hoffte, dass Asger nach so vielen Jahren die wichtigsten Details vergessen hatte. Wir saßen im

Gartenzimmer. Draußen regnete es, und Susanne hatte die drei Lampen eingeschaltet, die auf der Anrichte standen.

»Wie ich euch eben schon gesagt habe, war es Marie, die den Namen für mich gefunden hat«, sagte Asger. »Da bin ich mir ganz sicher.«

Die entlarvenden Worte ließen mich erneut erstarren – aber Knud Tåsing hatte seine Aufmerksamkeit glücklicherweise ganz auf Asger gerichtet und bemerkte es nicht. Der Astronom schien nicht nach Brorfelde und zu seinen dunklen Erinnerungen zurückkehren zu wollen. »Es reicht mir zu wissen, wer sie ist«, sagte er kategorisch. »Sie war nicht Eva Bjergstrand.«

»Aber hier ist etwas passiert, das sowohl Kongslund als auch das Nationalministerium seit einem halben Menschenalter zu verbergen versuchen«, sagte Knud Tåsing hartnäckig. Sein mageres Gesicht war aschfahl. Asger antwortete nicht.

Susanne Ingemann saß wie üblich mit dem Rücken zum Fenster auf dem alten Mahagonisofa. Sie hatte die Beine unter sich gezogen wie eine Teenagerin und wandte sich an Knud. »Vielleicht waren Evas und Magnas Tod doch Unfälle«, sagte sie.

»Es ist schon bemerkenswert, wie die Menschen *sterben*, sobald sie mit der Kongslund-Affäre in Berührung kommen«, sagte der Journalist trocken.

»Ja, und Sie sind ja auch bekannt dafür, sich nie zu irren.«

Die sarkastische Anspielung auf Knud Tåsings katastrophalen Fehler landete mit einer Wut zwischen uns, die ich normalerweise nicht mit Susanne Ingemann verband. Und sie war ungerecht, denn der Journalist hatte, soweit ich das beurteilen konnte, all seine Energie in diesen Fall gesteckt. In der ersten Stunde hatte er uns über seine Ermittlungen in den diversen Gefängnissen unterrichtet, und seine Ergebnisse waren – auch wenn sie uns nicht direkt weiterbrachten – beeindruckend. Er hatte die Bestätigung erhalten, dass

Eva Bjergstrand in Horserød eingesessen hatte, und er hatte einen pensionierten Wächter gefunden, der ihn in Kontakt mit einem anderen gebracht hatte, der wiederum einen anderen kannte. Alles in allem hatte er mit seinem Buschtrommelsystem fünf Wachen gefunden, nur dass die Antworten leider so dürftig gewesen waren, dass sie nicht wirklich weitergeholfen hatten. Schließlich lag die Angelegenheit siebenundvierzig Jahre zurück.

Der fünfte glaubte schließlich, sich an das Mädchen zu erinnern, weil sie so jung gewesen war – und auch wegen der überraschenden Begnadigung. Dafür wusste er nichts von ihrer Schwangerschaft und auch nicht, welcher Besucher sich besonders für sie interessiert hatte. Knud Tåsing hatte Akteneinsicht beantragt, alle Dokumente durchforstet, die Horserød betrafen, und alles bis zum letzten Buchstaben gelesen, aber trotzdem nichts Brauchbares gefunden. Wenn es Informationen von Interesse gegeben hatte, waren diese entweder vernichtet oder von den Personen entfernt worden, die ein so großes Interesse daran gehabt hatten, die Schwangerschaft und die Geburt geheim zu halten.

»Gab es denn noch andere Zwischenfälle hier in Kongslund, die ...?«, setzte Asger Christoffersen an.

»Irgendwie geheimnisvoll waren?« Susanne Ingemann nickte ihm zu. Sie hatte mich tags zuvor bei Asgers Bericht die ganze Zeit beobachtet. Ich war vermutlich das Geheimnisvollste, das es an diesem Ort seit dem Sturz des Königs gegeben hatte. »In Magnas Büro ist einmal eingebrochen worden«, sagte sie. »Damals wurde *alles* untersucht, es ist aber nie klar geworden, worauf die Einbrecher es abgesehen hatten ... Es wurde auch nichts gestohlen.«

»Wenn jemand hier in Kongslund nach etwas gesucht hat, müssen wir herausfinden, was das war«, sagte Knud Tåsing.

Tränen tropften auf meine Hände. Natürlich hatten sie etwas gesucht – und es hatte nicht nur einen, sondern zehn

Einbrüche in Kongslund gegeben. Aber Magna hatte ausdrücklich dazu aufgefordert, die geheimnisvollen Besuche zu ignorieren.

Es war jedes Mal nach dem gleichen Muster abgelaufen: Keine Einbruchspuren an Fenstern und Türen – die ungebetenen Gäste schienen kommen und gehen zu können, wie es ihnen gefiel. Sie kamen immer, wenn wir einen Ausflug machten oder in Kopenhagen waren, wo wir in Magnas Blütezeit durch die Fußgängerzone spazierten, um aller Welt zu demonstrieren, dass wir uns nicht zu schämen brauchten. Wenn die »Gäste« wieder da gewesen waren, waren alle Mappen und Ordner aus den Regalen gezogen worden und lagen durcheinander auf dem Fußboden. Der immer wiederkehrende, gleiche Ablauf hatte etwas Demonstratives. Magna war jedes Mal gleich erschüttert gewesen, hatte aber nie eine Anzeige gemacht. Sie fürchtete die Reaktion der Behörden, falls die wiederholten Einbrüche im Kinderheim publik würden. Und schließlich endete das Ganze ziemlich abrupt im Sommer 1985.

»Es braucht schon eine ganze Menge, um Magna außer Gefecht zu setzen«, sagte Asger – als würde sie noch leben.

Ich kauerte mich auf meinem Stuhl zusammen und hob mich kaum noch von der Wand ab. Der letzte Einbruch war während des großen Pfingstkarnevals in Kopenhagen gewesen, und wie gewöhnlich hatte der mysteriöse Besuch Kongslund in einen Zustand stummer Unruhe versetzt. Magna hatte noch Tage danach voller Wut auf die Stängel der Pflanzen eingehämmert und mit den Vasen geklirrt, und ich glaube, die Schwestern sahen in ihrem Verhalten blanke Angst. Ich, die ich bei ihr aufgewachsen und in ihren Armen gewiegt worden war, sah aber noch etwas anderes in ihren heftigen Bewegungen am Blumentisch – etwas, das für mich mindestens ebenso deutlich zu erkennen war wie die Angst, die die Schwestern sahen.

Triumph.

Und ich verstand instinktiv, warum. Die unermüdlichen Diebe hatten nie gefunden, worauf sie es abgesehen hatten. Und die Kraft, mit der Magna auf die Blumenstängel einhieb, zeigte nicht nur ihre Wut, sondern auch ihre Ausdauer und Hartnäckigkeit. Und ihre Schadenfreude.

Sie würden es nicht finden.

»Wonach können sie gesucht haben?«, fragte Asger mit tiefer Stimme.

»Papiere, Dokumente«, sagte Susanne vage. »Wenn sie nach dem Kind gesucht haben – falls damals schon jemand auf der Suche nach ihm gewesen ist –, hatten sie es wahrscheinlich auf die Akten der Mutterhilfe abgesehen, genau wie wir jetzt ...«

»Hatte Gerda eine Vermutung, wer es gewesen sein könnte? Oder Magna?« Asger Christoffersen sah Susanne an.

»Nein«, erwiderte sie.

»Aber warum war dann niemand mehr hier ... in all den Jahren?«

»Vermutlich haben sie aufgegeben.«

Alle sahen mich an. Ich hatte mich nach Stunden des Schweigens in ihre Überlegungen eingemischt. Mein Einwurf kam vollkommen überraschend, auch für mich selbst.

»Liegt das nicht auf der Hand?«, versuchte ich meinen idiotischen Fehler mit dem naiven Zusatz zu kaschieren. »Wenn sie nicht mehr kommen, kann das doch nur bedeuten, dass sie ihr Vorhaben aufgegeben haben ...«

Ich sagte nichts mehr. Mein dummer Einwand hatte das Gespräch beendet.

27

KONGSLUNDS KINDER

24. JUNI 2008

In jenen Tagen beschleunigte der Zusammenbruch sich. Die Auswirkungen reichten vom Ministerium über das Zeitungshaus und den Fernsehsender natürlich auch bis hin nach Kongslund. Für keinen von uns gab es einen Weg zurück.

Magdalene hatte einmal gesagt, dass alle Kinder in der Elefantenstube bereits als Säuglinge eine Sprache beherrschten, die kein Erwachsener hören konnte, weil sie nur in einem Raum existierte, in dem Gedanken und Worte noch nicht geformt worden waren. Diese Fähigkeit entwickelte sich in völliger Dunkelheit, hatte sie zu mir gesagt: Verlassenheit war das erste, das ihr geteilt habt – und die Informationen über diesen Zustand gingen ungehindert zwischen euren Betten hin und her. Später habt ihr euch über die Angst ausgetauscht und darüber, wie man sie bekämpfen kann – und möglicherweise habt ihr auch den Zorn in der Dunkelheit herumspazieren lassen, obgleich das in einem so kleinen Raum nicht ohne Risiko war...

Sie lachte über meine Verwirrung und sagte: Marie, denk immer daran, ein kleines Kind vereint in sich all das, was ihm später als Erwachsenem verlorengeht – die totale Akzeptanz der Dunkelheit und all der Wesen, die darin hausen.

»Die Lebenden klammern sich an das Leben, während den Ungeborenen das Leben verwehrt wird.«

Ole Almind-Enevold spielte in einem Atemzug auf den Ministerpräsidenten und das Projekt an, für das dieser über so viele Jahre gebrannt hatte.

Es war diese Direktheit, die die dänische Bevölkerung angesprochen und den Alleinherrscher des Nationalministeriums seit dem legendären Wahlsieg 2001 gekennzeichnet hatte.

Am Johannistag 2008 stand der Nationalminister nun unmittelbar vor der Realisierung seines einzigen wirklichen Bestrebens: der mächtigste Mann des Landes zu werden. In seiner Schublade lag die Tagesordnung, die er für seine erste Legislaturperiode ausgearbeitet hatte, und zuoberst stand der Gesetzesvorschlag, der DEN GROSSEN UMBRUCH markieren sollte:

Gesetzesvorschlag zur Präzisierung der Möglichkeit der freien Abtreibung für dänische Frauen.

Die entscheidenden Anmerkungen zu dem Gesetz waren längst ins Reine geschrieben und in der Stiftungsurkunde des Vereins RAL – Recht auf Leben – festgehalten worden, den der Nationalminister und seine energischsten Frontkämpfer der Herzensgüte auf der Basis unveräußerlicher humanitärer Prinzipien gegründet hatten: Allen dänischen Kindern sollte der bestmögliche Start ins Leben garantiert werden können; keinem dänischen Kind sollte das größtmögliche Glück vorenthalten werden. Dieses Prinzip sollte natürlich auch alle ungeborenen Kinder einschließen.

Die Barbarei würde ein für alle Mal ein Ende haben.

Magna war aus Rücksicht auf Konglunds Beziehung zu dem mächtigen Politiker in den Verein eingetreten und hatte sich sogar in den Vorstand wählen lassen. Ich glaube aber, sie wusste, wie sehr Almind-Enevold die Unfruchtbarkeit seiner Frau hasste, ohne Frage die größte Tragödie in seinem

Leben. Aus diesem Grund erhob er auch Kinderlosigkeit grundsätzlich zur Tragödie.

Aus Rücksicht auf die Basis und die etwas rebellischeren Frauen in der Partei hatte er im Laufe der Jahre seine Ansichten mit vagen Wendungen kaschiert und nur ganz allmählich im Laufe seiner politischen Arbeit den Ton verschärft, parallel zum Anwachsen seiner Macht. Als Erstes empfahl er ein Absenken der Abtreibungsgrenze von der zwölften auf die zehnte Schwangerschaftswoche, dann von der zehnten auf die achte. In einem noch geheimen Papier, das in seiner Schublade lag, hatte er den Schritt von der achten zur sechsten Woche vollzogen – aber nachdem das Taschentuch des Ministerpräsidenten anfing, chronisch rot zu sein, hatte er die Frist noch einmal um zwei Wochen gekürzt –, was noch weiter bis zum totalen Verbot korrigiert werden würde, ausgenommen natürlich medizinisch klar indizierte Abtreibungen. Erst heute Morgen hatte der Nationalminister einen Zeitungsartikel über die neuesten Abtreibungspillen für leichtlebige Teenager gelesen, der ihn auf die Palme gebracht hatte. »Wenn es so weit ist, geben wir allen dänischen Kindern das Recht auf das Leben zurück – ohne Ausnahme«, sagte er. »Wir werden alle Präparate verbieten, die ungeborene Kinder töten.« Er stand am Fenster, hatte seinen beiden Gästen den Rücken zugedreht und beobachtete zwei junge Assistentinnen, die auf der Granitbank im Hofgarten des Ministeriums saßen und zusammen frühstückten.

»Sollen wir dann auch Kondome verbieten?« Die Frage kam von Carl Malle.

Der Minister drehte sich zu seinen Gästen um. »Wenn es hilft«, sagte er.

»Wenn es *hilft*...?« Wieder Carl Malle.

»Ja... wenn es der Geburtenrate auf die Sprünge hilft. Die ist nämlich unlösbar mit unserem Wohlfahrtsprojekt verbunden.«

Carl Malle zuckte mit den Schultern und wechselte das Thema. »Wie du weißt, habe ich ein paar Männer nach Australien geschickt, um die Briefsendung und Eva aufzuspüren, was sich als schwerer als erwartet erwiesen hat ... sozusagen unmöglich«, sagte er.

Der Nationalminister umrundete seinen Birkenholzschreibtisch und setzte sich langsam. »Ja?«

»Sie ist nicht dort. Zumindest nicht unter einem der uns bekannten Namen. Oder aber ... es gibt sie nicht mehr. Alle Spuren, die meine Männer gefunden haben, weisen darauf hin, dass sie vor langer Zeit das Land verlassen hat.«

Er brauchte nicht mehr zu sagen. Die Bedeutung dieser beunruhigenden Information wollten die beiden Männer unter allen Umständen von Orla Berntsen fernhalten, der noch nichts von der geheimnisvollen Frauenleiche wusste, die vor etlichen Jahren am Strand bei Kongslund gefunden worden war.

Ole Almind-Enevold neigte den Kopf. Man hätte es als Geste der Demut interpretieren können. Aber der König war niemals demütig. Es war eine nahezu verzweifelte, unausgesprochene Frage.

Carl Malle sagte: »Ja ... möglicherweise lebt sie nicht mehr ... Wie wir es bereits besprochen haben.«

Er nickte in Orlas Richtung, und der Minister verstand den Wink. Er erhob sich und ging zu dem Sofa, das mit dem mausgrauen, feinrippigen Samt bezogen war, den der Ministerpräsident eigenhändig für seins und das Büro des Grauballemanns ausgesucht hatte.

»Glückwunsch«, sagte Ole Almind-Enevold zu seinem Stabschef.

»Glückwunsch?«

»Ja. Zu dem kleinen Tamilen, den du nach Sri Lanka zurückgeschickt hast. Es ist gelungen, ihn im Blick der Öffentlichkeit vollständig anzuschwärzen. In der Presse sind wir bereits *home free*...« Das war eine der amerikanischen Wendungen, die der Hexenmeister im Ministerium eingeführt hatte.

Orla sagte nichts.

»Laut *Channel DK* war der Junge die zentrale Figur eines verbrecherischen Tamilen-Netzwerks, das die Wählerschar täuschen wollte. Die Bevölkerung sollte glauben, er wäre in Lebensgefahr... Die Wählerschar sollte sich erheben und Barmherzigkeit fordern. Aber da haben wir ihnen einen Strich durch die Rechnung gemacht. Der Presse sind Informationen über ein anonymes Fax zugespielt worden, das der Ministerpräsident von einem hier lebenden Mann aus Sri Lanka bekommen hat... Das ist natürlich ein *Skandal*...« Almind-Enevold hob die Stimme. »Das ist genau die Art von Betrug, die wir unterbinden müssen, bei der diese Regierung aber bisher viel zu weich war. Dabei ist genau das die Legitimation dieses Ministeriums.«

Keiner der beiden anderen Männer antwortete. Der Plan war ein reines Fantasieprodukt von Orla Berntsen und entbehrte jeder Realität, aber diese elementare Tatsache schien der Nationalminister völlig aus seinem Gedächtnis gestrichen zu haben.

»Ein paar Exempel dieser Art im Jahr, und...« Almind-Enevold suchte nach einem Abschluss des Satzes, wurde aber unterbrochen, ehe er fortfahren konnte.

»Aber das Ganze ist doch eine *Lüge*«, sagte Orla Berntsen. Der Ausbruch kam so plötzlich und kindlich naiv, dass alle völlig überrumpelt waren. Selbst Orla.

»Ich habe ihn doch getroffen...«, sagte der Stabschef, jetzt wieder sehr viel beherrschter (aber natürlich zu spät) und griff nach seiner Brille auf dem Couchtisch. Die beiden älteren Männer starrten ihn an. Keiner sagte etwas.

»Ich habe ihn getroffen. Er ist nie Teil eines Netzwerks gewesen.« Er setzte die Brille auf.

»Das wirst du am besten wissen.« Der Nationalminister fiel einen Augenblick aus seiner Rolle und sah aus, als wollte er hysterisch lachen.

»Er sollte einfach nur raus, oder? Er war eine unwichtige Karte – und sollte einfach nur raus.«

»Einfach nur raus?«

»Das ist doch unsere Philosophie, oder? Deine Philosophie. Aber das macht keinen Unterschied – in der Wirklichkeit.« Orla Berntsen stand auf.

»Keinen Unterschied – wobei?« Der Minister schaute ratlos drein.

»Für alle... den Jungen aus Sri Lanka... Und für den adoptierten John Bjergstrand.«

Der Minister schüttelte den Kopf. Carl Malle lächelte, als würde er die nebulöse Aussage auf seine ganz eigene Weise verstehen.

»Denn du bist sein Vater, nicht wahr?«

Almind-Enevold starrte Orla Berntsen, der nie einen Vater gehabt hatte, fassungslos an. Er öffnete den Mund, um etwas zu sagen, aber es kam kein Laut über seine Lippen.

»*Sprecht leiser.*« Carl Malle hatte sich erhoben. »Setz dich, Orla!«, sagte er wie zu einem Hund.

Aber zum ersten Mal in seinem Leben ignorierte Orla Berntsen den großen Polizisten. »Du bist sein *Vater* – und für dich bedeutet das etwas ganz Besonderes –, aber *alle anderen* können deinetwegen zur Hölle fahren, was sie auch tun.« Er durchquerte den Raum und öffnete die Tür.

Carl Malle machte keine Miene, ihn aufzuhalten. Und wieder sah der Expolizist aus, als amüsierte er sich.

»Ich gehe«, sagte Orla und hinterließ kaum einen Luftzug, als die Tür hinter ihm ins Schloss fiel. Die Fliege hätte ihn dafür bewundert, wenn sie jemals die Gelegenheit dazu bekommen hätte. Orla Berntsen verließ das Büro, sein Ministerium, den Mittelpunkt seines Lebens.

»Das ist wirklich bedenklich.« Die breite Stirn des Professors glänzte eisblau wie ein Plasmabildschirm, kurz bevor das Bild erscheint. »Das ist, als bräche alles zusammen – als ob alle alles in Frage stellten –, aber zu welchem Zweck?«

Er beantwortete seine Frage selbst: »Zu keinem.«

»Es geht ihm darum, eine Verschwörung in den oberen Etagen des Staatsapparates aufzudecken«, sagte Peter Trøst Jørgensen. Das zentrale Wort pfiff dem Professor wie ein Projektil an der bläulich schimmernden Stirn vorbei, und er sank steif in seinen Sessel zurück.

»Orla Berntsen hat den Auftrag bekommen, uns zu manipulieren – was er getan hat und jetzt bereut«, sagte der Fernsehstar.

»Du bist ein Idiot, Trøst. Er manipuliert uns ... in diesem Moment.«

»Aber warum? Was für ein Motiv sollte er haben?«

»Wer einmal gelogen hat, wird es wieder tun. Woher wollen wir wissen, wann er die Wahrheit sagt?«

Die unmittelbar greifbare Logik dieser Aussage veranlasste die Geiersilhouette auf dem Präsidentenstuhl in der neunten Etage der Zigarre, den Hals zu recken. »Natürlich hat er jedes Recht der Welt, uns anzurufen. Und es ist auch in Ordnung, dass du dir anhörst, was er zu sagen hat. Aber er kommt mit diesem Gewäsch auf keinen Fall auf Sendung, so voll von Lügen, wie der Kerl nachweislich steckt. Eine der beiden Geschichten ist erstunken und erlogen, das versteht sich von selbst – ergo kannst du keiner von beiden trauen. Das solltest du mit deinem Hintergrund besser wissen als irgendwer sonst.«

Peter Trøst spürte eine Wärme unter dem Solarplexus wie von der Berührung sanfter, zärtlicher Finger, erkannte aber gleichzeitig, dass ihm alle Türen für eine Zukunft in der Zigarre verschlossen waren. Schutzlos stand er vor dem alten Mann, dem er seine gesamte Fernsehkarriere verdankte, der ihm aber alles andere genommen hatte. Er hätte sich schon vor langer Zeit verabschieden sollen, hatte aber keine Ahnung, was in den Köpfen anderer vor sich ging oder wie das Leben außerhalb des Fernsehpalastes funktionierte. Er wusste nicht, ob er ohne Teleprompter überhaupt noch reden konnte.

Nach seiner dritten Scheidung zog ihn nichts mehr nach Hause, und er fuhr immer wieder ziellos durch die seeländische Landschaft und sah sich die Häuser in den kleinen Ortschaften an, die ihn zuvor immer mit einer Angst vor dem Alltäglichen erfüllt hatten. Was taten die Menschen, wenn sie nicht fernsahen?

Peter Trøst hatte keinen Schimmer.

Heute hatten sie das Morgentreffen im Konzeptraum im Keller mit einem Lied beendet. Die fünf hitzigen Konzeptlöwen hatten ohne Protest über ihren Monstercolas mitgebrummt. Schließlich hatte der Professor das Rahmenkonzept für eine neue Programmserie vorgestellt, in der es um die Frage ging, ob den unproduktiven Mitgliedern der Gesellschaft – Arbeitslose, Sozialhilfeempfänger und Existenzgründer – nicht das Wahlrecht entzogen werden sollte. »Aber ist das Stimmrecht nicht der eigentliche Grundpfeiler der Demokratie?«, hatte der jüngste Löwe in einem Anflug von Mut gefragt.

»Ist es nicht undemokratischer, die Debatte zu unterdrücken und ein Tabu aufrechtzuerhalten?«, hatte der Professor zurückgefaucht, worauf der jüngste Löwe sich erschrocken geduckt hatte.

»Es wird *kein* Dementi zu der Tamilengeschichte geben, Trøst«, sagte der Professor. »Und Orla Berntsen ist fertig. Ein für alle Mal.«

»Schon klar, die Botschaft ist bei mir angekommen.« Peter Trøst Jørgensen drehte sich um und verließ das Büro.

Ein paar Minuten stand der Präsident von *Channel DK* vor

dem nach Süden gewandten Panoramafenster und hielt nach dem Ausschau, was sich in den Augen seines Star-Reporters gespiegelt hatte. Er konnte nicht entdecken, was es gewesen war. Dort waren doch nur ein paar graue Flecken in dem unendlich eintönigen seeländischen Grün – und sein eigenes Spiegelbild, ganz nah.

Irgendwann schüttelte er resigniert den Kopf.

In der Nacht saß ich am Fenster des Königszimmers und schaute über den Sund, der blank und ganz still unter den Sternen lag – während ich an das Kind dachte, das wir nicht finden konnten.

Marie, es gibt keinen John Bjergstrand, hatte Gerda gesagt. Aber sie hatte gelogen, da war ich mir sicher.

Als ich aufstand, um mich ins Bett zu legen, klopfte es an meiner Zimmertür.

Von allen Menschen war Asger der einzige, den ich hereingelassen hätte. Und der, den ich am wenigsten erwartet hatte.

Er blieb eine Weile schweigend an der Tür stehen, den Blick auf den Rollstuhl gerichtet, der leer neben der Schatulle stand. Dann ließ er sich vorsichtig auf meinem Chippendale-Stuhl nieder. Seine Beine wickelten sich um die elegante Konstruktion und verschwanden unter dem Sitz.

Ich blieb stehen und war in dieser Position nur unwesentlich größer als er.

»Du hättest die Briefe niemals schicken sollen«, sagte er.

»Nein«, gab ich unumwunden zu.

»Du hast etwas in Gang gesetzt, das man dem Schicksal hätte überlassen sollen.«

Jetzt sprach auch Asger vom Schicksal. Er hatte lange gebraucht, um festzustellen, dass es noch eine größere Kraft gab als Unseren Herrn und die Wissenschaft.

»Ja«, sagte ich folgsam. Ich war Asger Christoffersen das

letzte Mal während der Wochen im Küstensanatorium so nah gewesen, als seine Eltern ihn im Stich gelassen hatten. Er hatte mich damals gesehen und auch wieder nicht wegen seiner Liebe zu Susanne. Außerdem hatte er geglaubt, ein blindes Mädchen vor sich zu haben, wobei er eigentlich selbst blind gewesen war. Diese Wahrheit stand ihm noch bevor.

»Wir müssen nach vorne schauen«, sagte er. Fast hätte er *oben* gesagt.

»Warum bist du eigentlich Astronom geworden?«

»Du hast auch einen Sterngucker«, sagte er und zeigte auf das königliche, schräg nach oben gerichtete Fernrohr im Stativ auf der Armlehne des Rollstuhles. »Und wie ich sehe, liest du Stephen Hawkings Abhandlung über den Ereignishorizont Schwarzer Löcher.« Er hatte den Blick auf die sehr wenigen Bücher in meinem Regal gerichtet. »Suchst du vielleicht nach der *allumfassenden Theorie*?« Die Frage war nicht ironisch gemeint.

Ich streckte mich und blockierte seinen Blick in mein Regal. Auf dem Brett über meinen Astronomiebibeln und den Büchern über Hven und Tycho Brahe standen ein paar englische Ausgaben von Agatha Christies bekanntesten Krimis – *Evil Under the Sun* und *The Murder of Roger Ackroyd*, die mich immer schon begeistert hatten, und ich wollte auf keinen Fall, dass er diese Bücher sah.

»Wäre es nicht faszinierend, wenn man Bohr und Einstein zu guter Letzt doch noch zusammenbringen könnte... also ihre Theorien?«, sagte er.

Er stellte die Frage, als müsste ich informiert sein über das Verhältnis der beiden Wissenschaftler zueinander.

»Gott würfelt nicht, hat Einstein gesagt, wie du weißt – er glaubte an ein festgelegtes Schicksal für alles Leben auf der Erde. Was im Grunde ein Paradoxon ist – denn wenn alles festgelegt ist, wozu ist dann überhaupt ein Gott nötig? Der würde sich doch zu Tode langweilen.«

»Laut Niels Bohrs Theorie der Quantenmechanik sind zukünftige Ereignisse nicht vorhersagbar – wir wissen noch nicht einmal, wo die Würfel überhaupt sind. Niels Bohr hat für uns die Tür zur Freiheit geöffnet. Er gab uns die Möglichkeit zu wählen und nicht nur das... Er gab uns unendliche Wahlmöglichkeiten – was uns auf ewig von Maschinen, Computern und Robotern unterscheiden wird. Das ist die wichtigste Erkenntnis in der Geschichte der Menschheit.«

»Amen«, sagte ich und setzte mich in den Rollstuhl. War der lange Astronom nur gekommen, um mir eine Lektion zu geben?

Unvermittelt stand er auf und trug den antiken Stuhl zu mir. Seine Augen strahlten mit einer Klarheit, die mich veranlasste, meine zu schließen; so nah war mir kein Mann mehr gekommen, seit der Psychologe mit der verloschenen Pfeife erschrocken aufgesprungen war und mein Zimmer verlassen hatte, so schnell er konnte. Ich hatte noch heute den merkwürdigen Duftmix von Wolle und parfümierter Seife in der Nase, den ich immer mit klugen Männern verbunden hatte – denn so hatte die gesamte Garde der Schriftgelehrten und Psychologen Kongslunds gerochen.

»Die Unvorhersagbarkeit der Welt ist nicht nur ein Detail in einer Maschinerie, die wir noch nicht verstehen«, sagte mein Besucher. Und ich dachte an die Entscheidung, die ich für ihn gefällt hatte, als ich ihm die Adresse des Ehepaares bei Brorfelde gab. Plötzlich schämte ich mich. Ohne die Wahrheit auch nur zu ahnen, war er dem Kurs gefolgt, den ich für ihn gewählt hatte – von einem Observatorium zum nächsten und am Ende bis zur Villa Kongslund, wo ich auf ihn gewartet hatte. Und hier, am Ende des Weges, war er noch immer aufrichtig davon überzeugt, dass seine ganze Reise einzig und allein das Resultat eines quantenmechanischen Zufalls war, den niemand hatte vorhersehen können.

Er saß eine Weile mit gesenktem Kopf da, bevor er abrupt das Thema wechselte. »Stell dir vor, man wäre der letzte Mensch, der den Wert eines Gemäldes erkennt, während alle anderen nur ein Stück Papier mit irgendwelchen Krakeleien drauf sehen und keinen Schimmer haben, was sie bedeuten… Es war immer meine größte Angst, dass unser Wohlstand uns eines schönen Tages erdrückt, dass wir irgendwann nur noch die Politiker wählen, die uns wachsenden Reichtum versprechen, und zu guter Letzt den Raum vergessen, von dem wir ein Teil sind.«

Asger Christoffersen klang plötzlich unendlich traurig und pathetisch. Er schien es selbst zu bemerken, jedenfalls sagte er nichts mehr.

Am nächsten Tag spazierten wir gemeinsam durch den Garten von Kongslund. Wir gingen unter den zwölf Buchen den Hang hinauf und setzten uns auf die gleiche Bank, auf der der Bürgerkönig seine Füße und seine Seele ausgeruht hatte.

Ich zeigte durch das dichte Laub auf die weiße Villa, deren nach Süden gewandter Giebel durch das Buchenlaubmeer auf uns zuzugleiten schien. »Dort wohnte meine Freundin aus Kindertagen«, sagte ich und spürte im gleichen Augenblick eine Sehnsucht, wie ich sie seit vielen Jahren nicht mehr gefühlt hatte. »Sie hieß Magdalene.«

»Magdalene.« Er wiederholte den Namen im selben verträumten Ton, wie er *Andromeda* oder *Virgo-Galaxienhaufen* gesagt hätte. Und das freute mich.

»Ja«, sagte ich. »Sie war spastisch gelähmt und an ihren Rollstuhl gefesselt. Allen Widrigkeiten zum Trotz hat sie schreiben gelernt. Zwölf Tagebücher hat sie geschrieben, jeden Tag ein paar Wörter.«

Er betrachtete die Segel draußen auf dem Sund.

»In ihren Tagebüchern kann man lesen, wie Kongslund gebaut wurde. Ihr Großvater hat ihr die ganze Geschichte erzählt. Die ersten Bewohner waren ein berühmter Marinekapitän und seine Frau, die Olbers hießen. Sie hatten keine Kinder«, sagte ich.

Asger schaute in Richtung Hven, so wie Magdalene und ich es bei klarem Wetter so oft getan hatten.

»Sie haben Freude und Glück verströmt, wo immer sie hinkamen. Magdalene hat sie als das liebenswerteste Paar vom ganzen Strandvej beschrieben.«

Noch immer keine Reaktion von Asger. Vielleicht nahm er meine Anwesenheit schon gar nicht mehr wahr.

»Olbers erfand ständig neue Methoden, das Wachstum von Pflanzen zu verbessern. Magdalene hat sie einmal unten am Strand beim Einsammeln von Tang getroffen, den sie als Dünger verwendeten...« Ich musste bei der Erinnerung daran lachen und legte eine Hand auf Asgers Arm, als ich zitierte, was Magdalene in ihr erstes Tagebuchheft geschrieben hatte:... *Eines Morgens sah ich den Marinekapitän an dem Hang stehen und mit großem Eifer Löcher graben. »Viel Arbeit, Herr Olbers?« – »Ja«, antwortete er. »Ich pflanze Verbenen. Das hier ist Queen Victoria.« – »Was sind das für seltsame Klumpen daneben?« – »Das ist Butter«, sagte er. – »Butter?« – »Ja«, sagte er. »Die Erde ist hier so mager, darum bekommt jede Pflanze einen Klecks an die Wurzel.«*

Ich lachte wieder. Asger wendete den Blick nicht von dem Himmel über Hven.

»Ich glaube, Magdalene hat sie so geliebt, weil sie keine Kinder hatten, aber nie mit ihrem Schicksal haderten oder darüber trauerten«, sagte ich.

Für die wichtigste Freundin in meinem Leben hatte es nie die Hoffnung gegeben, sich in Gestalt eines Kindes zu reproduzieren. Selbst wenn ihr verkrüppelter Körper ein lebenstaugliches, menschenähnliches Wesen hätte hervorbringen können, so wäre doch nie ein Kavalier auf ihre Einfahrt abgebogen, um ihr entgegenzugehen.

Ich schwieg, weil ich das Gefühl hatte, der Astronom interessierte sich nicht für Magdalenes Anwesenheit.

Da legte er plötzlich seinen langen Arm um meine schiefe Schulter.

»Magdalene ist nicht mehr hier«, sagte er.

Ich war schrecklich verlegen. »Darum sind wir hier«, sagte er. »Wir halten beide nach Dingen Ausschau, die nicht mehr da sind – oder viel zu weit weg, als dass man sich noch an sie erinnern könnte. Und du erinnerst mich an jemanden, den ich einmal kannte.«

Ich rutschte unwillkürlich ein paar Zentimeter von ihm ab.

»Jedes von uns Kindern aus der Elefantenstube ist heute so alleine, wie wir es damals waren. Vielleicht steckt in jedem von uns die Angst, sich an einen anderen Menschen zu binden. Das geht vielen Adoptivkindern so, glaube ich.«

Ich antwortete nicht. Ich war kein Adoptivkind.

»Ich war verheiratet. Peter war verheiratet. Orla und Severin waren verheiratet. Wir haben Kinder bekommen. Aber es hat nicht gehalten.«

»Aber nicht, weil ihr adoptiert wurdet, sondern weil ihr Männer seid«, sagte ich ohne die geringste Erfahrung auf diesem Gebiet.

Er lächelte.

»Alle Beziehungen gehen irgendwann in die Brüche«, sagte ich.

»Nicht alle.«

»Alle Eltern sind egoistisch. Am Ende verschwinden sie doch. Auch wenn sie hätten bleiben sollen.«

»Aber ich weiß zumindest, wo meine leibliche Mutter ist«, sagte er. »Dank dir.«

Ich rückte noch weiter weg. Er sollte mein Herz nicht schlagen hören.

»Vielleicht ist Orla ja wirklich nicht adoptiert worden«, sagte er. »Er hat doch mit seiner Mutter zusammengelebt.«

»Orla Berntsen ist ein merkwürdiger Mensch.« Ich starrte auf den Sund, damit ich ihn nicht ansehen musste.

»Mein Gott... Du fürchtest dich doch nicht etwa vor diesem vertrockneten Karrieristen. Ein Juristenstreber mit einem derart grauen Alltag, dass man Mäusepelze daraus nähen könnte.« Er richtete seinen abwesenden Blick auf den Sund und gab ein kurzes Lachen von sich. »Orla Berntsen ist nur gefährlich für diejenigen, die er als *Fremdkörper* auffasst... Aber was das betrifft, hat er von zu Hause auch eine gehörige Portion Ballast mit auf den Lebensweg bekommen. Er war ja selbst ein Fremder.« Wieder lachte er.

Ich spürte die Unruhe in dem langen Körper an meiner Seite, und sein Lachen erinnerte mich an Magnas, wenn ich ihr als Kind von den Visionen erzählt habe, die mich in meinen Träumen heimsuchten und von denen die Psychologen nichts wussten. Ich wusste es, bevor er sich selbst darüber im Klaren war. Asger Christoffersen hatte mindestens genauso viel Angst wie ich.

Er fuhr mit dem Rad von Slotsholmen über den Tagensvej nach Bispebjerg und weiter über den Frederiksborgvej auf die Grønnemose Allé, die das Naherholungsgebiet von Ost nach West durchschnitt.

An der großen Grünfläche war er zwischen die Bäume abgebogen und dem Pfad am Fluss entlang bis zu jener Stelle gefolgt, wo die Enten eines Sommerabends zwischen den Baumkronen davongeflogen waren und das Ende seiner Kindheit markiert hatten. Ihm war, als hingen Schwachkopfs Schreie noch immer in der Luft. Der verletzte Riese war in die Mitte des Flusses gewatet – und das Auge, das aus seiner Höhle gerissen worden war, lag ganz nah am Ufer auf einem Seerosenblatt. Der Riese drehte sich immer wieder um die eigene Achse und schlug platschend mit den Händen aufs Wasser und brüllte zum Ufer rüber. Blind pflügte er durchs Wasser zurück an Land, kippte aber auf der Böschung um und streckte noch einen Arm zu der Welt hoch, die er soeben verließ. Danach kam kein Laut mehr über seine Lippen. Das Loch in seinem Gesicht starrte gen Himmel, das andere Auge war fest zugekniffen, und Orla spürte zum ersten Mal wieder ganz deutlich die Angst, die ihn seitdem nie verlassen hatte. Immer und immer wieder sah er die Hand auf Schwachkopfs grinsendes Gesicht zuschießen, sah die weiße Kugel, die in hohem Bogen im Zwielicht verschwand. Nie aber konnte er das Gesicht hinter der Hand erkennen, weder in seinen Träumen noch den tranceähnlichen Zuständen, in die er immer öfter fiel. Der entscheidende Augenblick war in Dunkelheit gehüllt.

Wie damals floh er zwischen die Bäume und fand die Brücke über den Flusslauf, von wo er die verbleibenden hundertfünfzig Meter Richtung Vænget fuhr. Mit dem Schlüssel, den er seit seiner Kindheit bei sich trug, schloss er die Tür auf und nahm sofort den Duft seiner Mutter wahr, als würde sie im Wohnzimmer sitzen und auf ihn warten. Er räumte zwar regelmäßig auf, hatte aber kein Bedürfnis, das Haus zu putzen, seit sie tot war. Darum hingen an Decken und Wänden Spinnenweben – feine Fäden und grauweiße Girlanden, die im Luftzug der nicht richtig schließenden Tür zum Garten vibrierten. Die Staubschicht auf den Fensterbänken war millimeterdick, und auf dem Esstisch, an dem er seit Jahren nicht mehr gesessen hatte, lag ein feiner Staubflor. Er nahm seine Mahlzeiten stehend in der Küche zu sich und setzte sich hinterher aufs Sofa, von wo er insgeheim seine Mutter beobachtete (schräg von der Seite), sie aber nicht seine Augen sehen und seine Gedanken erraten konnte. Natürlich beobachtete er sie nicht wirklich, sie war vor sieben Jahren gestorben und begraben worden, trotzdem fühlt er sich noch heute am sichersten in der Ecke hinter der Rückenlehne ihres Sessels, wo er schon zu ihren Lebzeiten immer gesessen hatte. »Hast du ein Geheimnis vor mir, wie Carl Malle aus der Nummer 16 es mir gesagt hat?«, fragte er sie. Seine

Stimme beruhigte ihn nach der hektischen Fahrt durch das Wäldchen.

»Ich habe versprochen, die Wahrheit herauszufinden«, sagte er und beugte sich vor. Er sprach lauter als sonst und trotziger.

Aber der Schatten in dem blauen Sessel reagierte nicht.

»Dann fange ich jetzt an, das Haus zu durchsuchen«, verkündete er. Er hatte noch niemals so mit ihr gesprochen, weder vor noch nach ihrem Tod. Entschlossen stand er auf und ging hoch in sein Zimmer, wo er sich auf sein Bett setzte. Die Gardine war verblichen und hatte Stockflecken. Über seinem Bett hing das Bild aus dem Wochenblatt, auf dem der Junge seinem Vater den orangefarbenen Badeball zuwarf. Er hing still in der Luft zwischen ihnen und hielt den Augenblick fest, der sich niemals veränderte. Orla der Glückliche lehnte unter dem Bild an der Wand, schloss die Augen und dachte an die vielen Jahre, in denen er sich nach dem Vater gesehnt hatte, der sich nie leibhaftig gezeigt hatte. Erst an jenem Tag, als er den großen Stein auf der Lichtung im Wäldchen entdeckte, hatte er verstanden, was passiert sein musste – und erst als Erwachsener hatte er sich eingestanden, dass es solche Lösungen nur im Märchen gab.

»Carl hat mich aufgefordert, nach Beweisen zu suchen.«

Ihre Daumen bewegten sich langsam über die Armlehnen. »Sag ihm, dass ich nicht mehr hier bin.« Ihre Hände waren wieder jung, als hätten sie nie jemanden liebkost oder gesündigt, und eine plötzliche Übelkeit veranlasste Orla, laut schnaufend nach Luft zu schnappen. Ihre Daumen wischten jetzt hin und her und malten kleine Kreise in den Plüsch, ehe sie innehielten und sich verwandelten. In ihm öffnete sich etwas. Er fiel auf die Knie, und in derselben Sekunde brach der blaue Kokon in seinem Innern auf, und die Worte spülten durch seinen Brustkasten und brachen mit einem Laut aus seinem Mund heraus, wie er ihn noch nie gehört hatte.

Er stellte die Frage, die Carl Malle vor wenigen Tagen von ihm beantwortet haben wollte:

Bist du wirklich meine Mutter?!

Sie wendete sich ihm auf ihrem blauen Thron zu.

Und er schrie, um ihre Antwort zu übertönen, und etwas Warmes strömte über seine Zunge und über sein Kinn, als er dort auf den Knien neben dem blauen Sessel hockte. Verwundert hörte er noch eine weitere Stimme in seinem Kopf, die sich nach Poul anhörte, als er ihn nach dem Mord an Schwachkopf im Wäldchen gerufen hatte. Er hob den Kopf, aber es war nicht Poul.

Im Sessel seiner Mutter saß ein vielleicht elf- oder zwölfjähriger Junge, die Arme auf den blauen Armlehnen. Vom Handgelenk bis in die Ellenbeuge waren rote Linien zu sehen. *Der wusste genau, wie er den Schnitt anbringen musste, aber das lernen sie voneinander!* Der Wachhabende im Asylzentrum hatte den Kopf geschüttelt. *Jetzt um Himmels willen nur kein falsches Mitleid, das greift sonst um sich!* Der Wachhabende hatte dem Stabschef einen warnenden Blick zugeworfen. Der kraftlose Junge lebte nur deshalb noch, weil ein Psychologe vom Roten Kreuz zufällig vor Ort gewesen war, als sein Leben gerade verebben wollte. (Die anderen Asylsuchenden waren verängstigt zusammengerückt, als billigten sie die Fluchtmethode des kleinen Tamilenjungen, zu der sie sich selbst noch nicht hatten durchringen können.) Orla hatte auf die blutigen Schnitte an den Innenseiten der Unterarme des Jungen gestarrt, als hätte er so etwas noch nie gesehen. *Das ist ihre Art, uns die Schuld in die Schuhe zu schieben!* Der Wachhabende hatte mit den Schultern gezuckt. Hier in Orlas Wohnzimmer waren die Augen des Jungen nicht länger braun wie die seiner Vorväter, sondern blau wie die von Poul, als er den Mann in dem Wäldchen umbrachte, was in Kombination mit der dunklen, fast schwarzen Haut des Tamilen fast absurd aussah. Orla lachte um ein Haar laut los.

So – so sitzt er still. Der Wachhabende hatte die malträtierten Handgelenke des Jungen mit ein paar weißen Kabelbindern zusammengebunden, bevor sie ihn zum Flughafen gefahren und in den Flieger nach Sri Lanka gesetzt hatten. *Jetzt kann er weder sich noch anderen Schaden zufügen!* Der Wachhabende hatte mit der Zunge geschnalzt, und eine andere Stimme hatte gesagt: *Wir tun nur, was wir tun müssen!* Seine eigene. Im Normalfall hatte so eine Feststellung eine beruhigende Wirkung, aber dieses Mal hatte sich irgendein unsichtbares Wesen in ihm eingenistet, das ihn von innen zerfetzte und kaputtmachte.

Er sprang auf und floh in den Keller des Reihenhauses. Dort lag er etliche Stunden zusammengerollt in der Dunkelheit, ehe er gegen Mitternacht den Mut aufbrachte, das Licht anzumachen und sich der schweren Eichenkommode zu nähern, in der seine Mutter ihre alten Tücher, Nylonstrümpfe, Broschen und Ohrringe aufbewahrte. Er zog die obere Schublade auf und fand unter zwei original verpackten Strümpfen ein flaches, braunes Kästchen mit einem goldenen Schloss, für das er keinen Schlüssel hatte. Diese Schatulle hatte er noch nie gesehen.

Er trug das Kästchen nach oben und brach das Schloss mit dem Brotmesser auf. Unter einem Paar blauer Ohrringe und einer Kette aus glänzend blauen Steinen lag das vergilbte Foto eines Mannes, der in die Kamera lächelte. Das Foto war kaum größer als eine Briefmarke.

Orla studierte es durch seine dicken Brillengläser. Der Mann mit den dunklen Locken kam ihm merkwürdig bekannt vor, aber er konnte sich nicht entsinnen, wo er ihn schon mal gesehen hatte. Soweit er sich erinnern konnte, hatte seine Mutter nie Besuch von irgendwelchen Männern. Er spürte das vertraute Prickeln in den Fingern und hinter den Augäpfeln, während er ganz langsam ins Zentrum der Dunkelheit sank, seine Gliedmaßen nach innen faltete und aus der sichtbaren Welt verschwand. Es war entscheidend, dass niemand ihn berühren oder sehen konnte.

Orlas Hände ruhten auf den blauen Armlehnen. Seine Finger bewegten sich lautlos über den Plüsch, aber irgendetwas störte und veranlasste ihn, den Kopf zur Seite zu drehen. Auf der Terrasse lag ein toter Vogel. Er sah die dunkle Kontur auf den Steinfliesen direkt vor der Tür. Offensichtlich war er gegen die Scheibe geflogen. Er hörte das Schlagen der Flügel gegen das Glas in der letzten Sekunde ...

... als ein Klopfen ertönte und in der gleichen Sekunde das Licht zurückkehrte.

Es war Severin, der an die große Scheibe trommelte. Orla sah sich verwirrt um. Die flache Schachtel lag mit dem Boden nach oben auf dem Teppich zwischen zerbrochenen Stühlen und aufgeschnittenen Kissen; im hinteren Teil des Raumes ging es mit runtergerissenen Gardinen und umgestoßenen Lampen weiter. Die Bilder seiner Mutter von Fjorden, Wäldern und Windmühlen waren aus ihren Rahmen geschnitten, zerrissen und über den Boden verteilt. Es sah aus, als hätte ein Wirbelsturm im Wohnzimmer seiner Mutter gewütet.

Einen Augenblick später stand Severin inmitten der Verwüstung. Orla konnte das Foto des Unbekannten nirgendwo entdecken. Severin machte den Mund auf und zu.

»Verdammt ... da scheine ich aber ziemlich wütend gewesen zu sein«, hörte Orla sich flüstern und konnte nicht glauben, dass der Schwachsinn aus seinem Mund kam.

Der Anwalt starrte ihn verdutzt an und fing plötzlich an zu lachen. Das Lachen erinnerte Orla an den jungen Severin im Regensen vor langer Zeit – und so standen die beiden Männer mehrere Minuten wie von Sinnen lachend in dem verwüsteten Wohnzimmer, bis sie keine Luft mehr kriegten.

Später hockten sie sich zwischen die blauen, mit dem

Brotmesser malträtierten Plüschfetzen. Severin hielt seinen Freund linkisch im Arm.

Er brach als Erster das Schweigen. »Ich habe meinen Eltern gerade mitgeteilt, dass ich meinen Job als Anwalt an den Nagel hänge. Ich ertrage es nicht mehr, mein Geld mit dem Unglück anderer zu verdienen. Ich verreise.« Er lachte wieder. »Wenn ich Missionar werden könnte, wäre ich glücklich. Bis es so weit ist, wohne ich bei ihnen. Ich habe ihnen gesagt, dass ich in Hasses Zimmer wohnen möchte – und dass sie seine Sachen dort rausräumen sollen. Nach siebenundvierzig Jahren ja nun wirklich keine unangemessene Forderung...« Einen Augenblick sah es so aus, als wollte der Anwalt wieder in Lachen ausbrechen.

Orla sah das dunkelrote Einkaufsnetz vor sich mit Hasses letztem Einkauf.

»Und danach habe ich ihnen von Kjeld erzählt, weil ich der Meinung bin, dass es keine Geheimnisse mehr geben darf. Ich habe ihnen erzählt, dass Hasse erst nach Kjelds Tod aus meinem Leben verschwunden ist. Wahrscheinlich, weil er Angst vor mir bekommen hat – obwohl er ja schon tot war. Sie konnten sich gut an den Tag erinnern, als Kjeld ins Wäldchen geritten ist – auch wenn sie es am liebsten vergessen hätten.«

Orla betrachtete den Mann, der über zwei Jahrzehnte lang sein Gegner in Flüchtlingsfragen gewesen war. Zu seinem eigenen Erstaunen legte er einen steifen Arm um Severins Schultern. Wenn die Fliege in diesem Augenblick ihren Stabschef gesehen hätte, wären ihr die schwarzen Facettenaugen aus dem Kopf gefallen.

»Ich habe Erling und Britt gefragt, ob sie überhaupt wussten, wer ich war. Und weißt du, was sie geantwortet haben? *Nein*, haben sie gesagt. Sie hatten noch nicht einmal ein Stück Papier mit meinem Namen gesehen... oder dem meiner biologischen Mutter. Die Heimleiterin habe gesagt, das wäre ohne Bedeutung. Wir wissen nicht, wer wir sind, Orla.«

»Ich weiß, wer ich bin«, sagte Orla. »Ich bin nicht adoptiert.«

Er nahm den Arm von Severins Schultern. Vielleicht glaubte Severin nach wie vor, dass er nicht lächeln konnte, aber die Tränen in seinen Augen waren nicht zu übersehen. Orla Berntsen hatte noch nie einen ihm nahestehenden Menschen weinen sehen. Seine Mutter hatte nie eine einzige Träne vergossen, obgleich sie mehr Grund dazu gehabt hätte als die meisten anderen. Und um die Tränen der Mädchen hatte sich immer Lucilla aus Havanna gekümmert.

Severin schüttelte den Kopf und erhob sich aus den Ruinen. Er trug keine Schuhe. Seine beiden Strümpfe hatten Löcher an den Zehen, bemerkte Orla.

»Gehen wir«, schniefte Severin zwischen den Tränen, die er um sich geweint hatte.

Sie verließen Orlas Heim und fuhren zuerst zum Friedhof in Bispebjerg, wo Orla Berntsen sich mit Peter Trøst und einem Kamerateam am Grab seiner Mutter verabredet hatte. Die drei Jungen aus der Elefantenstube standen nebeneinander unter den Pappeln.

Es war spät geworden und hatte wieder zu regnen begonnen. Mein Brief aus der Vergangenheit hatte endlich die Schicksale wieder vereint, was keiner nach so langer Zeit für möglich gehalten hätte.

Peter nahm Orlas Geschichte auf – mit dem Grabstein seiner Mutter als verwischtem Rechteck im Hintergrund des Bildes.

»Es gibt kein anderes Heim als dieses«, hatte Inge Troest Jochumsen mit der Bestimmtheit gesagt, die so typisch für Arztfrauen war, die einmal selbst den Traum gehabt hatten, Ärztin zu werden.

Ihr Sohn, der in den Siebzigern in einem Anfall revolutionärer Rebellion dem vornehmen Doppelnamen abgeschworen und ihn in ein volksnahes Trøst Jørgensen umgewandelt hatte, betrachtete die zwei Menschen, die ihr Heim mit ihm geteilt hatten.

Sie saßen in der Dämmerung unter dem elektrischen Wärmerohr auf der Terrasse. Er hatte das Thema erst beim Dessert angeschnitten. Die große Ulme hob sich wie ein dunkler Schatten vor dem Himmel über dem Bukkeballevej ab, und die letzten Sonnenstrahlen pinselten die Wolken über dem Sund perfekt rosa.

Laust schob nervös die Beine unter dem Eichentisch hin und her, der schon bei verschiedenen Familienräten zugegen gewesen war, zum Beispiel bei jenem vor so vielen Jahren, als mit den beiden Großeltern entschieden worden war, die Vorgeschichte des adoptierten Jungen zu lüften.

Peter erinnerte sich detailliert an die Katastrophe, die in all den Jahren nicht an Schärfe verloren hatte. Noch immer sah er den Panzer, der ohne Vorwarnung auf der Sanddüne aufgetaucht war, mit seinem Vater am Geschützstand.

Seine Mutter hatte die Worte mit dem Maß an Fröhlichkeit in der Stimme ausgesprochen, die der Familienrat als richtig angesehen hatte: »*Wir haben dich nicht geboren...*«

»Wer hat mich dann geboren?«, fragte er in dem Garten in Rungsted – mit vierunddreißig Jahren Verzögerung.

Seine Mutter sah aus wie nach einem harten Schlag ins Gesicht. Hinter ihr blühten die Zypressen und japanischen Kirschen zusammen mit Schwarzpappeln, Weiden, Weißdorn, Ahorn und Holunder.

Er hatte gerade erst Orla vor dem Grab von dessen Mutter gefilmt – und dabei das *Statement* aufgenommen, das die Karriere des Topbeamten beenden und eine Regierungskrise auslösen würde. Auf dem Grabstein stand in hübsch geschwungenen Goldlettern *Gurli*. Außerhalb des Bildausschnitts hatte Severin wie ein kleiner Junge im Schneidersitz unter einer riesigen Pappel gesessen und grinsend vor sich hin genickt, als wäre das Ganze ein großer Spaß. Die Kamera lag nun in einer Tasche in der Garage neben der Motorsäge, die einst den Lindenbaum auf dem Gelände der Privatschule gefällt und Peter Trøsts Leben verändert hatte. Die Story sollte am nächsten Morgen das Land aufrütteln, und *Channel DK* würde Geschichte schreiben.

»Wir haben nicht erfahren, woher du kamst«, sagte Laust Troest Jochumsen vorsichtig. »Magna meinte, es wäre das Beste für alle zu vergessen. Aber sie machte eine Andeutung, dass deine Mutter wohl eine ... leichtlebige Frau war.« Laust lächelte entschuldigend. Und errötete. »Wir fanden das nicht wichtig«, sagte Laust, und seine Frau Inge saß mit krummem Rücken neben ihm wie eine der schwarz gekleideten Fischersfrauen, die Peter bei seiner ersten Interrailtour als Neunzehnjähriger an der portugiesischen Atlantikküste fotografiert hatte. Eingefroren in der Zeit und dem Wind vom Meer.

»Ich glaube, Magna wurde wegen dieses Wissens *umgebracht*«, sagte er.

Die alte Frau, die seine Mutter war, hob ruckartig den Kopf.

»Warum *um alles in der Welt* sollte jemand so etwas tun?«, sagte Laust wachsam. Sie waren zurück in El Alamein, als hätte die Zeit seit seinem dreizehnten Geburtstag stillgestanden. Und sobald der Feind näher kam, würde Laust Troest Jochumsen in seinem Stahlpanzer verschwinden und unverwundbar sein. »Es ist doch gar nicht bewiesen, dass sie ermordet wurde – das kann doch auch ein unglücklicher Unfall gewesen sein.«

»Wir stehen alle unter Verdacht. Besonders diejenigen, die schon einmal getötet haben.«

»Was willst du damit sagen ... schon einmal getötet?«

»Ja, wir.«

»Unsinn...« Laust schob sich in sein schwarzes Loch, bereit, die Klappe zu schließen.

»Doch, Vater. Ich habe Rektor Nordal umgebracht.«

Sein Vater erstarrte mitten in der Bewegung und vergaß für einen Augenblick sowohl Panzer als auch Fluchtweg.

»Ich habe seinen verdammten Lindenbaum mit unserer Motorsäge gefällt – das war sein Tod. Und ich habe mich darüber gefreut, Monate – Jahre –, weil das genau das war, was ich mir von meiner Aktion erhofft hatte!«

»Aber wir waren doch bei seiner Beerdigung...« Lausts absurder Einwand verpuffte in der folgenden Stille.

Links von ihm saß Inge mit offenem Mund, ohne etwas zu sagen.

»Er hat Knuds Vater kaputtgemacht«, sagte Peter. »Er hat ihn umgebracht, auch wenn er vor ihm gestorben ist.«

In Lausts Augen stand Angst.

Jetzt reagierte auch Inge an seiner linken Seite. »Das glauben wir dir nicht.« Sie streckte einen Arm aus und legte sanft die Hand auf seinen rechten Arm. »Du hattest schon immer eine sehr lebhafte Fantasie, Peter.«

»Ich kann euch ganz detailliert erzählen, wie ich vorgegangen bin«, sagte er.

»Natürlich kannst du das.« Ihre Augen funkelten, als hätte sie es mit einem harmlosen Streich zu tun.

»Das ist so viele Jahre her, da erinnert sich doch niemand mehr richtig dran«, sagte Laust. »Und was ist eigentlich Fantasie und was Wirklichkeit?«

»Ich weiß, was wahr ist... Ich habe euch im Wohnzimmer und auf der Terrasse belauscht, und ich habe dabei alles gehört, was ihr über mich gesagt habt... und ich habe nichts vergessen.« Seine Stimme bebte.

Die Panzerklappe fiel mit einem lauten Knall zu. Inge war alleine mit ihrem Adoptivsohn.

»Erinnerst du dich noch an das Tonbandgerät, das ihr mir zum Geburtstag geschenkt hattet... das alte B&O-Gerät in meinem Zimmer... Es lief ein Kabel von einem Mikrofon im Wohnzimmer durch die Decke. Ich konnte euch acht Stunden auf vier Spuren abhören, also zweiunddreißig Stunden auf jeder der großen Spulen... Ich habe Hunderte von Stunden mitgeschnitten... Da ist alles drauf, was ihr gesagt habt, wenn ihr glaubtet, ihr wäret alleine. Und ihr habt immer über mich gesprochen... oder über euch selbst als Eltern, wie gut ihr zu mir gewesen seid. Wie gut ihr das hingekriegt habt, als ihr mir von meinem Ursprung und meiner Adoption erzählt habt. Wie erwachsen ich auf die Information reagiert habe und wie reif ich doch für mein Alter war. *Diese Reife kann ihn weit bringen*, hat Großvater gesagt. *Vielleicht ja sogar bis zum Nobelpreis für Medizin.* Erinnerst du dich?«

Es war dunkel geworden. Peter Trøst hatte sich betrunken, bevor er seine Eltern in die Zange genommen hatte, ohne sich genau über Ziel und Zweck dieses Gesprächs im Klaren zu sein. Er musste sich das jetzt ganz einfach von der Seele reden.

Seine Mutter erhob sich und stellte die leeren Gläser auf das feine ovale Silbertablett, auf dem nun schon seit über fünfzig Jahren Gläser getragen wurden.

»Wieso hast du nie Karriere gemacht?«, fragte er.

Sie antwortete nicht.

»Wieso bist du nur hier im Garten herumspaziert und hast Zypressen und Blumen gepflanzt und Briefe geschrieben – die du mit Dr. unterschrieben hast, obwohl du gar keinen Doktortitel hattest?«

Sie schob sich mit dem Tablett an ihm vorbei. Die Gläser klirrten. Am liebsten hätte er es ihr aus der Hand geschlagen, aber er tat es nicht.

»Warum hast du mich hier im Garten sitzenlassen, eingekreist von deinen Büschen und Bäumen, und nichts gesagt? All die Jahre?«

Sie hatte die Terrassentür erreicht.

»Worauf hast du gewartet?«

Die Tür fiel hinter ihr zu.

Er stand auf und ging hoch in sein Zimmer auf dem Dachboden. Das Bett war wie immer frisch bezogen, und seine Mutter hatte eine Auswahl an Zeitungen und Zeitschriften auf den Nachttisch gelegt. In einer Ecke des Zimmers stand das B&O-Tonbandgerät auf einem kleinen Sockel, und die zwei großen 18-Zentimeter-Spulen schimmerten schwach in der Dunkelheit.

Seine Eltern wurden wach, als die Motorsäge ansprang, und sie hielten sich in der Dunkelheit aneinander fest, aber keiner von ihnen stand auf.

Am nächsten Morgen schlichen sie sich vorsichtig nach draußen. Die Motorsäge lag neben der Bank, auf der ihr Sohn immer gesessen hatte, im Gras, und nicht ein einziger Zweig oder Ast war gekappt. Der alte Baum stand noch. Den alten Herrschaften kamen fast die Tränen vor Erleichterung.

Dann drehten sie sich um.

Inge stieß einen Schrei aus. Die ranken Sumpfzypressen, die japanischen Kirschbäume, ihr ganzer Stolz und Lebensinhalt, lag zerstückelt über das Grundstück verstreut – als hätte ein rasender Dämon im Garten gewütet.

Laust stand regungslos hinter ihr, und zu ihrem eigenen Glück drehte Inge sich in diesem Moment nicht um und sah ihren Mann an. In seinen Augen war kein Zorn, aber auch kein Mitgefühl.

An diesem Morgen fanden sie im Garten all die Antworten auf die Fragen ihres Sohnes.

Einen Augenblick lang waren alle stumm.

»Ich frage euch nicht noch mal«, erklang das Ultimatum des Fernsehstars.

Der Wind wehte Peter Trøsts Stimme über die Dachterrasse.

»Unterstützt ihr mich – oder den Präsidenten?!« Die Frage war kurz und unmöglich misszuverstehen. Der Professor stand ein Stück abseits an die östliche Balustrade gelehnt. Es war die erste Vollversammlung im Paradiesgarten seit jenem Johannisnachmittag, als der unbedachte Betriebsrat in Feierlaune ausgerufen hatte: »Vielleicht sollten wir unsere Verstorbenen hier oben begraben!«, worauf er zu lebenslanger Strafarbeit als Kulturresearcher in den Keller verbannt worden war.

Die Mitarbeiter der Zigarre standen oder saßen in der Parkanlage zwischen Miniaturwasserfällen und exotischen Bäumen, und das Stimmungsbarometer schlug eindeutig nicht zugunsten des Professors aus. Wäre die Umgebung nicht so idyllisch gewesen, hätte man auf eine Meuterei kommen können. Peter Trøst war sehr früh am Morgen eingetroffen und hatte einige Stunden später eine Rundmail geschickt, in der er seine Meinung zu dem Beitrag kundtat, den er soeben fertigredigiert hatte. In dem Beitrag deckte der Stabschef des Nationalministeriums, Orla Pil Berntsen, auf, dass Nationalminister und Ministerpräsident in gemeinsamer Sache die Bevölkerung hinters Licht geführt zu haben, um die Stimmung im Land gegen einen elfjährigen Tamilenjungen zu wenden, der nach Sri Lanka ausgewiesen werden sollte. Falls der Bericht nicht gesendet würde, wollte Peter Trøst umgehend kündigen und sich von einem konkurrierenden Fernsehsender einstellen lassen – der seinen Bericht bringen würde. Die Filmaufnahmen stammten von ihm selbst. Und er hatte eine Kopie.

Die Mitteilung hatte eine gewaltige Schockwelle im TV-Palast ausgelöst. So etwas hatte hier noch keiner erlebt. In den glänzenden Augen war das Urteil der Meuterer kristallklar zu lesen. Trøsts Geschichte war der Coup des Jahres – und sollte bereits in den Mittagsnachrichten gebracht werden.

Sekunden später flogen die Arme in die Luft, und niemand musste von links nach rechts durchzählen, um zu konstatieren, dass der Professor zum ersten Mal in seiner Karriere ausgebootet worden war. Von seinen eigenen Mitarbeitern.

»Der Beitrag wird uns ruinieren – er wird alles zerschlagen, was wir erschaffen haben!«, rief der Professor und spielte seinen letzten Trumpf aus. Aber die einbrechenden Zuschauerzahlen der letzten Monate hatten das letzte Argument des Professors ausgehöhlt. Zum ersten Mal überhaupt sah er sich ohnmächtig um, dann machte er auf dem Absatz kehrt und floh aus dem Paradies.

Der Hexenmeister schaltete den Fernseher aus und wandte sich steif zu den Versammelten um.

»Wir haben eine Geschichte von einem kriminellen Netzwerk erfunden, um die Presse abzuschrecken, sich zu sehr für einen elfjährigen Tamiljungen zu interessieren«, hatte Orla Berntsen gesagt, während er in die Kamera schaute, ohne zu blinzeln. Keiner zweifelte ernsthaft am Wahrheitsgehalt der Aussage.

»Ja, der Ministerpräsident war eingeweiht – aber die Idee wurde im Nationalministerium geboren«, hatte er gesagt.

»Geboren... das war er doch selbst«, flüsterte der Nationalminister aufgebracht und sank schwer auf einen weißen Plastikstuhl. »Zuerst sollte der Junge ausgewiesen werden, um die Aufmerksamkeit von der Kongslund-Affäre abzulenken – und das sollte dann mit einer Lügengeschichte gerechtfertigt werden... Die Idee ist ganz allein auf seinem Mist gewachsen.«

Der Grauballemann drehte sich mit einem Gesichtsausdruck zum Fenster, als hätte ihn eine Keule getroffen. Die rot geränderten Augen verweilten einen Moment bei den glitzernden Tropfen der Fontäne und suchten nach dem Abschnitt des Regenbogens, hinter dem er den kleinen Garten ahnen konnte, den zu bestellen er sich so gefreut hatte.

»Seit diesem verdammten anonymen Brief ist überall der Wurm drin«, sagte Ole Almind-Enevold. »Selbst Orla Berntsen… Der Drecksbrief hat dazu geführt, dass er sich gegen mich wendet. Er hat mir eine Falle gestellt…« Der Minister sah aus, als wollte er gleich in Tränen ausbrechen.

»So, wie ich das sehe, fällt das Ganze auf den Ministerpräsidenten zurück«, sagte Carl Malle. »Und der ist im Grunde genommen bereits tot.« Seine Worte lösten ein erschrockenes Kläffen in der Kehle des Graueballemanns aus. »Ole muss einfach nur jedwede Kenntnis der Episode negieren. Jeder kann sich ausrechnen, dass Berntsen krank sein muss, wenn er sich auf diese Weise präsentiert.«

»Wo ist Orla?«, fragte Ole Almind-Enevold.

»Ich komme gerade aus Søborg«, sagte Carl Malle. »Dort ist er nicht mehr.«

Er hatte in Vænget an die Tür geklopft – wie schon einmal vor sehr langer Zeit – und war danach direkt in das kleine Reihenhaus gegangen. Kein Schloss hatte ihm den Weg versperrt, und bereits im Eingang hatte er das Gefühl gehabt, dass das Haus für immer verlassen war. In der Tür zum Wohnzimmer war er verdutzt stehen geblieben, obwohl er in seinem langen Polizistenleben einiges zu sehen bekommen hatte. Möbel und Bilder lagen auf dem Boden verstreut, dazwischen Gardinen, Kissen, Vasen, Gläser und Schubladen. Alles war offensichtlich in blinder Wut zerschlagen worden. Wenn das Orlas Werk war, hatte der pensionierte Polizist einen eindeutigen Beweis dafür, dass der Topbeamte den Verstand verloren hatte.

Unter den Resten des blauen Sessels hatte Carl Malle ein Foto in Passbildgröße gefunden und sich an den Tag erinnert, an dem es aufgenommen worden war. Orlas Mutter hatte darauf bestanden, das Bild als Erinnerung zu behalten, als sie erkannt hatte, dass er seine Frau und seine Tochter nicht verlassen würde. Carl Malle hatte das Foto in kleine Fetzen zerrissen. Später hatte er auf der Terrasse gestanden und die tote Amsel auf den Steinfliesen betrachtet. Der Vogel hatte auf der Seite gelegen, den offenen Schnabel himmelwärts gerichtet. Hinter der niedrigen Hecke waren wie gewohnt die Klaviertöne aus der Nr. 14 zu hören, die verkündeten, dass alles beim Alten war, trotz des Krachs im Wohnzimmer der Berntsens, den doch irgendjemand gehört haben musste.

»Das klang, als würde was zerhackt«, sagte ein Nachbar, der den Kopf über die Hecke streckte, als er Carl Malle sah. »Er hat irgendwas Unverständliches gebrüllt – und kurz danach klang es, als würde er alles zertrümmern.«

»Leider ist er nicht mehr da«, sagte Carl Malle mehr zu sich als zu dem Nachbarn.

»Wie, er ist nicht mehr da?«

»Er ist gegangen. Im Haus ist niemand mehr.«

»Oh, ich habe ihn gar nicht gehen sehen...«, sagte der Nachbar enttäuscht.

»Jedenfalls ist er weg«, sagte der Sicherheitschef.

»Das heißt dann aber doch, dass er komplett verrückt ist!«, rief der Hexenmeister, der aufgesprungen war und mit gespreizten Beinen mitten im Büro des Ministers stand und aussah wie ein Gladiator in einer römischen Arena. »Damit haben wir ihn!«

Carl Malle musterte den kleinen Magier, der seine Fäden um alles und alle spann. »Ich habe bereits eine Fahndung nach ihm veranlasst, bin mir aber ziemlich sicher, dass wir ihn nicht finden werden. Versuchen Sie nicht, ihn selbst zu stellen, kontaktieren Sie die nächste Polizeistation... Was für ein Glücksfall.«

Der kleine Mann bekam keine Reaktion. Sein langgezogenes Kichern hing einen Augenblick lang im Raum. Am Ende ergriff Carl Malle noch einmal das Wort. »Ich brauche uneingeschränkten Zugang zu allen Beteiligten. Abhörung, Briefkontrolle ... Internetüberwachung ... auf der Rechtsgrundlage der Antiterrorgesetze ... das ganze Paket.«

Der Nationalminister nickte fast unmerklich. Mehr war nicht notwendig.

In dieser Phase würde Carl Malle alles bekommen, was er verlangte.

TEIL IV

DAS DUNKEL

28

FLUCHT

27. JUNI 2008

Ich glaube, dass weder der Professor noch der Nationalminister damit gerechnet hatten, dass etwas so Nebensächliches wie ein anonymer Brief mit einem einzelnen Namen auf einem uralten Formular ihre Häuser in derart kurzer Zeit derart erschüttern könnte.

Ich weiß noch, wie Magdalene einmal erwähnte, wie sehr es den Bürgerkönig freute, dass Kongslund und das dänische Grundgesetz exakt zeitgleich fertig wurden. Die prächtige Villa als Symbol ihrer Zeit und all der damit verbundenen Ereignisse. Aber die Weissagung des Monarchen erfüllte sich nicht ganz, denn drei Tage vor der Unterschrift unter das Staatsdokument schlug der Wind um. Die Küste und Skodsborg wurden von einem Oststurm getroffen. Erst kippte der nördlichste der sieben Schornsteine, und während die Handwerker mit den Reparaturen beschäftigt waren, geschah das Unbegreifliche, auch der südliche Schornstein brach ab, obwohl der Wind längst abgeflaut war, und er landete an exakt der gleichen Stelle wie der erste in der Einfahrt.

Alle sieben Schornsteine wurden daraufhin abgebaut und neu gemauert.

Das Schicksal wollte es so – und daran konnte nicht einmal ein König etwas ändern.

Orla war spät am Abend in der Villa Kongslund eingetroffen.

Er hatte gemeinsam mit Severin ein Taxi genommen und wie ein Flüchtling hinten im Fond des Wagens gesessen. Eigentlich stimmte dieser Vergleich sogar.

Der Nationalminister hatte alle Polizeistreifen im Großraum Kopenhagen gebeten, diskret nach dem verschwundenen Stabschef Ausschau zu halten. Zwar wurde nicht offiziell nach ihm gefahndet, aber die patrouillierenden Polizisten spürten trotzdem, dass es ihrer Karriere einen Schub versetzen würde, wenn sie ihn fanden.

Durch meine geschlossene Zimmertür hörte ich, wie Susanne die beiden Männer begrüßte. Sie wurden in den beiden Räumen einquartiert, in denen Magnas wichtigste Mitarbeiterinnen gewohnt hatten, die Fräulein Jensen und Nielsen.

Am nächsten Morgen stand ich früh auf und half zum ersten Mal seit Langem wieder beim Frühstück für die Kinder. Ich wickelte sogar ein paar Säuglinge, bevor ich unseren Gästen gemeinsam mit Susanne entgegentrat.

Es war ohne Zweifel das seltsamste Frühstück in der Geschichte Kongslunds. Uns gegenüber saßen Seite an Seite das schwarze Schaf des Nationalministeriums und der bekannteste Flüchtlingsanwalt des Landes.

Orla sah aus, als wäre er noch immer entsetzt über seine Taten, und sagte kein Wort. Severin hingegen wirkte gelöst, ja fast fröhlich, als hätte er endlich die Fesseln abgelegt, die er viele Jahre getragen hatte – was in gewisser Weise ja auch stimmte. Die Kongslund-Affäre hatte seine Seele von dem gnadenlosen Idealismus befreit, der sein Leben dominiert hatte, ohne ihm mehr zurückzugeben als einen kalten Händedruck der Moral – auch wenn er in einigen wenigen Fällen das Unmögliche erreicht und ein paar havarierten Existenzen zu Asyl verholfen hatte.

Als Fünfter trat Asger in den Tagesraum. Er blieb einen

Moment lang in der Tür stehen, die große Professorenbrille ganz vorn auf seiner Nasenspitze, und betrachtete die eigentümliche Gesellschaft. Dann setzte er sich ans Tischende und sagte: »Seid ihr über den neuesten Stand informiert worden?«

Severin schüttelte den Kopf. Orla reagierte nicht.

Während Asger sich ein Brötchen schmierte, trug er die Neuigkeiten der letzten Tage vor, beginnend damit, dass ich für die anonymen Briefe verantwortlich war. Er unterrichtete sie über Susannes Verbindung zu Kongslund und über Eva Bjergstrands Brief an Magna, über den Knud Tåsing und ich Nachforschungen angestellt hatten, während Carl Malle auf der Suche nach dem anonymen Absender war.

Während seiner Rede saß Orla Berntsen mit hängenden Schultern vor seinem Teller, auf dem eine angebissene Scheibe Weißbrot lag. Ich sah in seinem Gesicht eigentlich nur die Verblüffung über seinen spektakulären Ausstieg aus seinem bisherigen Leben, der am Abend zuvor das ganze Land schockiert hatte. Ich wartete auf das charakteristische Schnaufen, aber es kam nicht.

Severin, der an seiner Seite saß, nickte beinahe munter bei Asgers Erklärung. »Wenn wir doch nur den Brief hätten, den Eva ihrem Kind geschickt hat«, sagte er.

»Den sie ihm schicken wollte, aber nie geschickt hat«, korrigierte ich ihn.

»Ja, vermutlich hat sie es im letzten Moment bereut«, sagte Asger.

Susanne senkte den Blick. Ich konnte nicht sehen, was sie dachte, vermutete aber, dass sie ihren ganz eigenen Verdacht hatte, in dessen Mittelpunkt ich stand.

Asger lächelte plötzlich und sagte: »Wir sind schon eine merkwürdige Gesellschaft, findet ihr nicht auch?«

Orla zuckte zusammen, als wäre er im gleichen Augenblick zu einer parallelen Schlussfolgerung gelangt. Und dann kam das charakteristische Schnaufen doch noch.

»Wir sind zu fünft... hier an diesem Tisch...« Asger sah zu der am weitesten entfernten Wand, hinter der die Säuglingsstube lag. »Und wir alle haben an diesem Ort die ersten Monate unseres Lebens verbracht. Jetzt sind wir wieder hier, vermutlich ist das für euch genauso überwältigend wie für mich. Laut Knud Tåsings Quelle in der australischen Botschaft bekam die dänische Frau im Dezember 1961 ganz offiziell eine Aufenthaltsgenehmigung in ihrer neuen Heimat. Eva Bjergstrand bringt ihr geheimnisvolles Kind bereits im Frühjahr oder allenfalls im Frühsommer zur Welt. Danach ziehen ein paar einflussreiche Leute an den entscheidenden Fäden, und sie bekommt einen neuen Namen und eine ganz neue Identität. Und als Rosine im Kuchen noch eine neue Heimat...« Er hob seine Kaffeetasse an. »Womit ein ungeheuer peinliches Problem aus der Welt geschafft wäre.«

»Peinlich für wen?«, fragte ich, obwohl ich die Antwort natürlich kannte.

»Für sie...«, sagte Orla Berntsen, der zu unserer Überraschung zum ersten Mal das Wort ergriff. »Für Almind-Enevold und seine Helfer. Carl Malle und Magna.«

Ich hatte nicht damit gerechnet, dass er überhaupt etwas sagen würde.

»Das wissen wir nicht, noch nicht«, sagte Asger. »Diese Theorie muss erst noch bewiesen werden.«

Orla schwieg.

Nach dem Frühstück holte Asger die Reisetasche aus seinem Zimmer, während Susanne ein Taxi rief. Ihr blauer Koffer stand gepackt in der Halle.

»Ich fahre mit Susanne nach Kalundborg«, hatte Asger mir gestern gesagt. »Sie besucht ihre Eltern in Næsset, während ich nach Århus zu meinen Eltern fahre... Wir wollen herausfinden, ob sie etwas wissen – also mehr, als du mir gesagt hast.«

Was mich anging, gab es kein lebendes Wesen mehr, das

ich mit irgendetwas hätte konfrontieren können. Ich hatte noch nicht erzählt, dass ich meine früheren Zimmergenossen später so sorgfältig observiert hatte – das würde sie schockieren, und für diese Reaktion war ich noch nicht bereit –, andererseits ertrug ich den Gedanken nicht, die endgültige Aufklärung des Rätsels meines Lebens womöglich zu verpassen. Ich sehnte mich danach, versteckt in Asgers Garten zu liegen und die endgültige Konfrontation zu belauschen – für mich und für Magna und ganz sicher auch für Magdalene.

Aber Asger hatte meine vorsichtige Andeutung rundheraus abgelehnt und darauf bestanden, dass ich bei Orla und Severin blieb, die ja bis auf Weiteres in Kongslund versteckt werden mussten.

Susanne und Asger trugen die Taschen zu dem Taxi, und ich ging nach unten auf den Steg, der immer mein Zufluchtsort gewesen war. Ich drehte den Rücken in den Wind und hörte sie fahren.

Es war ein warmer Tag, und ich stellte die Liegestühle für uns drei, die wir zurückbleiben sollten, auf die Wiese.

Kurz darauf saßen Severin und Orla jeder für sich in der Sonne, die Gesichter mit geschlossenen Augen auf den Sund ausgerichtet. Ich zog einen Gartenstuhl in den Schatten und schloss wie sie die Augen.

Das Telefon klingelte gegen Mittag, als ich gerade eingeschlafen war. Die jüngste Kinderschwester winkte mir durch die Gartentür mit einer Hand zu.

Es war Knud Tåsing. Er redete laut und nasal. »Ich bin zusammen mit Susanne und Asger auf dem Weg nach Kalundborg«, sagte er. »Asger fährt von dort weiter nach Århus, wo er seine Eltern treffen will. Ich fahre nach Mols – oder genauer gesagt nach Helgenæs.«

Ich antwortete nicht. Er sollte nicht hören, wie schockiert ich war.

Der Journalist missverstand mein Schweigen. »War die Polizei schon da...?« Einen Moment lang klang er fast besorgt – vielleicht machte er sich aber mehr Sorgen um die Story, die seine Karriere retten sollte, als um die beiden Männer und die seltsame Frau, die zu verstehen er eigentlich nie eine Chance hatte.

»Es war niemand hier«, sagte ich. Am Vormittag war zwar ein Polizeihubschrauber über Vedbæk und Skodsborg gekreist, aber ich rechnete nicht damit, dass meine beiden schlummernden Gäste im Garten erkannt worden waren. Sie lagen mit auf die Brust gesenktem Kinn in ihren Liegestühlen und sahen wie zwei harmlose Badegäste aus.

»Haben Sie die Mittagsnachrichten gehört?«, fragte Knud. »Unser kleiner Tamile hat es jetzt in die Topnews geschafft, noch vor Irak und Afghanistan. Zwei Journalisten von meiner Zeitung sind nach Sri Lanka gereist, um ihn zu finden.«

Tåsing klang begeistert, obwohl seine eigene Reise in die ganz andere Richtung ging. Ich sah zu dem Mann hinüber, der den elfjährigen Asylanten aller Wahrscheinlichkeit nach zurückgetrieben hatte in ein Leben im Gefängnis, wenn ihn nicht ein noch schlimmeres Schicksal erwartete. Seine Reue war vermutlich zu spät gekommen. Neben Orla schlief Severin. Seine Erschöpfung musste nach fünfundzwanzig Jahren gnadenlosen Einsatzes für die Fremden dieser Welt unermesslich sein.

»Und dann ist da noch ein anonymer Brief gekommen«, sagte Knud Tåsing. Mir wäre fast der Hörer aus der Hand gerutscht.

Er spürte meine Reaktion: »Nein, nein, Marie...« Er schien zu lächeln. »Ich weiß ganz genau, dass der nicht von Ihnen stammt. Es ist ein ganz normaler Ausdruck. Der ist dafür aber wirklich was Besonderes.«

Ich wartete gespannt auf die Fortsetzung.

»Der Absender fordert mich auf, eine bestimmte Frau in

Helgenæs aufzusuchen – deshalb dieser Spontanausflug«, sagte er. »Es sieht seriös aus, auch wenn das Schreiben anonym ist.«

»Eine bestimmte Frau auf Helgenæs?« Ich stellte die Frage so unschuldig, wie ich nur konnte. Dabei war mir der Name längst bekannt.

»Sie heißt Dorah ... Dorah Laursen. Laut Brief weiß sie etwas über die Kongslund-Affäre – und über unser Rätsel ...«

Das Wort Rätsel klang aus seinem Mund fast naiv – als wären wir Kinder, die ein kniffliges Spiel spielten. Ich wollte ihn warnen, fand aber nicht die richtigen Worte. Ich war nicht in der Lage, klar zu denken, konnte Dorah nicht in dem Ablauf platzieren, den wir aufgedeckt hatten – und hatte keine Ahnung, wer diesen Brief geschrieben hatte. Aber ich hatte mich nicht in der Furcht geirrt, die durch ihr Zimmer auf Helgenæs gehuscht war, als ich ihr gedroht hatte, ihrem Sohn die Wahrheit über sie und Kongslund zu erzählen.

Und ich verstand mit größerer Klarheit als jemals zuvor, dass ich hätte da sein sollen, als es geschah.

Ich hätte versuchen müssen, das Muster aufzudecken, das die drei Frauen miteinander verband: Eva Bjergstrand, Dorah Laursen – und meine Pflegemutter.

»Ich hatte ihn doch gewarnt ...«

Die alte Frau saß zusammengesunken da, die zitternden Hände im Schoß gefaltet. »Ich hatte ihn gewarnt ... aber jetzt ...« Sie geriet ins Stocken. »Jetzt ist er ...«

Man hatte einen Streifenwagen zu ihr geschickt, gleich nachdem ihr Mann aus dem Wasser gezogen und auf den Rücken gedreht worden war. Als früherer Chef der Mordkommission war der pensionierte Kommissar von mehreren der anwesenden Polizisten erkannt worden.

Sie hatten ihn in dem schwarzen Wasser unterhalb vom Zeitungshaus gefunden, in dem unter anderem die Redaktionsräume der angeschlagenen Zeitschrift *Fri Weekend* waren. »Dieser alte Fall wollte ihn einfach nicht loslassen«, sagte seine Frau unter Tränen. »Und jetzt ist er *tot*.« Dieses Mal sprach sie das Wort laut aus.

Der junge Polizist zog die Augenbrauen hoch. »Welcher alte Fall?«

Die Kommissarswitwe hätte dem sympathischen, jungen Polizisten gerne alles erklärt, aber sie weinte zu sehr. Außerdem traute sie sich nicht.

Sie wollte ihm nicht von dem Fall erzählen, über den die Zeitungen schrieben und den ihr Mann unbedingt hatte aufklären wollen, obwohl sie ihm gesagt hatte, dass das viel zu gefährlich sei. Von den Zeichen, die er gesehen hatte – einem Stein, einem als Schlinge geformten Seilstück, einem Vogel, dem Lindenast... Ihr Mann hatte kurz vor seinem Tod eine unbekannte Person angerufen und ein Treffen vereinbart.

»Wen willst du treffen?«, hatte sie ihn mit ängstlicher Stimme gefragt.

»Ich kann auf mich selbst aufpassen«, hatte er gebrummt. Sie hatten sich ihr ganzes, langes Leben geliebt, und doch waren ihre letzten beiden Sätze einfach aneinander vorbeigeflogen.

Der junge Polizist zuckte mit den Schultern. Er fürchtete fremde Tränen – außerdem war ja wohl alles gesagt worden. Die Details des Todes wollte er der Alten ohnehin ersparen. Sie hatten einen einzelnen Schnitt im Nacken des Kommissars gefunden, der vermutlich entstanden war, als er im Wasser dümpelnd gegen die Kaimauer gestoßen war; neben ihm im schwarzen Wasser trieb eine leere Schnapsflasche, und selbst durch den Gestank des Brackwassers war deutlich der Alkohol zu riechen gewesen, als hätte der Mann seinen Lebensabend am Boden einer Flasche Aquavit verbracht.

Wo er nicht der Einzige wäre.

So etwas wollte kein Polizist im ersten Dienstjahr einer

weinenden Witwe erzählen, die, offensichtlich verwirrt, über alte, unaufgeklärte Fälle redete.

Könnte man unangenehme Tage umtauschen und an ihren Schöpfer zurückschicken, wäre Freitag, der 27. Juni, aus der Erinnerung des Nationalministers gelöscht worden, noch ehe jemand »Scheißtag« sagen konnte. So aber konnte er sich nur bei seinen beiden Gästen beklagen, die nicht den Eindruck machten, als könnten sie seine Sorgen vertreiben.

Die drei Männer saßen auf der breiten Terrasse auf seiner Luxus-Hazienda in Gilbjerg Hoved in Nordseeland. Wäre der Tag besser verlaufen, hätten sie die großartige Aussicht über das Kattegat genießen können, nicht aber an diesem verfluchten Tag. Sie ließen sich von der einzigen Frau der Gesellschaft Drinks servieren. Lykke Almind-Enevold brauchte die beiden Gäste ihres Mannes nicht zu fragen, was sie trinken wollten, da beide schon zigmal in der Sommerresidenz des Ministers gewesen waren, seit diese 2001 fertig geworden war.

Wie üblich spielte sie ihre Rolle als lächelnde Ministergattin perfekt – bereitete den Boden für die wichtigen Gespräche, die die Besucher mit ihrem Mann zu führen hatten, und zog sich zum richtigen Zeitpunkt lautlos und unbemerkt zurück, und gäbe es ein Reich der unsichtbaren Gestalten, wäre sie ohne jeden Zweifel seit vierundfünfzig Jahren die Königin dieses Reiches. Dass ausgerechnet sie den Namen Lykke trug, der Glück bedeutete, kam ihr wie eine groteske Laune des Schicksals vor. Sollte das Glück, nach dem sie benannt worden war, jemals in greifbarer Nähe gewesen sein, hatte sie es nicht bemerkt. Sie hätte es aber auch nicht verdient, denn Lykke Almind-Enevold hatte das schwere Vergehen begangen, ihrem Mann das Kind zu verwehren, von dem er immer geträumt hatte. Sie hatte die ganze Verantwortung dafür übernommen, ohne überhaupt zu wissen, ob der Fehler bei ihm oder bei ihr lag. Sie sah ihre Unfruchtbarkeit als unverzeihliche Schande und war bei ihm geblieben, weil er trotz dieser Schmach bei ihr ausgeharrt hatte.

Die drei Männer saßen jetzt schon mehrere Minuten still da, und ihr Schweigen unterstrich den unheilschwangeren Charakter der Zusammenkunft. Niemand sagte etwas, bevor Lykke fertig ausgeschenkt hatte und wieder verschwunden war. Da erst erhob der Nationalminister sein Glas. »Prost – auf einen wirklichen Scheißtag!« Er leerte das Glas in einem Zug.

Der Professor, Bjørn Meliassen, folgte seinem Beispiel. Der Nationalminister füllte ihre Gläser erneut mit einem bernsteinfarbenen Maltwhisky von den Ufern des Loch Lomond. Er hatte sein Haus unmittelbar nach dem überraschenden Wahlsieg 2001 gebaut, und es war wirklich an nichts gespart worden. Er hatte das Umweltministerium dazu gebracht, die seit 1950 bestehende Schutzzone ein wenig einzuschränken, damit er die Möglichkeit bekam, seine Villa auf der äußersten Spitze der dreiunddreißig Meter hohen Klippe zu errichten.

Der tief unter ihnen liegende Strand war mit Steinen übersät, aber das machte nichts, denn keiner der einflussreichen Gäste des mächtigen Mannes kam auf die Idee, die wichtigen Gespräche oder Essen für ein kühlendes Bad im Meer zu unterbrechen. Westlich des privaten Zugangs mit dem Schild *Zutritt Verboten* stand ein Gedenkstein für den Philosophen Søren Kierkegaard, von dem der Minister kein einziges Buch gelesen hatte, den er dank der Hilfe des Hexenmeisters in seinen Reden aber fleißig zitierte. Auf dem Stein stand: *Was ist Wahrheit anderes als ein Leben für eine Idee?*

Obwohl die Sommerresidenz in der Presse erstaunlich diskret abgehandelt worden war – man wollte ja keine Verrückten oder Autonomen auf falsche Gedanken bringen –, war Almind-Enevolds Wohnort landesweit bekannt. Unten am Fuß der Klippe hatte in alten Zeiten ein kleines Fischerdorf namens Krogskilde gelegen, aber die acht Häuser waren irgendwann wegen schlechter Fänge aufgegeben worden, woraufhin die Einwohner mit dem für die Dänen so typischen Erfindungsreichtum auf die Idee gekommen waren, sich ihren Lebensunterhalt zu verdienen, indem sie fremde Schiffe in nächtlichen Stürmen an die Küste lockten und dann plünderten. Aus diesem Grund hatte der Fleck den Namen Hölle bekommen – nach Meinung aller Feinde des Nationalministers eine ungemein passende Bezeichnung für das Refugium des mächtigen Mannes.

Der Tag war aus der Spur geraten, bevor der Nationalminister hatte reagieren können. Der Ministerpräsident hatte ihn um acht Uhr in der Früh in den Prins Jørgens Gård zitiert. Sein Befehlston hatte nichts Gutes erwarten lassen. Enevold war sofort losgelaufen, ohne auf den Hexenmeister zu warten, und danach war alles schiefgegangen. Wie sehr sich die Wirklichkeit verschoben hatte, war schon den Gesichtern der Sekretärinnen im Vorzimmer zu entnehmen gewesen. Ihre Blicke drückten Besorgnis und Unglauben aus, und die älteste Vertraute des Ministerpräsidenten, Frau Mortensen, hatte rote, verweinte Augen und schluchzte ohne Unterlass. Die anderen Beamten empfingen ihn ausdruckslos mit steifen Bewegungen, weil sie nicht wussten, wie sie auf den peinlichen Vorfall reagieren sollten, der zum größten Problem des Landes geworden war.

Der Nationalminister betrat das Büro seines Chefs, blieb aber abrupt in der Tür stehen und starrte verblüfft auf die komplett veränderte Szenerie.

Im Laufe der Nacht war aus dem Zentrum der Macht ein Krankenzimmer geworden, voll ausgerüstet mit modernster Elektronik und allerlei Hilfsgeräten. Es gab Rolltische, Blechnäpfe und vor allem ein riesiges Bett, das mitten im Raum stand.

Das physische Unbehagen, das Ole Almind-Enevold empfand, grenzte schon an Hass. Schließlich war es sein *Amt*, das da diskreditiert und auf das Niveau eines Krankenzimmers gedrückt, *seine* Zukunft, die in den Schmutz gezogen wurde.

Das Oberhaupt des Landes lag mit verbissener Miene im Bett. Dieser Patient würde erst abtreten, wenn er tot war – er wollte in aller Öffentlichkeit per Live-Übertragung und mit Helikopterbildern aus dem Prins Jørgens Gård geschoben werden. Kein Historiker würde später sagen können, dass er seinen Posten aus Schwäche geräumt hatte. Als er Almind-Enevold sah, drückte der Ministerpräsident auf eine Fernbedienung, woraufhin sein Oberkörper sich wie von unsichtbaren Händen gestützt in eine sitzende Position hob. Der Anblick war erschreckend. Weder die Sekretärinnen noch der in der Tür stehende Nationalminister brachten ein Wort heraus.

»Komm rein«, flüsterte der Pharao gnädig.

Im Sitzen konnte der Ministerpräsident aus dem Fenster schauen und behielt damit den Überblick über Christiansborg und die Türmchen und Zinnen der Stadt.

»Das ist ein schöner Ort zum Sterben«, sagte er.

Für eine angemessene Antwort fehlte Ole Almind-Enevold die Fantasie.

»Ich habe den Beitrag von *Channel DK* mit Orla Berntsen gesehen...«, fuhr der sterbende Mann unheilvoll flüsternd fort. »Du sollst eine Lügengeschichte in Umlauf gebracht und als Absender mich angegeben haben, aber das ist natürlich alles nur erstunken und erlogen.«

Der Nationalminister sah die Verachtung im Blick des sterbenden Regierungschefs. Er wusste Bescheid.

»Natürlich«, antwortete er.

»Du musst dem Professor sagen, dass solche Lügen nicht akzeptiert werden können. Noch dazu im Fernsehen...«

Ole Almind-Enevold nickte. Sein Verrat war nicht wiedergutzumachen, das erkannte er schlagartig. Er hatte den Kopf wie zum Gebet gesenkt, doch in seinem Inneren tobte eine Wut, die er nicht zu zeigen wagte.

Als wollte er seine noch vorhandene Vitalität beweisen, fragte der Ministerpräsident: »Aber was passiert jetzt... mit diesem Jungen? Haben wir den wieder am Hals?«

»Nein, nein... die Sache ist mausetot«, sagte der Nationalminister und bereute augenblicklich seine Wortwahl.

»Diese Tamilensache... und die Kongslund-Affäre... haben die irgendetwas miteinander zu tun?«

Die Frage war so giftig, dass sie ein letztes strategisches Manöver einleiten konnte: *Der Nationalminister hat sich zu meinem Bedauern nun doch dagegen entschieden, meine Nachfolge anzutreten – aus persönlichen Gründen...*

Ole Almind-Enevold spürte Verzweiflung in seinem trockenen Hals brennen. »Absolut nichts«, sagte er, musste aber husten, bevor er weiterreden konnte, »das sind bloß zwei Krisen, die ungünstigerweise gleichzeitig aufgetreten sind.«

Der Ministerpräsident hatte ihm fast munter zugeblinzelt, doch in seinem Blick lag dabei etwas Dunkles, Unheilverkündendes. Dann drückte er wieder auf die kleine Konsole mit den vier leuchtenden Knöpfen und ließ sich mit der Hydraulik in eine waagerechte Position fahren. Ein dünner, roter Streifen sickerte aus seinem linken Mundwinkel über seine Wange zum Hals, als wäre beim Reden etwas in ihm kaputtgegangen.

Anschließend fand im Palast eine Krisensitzung statt.

Der Grauballemann und der Hexenmeister waren komplett ratlos. Es waren Berichte eingegangen, dass zwei dänische Reporter nach Colombo gereist waren, um den kleinen Tamilen aufzuspüren, der wahrscheinlich in irgendeiner staatlichen Folterkammer gefunden werden würde.

Der Hexenmeister, der nach Orla Berntsens Schwachsinnsanfall der heißeste Kandidat für die Stelle des Stabschefs war, hatte sich an einer kurzen, beruhigenden Analyse versucht. »Die Menschen interessieren sich nie länger als zwei Tage für bestimmte Nachrichten – allerhöchstens drei… dann gibt es wieder ganz neue Themen.« Keiner wusste, ob er über Kongslund oder den kleinen Tamilen redete – oder über beides.

Von der anderen Seite des Tisches kam ein Krächzen. Es war der Grauballemann, der in der entscheidenden Stunde seiner Karriere laut dachte. »Ja, natürlich… Wir mussten unsere Entscheidungen im Einklang mit den politischen Anweisungen und Signalen treffen, die wir erhalten haben…« Er klang so, als übte er sich bereits an seiner Verteidigungsrede vor dem Untersuchungsausschuss.

»Behalten wir einen kühlen Kopf«, sagte der Hexenmeister etwas zu laut. »*Niemand hier* hat etwas falsch gemacht – außerdem gibt es klare Grenzen für das Interesse des Publikums an der Sache… Schließlich geht es um einen Jungen, den keiner kennt…« Er lachte. »Und von dem keiner weiß, wo er herkommt… Da ist wirklich nicht viel Fleisch am Knochen!«

»Fleisch…?« Der Staatssekretär verstand die Sprache nicht, die seine jungen, aber mächtigen Berater im Ministerium eingeführt hatten.

Später am Nachmittag hatte der Lieblingschauffeur des Nationalministers, Lars Laursen, den Minister in nur vierzig Minuten nach Nordseeland gefahren und ihm seine Mappe in die Sommerresidenz getragen, ehe er Gilbjerg Hoved verlassen hatte, um selbst im Gilleleje Kro zu übernachten. Jetzt saß der Minister mit seinen beiden Gästen auf der Terrasse und beobachtete die blutrote Bahn der Sonne über dem Kattegat. Er hatte seinen Gästen eine Zusammenfassung der seltsamen Szene im Büro des Regierungschefs gegeben. Sie hatten Angst, und zwar weniger um die Nation als um sich selbst. Das Triumvirat musste neue Beschlüsse fassen. Der sterbende Mann konnte schnell zu einer Bedrohung für sie werden.

Aber es gab andere Gefahrensignale, die ihr Gastgeber als noch bedrohlicher einschätzte:

»Ich war gerade auf der Webseite von *Fri Weekend*. Da stand etwas über den ertrunkenen Kommissar«, sagte Almind-Enevold. »Ich finde das Ganze ein bisschen...«, er wollte sagen, beunruhigend, wurde aber gleich von Carl Malle unterbrochen.

»Kein Grund zur Besorgnis, Ole. Niemand, wirklich niemand, wird ihn mit uns in Verbindung bringen«, sagte der pensionierte Polizist. »Ein alter Säufer, der ins Wasser fällt und ertrinkt. Platsch und aus und vorbei.« Der Zynismus war nicht zu überhören.

»Aber er war es doch, der diese Zeichen gefunden hat, von denen du geredet hast... bei den Ermittlungen zu der Toten am Strand. Kann er das nicht jemandem erzählt haben?«

»Was denn für Zeichen?«, fragte der Professor. »Und was für eine tote Frau?« Er hatte in dem Rehrücken herumgestochert, den die Frau des Ministers in einer pikanten Wildsauce mit Preiselbeeren und Johannisbeergelee serviert hatte. Lykke hatte fünf oder sechs Minuten schweigend bei ihnen gegessen, bevor sie den Tisch wieder verlassen hatte, ohne ihnen in die Augen zu sehen.

Carl Malle warf einen warnenden Blick auf den Minister. Aber der ließ sich nicht stoppen. Er ignorierte den Fernseh-Professor vollständig und redete nur mit seinem alten Genossen: »Diese *Zeichen* waren irgendwie seltsam, Carl... die gefallen mir nicht. Die stehen doch für irgendetwas... *Krankes*.« Er starrte ins Dunkel und trank, ohne ihn wirklich zu genießen, einen Schluck von dem Burgunder, der zum Fleisch gereicht worden war.

»Ja, Ole. Das ist das richtige Wort... *krank*...«, sagte Carl Malle. »Wenn das nicht ein seltsamer Zufall ist: ein alter Science-Fiction-Roman... ein Seilstück... die Frau mit dem ausgeschlagenen Auge ... Ich sehe da wirklich keinen Zusammenhang.«

»Du vergisst den Kanarienvogel«, sagte der Minister. Dann schüttelte er das Unbehagen mit aller Kraft ab und wandte sich dem Professor zu, der mit offenem Mund dem seltsamen Gespräch lauschte. »Warum hast du die Geschichte über Kongslund nicht längst gestoppt? Peter Trøst und all seine *idiotischen Entdeckungen* ...?«, fragte der Minister.

»Weil Peter Trøst mir damit gedroht hat, gemeinsam mit Berntsen zur Konkurrenz zu gehen, und das wäre eine noch größere Katastrophe geworden – für uns alle. Das hätte *Channel DK* den Rest gegeben und würde keinem von uns nützen.« Der Professor redete ungewöhnlich leise. »Diese Sache hat alle verrückt gemacht ... alle ... Es hat den Anschein, als täte jeder, wozu er Lust hat.«

»Ja, darauf trinken wir.« Carl Malle hob sarkastisch sein leeres Glas. »Ist das nicht der Traum aller Menschen? Und das, was ihr immer predigt – zur besten Sendezeit?«

Der Professor sah ihn von der Seite an, begnügte sich aber mit einem Brummen als Antwort.

»*Lasst eure Vorurteile raus!*«, spielte Carl Malle auf den Titel der neuen Samstagsgalashow an, die die Nation vom letzten Rest Anstand und Würde befreien wollte – alle Vorurteile der Menschen sollten endlich einmal laut ausgesprochen werden –, mit aller Wucht, die in ihnen steckte – und sich ohne Scham gegen jene richten, über die sonst aus lauter Rücksicht immer nur nett geredet wurde, obwohl sie dem Fortschritt im Weg standen: die Unproduktiven, die Nicht-Angepassten, die Andersartigen, die Avantgardisten und Provokanten – und natürlich gegen die Fremden plus all jene, die das Volk aus irgendeinem Grund auf dem Kieker hatte. Sie sollten auf offener Bühne miteinander konfrontiert werden – im Fernsehstudio – live. »Das wird eine Befreiung für die Toleranz sein«, hatte der Professor seinen Löwen zugerufen, bevor er nach Gilleleje gefahren war, und hatte dann noch hinzugefügt: »Wir werden der lebende Beweis für ein ganz neues Weltverständnis sein, eine neue Weltordnung, einen neuen Typus Mensch!«

Der Nationalminister schenkte ihnen allen Wein nach.

Der Professor sagte: »Du, Ole, bist der Einzige, der der Aufgabe des Ministerpräsidenten hierzulande gewachsen ist...« Die gesamte Zukunft von *Channel DK* hing an den Aufträgen, die sie danach einfordern konnten. »Ich werde dafür sorgen, dass meine Journalisten all ihre kritische Energie darauf verwenden, dieser Schande ein Ende zu bereiten...« Er redete über den Landesvater in seinem Hydraulikbett in Slotsholmen.

Carl Malle beugte sich über den Tisch. Er hatte den aufgeblasenen Fernsehmann noch nie leiden können. »Es ist schon seltsam, Bjørn... Dein Sender macht doch nichts anderes, als ewige Jugend und Schönheit zu proklamieren, aber wenn es um das höchste Amt des Staates geht, unterstützt du einen...« Er sprach das Wort Greis nicht aus, aber es hing in der Luft – und seine Frechheit zeigte, wie wichtig er in diesen Tagen für das Überleben des Nationalministers war.

Der Professor zuckte zusammen wie unter einem Schlag. »Das ist etwas anderes, Carl. Den Jungen geht es um Träume. Ohne die Jungen würden wir keine Reklame verkaufen. Aber die *Macht* ist *nie* jung. Die erobert man nicht mit Träumen.« Der Professor hob den Blick. »Die Macht ist genauso alt, wie wir sie haben wollen. Der Bevölkerung ist das egal, solange es uns gelingt, Langeweile und Zukunftsangst von ihnen fernzuhalten. Meine Werkzeuge sind die Verführung und die Inspiration, eure die Überwachung und die Kontrolle – aber unsere Ziele sind die gleichen.«

Der Professor stand auf. Er war am Ende seiner Kräfte. Der Nationalminister rief seinen Fahrer im Hotel in Gilleleje an, und obwohl es inzwischen fast Mitternacht war, kam er in dem königsblauen Ministerwagen angefahren, um den Professor zurück in seinen Fernsehpalast vor den Toren von Roskilde zu bringen.

Als er gefahren war, ließ Almind-Enevold seinen Sorgen freien Lauf. »Wir müssen auch noch mit anderen Adoptiveltern reden, Carl.«

Malle saß reglos wie ein Schatten im Licht der Öllampe, die Lykke lautlos auf den Terrassentisch gestellt hatte. Dann schüttelte er den Kopf. »Du weißt ja, dass ich aus den Christoffersens nichts herausbekommen habe, die haben wirklich keine Ahnung, wo Asger herkam. Ich glaube nicht, dass jemand von denen Bescheid weiß, außerdem könnte es gefährlich werden... wenn man auf uns aufmerksam wird. Im Übrigen haben wir auch noch ein anderes Problem...« Carl Malle brach den Satz ab, als suchte er nach den richtigen Worten für die besonders unangenehme Botschaft.

Der Expolizist beugte sich noch einmal über den breiten Tisch. »Auf Helgenæs gibt es eine Frau, die behauptet, etwas über das Kinderheim zu wissen – also über Kongslund. Sie hat allem Anschein nach unter höchst dubiosen Umständen ein Kind bekommen – einen Jungen, der ihr *abseits* der normalen Kanäle mit Hilfe von Kongslund diskret überbracht wurde.«

»Einen *Jungen*?«

»Ja, aber erst fünf Jahre nach dem Jahr, für das wir uns interessieren«, antwortete Carl Malle, der die Sache spannend fand, an diesem Abend an der Küste der Hölle jedoch nicht sehen konnte, was der Nationalminister damit zu tun haben könnte.

Dachte man an das Renommee des Vizepolizeidirektors als Problemlöser – sowohl bei der Polizei als auch in seiner jetzigen Aufgabe –, musste sich das Schicksal eigenhändig über das Geländer der Terrasse gebeugt und seine Finger auf die Lippen des Mannes gelegt haben. Er hätte auf die Berührung reagieren, den Verrat schmecken und die Gefahr riechen müssen. Dass ihm dies nicht gelang, war ein entscheidender Fehler, und in der Kongslund-Affäre konnten solche Fehler tödlich sein.

»Kann sie uns gefährlich werden?«, fragte der Minister bloß.

»Sie hat mit Knud Tåsing Kontakt aufgenommen.«

»Oh...« Der Ausruf des Ministers kam ganz leise. Eine Konfrontation schien unausweichlich. Schon wieder. »Woher weißt du das?«

Carl Malle zuckte mit den Schultern. »Ich höre sie ab«, sagte er. Der Tonfall seiner Antwort schien zu sagen: Du hast mir freie Hand gegeben.

29

DIE LOSEN ENDEN

27. JUNI 2008

Sie hätten wissen müssen, wie riskant ihre Position war – und wie nah am Abgrund sie balancierten, auch wenn die Wochen nach dem fatalen Jubiläum ohne entscheidende Enthüllungen verliefen.

Mit einem im Sterben liegenden Ministerpräsidenten, der seine fünf Sinne nicht mehr beisammenhatte, konnten sie sich Zweifel und Unsicherheit in der Bevölkerung nicht leisten. Almind-Enevold war nie näher am Ziel seiner Träume gewesen; nur ein wahnsinniger, bettlägeriger Mann mit Fernbedienung in der Hand konnte ihn jetzt noch aufhalten, meinten sie.

Weder er noch Carl Malle witterten die Gefahr, die von der Konfrontation der Kinder aus der Elefantenstube mit ihren Adoptiveltern ausging, weil sie diese Gefahr nicht für möglich hielten.

Asgers Mutter hatte an ihrem Stammplatz am Panoramafenster gestanden und auf das Vogelhäuschen gezeigt, das seit ihrem Einzug vor fünfzig Jahren jeden Sommer repariert und lackiert worden war.

»Schau mal«, hatte sie zu ihrem Sohn gesagt. »Eine Bachstelze.«

Alle Möbel stammten noch aus dieser Phase; und alles

sah noch genauso aus wie an jenem Sommersonntag, an dem Asger im Juni 1962 in dem Eigenheimviertel mit den kosmischen Straßennamen angekommen war.

In einer Ecke des Wohnzimmers standen die beiden roten Lehnstühle, auf denen Asgers Eltern 18 250 gemeinsame Abende verbracht hatten – um auf die Zahl zu kommen, hatte er einfach 365 Tage mit den 50 Jahren multipliziert, die sie verheiratet waren. Das Telefon hatten sie gegen ein neueres Modell ausgetauscht, aber es stand an exakt der Stelle auf dem Fensterbrett, an der es immer gestanden hatte. Dort hatte er damals auch den Anruf von Marie Ladegaard entgegengenommen, als sie ihm den Namen seiner leiblichen Mutter gesagt hatte. Plötzlich war sein Vater da gewesen und hatte möglicherweise die letzten Worte seines Gesprächs mit Marie mitbekommen. Er hatte vom Reparieren des Vogelhäuschens noch den Hammer in der Hand gehalten und hatte den Namen gelesen, den sein Sohn auf den Block neben dem Telefon geschrieben hatte.

Asger hörte noch heute den beunruhigten Unterton in seiner Stimme: »Wer ist das?«

Das war jetzt über dreißig Jahre her.

Die Bachstelze hob von dem Vogelbrett ab, und seine Mutter folgte ihr mit dem Blick. Er konnte ihre Nervosität spüren. Er war am Nachmittag vorbeigekommen, ohne vorher anzurufen. Das tat er normalerweise nicht.

Sie hatten sich besorgt erkundigt, ob alles in Ordnung sei, worauf er ihnen eine ausweichende Antwort gegeben hatte. Er hatte etwas von jemandem, der eine Rede halten wollte, dem aber der alles entscheidende Eingangssatz fehlte. Am Abendbrottisch aßen Kristine und Ingolf ihre im Ofen gebackenen Auberginen leicht vornübergebeugt, als müssten sie sich vor plötzlichen Windstößen schützen – oder weil sie sich unter der seltsamen Stimmung wegducken wollten, die ihr Sohn ausstrahlte.

»Ihr habt doch in der Zeitung sicher von Kongslund gelesen«, sagte Asger unvermittelt nach gerade einmal zwei Bissen und sah die beiden Menschen zusammenzucken.

Ingolf richtete sich auf und nickte.

Kristine saß mit aufgerissenen Augen da. Sie fürchtete schon seit Wochen, dass die Kongslund-Affäre in das Haus eindringen würde, das sie all die Jahre vom Schmutz der Welt saubergehalten hatte.

»Die Sache ist für mich von besonderer Bedeutung«, sagte Asger und legte Messer und Gabel auf den Teller. »Weil… ich einer von denen bin, die den anonymen Brief bekommen haben, von dem die Zeitungen schreiben.« Asger schob das Besteck parallel nebeneinander leicht schräg an den Tellerrand, wie sie es ihm als kleinem Jungen beigebracht hatten. »Der Junge, nach dem sie suchen, könnte also ich sein«, sagte er.

Kristine suchte seinen Blick, aber es lag nicht der bodenlose Schrecken darin, den er erwartet hatte – und er verstand augenblicklich, warum: Sie wusste es.

»Wer hat es euch gesagt?«, fragte er.

»Bei uns war so ein Detektiv… ein Sicherheitsexperte«, sagte Ingolf und bekam einen knallroten Kopf, weil er zusammen mit seiner Frau versprochen hatte, Asger nichts von diesem Besuch zu sagen.

»Carl Malle?«

Ingolf hustete und trank zwei Schlucke Wasser aus einem hohen, schmalen Glas, das er zu seinem dreißigsten Geburtstag bekommen hatte. »Ja, so hieß er… Er hat uns davon erzählt. Er arbeitet fürs Ministerium und wollte wissen, ob wir etwas wüssten… über die Frau… also deine… deine leibliche… Es wäre von äußerster Wichtigkeit, meinte er…« Er versuchte ziemlich halsbrecherisch das Wort *Mutter* zu umgehen.

»Aber wir wissen doch nichts«, flüsterte Kristine und fiel

ausnahmsweise einmal ihrem Mann ins Wort. »Wir haben ja nie etwas erfahren...« Sie wollte nach der Hand ihres Sohnes greifen, aber Asger lehnte sich nach hinten, um die Berührung zu vermeiden.

»Wenn wir etwas gewusst hätten, hätten wir es dir doch erzählt.«

»Was hättet ihr mir erzählt?«

Keiner von beiden antwortete.

»Aber das ist nicht wirklich das Problem«, sagte er. »Ich weiß, wer meine richtige Mutter ist – und wo sie wohnt.«

Diesmal war ihr Schock echt, Tränen traten ihr in die Augen.

»Sie wohnt bei Brorfelde, wenn sie denn noch lebt. Ich habe das seit zwanzig Jahren nicht mehr überprüft.« Er wandte sich an seinen Vater. »Aber das wusstest du ja, oder? Du wusstest, dass ich sie gefunden hatte.«

Ingolf hatte sich wieder über seinen Teller gebeugt. Es verging fast eine halbe Minute, ehe er das Wort ergriff, ohne seine Frau anzusehen. »Ja, ich denke, ich war mir im Klaren darüber. Der Tag, als ich dich am Telefon überrascht hatte... Da stand ein Frauenname auf dem Block. Das war eine Weile, nachdem wir dir erzählt hatten, dass wir dich adoptiert haben. Ich habe das Gespräch mitgehört... Du hast mit Kongslund telefoniert.«

»Warum habt ihr mir von der Adoption erzählt?«

»Das weißt du doch. Das war das einzig Richtige. Du solltest deine Lebensgeschichte kennen.«

»Aber wieso hast du es mir ausgerechnet im Küstensanatorium erzählt? Warum bist du dafür extra angereist?«

Ingolf schwieg und starrte hilfesuchend auf sein hohes, schmales Glas, als Kristine sich einmischte. »Die Ärzte haben gesagt... Sie wussten ja alles darüber, dass deine Krankheit genetisch bedingt war. Wir konnten doch nicht... Dein Vater und ich wollten doch...« Sie kam ins Stocken.

»Es ist ein Mann zu mir gekommen, den ich bis dahin für meinen Vater gehalten habe, um mir zu erzählen, dass er das nicht ist. Und dann ist er wieder nach Hause gefahren, und ich war plötzlich allein. Und du bist zu Hause geblieben und hast dich da versteckt.«

Asger stellte verdutzt fest, dass Tränen aus seinen Augen liefen. Er nahm die Brille ab und legte sie neben das Besteck.

Deine Mutter und ich konnten keine Kinder bekommen ...«
Asger wiederholte Ingolfs Worte von damals im Küstensanatorium, leise, aber deutlich.

Die beiden reagierten nicht. Sie sahen aus, als hätten sie ein Gespenst gesehen, was vielleicht ja der Fall war.

»Das hast du gesagt ... *Darum haben deine Mutter und ich beschlossen, ein Kind zu adoptieren. Das war die beste Entscheidung, die wir je getroffen haben ...«*

Der verschwommene Umriss erhob sich von seinem Stuhl und trat klarer in sein Blickfeld.

»Deine Mutter und ich werden immer für dich da sein ...«
Er sah, wie eine Hand die Brille von seinem Teller nahm.

Der Schatten drückte liebevoll die Brille auf seine Nase, und der Raum nahm wieder scharfe Konturen an. Kristine zog ihren Mann zurück auf ihre Seite des Tisches und hielt ihn fest, sie hatte den Mund geschlossen, sperrte ihre Worte ein und signalisierte, dass sie keine Antwort hatte. Der wichtigste Moment im Leben ihres Sohnes würde niemals an diesem Tisch erörtert werden.

Er saß schweigend da, während er diese Wahrheit in sich aufnahm. »Ich glaube, es war die Wut, die mich dazu gebracht hat, Ejnar zu töten«, sagte er schließlich. »Meine Sehnsucht nach einem ... Ich wusste, dass ihr ihn gehasst habt, weil er mit mir den Weltraum erforscht hat und weil er in der Sternwarte wohnte. Ihr habt ihn gehasst, oder?«

Zusammengesunken saßen sie dicht nebeneinander und antworteten nicht.

»Er hat mich geliebt. Ich wusste, was passieren würde – und habe es geschehen lassen.«

»Er ist freiwillig in diesem Loch gestorben«, sagte Ingolf unvermittelt und mit besonderer Betonung auf dem Wort Loch.

Der Einwand war derart plump und idiotisch, dass Asger sich am liebsten über den Tisch geworfen und auf das Gesicht des Mannes, der nicht sein Vater war, eingeschlagen hätte. »Nein«, sagte er. »*Er ist an Sehnsucht gestorben.*«

Sowohl Ingolf als auch Kristine mussten verstehen, dass der dringlichste Vorwurf ihres Sohnes gegen sie gerichtet war – und gegen den Ort, an dem sie ihr gemeinsames Leben verbracht hatten.

»Ihr wolltet nicht, dass ich ihn sehe oder mit ihm verreise. Ihr wolltet nicht, dass ich werde wie er.«

Kristine ließ die Hand ihres Mannes los. »Nein. Aber du musstest dich ja ausgerechnet mit dem einzigen... ausgerechnet... mit dem Jungen zusammentun, der nichts anderes als Ufos im Kopf hatte und diese verfluchten Planeten! Er sollte nicht... er sollte nicht...!«

Die letzten, gestammelten Worte wurden von einer heftigen Hustenattacke unterbrochen. Ingolf griff nach dem hohen Glas und reichte es ihr, aber sie schlug es beiseite. Es fiel zu Boden, ging aber erstaunlicherweise nicht kaputt.

Dann kippte sie jäh zur Seite und landete schluchzend halb unter dem Tisch.

Ingolf kniete sich neben sie und streichelte ihr übers Haar. Eine der unangerührten Auberginen mit Thymian und Schalotten lag neben den beiden am Boden.

»Jetzt sieh dir an, was du getan hast«, sagte Ingolf flüsternd zu seinem Sohn. Asger erhob sich von seinem Stuhl. Er ließ sie zusammen auf dem Boden im Wohnzimmer zurück und nahm seine Jacke von der Garderobe.

Er hörte Ingolfs tröstendes Flüstern und Kristines anhaltendes Schluchzen, als er die Haustür öffnete und den Ort verließ, an dem er aufgewachsen war.

Der Journalist musterte die gedrungene Frau in dem niedrigen Wohnzimmer. Er war um die Mittagszeit in Århus angekommen und mit dem Bus 123 nach Rønde weitergefahren.

Erst am Nachmittag war er mit der Linie 361 über die Hügel nach Stødov auf Helgenæs gerumpelt. Das letzte kurze Stück hatte er nach der Wegbeschreibung des Busfahrers zu Fuß zurückgelegt.

Es war fast Abend, als er sein Ziel erreichte.

Er hatte fest an die niedrige Tür klopfen müssen – und danach an das daneben liegende Küchenfenster –, ehe er im Haus etwas hörte.

Die kleine Frau hatte widerstrebend die Tür geöffnet und ihn hereingelassen. Im Wohnzimmer standen auf allen Fensterbrettern Figürchen und allerlei Nippes, und auf den Möbeln lag eine dünne Staubschicht, was selbst einem Einsiedler wie Knud Tåsing auffiel. Er hatte das Gefühl, in eine Welt eingetreten zu sein, in der seit Jahrzehnten nichts verändert worden war. Dorah Laursens Unbehagen über den Besuch war so deutlich zu spüren, dass er verunsichert war, wie er sein Anliegen vorbringen sollte. Dabei wirkte es so, als hätte sie mit ihm gerechnet und als sehnte sie sich schon nach dem Augenblick, wenn er wieder ging.

Er informierte sie kurz über den anonymen Brief, der ihn veranlasst hatte, sie aufzusuchen, und überreichte ihr das Schreiben. »Deshalb bin ich hier. Wer könnte diesen Brief an mich geschickt haben, Frau Laursen?«

Sie schüttelte wortlos den Kopf.

»Wussten Sie, dass dieser Brief geschickt werden würde?«

»Aber nein.« Ihre Stimme war kaum zu hören.

Er beugte sich zu ihr vor. »Wussten Sie, dass ich kommen würde?«

Sie saß weiter reglos da. Dann nickte sie plötzlich, und zu seinem Erstaunen fiel eine dicke Träne aus ihrem rechten Auge. Sie rollte über die runde Wange und blieb in ihrem Mundwinkel hängen.

»Aber woher...?« Er zögerte. Die Träne brachte ihn aus dem Konzept.

»Er... hat angerufen...«, sagte sie.

Knud Tåsing nickte aufmunternd, und sie holte tief Luft und ließ der ersten eine zweite kristallklare Träne folgen. »Ein Mann hat angerufen und gesagt, es könne sehr gefährlich werden, wenn ich mit irgendjemand über Geheimes... über...«

»Geheimes...?«

»Ja... weil das... eine Regierungs...« Sie stockte.

»Eine Regierungsangelegenheit?«

Sie nickte.

»Gefährlich für wen?«

»Für mich... oder...«

»Aber was wissen Sie denn?« Die Frage kam direkter als geplant.

»...Mein Sohn...«, sagte sie.

»Ihr Sohn?«

»Er ist ja auch von da.« Sie schniefte.

»Aus Kongslund?«

»Ja.« Jetzt weinte sie wirklich. »Ja. Kongslund hatte mir vorher schon einmal geholfen.«

Und dann erzählte sie, was sie bis dahin nur zwei Menschen anvertraut hatte – zuerst der Besucherin, die sich Marie Ladegaard genannt hatte, und danach ihrem Sohn, weil Marie Ladegaard darauf bestanden hatte.

Knud Tåsing erfuhr die ganze traurige Geschichte von dem kleinen Jungen, der an einem frühen Morgen des Frühjahrs 1961 von einer unbekannten Botin des berühmten Kinderheims Kongslund abgeholt worden war. Und von dem neuen Kind, das sie gefordert hatte und das sie dann auch tatsächlich im Februar 1966 bekam – knapp fünf Jahre nachdem sie ihren Jungen zur Adoption freigegeben hatte.

»Aber – das ergibt doch keinen Sinn.« Der Journalist war mindestens so ratlos wie die alte Frau – und wie ihre erste Besucherin.

»Hat *sie* das ...? Sie hat versprochen, das Geheimnis für sich zu behalten, wenn ich meinem Sohn erzähle, wie es war. Und das habe ich getan. Und trotzdem hat sie ...« Jetzt liefen aus beiden Augen die Tränen.

Knud Tåsing starrte die weinende Frau an. »Wer ist *sie* ...?«

Die alte Dame zog ein kleines, mit Rosen besticktes Taschentuch hervor. »Marie Ladegaard. Die Tochter der Heimleiterin.«

»Sie war hier?«

»Ja, war sie. Sie war die Erste, der ich von Lars erzählt habe, meinem Sohn. Das war ...«

»... 2001?«

»Ja.« Sie sah ihn durch die Tränen an und putzte sich die Nase. »Das ist jetzt sieben Jahre her, aber sie hat mir ihr Wort gegeben, nichts zu sagen.«

»Und wo ist Ihr Sohn heute? Also das Kind, das Sie zur Adoption freigegeben haben? Das an jenem frühen Morgen abgeholt wurde?«

»Das habe ich niemals erfahren. Aber dafür habe ich ja ein neues bekommen.« Sie legte das Taschentuch auf ihren Schoß. »Sie haben gesagt, ich sollte die ganze Angelegenheit vergessen ...«

»Für die Sie Lars bekommen haben?«

»Ja. Ich sollte nur einfach auf die Lieferung warten.« Sie schnaufte.

»Die *Lieferung*?«

»Ja.«

»Wo ist Lars heute?« Knud Tåsing stellte die Frage ohne

gesteigertes Interesse. Er konnte nicht erkennen, was Dorah Laursens Adoptivsohn mit der Kongslund-Affäre zu tun haben sollte.

»Er ist Chauffeur.«

»Und er kann sich nicht... an früher erinnern?«

Zum ersten Mal sah sie etwas erleichtert aus. »Nein, er war ja noch so klein.«

Und an dieser Stelle beging der kritischste Journalist des Landes den gleichen fatalen Fehler wie der erfahrene Ermittler und Sicherheitsberater Carl Malle. Er stellte keine weiteren Fragen zu diesem Thema.

Stattdessen kam er wieder auf Marie zurück.

»Und Sie sind sich wirklich sicher, dass es Marie Ladegaard war, die Sie damals besucht hat... 2001?«

Sie nickte.

Knud Tåsing erhob sich und musste sich bemühen, sich seine Wut vor der alten Dame nicht anmerken zu lassen. Noch so eine Verzögerung – eine kleine, aber bemerkenswerte Ungenauigkeit –, der Marie sie alle zusammen aussetzte.

Und dieses Problem beschäftigte ihn auf seinem Rückweg nach Kopenhagen.

Ich war auf seine rasende Wut und die Fragen vorbereitet, die er stellen würde, hatte ich doch im Verlauf des Abends und der Nacht jede einzelne Antwort und jedes Ausweichmanöver überlegt. Entweder würde er meine Antworten akzeptieren – oder der tatsächliche Grund, Dorahs Existenz zu verheimlichen, würde aufgedeckt werden. Ich verbrachte die Wartezeit bis zu seinem Eintreffen in Magdalenes altem Rollstuhl, vornübergebeugt und mit geschlossenen Augen, wie sie so oft dagesessen hatte. Ich hätte mehr denn je ihre Unterstützung gebraucht.

Knud Tåsing traf um die Mittagszeit in Kongslund ein

und fragte nach mir, kaum dass er in der Eingangshalle unter dem Bildnis der Frau in Grün stand. Eine eingeschüchterte Kinderschwester kam, um mich aus dem Königszimmer abzuholen.

Orla und Severin hatten sich erneut für die Idylle im Garten entschieden und lagen in ihren Liegestühlen. Ihre derzeitige Hauptbeschäftigung bestand darin, sich vor der Welt zu verstecken.

Der Journalist stand am Fenster des Gartenzimmers und betrachtete die zwei Männer. Als ich mich näherte, nahm er wortlos auf dem dunklen Mahagonisofa Platz und stellte ohne Umschweife die zentrale Frage: »Was geht hier eigentlich vor, Marie? Warum haben Sie Ihren Besuch bei Dorah vor sieben Jahren geheim gehalten?«

Ich spürte nicht, ob Magdalene in der Nähe war – oder mich von ihrem Paradiesplatz in der Höhe betrachtete. Diese Abrechnung musste ich alleine durchstehen.

»Warum haben Sie es für sich behalten?«, fragte er noch einmal.

Ich nahm vorsichtig auf einem von Kongslunds antiken Stühlen Platz und ließ die Schulter fast bis auf die Armlehne sinken, ehe ich die erste meiner sorgfältig vorbereiteten Antworten gab. »Wenn ich Sie eingeweiht hätte – von Anfang an –, hätten Sie Dorah aufgesucht. Aber ich habe ihr doch meinen Schutz versprochen.«

»Aber Sie hätten es uns doch erzählen können, ohne die Quelle zu nennen«, sagte er. »Das hätte ich respektiert.« Sein Einwand war genauso logisch wie meine Ausrede.

»Ja«, sagte ich nach kurzem Zögern und hoffte, dass er nicht merkte, dass ich ihm etwas vorspielte. »Aber da sind Sie noch davon ausgegangen, dass die Angelegenheit ganz aktuell ist, und ich hätte Dorah danach unmöglich so schnell aufspüren und aufsuchen können. Das war also viel zu riskant.«

Damit verknüpfte ich die alte und die neue Lüge miteinander.

»Aber später, nachdem Sie zugegeben haben, dass der Brief von Eva nicht aktuell war...?«

»Da habe ich nicht mehr an Dorah gedacht. Ich wusste nicht, was für eine Bedeutung sie bei dem Ganzen haben könnte.«

Da kam sie auch schon – die Frage, die ich gefürchtet hatte.

»Wie sind Sie überhaupt auf Dorahs Namen gestoßen?«

Ich sagte nichts.

Er beugte sich vor und fixierte das bizarre, aber interessante Wesen vor sich über den Rand seiner Brille hinweg. »Es gab noch einen weiteren Brief... nicht wahr?«

Ich musste widerstrebend seinen Scharfsinn und seine Intuition loben.

»Sie haben uns in jeder Hinsicht belogen, Marie, und das sehr geschickt. Aber auf dem Rückweg von Helgenæs ist mir plötzlich aufgegangen«, er zögerte einen Augenblick, »... dass so gut wie nichts von dem, was Sie erzählen, stimmt. Sie haben viel zu lange hier gewohnt.« Er sah sich um. »Da ist es ja kein Wunder, dass Sie nicht mehr zwischen Fiktion und Wirklichkeit unterscheiden können.« Er schüttelte den Kopf. »Sie leben in einer Märchenwelt.«

Ich reagierte nicht.

»Sie haben uns erzählt, Eva hätte den Brief an ihr Kind dem Brief an Magna nicht beigelegt. Aber so war es nicht, stimmt's?«

Ich schob eine Hand unter meinen Schal und legte ein einzelnes Blatt Papier auf den Tisch, was ihn vollkommen überraschte.

Er nahm langsam das Blatt vom Tisch und drehte es um. Es war dicht beschrieben, auf beiden Seiten. Und so dünn, dass die Tinte der zierlichen Buchstaben an einigen Stellen auf die Rückseite durchgedrückt war. Der Brief hatte sieben Jahre lang unentdeckt in Kapitän Olbers' prachtvoller, afrikanischer Schatulle gelegen.

Es war auf eigentümliche Weise schön, den Journalisten mit tabakrauer Stimme die einleitenden Worte lesen zu hören, die ich selbst unzählige Male gelesen hatte.

Mein eigenes Kind. Es war nie geplant, dass wir uns begegnen. Das musste ich vor langer Zeit einsehen. Ich sah ihm an, dass er in diesem Augenblick sehr gut ein Glas Rotwein hätte vertragen können und wahrscheinlich noch dringlicher eine seiner Mentholzigaretten, die Susanne niemals in Kongslund dulden würde, obgleich Magna in ihren besten Tagen das Gartenzimmer mit den Rauchschwaden ihrer Bellman-Zigarillos zugepafft hatte.

Frl. Ladegaard hat darauf bestanden, deinen Namen und die Identität deiner Adoptivfamilie geheim zu halten. Aus Rücksicht auf uns beide...

Jetzt kam die Erklärung zu der kleinen Frau, Dorah Laursen von Helgenæs, die er von mir haben wollte.

Erst als ich ihr drohte, meine Reise nicht anzutreten und meine Geschichte an die Öffentlichkeit zu bringen, zeigte sie mir das Adoptionsformular mit dem Namen deiner Adoptivmutter.

Er schaute auf. »Dorah Laursen.«

Ich nickte.

»Darum haben Sie Evas Brief an ihr Kind geheim gehalten. Ich sollte Dorahs Namen nicht sehen.« Knud Tåsing las das Ganze noch einmal durch. »Aber der Brief verrät nichts über das Kind... Es wurde ihr weggenommen, ehe sie auch nur einen Blick darauf werfen konnte. Und Dorah hat ihren Sohn Lars erst fünf Jahre später adoptiert. Ich glaube nicht, dass sie lügt, der Typ ist sie nicht. Ich begreife den Zusammenhang nicht.«

Ich nahm ihm das dünne Blatt Papier mit der lebenswichtigen Botschaft aus der Hand. Es gehörte immer noch mir. Er ließ mich gewähren. »Ich glaube, Magna hat uns – und Eva – auf eine absolut falsche Fährte gesetzt«, sagte ich. »Dorah hat nichts mit dieser Sache zu tun. Ebendarum habe ich Ihnen auch nichts davon erzählt. Das ist nicht von Bedeutung.«

»Natürlich ist es von Bedeutung.« Er schüttelte den Kopf. »Dorah hat ihren kleinen Jungen genau in der Zeit nach Kongslund gegeben, als Eva ihr Kind zur Welt gebracht hat – unter sehr dubiosen Umständen. Vielleicht geht es um ein und dasselbe...«

»Sie meinen, Eva könnte Dorah sein...?«, sagte ich spitz.

»Nein, natürlich nicht. Aber *der Junge*... könnte John Bjergstrand sein, oder?«

»Ja, doch«, sagte ich. »Aber wie kommt Evas Sohn in eine Wohnung in Svanemøllen, zu einer Mutter, die überzeugt davon ist, ihn geboren zu haben?« Der Sarkasmus verstärkte mein Lispeln massiv.

Er stand auf, ging zum Fenster und schaute wieder zu den zwei schlafenden Juristen auf dem Rasen. Ich sah seinen Schultern die Enttäuschung des Jägers an, sagte aber nichts, was ihn hätte beruhigen können.

Ich hatte meine letzte Antwort abgeliefert.

»Ich verstehe das nicht...« Seine Schultern sackten sichtbar nach unten. Es war überstanden.

»Das tut niemand«, sagte ich fast ohne zu lispeln.

»Ich muss den Brief mitnehmen und eine Kopie machen... das muss eine Spur sein.«

Ich reichte ihm ein zweites Mal Evas dünnen Abschiedsbrief.

»Dorah«, sagte er nachdenklich. »Sie wusste, dass ich kommen würde... Ein Mann hat sie angerufen und ihr gedroht.« Er drehte sich zu mir um. »Haben Sie mit irgendjemandem darüber gesprochen?«

Ich schüttelte den Kopf. »Nicht einmal mit Orla und Severin.«

Er setzte sich mir gegenüber auf das Sofa. »Aber Marie – ich habe doch hier angerufen, als ich den anonymen Tipp zu Dorah bekommen habe und auf dem Weg nach Helgenæs war.« Er ließ beide Hände auf die Tischplatte fallen. »Wir werden abgehört. Kongslund wird abgehört«, sagte er nervös.

So hatte ich Knud Tåsing noch nie erlebt. Weit entfernt von seiner sonst so unerschütterlichen Gelassenheit sprang er auf, sagte: »Wir müssen die anderen warnen«, schnappte sich seine braune Schultasche und verließ das Zimmer.

Ich rief Dorah an. Sie war der einzige Mensch, den zu warnen ich das Bedürfnis hatte.

Nach fast einer Minute nahm sie den Hörer ab.

Kein Zweifel, sie befürchtete ganz offensichtlich eine weitere drohende, unbekannte Stimme. Aber zugleich musste sie an ihren Sohn denken, der in ein Spiel verwickelt war, das sie in ihrem niedrigen Häuschen in Stødov beim besten Willen nicht durchschauen konnte.

Ihre Enttäuschung war mindestens so deutlich herauszuhören wie ihre Angst.

»Ja?«, sagte sie nur.

Ich kam direkt zur Sache. »Dorah, fahren Sie zu Ihrem Sohn und reden Sie mit ihm. Er hat die Beiträge über Kongslund auch gesehen. Es ist das Beste, was Sie jetzt tun können.«

Sie hörte meiner Stimme die Lüge an. Ich sprach von ihrer Sicherheit, und meine Botschaft lautete: Sehen Sie zu, dass Sie wegkommen, schnell, solange Sie noch können.

»Dorah?«

Sie antwortete nicht. Ich sah sie vor mir in ihrer grauen Dunkelheit.

»Fahren Sie zu Ihrem Sohn, Dorah.«

»Ich hätte es nie sagen dürfen.« Ihre Stimme war nur ein Flüstern.

Ich wusste nicht, was ich ihr antworten sollte.
»Ich hätte es nie jemandem erzählen dürfen.«
»Aber es weiß noch jemand anderes davon, Dorah... Und hat es immer schon gewusst!«
Die alte Frau war sich schlicht und einfach nicht im Klaren über die Bedeutung der Geheimnisse, in die sie einen Einblick erhalten hatte. Jetzt machte ich mir wirklich Sorgen.
»*Fahren Sie zu Ihrem Sohn!*«
»Aber...«
»Was?«
»Der ist doch nach Kopenhagen gezogen.«
Ich öffnete den Mund, um eine letzte, nachdrückliche Aufforderung auszusprechen, kam aber nicht mehr dazu.
Sie hatte die Verbindung unterbrochen.
Ich hielt den Hörer noch eine Minute in der Hand, ehe auch ich auflegte.

Wir saßen auf der Terrasse vor der Säuglingsstube. Eine der Kinderschwestern servierte Tee mit Vanillekränzchen – Magnas Lieblingsgebäck.
Peter Trøst war unmittelbar nach Knud Tåsings Warnung eingetroffen, und die zwei Journalisten hatten sich lange am Fuß des Hangs unter den zwölf Buchen beraten.
Ich hatte sie vom Fenster der Giraffenstube aus beobachtet. Ihre Frustration und ihre Ratlosigkeit waren ihnen deutlich anzusehen, als sie zurück zum Haus schlenderten.
Ich schenkte meinen Gästen Tee ein, und obgleich die Sonne von einem strahlend blauen Himmel schien, jagte mir die Rolle der Gastgeberin (die ich nie zuvor geprobt hatte) Schauer über die Arme und ließ meine Ohren rauschen.
Ich legte den blattgrünen Wollschal, den Gerda Jensen mir zu meinem achtzehnten Geburtstag geschenkt hatte, über meine schiefen Schultern und suchte nach dem ersten Wort. Ich vermisste verzweifelt Susannes und Asgers Geschick, un-

behagliches Schweigen zu beenden – und es hob die Stimmung auf der Terrasse nicht unbedingt, dass Orla Berntsen erstmals den beiden Journalisten gegenübersaß, die ihn jahrelang auf dem Kieker gehabt hatten.

»Hört das Ministerium wirklich Leute ab?«, ergriff Knud Tåsing schließlich das Wort.

Søren Severin Nielsen sprang seinem wiedergefundenen Freund augenblicklich zur Seite. »Natürlich nicht. Jedenfalls nicht mit Orlas Einverständnis oder dem eines anderen Mitarbeiters. Dafür lege ich meine Hand ins Feuer. Das sieht eher nach Carl Malles Methode aus. Er arbeitet unabhängig vom Ministerium und sucht im Augenblick verzweifelt nach Orla.«

Severin hatte während der fast zwei Tage andauernden Erholungsphase auf dem Rasen hinter der Villa Kongslund etwas von seiner früheren Lebendigkeit wiedergefunden. Er hatte sich sogar freundlich mit ein paar kleinen Jungs unterhalten, die auf ihren Dreirädern unendliche Achten um ihn und Orla Berntsen gefahren waren.

»Nach Orla wird, soweit ich das im Ministerium und bei der Polizei in Erfahrung bringen konnte, nicht offiziell gefahndet«, sagte Peter Trøst munter. »Andererseits haben sie mich aufgefordert, mich vertrauensvoll an sie zu wenden, sollte ich etwas erfahren. Ganz diskret...« Er lächelte über die Absurdität der Aufforderung.

»Wenn nach mir gefahndet wird... werde ich mich natürlich stellen. Ich habe nichts zu verbergen«, sagte Orla Bernsten ruhig. Aber dann kam ein Schnaufen, und das Geräusch der Angst, die ihm durch sein ganzes Leben gefolgt war, widerlegte seine Aussage.

»Fassen wir noch einmal kurz die Farce zusammen, in der wir gelandet sind – nicht zuletzt dank Marie«, sagte Knud Tåsing spitz und zog einen orangefarbenen Spiralblock aus der braunen Schultasche, die neben ihm auf den Terrassenfliesen stand. Die ersten drei, vier linierten Seiten waren mit unleserlichen Notizen bekritzelt. Er blätterte ein wenig hin und her, dann fand er anscheinend die richtige Stelle und sagte fast feierlich: »Kurz zusammengefasst haben wir zur Kongslund-Affäre zum augenblicklichen Zeitpunkt folgende Fakten: 2001 bekam Marie versehentlich einen Brief in die Hände, der eigentlich an Magna adressiert war. Diesen Brief hatte eine Frau namens Eva Bjergstrand geschrieben, die wenig später nach Dänemark kam, wo sie überraschend starb. Eva wurde an dem kurzen Strandabschnitt nördlich von Bellevue gefunden, nicht weit weg von Kongslund. Ihr Tod fiel mit dem Terroranschlag auf die Zwillingstürme in New York zusammen, weshalb nur wenige Leute überhaupt etwas davon mitbekommen haben. Marie hat Bruchstücke über Evas Leben herausgefunden und über ihren Sohn John, der unter äußerst dubiosen Umständen zur Adoption freigegeben wurde und irgendwann einfach von der Bildfläche verschwand.«

Er blätterte auf die nächste Seite um. Weder er noch Peter hatten ihren Tee auch nur angerührt.

»Danach ließ Marie die Nachforschungen in dieser Angelegenheit ruhen«, sagte er, gefolgt von einer sekundenlangen, vorwurfsvollen Pause. »Nicht weniger als sieben Jahre. Als Magnas sechzigjähriges Jubiläum näher rückte, kramte sie den alten Brief wieder hervor und nahm die Nachforschungen erneut auf. Vielleicht hatten Sie ja das Gefühl, Eva das schuldig zu sein, weil es Ihre Schuld war, dass Magna den Brief nie erhalten hat. Oder jemand anderes.« Wieder warf er mir einen vorwurfsvollen Blick zu.

»Ich wollte es einfach wissen«, sagte ich und merkte selbst, wie hohl das klang, von den anderen reagierte aber keiner.

»Sie kannten die Namen der sieben Kinder, die 1961 in der Säuglingsstube waren – weil Sie selbst eins von ihnen waren –, und haben die Briefe an die fünf Jungen geschickt.

Und das wenige Tage vor dem großen Jubiläum, bei dem, wie Sie wussten, der maximale Fokus auf die großartige Zufluchtsstätte für Kinder in Not gerichtet sein würde. Sie legten die vier Gegenstände bei, die Ihnen zur Verfügung standen – ein Foto der Villa Kongslund, ein Foto von den sieben Kindern unter dem Weihnachtsbaum 1961, eine Kopie des Adoptionsformulars mit John Bjergstrands Namen und zu guter Letzt ein Paar Babysöckchen, die Sie wohl auf Kongslunds Dachboden gefunden hatten.« Knud Tåsing machte eine Kopfbewegung in Richtung des schwarzen, aufragenden Dachfirstes. »Sie haben das Ganze so dramatisch und aufsehenerregend wie möglich gestaltet – unter anderem, indem Sie die Namen und Adressen mit Hunderten einzeln ausgeschnittenen Buchstaben aus der Zeitschrift zusammengeklebt haben, in der über Ihre eigene Ankunft in Kongslund berichtet wurde. Mich hat das sehr an Agatha Christie erinnert.« Er legte es wirklich drauf an, mich als absoluten Deppen darzustellen – um selbst als Hercule Poirot zu glänzen.

»Mir stand weder ein Computer noch eine Schreibmaschine zur Verfügung«, sagte ich. »Und die Adressen mit der Hand zu schreiben, habe ich mich nicht getraut.«

Severin, der im Gegensatz zu dem Journalisten auf fremdartige Existenzen spezialisiert war, starrte mich eindringlich an, als wäre ich ein weiteres, rettungslos verlorenes Wesen in seiner langen Reihe missglückter Studienobjekte. Ich spürte förmlich seine Skepsis.

Kopfschüttelnd nahm Knud seinen Monolog wieder auf. »Ihnen war sehr wohl bewusst, dass unter den Empfängern mindestens zwei Journalisten waren, die Ihre aparte Botschaft erhalten würden, trotzdem haben Sie in dem Brief an *Fri Weekend* sicherheitshalber noch einfließen lassen, dass bereits eine Kopie bei Orla Berntsen im Nationalministerium liege. Und zweifellos war Ihnen klar, dass ich, wenn ich das sah, in jedem Fall reagieren würde. Sie kannten ja meine Vorgeschichte und meinen heftigen Konflikt mit Almind-Enevold und Orla Berntsen...«

Orla Berntsen blickte kurz von seiner Tasse auf.

»Und damit kam die Lawine ins Rollen. Der Nationalminister reagierte panisch. Ich gehe davon aus, es war der Name – Bjergstrand –, der jemanden aus dem Ministerium veranlasste, umgehend eine Krisensitzung einzuberufen und Carl Malle zu engagieren. Ihr Schuss ins Blaue war ein Volltreffer, Marie. In diesem Augenblick wussten sowohl Peter als auch ich, dass an der Geschichte tatsächlich was dran war.«

Gegen meinen Willen errötete ich wie ein zehnjähriges Mädchen. Knud schien nichts zu merken. »Und an irgendeinem Punkt hat die Furcht eine Kettenreaktion in Gang gesetzt, die für Ihre Pflegemutter tödlich endete. Und dann wäre da noch die Frau aus Helgenæs, die eigentlich gar nichts mit der Sache zu tun haben dürfte, aber trotzdem irgendwie darin verwickelt zu sein scheint. Ich glaube, dass Marie uns inzwischen alles gesagt hat, was sie weiß, nicht zuletzt wegen des Briefes, von dem keiner von euch bisher Kenntnis hatte und den ich auch erst vor einer Stunde zu sehen bekommen habe.«

Er beugte sich nach rechts und holte mit einer übertrieben langsamen Geste eine gelbe Mappe aus der ramponierten Schultasche. Er zog wirklich alle Register.

Die gelbe Mappe enthielt vier Kopien von Evas Brief an das Kind, das sie nie gesehen hatte. Feierlich schob er drei Exemplare über den Tisch zu Peter, Orla und Severin, behielt eins für sich und gab mir das Original zurück.

»Danke«, sagte ich idiotischerweise.

Respektlos legte er sein Exemplar über die Teetasse, die er nicht angerührt hatte. »Dieses Schriftstück ist die Achse, um die sich alles dreht. Sozusagen das Epizentrum des Falls. Die

Worte haben nie ihr Ziel erreicht, was Eva dazu veranlasste, in das Land zurückzukehren, das sie über vierzig Jahre nicht mehr betreten hatte, was sie auch weiterhin besser unterlassen hätte.«

Er richtete sich auf und blickte der Reihe nach jeden an. »Dieser Brief ist zweifelsohne an einen von euch gerichtet ... oder an einen der drei nicht Anwesenden, die heute Abend oder morgen Früh hier eintreffen werden. Susanne und Asger sind bei ihren Eltern auf Næsset und in Jütland. Nils habe ich in den letzten Tagen mehrfach zu erreichen versucht, aber er ruft nicht zurück. Das wird schon noch klappen. Er wird sicher mit seinen Eltern reden – aus gutem Grund.«

»Warum erwähnst du Susanne?« Die Frage kam von Peter Trøst. »John Bjergstrand ist ja wohl eindeutig ein Jungenname.«

»Das ist richtig«, sagte Knud Tåsing. »Ich möchte nur zu diesem Zeitpunkt niemanden aus der Elefantenstube ausschließen ...« Knud Tåsing drehte sich zu den nur wenige Meter entfernten Terrassentüren um. »Magna hatte den vollständigen Überblick über sämtliche Informationen zu den Kindern, die aus dem Rigshospital nach Kongslund kamen – ihre Rufnamen, das Datum ihrer Ankunft, die Dauer ihres Aufenthalts – und wahrscheinlich noch mehr als das. Ich will nicht ausschließen, dass sie ...«

Er stockte und überließ es unserer Fantasie, uns Magnas finstere Machenschaften auszumalen.

»Es gibt absolut keinen Grund zur Annahme, dass *meine* Mutter nicht meine leibliche Mutter ist«, sagte Orla trotzig wie ein Kind und traurig zugleich, und ich sah, dass seine übereinandergelegten Hände zitterten und der eine Daumen in einem fast unnatürlichen Winkel nach oben gebogen war, als ob Orla einen Krampf hätte.

»Einen Scheißdreck wissen Sie – zumal über Ihre Mutter«, platzte Knud Tåsing heraus.

Søren Severin Nielsen, der immer ein lebender Puffer zwischen den unzähligen Asylsuchenden und den dänischen Behörden gewesen war, richtete sich auf, um den Mann zu verteidigen, der für die meisten seiner zahllosen Niederlagen verantwortlich war. Es war erstaunlich, eine verblüffende Geste, zugleich stolz und devot. Aber bevor der Asylantenanwalt etwas sagen konnte, ergriff der gefeuerte Chef der Ausländerbehörde selbst das Wort. »Es kam häufig vor, dass alleinstehende Mütter in schweren Zeiten ihre Kinder für eine gewisse Zeit in Kongslund unterbrachten.«

»Ja... möglich«, sagte Knud Tåsing. »Entschuldigen Sie meinen Ausbruch, Berntsen. Es ist nur, dass wir uns bei rein gar nichts sicher sein können...«

»Ich *bin* sicher.« Orla Berntsen lehnte sich zurück und legte die Serviette auf seinen Schoß.

Knud Tåsing verließ das verminte Terrain und wechselte das Thema. »Die Reaktion des Ministeriums auf Maries Brief war jedenfalls der eindeutige Beweis, dass der Nationalminister in irgendetwas verwickelt ist – was durch Evas Brief bestätigt wurde. Darum habe ich mir die Mühe gemacht, mich an der Kopenhagener Universität auf die Suche nach Informationen aus dieser Zeit zu begeben. Und jetzt hört her: Ole Almind-Enevold hat Jura studiert, wie wir wissen, aber es gibt erstaunlich wenig Material über diese Phase in den Archiven. Ich habe aber eine Notiz der juristischen Fakultät gefunden, datiert 1959, über ein gemeinsames Projekt der Kopenhagener Universität und der Gefangenenfürsorge unter der Leitung eines jungen Promotionsstudenten, der seine Dissertation zur Problematik des Rechtes inhaftierter Frauen auf Mutterschaft schreiben wollte, ein relativ bizarres Thema in der damaligen Zeit. Es sagt eine Menge über die Beharrlichkeit und guten Kontakte dieses Mannes aus, dass er mit dem Thema durchkam. In einem Beitrag in einer Jahresschrift, den ich nicht unter Oles Namen fand, sondern dem des herausgebenden Institutsleiters, hatte der junge Student die gewagte Theorie entwickelt, dass langfristige Gefängnisaufenthalte weiblichen Gefangenen sehr viel stärker schadeten als Männern, weil sie davon abgehalten würden, dem tiefsten Instinkt des weiblichen Geschlechts zu folgen: der Erfüllung der Mutterschaft. Er hielt die gängige Praxis für zutiefst asozial und geschlechtsdiskriminierend. Bedenkt, dass er bereits damals Mitglied der großen sozialistischen Partei war. Mal abgesehen vom Einfluss seiner kinderlosen Ehe auf die Auswahl eines solchen Themas, ist es doch ungeheuer schlagkräftig und macht ihn für mindestens die Hälfte der Wähler interessant – nämlich die Frauen.«

Eine Weile war es ganz still um den Tisch herum. Wahrscheinlich dachten wir alle an den mächtigen Mann, der schon so früh die sehr fortschrittliche Mischung aus Zynismus und sozialem Engagement beherrschte und für seine persönliche Karriere zu nutzen wusste.

Nach einer Schweigeminute griff Knud Tåsing den Faden wieder auf. »Ich glaube, verstanden zu haben, was damals geschehen ist ... Ole hat nie eigene Kinder gehabt, wie wir aus zahlreichen Porträts und Artikeln wissen, und aus diesen Dokumenten geht auch hervor, dass das keine Entscheidung von ihm war. Im Gegenteil. Er ist Schutzherr des bekanntesten Kinderheims des Landes und – ja, er lässt durchschimmern, dass sein starkes Engagement der Unfruchtbarkeit seiner Frau geschuldet ist. 1960 ist er jung und erfolgreich auf dem Weg nach oben, sowohl in der Politik als auch auf der juristischen Leiter, verheiratet mit einer hübschen und angesehenen Frau – die ihm das Einzige, was er sich mehr als alles andere wünscht, nicht geben kann – ein Kind, einen Sohn. Der junge, frustrierte Kandidat fokussiert sich daraufhin geradezu fanatisch auf das Thema Mutterschaft und gestaltet sein Juraprojekt in diesem Sinne. Und dann lernt er im Gefängnis die junge Eva kennen – die schuldige und doch so unschuldige Frau, zu dem Zeitpunkt fast noch ein Kind, vermutlich Jungfrau.«

Knud Tåsing machte eine Kunstpause, ehe er fortfuhr: »Bei der Empfängnis ihres gemeinsamen Kindes ist sie gerade einmal siebzehn Jahre alt.«

Knud Tåsings Geschichte fesselte alle Anwesenden, selbst Orla Berntsen, der nun mit hinter dem Nacken verschränkten Händen in seinem Sessel saß und nicht einmal mehr schnaufte.

»Er schwängert sie, was für den jungen Juristen zugleich eine *Katastrophe* und ein *Segen* ist. Er möchte das Kind unbedingt haben... Wir dürfen nicht vergessen, dass er seit Jahren davon träumt, Vater zu werden. Dieser *Unfall* ist für ihn sozusagen auch seine große Chance. Jetzt kann er das Kind bekommen, von dem er immer geträumt hat, auf ganz diskrete und verborgene Weise – vorausgesetzt, Magna ist bereit, ihm zu helfen. Das ist der entscheidende Punkt. Und so landet Eva auf der Entbindungsstation B des Rigshospitals. Die einzigen Zeugen – die das Kind tatsächlich zur Welt haben kommen sehen – leben nicht mehr. Die Hebammenschülerin, mit der ich gesprochen habe, war bei der eigentlichen Geburt nicht dabei und weiß so gut wie nichts. Der Säugling wird von Magna persönlich aus Evas Leben getragen – das wissen wir von der Schülerin –, worauf Ole den Freispruch des Mädchens arrangiert und ihre Reise an den entferntesten Ort auf diesem Planeten finanziert, den man sich damals vorstellen konnte – Australien. Wie in einem grausamen Märchen wird sie auf Lebenszeit aus ihrer Heimat verbannt.«

Tåsing hielt kurz inne. Keiner blinzelte oder verzog eine Miene. Keiner zweifelte an seiner Geschichte.

»Und der Junge...?« Orla Berntsen konnte sich am Ende nicht mehr zurückhalten, seinem früheren Todfeind die alles entscheidende Frage zu stellen.

»Ich glaube«, sagte Knud, »dass Almind-Enevold sich in

sein Auto setzte, nach Kongslund fuhr und die Adoption seines Sohnes beantragte.«

»Da gibt es nur ein Problem«, fiel Severin ihm ins Wort. »Er hat bis heute keine Kinder.«

»So ist es. Weil etwas schiefgegangen ist. Irgendetwas muss passiert sein.«

»Also ... Magna hilft ihm, indem sie das Kind diskret aus dem Rigshospital verschwinden lässt und nach Kongslund bringt ...« Peter Trøst legte beide Hände auf Evas letzten Brief, als wäre es ein Heiligtum.

»Vielleicht liegen wir ja falsch«, sagte Knud Tåsing ernst. »Vielleicht wollte er das Kind gar nicht. Oder aber, und das vermute ich eher, seine Frau wollte das Kind nicht. Zu einer Adoption gehören nun mal zwei. Den Rest kann man eigentlich an fünf Fingern abzählen. Magna wird allein der Gedanke, dass irgendetwas von ihrem illegalen und skandalösen Handeln an die Öffentlichkeit dringen könnte, in Panik versetzt haben. Darum unterbindet sie jeden Kontakt zwischen Ole und seinem Sohn, verwischt alle Spuren hinter dem Jungen und versteckt ihn effektiv zwischen den anderen, gleichaltrigen Kongslund-Kindern. Um ihn schließlich von einer unbekannten Familie irgendwo in Dänemark adoptieren zu lassen.«

Knud Tåsing sah von einem der drei Männer zum anderen. »Søborg ... Rungsted ... oder vielleicht Århus? Wer weiß ...«

»Und dabei übersieht sie das Formular, das Marie im Archiv der Mutterhilfe entdeckt hat?«, gab Severin zu bedenken.

»Ja, das ist der einzige Schnitzer. Damit sieht sich Ole nun entweder zu Vorsicht gezwungen – oder er setzt im Gegenteil alles daran, seinen Sohn zu finden. Letzteres würde erklären, was wir bei der Jubiläumsfeier erlebt haben. Seine merkwürdige Rede über *Sehnsucht* ...« Knud Tåsing nickte Severin zu. »Er bezeichnete Magna als *die Herrscherin der Sehnsucht*. Und unmittelbar, bevor er seinen Toast ausbrachte, sagte er so etwas wie: *Magna, ich trage eine Sehnsucht in mir, deren Ursprung nur du kennst... die nur du lindern kannst.* Alle hielten das für eine Liebeserklärung – doch möglicherweise hat er damit auch nur seine pure, unverfälschte Wut ausgedrückt.«

Severin räusperte sich. »Aber wer hat Magna nach der Jubiläumsfeier zu Hause aufgesucht... an ihrem Todestag? Etwa Enevold?«, fragte er spöttisch – als wäre eine solche Anschuldigung gegen den zweithöchsten Mann in der Regierung unerhört.

»Möglich. Vielleicht auch jemand ganz anderes...« Knud Tåsing schüttelte den Kopf. »Ich hatte gehofft, die Suche eingrenzen zu können, wenn ihr mit den Namen eurer leiblichen Mütter zurückkommt. Ich hatte gehofft, dass eure Adoptiveltern vielleicht die Dokumente versteckt haben, die sie bei der Adoption erhielten. Aber inzwischen bin ich fast überzeugt davon, dass Magna alles vernichtet hat. Ihr war klar, dass Ole versuchen würde, die sieben Kinder aus der Säuglingsstube aufzuspüren. Und sieben Kinder, die sich nicht aufspüren ließen, keins von ihnen, waren die sicherste Tarnung. Wir können natürlich noch immer darauf hoffen, dass Susanne oder Asger etwas herausfinden – oder Nils...« Er drehte sich ohne Vorwarnung zu mir um. »Denn er ist Ihr Kandidat, stimmt's?«

Ich zuckte schuldbewusst zusammen. Ich hatte während seiner Ausführungen keinen Ton gesagt. »Ich weiß nur...«, setzte ich an, geriet aber sofort ins Stocken.

»Erzählen Sie uns, was Gerda Ihnen erzählt hat... über Nils«, forderte Tåsing.

Am liebsten wäre ich geflohen, aber ich musste die Geschichte weiter vorantreiben, die ich vor so langer Zeit ins Rollen gebracht hatte.

»Ich habe Gerda 2001 aufgesucht«, sagte ich, ohne einen der Anwesenden anzusehen. »Kurz nachdem ich Evas Brief bekommen hatte. Sie erzählte mir von einem Jungen in der Elefantenstube, den die Kinderpflegerinnen Little John genannt haben...« Ich lächelte, was den anderen unpassend erscheinen musste. »... weil er nicht größer als Tabak für einen Schilling war. Er war das einzige Kind, das aufzuspüren mir in all den Jahren nicht gelungen ist, als ich...« Ich schwieg betroffen. Um Haaresbreite hätte ich meine eigentümliche Kindheitsmanie verraten, die Wohngenossen aufzuspüren und zu observieren, die ich einst gehabt hatte. Ich dachte an meine ausführlichen Notizen zu ihren Lebensläufen, die in meinem Zitronenholzschrank versteckt waren, die Beschreibungen ihrer Adoptiveltern, ihrer Freunde, ihrer neuen Lebensumstände und Artikel jeglicher Art über ihre beruflichen Karrieren. Asger als neuer Leiter des Rømer-Observatoriums, Peter als Star des neuen TV-Senders, Orla als gefürchteter Stabschef des Nationalministeriums, Severin in den von den Medien verfolgten Asylverfahren, Nils als Kriegsfotograf – und Susanne als Magnas Nachfolgerin.

»Als Sie *was*...?«, stellte Peter Trøst die einzig logische Frage. Neugierig, aber mit durchaus freundlichem Blick. Er war der attraktivste Mann, dem ich je begegnet war.

»Als ich John Bjergstrand finden wollte«, flüsterte ich vage. »Ich habe Gerda ziemlich unter Druck gesetzt«, sagte ich. »Sie hat große Schwierigkeiten zu lügen. Und an jenem Tag hat sie mir schließlich gesagt, dass der Junge, den sie nach dem Little John aus *Robin Hood* benannt hatten, von einer Nachtwächterfamilie aus dem armen Teil von Nørrebro adoptiert worden war. Das war sehr ungewöhnlich. Normalerweise wäre eine solche Familie niemals... *niemals*... vom System der Mutterhilfe anerkannt worden. Wegen der Wohnverhältnisse, die viel zu riskant für das Kind waren.« Ich hob die Stimme, um die Pointe zu unterstreichen. »Johns neuer Vater hieß Anker Jensen«, sagte ich.

Knud Tåsing beugte sich vor – und kippte dabei ungeschickt eine Teetasse um, ohne es zu bemerken.

»Nils Jensens Vater also«, fasste er mit knappen Worten zusammen und fügte fast flüsternd hinzu: »Der Nachtwächter von Nørrebro.«

»Ja«, antwortete ich.

Auf der Veranda hoch über dem Höllenstrand drehte der Nationalminister langsam den Kopf zur Seite und sah Carl Malle an, der im Gästehaus übernachtet hatte und gerade ein üppiges, spätes Frühstück einnahm, serviert von der stummen Gastgeberin. Carl Malle war für die Pläne verantwortlich, die so katastrophal den Bach runtergegangen waren und jetzt drohten, sie beide in den Abgrund zu reißen.

Er war fünf Jahre mit Lykke verheiratet gewesen, als sie einsehen mussten, dass sie niemals schwanger werden würde. Kurz darauf war das Mädchen im Gefängnis schwanger geworden, und er hatte seiner Frau vorgeschlagen, doch ein Kind aus Kongslund zu adoptieren, mit dem Hintergedanken, Evas Kind zu sich zu nehmen, ohne dass Lykke jemals erfahren müsste, dass er der Vater war.

Ein teuflischer Plan – und teuflisch logisch.

Aber Lykke hatte gezögert und war seinem wiederholt vorgetragenen Vorschlag mit Schweigen begegnet. Das war die schrecklichste Phase in seinem Leben gewesen, schließlich war das Kind ja schon auf der Welt. Das berühmte Säuglingsheim am Strandvej wartete nur auf ihren gemeinsamen Beschluss.

Am Weihnachtsabend 1961 fragte er sie noch einmal – drängend über einer Schüssel Ris à l'amande –, und in dem Moment bekam Lykke einen so heftigen Wutanfall, wie er ihn noch nie erlebt hatte. Danach teilte sie ihm unmissverständlich mit, den Blick auf die Weihnachtsdecke mit den Rentieren geheftet, die sie selbst gestickt hatte, dass sie das

Wort Adoption nie wieder hören wollte. Wenn er sie weiter bedrängte, werde sie ihn verlassen und öffentlich machen, dass der Mann, den alle als den jüngsten Freiheitskämpfer des Widerstandes bewunderten – und als den vielversprechendsten Politiker ihrer Generation –, seine Lebensgefährtin geopfert hatte, weil sie nicht in der Lage war, ihm auf die Schnelle einen Sohn zu gebären.

Bei der damals herrschenden Moral hatte er sofort gewusst, dass sein Spiel verloren war. Es wäre ein vernichtender Schlag für seine Karriere gewesen.

Später am Abend, als sie mechanisch Weihnachtslieder sangen (sie wie immer mit glockenheller Stimme), hätte er ihr um Haaresbreite das unumstößliche Urteil ins Gesicht geschleudert: *Du bist die Unfruchtbare!* Dessen war er sich seit anderthalb Jahren – seit Eva schwanger geworden war – sicher. Aber das Urteil hätte die Enthüllung nach sich gezogen, die er mehr als alles andere fürchtete und die ihn vermutlich ins Gefängnis gebracht hätte.

»Hätten wir doch nur...«, sagte er auf der Veranda in Nordseeland, ohne den Satz zu Ende zu bringen.

»Ja. Hättest du nur Magna zur Vernunft bringen können«, sagte Carl Malle, der sehr wohl wusste, wo sein Mitstreiter in Gedanken gewesen war. »Aber das hat nie jemand getan. Selbst Gott wird irgendwann an ihrem... *Organisationstalent*... verzweifeln, falls er so dumm war, sie bei sich reinzulassen.«

Der Nationalminister antwortete nicht auf den geschmacklosen Scherz. Er hatte Magna drei Tage nach dem schicksalhaften Weihnachtsessen von Lykkes unwiderruflichem Entschluss unterrichtet. Sie hatten in Magnas Büro im ersten Stock gesessen, und er hatte die Panik der Heimleiterin regelrecht gespürt. Magna hatte in die Dunkelheit über dem Sund gestarrt. Die Enthüllung dessen, was sie getan hatte, würde Magna ihr Lebenswerk kosten – und Tausende havarierte Geschöpfe würden niemals mit dem Feuereifer repariert werden, auf den sie ein Recht hatten. Das konnte sie natürlich auf keinen Fall zulassen.

Doch Magna wäre nicht Magna gewesen, hätte sie nicht für den schlimmsten Fall vorgesorgt – sie hatte seit der Geburt des Jungen im Rigshospital einen Notfallplan in der Schublade liegen gehabt. Nicht ein einziges Mal hatte sie sich von Oles Bitten erweichen lassen, das Kind sehen zu dürfen, das das junge Mädchen allein und unter strengster Geheimhaltung in der Entbindungsstation B zur Welt gebracht hatte. Sie war hart geblieben, bis die Adoption in trockenen Tüchern war, ebenso unerbittlich wie bei allen anderen biologischen Müttern oder Vätern, die sie anflehten, wenn sie es später bereuten, ihre Kinder zur Adoption freigegeben zu haben. Das Wohl des Kindes stand immer an erster Stelle – und vielleicht hatte Magna von Anfang an Lykkes Widerstand geahnt. »Für den Fall, dass es dir nicht gelingt, sie zur Adoption zu überreden, muss das Kind geschützt werden«, hatte sie gesagt. »Das ist das unausweichliche Prinzip des Heims. Kein adoptiertes Kind soll jemals in die Situation kommen, von seinen leiblichen Eltern aufgesucht zu werden – außer auf ausdrücklichen eigenen Wunsch, wenn es erwachsen ist.«

Er hatte nichts in der Hand, womit er sie überreden konnte. Er konnte sie nicht bestechen, ihr nicht drohen, da schon das kleinste Fitzelchen des Skandals, in den sie beide verwickelt waren, ihn mit in den Abgrund reißen würde. Und seinen Sohn würde er so auch nicht zu sehen bekommen.

An diesem Abend in Kongslund war er aufgestanden und eine Etage nach unten gegangen, und sie hatte ihn gewähren lassen. Ihm war bewusst, dass sein Vorhaben sinnlos war, sonst hätte sie ihn aufgehalten. Trotzdem war er die Treppe hinuntergegangen, vorbei an der Frau in Grün, die sich vor hundert Jahren in einen anderen unehelichen Sohn verliebt hatte – König Frederik den Siebten – und ihm bis ins Grab gefolgt war.

Ganz leise hatte er die Tür zur Säuglingsstube geöffnet, um die schlafenden Kinder nicht zu wecken, und war eingetreten. Ein grünes Nachtlicht war die einzige Lichtquelle im Raum, und er blieb einen Moment stehen, bis seine Augen sich an die spärliche Beleuchtung gewöhnt hatten. Er sah sich um. An der einen Wand standen vier Betten und vier weitere an der anderen, und er trat näher, während sein Herzschlag seinen Brustkorb zu sprengen drohte. An den Gesichtern der Kleinen konnte er nicht erkennen, wer Mädchen und wer Junge war. Verzweifelt beugte er sich nacheinander über die kleinen Wesen, um nach etwas in ihren Gesichtern zu suchen, worin er sich möglicherweise wiedererkannte; die Augenform, die Krümmung der Nase, aber er fand nichts, das ihn überzeugte. Eins der Kinder hatte langes, schwarzes Haar, offenbar ein Mädchen. Es lagen sieben schlafende Kinder in dem Zimmer, nur das letzte Bett am Fenster – das achte – stand leer, wie er sich viele Jahre später erinnerte. Die sieben Säuglinge sahen in seinen Augen fast gleich aus, bis auf minimale Unterschiede bei den Frisuren und Haarfarben, und er spürte einen gewaltigen Zorn auf die Frau, die über ihr Leben bestimmte und an deren Beschluss nicht zu rütteln war.

Magna hatte eine ganze Weile auf der Türschwelle gestanden, ehe er ihre Anwesenheit bemerkte. »Geh!«, hatte sie wie eine Beschwörungsformel gesagt.

Das war das leise, aber bestimmte Todesurteil über die Hoffnung – und in dieser Sekunde hätte er sie am liebsten umgebracht. Vermutlich hielt ihn einzig der Gedanke davon ab, dass er sich damit der letzten Möglichkeit beraubte, jemals sein Kind zu finden.

In jener Nacht war er davon überzeugt gewesen, dass analytisches Vorgehen und gründliche Planung ihm am Ende das bescheren würden, was er sich wünschte.

Jetzt saß er am Tisch, im Morgennebel über seiner privaten Höllenbucht, und brütete einen Plan aus, von dem Carl Malle nichts ahnte. Sobald er Ministerpräsident war, würde er noch einmal DNA-Proben der Jungen anfordern, die in jener Nacht in der Säuglingsstube gelegen hatten: Asger, Severin, Orla, Peter und Nils. 1961 hatte es die technischen Möglichkeiten noch nicht gegeben, und sowieso hätte Magna niemals zugestimmt. Später hatte er über Carl Malle einen Test organisiert, der kein Resultat gebracht hatte. Die Technik sei noch zu neu und unerprobt, meinten die Laboranten. Eine zweite Probe zu untersuchen, hatte Carl Malle, damals schon nicht mehr im Polizeidienst, sich geweigert. Das Risiko sei zu hoch. Es müssten zu viele Leute einbezogen werden, die sich über die Anfrage und die ganze Untersuchung wundern würden.

Aber den Antrag eines Regierungschefs könnte keiner ablehnen. Und vor allen Dingen könnte die Untersuchung unter dem Siegel der Verschwiegenheit durchgeführt werden – eine Staatsangelegenheit, von der nur er und der Arzt, der die Proben untersuchte, wussten. Da wäre er auf der sicheren Seite.

Dann würde er endlich das Kind finden, das er verloren hatte. Seinen Sohn.

Auf diese Weise war das Leben – die Weiterführung seines Geschlechtes – in einen Wettlauf mit dem Tod des Ministerpräsidenten geraten.

Es war entscheidend, dass der Mann im mächtigsten Büro des Landes starb, ehe er seinen Nationalminister wegen der idiotischen Geschichte mit dem Tamilenjungen in Unehren entlassen konnte.

Wenige Minuten nach Mitternacht klopfte es an der Tür des Südflügels. Die Nachtwache machte auf. Es war Asger Christoffersen, der mit dem Taxi vom Hauptbahnhof nach

Kongslund gefahren war. Er sah nicht aus, als hätte er eine ruhige Reise nach einem harmonischen Tag gehabt. Wahrscheinlich hatte er über das Gespräch mit seinen Eltern nachgedacht, seit er Århus verlassen hatte, wo er einen Tag in totaler Reglosigkeit in einem Hotelzimmer mit Aussicht auf den Turm der Domkirche verbracht hatte.

Die anderen schliefen schon, aber ich kochte eine Kanne Tee und brachte sie ins Gartenzimmer, wo er mit geschlossenen Augen und gefalteten Händen saß, als würde er beten.

Er erzählte mir von seinem Besuch in dem Zuhause, in dem er aufgewachsen war. Von dem Verrat, den einzugestehen er seine Adoptiveltern aufgefordert hatte, und von ihrer Reaktion. Es klang, als wollte er sich für sein Vorgehen entschuldigen.

Ich fiel aus allen Wolken. »Da hast du all die Jahre diese Wut in dir gehabt – und plötzlich, in wenigen Sekunden, ist es überstanden, und du gehst deines Weges und hast ein schlechtes Gewissen denen gegenüber, die dich in diese Situation gebracht haben? Das kann doch nicht alles gewesen sein! So kann die Geschichte doch nicht einfach enden. Wie eine unwichtige Diskussion beim Essen – mit *Auberginen*.« Ich weiß nicht, wieso ich dieses Wort wie eine Anklage vorbrachte.

»Keine Ahnung, warum es so gelaufen ist, Marie. Aber jetzt habe ich es gesagt, und vielleicht denken sie ja darüber nach. Mein Vater war ein fantastischer Lehrer – besonders für die schwachen Schüler...« Asger sah mich fast ein wenig trotzig an. Es war absurd. »Er konnte sich in *alle* Probleme einfühlen. Er bot Kurse für die anderen Lehrer an, wie man mit den schwierigen Kindern umgeht. Er war die Güte in Person.« Asger hielt inne. »Entschuldige bitte... Ich fasele dummes Zeug«, sagte er.

Nachdem er seinen Tee getrunken hatte, folgte er mir hoch zum Königszimmer, wo er zögernd an der Tür stehen blieb.

Ich wartete am Fenster auf ihn, bis er sich entschied einzutreten. Wir standen in der Dunkelheit nebeneinander, ohne uns zu berühren, und schauten in den Himmel über Hven. Er war fast zwei Köpfe größer als ich.

Er machte mich nervös, seine Trauer, seine körperliche Nähe, ich wusste nicht, was es war. Ich bot ihm an, in meinem Rollstuhl Platz zu nehmen und mein Fernrohr zu benutzen.

Seine Knie waren an seiner Brust, als er die Füße auf die Fußstützen stellte und sich hinunterbeugte, um sein Auge auf die Höhe des Fernrohres zu bekommen. Eine Weile saß er so und starrte in die Dunkelheit. »Das ist sehr schön, Marie«, sagte er.

Es klang, als würde er sagen: »Du bist sehr schön, Marie.« Aber das waren natürlich (wie Magdalene gesagt hätte) Mondscheinfantasien aus der untersten Schublade.

Er richtete das Fernrohr etwas weiter nach oben. »Ich kann den Großen Wagen sehen und den Nebel...« Er war mir noch nie so nah gewesen. »Ich habe immer schon... mich immer schon gesehnt...«

Ich versteifte mich.

»... Andromeda«, sagte er.

Ich atmete aus.

»Ich glaube, es ist nicht vorgesehen, dass wir Menschen der endgültigen Wahrheit wirklich nahe kommen«, sagte er mit einem Lächeln. »Trotzdem bin ich dir dankbar, dass du mich damals zu meiner leiblichen Mutter geführt hast. Hattest du die Akte?« Seine Nähe machte mich so mürbe, dass ich in derselben Sekunde beschloss, die Wahrheit zu sagen. Ich holte tief Luft und wartete auf den Satz, von dem ich nicht wusste, wo er herkommen würde. Und dann sagte ich: »Ich habe alle Akten aus Magnas Büro an mich genommen... schon als Elfjährige. Sie liegen in einem geheimen Versteck, das nur ich kenne. Aber sie sind unwichtig. In den

Akten steht nämlich rein gar nichts über die leiblichen Eltern ... auch nicht über *deine*. Überhaupt nichts. Keine Informationen.«

Ich hatte den Sprung ins Ungewisse gewagt.

Er erhob sich aus dem Rollstuhl, der ein paar Zentimeter auf seinen alten Reifen nach hinten rollte. »Dort stand nichts?«, fragte er.

»Nein.«

»Aber ... meine *Mutter* ...« In seinem Blick sah ich Panik aufflackern.

»Sie war nicht deine Mutter«, sagte ich unerbittlich. »Sie war einfach eine Frau, die irgendwann ein Kind zur Adoption nach Kongslund gegeben hat – einen Jungen –, aber das warst nicht du.« Das jähe Geständnis ließ mich so heftig lispeln, dass es Magdalene oben in ihrem Himmelsraum zwischen den Wolken nicht entgehen konnte. Aber sie kam nicht wie in alten Zeiten herbeigeeilt, um mir Rückendeckung zu geben. »Severin habe ich auch eine Telefonnummer gegeben, als er in Kongslund angerufen hat, um herauszufinden, wer seine Eltern sind. Die war ebenfalls falsch ...«

»Aber all die Jahr habe ich ...« Er stockte.

»Ja. Ich habe extra darauf geachtet, dass sie in Brorfelde wohnt, in der Nähe der alten Sternwarte. Ich wusste ja, dass dir das wichtig war.«

Asgers Augen zeigten noch immer keinen Zorn – nur tiefe Verwunderung.

»Du hast mir alles gegeben, als ich dich damals besucht habe ... ohne Vorbehalte. Und dafür wollte ich dir so gern eine leibliche Mutter zurückgeben, die besser war als andere und die obendrein noch in der Nachbarschaft von Dänemarks berühmtestem Observatorium lebte.«

»Als du mich besucht hast?«

»Ja«, sagte ich. Jetzt gab es keinen Weg zurück. »Im Küstensanatorium. Du hast mir die ganze Galaxie geschenkt –

und die Nachbargalaxie noch dazu – und all die Geschichten, die du erzählt hast. Und du hast mich eingeladen, dich mal in Århus zu besuchen. Aber ich bin natürlich nicht gekommen.«

Asger Christoffersen nahm langsam die Brille ab. In diesen Sekunden, in denen der Sinn meiner Worte aus der Dunkelheit auf ihn zuschoss, brauchte er ohnehin keine Brille. »Du bist *das blinde Mädchen*...?«, sagte er, aus welchem Grund auch immer, im historischen Präsens.

»Ja... oder... natürlich war ich nicht blind, das war nur Tarnung. Mein Alibi für die Krankenschwestern, damit sie mich reinließen, das bedauernswerte blinde Mädchen aus dem Blindeninstitut.« Ich neigte den Kopf. Mein Lispeln war zurück, so heftig, dass ich selbst kaum verstand, was ich sagte. »Ich war wahrscheinlich damals schon geisteskrank – wahnsinnig vor Sehnsucht, die einzigen wiederzusehen... die mir jemals nahe waren.«

»Aber woher wusstest du, wo ich war? Wie hast du mich dort gefunden?« Asger sah völlig verwirrt aus. Wahrscheinlich ahnte er die Antwort längst.

Ich antwortete nicht, solange ich so stark lispelte.

»Grundgütiger«, sagte er nach einer ganzen Weile. »Hast du uns verfolgt? Hast du *uns ausspioniert?*«

»Susanne hat dich auch besucht«, sagte ich. Ich redete an ihm vorbei. Das war eine meiner leichtesten Übungen.

»Was ist mit ihr?« Jetzt war seine Verwirrung komplett.

»Hättest du damals nicht alles für sie getan?« Ich konnte sehen, dass er bei dem Gedanken an Susanne den Faden verlor. »Sie hat dich verlassen – aber ich war da, als du jemanden brauchtest. Du hast darunter gelitten, ein kleiner Junge zu sein. Wärst lieber ein Wissenschaftler gewesen, der alles unter Kontrolle hatte. Aber du hast hilflos dagelegen, über das Wasser geschaut und in den Himmel, und schließlich kam jemand und hat dich getröstet. Ist das nicht das Einzige, das etwas bedeutet?«

»Grundgütiger«, wiederholte er. Er, der in Wirklichkeit an nichts anderes glaubte als an messbare und sichtbare Elemente.

»Was sie getan hat, war sehr gefährlich«, sagte ich.

»Was sie getan hat?«

»Ja«, sagte ich. »Susanne. An dem Morgen, als sie die Kanarienvögel freiließ. Das hätte sie nicht tun sollen. Sie behauptet, sie wäre es nicht gewesen, aber das war sie. Es gibt keine andere logische Erklärung.«

Asger sagte nichts.

»Ehe sie vorgestern losgefahren ist, um ihre Eltern in Næsset aufzusuchen, hat sie mir von ihrer Mutter erzählt. *Auch wenn sie nur meine Adoptivmutter war, ähnelten wir einander in zwei entscheidenden Punkten – in unserer Härte und der Aggression. Samanda musste vor jemandem wie mir geschützt werden. Darum hat sie das Mädchen so eng an sich gebunden. Mein Vater war viel zu schwach. Ich glaube, sie haben das gefürchtet, was in mir gärte – und nur auf die Katastrophe gewartet. Und dann sind die Vögel weggeflogen.* Das waren ihre Worte.«

Susanne hatte auf der Treppe neben mir gestanden, als sie auf das Taxi wartete. Sie hatte geflüstert, damit nur ich es hören konnte, das Gesicht ganz dicht an meinem.

»Ich habe es sehr wohl gewusst«, sagte sie. »Als ich aus Våghøj wegzog, wusste ich genau, wen es am härtesten treffen würde, auch wenn ich es nicht laut gesagt habe. Nicht Josefine, nicht Anton, sondern natürlich Samanda. Sie hatte bereits Schuld auf sich geladen, weil sie die Echte war – und ich die Unechte –, die Ausgestoßene. Ich hatte meine gesamte Kindheit darauf verwendet, sie diese Schuld fühlen zu lassen, weil ich es gespürt habe wie viele Adoptivkinder. Als die Wahrheit endlich ans Licht kam, hat diese Wahrheit nicht mich zerstört, sondern sie. Josefine hat es gesehen, aber zu spät. An dem Tag, als sie meine richtige Mutter als *Hure in Hamburg* bezeichnete, hat sie bei mir nichts kaputtgemacht – auch nicht bei sich oder ihrem Mann –, aber bei ihrer eigenen Tochter.«

Ich hatte verkrampft auf der Treppe gestanden, keine Sekunde daran zweifelnd, dass sie recht hatte. Und dann kam die eigentliche Pointe – die ich Asger unmöglich erzählen konnte – von Samanda, die in dem See ertrunken war.

Ich habe ihr immer Geschichten von dem See erzählt, als wir klein waren – der unser letzter Ausweg sein sollte, wenn es unerträglich würde – und dass ich in dem dunklen Wasser einmal das Gesicht eines kleinen Mädchens gesehen hätte ... in der dunklen Tiefe, in der Ruhe und dem Frieden, die nur dort unten existierten. Ich habe von uns beiden zusammen erzählt – weit draußen auf dem See, zwei Däumelinchen, die eines Tages auf dem gleichen Seerosenblatt in die Welt hinauspaddeln würden ... Sie hatte mich mit merkwürdig funkelnden Augen angesehen. Aber ein Seerosenblatt kann nicht zwei Däumelinchen tragen? Das ist doch die Quintessenz des Märchens, oder? Das falsche Däumelinchen muss untergehen, während das echte überlebt. Ich kannte den Schluss – aber Samanda wusste nichts von dem Irrsinn, von dem Bösen, das in der Welt herrscht. Und dann ertrank sie im See – wie ich es von Anfang an gewusst habe.

Das Haus befand sich seit fünf Generationen im Besitz der Familie Ingemann – die seit der Heirat Josefines mit Anton Ingemann Jørgensen hieß – zwischen den Hügeln von Våghøj.

Die zwei alten Leute saßen an dem massiven Holztisch hinter dem Wohnhaus, wie immer in unverbrüchliches Schweigen gehüllt. Sie hatten den Pakt geschlossen zusammenzubleiben – aus Gründen, die niemand außer ihnen kannte – und dabei so wenige Worte wie nur möglich zu machen. Sie tauschten sich hauptsächlich über praktische Dinge aus und konnten eine Stunde über den belegten Broten sitzen, die ihr Frühstück darstellten, ohne überhaupt etwas zu sagen.

Ihre Tochter Susanne war unangemeldet mit einem Taxi aus Kalundborg gekommen. Zweimal hatten sie gemeinsam am Abendbrottisch gesessen, wortlos, obgleich Anton und Josefine spürten, dass ihre Tochter ihnen etwas erzählen wollte. Seit Samandas Begräbnis vor mehr als drei Jahrzehnten hatte ihre verbliebene Tochter sie nur alle drei oder vier Jahre besucht, und eigentlich nur, weil sie ihren Vater noch immer liebte. Sie waren sich nicht ähnlich, aber er war der Einzige, der ihr in den Jahren, in denen Josefines und Samandas Verhältnis immer enger geworden war, Sicherheit gegeben hatte. Sie war bei ihren Besuchen aber nie länger als eine Nacht geblieben.

Sie frühstückten am dritten Morgen zusammen, mit Blick auf den dunkelgrünen Hügel, auf dem ein kleines, weißes Holzkreuz Samandas letzte Ruhestätte markierte.

Es war vielleicht einen Meter hoch, mehr nicht, und wie immer waren es Antons geschickte Hände gewesen, die die schmalen, weiß angestrichenen Birkenbretter mit einem weiß ummantelten Draht zusammengebunden hatten – so wie er auch die Voliere für Josefines und Samandas zwölf Kanarienvögel gebaut hatte. Und für den dreizehnten.

Susanne nahm die Serviette von ihrem Schoß und legte sie vor sich auf den Tisch. Dann zeigte sie zu dem weißen Kreuz und brach das Schweigen. »Sie war es nicht, die meine Sachen kaputtgemacht hat«, sagte sie.

Anton legte seine Gabel weg, danach das Messer, sagte aber nichts. Josefine stellte ihre Tasse ab.

»Alle haben geglaubt, sie wäre es gewesen, aber sie war es nicht.«

»Sie war *was* nicht?«, fragte Anton leise.

»Ich war es selbst, die damals dort gewütet hat... in der Schule... Ich habe mein Fahrrad zertreten. Und euch dazu gebracht, Mitleid mit mir zu haben. Ich wollte, dass Samanda die Schuld bekam – auch wenn keiner sich getraut hat, das laut zu sagen, weil es keine Beweise gab. Selbst ihr habt geglaubt, sie wäre es gewesen. Alle glaubten, sie wäre es gewesen.«

Josefine hatte beide Hände auf den Tisch gelegt und wandte den Blick ab, während sie ganz leicht den Kopf schüttelte, als wollte sie die Worte vertreiben. Es sah aus, als wäre ihr Blick auf das einsame weiße Kreuz auf dem Hügel gerichtet, als hoffte sie von dort auf Widerspruch gegen Susannes erschütternde Enthüllung. Aber man hörte nur das Rauschen des Windes in den Eichen, die den See umrahmten, in dem Samanda verschwunden war.

»Wir wissen nicht, wovon du redest«, sagte Anton. Es kam selten vor, dass er in seinen persönlichen Meinungsäußerungen seine Frau mit einbezog – und diese Antwort schien ihn viel Kraft zu kosten.

»Wer sind meine richtigen Eltern?«, fragte Susanne Ingemann.

»Wie meinst du das?«, sagte Josefine.

»Wer ist meine Mutter *wirklich* – die, die du *eine Hurendirne aus Hamburg* genannt hast…?« Jetzt sah Susanne Josefine direkt an, die unverwandt den Himmel über dem Hügel betrachtete und wieder kaum merklich den Kopf schüttelte.

»Nach Samandas Tod habe ich mich auf die Suche nach meinen richtigen Eltern gemacht, aber ich habe nichts gefunden – weil es keine Unterlagen gab.« Susanne wandte sich an ihren Vater. »Wo sind sie?«

»Wir haben nie irgendwelche Unterlagen besessen – wir wissen nur das, was die Heimleiterin uns gesagt hat, und das war so gut wie nichts.«

Susanne glaubte ihm. Er hatte sie nie angelogen.

»Du bist schuld«, sagte Josefine plötzlich, ohne den Kopf zu drehen, weshalb nicht auszumachen war, ob der Vorwurf an Susanne oder ihren Ehemann gerichtet war.

»Wer ist schuld?«, fragte Susanne. »Sieh mich an, Mutter. Bin ich schuld?«

»Ich weiß nicht, ob das der richtige Zeitpunkt ist...«, setzte Anton an, aber sein Einwand kam zu spät.

Josefine wandte sich ihrer Tochter zu, und die Worte kamen klar und deutlich aus ihrem Mund. »Du hast sie mir weggenommen.«

»Meinst du... Samanda... oder Aphrodite... diesen idiotischen Vogel? Erinnerst du dich noch, wie er dieses Riesenei gelegt hat... Ich hab mich noch drei Wochen später darüber kaputtgelacht. Da hat alles angefangen.«

Josefine stieß ein Wimmern aus und schloss die Augen. Ihr Mann saß an ihrer Seite, stumm, mit offenem Mund.

»Da hat alles angefangen, Mutter – mit den Vögeln –, und die hast du angeschafft. Ich weiß sehr wohl, was sie symbolisierten.«

»Trotzdem hättest du sie nicht freilassen dürfen...!« Diesmal war es Anton, der das Wort ergriff und gleichzeitig seine große Hand auf Susannes Arm legte. »Aber das macht nichts, wir haben dir längst vergeben.«

»Ihr habt mir vergeben...?« Verblüffung machte sich in Susannes Gesicht breit. »Mir vergeben – wofür?«

»Wegen der Vögel.« Der große Mann zögerte. »Das warst doch du... Samanda kann es nicht gewesen sein.« Zu seiner Rechten saß Josefine reglos vor ihrem unberührten Frühstück.

Susanne beugte sich zu ihr hinüber. »Willst du ihm die Wahrheit sagen, Mutter – oder soll ich das tun?«

Sie rührte sich nicht.

»Die Wahrheit...?« Die Stimme ihres Vaters zitterte leicht. Er hätte schon längst die Flucht in den klaren Himmel über Våghøj antreten sollen.

Mit einer plötzlichen Bewegung der linken Hand fegte Josefine ihren Teller vom Tisch. Die Brotscheibe landete mit der beschmierten Seite auf Antons Schoß. Er nahm sie mit einer merkwürdig mechanischen Bewegung in die Hand und legte sie zurück auf den Tisch.

»Du hast sie freigelassen!«, rief Josefine. »Du hast sie... Wenn du deine Schwester nicht so gehasst hättest, wäre das niemals passiert...!«

»In gewisser Weise mag es richtig sein – Mutter –, dass ich daran die Schuld trage. Aber freigelassen hast du sie. An jenem Morgen... Ich habe dich gesehen. Ich habe dich die Treppe runtergehen hören und bin dir gefolgt. Ich habe gesehen, wie du die Tür der Voliere geöffnet hast und dann die Küchentür... Danach bist du wieder ins Bett gegangen. Du warst es – und ich habe all die Jahre darüber nachgedacht, warum.«

»Du hast die Vögel freigelassen?« Anton sah genauso hilflos aus wie damals auf dem Hofplatz, als seine Frau ihm mitgeteilt hatte, dass sie schwanger war und es das Beste wäre, wenn sie Susanne wieder zurückgeben würden. Doch anstatt sich von dem Schock in sein typisches Fluchtmanöver treiben zu lassen, wie Susanne es so oft erlebt hatte, und erst wieder in seinen Körper zurückzukehren, wenn die Gefahr vorüber war, blieb er sitzen und packte seine Frau fest am Handgelenk. »*Hast du die Vögel freigelassen?!*«

»Ja«, sagte Susanne von der anderen Seite des Tisches. »Als ihr Liebling Aphrodite starb, hat sie grausam Rache an uns allen genommen – und sich selbst damit am meisten gestraft. So würde es in Kongslund jeder Psychologe im ersten praktischen Jahr auslegen.«

Josefine starrte auf das Tischtuch und die Stelle, wo ihr Teller gestanden hatte.

»Ich glaube, Samanda hat rausgekriegt, dass du es warst... Sie hat es irgendwie gespürt. Und das hat ihr Angst gemacht. Und ich glaube auch, dass sie dein zweites Geheimnis entdeckt hat, Mutter – das ich schon immer kannte.«

»*Geheimnis?*« Das war wieder Anton.

»Dass Samanda nicht euer gemeinsames Kind ist. Sie ist nur deins – nicht wahr, Mutter?«

Einen Moment lang herrschte absolute Stille. Bloß der Wind in den Eichen am See war zu hören. Im nächsten Augenblick stieß Josefine einen lauten Schrei aus und riss sich aus Antons Griff los. Bei der jähen Bewegung kippten alle Gläser auf dem Tisch um.

»Ja«, sagte Josefine, und ihre Stimme war kräftiger, als man sie seit Jahren gehört hatte. »Ja... Sie hat erraten, dass ich die Vögel freigelassen habe. Und da habe ich ihr alles erzählt. Dass ihr Vater und ihre Schwester sich über Aphrodites schreckliche Krankheit gefreut und ihr irgendwo im Wald den Hals umgedreht und sie in ein Loch geschmissen haben, wo niemand sie jemals finden würde. Und danach musste ich sie doch beruhigen und habe ihr erzählt, dass sie nicht mit euch verwandt ist...«

»Du hast Samanda also erzählt, wieso du sie geliebt hast – und mich nicht?«

Josefine senkte den Kopf, aber ihre Stimme war erstaunlich klar. »Ich wollte mit ihm fort«, sagte sie.

»Du wolltest mit dem fort, den du geliebt hast, aber du hast es nicht getan.«

»Ich habe Samanda alles erzählt... Dass ich mit ihrem richtigen Vater weggegangen wäre, wenn...« Sie stockte.

»Wenn du nur das kleinste Quäntchen Mut gehabt hättest«, sagte Susanne.

Josefine fing an zu weinen.

Anton saß da und rührte sich nicht. Sein Gesicht war völlig unbewegt.

Susanne erhob sich. »Was für ein Leben. Zuerst gebierst du Samanda in eine Lüge hinein, als heimliches Kind der Liebe, dann versetze ich sie in Todesangst mit meiner Zerstörungswut und meinen Geschichten vom See, und dann erzählt ihr ihre Mutter auch noch, dass sie nicht die Tochter ihres Vaters, sondern eines fremden Mannes ist – eines Scharlatans und Globetrotters, der längst über alle Berge ist und niemals wiederkommen würde. Und dein Mut hat nicht einmal gereicht, ihm bis zum Gartenzaun zu folgen...«

Wieder antwortete Josefine nur mit einem Wimmern.

»Und zu allem Überfluss hatte sie auch noch einen Vater, der nie verstanden hat, was vor sich ging.«

»Ich wäre mit ihm gegangen«, flüsterte Josefine.

Susanne trat einen Schritt näher und beugte sich zum Gesicht ihrer Mutter hinunter. »Bist du absichtlich schwanger geworden, Mutter?«

Ehe Josefine darauf antworten konnte, erhob Anton sich von seinem Platz. »Hier kann ich nicht bleiben.« Die fünf Worte kamen langsam, mit einer Pause nach jeder Silbe, aber doch so klar, dass jeder hören konnte, dass dies ein Beschluss war, der nie mehr rückgängig gemacht werden würde. Er würde seiner Frau nie wieder gegenübersitzen, nie mehr das Schweigen mit ihr teilen.

Josefine blieb die Antwort auf die letzte Frage schuldig.

Sie blieb alleine am Tisch sitzen, den Blick auf den Horizont gerichtet. Ich glaube, sie sah nicht einmal, wie ihr Mann und ihre Tochter sie verließen, und ich denke auch, es war ihr egal. Sie saß genauso da, wie ich sie das erste Mal gesehen hatte, zusammengesunken auf der Bank unter den Haselsträuchern, den Blick nach Süden gerichtet, auf eine Botschaft lauschend, die nur sie hören konnte. Und so saß sie immer noch da, als die Dämmerung sich auf die Landzunge senkte.

30

DER ZUSAMMENBRUCH

29. JUNI 2008

Irgendwie dachte ich, dass Susanne von den Kindern aus der Elefantenstube als Erste unter dem Druck zusammenbrechen und dann verraten würde, was niemand wissen durfte.

Ich hätte wissen sollen, dass die schweren Prüfungen ihrer Vergangenheit sie abgehärtet hatten. Und ich hätte erkennen müssen, dass der Zusammenbruch an ganz anderer Stelle kommen würde – und viel schneller, als dass jemand darauf hätte reagieren können.

Es gab nicht ein einziges Gesicht im Saal, das nicht lächelte, obwohl nervöse Grimassen viel angebrachter gewesen wären.

Mehr als tausend Menschen – Abteilungsleiter, Techniker, Journalisten und Prominente – standen Schulter an Schulter im riesigen Festsaal von *Channel DK* im Untergeschoss der Zigarre. Als die Stimmung auf dem Höhepunkt war, reichte der Platz kaum noch aus, um die Gläser zu heben und gemeinsam anzustoßen. Soeben hatte der Professor das Fest mit der Verlesung eines Telegramms eröffnet, das er vor wenigen Minuten aus dem Büro des Ministerpräsidenten erhalten hatte: »Ich wünsche *Channel DK* für die Zukunft alles Gute«, hatte der Regierungschef vom Krankenbett aus geschrieben.

Peter Trøst Jørgensen stand ganz hinten im Saal. Er nickte den Gratulanten, die sich auch um ihn scharten, so höflich es ging zu; in einer der Promigruppen stand seine zweite Exfrau, die nach drei Monaten Ehe den Verein *Frauen berühmter Männer* gegründet hatte.

Auch wenn der Professor nach der gelungenen landesweiten Roadshow, die sie heute feierten, bester Laune war, zweifelte Peter Trøst nicht daran, dass sein Chef ihn wegen der Kongslund-Affäre feuern würde. Natürlich nicht sofort. Nach dem erfolgreichen Abschluss der Roadshow-Tournee, deren Hauptattraktion schließlich Peter gewesen war, würde er noch ein paar Monate warten – die Exekution als solche war aber längst beschlossene Sache. Zuerst würde Peter immer seltener auf dem Bildschirm zu sehen sein, dann würde er seine leitenden Funktionen und seine Kontakte zur Presse verlieren, und schließlich würde der Professor einen neuen Star aus dem Hut zaubern. Peter würde in Vergessenheit geraten, noch ehe jemand protestieren konnte. So war die Welt auf beiden Seiten des Bildschirms.

In Wahrheit war der früher so erfolgreiche Sender am Rande des Konkurses – da konnten sie noch so viel lächeln und sich zuprosten oder zur hauseigenen Bigband bis Mitternacht tanzen.

Noch einmal trat der Professor mit seiner geliebten Pfeife in der rechten Hand ans Rednerpult und hielt die seltsamste Rede in der kurzen Geschichte des Senders.

»Zweifel«, sagte er. »Zweifel können Menschen umbringen und Fernsehsender kaputtmachen. Sie bilden die einzigen Löcher im Panzer der Evolution, die wirklich von Bedeutung sind. Viele Menschen entwickeln in ihrer Kindheit ein zu geringes Selbstwertgefühl, und diese Seuche ist sehr, sehr gefährlich.« Spätestens an dieser Stelle begannen die ersten Anwesenden sich zu wundern. »Die wichtigsten Jahre unseres Lebens überlassen wir zufälligen und oft nicht wirklich zurechnungsfähigen Menschen – unseren Eltern –, die häufig selbst noch unter den Traumata leiden, die sie sich in ihrer Kindheit zugezogen haben, und deshalb wachsen wir alle zu verkrüppelten, halbfertigen Existenzen heran, die von ihren inneren Zweifeln Tag für Tag zernagt werden.«

Dem letzten Wort folgte eine Hustenattacke, bei der er mit der Brust gegen das Mikro stieß. Peter Trøst fragte sich, ob der Professor möglicherweise angetrunken ans Rednerpult getreten war.

Gründe hätte es dafür reichlich gegeben.

Er spuckte einen Strahl Pfeifensaft auf die polierten Marmorplatten – auch das hatte er nie zuvor getan – und signalisierte damit einen Verfall, der die anwesenden Mitarbeiter und Gäste sichtlich beunruhigte.

»Deshalb müssen wir, die wir das Medienbild steuern und die Informationen auswählen, eine simple Fähigkeit unser Eigen nennen, über die niemand sich schämen sollte...«, der Professor legte die Hand auf seinen Schlips, »... nämlich die Fähigkeit, uns selbst zu lieben. Nur diese Liebe zählt wirklich, denn sie hilft uns, die Zweifel zu eliminieren...«

Die Menge klatschte zögernd, man hatte offensichtlich den Faden verloren.

Zum Abschluss rief der Fernsehguru: »Wenn diese Liebe stirbt, sind wir wieder bei den Eltern, die uns all ihre verfickten Psychosen in die Wiege gelegt haben!«

Die Mitarbeiter sahen ihn entgeistert an.

Der Professor hatte einen seiner blank gewienerten Schuhe in den Pfeifensaft gestellt, ohne dies zu bemerken. »... so einfach ist das!«, sagte er.

Danach war er von der Bühne gestolpert und zur allgemeinen Erleichterung aus dem Festsaal verschwunden. Nach ein paar Minuten war der Lautstärkepegel wieder gestiegen, und alle waren wieder voller Erwartung auf die Zukunft. Die seltsame Rede war beinahe schon in Vergessenheit geraten.

Am nächsten Morgen hörten die Mitarbeiter, die trotz Kater und Übernächtigung allesamt pflichtbewusst am Arbeitsplatz erschienen waren, von der plötzlichen Erkrankung ihres Fernsehstars.

Peter Trøst hatte früh am Morgen aus seinem Chefbüro in der neunten Etage um Hilfe gerufen, weil er nicht mehr aufstehen konnte. Seine Beine waren vollständig gefühllos.

Die Ärzte und Physiotherapeuten der Zigarre hatten Orthopäden aus dem Rigshospital hinzugezogen, aber auch die Spezialisten wussten sich keinen Rat. Zu guter Letzt wurde Peter Trøst Jørgensen ins Rigshospital eingewiesen, wo er zur Sicherheit auf die Station für unbekannte, potenziell lebensbedrohliche Infektionen kam.

Ich träumte wieder von Nils Jensen, und ich wusste in meinem Traum, dass er es noch nicht gewagt hatte, seinen Eltern die beängstigende Frage zu stellen – obgleich das unabwendbar für die Aufklärung der Kongslund-Affäre war. Ich sah ihn vor mir auf dem Assistenzfriedhof, wo sein Vater Nachtwächter gewesen war und wo er als Kind immer gespielt hatte. Hier hatte er sein Gespür für Licht und Dunkel entwickelt, was ihm bei seinen ersten Schwarz-Weiß-Aufnahmen zugutegekommen war.

Das Grab des großen Dichters hatte er immer wieder mit seinem Vater besucht. *Unser irdisches Leben hier ist der Ewigkeiten Saat, unsere Gebeine sterben, aber die Seele kann nicht sterben!*, stand auf dem Grabstein – mit den Worten des Dichters für die Nachwelt notiert. Nils hatte von ganzem Herzen gehofft, dass das wirklich stimmte. Er hatte dem Mann, dessen physisches Leben schon vor langer Zeit erloschen war, eine wichtige Frage zu stellen.

In meinem Traum saß er ein paar Minuten gedankenversunken am Grab und versuchte die Worte einzufangen, die durch seinen Kopf kreisten. Er musste eine passende Eröffnung finden. Nils erinnerte sich an die Geschichten über einsame Kinder wie *Däumelinchen*, *Das hässliche Entlein* und *Der Junge, der auf das Brot trat* – und es war ebendieses letzte Märchen, das ihn zum Grab des Dichters geleitet hatte. Dessen Antwort würde entscheidend sein für die Frage, wie er sich seinen Eltern gegenüber verhalten sollte, nachdem Marie ihn als Adoptivkind entlarvt hatte.

Wie früher schloss er die Augen und stellte sich vor, wie die Seele des Märchendichters unbemerkt von allen aus dem Grab stieg, um dem Gast zu begegnen. Er trug einen durchsichtigen hohen Hut, wie er ihn auf alten Bildern immer getragen hatte. Der magere, schwarz gekleidete Mann verbeugte sich galant und begrüßte Nils mit den Worten: *Welch überaus angenehme Überraschung, Euch hier wieder begrüßen zu dürfen.* Fast hätte der Dichter seinen hohen Hut gelupft. *Was verschafft mir die Ehre?*

»Du sollst mir eine Geschichte erzählen, eine ganz besondere Geschichte.« Das hatte er früher auch immer zu seinem Vater gesagt, wenn sie hier waren. Es war ein Ritual, das alle drei kannten.

Ihr meint – eine richtige Geschichte – eine, die mit den Worten es war einmal *beginnt?*

»Alter Dichter, erzähl mir die Geschichte, die ich immer am meisten gemocht habe ... die von dem Jungen, der auf das Brot trat.«

Von dem Jungen, der auf das Brot trat ...? In der Stimme des Dichters war Verblüffung zu hören.

»Ja, die ...! Warum hast du diese Geschichte geschrieben ...? Das würde ich gerne wissen.«

Liebster Freund, Ihr solltet wissen, dass es nicht für alles eine Erklärung gibt. Und das Märchen, das Ihr meint, handelt ja gar nicht von einem kleinen Jungen – so wie Ihr einer seid –, sondern von einem kleinen Mädchen, dem es schlecht ergeht. Und das ist eigentlich schon die Pointe.

Ein Eichhörnchen sprang über den Weg und verschwand zwischen den Latten des Zauns, der das Grab umgab.

Die Geschichte von dem Mädchen, das auf das Brot trat, um sich die Schuhe nicht zu beschmutzen, und dem es dann gar schlecht erging, ist wohlbekannt, sie ist geschrieben und sogar gedruckt. Die Stimme des Dichters erhob sich, rauschte wie der Wind in den Pappeln und wurde dann zu einem Flüstern, so leise wie die hastigen Schritte des Eichhörnchens, als es einen Stamm hinaufkletterte. Der Dichter begann: *Sie war ein armes Kind, stolz und hochmütig; es war ein schlechter Kern in ihr, wie man sagt. Schon als ganz kleines Kind hatte sie ihre Freude daran, Fliegen zu fangen, diesen die Flügel auszurupfen und sie so in Kriechtiere zu verwandeln. Später nahm sie den Maikäfer und den Mistkäfer, steckte jeden an eine Nadel, schob dann ein grünes Blatt oder ein kleines Stück Papier zu ihren Füßen hin, und das arme Tier fasste es und hielt es fest, drehte und wendete es, um von der Nadel loszukommen.*

»Jetzt liest der Maikäfer!«, sagte Inge. »Sieh mal, wie er das Blatt wendet!« Mit den Jahren wurde sie eher immer schlechter als besser, aber hübsch war sie, und das war ihr Unglück...

An dieser Stelle unterbrach Nils ihn, obwohl er deutlich hörte, wie sehr es den Alten freute, die Geschichte nach so langer Pause einmal wieder erzählen zu können: »Verehrter Dichter, ich muss die Geschichte nicht noch einmal hören, die kenne ich auswendig, schließlich war das die Lieblingsgeschichte meines Vaters. Und es war kein Mädchen, das auf das Brot trat, sondern ein Junge, das weiß ich, denn das hat mein Vater mir extra gesagt. Er wurde zu einem ewigen Leben unten in der Finsternis unter der Erde verdammt – allein. Erzähl mir nur den Schluss, denn den verstehe ich nicht. Erzähl mir, wie der Junge wieder aus dem Dunkel herausgekommen und schließlich zu dem kleinen Vogel geworden ist, der hoch oben in der Luft fliegt...«

Ein kleiner Vogel schwang sich im Zickzack des Blitzes hinauf in die Menschenwelt…, begann der Alte mit heller Stimme, während der Hut bei den seltsamen Worten fröhlich auf- und abwippte –, aber Nils unterbrach ihn ein weiteres Mal:

»Ja, ja, ja. Aber sag mir, was das alles bedeutet…«

»Bedeutet?« Der Dichter sah einen Moment lang sehr nachdenklich, fast traurig aus. Dann sagte er: *Ich kann nur in den Worten sprechen, die bereits geschrieben sind, und die sind ja Teil der Geschichte. Und nicht mehr zu verändern.*

Nils Jensen saß lange nachdenklich und mit gesenktem Haupt da, und schließlich erbarmte der Dichter sich seiner und sagte mit einem Flüstern, das so fein war wie der Pelz des Eichhörnchens hoch oben über der Spitze seines Hutes: *Doch eines Tages, während Gram und Hunger im Innern ihres hohlen Körpers nagten und sie hörte, wie man ihren Namen nannte und ihre Geschichte einem unschuldigen Kind erzählte, da vernahm sie, dass die Kleine in Tränen ausbrach.*

»Aber kommt Inge denn nie mehr herauf?«, fragte das kleine Mädchen. Und man antwortete: »Sie kommt nimmermehr herauf!«

So viele Jahre waren seit damals verstrichen, als das kleine Mädchen untröstlich war und über »die arme Inge« weinte, dass das Kind eine alte Frau geworden war, die Gott nun wieder zu sich rufen wollte; und gerade in dieser Stunde entsann sie sich auch, wie sie einst als kleines Kind recht wehmütig hatte weinen müssen bei der Geschichte von Inge. Jene Stunde und jener Eindruck wurden der alten Frau in ihrer Todesstunde dermaßen wieder lebendig, dass sie erneut in Tränen ausbrach.

Und diese Tränen und Gebete klangen wie ein Echo hinab in die hohle, leere Hülle, welche die gefesselte, gepeinigte Seele umschloss, und im gleichen Moment schoss leuchtend ein Strahl in den Abgrund zu ihr hinab und schmolz die versteinerte Gestalt des kleinen Mädchens, ein Engel Gottes weinte über ihr, und ein kleiner Vogel schwang sich im Zickzack des Blitzes hinauf in die Menschenwelt… sie war frei. Man konnte hören, dass der Dichter schlucken musste.

Nils unterbrach ihn zum dritten Mal und dieses Mal fast wütend. »Das ist alles schön und gut, alter Märchendichter, aber ich verstehe es nicht. Du musst mir den Text *erklären*.«

»*Den Text erklären...?*« Vielleicht war es die Stimme des Dichters, vielleicht auch bloß ein leises Flüstern der Blätter. Dann gab es eine lange Pause, in der das Eichhörnchen um den Grabstein herumhuschte und schließlich verschwand. Es hörte sich an, als würde es von einem schweren Atemzug der Erde aufgenommen. Danach war alles still und der Friedhof leer.

Nils Jensen stand lange da und lauschte dem Rauschen des Windes in den Bäumen, und schließlich verstand er, dass der Dichter verschwunden war. Nils würde wohl nie seine ersehnte Erklärung erhalten.

Er musste seinen Eltern die Frage stellen, ohne auch nur eine Ahnung zu haben, was sie antworten würden.

»Genau so ist es gelaufen. Daran gibt es keinen Zweifel – und es ist noch nicht zu Ende.«

Die Worte kamen ohne das geringste Zögern, und der Nationalminister wusste gleich, dass sein Sicherheitschef und Verbündeter seit einem halben Jahrhundert recht mit seiner Annahme hatte. Nach dem Fund des pensionierten Kriminalkommissars im Hafenbecken hatte Carl Malle die Hauptpunkte auf einem Blatt Papier aufgelistet und sie ihm gezeigt, bevor er das Blatt in einem großen Aschenbecher mit dem Emblem der Partei verbrannt hatte. Was auf diesem Zettel stand, durfte nicht an die Öffentlichkeit geraten.

Der tote Kommissar war in seinem letzten Jahr als Leiter des Morddezernats und auch in den ersten Jahren seiner Pension geradezu davon besessen gewesen, den rätselhaften Tod der Frau am Strand im Jahre 2001 aufzuklären. Das war Carl Malle auch von der Witwe des Toten bestätigt worden. Dass es einen Zusammenhang zu der Kongslund-Affäre geben musste, lag auf der Hand, schließlich hatte die Tote ein Foto von Kongslund in ihrer Tasche gehabt. Das war auch der Grund gewesen, weshalb ihr Mann den Fall wiederaufgenommen hatte, nachdem die Affäre um das Kinderheim erneut in den Medien aufgetaucht war.

Nein, es gab keinen Zweifel mehr. Bei der Toten musste es sich um Eva Bjergstrand handeln. Sie war vor sieben Jahren nach Dänemark zurückgekehrt, um Magna aufzusuchen. Ob es ihr tatsächlich gelungen war, wusste der Expolizist nicht, aber kurz darauf war sie unweit der Villa Kongslund unter mysteriösen Umständen ums Leben gekommen. Es war wahrscheinlich, dass Magna das mitbekommen hatte, da in der Zeitung *Søllerød Posten* seinerzeit darüber berichtet worden war.

Warum also hatte Magna das Päckchen nach Australien geschickt?

Es war natürlich möglich, dass Eva dort unten einen geheimen Verbündeten hatte, aber darüber gab es keine Informationen. Die andere Möglichkeit schien viel logischer und ... beunruhigender.

»Wenn sie das Päckchen mit dem Protokoll ... an Eva geschickt hat ... an ihre alte Adresse in Australien, von der sie wusste, dass sie nicht mehr existierte – wäre das unheimlich gerissen gewesen, typisch Magna eben. Denn dann würde das Päckchen retour kommen – und zwar an sie selbst. Australien ist ein großes, weit entferntes Land. Da kann einige Zeit vergehen, bis die Post die Zustellungsversuche aufgibt, und zu diesem Zeitpunkt ist längst Gras über die Kongslund-Affäre gewachsen.« Er nickte dem Minister auf dem Sofa zu. »*Niemand* fndet das Protokoll. Nicht mal bei einer Hausdurchsuchung, die sie vielleicht gefürchtet hatte. Das Protokoll musste weg – auf schnellstem Wege –, andererseits musste es mit Sicherheit auch wieder zurückkommen!«

»Verdammt, Carl – wo ist dieses Päckchen? Es ist doch schon reichlich Zeit vergangen.«

»Das kann Monate dauern.«

»Und dann...«

»Dann landet es bei Marie – Magnas Erbin«, schloss der Sicherheitschef trocken.

»Das darf unter keinen Umständen passieren.« Der Nationalminister beugte sich zu seinem Verbündeten vor und flüsterte beschwörend: »Können wir über Interpol...?«

»Auf gar keinen Fall. Wir dürfen nicht riskieren, dass andere als wir selbst das Päckchen öffnen und das Protokoll finden.«

»Können wir es bei der Post abfangen, bevor es ausgeliefert wird?« Ole Almind-Enevold war wie so oft in letzter Zeit blass geworden.

Carl Malle stand auf und stellte sich an den falschen Kamin. »Ich werde sehen, was ich tun kann, Ole. Die Sache darf um keinen Preis an die Öffentlichkeit kommen. Es ist absolut entscheidend, dass nichts, wirklich nichts durchsickert.«

»Wenn dieses Päckchen bei Marie landet... Sie ist ja wirklich unzurechnungsfähig. Mein Gott, Carl! Wenn sie das Protokoll aufklappt und die Wahrheit liest... Magnas Wahrheit... diese Verrückte...« Der zweitwichtigste Mann des Landes wagte es nicht, diesen Gedanken zu Ende zu denken.

Carl Malle versuchte gar nicht erst, ihn zu beruhigen. »Da hast du recht, Ole. Absolut recht. Wenn sie das Kongslund-Protokoll liest, sind wir erledigt, alle – die ganze Bande.«

Was für ein seltsamer Ausdruck, dachte der Nationalminister.

31

LETZTER VERSUCH

30. JUNI 2008

Ich glaube, es hätte dem Bürgerkönig gefallen, uns sieben wiedervereint in Kongslund zu sehen. Der alte Monarch war als Kind brutal von seiner Mutter, der leichtlebigen Prinzessin Charlotte Frederike, getrennt worden, die sein Vater nach Horsens verbannt hatte und die ihren Sohn niemals hatte wiedersehen dürfen.

Es steht außer Frage, dass die mutterlose Kindheit Einfluss auf seine spätere Entscheidung hatte, die absolute Herrschaft aufzugeben, auf das Volk zu hören und der Einführung der Demokratie zuzustimmen. Ich glaube, dass er der Trauer aus seiner Kindheit so viel Platz in seinem Körper eingeräumt hat, dass dieser sich später weigerte, den Samen für die Fortsetzung des Hauses Oldenburg zu spenden. Das war seine ganz persönliche Rache an seinem Vater und seinen Ahnen. Er hinterließ keinen Erben und versank in einer Schwermut, die in seinen letzten Jahren nur noch seine Lebensgefährtin durchbrechen konnte. Der letzte absolute Herrscher Dänemarks saß tagelang an den Teichen im Dyrehavn-Park und fing Karpfen, einen nach dem anderen.

Es war ein Zufall, dass ich die Klingel vor den anderen hörte, weil ich gerade bei offener Tür in Susannes Zimmer saß.

Ich ging nach unten und öffnete die Tür. Draußen stand ein kleiner, stämmiger Mann.

»Meine Mutter ist tot.«

»Mein Name ist Marie Ladegaard. Ich weiß nicht, vielleicht haben Sie sich in der Adresse geirrt?«, sagte ich so leise und höflich, wie ich nur konnte.

»Nein, nein…« Die Stimme bekam plötzlich einen Anflug von Panik. »Entschuldigen Sie… das ist… Ich rede von Dorah… Dorah Laursen aus Helgenæs.«

Ich hielt die Luft an.

Dann fügte er hinzu: »Ich bin ihr Sohn.«

Jetzt dämmerte mir der Zusammenhang, und ich musste mich anstrengen, meine Verblüffung nicht zu deutlich zu zeigen. Der Mann auf der Treppe war der geheimnisvolle Sohn, den die Botin aus Kongslund Dorah quasi als Entschädigung gebracht hatte, nachdem sie ihren ersten Sohn zur Adoption hatte freigeben müssen. Der Mann, dem Dorah die Wahrheit sagen sollte.

Ich wusste natürlich nicht, ob das jetzt von Belang war. Drei Monate nachdem die Kongslund-Affäre ins Rollen gekommen war, interessierte mich eigentlich nur noch die Frage, wer Evas verschwundener Sohn war.

Dieser Mann konnte es auf keinen Fall sein.

Ich fasste meine Unsicherheit in einer kurzen und nicht sehr intelligenten Gegenfrage zusammen: »Tot?«

»Ja. Der Nachbar hat sie gefunden. Sie ist die Kellertreppe runtergefallen.«

Ich hatte bei meinem Besuch bei Dorah keine Kellertreppe gesehen und konnte mir beim besten Willen nicht vorstellen, dass ein so kleines, niedriges Haus überhaupt einen Keller hatte.

»Sie hat sich das Genick gebrochen.«

Ich sagte nichts, sah aber die kleine, gedrungene, ängstliche Frau vor mir, mit gebrochenem Genick am Fuß der Treppe. Mit toten Augen wie im Film.

Ich schloss meine Lider.

»Die Polizei hält es für einen Unfall.«

»Aha.«

»Ja, ich bin mir da aber nicht so sicher.« In seiner tiefen Stimme schwang eine seltsame Mischung aus Wut und Ruhe mit.

»Aber warum kommen Sie zu mir?«, fragte ich, ohne ihm mein Beileid auszudrücken.

»Weil meine Mutter mir alles über Sie erzählt hat … Über Sie und Kongslund. Sie hat mir erzählt, was passiert ist. Und ich wünschte mir natürlich, sie hätte das nicht getan.«

Ich stand einen Augenblick wie gelähmt da. »Sie hatten ein Anrecht darauf, das alles zu erfahren«, sagte ich.

»Diese Informationen haben alles verändert.«

»Kinder haben ein Recht zu erfahren, woher sie kommen, dieses Wissen darf man ihnen nicht vorenthalten.«

Abrupt wechselte er das Thema. »Also, eigentlich wollte ich nur wissen … ob … ob Sie etwas wissen.«

»Ob ich etwas weiß?«

»Ja – kann etwas geschehen sein? Gibt es jemanden … für den ihr Wissen wichtig war …?«

»Ich wüsste nicht, wie das, was sie Ihnen gesagt hat, mit ihrem Tod zusammenhängen könnte. Als Mutter war es ihre Pflicht, Ihnen das zu sagen, und außerdem ist das alles so lange her«, sagte ich. »Hier ist nichts geschehen, was damit in Verbindung stehen könnte.« Ich hoffte, einigermaßen überzeugend zu klingen. Aus gutem Grund. Denn natürlich war etwas geschehen. Knud Tåsing hatte sie drei Tage vorher besucht.

Wir redeten noch ein paar Minuten miteinander, was alles andere als beruhigend war. Ich versuchte weiter, ihn abzuwimmeln, weil ich nicht wollte, dass dieser naive Mann sich einmischte.

»Tja dann …«, sagte er.

»Lassen Sie mich Ihnen mein Beileid aussprechen«, brachte ich die Worte doch noch über meine Lippen.

»Danke«, sagte er tonlos und ging.

Eine Minute später informierte ich die anderen telefonisch über Dorahs Tod. Von ihrem Sohn sagte ich nichts. Als Ersten rief ich Knud an, der Nils Jensen informieren wollte. Er wollte ganz offensichtlich nicht, dass ich seinen Freund anrief, nachdem ich ihm seine Vergangenheit so unsensibel ins Gesicht geklatscht hatte.

Dann rief ich Peter an. Er ging nicht ans Telefon. Susanne erreichte ich über ihr Handy. Sie hörte sich betroffen an. Sie war in ihrem Haus in Christiansgave und beendete das Gespräch, ohne sich zu verabschieden. Orla, Severin und Asger waren bereits hier, und Susanne war unterwegs.

Trotz meiner Nervosität über die Nachricht von Dorahs Tod war ich auf eine Art freudig erregt, wie ich das seit Jahren nicht mehr erlebt hatte.

Auf diesen Tag wartete ich schon mein ganzes Leben, auch wenn das banal klang.

Heute Abend sollten alle sieben Kinder zum ersten Mal wieder in Kongslund vereint sein. Genau wie ich es geplant hatte, als ich meinen Weggefährten der Kindheit die anonymen Briefe geschickt hatte. Wir würden im Gartenzimmer in Magnas Reich sitzen. Jeder in seinem Körper, aber zugleich in einem gemeinsamen Bewusstsein wie damals, vor knapp fünfzig Jahren, als wir unter dem Weihnachtsbaum fotografiert worden waren.

Das Schicksal verband uns an diesem heutigen Tag – wie Weihnachten 1961.

Wir sitzen an dem alten Glastisch im Gartenzimmer. Über dem Sund geht ein kräftiger Wind. Er rüttelt am Dach, und das Gebälk knackt.

Anfänglich herrscht betretenes Schweigen, alles fühlt sich

gleichermaßen natürlich wie feierlich an, und selbst ein Außenstehender hätte ohne Zweifel die Sentimentalität gespürt, die uns von hinten übermannt und in den ersten Minuten die Kraft geraubt hat, einander in die Augen zu schauen.

Sogar Peter Trøst ist da – mit Krücken, auf die er sich stützen kann, falls die rätselhafte Schwäche in seinen Beinen zurückkehren sollte.

Severin und Orla sitzen neben ihm auf dem Sofa. Sie haben ihre Blicke gesenkt, während Asger – wenig überraschend – sich zurückgelehnt hat und nach oben an die Decke schaut, als wäre sie aus Glas und als könnte er ins darüber liegende Universum schauen.

Nils Jensen sitzt aufrecht neben ihm auf einem der Mahagonistühle mit den hohen Lehnen, die Susanne extra geholt hat. Ich glaube, er legt es darauf an, uns zu zeigen, dass meine Offenlegung seiner Vergangenheit ihn nicht gebrochen hat. Susanne selbst sitzt etwas im Hintergrund in einem der weichen Plüschsessel und nippt an ihrem Tee.

Ich rufe mir die Worte aus Evas Brief in Erinnerung. *Wie beneide ich sie um ihre Unschuld und die strahlenden Augen unter den Zipfelmützen. Sie haben nicht geschrieben, ob eins der sieben Kinder meins ist, was ich aber fest glaube. Natürlich weiß ich, warum Sie nichts schreiben konnten, selbst wenn Sie es gewollt hätten.*

Knud Tåsing ist es schließlich, der das Schweigen bricht.

»Es gibt etwas, das ich sagen muss, bevor wir näher auf die Details der Kongslund-Affäre eingehen. Meine Quellen im Ministerium sagen mit aller Deutlichkeit, dass Ihre Familien bereits heute oder spätestens morgen Besuch von der Polizei erhalten werden ... Also die fünf Adoptivfamilien, die es noch gibt – Asgers, Peters, Susannes, Severins und natürlich deine, Nils.«

Der Fotograf zuckt zusammen, und ich verstehe augenblicklich, warum. Er hat seine Eltern noch nicht mit der vor ihm geheim gehaltenen Wahrheit konfrontiert – und ist sich nun im Klaren darüber, dass er dies möglichst bald tun muss.

Ich erkenne, dass auch Knud Tåsing zu diesem Schluss gekommen ist und er die Information deshalb an den Anfang seiner kleinen Rede gestellt hat. Ich glaube nicht, dass Nils Jensen mir verziehen hat, dass ich ihm alles gesagt habe.

»Was die Öffentlichkeit angeht, so glauben alle, dass das Kapitel Kongslund längst abgeschlossen ist«, sagt der Journalist. »Aber andere arbeiten weiterhin daran – und wir kennen den Grund. Das Ministerium – und nicht zuletzt Ole Almind-Enevold – will Evas Sohn finden und damit seinen Sohn und natürlich alle Spuren verwischen. Das Ganze war wider Gesetz und Moral, selbst nach heutigem Maßstab. Bestenfalls haben sie versucht, einer verurteilten Mörderin, die sie anschließend in einen weit entfernten Erdteil deportiert haben, ein Kind zu stehlen – im schlimmsten Fall war auch das ein Geschäft, das über viele Jahre lief und Kongslunds Existenz sicherstellte. Wirklich eine tolle Geschichte.«

»Wenn sie denn stimmt«, sage ich. Ich spüre, dass Susanne den Blick hebt und mich betrachtet. Sie muss die gleiche Skepsis haben, was diese vorschnellen Urteile angeht. Schließlich betrifft das auch sie. Trotzdem schweigt sie.

»Wer seinen Adoptiveltern also noch nicht die entscheidenden Fragen gestellt hat, sollte dies spätestens bis heute Abend nachholen – bevor die Polizei es tut. Wenn ich richtig informiert bin, haben Susanne, Asger und Peter bereits negative Antworten erhalten. Und Severin sagt, dass auch seine Eltern nichts wissen.« Knud Tåsing deutet damit sehr diskret an, dass eigentlich nur noch Nils Jensen diesen Teil unserer Ermittlungen zu Ende führen kann.

Nils sitzt kerzengerade auf seinem Stuhl und sieht aus wie ein unschuldig Angeklagter vor seinem Richter. Aber er weiß auch, dass es keinen anderen Weg gibt.

Später saß ich mit Asger auf dem dunklen Mahagonisofa mit dem graublauen Seidenbezug. Der Nordostwind war noch stärker geworden, und die scharfen Böen ließen das ganze Haus knacken und zittern, als drückte ein unterirdischer Dämon mit seiner Schulter gegen das Fundament des Hauses.

Ich hatte das Gefühl, dass er mir etwas erzählen oder mich etwas fragen wollte, und irgendwie fühlte ich mich unsicher und in die Ecke gedrängt.

»Du bist mit einer physischen Behinderung auf die Welt gekommen, warst fast ein Krüppel, aber trotzdem hattest du die Kraft und den Mut…herumzureisen… und uns alle zu besuchen, auch wenn wir nichts davon mitbekommen haben«, sagte er plötzlich nach mehreren Minuten des Schweigens.

Ich wusste nicht, worauf er hinauswollte, weshalb ich erst einmal schwieg.

»Wir haben alles miteinander geteilt, Licht und Dunkel, damals, als wir als Neugeborene in der Säuglingsstube lagen – auch wenn wir natürlich noch viel zu klein waren, um das zu begreifen.«

Er klang jetzt fast wie Magdalene.

»Weißt du was, Marie… Keins von uns sieben Kindern aus der Elefantenstube wird jemals seine richtigen Eltern finden – und weißt du was…? In gewisser Weise ist das gut so. Ich denke, genau so muss es sein.«

In diesem Augenblick streckte er seinen Arm aus und legte seine rechte Hand auf meinen linken Arm. Vielleicht hatte Magdalene doch recht gehabt: Wenn man nur geduldig genug wartete, kam jemand an den beiden chinesischen Säulen am Eingang vorbei und hielt um diese verkrüppelte Hand an.

Ich zog meinen Arm zu mir.

In dieser Nacht träumte ich davon, Liebe mit einem Mann zu machen – was an sich schon ein Abenteuer war, da ich keinerlei Ahnung hatte. Das Schicksal teilte ich mit Magdalene.

In meinem Traum war es nicht Asger, den ich begehrte – wie ich es eigentlich erwartet hatte –, sondern ein Mann, den ich nie für möglich gehalten hatte. Ich stöhnte seinen Namen und schrie ihn im Schlaf wieder und wieder, lauter und lauter, bis ich schließlich selbst davon wach wurde. Alles war nass. Das Laken, meine Haut, meine Finger, und durch meinen Körper ging ein Zittern, wie ich es nie zuvor erlebt hatte.

Ich richtete mich im Bett auf und weinte im Dunkel des Königszimmers wie ein verlassenes Kind.

Ich, die ich so viele Jahre im Unsichtbaren gelebt hatte, hatte mir im Traum einen Mann erwählt, der die Sichtbarkeit selbst war, und klammerte mich damit an das Zerrbild, dass Dunkelheit und Glanz sich begegnen konnten.

Susanne war die meiste Zeit des gestrigen Abends still gewesen, und ich kannte sie gut genug, um zu wissen, was das bedeutete. Die Begegnung mit ihren Eltern war eine Katastrophe gewesen. Endgültig und irreparabel. Die Trauer in ihrem Blick ließ das nur allzu deutlich erkennen.

In der Dunkelheit sah ich das siebte Kind neben Josefine auf der Bank in Våghøj sitzen. Beide hatten ihren Blick nach Süden gerichtet. Ich verstand, warum: Es war diese Ecke der Welt, von der die Sehnsucht ausging.

32

DIE DROHUNG

1. JULI 2008

Susanne Ingemann ging auf, dass es in der Kongslund-Affäre Räume gab, bis zu denen sie nie vorgedrungen war. Und sie spürte instinktiv, dass ein einziger kleiner Stolperstein eine ganze Lawine an Ereignissen auslösen konnte, die jedes für sich wie Zufälle wirkten, es aber nicht waren.

Mit Dorahs Tod wurde das Rätsel noch vertrackter; sie fanden einfach keine Erklärung für den mysteriösen Jungen, der ihr nach Hause gebracht worden war, nachdem sie ein neues Kind verlangt hatte.

Ich war mir sicher, wer für Dorahs Tod verantwortlich war. Ole Almind-Enevold und Carl Malle. Auch wenn ich die Frage nach dem Warum nicht beantworten konnte.

Wenn eine Geschichte zu einem unwirklichen Umfang aufgeblasen wird – und dann plötzlich kollabiert –, betrifft das alle Angestellten an einem Arbeitsplatz wie *Fri Weekend*.

Das gesamte Zeitungshaus ächzte wie unter einer Welle von Schuldgefühlen, Aggression, Verwirrung und Angst. Alle riefen hektisch durcheinander, bis alle Geräusche in einem anhaltenden Summen um den zentralen Redaktionstisch zusammenflossen, an dem der entscheidende Krisenplan geschmiedet werden sollte, um die Katastrophe doch noch abzuwenden.

Es war nicht die Kongslund-Affäre, die sämtliche Ressortleiter, Chefs vom Dienst und Redakteure des kenternden Blattes alle fünf bis sieben Minuten irgendwelche Krisensitzungen abhalten ließ; es war der Fall des elfjährigen Tamilenjungen, der wie eine Bombe explodierte und alle mitriss, die auch nur entfernt damit zu tun gehabt hatten.

Die zwei Volontäre der Zeitung waren aus Sri Lanka zurück, wo sie nach dem Jungen gesucht hatten. Sie waren finanziell von diversen Institutionen unterstützt worden, in der Hoffnung, der asylfeindlichen Regierung einen Schlag versetzen zu können. Alle hatten dem Bericht entgegengefiebert, der in einer sensationellen Enthüllung münden und *Fri Weekend* auf eine ganz neue Ebene heben sollte.

Der erste kurze Bericht der Volontäre vom Flughafen in Colombo hatte Jubelstürme in der Redaktion ausgelöst. »*Er ist tot*«, hatten sie gesagt. Mehr nicht.

Der Redakteur vom Dienst hatte beide Arme über den Kopf gerissen und »*Yes! Yes! Yes!*« gebrüllt, was natürlich eines gewissen Zynismus' nicht entbehrte, aber die Anwesenden hatten die Begeisterung schon richtig verstanden. Das war der Dolchstoß für die Regierung, und der nächste große Journalistenpreis musste an sie gehen, an dieses Nachrichtendesk, an eine Zeitung, auf deren Überleben keiner mehr einen Heller gab.

Diese Freude konnte nicht einmal der Tod des Tamilenjungen trüben – daran ließ sich zu diesem Zeitpunkt eh nichts mehr ändern.

Danach hatten alle gespannt auf das Landen des Fliegers in Kastrup gewartet, von wo die zwei jungen Helden auf direktem Weg in die aufgeregt wartende Redaktion gefahren wurden.

»Was für eine *fantastische* Geschichte«, lautete das Willkommen des Redakteurs vom Dienst für die Heimgekehrten, als sie endlich die Redaktion betraten. »Fantastisch... Die dänische Regierung schickt einen elfjährigen Jungen in den sicheren Tod – trotz aller Warnungen kritischer Journalisten, nicht zuletzt von dieser Zeitung!«, rief er.

Einer der Heimkehrer sah aus, als wollte er in Tränen ausbrechen – eine unerwartete Reaktion auf das aufrichtige und begeisterte Lob.

Der zweite Volontär kam seinem Kollegen tapfer zu Hilfe und ergriff das Wort mit so fester Stimme, wie er vermochte. »Ganz so ist es nicht gewesen.«

»Wie meinst du das? Ist er etwa nicht *tot*?«, rief der Redakteur vom Dienst in einer bösen Vorahnung.

»Doch. Aber...« Der Volontär blieb stecken, und das unheilschwangere *Aber* hing zitternd in der folgenden Stille.

Der erste Volontär übernahm wieder das Wort. »Doch, aber er wurde... von Soldaten umgebracht... Regierungssoldaten, weil er sich den Tamil Tigers angeschlossen hatte.« Er verstummte.

»Aha«, sagte der Redakteur vom Dienst und suchte nach dem rettenden Strohhalm. »Und weiter? Die Tamil Tigers zwingen doch alle und jeden, für sie zu kämpfen, nicht zuletzt Kinder – da kann der Junge doch nichts dafür.«

Eine erste Welle der Erleichterung ging durch den Raum. Die zwei Volontäre hatten offensichtlich nur einen Bruchteil der Wirklichkeit erfasst, aus der sie Bericht erstatten sollten.

»Aber so war es nicht...«, setzte der erste an und kam nicht weiter.

Und wieder übernahm der andere. »Er wurde getötet... weil er versucht hat, eine Schule in die Luft zu sprengen als Selbstmordattentäter.«

Diese Information wurde mit einem ausgedehnten, kollektiven Schweigen beantwortet. Möglicherweise dem längsten Schweigen in einem Raum, in dem so viele Journalisten auf einmal versammelt waren. Knud Tåsing war der unmittelbare Grund für den Schockzustand sofort klar. Zu Selbstmordaktionen wurde man nicht gezwungen. Nur den zuverlässigsten Tigers wurde die »Ehre« zuteil, ihr Leben in einer Selbstmordaktion zu beenden. Absolut fanatisch – aber freiwillig.

Die Auflösung kam flüsternd von dem mutigeren der beiden Volontäre. »Sein Vater, einer der höchsten Anführer der Rebellen, war einige Tage zuvor getötet worden. Da hat der Junge sich gemeldet, um die Aktion auszuführen.«

»Sie hatten den Jungen nach Dänemark geschickt, um die geflohenen Tamilen in den dänischen Asylantenheimen auszuspionieren – diejenigen, die die Tigers als Verräter ansahen«, fügte der zweite heimgekehrte Volontär hinzu.

»*Nein, nein, nein!*«, brüllte der Redakteur vom Dienst, ehe er sich auf einen Stuhl fallen ließ, leichenblass.

Der Volontär holte zum vernichtenden Schlag aus, unschuldig und gnadenlos zugleich. »Er war nicht in der Weise Teil des Netzwerkes, wie die Regierung glaubte – sondern als vollwertiges Mitglied der Tamil Tigers, und in der Funktion sollte er mit ihrem Netzwerk in Dänemark zusammenarbeiten.«

»Nein, nein!«, wiederholte der Redakteur vom Dienst kraftlos, um ein Nein verkürzt.

Der Auslandsredakteur beugte sich vor. »Seid ihr auch ganz sicher, dass diese Informationen stimmen, Jungs?«

»Ja«, antworteten sie einstimmig. »Es gibt Quellen. Kreuzverhöre, Dokumente, Bestätigungen von der sri-lankischen Polizei – und vom UNHCR in Colombo, direkt aus dem Flüchtlingskommissariat der Vereinten Nationen.«

»Nein«, hauchte der Redakteur vom Dienst.

Ein kollektiver Stoßseufzer ging durch das Redaktionslokal. Ihr Todesurteil war gesprochen.

»Das ist doch alles viel zu vage …!« Der Chef vom Dienst klammerte sich an den letzten Strohhalm, den er von seinem

Platz am Nachrichtendesk aus entdecken konnte. Die Geschichte war einfach zu unwahrscheinlich, als dass irgendjemand sie glauben konnte.

Etliche der Umstehenden nickten eifrig. Über so eine merkwürdige Geschichte mit so vielen losen Enden zu schreiben, wäre schlicht und ergreifend unprofessionell. Natürlich.

»Wir haben das Ganze schwarz auf weiß«, sagte der erste Volontär. »Moment...« Er wühlte in seiner Tasche, und Knud Tåsing schüttelte mitleidig den Kopf auf seinem Platz in der hintersten Reihe der Versammlung. Dem Volontär war nicht klar, was jetzt passieren würde.

»Du...!«, brüllte der Redakteur vom Dienst. »Du hast uns überhaupt nicht über irgendwas zu belehren – du kleiner, mieser Vollidiot...!« Er sprang von seinem Stuhl auf und zeigte drohend mit dem Zeigefinger auf den Auszubildenden, den er wenige Minuten zuvor noch zum größten Helden in der kurzen Geschichte des Zeitungshauses hatte ernennen wollen.

Der Sünder krümmte sich wie von einer Kugel getroffen zusammen und brach in Tränen aus. Keiner beachtete ihn. Die Journalisten hatten sich um den Nachrichtendesk geschart.

»Diese Sache ist ernst, wir müssen dringend die näheren Umstände untersuchen, ehe wir irgendetwas entscheiden können«, sagte der Redakteur vom Dienst.

»Du schlägst allen Ernstes vor, den Tod des Tamilenjungen zu verschweigen?«, fragte Knud Tåsing aus dem Hintergrund.

»Nein, Tåsing.« Der Redakteur vom Dienst drehte sich nach ihm um. »Selbstverständlich nicht. Wir schreiben natürlich, dass er tot ist, daran ist nichts zu rütteln. Aber wir schreiben auch, dass uns in dieser bedauerlichen Angelegenheit so viele widersprüchliche Informationen vorliegen – nicht zuletzt durch unglaubliche Schlampereien von Seiten der Regierung –, dass wir in der nächsten Zeit alle Energie auf die Beantwortung der offenen Fragen verwenden müssen: Ob er gezwungen wurde, den Tamil Tigers beizutreten, oder sich freiwillig gemeldet hat und falls ja, wieso. Und wie er überhaupt nach Dänemark gekommen ist und so weiter und so fort... All das müssen wir herausfinden, und das kann Monate dauern. Aber *Fri Weekend* wird nicht aufgeben, bis die Wahrheit ans Licht gekommen ist.«

Alle wussten, was das bedeutete. Die Sache würde irgendwann im Sande verlaufen. Und mit der Zeit würden die Leser die Versprechungen der Zeitung vergessen haben.

»Damit wären wir dann also keinen Deut besser als jene, denen wir die Unterschlagung von Informationen vorwerfen.« Knud Tåsing hatte sich einen Weg zum Nachrichtendesk gebahnt und stand nun direkt vor dem Chef vom Dienst.

»Willst du, Tåsing, dass wir eine verwirrende, komplizierte Story schreiben, bevor wir hundertprozentig sicher sind? Willst du das wirklich...?«

Erneutes zustimmendes Murmeln. Alle konnten die Überlegungen des Chefs vom Dienst nachvollziehen. Der alternde Journalist mit seinem persönlichen Skandal im Gepäck sah ein, dass der Kampf verloren war. Er konnte entweder zurück an seinen Schreibtisch gehen und wie alle anderen den Mund halten – oder einen dramatischeren Abgang wählen wie zum Beispiel einen Sprung aus dem Thermoglasfenster runter ins Hafenbecken. Knud Tåsing tat nichts von beidem. Stattdessen streckte er sich und sagte die zwei Worte, die auszusprechen er sich niemals zugetraut hätte: »Ich kündige.«

Er verließ die Redaktion ohne ein weiteres Wort, und keiner sagte etwas zu ihm, als er seine Sachen zusammenpackte. Er konnte Nils Jensen nirgendwo sehen.

Als er in den Nebel auf den Kai hinaustrat, erwartete er

halb, die Schritte des Fotografen hinter sich zu hören. Er blieb einen Moment stehen und lauschte. Dann zog er die Schultern hoch und ging Richtung Zentrum.

Noch einmal war der Nationalminister in das *Lazarett* bestellt worden, wie die Angestellten der niederen Ränge das Büro des Ministerpräsidenten getauft hatten.

Die Begründung des Ministerpräsidenten für die Vorladung war knapp und unmissverständlich: *Zukunftsbesprechung. Anwesende: nur du und ich.*

Wie ein schlechtes Omen für einen weiteren quälenden Tag regnete es schon seit drei Stunden ununterbrochen, als der Nationalminister in der Kanzlei eintraf. Der sterbende Mann begrüßte seinen Gast mit einem schwachen Zucken der rechten Hand. Obgleich ihm der Tod bereits über die Schulter schaute, besaß er nach wie vor die Macht, sein Reich zu regieren und jeden seiner Untertanen auf ein Nichts zu reduzieren, wenn es ihm in seiner Todesstunde so gefiel. Und der sonst so selbstsichere Nationalminister traute sich kaum zu atmen, aus Angst, den Zorn des Mannes vor ihm zu erregen. Er war sich im Klaren darüber, dass sein Verrat – für den der Ministerpräsident jetzt gradestehen musste – sich durch den Tod des Tamiljungen noch einmal verschärft hatte. Dass er noch nicht gefeuert worden war, war eigentlich nur dadurch zu erklären, dass das den augenblicklichen Zusammenbruch der Regierung nach sich ziehen könnte. Und der Ministerpräsident hatte sicher nicht vor, diese Räume als Oppositionsvorsitzender zu verlassen.

»Hast du *Fri Weekend* gelesen?«

»Ja.«

»Das Telefon steht nicht mehr still.«

»Ja.« Ole Almind-Enevold wusste nicht, was er sonst sagen sollte.

»Der kleine Tamiljunge ... ist tot.«

»Ja«, sagte Almind-Enevold zum dritten Mal.

»Kannst du auch noch etwas anderes als *Ja* sagen?« Der Ministerpräsident griff nach der kleinen Konsole und drückte die mittlere Taste, die rot leuchtete.

»Es gibt Gerüchte, die behaupten, er hätte sich den Tamil Tigers angeschlossen« sagte Ole Almind-Enevold.

Der Oberkörper des sterbenden Mannes richtete sich auf wie ein ägyptischer Pharao in einem Gruselfilm aus den Fünfzigern. »Ja, Ole, Gerüchte... Genau das ist das Problem. Das Einzige, was die Leute jetzt interessiert, ist, dass der Junge tot ist. Und als Nächstes werden sie behaupten, wir hätten ihn getötet.«

»Nein, das glaube ich...«

»*Ausgewiesen und in den sicheren Tod geschickt*«, sagte der Ministerpräsident. »Das wird *die Schlagzeile*.« Der Regierungschef saß jetzt aufrecht und überragte den Nationalminister auf seinem hohen Lager um einen halben Meter. »Ich hatte mal einen Kanarienvogel«, sagte der Ministerpräsident von seiner erhöhten Position.

»Was...?« Ole Almind-Enevold verstand nicht.

»Einen *Kanarienvogel*... bist du taub... als Kind«, hauchte der Sterbende.

»Er ist so wie ich gestorben... auf einem Lager aus Stroh... völlig kraftlos, außerstande zu fliegen. Aber singen konnte er noch. Und das hat er bis zu seiner allerletzten Sekunde für mich getan.«

Ole Almind-Enevold verstand die Pointe seines Vorgesetzten ohne Probleme. Der Ministerpräsident mochte rein technisch schon tot sein – aber selbst sein leisester Ruf würde bis zum Schluss überall gehört werden. Also stand Ole Almind-Enevold nun am Fußende des Bettes – in Erwartung der Worte, die ihn für immer niederstrecken würden.

Aber sie kamen nicht. Oder genauer: Der Ministerpräsident zögerte das Todesurteil noch ein wenig hinaus, indem er sagte: »Morgen werde ich zu einer Pressekonferenz einladen. Sie wird hier stattfinden – und ich habe eine ganz besondere Mitteilung zu machen.« Ein schmaler Blutstreifen lief vom Mundwinkel über das Kinn des sterbenden Mannes. »Denk bis dahin darüber nach, Ole. Du kannst die Entscheidung selber fällen – deine Entscheidung – vorher. Zum Besten der Partei. Und zu deinem eigenen Besten.«

Die Aufforderung war nicht misszuverstehen. Die unehrenhafte Entlassung konnte nur umgangen werden, wenn Ole Almind-Enevold selbst seine Kündigung einreichte.

Der Rest der Audienz war, was Ole Almind-Enevold anging, in einem Nebel verlaufen. Als er zurück ins Nationalministerium kam, wurde er bereits vom Hexenmeister, dem Grauballemann und Carl Malle in seinem bordeauxfarbenen Ministerbüro erwartet.

»Das Telefon steht nicht mehr still... die Medien...«, begann der Hexenmeister hektisch.

»*Klappe!*«, schrie ihn der Nationalminister an. »Du bist gefeuert!«

Beinahe mit einem Ausdruck der Erleichterung und so schnell wie eine Kakerlake, die einen rettenden Spalt in einer dicken Betonwand entdeckt hatte, verließ der ehemalige Topberater das Büro und war weg.

Der Grauballemann brach in diesen entscheidenden Minuten komplett zusammen. Aschfahl im Gesicht saß er zusammengesunken da. Zum Schrecken der beiden anderen Anwesenden fing er unvermittelt an zu kichern, während er mit steifem Oberkörper hin und her schaukelte. »Ist das nicht unglaublich«, kicherte er irre. Speichel trat in seine Mundwinkel. »Und schon wieder ist es eine Tamilenangelegenheit, die die Regierung zu Fall bringt... Diesmal ein gerade mal elfjähriger Junge... Ist das nicht einfach nur...« Er kippte kichernd nach vorn, und der Speichel lief ihm übers Kinn.

»Reiß dich zusammen!« Diesmal war es Carl Malle, der die Stimme erhob.

Der Grauballemann sah sich verwirrt um und fing an zu weinen.

Der Sicherheitschef zog ihn energisch auf die Füße und eskortierte ihn zur Tür. Draußen regnete es in Strömen. Falls der zusammengebrochene Staatssekretär noch einmal im Regenbogen der Schlange nach dem Paradies schauen wollte, seinem wohlverdienten Lebensabend in einem kleinen Rosengarten, hatte er diesen Zeitpunkt soeben verpasst. Die Tür fiel hinter ihm ins Schloss.

»Du wirst noch einmal zurückgehen müssen«, flüsterte Carl Malle Ole Almind-Enevold zu, als sie allein waren.

»Ich soll noch einmal zurückgehen?«

»Ja. Zu unserem Ministerpräsidenten. Und das, was du ihm mitzuteilen hast, wird der wichtigste Schritt in deiner Karriere sein – und der entscheidende. Für dich und für Dänemark.«

Der Nationalminister sah seinen letzten, einzigen und ältesten Berater fragend an, und Carl Malle beugte sich vor und flüsterte die folgenden Worte so leise, dass mit Sicherheit niemand mithörte, was er zu sagen hatte – nicht einmal, falls das Büro tatsächlich abgehört wurde, was man in Zeiten wie diesen, mit einer Regierung wie dieser, nie wissen konnte.

»Tot?!« Der Professor schlug die Hände theatralisch zusammen wie ein Conférencier auf einem Provinz-Kramermarkt (vielleicht war dies ja genau das, was er am Ende seiner Karriere sein würde), aber Peter Trøst ließ sich keine Sekunde von der Reaktion in die Irre führen.

Er war auf seinen Krücken in den Löwenkäfig im Keller gehumpelt und hatte sich gerade gesetzt, als der Nachrichtenchef Bent Karlsen mit Essensresten im Bart in den Raum stürmte. »Er ist tot!«, rief Karlsen. »Die Meldung kam eben aus der Kanzlei des Ministerpräsidenten. Der Ministerpräsident ist tot! Für die nächsten drei Tage ist Staatstrauer ausgerufen worden.«

»Yes! Yes! Yes!«, rief der Professor, und Peter Trøst war geistesgegenwärtig genug, die schalldichte Tür hinter dem Nachrichtenchef mit seiner Krücke zuzustoßen und den Rest der Welt auszusperren. Am Vorabend war die Mitteilung des amerikanischen Muttersenders eingegangen, dass sie sich wegen der drohenden weltumspannenden Finanzkrise von ihrem verlustbringenden dänischen Experiment trennen wollten

»Das ist ein Zeichen...!«, platzte er heraus. »Ich wusste, dass es so kommen würde... Wir werden es durch die Krise schaffen. Wenn Ole Almind-Enevold der mächtigste Mann im Land ist, wird sich alles lösen...« Der Professor stockte, als hätte er zu viel gesagt.

»Der Nationalminister war dabei. Sie sprachen gerade über die Amtsübergabe, als der Ministerpräsident plötzlich einen Schlaganfall bekam und in weniger als einer Minute tot war. Sie werden ihn heute Abend aus der Kanzlei holen. Mit Ehrengarde und...« Der Nachrichtenchef verstummte, leicht verwirrt, weil die Stimmung im Raum abrupt von uneingeschränkter Begeisterung in etwas anderes umgeschwungen war, das er nicht einordnen konnte.

Der Professor musterte seinen Angestellten mit einem unergründlichen Blick, nachdenklich und abwesend zugleich, und sagte: »Danke, Karlsen. Du kannst zurück an deine Arbeit.«

Als der Nachrichtenchef gegangen war, sagte der Professor mit belegter Stimme: »Das ist wirklich fantastisch... großartig... Ich kann es kaum glauben. Welch unglaublich unbeugsamer Charakter! Welcher Mut!«

Keiner sagte etwas, aber alle wussten, von wem er sprach.

»Jetzt werden wir es allen zeigen... All meinen Kritikern.

Mit Ole am Ruder wird sich alles lösen. Alles. Wir bekommen staatliche Zuschüsse. Wir bekommen unsere Zuschauer zurück und noch mehr dazu!«

In den rot unterlaufenen Augen des Professors standen, wie Peter Trøst erstaunt feststellte, echte, aufrichtige Tränen.

»Alle, die in den letzten Monaten das sinkende Schiff verlassen haben, alle Verräter, Medienbonzen, Glücksritter, alle, die uns im Stich gelassen haben, werden jetzt sehen, dass wir am Ende als Sieger dastehen.«

Peter Trøst betrachtete seinen Chef, ohne etwas zu sagen. Seine Beine prickelten wieder. Die Ärzte wussten noch immer nicht, was ihm fehlte. Er konnte gehen, aber nur mit Mühe, und die unbekannte Krankheit hatte seinen Abschied von *Channel DK* auf unbestimmte Zeit verschoben. Das Mitgefühl seiner Umgebung hatte den Professor veranlasst, die Vollstreckung des Rausschmisses fürs Erste aufzuschieben.

»Wir haben gesiegt …!«, ließ er sich vernehmen.

Peter Trøst Jørgensen erhob sich – erstaunt, weil er seinen kraftlosen Beinen nicht den Befehl erteilt hatte, irgendwohin zu gehen – und verließ den Löwenkäfig. Er hörte den Professor noch zu einem irritierten Protest ansetzen, als die Tür mit einem Knall hinter ihm ins Schloss fiel und die letzten Geräusche einfach abschnitt. Er fuhr mit dem Aufzug in die Eingangshalle und verließ das Gebäude auf direktem Weg. Er richtete den Blick nach Südwesten und kniff die Augen zusammen.

Seine gesamte Kindheit und sein erwachsenes Leben hindurch hatte Nils Jensen versucht, Situationen zu vermeiden, die andere Menschen in Verlegenheit brachten oder in denen er Dinge sagen musste, die jemanden verletzen könnten. Deshalb hatte er nun auch gewartet, bis seine Mutter aus dem Wohnzimmer gegangen war, um einkaufen zu gehen, und er mit seinem Vater allein war.

»Ich muss euch was fragen.«

Der alte Nachtwächter sah seinen Sohn mit blanken Augen durch die Gläser seiner Lesebrille an. Er hatte in der Sonntagszeitung gelesen, die meist die ganze Woche reichte.

Nils machte einen zweiten Anlauf mit dem gleichen Satz – diesmal in der Einzahl. »Ich muss dich was fragen.«

»Ja?«, sagte der Mann, der vierundfünfzig Jahre lang auf dem Assistenzfriedhof gegen Einbrecher und lichtscheue Existenzen im Dienst gewesen war, ehe er in Pension ging.

»Warum hast du *Junge* gesagt?« Die Frage kam so unerwartet, auch für Nils Jensen selbst, dass es einen Augenblick ganz still in der Stube war.

»Junge?«, fragte der alte Mann.

»Ja. Du hast *Junge* gesagt ... *Der Junge, der auf das Brot trat*. Aber das war kein Junge. Das war ein Mädchen.«

»Ja. Schon möglich.« Der pensionierte Nachtwächter zuckte mit den Schultern. »Aber das ändert doch nichts an der Geschichte.«

»Doch. Weil ich nämlich immer dachte, ich wäre es, der ...«

»Der was ...?« Der Ausdruck in ihrer beider Augen veränderte sich, als würden sie in einem dunklen Hinterhof nach Schatten Ausschau halten, die dort nichts zu suchen hatten.

»Dass ich der Junge bin, der unten in der Dunkelheit endet, unter der Erde ... wenn ich jemals schlecht zu meinen ... Eltern wäre.«

Sein Vater schloss die Augen, sagte aber nichts.

»Wer ist mein richtiger Vater?«

Der alte Mann beugte sich mit dem mageren Oberkörper und dem Gesicht zum Boden runter.

»Wer ist meine Mutter?«

Noch immer bekam er keine Antwort.

»Sie sagen, ihr hättet mich aus Kongslund adoptiert ... Aus dem Säuglingsheim.«

Der alte Nachtwächter hob den Kopf und sah seinen Sohn an. Er hatte Tränen in den Augen. »Wir haben getan, was die Vorsteherin von uns verlangt hat.«

Nils Jensen sah seinen Vater schweigend an, während er das Geständnis auf sich wirken ließ, das er gerade gehört hatte.

»Du bist also nicht mein richtiger Vater?«

»Doch, Nils. Ich bin dein Vater. Es hat nie einen anderen gegeben.«

»Was hat die Vorsteherin euch gesagt?«

Furcht stand in den Augen des alten Mannes. »Dass es einen Grund gibt«, sagte er.

»Einen Grund?«

»Aber den musst du nicht kennen.«

»Erzähl es mir. Ihr habt mich mein ganzes Leben angelogen.«

»Wir konnten kein Kind adoptieren, weil wir arm waren. Sie hätten nie ein Kind in unsere Obhut gegeben. So hat Fräulein Ladegaard es uns erklärt, aber dann...«

Magna hatte Nils aus einem bestimmten Grund in dunklen Hinterhöfen und finsteren Zimmern aufwachsen lassen – nur dass er diesen Grund noch nicht kannte.

»Sie hatten überraschend ein Kind bekommen, das sie... das die Vorsteherin nicht in einer der feinen Familien unterbringen konnte... Du warst...«

»Ja?«

»Es ging alles blitzschnell. Plötzlich bekamen wir eine Genehmigung. Innerhalb weniger Tage dann die Zuteilung. Und so bist du zu uns gekommen, und wir haben dich von der ersten Sekunde an geliebt. Aber mir kam das Ganze schon sehr seltsam vor. Also habe ich verlangt, die Geburtsdokumente zu sehen. Ich wollte es schwarz auf weiß haben, dass du gesund bist und wer deine Eltern sind.«

Der alte Mann stand auf und ging zu der alten Eichenkommode, die schon in der Ecke unter dem Fenster stand, seit Nils denken konnte.

»Es gibt eine Erklärung, die niemand kennt. Außer mir und deiner Mutter.« Er zog die obere Schublade auf, hob vorsichtig den Furnierboden an und förderte einen braunen Umschlag zu Tage. Selbst aus dem Abstand konnte Nils den handgeschriebenen Namen seines Vaters darauf erkennen: *Anker Jensen.*

»Da steht alles drin«, sagte er und reichte seinem Sohn den Umschlag.

Einen Augenblick lang saß Nils wie gelähmt da. Das reuige und erniedrigende Geständnis, das er erwartet hatte, schrecklich für alle, aber zu überleben, war in einem kurzen Augenblick zu etwas viel Bedrohlicherem geworden. Jetzt ging es plötzlich um ihn – und er war alleine. Es gab keinen Fluchtweg aus der kleinen Stube. Der Alte hielt ihm den Umschlag mit ausgestrecktem Arm hin.

»Sie sagte, deine leibliche Mutter wäre auf unbestimmte Zeit im Gefängnis und dein Vater unbekannt, möglicherweise auch ein Inhaftierter.«

Nils nahm den Umschlag aus der Hand seines Vaters.

»Sie hat uns die Papiere gegeben, damit wir uns selber davon überzeugen konnten, und wir haben ihr versprochen, sie hinterher zu vernichten. Es gebe Dinge im Leben, sagte sie, die kein Kind jemals erfahren sollte.«

In dem braunen Umschlag steckte nur ein einzelnes Blatt Papier. Nils sah auf das Blatt.

»Aber den habe ich behalten.«

Es war ein Taufschein, auf dem nur eine Zeile ausgefüllt war.

John Bjergstrand, geb. 30.4.61. Mutter: Eva Bjergstrand. Vater: unbekannt.

»Ja, das bist du.«

Nils Jensen schloss die Augen, und in diesem Moment

überkam ihn die Übelkeit. Er konnte gerade noch das Blatt Papier auf den Tisch schmeißen, ehe er vornüber auf den Teppich kippte und sich heftig übergab. Sein Vater reichte ihm ein Taschentuch, fasste seinen Sohn an den bebenden Schultern und drückte ihn an sich. »Nils, Nils ... Nils, wir lieben dich. Verzeih, verzeih uns ... Ich hab doch geglaubt, es sei so das Beste für dich ... für uns. Verzeih.«

»Sie sagen, ich wäre der Sohn einer Mörderin.« Nils Jensen weinte. Und sein Vater weinte mit ihm.

Als sie sich wieder beruhigt hatten, erzählte Anker Jensen von seinen ersten Lebensjahren. Sie hatten ihn von John auf Nils umtaufen lassen und außer dem Taufschein alles andere verbrannt – wie die mächtige Heimleiterin es von ihnen verlangt hatte. Darunter war auch ein Protokoll der Gefangenenfürsorge gewesen, in dem stand, dass die sechzehnjährige Eva zu einer Gefängnisstrafe verurteilt worden war, aber weder physisch noch psychisch krank oder in anderer Weise unzurechnungsfähig sei. Außerdem gab es noch eine Art Akte, in der die wichtigsten Daten über die Ankunft des kleinen John in Kongslund und die folgenden Monate in der Elefantenstube standen.

»Für uns war das ein abgeschlossenes Kapitel. Wir haben dich geliebt und konnten uns nicht vorstellen, dass das noch einmal wichtig werden könnte. Die letzte Zeit hat uns sehr beunruhigt.«

Seine Eltern hatten die Artikel über den mysteriösen Jungen in *Fri Weekend* gelesen und natürlich den Namen wiedererkannt. Aber sie hatten gehofft, dass es sich um einen Fehler oder ein Missverständnis handelte und nichts mit ihnen zu tun hatte. Und schon gar nicht mit dem alten Formular, von dessen Existenz niemand wusste. Sie hatten die Zeitungen der nächsten Tage ungelesen in den Müll geworfen und sofort den Fernseher ausgeschaltet, sobald auf *Channel DK* oder einem anderen Sender darüber berichtet wurde.

Sie hatten buchstäblich die Augen davor verschlossen, wie Eltern es häufig tun, und darauf gewartet, dass die Angelegenheit sich von allein erledigte.

Und das tat sie, völlig überraschend, zu ihrer unsäglichen Erleichterung, als *Channel DK* und *Fri Weekend* die Berichterstattung einstellten, um über den elfjährigen Tamilenjungen zu berichten. Sie waren sicher gewesen, dass ihr groteskes Geheimnis weiter geheim bleiben würde.

Ohne den entscheidenden Hinweis von mir hätte Nils Jensen niemals die Wahrheit erfahren.

33

ANDROMEDA

2. JULI 2008

Wir waren am Ende des Weges. So sah es für uns alle, die wir in die Kongslund-Affäre verwickelt waren, aus. Wir hatten John Bjergstrand gefunden.

Persönlich hatte ich in diesen Tagen auf ein Zeichen von Magdalene gewartet, denn wenn sie sich einen Rest ihrer Neugier auf die Lebenden bewahrt hatte, sollte diese Lösung doch eine Reaktion von ihr hervorrufen.

Aber sie kam nicht, und das machte mir mehr Sorgen, als ich gedacht hätte.

»Ich verstehe es einfach nicht.«

Wir saßen wie beim letzten Mal im hellen Gartenzimmer mit Blick auf den Sund.

»Ich verstehe es einfach nicht, warum sie bereit war, ein solches Risiko einzugehen«, sagte Knud Tåsing.

Ich sah, dass Nils geweint hatte, und spürte, dass seine Anwesenheit keinen uns kaltließ. Nicht nur, weil wir endlich das Kind gefunden hatten, nach dem wir alle so lange gesucht hatten, sondern auch, weil er im Laufe nur einer Nacht vollkommen verändert wirkte. Der etwas abwesende Ausdruck, der sein Gesicht stets gekennzeichnet hatte, war durch etwas Dunkles, Wachsames abgelöst worden. Und alles Verträumte war der Furcht gewichen. Ich nahm es gelassen, denn die Furcht würde durch Erleichterung abgelöst werden, dessen war ich mir sicher. Er würde die Gewissheit schätzen lernen, die ich ihm gegeben, aber selbst niemals erfahren hatte. Er kannte jetzt seine Herkunft. Ich hatte eine Reparatur unternommen, die ebenso schmerzhaft wie unumgänglich gewesen war.

»*Warum*?«, wiederholte Knud. »Warum sollte Magna die Papiere an eine Familie in Nørrebro aushändigen, die so überhaupt nicht ihrer Vorstellung entsprach? Ich verstehe ja durchaus, dass sie sich bei ihrem Versteckspiel für eine solche Familie entschieden hat, aber warum ihnen die Papiere übergeben? Sie konnte ja nicht sicher sein, dass sie sie wirklich vernichteten?«

Es war das vierte Mal, dass er »warum« fragte, und aus irgendeinem Grund ärgerte mich die Wortwahl des Journalisten. Außerhalb dieses Zimmers hatte noch niemand von unserer Entdeckung erfahren, und Knud Tåsing hatte unterstrichen, wie wichtig die Geheimhaltung war.

»Aber es ist doch nichts *geschehen*.« Es war Peter Trøst, der seinem Kollegen antwortete. Er hatte uns gleich nach seiner Ankunft erzählt, dass er sich nicht mehr als Angestellten von *Channel DK* betrachtete. Es war etwas geschehen, auf das er nicht näher eingehen wollte, und niemand hatte nachgehakt.

»Nein«, sagte Knud Tåsing, »aber das konnte Magna ja nicht *wissen*.« Er drehte sich zu mir um. »Passt das zu Ihrer Auffassung von Ihrer Pflegemutter, Marie?«

Ich dachte ein paar Sekunden nach. »Vielleicht hat sie sich unter Druck gesetzt gefühlt...« Ich sah zu Nils, dessen Leben sich durch mich vollkommen verändert hatte. »Dein Vater war vielleicht nicht leicht zu überzeugen, als er jünger war. Außerdem saß er am längeren Hebel. Sie hatte den illegalen Prozess schließlich schon in Gang gesetzt.«

Nils Jensen – John Bjergstrand – sagte nichts. Ich ging davon aus, dass er meiner Meinung war.

»Aber warum sich nicht absichern…? Warum keine andere Familie, die leichter zu manipulieren war?«, warf Knud Tåsing ein.

Niemand sagte etwas, keiner hatte eine Antwort darauf.

»Er hat diesen Taufschein ja regelrecht versteckt. Warum?«

Das Schweigen zog sich in die Länge. Schließlich sagte ich: »Weil er instinktiv verstanden hat, dass das Auslöschen des letzten Wissens über die Wurzeln eines Kindes die größte Sünde ist, die ein Mensch begehen kann.«

Alle sahen mich an. Niemand sagte etwas.

Irgendwann wandte Asger sich an Nils. »Du bist auf jeden Fall der Sohn des zurzeit mächtigsten Mannes des Landes!«

Der Bemerkung mangelte es auffällig an Einfühlungsvermögen, was ganz ungewöhnlich für Asger war. Ich sah, wie sehr sie den Fotografen schmerzte, der zum ersten Mal ganz ohne seine geliebte Kamera dasaß und die Hände im Schoß gefaltet hatte. »Ja«, sagte er. »Aber ich will nicht, dass es herauskommt. Ich will weder der Sohn von *ihr* noch von *ihm* sein.«

Knud Tåsing nickte. Er sah wieder so selbstsicher und zufrieden aus wie am Anfang der Kongslund-Affäre. »Das ist verständlich. Etwas anderes hatten wir auch nicht erwartet. Und deshalb habe ich einen Plan«, sagte er und weihte uns in seine Gedanken ein.

Wir stimmten geschlossen zu, weil es nur diese eine Möglichkeit gab, wenn wir weiterhin Seite an Seite dem eigentlichen Schurken der Kongslund-Affäre gegenübertreten wollten – einer für alle, alle für einen.

Wieder blieb Asger, nachdem alle anderen gegangen waren, und wieder schlossen wir den Abend im Königszimmer ab, mit Blick auf den Sund und die Insel Hven.

Ich war wie immer in seiner Anwesenheit nervös, aber er schien das nicht zu bemerken.

»Marie, wenn der genialste Wissenschaftler der Welt, Albert Einstein, sich irren konnte, können sich alle Wissenschaftler irren – ebenso gut ist es aber auch möglich, dass Einstein letzten Endes trotzdem recht hatte. Ein ziemlich faszinierender Gedanke, nicht wahr? Die Möglichkeit der perfekten Symmetrie, eines vollständig fehlerfrei aufgebauten Puzzles, in dem sämtliche Elemente berechnet, erklärt und vorhergesehen werden können.«

Zum Glück versuchte er nicht, mich anzufassen.

»*Andromeda*«, sagte er verträumt. »Warum verheilen die Wunden, die man sich früh im Leben zuzieht, nie mehr ganz? Egal, ob sie von Misshandlungen, Demütigungen oder Einsamkeit herrühren.«

Ich wusste nicht, was Andromeda mit seiner frühen Kindheit oder dem Verrat seiner Eltern zu tun haben sollte.

»Das ist so, weil sie nicht zu Narben werden, sondern zu eigenständigen Teilen deiner selbst. Wie leicht missgebildete Körperteile. Mit bloßem Auge nicht sichtbar, beeinflussen sie doch all deine Bewegungen und alles, was du sagst oder tust – bis zu deinem Tod.«

»Wie meine Füße, die nicht geradeaus laufen können, obwohl sie von den Ärzten längst als gesund und gerade attestiert worden sind«, antwortete ich spöttisch.

»Ja.« Asger lachte, ohne die Ironie zu bemerken. »Oder meine Hüfte, die längst geheilt ist, die mich aber noch immer zum Hinken zwingt, sobald ich müde werde.«

Er stand auf und setzte sich neben mir aufs Bett, und wie bei den letzten Malen rückte ich ein Stück von ihm weg. Meine Scheu gegenüber einer möglichen Berührung war wie ein kleiner Elektromotor, der ganz von allein startete.

»Die Einsamkeit ist von zentraler Bedeutung«, sagte er und saß einen Moment lang vornübergebeugt da.

Einen Augenblick lang fürchtete ich, er würde seinen rechten Arm um mich legen, aber er tat es nicht.

»Die Einsamkeit ist das einzige Gebrechen, das wirklich von Bedeutung ist, nicht wahr?«

Er lächelte.

Küss ihn, Marie!, flüsterte der Spiegel über dem Bett mir ein.

Ich rückte noch ein bisschen weiter von ihm weg.

»Nicht wahr, Marie?«

Dann verstand ich, was geschehen sollte, und reagierte unmittelbar. Ich stand auf. »Ich muss jetzt schlafen. Das ist wichtig«, sagte ich und öffnete die Tür. »Wie du weißt, bin ich morgen Früh zu dem wichtigsten Treffen in der Geschichte Kongslunds eingeladen.«

Die Bemerkung holte ihn schlagartig zurück in die Wirklichkeit.

Ich schloss die Tür hinter ihm. Aber seine Worte über die Einsamkeit hingen noch den Rest der Nacht in meinem Zimmer. Ich fragte mich, ob er mir wirklich gesagt hatte, was ich glaubte – oder ob ich mir das bloß einbildete.

34

DER MINISTERPRÄSIDENT

4. JULI 2008

Ole Almind-Enevold wurde in diesen Tagen in Zeitungen und Fernsehen bejubelt wie kein Landesvater vor ihm, obwohl er noch nicht einmal gewählt worden war.

Gerade diese Tatsache aber betrachteten die Kommentatoren und Leitartikelschreiber in ihrem Begeisterungsrausch als eine besondere Auszeichnung – schließlich hatte eine höhere Macht den starken Mann dort platziert, wo die Dänen ihn gerade jetzt am dringendsten brauchten. Die Verantwortung für den Skandal um den jungen Tamilen wurde ausnahmslos auf den unzurechnungsfähigen Stabschef geschoben, nach dem jetzt auch die Polizei fahndete.

Ole Almind-Enevolds Traum war in Erfüllung gegangen, und alle, die noch klar zu denken in der Lage waren, ahnten Schlimmes.

Die Angestellten hatten mit einem kleinen Heer von Helfern die Herzkammer des Staates in Rekordzeit wieder in das Büro eines Ministerpräsidenten verwandelt, damit Ole Almind-Enevold die Führung des Landes augenblicklich übernehmen konnte.

Man hatte seine wichtigsten Unterlagen und persönlichen

Dinge vom Nationalministerium herbeigeschafft, sobald das hydraulische Bett seines Vorgängers aus dem Raum geschoben worden war. Almind-Enevold hatte gleich umziehen wollen, wofür er seine Gründe hatte. Die letzten Kisten waren gerade ausgepackt, als der frisch gekrönte Regierungschef auch schon seine erste und vermutlich wichtigste Sitzung abhielt. Wäre es nach Almind-Enevold gegangen, hätte er diese Menschen niemals empfangen, aber Knud Tåsing hatte am Telefon nur einen Satz sagen müssen, um den Ministerpräsidenten umzustimmen...

»... *wir haben ihn gefunden.*«

Ole Almind-Enevold ließ alle Vormittagsveranstaltungen ausfallen, darunter eine Besprechung mit seinem neuen Staatssekretär über eine augenblickliche Regierungsrochade, um sicherzustellen, dass die Gleichstellungsministerin durch einen jüngeren Mann ersetzt würde, der ihn in seinen Bestrebungen unterstützen würde, das Recht auf freie Abtreibung schnellstmöglich einzuschränken.

Auch dieses Treffen musste warten.

Carl Malle stand breitbeinig und überraschend ruhig neben ihm, als wir ankamen. Ich hatte auf einen nervösen, vielleicht sogar verängstigten Ausdruck in seinen harten, braunen Augen gehofft, aber er wirkte unbeeindruckt wie immer. Mich beunruhigte das, obwohl ich in dem Plan, den Knud skizziert hatte und der von allen einstimmig angenommen worden war, keinen Schwachpunkt ausmachen konnte.

Die formelle Begrüßung wurde so schnell wie nur möglich mit einem Minimum an Höflichkeit abgehakt, wobei mir Almind-Enevolds Verblüffung nicht entging, als er dem Fotografen die Hand schüttelte. Dass Knud Tåsing und ich immer wieder Probleme machten, wusste er, aber Nils Jensens Anwesenheit verwirrte ihn sichtlich.

Carl Malle gab den Besuchern nicht einmal die Hand, nickte uns nur mit undurchschaubarer Miene zu.

Almind-Enevold nahm hinter dem Schreibtisch Platz, Carl Malle auf einem Stuhl rechts neben ihm, und wir setzten uns ein paar Meter von ihnen entfernt auf das Sofa. Knud Tåsing schnalzte laut mit der Zunge. Nils Jensen, der zwischen mir und Knud Tåsing saß, zuckte zusammen. Der kleine Fotograf war von uns dreien eindeutig der Aufgeregteste, was nicht wirklich verwunderlich war.

»Wir haben ihn gefunden«, sagte Knud Tåsing und wiederholte damit, was er schon am Telefon gesagt hatte.

Ole Almind-Enevold betrachtete seinen Feind unter halb geschlossenen Lidern hervor. Die Frage stand mehr als deutlich im Raum, auch wenn niemand sie ausgesprochen hatte. *Wen?*

»Er sitzt vor Ihnen.«

Carl Malle zog die Augenbrauen hoch und richtete seinen Blick auf den einzig möglichen Kandidaten – da ich ja eine Frau und Knud Tåsing nur der Überbringer der Nachricht war.

Der Ministerpräsident des Landes saß einen Moment lang still da. Dann sagte er, ohne die Stimme zu heben: »Das ist nicht möglich.«

»Das ist möglich.« Knud Tåsing zauberte wie aus dem Nichts das entscheidende Dokument hervor und warf es dem Ministerpräsidenten hin. Es war die Geburtsurkunde aus der Kommode des alten Nachtwächters.

»Wir haben das hier ... bei Nils Jensens Vater gefunden. Anker Jensen hat uns bestätigt, dass dieses Dokument echt ist und dass Martha Ladegaard es ihm selbst gegeben hat.«

Ich hätte schwören können, dass der mächtigste Mann des Landes in diesem Augenblick die Fassung verlieren würde, aber er riss sich zusammen und beugte sich vor, um das Papier zu studieren.

Carl Malle schaute ihm über die Schulter.

Mindestens eine Minute lang sagte niemand ein Wort.

Ich bewunderte die Selbstbeherrschung des alten Mannes. Er blinzelte ein paar Mal, ehe er sich aufrichtete und flüsternd sagte: »Ich brauche einen ... *Beweis.*« Es waren diese Dinge, auf die die Mächtigen sich verstanden. Selbst in aussichtslosen Positionen stellten sie noch Forderungen. »Eine DNA-Probe«, sagte er und sah aus, als hätte ihn ein Faustschlag auf den Solarplexus getroffen. Der Fotograf aus dem Elendsviertel von Indre Nørrebro war vermutlich derjenige von uns sieben, zu dem er sich am allerwenigsten bekennen wollte – nicht in seinen finstersten Träumen hätte er damit gerechnet. Seine Gedanken waren immer zu Orla gegangen oder zu Peter, die er trotz allem respektierte – und auch mit Asger hätte er leben können.

Severin hatte er von Anfang an ausgeschlossen, und auf die Idee, dass Nils sein Sohn sein könnte, war er nicht im Traum gekommen.

Ausgerechnet der beste Freund und Kollege seines Erzfeindes, ein Mann, der nie mehr geleistet hatte, als Schwarz und Weiß zu kombinieren und die Bilder an die Sensationspresse zu verkaufen, sollte sein Sohn sein. Die unerträgliche Enttäuschung stand ihm ins Gesicht geschrieben.

»Einen DNA-Beweis wird es nicht geben. Die Beweise liegen vor Ihnen.« Knud Tåsing schüttelte den Kopf, um unseren Entschluss zu verdeutlichen. »Wir sitzen in diesem Fall am längeren Hebel. Sie können sich keinen öffentlichen Skandal leisten, vermeiden können Sie ihn aber nur, wenn Sie uns drei Bedingungen erfüllen.«

Es war deutlich zu hören, dass der Journalist seinen Vortrag bis aufs letzte Wort vorbereitet hatte – und es genoss. »Ich biete Ihnen das an, weil Nils Jensen mich ausdrücklich darum gebeten hat. Er ist mindestens ebenso schockiert wie Sie. Er will nicht, dass außer den hier Anwesenden irgendjemand von Ihrer Verbindung erfährt.«

Der Blick des mächtigen Mannes war so voller Hass, dass

ich mich wunderte, wie Knud Tåsing konzentriert bleiben konnte.

»Ich habe Nils gesagt, dass es für mich nur eine Möglichkeit gibt, seinen Wunsch zu berücksichtigen, ohne als Journalist mein Gesicht zu verlieren, weil ich diese Geschichte *nicht* schreiben werde. An diesem Punkt kommen eben unsere drei Bedingungen ins Spiel. Weigern Sie sich, diese zu erfüllen, veröffentlichen wir alles. Und glauben Sie mir, ich wäre mit Freude dazu bereit.«

»Und wie lauten die drei Bedingungen?«, mischte Carl Malle sich erstmals in das Gespräch ein. Aus irgendeinem Grund fixierte er dabei mich. Ich spürte, wie sich meine alte Angst meldete und meine linke Schulter weit nach unten drückte. Sogar im Augenblick seiner offensichtlichen Niederlage jagte mir der Expolizist eine lähmende Angst ein.

»Die erste Bedingung lautet, dass Ole uns – also Nils – genau erzählt, was damals vorgefallen ist, als er Eva Bjergstrand getroffen hat.« Tåsing sprach seinen alten Intimfeind bewusst respektlos mit dem Vornamen an.

»Und die zweite?«, fragte Carl Malle.

»Dazu kommen wir, wenn es so weit ist. Erst die Erklärung.«

Almind-Enevolds Stimme war matt und tonlos, als er das Wort ergriff. »Aber Tåsing – wenn das ein Geheimnis bleibt – die ganze Affäre –, kriegen Sie doch nie Ihren Scoop. Wie wollen Sie dann je Ihren Ruf und Ihre Würde zurückerlangen, die Sie im Übrigen nie gehabt haben«, sagte er ebenso wirr wie todesmutig. Schon am ersten Morgen auf dem Thron, den er sein ganzes Leben begehrt hatte, riskierte er es, in den Mittelpunkt eines Skandals gerückt zu werden, der ihm das Genick brechen und ihn vermutlich sogar ins Gefängnis bringen würde. Es klopfte den angebotenen Ausweg gründlich auf mögliche Fallen ab und wagte es obendrein, seinen Henker zu beleidigen. Widerstrebend musste ich mir eingestehen, dass ich seine Dreistigkeit bewunderte.

Vor ihm saß sein Sohn, aber sie sahen einander nicht an. Die Vaterliebe, die er sich ein ganzes Leben lang eingeredet hatte, war im Laufe nur einer Sekunde durch bodenlose Enttäuschung ersetzt worden.

»Ich arbeite nicht mehr bei der Zeitung«, sagte der Journalist. »Es ist also ohnehin zu spät. Und wissen Sie was, Ole?«

Die Reaktion blieb aus.

»Es ist mir wirklich scheißegal. Erzählen Sie uns Ihre Geschichte. Sie wird nicht verbreitet werden. Vorausgesetzt, Sie erfüllen Ihren Teil der Abmachung.«

»Wie lauten die anderen beiden Bedingungen?«, fragte Carl Malle erneut.

»Die können Sie im Handumdrehen erfüllen, das verspreche ich Ihnen. Die Geschichte des Jungen ist der wichtigste, zentrale Punkt. Nils Jensen hat ein Recht darauf, alles über seine Herkunft zu erfahren.«

Ich war vollkommen seiner Meinung.

Carl Malle nickte. Bestimmt dachte er an eine Geldforderung – oder einen Extrazuschuss für Kongslund. Ich grinste, als ich mir vorstellte, wie verblüfft sie über Knuds teuflisch ausgedachte weitere Bedingungen sein würden.

»Okay.«

Dieses Wort benutzte der Sicherheitschef nur selten. Es war ein Wort der Akzeptanz, der Niederlage, die er so sehr hasste.

Dann wandte er sich seinem alten Kameraden aus dem Widerstand zu und sagte: »Erzähl es ihnen, Ole. Es fehlen ohnehin nur noch Details.«

Zuerst antwortete er zögernd und mit stockender Stimme, doch irgendwann schien es, als erleichtere es ihn, sich endlich alles von der Seele zu reden. Ich gönnte ihm diese Entlastung nicht, denn was er sagte, war derart grotesk, er verdiente keine Erlösung – verdiente den süßen Schmerz nicht, die alte Leidenschaft noch einmal zu durchleben und seinen Sohn vor sich zu haben.

Der quadratische, dreimal drei Meter große Besuchsraum war ihm von der Gefängnisleitung zur Verfügung gestellt worden. Möbliert war er mit einer niedrigen Pritsche mit einem dünnen, blauen Bezug, einem gelb lackierten Holztisch und zwei Stühlen. An der Wand war ein Waschbecken mit einem rostigen Wasserhahn, der sich nur schwer aufdrehen ließ und nur unregelmäßig Wasser gab.

Das Mädchen wirkte an dem Tag, an dem sein Albtraum begann, noch trauriger als sonst.

Sie war weder schön oder auch nur attraktiv, das wäre eine Übertreibung gewesen, und sie als die Liebe seines Lebens zu bezeichnen, wäre lächerlich. Kein Mann in seiner Position durfte sich zu einer solchen Aussage hinreißen lassen. Sie wirkte fragil wie ein Scherenschnitt von Hans Christian Andersen. Es umgab sie eine Stille, die vor dem Hintergrund ihrer gewalttätigen Vergangenheit paradox wirkte. Sie hatte das Verbrechen, für das sie verurteilt worden war, nie geleugnet, ebenso wenig zeigte sie aber Reue oder redete über das Geschehene. Er hatte nie wieder jemanden wie sie getroffen, das war dem Klang seiner Stimme zu entnehmen, obgleich er es nicht laut aussprach.

Er hatte versucht, ihrem traurigen Blick auszuweichen, indem er sich über den Bericht gebeugt hatte, den er ihr zeigen wollte, das Resultat der Arbeit, die sie zusammengeführt hatte – die Abhandlung über weibliche Gefangene und ihre besonders schwere Situation. »Ich möchte, dass du das liest, Eva. Es geht darin um dich.«

»Ich bekomme ein Kind«, hatte sie gesagt.

Ole Almind-Enevold hatte schockiert auf seinem Stuhl gesessen und zu ergründen versucht, ob sie Witze machte.

Draußen auf der anderen Seite der Tür hörte er einen Wachmann vorbeigehen, er sah ihn aber nicht, denn die Scheibe war mit einem dunklen Stoff verhängt.

»Ich bekomme ein Kind«, wiederholte sie und wartete auf eine Antwort.

Der Wachmann war draußen stehen geblieben und hantierte mit einem Stuhl herum, ehe seine Schritte sich wieder entfernten.

»Von dir...«, sagte sie, und ihr Mund war wie eine kleine rote Blume, die ihre Blüte schloss. Wie gierig dieser Mund ihm entgegengekommen war, wenn er in seiner Begierde alle Vorsicht beiseitegeschoben hatte. Sie hatten sich auf der blauen Pritsche geliebt, während es draußen gestürmt und geregnet hatte – das wusste er noch ganz genau. Der Besuchsraum war immer verschlossen und die Scheiben waren verhängt gewesen, sodass sie für die zwei Stunden, die seine Besuche dauerten, ganz allein gewesen waren. Über mehrere Monate hinweg war das so gegangen.

Er war damals gerade siebenundzwanzig geworden, und seine politische Karriere wurde nach dem Parteikongress im September in den unterschiedlichsten Zeitungen als äußerst vielversprechend bezeichnet.

»Sag was«, hatte sie ihn aufgefordert, während sie in ihrer papierenen Zerbrechlichkeit vornübergebeugt auf dem Stuhl gesessen und ihn unendlich traurig angesehen hatte.

Er sah ihren blassen, nackten Körper vor sich (ihre Blässe hatte ihn in all der Zeit wohl am meisten fasziniert) und die Schweißperlen auf ihrer Haut. Es stürmte und regnete, als sie ihren Mund an sein Ohr drückte und ihm Dinge zuraunte, die nur Mädchen aus ihrem Viertel zu sagen in der Lage waren. Sie zitterte wie im Krampf unter ihm, bis ihre Augen sich weiteten und ihn vollends umschlossen, ohne etwas zu sehen.

Er hatte den Bericht auf den Tisch gelegt, der seiner Karriere einen weiteren Schub versetzen sollte. »Mein Bericht ist fast fertig«, sagte er. »Das hier ist mein letzter Entwurf.« Er war sehr stolz auf seine Arbeit.

»Du bist *verrückt*...« Sie schüttelte den Kopf. »Ich habe dir gerade gesagt, dass wir ein *Kind* bekommen... und du redest von dem *Bericht*.«

»Aber es geht darin doch um deinen Fall. Vielleicht hilft dir das, hier rauszukommen«, sagte er. Dabei wollte er das in Wirklichkeit gar nicht, schließlich war er schon verheiratet.

Er selbst hatte die Einleitung des Berichts verfasst, der noch unangetastet vor ihr lag: *Bericht über eine weibliche Strafgefangene, geb. 6. April 1944, Ex. 01, Hrsg: Gefangenenfürsorge und Universität Kopenhagen 1960.*

Der ganze erste Abschnitt handelte ausschließlich von ihr, war aber auf andere Fälle übertragbar, und er spürte förmlich, wie entscheidend seine Arbeit für die schwere Situation der weiblichen Gefangenen war. *Gespräch mit 01 über ihre Mutter. Sie hat zum Ausdruck gebracht, dass die Vergangenheit ihrer Mutter ein entscheidender Faktor für das war, was später geschehen ist.*

Danach folgten die notwendigen sachlichen Hinweise, ehe der Bericht wieder konkreter wurde. *Als Kind eines unbekannten deutschen Soldaten tötete 01 ihre Mutter durch einen einfachen Stoß – sie stürzte auf der steilen Hintertreppe des Hauses, in dem sie wohnten. Vorausgegangen war ein Streit über dieses Thema. Vorgefallen ist das Ganze am 15. Geburtstag des Mädchens. Erst bezeichnete diese den Vorfall als einen Unfall, zog die Aussage aber später zurück und äußerte einen solchen Hass auf ihre Mutter, dass sie in Verwahrung genommen wurde.*

Nach den ersten drei Besuchen spricht 01 offener über sich selbst und den Gefängnisaufenthalt. Ich versuche herauszufinden, welchen Eindruck sie von der kriminalpräventiven Wirkung von Sanktionen hat, besonders bezugnehmend auf die Fragen 16-23 (Abschnitt 01-C). Diese Fragen scheinen das Mädchen aber zu ermüden. Sie ist erst 16 Jahre alt.

Danach hatten sie zum ersten Mal miteinander geschlafen. Ihr Schrei hallte noch immer in seinen Ohren, »Ja-ja-ja!«, als sie den Rücken anspannte und ein Zittern durch ihren Körper ging, das er nie zuvor bei einer Frau erlebt hatte.

»Jetzt müssen sie mich doch rauslassen!« Sie hatte beide Hände auf ihren Bauch gelegt.

»Die lassen dich nie raus.« Seine Antwort war ohne jedes Zögern und mit einer gewissen Erleichterung gekommen.

Sie hatte wie vom Schlag getroffen dagesessen und ihn angestarrt.

»Du musst es *wegmachen* lassen.« Die Worte waren wie von selbst gekommen. Das war in Ole Almind-Enevolds Augen die einzig denkbare Lösung. »Die entlassen dich nicht, nur weil du...«

Er spürte die Kälte im Raum. Wenn sie jemals mit jemandem über den Vater ihres Kindes redete oder die Angestellten des Gefängnisses nicht Diskretion wahrten, würde er eingesperrt werden. So einfach war das.

Missbrauch einer minderjährigen Schutzbefohlenen.

Es würde in allen Zeitungen stehen. Er würde verurteilt und all seiner Ämter enthoben werden, und die Partei, die so sehr auf ihn baute, würde sich für immer von ihm distanzieren.

Das Mädchen vor ihm hatte in diesem Augenblick zu weinen begonnen. »Ich töte nicht auch noch *mein Kind*.«

Er verstand sie und wusste, dass es dabei bleiben würde. Seine Gedanken rasten hin und her, bis er einen Entschluss fasste. »Eva, es gibt auch noch eine andere Lösung. Aber die verlangt ein großes Opfer von dir. Ich bin mir nicht sicher, ob du das zu leisten bereit bist«, sagte er. »Auf diese Weise könntest du aber all das sühnen, was geschehen ist.«

Sie wischte sich die Augen ab und sah ihn lange an.

Er spürte ihre Nähe in seinem Kopf, ihre Anwesenheit; sie suchte nach der Lüge, die es geben musste, nach dem

Pferdefuß; würde ihn aber nicht finden, denn manchmal war die Wirklichkeit so fantastisch, dass der Lügner gar keine Lüge brauchte. Er sah das Muster vor sich, den Plan, und er wusste exakt, wie er ihn umsetzen und wessen Hilfe er erbitten musste.

»Wir haben nur eine Chance«, sagte er und hielt ihre dünnen Schultern fest.

An diesem Nachmittag gab es im Besuchsraum 4 des Horserød-Gefängnisses nicht den Hauch einer Chance für eine andere Entscheidung.

»Das war 1960. Knapp neun Monate später – exakt am errechneten Termin, kam das Kind zur Welt – am 30. April 1961.«

»Im Rigshospital«, ergänzte Knud.

»Richtig. Wir hatten ja eine gewisse Macht und haben die entsprechenden Weichen gestellt. Und es klappte alles. Mit Magnas Hilfe... Durch ihren persönlichen Kontakt zum Oberarzt und ein Geldgeschenk an einen Gefängnisinspektor...«

»Und ein Alternativszenario, in dem der Inspektor wegen Vernachlässigung der Aufsichtspflicht gefeuert werden würde.« Carl Malle erlaubte sich ein Lächeln.

»Magna holte das Kind ab, und Eva ist ausgewandert. Und dann...«

»... ging alles schief.«

Almind-Enevold antwortete Knud mit einem Nicken. Es schien so, als wäre es durch die absurde Geschichte zu einem historischen – und zweifelsohne kurzen – Waffenstillstand zwischen den beiden Männern gekommen.

»Ja, dann ging alles schief. Meine Frau wollte kein Adoptivkind. Und Magna bekam plötzlich Angst. Sie hatte bei etwas Ungesetzlichem mitgemacht, auch wenn es – wie sie selbst sagte – nur dem Kind zuliebe gewesen war.«

»Und natürlich, weil sie wusste, dass sie dadurch die Existenz ihres Kinderheims für Jahre sichern konnte...«, ergänzte Carl Malle zynisch.

Ole Almind-Enevold zuckte ärgerlich mit den Schultern und fuhr fort: »Wir wussten nicht, welcher der Jungen in der Säuglingsstube... mein Sohn war.«

Ich bemerkte, dass Eva bereits aus der Geschichte verschwunden war.

»Und genauso wenig wussten wir, wie wir das herausfinden sollten. Und schließlich gelang es Magna, den Jungen aus dem Weg zu räumen, noch ehe wir etwas tun konnten.« Enevold sah einen Moment lang ebenso traurig aus wie das Mädchen Eva, das er gerade beschrieben hatte. »In all den Jahren hat sie sich geweigert, mir etwas zu sagen. Sie sagte, sie habe die Pflicht, die adoptierten Kinder zu schützen, und sie meinte, dass sie persönlich auf diese Weise für ihr Verbrechen bezahlen wollte. Sie hatte sich über alle Regeln der Mutterhilfe hinweggesetzt, als sie uns mit Evas Kind geholfen hatte, weshalb sie sich von nun an immer und ewig an alle Regeln halten wollte.«

»Deshalb haben wir euch während der ganzen Zeit beobachtet«, sagte Carl Malle, als wäre es das Natürlichste von der Welt. »Es gab immer eine feierliche Abschiedszeremonie, wenn ein Kind adoptiert wurde. Das ganze Personal stand dann in der Einfahrt und winkte dem Kleinen und seinen neuen Eltern hinterher, denen wir dann einfach gefolgt sind.«

Der Sicherheitschef lächelte, und nie war mir dieser Mann unsympathischer gewesen als in diesem Augenblick.

»Wir haben dem Kinderheim regelmäßige Besuche abgestattet, um zu sehen, ob Magna vielleicht etwas vor uns verbarg, das wir brauchen konnten. Oder ob sie in Kontakt mit dem Kind oder der Mutter getreten war«, sagte er.

»Sie sind in Magnas Büro eingebrochen«, warf Knud Tåsing ein.

Carl Malle lächelte ihn herausfordernd an.

»Irgendwann haben wir das aber wieder aufgegeben«, unterbrach ihn Almind-Enevold. »Wir haben alle Kinder aus der Elefantenstube gefunden und sie über die Jahre hinweg beobachtet, dabei aber nie herausgefunden, wer...«

»...John Bjergstrand war.« In Knud Tåsings Stimme schwang unverkennbar Triumph mit. Der Waffenstillstand der beiden Männer war vorbei.

»So ist es. Wir waren uns im Klaren darüber, dass die Adoptiveltern nie die Wahrheit erfahren hatten, andere Spuren konnten wir aber nicht finden.«

»Aber die Wissenschaft machte doch Fortschritte«, sagte der Journalist. »Konnten Sie sich keine Proben beschaffen...?«

Carl Malle unterbrach seinen Gedankengang. »Wir haben das einmal versucht – ohne Resultat. Von weiteren Tests haben wir abgesehen, weil das Risiko einfach zu groß war. Welchen Arzt oder welches Laboratorium sollten wir fragen? Und wie sollten wir das erklären? Schließlich liefen wir so Gefahr, Beweise gegen uns selbst zu schaffen.«

»Andererseits haben Sie auf diese Weise Ihre Macht über Ole gefestigt – als Wächter über die unsichtbaren Kinder –, was Ihnen sicher sehr gut in den Kram gepasst hat«, sagte Knud und neigte den Kopf. »Als die erste Probe kein Ergebnis lieferte, fürchteten Sie, Almind-Enevold könne womöglich gar nicht der Vater von einem der Kinder sein, womit Sie Ihre entscheidende Position verlieren würden. Natürlich hätten Sie einen Ausweg finden können, wenn Sie das gewollt hätten.«

Ein seltenes Mal blieb Carl Malle ihm die Antwort schuldig. Hatte Knud womöglich ins Schwarze getroffen?

Der Journalist wechselte das Thema: »Hatten Sie etwas mit Evas Tod 2001 zu tun?«

Ole Almind-Enevold kniff die Augen zusammen. Er sah wirklich erschüttert aus. »Nein... Wir hatten doch keine Ahnung, dass sie hier war.«

»Und Magna... War das auch nur ein mysteriöser Todesfall?«

»Jetzt denken Sie doch mal nach.« Der frisch ernannte Ministerpräsident sah sein Gegenüber empört an. »Wir hatten doch überhaupt keinen Grund, Magna umzubringen. Sie war schließlich die Einzige, die mir hätte sagen können, welches der Kinder mein Sohn ist.«

Während des ganzen Gesprächs hatte er nicht ein Mal den Blick auf Nils gerichtet. Er hatte seinen Sohn bekommen und ihn verleugnet – in weniger als einer Minute.

»Und Dorah, die alte Frau in Helgenæs?«

Almind-Enevold sah ihn perplex an. »Dorah?«, fragte er.

Der Expolizist winkte ab. »Ich weiß, von wem Sie reden. Was ist mit ihr?«

»Sie ist der dritte ungeklärte Todesfall. Und Sie waren in Kontakt mit ihr, Malle. Sie wollten ihr Angst machen und haben sie unter Druck gesetzt, nicht mit uns zu reden, das hat sie mir selbst gesagt.«

»Denken Sie nach, Tåsing. Ich wusste ja nicht einmal, dass sie tot ist. Und welchen Gewinn sollten wir daraus ziehen? Sie hat Unruhe gestiftet und die Ermittlungen behindert, deshalb habe ich sie gebeten, den Mund zu halten. Auf nette Weise. Nicht indem ich sie die Kellertreppe hinunterstoße.«

Knud Tåsing schwieg einen Moment und dachte über das nach, was Malle gesagt hatte.

»Also, wie lautet Ihre zweite Bedingung?« Carl Malle leitete zum praktischen Teil des Treffens über.

Knud Tåsing schien einverstanden zu sein, nicht weiter auf die drei Todesfälle einzugehen. »Die RAL-Gesetzesinitiative wird zurückgezogen«, sagte er. »Diese ganze verrückte Affäre darf unter keinen Umständen in einer absurden Begrenzung der Rechte der Frauen über ihr eigenes Leben münden.«

»Über das Leben anderer...«, korrigierte Almind-Enevold ihn mit lauter Stimme.

»Stoppen Sie diese Gesetzesinitiative, Ole, sonst stoppen wir Ihre Karriere. Sie wissen, dass wir das können. Und eigentlich ist es hier in Ihrem ... neuen Büro ja ganz nett ...«

Ich sah, wie Almind-Enevold in sich zusammensackte. Er hatte nie damit gerechnet, vor eine solche Wahl gestellt zu werden. Das noble Motiv, das ihn all die Jahre angetrieben hatte, das höchste Amt des Staates einzunehmen, war plötzlich unter ihm weggeschossen worden.

»*Okay.*« Carl Malle benutzte zum zweiten Mal das Wort der Niederlage.

Knud Tåsing brachte seine letzte Bedingung vor, die in einen einzelnen kurzen Satz passte.

Auch dieses Mal gab es kein Zögern. »*Okay.*« Zum dritten Mal war es Carl Malle, der die Zusage gab.

Während des ganzen Treffens hatte ich kein Wort gesagt.

Wir verließen das Ministerium im Entenmarsch, leicht vornübergebeugt wie die Olsen-Bande.

»Woher wusste Carl, dass sie die Treppe runtergefallen ist?«, fragte ich.

Die beiden anderen starrten mich einen Moment lang verständnislos an – offensichtlich waren sie mit ihren Gedanken weit weg gewesen.

Am Ufer des Kanals wurden hohe Tribünen errichtet. Der alte Ministerpräsident sollte in seinem vornehmen Zedernholzsarg ganze sieben Mal um Slotsholmen gefahren werden, damit alle ihm die letzte Ehre erweisen konnten. Es sollte eine Gedenkfeier werden, wie niemand sie je gesehen hatte.

Ich holte tief Luft, und Knud und Nils taten es mir nach. An der Brücke hielten wir ein Taxi an und fuhren über den Strandvej zurück nach Kongslund.

Aus für Fri Weekend
Die Worte prangten auf dem Bildschirm über dem Kopf des Professors. Er war allein im Konzeptraum im Keller der

Zigarre, aber vermutlich bekam er die Todesnachricht der ehemaligen Regierungszeitschrift gar nicht mit.

»Die beiden letzten großen Themen der Zeitung, die ihr einen neuen Schub hätten geben sollen, blieben unaufgeklärt«, sagte einer der verbliebenen Nachrichtenleute des Professors oben auf dem Bildschirm, ohne dass der Professor ihn wahrnahm. »Zum einen ging es dabei um die Kongslund-Affäre, zum anderen um die Ausweisung des elfjährigen Tamilen«, sagte der Reporter. Nur zehn Minuten vorher hatte der Professor, Bjørn Meliassen, sich mit seinem Konzeptchef beraten. Gemeinsam hatten sie versucht, eine Perspektive für den angeschlagenen Sender zu finden und Ordnung in die Stapel der Pläne und Themenvorschläge zu bekommen, die auf dem Konferenztisch lagen. Mitten in ihre Bemühungen war die letzte, vernichtende Mitteilung geplatzt, per Telefon direkt aus dem Büro des Ministerpräsidenten. Carl Malle hatte ihnen mit einem einfachen Satz die Botschaft übermittelt.

Nein.

Nein? Der Professor war kreidebleich geworden. Das war nun wirklich das Ende.

Und nein, der Professor könne den Regierungschef jetzt nicht sprechen – der Sender solle auch keinen Versuch unternehmen, ihn zu einem späteren Zeitpunkt zu erreichen. Ein Ministerpräsident dürfe keine Unterschiede zwischen den verschiedenen Medienkonzernen machen. Er könne nicht selektiv eingreifen und einen einzelnen Sender retten.

Der Professor hatte den Hörer aufgelegt, ohne ein Wort zu sagen. Es gab nichts mehr zu sagen. Sein Brustkorb schmerzte, als hätte sein Herz sich losgerissen und schlüge nun von innen gegen die Rippen.

»Und die bisherige Unterstützung? Kriegen wir die denn noch? Der Ministerpräsident gibt uns wirklich auf?«, fragte Meliassens rechte Hand ohne viel Hoffnung.

Der Professor hatte den Kopf geschüttelt und tief geatmet, bis das schmerzhafte Pochen aufgehört hatte. Dann hatte er sich aufgerichtet. »Diese Idee haben wir noch nicht ausprobiert.« Er zog eine grüne Mappe aus einem der enormen Stapel auf dem Tisch, kam aber nicht weiter.

»Ich gehe«, sagte der Konzeptchef, warf einen letzten Blick auf den gebrochenen Professor und die Mappe.

Der Professor blieb allein zurück. Irgendeine unbekannte Macht hatte *Channel DK* die Lebensgrundlage entzogen, und das Gebäude schloss sich wie ein Sarkophag über dem Kopf des alten Mannes.

Der Professor erhob sich mit gebeugtem Rücken, sperrte die Welt dort draußen aus und schloss die Tür von innen ab.

35

ABSCHIED

2. SEPTEMBER 2008

Anhand der Bilder, die die Wochenblätter in den großen Adoptionsjahren brachten, konnte die Nation sich mit eigenen Augen davon überzeugen, dass das Heim von Scharen glücklich lächelnder Kinder bevölkert war, die von einem einzigen großen und gemeinsamen Überlebenswillen beseelt waren, den kein menschlicher Widerstand hatte brechen können.

Die Wirklichkeit war natürlich ganz anders.

Ich denke, die meisten Kongslundkinder bewahrten ihre Begegnung mit der Dunkelheit in einer tief verborgenen Kammer ihrer Seele auf, in die kein Außenstehender Einblick hatte. Kein Mensch möchte seine tiefsten Wunden zeigen, die nicht einmal die beste Reparateurin des Landes zu heilen vermochte.

Bei manchen von ihnen bröckelte irgendwann die äußere Fassade, plötzlich und unerklärlich, und danach gab es keinen Schutz mehr vor dem, was wir in uns verborgen hatten ...

...Ich stehe am Rand des Grabes und betrachte die ausgehobene Erde, die in Haufen um das schwarze Loch auf dem Friedhof von Hørsholm verteilt ist.

Dann drehe ich mich um und folge den anderen Trauergästen in die imposante Kirche. Ich bin die Letzte und wähle mit der mir eigenen Menschenscheu, die ich nie ganz ablegen konnte, einen Platz auf der hintersten Bank, wo niemand mich mit verstohlen neugierigen Blicken mustert.

Der Duft ist der gleiche wie in der Kirche von Søllerød bei der Beerdigung meiner Pflegemutter.

An den Bankreihen wurden im Überfluss Freesien in schmalen, weißen Vasen angebracht, und auch auf dem Sarg, der auf einem Podest vor dem Altar steht, liegen Freesiensträuße. Man hätte meinen können, Magna wäre an der Planung beteiligt gewesen, und wenn mich jemand gefragt hätte, hätte ich es nicht ausgeschlossen. Eine solche Gelegenheit hätte sie sich nur ungern entgehen lassen.

Rechts neben dem Altar steht ein hübscher Baum, eine japanische Kirsche in einem rostroten Tontopf, die ich aus dem schönsten Garten wiedererkenne, den ich je gesehen habe. Und natürlich weiß ich, wer ihn auf dem Ehrenplatz der Zeremonie platziert hat.

Auf dem Sargdeckel, halb versteckt unter dem weißen und gelben Blumenflor, liegt ein langer, gewundener Zweig mit grünen Knospen. Wer sich auskennt, erkennt den Lindenzweig – aber niemand kann sich recht erklären, was er zwischen all den Beerdigungsgestecken zu suchen hat.

Abgesehen von wenigen Niesern ist es ganz still in der Kirche, während wir darauf warten, dass der Pastor das Wort ergreift. Ich kann es nicht lassen, mir den Mann in dem Sarg vorzustellen, den ich in gewisser Weise mein ganzes Leben lang gekannt habe. Er trägt seinen teuersten, elegantesten Anzug. Wenn man ihn auf einen Stuhl setzen und seine fahlen Wangen ordentlich pudern würde, würde wahrscheinlich im ersten Moment vor dem Bildschirm niemand den Unterschied bemerken. Ich bezweifele nicht, dass die gewissenhaften Bestatter aus dem vornehmsten Bestattungsinstitut der Stadt ihn stundenlang in der Mangel hatten, wie es sich für einen Star gehört, bevor sie ihm seinen teuersten und elegantesten Anzug angezogen haben. Vielleicht haben sie ihm ja noch ein paar weitere Anzüge in den Sarg gelegt, damit er angemessen für seine letzte Reise ausgerüstet ist, von der niemand weiß, wie lang sie dauert.

Der Pastor tritt vor den Altar und zieht alle Aufmerksamkeit im Kirchenraum auf sich. »Wir sind heute hier zusammengekommen, um Peter Trøst Jørgensen, geborener Peter Troest Jochumsen, zu seiner letzten Ruhestätte zu begleiten«, sagt er. »Wir sind hier in der gemeinsamen Trauer, aber auch, um uns über ein reiches Leben zu freuen.«

In der ersten Bankreihe sitzen die Eltern, die sich nach ihrer letzten Begegnung nicht mehr mit ihrem Sohn versöhnen konnten.

Hinter den nächsten Angehörigen ist die Kirche mit Trauergästen aus den feinsten Kreisen gefüllt: Redakteure, Minister, Direktoren und Oberärzte. Nur der Professor, der einst gefeierte Präsident von *Channel DK*, Bjørn Meliassen, fehlt bei der Beerdigung seines ehemaligen Stars, was viele verwundert. Vor und während des Glockengeläuts ging das Gerücht durch die Bankreihen, dass er sich in einer Art Kommandozentrale tief unter dem gekenterten Fernsehsender eingeschlossen hat. Persönlich fällt mir auf, dass Gerda Jensen nirgends zu sehen ist. Auch wenn die Kongslund-Affäre sie zu Tode geängstigt hat (und ich bin mir fast hundertprozentig sicher, dass sie etwas weiß, worüber sie niemals mit irgendjemandem geredet hat), sollte sie doch da sein, wenn eins der von ihr und Magna besonders geliebten Kinder seine letzte Reise über die feinen Fäden antritt.

»Lassen Sie uns einen Augenblick still werden«, sagt der Pastor, und sie schweigen eine ganze Minute, ehe er mit dem Blick auf den Sarg hinzufügt: »Ehre deinem Andenken.«

Ich schaue wie alle anderen an die Decke, während wir unseren unaussprechlichen Gedanken nachhängen. *Gibt es Ihn überhaupt? Hat Er ein Auge auf uns? Merkt Er, dass unsere persönliche Furcht in dieser Stunde das Mitgefühl für den Verstorbenen und die Hinterbliebenen übersteigt?*

Ich ergänze die Vorstellung von der himmlischen Überwachung in diesem Kirchenraum, die schon Generationen eingeschüchtert hat, mit einem ganz persönlichen Zusatz: *Falls Rektor Nordal diesem Gottesdienst beiwohnte, würde er sich ob dem Ende seines Mörders sicher schadenfroh ins Fäustchen lachen.*

Der längst zu Erde gewordene Rektor wurde in ebendieser Kirche beigesetzt. Der Pastor liest aus dem Psalter und rezitiert Davids Psalm mit erstaunlich heller Stimme, als wollte er alle Dämonen, die in den letzten Tagen über die rätselhaften Umstände des Todes des Fernsehstars getuschelt und einen möglichen Selbstmord nicht ausgeschlossen haben, zum Schweigen bringen.

Herr, du erforschest mich und kennest mich...

Ich war als Erste am Unfallort, zusammen mit Asger, während Orla und Severin in der Villa blieben, um einen Krankenwagen zu rufen. Der Wagen lag kopfüber am Fuß des Hanges.

Führe ich gen Himmel, so bist du da. Bettete ich mich in die Hölle, siehe, so bist du auch da...

Die erste Untersuchung ergab, dass der Fernsehstar kurz vor dem Abbiegen in die Einfahrt von Kongslund aus unerfindlichen Gründen plötzlich das Steuer nach rechts rumgerissen haben muss, woraufhin er in einem wahnwitzigen Winkel den Hang hochgerast ist, bis der Schwerpunkt des Wagens sich so ungünstig verschob, dass er sich über die linke Seite an dem steilen Hang überschlug. Der Wagen hatte genau die gleiche Stelle wie der Bürgerkönig gewählt, als der im letzten Jahrhundert oben am Hang ins Stolpern geraten war, und er traf denselben Baumstumpf, der damals den Fall des Königs aufgehalten hatte, aber mit solcher Wucht, dass der Fernsehjournalist durch die Windschutzscheibe nach draußen geschleudert worden war.

Spräche ich: Finsternis möge mich decken, so muss die Nacht auch Licht um mich sein. Denn auch Finsternis ist nicht finster bei dir, und die Nacht leuchtet wie der Tag, Finsternis ist wie das Licht…
Vielleicht hatte er plötzlich kein Gefühl mehr in seinen kranken Beinen und hat gar nicht gemerkt, dass er das Gaspedal durchgetreten hat, um dann panisch das Steuer herumzureißen. Das war die plausibelste Erklärung, die mir auf die Schnelle einfiel, aber ich sah an den Blicken der nach uns eintreffenden Polizisten, dass sie diese Theorie nicht teilten.
Der Apostel schreibt in seinem Brief an die Römer: Denn unser keiner lebt sich selber, und keiner stirbt sich selber…
Peter Trøst Jørgensens Körper wurde zwischen die starken Äste einer der zwölf Buchen auf dem Hang geschleudert, wo er in grotesker Weise hängenblieb, mit dem Kopf nach unten, als hätte ihn jemand hoch oben aus dem Himmel auf die Erde fallen lassen. Es war ein grausamer Anblick. Außer den Rettungssanitätern haben nur Asger und ich die makaberen Details aus unmittelbarer Nähe gesehen (sie haben ihn losgeschnitten und zugedeckt, ehe die Polizisten eintrafen).
So wahr ich lebe, spricht der Herr, mir sollen alle Knie gebeugt werden…
Ich hatte mich weiter oben zwischen den buttergedüngten Pflanzen des alten Marinekapitäns übergeben. Durch den Tränenschleier glaubte ich ein kleines Mädchen zwischen den Stämmen zu sehen, das reglos dastand und mich beobachtete. Sobald ich mich aufrichtete, lief sie fort zu dem weißen, leer stehenden Haus, in dem meine Herzensfreundin gelebt hatte. Ich erzählte weder den Polizisten noch den Sanitätern oder irgendwem sonst davon.
Amen…
Sie hatten eine Quittung bei ihm gefunden für eine Übernachtung in einem kleinen Hotel auf Seeland, in der Nähe eines Ortes, dessen Namen keiner je gehört hatte: *Gøderup*.

Niemand konnte sagen, was der Fernsehstar in der letzten Nacht seines Lebens dort gemacht hatte.

Ich bitte die Trauergemeinde, sich zu erheben...

Sie tragen den Sarg aus der Kirche. Asger geht links vorne, Susanne rechts. In der Mitte tragen Knud und Nils und hinten die beiden Juristen Orla und Severin. Sie tragen den Sarg an den Rand des Grabes, über dessen Öffnung eine grüne Eisenkonstruktion mit schmalen Gurten zum Herablassen des Sarges steht.

Gelobt sei Gott, der Vater unseres Herrn Jesus Christus...

Sie lassen den Sarg in das Grab hinab.

...der uns nach seiner großen Barmherzigkeit wiedergeboren hat zu einer lebendigen Hoffnung durch die Auferstehung Jesu Christi von den Toten. Von Erde bist du genommen, zu Erde sollst du werden, und von der Erde sollst du wieder auferstehen.

Der trockene, hohle Laut der drei Schaufeln Erde begleitet seine Worte. Das Ritual scheint das Zeichen für alle Fotografen zu sein, die bis dahin einen gewissen Abstand gehalten haben. Sie schwärmen in Gruppen zum Grab aus, umkreisen uns und lichten die Prominenten und Trauernden aus allen möglichen Winkeln ab.

Lasst uns nun zusammen das Lied Nummer 727 singen, sagt der Pastor.

Wir stehen am Grabesrand und singen, selbst einige Fotografen singen mit, während sie Nahaufnahmen von dem Namen auf dem hohen weißen Marmorstein machen.

Peter Troest Jochumsen.

Um uns herum auf dem riesigen Areal liegen Männer und Frauen mit ungeheuer vornehmen dänischen Familiennamen wie Lehmann, Spreckelsen, Federspiel, Hasfeldt, Hinzpeter, Falkenskiold, Warburg und Wedell-Wedelsborg. Im Umkreis von einer Meile kein einziger Jensen – und also auch kein Jørgensen.

Die zwei Juristen waren nach unserer Rückkehr nach oben verschwunden, um zu packen. Orla Berntsen und Søren Severin Nielsen hatten im gleichen Zimmer geschlafen – in Gerdas altem Zimmer im Südturm –, worüber wir anderen uns köstlich amüsiert hatten. Die zwei früheren politischen Todfeinde waren in den wenigen Tagen in Kongslund wieder zu Jugendfreunden geworden.

Jetzt betrachteten sie die Kongslund-Affäre offensichtlich als abgeschlossen und hatten nach Peters schockierendem Tod mitgeteilt, dass sie eine Anwaltskanzlei unter dem Namen Nielsen & Berntsen eröffnen wollten. Wir hatten mit Champagner darauf angestoßen. Die einzigen Fälle, die das neue Anwaltsduo nicht einmal mit der Kneifzange anfassen wollte, waren Einwanderer- und Flüchtlingsangelegenheiten, hatten sie voller Ernst verkündet, und auch darauf hatten wir angestoßen.

Nils Jensen war ebenfalls nach Hause gefahren, nachdem er uns seinen Entschluss mitgeteilt hatte, seinen Eltern nichts von seinen biologischen Wurzeln zu erzählen. Sie hatten ihn ein halbes Jahrhundert in einer Lüge leben lassen, jetzt sollten sie mit einer Lüge weiterleben. Vielleicht war es seine Art der Rache.

Susanne servierte grünen Tee im Gartenzimmer und stimmte Asger zu, der gesagt hatte, solange das Kongslund-Protokoll nicht aufgetaucht sei, sei der Fall nicht abgeschlossen. Knud Tåsing, der beide Beine auf einen edlen, mit Antilopenleder gepolsterten Fußschemel gelegt hatte, nickte ebenfalls.

»Vielleicht steht aber auch nicht mehr darin, als wir schon wissen«, sagte ich. »Und außerdem ist es längst nicht mehr so interessant...« Ich lispelte nur ganz schwach, aber meine linke Schulter sackte bedenklich nach unten. Ich verspürte kein besonderes Bedürfnis, dieses Thema in irgendeiner Form zu vertiefen.

»So ein persönliches Logbuch, in dem alle geheimen Taten stehen, könnte natürlich auch für viele andere bedrohlich sein...« Knud Tåsing sah bei der Vorstellung all der Skandale, die er mit einer solchen Waffe in der Hand lostreten könnte, ganz verträumt aus. Ich konnte die Aussicht des arbeitslosen Journalisten auf eine Story gut nachvollziehen, die zurückzuhalten er Almind-Enevold nicht versprochen hatte, wenn sie sich denn beweisen ließe.

Ich wünschte allen eine gute Nacht und ging allein hoch in mein Zimmer. Asger und Susanne blieben im Gartenzimmer sitzen.

Zu meiner eigenen Verwunderung empfand ich nichts dabei – ich hatte keinen Kontakt zu den Gefühlen, die man normalerweise in diesem Augenblick hätte erwarten können.

36

DIE BOSHEIT

2. NOVEMBER 2008

Die Fabel von Kongslund und den sieben Kindern hätte an diesem Punkt enden können – mit dem Stern, der am Himmel verlosch. Aber wie Magdalene es bei ihrem allerletzten Besuch bei mir gesagt hatte – es gibt dort oben immer ein Rumoren, das die Menschen überhören, wenn sie glauben, angekommen zu sein: Liebe Marie, sieben Jahre suchst du jetzt nach der Wahrheit und hast dabei drei Könige herausgefordert: den irdischen, den himmlischen und – der gefährlichste von allen – den König über all die Zufälle des Lebens…

Sie beugte sich über mich, und ich hörte das Rasseln in ihrer Kehle, als sie mir ihre allerletzte Botschaft zuraunte:… und Letzteres bleibt nicht ungestraft.

Knud Tåsing klingelte an der Tür der alten Frau – und drückte die Klinke ganz durch, als nichts geschah. Er lauschte lange auf irgendeinen Laut, der ihm verriet, ob doch jemand zu Hause war. Er blieb stehen. Er hatte Zeit.

In gewisser Weise war er wieder zurück am Ausgangspunkt, dem Ursprung des Rätsels. Über Monate hinweg hatte er versucht, die sieben Kinder in dem seltsamen Puzzlespiel zu platzieren, das in der Öffentlichkeit unter dem Namen

Kongslund-Affäre bekannt war. Er hatte sieben Puzzleteilchen gesammelt und analysiert, die zusammen allem Anschein nach ein logisches, klares Bild ergaben, das die meisten wohl auch akzeptiert hätten. Sieben kleine Kinder, die erwachsen geworden waren und von denen eines eine dubiose Vorgeschichte hatte. Nils Jensen. So weit sah das Ganze von Anfang bis Ende plausibel aus.

Und doch passten manche Dinge nicht zusammen.

Es geschahen merkwürdige Dinge – wie das Auffinden des Fernseh-Professors Meliassen, als es der Feuerwehr endlich gelungen war, die Stahltür im Keller der Zigarre aufzubrechen. Er hatte sich an einem Haken in der Ecke des Raums erhängt.

Nach gut einer Minute klingelte er noch einmal, und jetzt hörte er etwas und wusste, dass sie ihm öffnen würde.

Er sah sofort die Furcht in ihren Augen. Die Stärke und Willenskraft, mit der sie einst den Gestapo-Soldaten in Kongslund gegenübergetreten war, schien ihren Geist und Körper verlassen zu haben.

»Ich habe nur eine Frage«, sagte er.

Sie stand einen Moment lang da, ohne etwas zu sagen. Dann bat sie ihn wortlos herein, indem sie die Tür offen stehen ließ, während sie zurück ins Wohnzimmer ging. Es war mit einem großen Mahagoni-Esstisch, vier gepolsterten Stühlen und einem blauen Sofa möbliert. Es gab weder Regale noch Bücher, was dem Journalisten sonderbar vorkam, weil er sie für eine intelligente, belesene Frau gehalten hatte.

Im Fensterrahmen standen drei kleine Porzellanfiguren und blickten über den Sund, eine Giraffe, ein Igel – und ein blauer Elefant. Sie setzte sich auf das Sofa.

Knud Tåsing zog einen der vier Stühle ans Sofa und setzte sich. Dann stellte er ohne jede Einleitung die Frage, die ihn schon so viele Nächte wachgehalten hatte, seit der alte Nachtwächter das geheime Dokument aus seiner Kommode genommen und geöffnet hatte. »Ist Nils Jensen ... John Bjergstrand?«

Sie saß lange da, ohne etwas zu sagen. Schließlich glaubte er, sie hätte die Frage nicht verstanden, doch als er sie gerade wiederholen wollte, sagte sie: »Das hat doch ... keine Bedeutung.«

Die Stimme war leise, fast nur ein Flüstern, aber die vier Worte waren nicht misszuverstehen.

»Er ist also *nicht* der richtige John Bjergstrand?« Ihr dreieckiges, schmales Gesicht mit der spitzen Nase hatte einen gräulichen Schimmer angenommen. Er erinnerte sich an Maries Aussage, dass diese Frau nicht lügen konnte – auch dann nicht, wenn sie es mit aller Kraft wollte.

»Wer ist John Bjergstrand?«, fragte er ganz direkt. »Der richtige John ... Wer ist das?« Er beugte sich so weit vor, dass zwischen ihren Gesichtern nur noch ein halber Meter Abstand war.

»Antworten Sie mir, Gerda. Wer ist es?«

Sie rutschte vom Sofa, und er streckte erschrocken die Hände nach ihr aus und bekam einen dünnen Arm zu fassen. Im gleichen Augenblick hörte er ein Flüstern, das ganz tief aus ihrer Brust kam. »*Es gibt keinen John Bjergstrand.*« Sie verdrehte die Augen und verlor für einen kurzen Moment die Besinnung.

Er befürchtete, sie könnte ihm unter den Händen wegsterben, weshalb er seine letzte Frage nicht noch einmal zu wiederholen wagte.

Während er sie vom Boden hochzog und wieder aufs Sofa setzte, begann sie unzusammenhängend zu reden. »Magna ... Sie hat immer nur sich selbst geholfen ... und mir ... und den Kindern. Sie war nur für die Kinder da. Anderen Menschen hat sie nie geholfen ... Den Reichen hat sie nie geholfen. Sie hatte nichts zu verbergen ... wie es behauptet wird ...«

Knud Tåsing nickte, hauptsächlich, um die alte Frau zu beruhigen, denn eigentlich wusste er nicht, wovon sie redete.

»Ich habe ihn genommen. Nicht Magna, das war ich ... Ich habe ihn genommen, Magna zuliebe ... Aber das durfte sie nicht wissen. Sie hat alles für mich getan.«

Knud Tåsing verstand kein Wort. Die alte Frau redete jetzt vollkommen zusammenhanglos. Trotzdem nickte er beruhigend, und dann fiel der Name, dessen Bedeutung sie nicht verstanden hatten.

»*Dorah* ... Sie hatte versprochen ... Sie hatte versprochen, wenn wir ... wenn wir ... O mein Gott, was habe ich getan ...« Der zierliche Körper begann heftig zu zittern, und Gerda Jensen brach in Tränen aus.

Sie weinte noch immer, als er die Wohnung verließ, die Tränen schienen aus einer unerschöpflichen Quelle in ihrem Innern zu kommen, die niemand in einem so zarten Körper vermutet hätte.

Dorah Laursen.

Was um alles in der Welt hatte es mit dieser Frau auf sich?

Sie hatte ein Kind bekommen, das unmöglich John Bjergstrand sein konnte – und jetzt war sie tot. Er gab wie schon so oft zuvor die Suche nach dem Zusammenhang auf. Es schien keinen zu geben.

Die wichtigste Antwort hatte die Frau, die nicht lügen konnte, ihm aber gegeben, und er verstand ihre Bedeutung. Irgendetwas an der Kongslund-Affäre stimmte ganz und gar nicht. Jemand hatte so meisterhaft alles durcheinandergewürfelt, dass man überall Muster zu erkennen glaubte, wo es überhaupt keine Muster gab. Er entschloss sich, sein Wissen nicht mit den anderen zu teilen.

Damit beging Tåsing seine dritte große Dummheit seit Beginn der Kongslund-Affäre, was natürlich nicht ohne Folgen blieb, da das Schicksal nicht vorhatte, ihm noch eine weitere Chance zu geben.

»Ja, ich habe ihn umgebracht«, sagte Orla Berntsen zu Søren Severin Nielsen. Die zwei Männer saßen auf verwaisten Gartenstühlen auf der Terrasse in Søborg. Das Geständnis des früheren Staatsbeamten kam ziemlich unerwartet bei ihrer ersten gemeinsamen Mahlzeit nach der Abreise aus Kongslund.

Die Möbelpacker hatten im Laufe des Tages das Wohnzimmer, den Keller und die Zimmer im Obergeschoss geräumt, und das meiste war eingelagert worden, bis Orla entschieden hatte, was er behalten wollte. Er wollte zurück zu Lucilla und seinen beiden Töchtern nach Hellerup ziehen – das hatte er Severin mitgeteilt –, er wusste allerdings nicht, wie lange er bei seiner Familie bleiben würde. Lucilla hatte ihm bloß gesagt, dass er willkommen sei und so lange bleiben dürfe, wie er wolle.

Gegen Nachmittag hatten die Packer das letzte Möbelstück aus dem kleinen Wohnzimmer getragen und kommentarlos die Überreste des blauen Plüschsessels auf eine Sackkarre gehievt und nach draußen zum Lastwagen geschoben. Jetzt war er weg. Das Bild von dem Jungen und dem Mann mit dem orangefarbenen Wasserball hing noch immer an der Wand im Zimmer im ersten Stock. Orla hatte die Packer gebeten, es dort hängenzulassen – er wusste nicht, warum. Im Laufe des Abends war ihm noch eine andere Veränderung aufgefallen: Die Töne der Brahms-Sonate aus dem Haus des Pianisten waren verstummt. Einige Tage später erfuhr er, dass der Pianist mitten in einem tiefen Akkord gestorben war, an einem wunderschönen Sommertag.

»Du hast also den Schwachkopf Benny umgebracht«, fasste Søren Severin Nielsen zusammen und nickte seinem Freund zu.

»Ja, das habe ich. Ich habe ihn umgebracht.« Es war ein reines Geständnis.

»Aber die *Hand*, die du gesehen hast ...«

Eine kurze Pause entstand. Dann sagte Orla mit fast dem gleichen Tonfall: »War meine Hand.«

»Orla, denk doch mal nach. Wenn du einem Menschen ein Auge ausreißt – mit blutigen Nerven und Sehnen und Adern und allem Drum und Dran –, dann müsste auf deinen Kleidern doch Blut gewesen sein ... und ganz sicher an deinen Fingern und der Hand, die sein Auge weggeworfen hat.«

Orla Berntsen schloss die Augen und versuchte sich an den Abend zu erinnern, der sein Leben verändert hatte.

»War da Blut?«

»Ich könnte es doch abgewaschen haben.«

»Hast du das?«

»Ich erinnere mich nicht daran ...«

»Hattest du hinterher Blut an den Händen – oder an deinen Kleidern?«

»Nicht dass ich wüsste ...« Orla Berntsen kam ins Stocken. »Das hätte die Polizei doch sicher bemerkt.«

»Ja.«

»Und dann wärst du in den Knast gewandert, da hätte Carl Malle sich auf den Kopf stellen können.«

»Ja.«

»Aber es gab einen *anderen*, der sich an diesem Tag gewaschen hat, nicht wahr ...? Der nach unten ans Wasser gegangen ist und sich gewaschen hat?«

»Ja«, antwortete Orla zum dritten Mal. Er saß noch immer mit geschlossenen Augen da. »Ich dachte, er wollte dem Schwachkopf helfen ... aber er hat nur unten am Ufer gehockt und die Hände ins Wasser gehalten, ohne sich zu rühren.«

»*Poul.*«

»Ja.«

»Orla, ich habe das alles beobachtet aus dem Dickicht unter den Bäumen.«

»Was hast du?« Orla flüsterte jetzt.

Severin errötete. »Ja, ich habe mich an diesem Abend unter den Büschen versteckt. Ich hatte die Schüsse gehört und bin euch gefolgt. Ich wollte noch rufen, aber er war viel zu schnell, und danach war ich wie gelähmt vor Schreck. Ich hatte wirklich eine Todesangst, dass er mich entdecken könnte und dass es mir so erginge wie Schwachkopf. Dieser Junge ... dieser *Poul*, der war wirklich verrückt.«

»Warum hast du das nicht eher gesagt?« Die Frage war naheliegend.

»Weil ...« Severin verstummte und wurde noch roter.

Orla öffnete den Mund, um die Frage noch einmal zu stellen. Doch in dem Augenblick flog ein Engel über die Siedlung – vielleicht kein Schutzengel, aber doch ein Wesen, das Macht genug hatte, das Böse abzuschirmen. Auf manche Fragen bekam man besser keine Antwort, wenn Freundschaften Bestand haben sollten.

»Du bist also *kein* Mörder«, sagte Severin, als die Stille zwischen ihnen lange genug angehalten hatte. »Und vielleicht bist du damit der Einzige von uns sieben, der sich das nicht vorwerfen muss. Du bist weder ein *Adoptivkind* noch ein *Mörder*.« Søren Severin Nielsen versuchte zu lächeln.

Zum ersten Mal seit vielen Jahren hatte Orla Berntsen an diesem Abend geweint. Er saß allein im leeren Wohnzimmer seiner Mutter und konnte die Tränen nicht zurückhalten.

37

DAS ATTENTAT

5. FEBRUAR 2009

Als ich Kontakt zu Dorahs Sohn aufnahm, tat ich dies nicht, um ihn zu trösten oder ihn die Kunst der Versöhnung zu lehren, sondern um ihm eine Geschichte zu erzählen, an deren Wirkung ich nicht zweifelte.

Natürlich würde er mir glauben, das hatte er schon einmal getan, und er würde all seinen Mut zusammennehmen und den Verantwortlichen, den ich ihm nennen würde, zur Rede stellen. So hatte ich mir das gedacht.

Ich konnte ja nicht wissen, was für ein zorniges Gemüt ich herausgefordert hatte...

Das Attentat geschah erst am Abend des 5. Februar 2009.

Mehrere Spaziergänger hörten den Pistolenschuss – wobei einige an einen verspäteten Chinakracher dachten –, sodass der Zeitpunkt der Polizei gegenüber genau genannt werden konnte.

Der Pförtner des Nationalministeriums blickte von seinem Kreuzworträtsel auf und lauschte. Dann beugte er sich vor und sah nach oben zu den Fenstern des Ministeriums. Hinter einem davon war der frühere Nationalminister damit beschäftigt, eine Reihe von im Haus verbliebenen Aktenordnern herauszusuchen, die vernichtet werden sollten. Der Pförtner selbst hatte ihn am frühen Abend ins Haus gelassen.

Er lehnte sich wieder nach hinten und döste vor sich hin. In anderen Ländern patrouillierten sicher ganze Wachmannschaften mit Hunden und Maschinenpistolen vor einem so wichtigen Ministerium. Nicht so in Dänemark; hier vertraute man noch immer darauf, dass die Menschen nicht Amok liefen, auch wenn sie durchaus ihre Gründe dafür gehabt hätten. Es war schließlich der Chauffeur des Ministerpräsidenten, der an die Scheibe der Pförtnerloge klopfte und ihn darauf aufmerksam machte, dass irgendetwas Schlimmes passiert war. Um 18.32 Uhr hatte der Chauffeur Lars Laursen aus Helgenæs, der seit etwa einem Jahr bei ihnen arbeitete, die Abendnachrichten auf dem kleinen Display des Dienstwagens gesehen.

Gemeinsam liefen Chauffeur und Pförtner die breite Treppe zum Ministerium hoch und kamen in die Sektion, die auch als Palast bezeichnet wurde. Der Raum wurde von den zahlreichen elektronischen Lämpchen des Sekretariats erhellt. Chauffeur und Pförtner klopften an die solide Tür des Ministeriums. Es war noch kein neuer Nationalminister ernannt worden, und es kursierten Gerüchte, dass die Zeit dieses Amtes abgelaufen war. Das Büro des Ministerpräsidenten würde alle Staatsangelegenheiten übernehmen und Staat und Nation damit einen. Sie klopften noch einmal, ehe sie selbst die Tür öffneten und einen Moment lang unentschlossen in das leere Büro blickten. Dann klopften sie an die Tür des Ruheraums des Ministers, in dem ihr Herr und Meister oft ein kleines Nickerchen gehalten hatte, wenn der Tag lang geworden war.

Auch dieser Raum war leer, und das Bett sah unberührt aus.

Sie gingen zur Geheimtür in der hinteren Wand des Büros. Nach kurzem Zögern öffneten die zwei Männer die

Tür und bemerkten gleich, dass das Licht ausgeschaltet worden war oder die Lampe unter der Decke nicht funktionierte. Sie liefen los, um sich im Lager des Palastes Taschenlampen zu besorgen.

Danach stiegen sie in die Dunkelheit hinab. Der Tunnel führte leicht bergab bis zu einem Knick, nach dem er wieder anstieg. Der Chauffeur hatte den Lichtkegel seiner Lampe auf die Decke gerichtet, weshalb er beinahe über das Oberhaupt des Staates gestolpert wäre, das mitten in dem Gang lag, die Beine angezogen wie ein schlafendes Kind.

Der Pförtner beugte sich vor und erhaschte dabei einen Blick auf das Gesicht des Ministerpräsidenten. Was er sah, presste ihm derart heftig den Magen zusammen, dass er sich auf die Schuhe des Chauffeurs übergab. Blut quoll aus dem Mund seines obersten Chefs. Es leuchtete purpurrot im Licht der Taschenlampe.

Lars Laursen stand da wie eine Salzsäule, doch irgendwann kam er zu sich und drehte den bewusstlosen Ministerpräsidenten auf den Rücken. Die zur Seite gleitende Jacke offenbarte eine Schusswunde. Das Blut sickerte aus dem Loch in den weißen Stoff seines Hemdes und in die Tasche mit dem vergoldeten Zigarrenschneider. Zu seiner Überraschung lebte der Ministerpräsident noch. Der Chauffeur fluchte leise.

Der Pförtner hockte sich hin, nahm seine Pistole zur Hand und sein Handy.

Schon wenige Stunden später glaubte man, den Täter gefasst zu haben, einen tamilischen Flüchtling, der für eine der Gebäudereinigungsfirmen arbeitete. Diese Theorie erschien den Polizisten äußerst logisch. Man erinnerte sich an den ausgewiesenen Tamilenjungen und vermutete einen Racheakt.

Erschwerend kam hinzu, dass das Reinigungspersonal, das

ausschließlich aus schlecht bezahlten Ausländern bestand, seine Umkleide in dem Kellerbereich hatte, in dem der Ministerpräsident gefunden worden war. Man hatte dort unten unter dem Büro des Ministers im wahrsten Sinne des Wortes so etwas wie eine *Subkultur* entstehen lassen.

Ein paar Tage später stellte sich heraus, dass der Verdächtige zum Tatzeitpunkt auf dem Weg von seiner Wohnung in Vanløse in Richtung Slotsholmen gewesen war. In der Buslinie 6.

Es gab noch keine neue Theorie über den Tathergang. Das Leben der Piccolos, Angestellten, Sekretärinnen, ja sogar der Abteilungsleiter und Staatssekretäre wurde umgekrempelt, Alibi stapelte sich auf Alibi.

Im Rettungswagen hatte man ihn auf wundersame Weise gleich zweimal wiederbeleben können, und die ganze Nation feierte die Auferstehung des alten Widerstandskämpfers.

»Das war ein Fleckschuss«, sagte der Chauffeur in die Kameras, als er aus der Dunkelheit wieder ans Tageslicht gestiegen war. Und fügte dann hinzu: »Aber er lebt.« Niemand bemerkte die besondere Betonung des Wortes *aber*, obgleich die Fernsehsender es live im ganzen Land ausstrahlten. Alle nannten den Chauffeur einen Helden und schrieben seinen seltsam finsteren Gesichtsausdruck dem Schock zu, den er bekommen haben musste. Nicht einmal die Polizei kam auf die Idee, die Vergangenheit dieses Mannes zu überprüfen.

Ich hätte ihnen einiges über Lars Laursen erzählen können. Und über seine Mutter Dorah.

Ich hätte ihnen von dem Dunkel erzählen können und von den Dämonen, die unter gewissen Umständen außer Kontrolle gerieten. Von dem Gefühl, seinen eigenen Ursprung nicht zu kennen, und von der Angst, wenn man erkennt, dass man niemals etwas darüber erfahren wird. Dieses Gefühl kannten wir besser als jeder andere.

Lars Laursen und ich.

Ich studierte sein ausdrucksloses Gesicht auf dem Bildschirm und dachte an die Information, die ich ihm gegeben hatte und die diese blinde, unerbittliche Wut ausgelöst hatte, die ich von mir selbst kannte. Er hatte allerdings noch heftiger reagiert, als ich es für möglich gehalten hätte. Finden würden sie ihn trotzdem nicht, dessen war ich mir sicher. Und damit blieb auch ich unerkannt.

Auf der anderen Seite war der Ministerpräsident noch immer am Leben – und würde in wenigen Monaten seinen unverdienten Thron besteigen –, als ein noch größerer Held als zuvor.

38

DIE AUFERSTEHUNG

11. SEPTEMBER 2009

Es ist, als würden sie noch immer dort sitzen – die stolzen Fräuleins, die uns das Licht gebracht und uns sprechen und gehen, knicksen und verbeugen gelehrt haben – und uns betrachten, wie wir uns auf dem Rasen, nur einen Steinwurf vom Meer entfernt, tummeln.

Lächelnd folgen sie uns mit ihren Blicken, während sie ihre Teetassen heben und das Leben in dem hübschen Garten vollkommen kontrollieren.

Heute stürmt es aus Nordosten, und der Wind rüttelt, wie er es immer schon getan hat, an den Gesimsen und Giebeln, dass es mich nicht wundern würde, wenn einer der sieben Schornsteine sich losreißen und über den Dachfirst in die Tiefe stürzen würde.

Ich sitze am Fenster, leicht vornübergebeugt, die linke Schulter etwas tiefer hängend als die rechte, so wie immer. Der lebende Beweis, dass Kongslunds Symmetrie immer eine Illusion war.

Das Protokoll liegt auf meinem Schoß.

Es ist größer, als ich es in Erinnerung habe.

Es beinhaltet ausführliche Beschreibungen von ihrer Arbeit mit den Kindern, die sie in die Elefantenstube aufgenommen hat, weil sie der besonderen Pflege bedurften. Dort stehen Details über bestürzende Schicksale und Verläufe, die sie niemals offiziellen Krankenberichten oder psychologischen Attesten anvertraut hätte, aus Angst, die Informationen könnten eines Tages wieder aus den Archiven auftauchen und gegen die Wesen gerichtet werden, die sie beschützte.

Tagsüber verstecke ich das Protokoll zwischen meinen eigenen Ordnern mit den Notizen über die Kinder aus der Elefantenstube 1961 – die sorgsam sortierten Protokolle meiner Besuche bei ihnen, die Zeitungsausschnitte über ihr späteres Leben, der letzte Brief von Eva an ihr Kind – und natürlich Magdalenes zwölf Tagebuchhefte, in denen alles steht, was ich über mein eigenes Leben weiß.

Jetzt schlage ich das Kongslund-Protokoll auf, um den Abschnitt zu suchen, mit dem ich einen König stürzen will.

Mir war von Anfang an klar, dass es mehr als genügend Material geben würde. Denn Magna war eine sehr gründliche und gewissenhafte Frau.

Wenn die folgenden Zeilen gelesen sind, ist es zu spät, meine letzte und größte Entscheidung zurückzunehmen.

Es ist zu spät für den Alleinherrscher auf seinem strahlenden Thron – zu spät für den gen Himmel aufgefahrenen Monarchen, der Kongslund in einem Traum von der perfekten Symmetrie errichten ließ –, selbst zu spät für den Meister, der in seinem höhnischen Übermut den ausgestreckten Fuß übersehen hat, der den fatalen letzten Sturz herbeiführen soll…

…und zu guter Letzt – zu spät für mich.

An dem Morgen, als der Ministerpräsident von den Toten auferstand, bekam ich meine allerletzte, kaum hörbare Botschaft von Magdalene. Ein so leises Wispern, dass es genauso gut vom Wind am Hausgiebel hätte kommen können. Aber ich kannte sie so lange, dass ich ihre Stimme sofort erkannte.

Nun stand nur noch eine einzige Entscheidung aus.

Ole Almind-Enevold erhob sich nach einer abschließenden Untersuchung von seinem langwierigen Krankenlager im Rigshospital – und wurde das kurze Stück nach Slotsholmen in einer Autokolonne in das rechtmäßige Domizil des Alleinherrschers gefahren.

Gefolgt von Kameras zahlreicher Fernsehsender (*Channel DK* war nicht dabei) nahm er die Kanzlei in einem seidenbezogenen Rollstuhl in Besitz, der ihm großzügig vom größten Rollstuhlproduzenten des Landes zur Verfügung gestellt worden war, und steuerte ihn majestätisch an seinen Platz hinter dem Ministerpräsidentenschreibtisch, was mit einer leichten Drehung des kleinen, roten Hebels zu bewerkstelligen war, der die Hydraulik lenkte. Selbstredend hatte dieser Stuhl nicht die geringste Ähnlichkeit mit dem ramponierten Gefährt, das ich einst von Magdalene geerbt hatte.

Ich schaltete den Fernseher im Gartenzimmer aus und ging wutentbrannt die Treppe hoch ins Königszimmer. Ich holte das Buch aus seinem Versteck, das Magna hinterlassen hatte, in der Hoffnung, dass es außer ihr niemals eine lebende Seele in die Hände bekäme.

Ich will nicht verhehlen, dass es mir eine persönliche Genugtuung war, sowohl den Journalisten als auch den Sicherheitschef und die Polizei übertrumpft zu haben, die so intensiv nach Martha Louise Ladegaards letzter Postsendung gesucht hatten.

Mir war es am Ende gelungen, den letzten Schachzug meiner Pflegemutter zu durchschauen. Immerhin hatte ich drei Jahrzehnte mit ihr zusammen unter einem Dach gewohnt, als die von ihr Auserwählte, bis sie in Pension ging. Im Gegensatz zu den geübten Jägern Carl Malle und Knud Tåsing konnte ich mich in die Gedanken hineinversetzen, die ihr durch den Kopf gegangen sein mussten, als sie beschloss, das kostbare Buch außer Landes zu schicken, außer Reichweite ihrer Verfolger – und außer Reichweite ihrer Pflegetochter.

Das Ministerium und die Polizei hatten alle relevanten Postämter überwacht, über die das Päckchen von der anderen Erdhalbkugel zurückkommen könnte. Aber sie hatten nach der verkehrten Adresse auf den ausländischen Päckchen gesucht. Ich als Einzige hatte verstanden, welchen Absender Magna auf ihr Paket geschrieben hatte – ihre einzige Chance, der einzige Mensch, dem sie auf dieser Welt jemals getraut hatte.

Gerda Jensen.

Der Rest war einfach gewesen. Ich suchte Gerda exakt drei Monate nach Verschwinden des Protokolls auf. Zeit genug für die Postämter in Australien herauszufinden, dass es den Adressaten nicht mehr gab – und das Päckchen zurück an den Absender zu schicken.

Ich musste lange auf dem Treppenabsatz warten, ehe sie die Tür öffnete, und wie beim letzten Mal spürte ich ihre Nervosität.

»Du hast ein Päckchen bekommen«, sagte ich ohne Umschweife, noch immer auf der Fußmatte stehend.

Die zierliche Frau nickte. Das Geständnis kam selbst für eine grundehrliche Frau wie sie schneller, als ich gedacht hatte.

»Rechtmäßig gehört es mir«, sagte ich. »Ich bin Magnas Erbin.« Ich trat in den Flur, und sie begann allein beim Namen meiner Pflegemutter zu zittern. Zuerst ganz leicht, dann immer stärker.

Ich führte sie ins Wohnzimmer zu dem blauen Sofa, auf dem wir auch bei meinem letzten Besuch gesessen hatten. »Es bedeutet alles für mich«, sagte ich in einem Tonfall, der beruhigend wirken sollte, aber das genaue Gegenteil auslöste. »Ich habe ein Recht zu erfahren, was in dem Buch steht«, sagte ich, stand auf und ließ sie zitternd auf dem Sofa zurück.

Das Protokoll lag auf ihrem Nachttisch. Ich nahm es mit ins Wohnzimmer und fragte sie: »Hast du es gelesen?«

»Ja.« Die loyalste und ehrlichste Person, die man sich denken konnte, hatte aus der ältesten Ursache der Welt – unbezwingbarer Neugier – Magnas Vertrauen gebrochen. Ich hätte um ein Haar losgelacht, aber das hätte sie nur noch mehr eingeschüchtert, und ich wollte nicht, dass sie vor meinen Augen ohnmächtig würde.

»Ich wollte es verbrennen«, flüsterte sie zwischen den Zitterschüben. »Aber... dann hab ich mich nicht getraut... Magna...«

»Magna hätte es so gewollt«, sagte ich unbarmherzig.

Gerda Jensen verlor ohne Vorwarnung die Besinnung, aber ich wusste, dass sie wieder zu sich kommen würde, sobald ich weg war. Sie war zäh.

Später am Abend rief Knud Tåsing in Kongslund an. Das war fast schon ein Ritual geworden. Er hatte sich jeden zweiten Tag bei mir gemeldet, um zu hören, ob es irgendwelche neuen Entwicklungen gäbe.

Was er natürlich eigentlich meinte, war: *Ist Post gekommen?*

Er schien nicht mehr so ganz überzeugt zu sein von seiner eigenen Theorie, dass das Protokoll auf ganz natürlichem Wege früher oder später bei mir landen würde – und danach bei ihm. Allmählich fing er wohl an zu glauben, dass seine Theorie über Magnas ausgeklügelten Plan nicht stimmte und dass sie das geheime Buch womöglich nie absichtlich an die verstorbene Frau auf einem fernen Kontinent geschickt hatte.

Oder es war Carl Malle und Ole Almind-Enevold – wie auch immer – gelungen, die Sendung abzufangen, als sie nach Dänemark zurückkam.

Am Telefon erzählte er mir, dass Orla und Severin in ihrer Anwaltskanzlei mehrere Morddrohungen bekommen hatten. Sie wurden wegen ihrer neuen Partnerschaft sozusagen aus den eigenen Reihen des ideologischen Hochverrats angeklagt, worauf die Polizei ihnen zu Knuds Vergnügen Leibwächter vom dänischen Inlandsgeheimdienst und nationalen Sicherheitsdienst PET an die Seite gestellt hatte. Der ehemalige Stabschef wohnte wieder bei Lucilla in Gentofte. Severin wohnte in Søborg – in Hasses altem Zimmer.

Nils Jensen hatte lange keiner mehr gesehen, auch Tåsing nicht. Er war auf Reportagereise »auf einem anderen Kontinent«, wie sein Vater es ausdrückte. Mehr war aus ihm nicht herauszukriegen.

Aber Knud Tåsing war sich sicher, dass er in Australien war. Auf den Spuren seiner Mutter – Eva Bjergstrand. »Er will eine schönere Geschichte als jene, die Almind-Enevold ihm so zynisch präsentiert hat.«

Ich spürte, es nagte zunehmend an dem alternden Journalisten, dass er den Ministerpräsidenten nicht von seinem Thron gestürzt hatte, als er die einzigartige Chance dazu hatte. Und ich möchte wetten, dass er die Hoffnung noch nicht aufgegeben hatte, mit Hilfe des alten Protokolls einen Skandal aufzudecken, vermutlich seine letzte Chance, noch einmal aus der Asche aufzuerstehen.

Er fragte nach Asger, und ich entschied mich für eine Lüge, um nichts von meiner Trauer preiszugeben, die ich bei meinem letzten Gespräch mit dem Astronomen empfunden hatte, der trotz allem fast meine gesamte Kindheit und Jugend über mein geheimer Auserwählter gewesen war.

Ich sagte Knud, dass Asger Susanne einmal in der Woche besuchte, von Samstag auf Sonntag, und dass er sich ab und zu auch die Zeit nahm, bei mir im Königszimmer vorbeizuschauen.

Er kam nicht als Geliebter, sondern als Tröster – immer im Tageslicht. Und er ging immer rechtzeitig vorm Dunkelwerden.

Er hatte die Schönheit und die Sicherheit der Schiefheit und dem Unvorhersagbaren vorgezogen – die Königin von

Kongslund dem Aschenbrödel im Turmzimmer. Und welcher Mann hätte das nicht getan?

Bei seinen Besuchen redeten wir nicht über Susanne Ingemann – oder darüber, was sie als Kinder verbunden hatte. Auch unsere Begegnungen im Küstensanatorium erwähnte er mit keiner Silbe. Ich habe das Gefühl, dass er mein Auftauchen als blindes Mädchen als meinen ersten Verrat empfand. Und weitere sollten folgen. Er verstand nicht, warum ich so oft gelogen hatte. Trotzdem würde er mich nicht verraten.

Als er mich das letzte Mal besuchte (was er natürlich nicht wissen konnte), sagte er: »Wir haben in der Dunkelheit gelegen, nicht wissend, wer wir sind oder wo wir hin sollten, aber wir waren *zusammen*, Marie, wir haben die Gegenwart der anderen gespürt, auch wenn man das bei so kleinen Kindern nicht für möglich hält. Wir haben uns verständigt, auch wenn wir noch keine Sprache hatten – und das ist das Wunder: Wir haben bewiesen, dass *kein* Mensch jemals ganz allein ist.«

Er blieb in der Tür stehen wie von der Vorahnung unseres endgültigen Abschieds getroffen und sagte: »Für solche wie uns ist jeder Mensch, dem wir in unserem Leben begegnen, einer der kleinen blauen Elefanten. Darum können wir niemanden hassen, niemanden verurteilen, niemanden abweisen, denn vielleicht haben sie irgendwann selbst hier gelegen – direkt neben uns – und in der Dunkelheit mit uns gesprochen. Dieses Gefühl kann einem niemand jemals wieder nehmen.«

Er hatte sich schon halb abgewandt, hielt aber noch einmal inne.

»Marie, das einzige Problem, das auf der Welt existiert, irgendwo zwischen rechts und links, hell und dunkel, dumm und klug, Eltern und Kindern, ist, dass wir alle zusammen die Empathie vergessen, mit der wir geboren werden...« Er machte einen Schritt nach hinten in die Dunkelheit, sodass ich nur noch seine Stimme hörte. »Die Elefantenstube ist der Beweis, dass Menschen nicht von Anbeginn an die Verdammnis in sich tragen...«, es klang fast, als wollte er weinen, »... und das wiederum beweist, dass Niels Bohr recht hatte – die Elektronen befinden sich niemals im gleichen Zustand. Das ist einfach nicht möglich – und sicher nicht vorherbestimmt.«

So lautete sein Abschiedsgruß ein wenig naiv, aber ich hätte ihm wahrscheinlich alles geglaubt, wäre da nicht das Buch gewesen, das ich soeben Gerdas und den Händen meiner Pflegemutter entrungen hatte.

Jetzt war es nicht mehr nur ein Kinderheimprotokoll voller Erinnerungen einer alten Frau über längst vergessene Adoptivkinder und Adoptiveltern – es war eine Waffe, eine extrem brutale Waffe, weil sie die Beschreibung der Wirklichkeit enthielt, die viel zu lange im Verborgenen gewesen war.

Es erzählte die Geschichte eines gewaltigen Verrates. Es erzählte die Geschichte von der Laufbahn eines Mörders.

Und es würde alle stürzen, die darin verwickelt waren.

39

NEMESIS

12. SEPTEMBER 2009

Es gibt Grabsteine, die sehen aus wie aufgeschlagene Märchenbücher – mit dem Namen des Verstorbenen in goldenen Lettern auf der linken Buchseite –, wie der des großen Märchendichters. Ich hätte der Freundin meines Lebens, Magdalene, einen solchen Stein gewünscht, statt dass sie namenlos irgendwo unter den zwölf Buchen oben am Hang liegt.

Hätte ich meiner Pflegemutter ein solches Arrangement vorgeschlagen, hätte sie mich nur mit ihrer tiefen Stimme ausgelacht, die doch eigentlich die Kinder beruhigen sollte, über die sie wachte. Sie hätte mir die Hand auf die Schulter gelegt und gesagt: »Marie, das hier ist kein Märchen. Wir haben nur die Wirklichkeit. Wir werden geboren, und wir sterben – und dazwischen müssen wir versuchen, alles so gut zu machen, wie wir nur können.«

In meiner Welt war es natürlich nie so gewesen.

Das alte Buch mit dem Ledereinband war buchstäblich vom Meer an Land gespült worden, und Magna betrachtete sein Auftauchen als ein Symbol für ihr gesamtes Wirken.

Es lag am Spülsaum, ohne einen Namen auf dem Einband und ohne irgendeinen Hinweis, wem es gehört hatte oder woher es kam.

Auf der ersten Seite notierte sie:

Es ist gut drei Finger dick und hat vierhundert oder fünfhundert Seiten. Mein erster Gedanke war, dass es sich um das Logbuch eines Schiffes handelte, das ins Meer gefallen oder über Bord geworfen worden war. Die Seiten waren unbeschrieben, außer das Salzwasser hatte die Tinte vollständig aufgelöst, aber das glaube ich nicht.

Meine praktisch veranlagte Pflegemutter nahm das Buch mit nach Kopenhagen zu einem pensionierten Buchbinder, dessen Adoptivkind einmal in ihrer Obhut gewesen war. Der Mann restaurierte das schmucke Kleinod für sie, fügte neue Seiten ein und gravierte ihren vollen Namen mit goldenen Buchstaben in den Buchdeckel ein. Mit den Jahren sind die Buchstaben etwas verblasst: *Martha Magnolia Louise Ladegaard*. An dieser Stelle bekannte sie sich zu ihrer vollständigen Identität, allein schon daraus schloss ich, wie viel dieses Buch ihr bedeutete.

Ich stellte mir als Kind vor, dass meine Pflegemutter in dem Logbuch eines versunkenen U-Boots oder eines anderen im Krieg gesunkenen Schiffes schrieb, aber sie wies meine abenteuerlichen Erklärungen von sich. Sie freute sich ganz einfach, dass das Buch übers Meer nach Kongslund gekommen war – und sie wollte darin die wichtigsten Geschichten des Heims niederschreiben, bis sie es irgendwann mit ins Grab nahm.

Dieses Buch soll nie von anderen gelesen werden, auch nicht nach meinem Tod, schrieb sie als Abschluss der Einleitung – und ihre Worte wirkten fast wie ein Fluch über einen möglichen späteren Besitzer.

Ich ignorierte ihn.

Die Gedanken, die Magna dem Buch anvertraut hatte, waren weder sonderlich überraschend noch abenteuerlich. Die Notizen handelten von den Kindern, die die ersten Jahre ihres Lebens in ihrer Obhut verbrachten, und sie beschrieb sowohl alltägliche Trivialitäten – einen Nachmittag am Strand oder einen Besuch im Tiergarten – als auch ernstere Probleme wie die Adoption eines kranken oder behinderten Kindes.

Nach einiger Zeit konzentrierten ihre Aufzeichnungen sich mehr und mehr auf die Schwächsten der Schwachen, die zu ihrem eigentlichen Lebensinhalt geworden waren, die beklagenswerten Existenzen mit ihren Leiden und Defekten und der mühsame Weg ihrer Reparatur (wenn sie selbst diesen Ausdruck auch nie benutzte).

Es kam mir so vor, als beinhaltete das grüne Protokollbuch die manische Suche eines ganzen Lebens nach Antworten, nach Erklärungen für all das Unheil, das unerbittlich von Generation zu Generation weitervererbt wurde – als würde eine höhere Macht dafür sorgen, dass die Menschen niemals aus ihren Fehlern lernten und damit auch nicht die Fähigkeit hatten, die Fehler der vorigen Generationen zu korrigieren. Im Gegenteil wiederholten sie sich wie ein unabwendbarer Fluch.

Die auserwählten Kinder, die am meisten Hilfe brauchten, kamen in die Elefantenstube, wo sie unter Gerda Jensens und ihrem besonderen Schutz standen. Sie beschrieb, wie sie die Kinder auswählte, welchem Verrat sie typischerweise zuvor ausgesetzt gewesen waren und welche Stellen sie mit ihrem Reparaturhammer bearbeiten musste, um ihre Leben wieder in die richtigen Bahnen zu lenken.

Ein kleiner Junge, dessen beide Elternteile Alkoholiker waren; ein Mädchen (das nie ein Wort sagte), das mit einer Zange hatte abgetrieben werden sollen, bis die Behörden einschritten und es im Krankenhaus entbunden wurde (wobei die Mutter starb); und ein drittes Kind, das so untergewichtig gewesen war, dass niemand es für lebensfähig gehalten hatte – all diese angeschlagenen Existenzen marschierten taktfest über die Seiten des Protokolls wie die Elefanten in Magnas nie enden wollendem Lied.

Dann aber war alles anders geworden. Vom Frühling des Jahres 1961 bis zum Sommer 1962 wich sie von ihrem üblichen Muster ab: Sie ließ die Elefantenstube das Zuhause von sieben Kindern werden, von denen eigentlich nur eines wirklich ihren besonderen Schutz brauchte, nämlich ich, das Findelkind, das eines Morgens auf der Treppe gefunden worden war.

Die sechs anderen waren Peter, Asger, Susanne, Orla, Severin und Nils, aber keiner von ihnen wird auf den Seiten des alten Logbuchs als besonders geschädigt oder schutzbedürftig beschrieben.

Was für ein Motiv hatte sie, gerade uns so lange im wichtigsten Raum des Heims zusammen zu lassen? Ich beugte mich über das Buch. Irgendwo darin würde ich die Antwort auf diese Frage finden.

Was ich auf den folgenden Seiten las, schockierte mich. Es ging fast ausschließlich um mich – und dabei wurde eine Geschichte zu Tage gefördert, wie ich sie nicht für möglich gehalten hatte.

Seite um Seite wurde mir klarer, warum Gerda Jensen eine solche Angst gehabt hatte, mir – Magnas Pflegekind – dieses Buch zu überlassen.

Sie wusste, dass dieses Buch das Kind, das sie und Magna liebten, zerstören würde.

Die größten Sorgen bereiten mir ihre Fantasien. Immer öfter ertappe ich mich dabei, dass mir Angst macht, was in ihr vorgeht. Manches von dem, was ich sehe und spüre, ist so seltsam und anders, dass ich keine Worte dafür finde: der Rollstuhl, das Fernrohr, der Spiegel. Ganz zu schweigen von der spastischen Frau, von der sie Tag und Nacht träumt. Unser Herrgott weiß, wie oft ich kurz davor war, nach oben zu gehen, ihr den Rollstuhl wegzunehmen und auf den Schrottplatz nach Klampenborg zu fahren, aber ich fürchte ihre Wut, und irgendetwas sagt mir, dass ich auf diese Furcht hören sollte.

Das waren die Worte von Magna, die sonst nichts und niemanden fürchtete.

Ich hätte das Buch weglegen sollen – gleich am Anfang ihres Berichts –, aber das war natürlich unmöglich.

Ich bin Pfarrerstochter, und manchmal habe ich das Gefühl, dass das Böse in Kongslund Einzug gehalten hat, in einer mir bekannten Gestalt, schrieb meine Pflegemutter auf einer der folgenden Seiten. Ich verstand den Zusammenhang nicht, obwohl der Satz ein bedrückendes Gefühl in meiner Brust zurückgelassen hatte. Magna hatte nie zum Dramatisieren geneigt.

Auf den nächsten Seiten folgten die Aufzeichnungen über Eva Bjergstrand, das Kind, all das, was niemals hätte geschehen dürfen, aber trotzdem geschehen war. Ihre Worte ließen erkennen, dass ihr langsam klar wurde, was sie gemeinsam mit ihrer treuen Assistentin Gerda Jensen losgetreten hatte.

Als Ole Almind-Enevold und Carl Malle meine Pflegemutter aufsuchten und ihr die unglaubliche Geschichte von der Affäre im Gefängnis erzählten, hatte sie ihnen anfänglich ihre Unterstützung verweigert. Kongslund wollte sich nicht auf ein derart betrügerisches, gefährliches Spiel einlassen.

Aber als die beiden Männer den Plan skizzierten, der das Geschehene unter den Teppich kehren und obendrein die Mutter retten würde – und der noch dazu Ole die Möglichkeit gab, sein eigenes Kind zu adoptieren –, hatte sie schließlich eingewilligt und sogar mit Eva gesprochen. Ausschließlich dem Kinde zuliebe.

Eva Bjergstrand hatte ihre Begnadigung als eine Art Tauschhandel für das Kind akzeptiert, sagten die beiden Männer zu Magna. Als Grund für ihre Begnadigung sollte ihr junges Alter und die Tatsache angeführt werden, dass sie bald Mutter wurde.

Ole und Carl hatten zentrale Kontakte aus dem früheren Widerstandskampf im Justizwesen. Und in der Partei drückte man nur zu gerne zwei Augen zu, damit nichts herauskam. Wichtige Beamte zogen an den entscheidenden Fäden, nach dem Motto, eine Hand wäscht die andere. Das Mädchen sollte ein neues Leben in Australien bekommen, das war das Beste, was sie sich erhoffen konnte. Als alleinstehende, vorbestrafte Frau würde sie ohnehin niemals das Sorgerecht für ihr Kind bekommen. Es würde in jedem Fall zur Adoption freigegeben werden.

In dieser Situation war es für das Kind besser, bei seinem leiblichen Vater aufzuwachsen als in einer wildfremden Familie, argumentierten Ole und Carl. Natürlich hatten sie Eva nicht in den letzten Teil des Plans eingeweiht – sie wusste nichts davon, dass Ole das Kind adoptieren wollte –, weil sie fürchteten, dass die Sehnsucht der jungen Mutter dadurch nur noch schlimmer wurde.

Doch dann geschah das Unvorhersehbare, das immer dann geschieht, wenn selbstsichere Menschen vorpreschen, ohne auf die Launen des Schicksals zu achten. Es ist eine merkwürdige Wahrheit, dass selbst die mächtigsten Konstruktionen durch winzige Zufälle ins Wanken geraten können.

In diesem Fall war Magnas Begegnung mit Evas Kind ein solcher Zufall.

Kongslunds mächtige Vorsteherin bereute ihre Beteiligung an dem Plan in dem Augenblick, als sie sich im Rigshospital über das Neugeborene beugte. Niemals zuvor war ihr ein derart einsames und verletztes Kind vor Augen gekommen – niemals.

In ihrem Protokoll beschreibt sie die Begegnung wie folgt:

Die Mutter des Kindes schlief, und ich versicherte mich bei der Oberschwester, dass die Geburt sie nicht mehr als üblich mitgenommen hatte. Dann ließ ich mir das Kind zeigen. Es war wie eine Offenbarung, obwohl ich nie an Gott oder höhere Mächte geglaubt habe. Anders kann ich es nicht beschreiben. Nicht einmal mich, die ich so viele traurige Schicksale verfolgt hatte, ließ der

Anblick kalt: Es war ein kleines Mädchen mit schwarzen Haaren. Ihr Rücken und die eine Schulter waren krumm, und ihre Beine sahen aus, als wären sie von einer Riesenhand mehrmals herumgedreht worden. Es war ein herzzerreißender Anblick, und mir war augenblicklich klar, dass dieses Wesen nur von mir und meiner treuen Assistentin Gerda geschützt werden konnte. Dieses Kind konnte ich unter keinen Umständen einem Mann wie Ole Almind-Enevold und seiner Frau Lykke überlassen, die, und da bin ich mir ziemlich sicher, gar kein Kind adoptieren will.

Ich glaube, ich habe diesen Abschnitt dreimal gelesen, bis mir wirklich klar wurde, was diese Worte bedeuteten.

Der Schock kam zeitverzögert. Ich kippte seitlich zu Boden und verlor das Bewusstsein.

Ich wachte in einem See aus Wasser auf – wie damals vor langer Zeit, als ich mich in Magdalenes Arme begeben hatte und das Wasser aus allen Öffnungen gesickert war, die mein schiefer Körper zu bieten hatte. *Ein kleines Mädchen.* Vielleicht hatte ich es ja immer gewusst...

Ich zog mich vollkommen kraftlos und mit zitternden Fingern aus, kroch auf mein Bett und legte mich oben auf die Decke. Anscheinend hatte mich niemand fallen hören, denn es kam keiner nach oben. Und das Protokoll lag noch immer aufgeschlagen auf dem Schreibtisch am Fenster.

Es wurde langsam dunkel, und als der Abend kam, verstand ich allmählich, wie alles zusammenhing; das Kind, das Magna als so entstellt und verletzt beschrieben hatte, dass seine Reparatur Jahre dauern würde, konnte niemand anderes sein als ich. Eva hatte ein Mädchen geboren – und keinen Jungen, wie alle gedacht hatten –, eine andere Möglichkeit gab es nicht...

Die schiefen Schultern, die schwarzen Haare (heller wurden sie erst im Alter) und die deformierten Füße. All das passte nur auf einen Körper im ganzen Königreich – einen Körper, der damals zum Anschauungsobjekt für Spezialisten geworden war, die die seltsame Konstruktion bewundert hatten.

Ich glaube, ich habe ein paar Stunden einfach nur dagelegen und aus dem Fenster gestarrt, ohne die Dunkelheit zu bemerken, die von der schwedischen Küste herüberkam, ehe ich mich wieder an den Schreibtisch setzte und mich erneut Magnas grotesker Erzählung widmete.

Ich liebte sie vom ersten Augenblick an, schrieb sie.

Sie war Mutter und Reparateurin. Ich erinnerte mich, dass Gerda mir einmal erzählt hat, dass meine Pflegemutter es sich selbst versagt hatte, Kinder zu bekommen und eine Familie zu gründen, weil das mit ihrer Tätigkeit als Beschützerin aller Kinder des Säuglingsheims Kongslund unvereinbar wäre.

Die nächsten Aufzeichnungen waren ein paar Wochen später geschrieben worden, aber es wunderte mich nicht, dass sie Zeit gebraucht hatte.

In den nächsten Tagen setzten wir Gerdas Plan um. Ohne ihren Sinn für Details wäre das niemals gutgegangen. Es war vollkommen klar, dass wir das Kind nur retten konnten, wenn wir es vor Ole und seinem Helfer Carl Malle versteckt hielten.

Erst tauften wir das Kind in der Kirche des Rigshospitals – teils weil das Personal meinte, das Mädchen sei durch die Behinderungen so geschwächt, dass es jederzeit sterben könnte, teils weil Eva das verlangt hatte. In erster Linie taten wir es aber, weil der Taufschein der wichtigste Part des Versteckspiels war, durch das Evas Kind für immer vor seinem leiblichen Vater verborgen werden sollte. Es waren Gerdas Tatkraft und ihr Erfindungsreichtum, die uns retteten.

Ich gab mir Mühe, den Text so langsam und sorgfältig wie nur möglich zu lesen. Ich wollte nichts Wichtiges übersehen und fürchtete zugleich, in jeder neuen Zeile noch mehr über mein Leben zu erfahren. Meine wahre Geschichte. Mein Herz schlug dabei so hektisch, dass ich das Buch kaum stillhalten konnte. Ich ahnte mit beängstigender Klarheit, worauf das Ganze hinauslief.

Eva hatte mir das Versprechen abgerungen, ihr Kind auf den Namen Jonna zu taufen, wenn es ein Mädchen war, und John, sollte es ein Junge sein. Sie hatte eingewilligt, selbst nichts über das Kind zu erfahren, nicht einmal ob es ein Junge oder ein Mädchen war, weil ihr das den Abschied nur noch schwerer machen würde. Und auf diesem Umstand fußte Gerdas Idee mit dem Kindertausch.

Wir tauften die Kleine Jonna Bjergstrand, wie wir es versprochen hatten, und dieser Name wurde auch ins Kirchenbuch des Rigshospitals eingetragen. Ein paar Tage später bekamen wir den Taufschein ausgehändigt, und für Gerda, über deren künstlerische Ader sich Generationen von Kongslund-Kindern freuen durften, war es ein Leichtes, die Verwandlung vorzunehmen. Dann machte sie eine Kopie und warf das Original weg.

So einfach war das. Aus Jonna war John geworden. Wir hatten ein kleines Mädchen ausgelöscht und durch einen Jungen ersetzt.

Ich war schockiert. Ich stand vom Tisch auf, holte meine Kopie des gefälschten Taufscheins und sah sie mir genau an. Es gab keinen Zweifel. Der Zwischenraum zwischen Vor- und Nachnamen war einen Hauch zu breit (dort hatte das a gestanden), aber so unscheinbar, dass es nicht entdeckt worden war, weder von dem Nachtwächter noch von uns anderen, die viel zu aufgeregt über den Fund waren, als auf die Idee zu kommen, alles doppelt und dreifach zu prüfen.

Ich war an einem Freitag nach Kongslund gekommen. Magna und Gerda hatten den Kinderschwestern ein langes Wochenende gegönnt, sodass sie mich ungesehen in Magnas Zimmer in der ersten Etage bringen konnten. Aber mit dieser Erkenntnis war meine Reise durch den Albtraum, den das Protokoll offenbarte, längst nicht abgeschlossen.

Ein Problem mussten wir natürlich noch lösen: Wir mussten einen Jungen beschaffen, den niemand kannte und der zu dem

Namen John auf dem Taufschein passte: den Jungen, den Ole in dem Glauben adoptieren sollte, er wäre sein Sohn.

Ich sah mit Entsetzen, in welch erschreckendem Maße die Muttergefühle und der Beschützerinstinkt der beiden Frauen ihre Urteilskraft vernebelt hatten. Die zwei Fräuleins, die in ihrer Zeit mehr als alle anderen das moralische Vorbild der Nation waren, standen im Zentrum eines unmoralischen Betrugs.

Zuerst musste Jonna richtig verschwinden, schrieb Magna.

Und fuhr dann in beinahe konversierendem Ton fort: *Ein paar Tage später beschaffte Gerda sich bei einem Besuch im Rigshospital Zugang zum Kirchenbuch und entfernte darin alle Spuren des Namens Jonna Bjergstrand.*

Sie hatte die Seite bestimmt einfach herausgerissen, dachte ich.

Am nächsten Tag überredete ich eine Frau, die an der Svanemølle wohnte und ihren neugeborenen Sohn dringend zur Adoption freigeben wollte, zu einem wesentlich schnelleren und deutlich diskreteren Prozedere als üblich. Und damit setzten wir den zweiten Teil von Gerdas Plan in die Tat um.

Ich kam ins Stocken. *Eine Frau an der Svanemølle...?* Die Rede konnte nur von Dorah Laursen sein, die ich so viele Jahre später auf Helgenæs aufgespürt hatte. So also war die seltsame Frau zu einem Teil des Komplotts geworden.

Gerda holte den kleinen Jungen am frühen Morgen des 13. Mai, dem Tag des Kongslund-Jubiläums. Sie legte den Kleinen in ein Tragekörbchen, das sie mitgebracht hatte, geschützt von einer Windjacke und einer hellroten Decke – alles genau nach Plan. Die Farbe würde alle denken lassen, dass ein kleines Mädchen in der Tasche lag, wenn wir unseren Fund offenbarten. Ich fuhr Gerda nach Kongslund und ließ sie oben am Strandvej aussteigen. Von da kletterte sie die Böschung nach unten und stellte die Tasche mit dem Kind auf die Treppe des südlichen Flügels. Niemand sah sie kommen oder gehen.

Ich holte tief Luft. Nein, niemand – von der spastischen Frau in der Nachbarvilla abgesehen, die alles beobachtet hatte und mich darüber vor ihrem Tod noch informieren wollte.

Und trotzdem hätte es fast ein Problem gegeben – wie Magna notierte: *Dummerweise entdeckte Agnes die Tasche, bevor ich selbst dort war. Aber gut, dass sie es war und keine der etwas intelligenteren Schülerinnen. Sie schöpfte keinen Verdacht und nahm das Kind zum Glück auch nicht auf den Arm. Stattdessen begann sie laut zu rufen.*

Ich schloss die Augen. Mit diesem Tausch war meine Identität für immer verborgen. Niemand würde auf die Idee kommen, nach der Vorgeschichte eines Findelkindes zu forschen.

Nachdem der Svanemølle-Junge ins Haus getragen worden war, ging alles sehr schnell. Magna trug die Tasche mit dem Kind an der Giraffenstube vorbei ins Bad, wo Gerda mit meinem kleinen, schiefen Körper bereitstand, der gleich in Magnas Arm gelegt wurde, während Gerda den Jungen nahm. Ich blieb den Rest des Tages in Magnas Arm, damit ich – das wie durch ein Wunder gefundene Findelkind – von allen Fotografen, die wegen des Jubiläums nach Kongslund gekommen waren, fotografiert werden konnte. Auf diese Weise würde die Geschichte des kleinen Mädchens in allen Medien des Landes verbreitet und öffentlich von Hunderten von Zeugen bestätigt werden. Sogar mit Bildern. Nicht einmal die skeptischsten Journalisten würden das durchschauen. Glücklicherweise war Agnes' unüberlegte Äußerung dieser einen Zeitschrift gegenüber, sie habe einen Jungen auf der Treppe gefunden, von keinem anderen Blatt aufgegriffen worden.

So bekam Evas kleine Tochter ihr eigenes Leben und ihre eigene (erlogene) Vorgeschichte. Ich wurde zu dem gefeierten Findelkind, das aus dem Nichts in Kongslund aufgetaucht war und so am 25. Jahrestag des berühmten Kinderheims gerettet werden konnte. Die Geschichte war so mystisch und ergreifend, dass sie alle überzeugte. Diese Lüge hätte Jahrhunderte überdauern können.

Ein paar Tage später überwanden die beiden Frauen die allerletzte Krise, als Eva Bjergstrand sich plötzlich weigerte, ihren Teil der Abmachung einzuhalten und abzureisen – ehe sie Gewissheit hatte, wer die Adoptiveltern ihres Kindes waren.

Vielleicht spürte sie, dass irgendetwas im Verborgenen vor sich ging – und vielleicht fürchtete sie, dass der Vater des Kindes darin verwickelt sein könnte. Magna notierte dazu in ihrem Protokoll: *Mädchen ihrer sozialen Herkunft haben für so etwas einen sechsten Sinn.*

Eva war wütend, schrieb meine Pflegemutter. Sie verlangte einen eindeutigen Bescheid über die ausgewählte Adoptivfamilie und drohte in den letzten Stunden vor ihrer Abreise damit, das Kind wieder einzufordern und alles zu verraten, sollte Magna nicht nachgeben.

In ihrer Verzweiflung zeigte meine Pflegemutter ihr das einzige offizielle Dokument, das sie in diesem Augenblick in den Händen hatte. Auf dem Formular stand der Name, den Eva nie vergessen sollte – der Name einer Frau, die sie ihr Leben lang für die Adoptivmutter ihres Kindes gehalten hatte – *Dorah Laursen*.

Gefolgt von der Adresse, an die sie sich noch fünfzig Jahre später erinnerte: Svanemøllen, Østerbro.

Magna war davon überzeugt gewesen, dass sie den Namen wieder vergessen würde – wobei das eigentlich keine Rolle spielte. Denn Eva hatte Dänemark voller Trauer verlassen, um ein neues Leben zu beginnen und ihre Verbrechen zu büßen. Das, für das sie begnadigt worden war, und das, was im Besuchsraum 4 des Gefängnisses geschehen war.

Für Gerda und Magna waren all diese Maßnahmen nur notwendige Mittel, um das kleine Wesen zu retten, dem die Welt so übel mitgespielt hatte und das wie niemand sonst von Grund auf repariert werden musste. Im gleichen Atemzug hatten sie durch die Manöver aber auch Positives bewirkt, was für sie die Legitimation ihres Verrats war.

Eva Bjergstrand war begnadigt worden und auf dem Weg in ein neues Leben; sie würde in Australien bestimmt einen neuen Mann finden und eigene Kinder bekommen. Ole Almind-Enevold bekam den Sohn, von dem er immer geträumt hatte. Des Weiteren bekam der Junge aus Svanemølle bei Ole sicher ein besseres Leben als das, was er bei seiner leiblichen Mutter bekommen hätte, die ihn ja nur loswerden wollte.

Und schließlich – und eigentlich war das der wichtigste Punkt – würde Evas Kind bei Magna all die Fürsorge genießen, die es brauchte. Kongslunds Vorsteherin war die einzige taugliche Beschützerin für ein Kind mit solchen Missbildungen und einem solchen Ballast.

Aus Sicht der beiden Frauen war ihr Vorgehen für alle nur das Beste und stand deshalb im Einklang mit den grundlegenden Prinzipien der Herzensgüte.

Und trotzdem ging alles schief.

Lykke Almind-Enevold war entschieden gegen eine Adoption. Der junge Jurist wagte es nicht, sie unter Druck zu setzen oder sie gar zu verlassen, weil ihn das diskreditiert und seiner politischen Karriere die moralische Basis entzogen hätte.

Der Schock meiner Pflegemutter ging aus dem Protokoll mehr als deutlich hervor: *Eigentlich habe ich immer befürchtet, dass Lykke so reagieren würde, und sie bringt uns damit in eine schreckliche Situation. Ole fleht mich an, seinen Sohn sehen zu dürfen, aber ich verwehre ihm das. Jetzt zeigt sich, wie klug es war, dass wir ihm nie das entsprechende Kind gezeigt haben. Der Junge, der den Namen »John Bjergstrand« trägt, muss vor allen versteckt werden, für alle Zeiten.*

Sie hat den Namen in Anführungszeichen gesetzt, natürlich. Denn weder damals noch heute existierte ein John Bjergstrand. Dieses Kind gab es nur auf Gerdas gefälschtem Taufschein.

In diesen Tagen, den schwersten und gefährlichsten für die beiden Frauen, saßen sie in Kongslund mit einem Jungen, bei dem es sich den durch sie selbst gefälschten Papieren nach um den Sohn einer Mörderin handelte. Ole hätte diese Papiere nach der Adoption einfach weggeworfen und seine Kollegen bei den Behörden dann gebeten, das verschwundene Dokument durch ein neues mit einem anderen Namen auszutauschen. Aber andere Adoptiveltern würden ohne Zweifel weitere Informationen einfordern und sich gründlich über den Hintergrund des Jungen informieren. Genau das durfte nicht geschehen. Dieses Risiko durften Magna und Gerda niemals eingehen.

Die Familie eines Nachtwächters hat sich um eine Adoption bemüht, obwohl wir diesen Leuten gleich gesagt haben, dass ihr soziales Niveau nicht ausreichen wird, um eine Anerkennung zu erhalten, schrieb Magna unter der Überschrift März 1962 (sie datierte ihre Einträge sonst nur selten).

Gerda meint, das ist unsere große Chance.

Ein paar Wochen später kam die Beschreibung der Lösung, die Gerda in diesen Tagen ausgearbeitet hatte:

Alles ist so gelaufen, wie sie es vorhergesehen hat. Die Familie hat uns zugesichert, Stillschweigen zu wahren, für den Jungen und für ihr eigenes Wohl. Eine Nachtwächterfamilie in einer schäbigen Wohnung in Nørrebro würde normalerweise niemals als Adoptivfamilie akzeptiert werden. Als der Mann mich um die Papiere des Jungen und den Taufschein gebeten hat, wollte ich ihm das zuerst verwehren, aber Gerda hat mich umgestimmt. Ich habe ihm gesagt, dass er die Papiere verbrennen soll, sobald sie sicher sein können, dass mit dem Jungen alles in Ordnung ist, und das hat er mir versprochen. Gerda meint hingegen, dass er den Taufschein sicher behalten würde... Aber auch darin sieht sie einen Vorteil für uns. Sollte jemals jemand so tüchtig sein, der Spur von Evas Kind zu folgen, landete er bei einer Nachtwächterfamilie in der Meinungsgade und würde den Jungen über den Taufschein als Evas Kind identifizieren – womit ihr leibliches Kind für immer verborgen war.

Eine letzte gründliche Absicherung.

Gerdas Gerissenheit und ihre Fähigkeit, selbst die merkwürdigsten Muster vorauszusehen, erfüllten mich mit Bestürzung und Bewunderung gleichermaßen. Wie konnte eine Frau, die niemals in der Lage gewesen war, ein falsches Wort über ihre Lippen zu bringen, im Verborgenen einen derart durchtriebenen Plan aushecken?

Eine Seite danach hatte Magna Folgendes notiert: *Sie haben gesagt, dass sie den Jungen Nils nennen und alles über seinen Hintergrund vergessen wollen. Das sei sicher das Beste für alle. Gerda ist endlich zufrieden. »John Bjergstrand« ist damit für immer verschwunden, als hätte er niemals existiert.*

Und dann hatte sie noch hinzugefügt:
Und das hat er ja auch nie.

Schon im Januar 1962 begann der junge Jurist Ole Almind-Enevold nach dem Jungen aus der Elefantenstube zu suchen. Magnas beständige Abweisungen müssen ihn zur Verzweiflung getrieben haben.

Ich kann mir gut vorstellen, was damals in ihm und Carl Malle vorgegangen ist. Die beiden Kameraden hatten Nils von Anfang an ausgeschlossen, vermutlich weil sie überzeugt davon waren, dass Magna Evas Sohn niemals in eine Arbeiterfamilie in einem Armenviertel geben würde.

Auch das andere soziale Ende schlossen sie aus: Peter. Seine Adoptiveltern entstammten einer vornehmen und intellektuellen Sippe. Bei der Mutterhilfe versuchte man aus Rücksicht auf das Kind das sogenannte *overmatching* zu vermeiden, womit gemeint war, dass Unterschichtkinder von ungebildeten Müttern – die als potenziell minderbegabt eingestuft wurden – nicht an deutlich gebildetere Eltern gegeben wurden.

Asger schlossen sie aus, weil sie glaubten, dass Magna mit ihrer großen Verantwortung für gerade diese Adoption Evas Sohn nicht zu einer Familie gegeben hätte, die so weit weg wohnte, wodurch sie sich ja aller Kontrollmöglichkeiten beraubte. Deshalb waren für sie vor allem die beiden Jungen in Søborg von Interesse, Severin und Orla – besonders Orla, der bei einer alleinstehenden Mutter gelandet war. Sie gingen davon aus, dass dies vielleicht sogar ein bewusster Schachzug von Magna gewesen war, um ihre Aufmerksamkeit von gerade diesem Jungen abzulenken. Orla kam oft ins Kinderheim, und außerdem glich der Junge mit seinem gedrungenen Körperbau dem erfolgreichen Politiker.

Ende 1962 versprach Ole Almind-Enevold deshalb seinem Freund, dem Polizisten Carl Malle, seine volle Unterstützung bei dessen weiterer Karriere, wenn dieser in eines der neuen roten Reihenhäuser in Søborg zog, um in der Nähe der Jungen zu sein und sie im Auge zu behalten.

Und so verging die Zeit – ohne dass sie der Lösung des Rätsels nähergekommen wären und ohne dass jemand das Unrecht bemerkt hätte, das an Evas Kind begangen worden war. Als sie sich ein paar Jahre später Blutproben von den fünf Jungen beschafften, ohne dass die Tests ein Ergebnis brachten, riet Carl Malle Ole Almind-Enevold von weiteren riskanten Untersuchungen ab – bestimmt weil er fürchtete, dass Oles Sohn gar nicht unter den fünf Jungen war, wodurch er seine Sonderstellung und seine Macht über Ole verlieren würde. Ich musste über die wirkliche Ursache des Fiaskos lächeln ... Die zwei Männer haben die fünf Jungen testen lassen – aber natürlich nie eines der Mädchen.

Die drei Verschwörer – Magna, Ole und Carl – waren Teil

einer Gemeinschaft, die sich gegenseitig überwachte, dabei aber natürlich absolutes Schweigen bewahrte.

Fiel einer von ihnen, fielen alle.

Eva blieb in Adelaide in Australien und erfüllte damit ihren Teil der Abmachung, die sie aus Rücksicht auf ihr Kind eingegangen war. Sie nahm einen neuen Namen an und arbeitete als Sekretärin in einer Ölfirma. Einen Mann fand sie aber nicht. Ich glaube, dass ihr dafür ihre Sehnsucht und ihre enormen Selbstvorwürfe im Weg standen.

In der Zeit nach den dramatischen Geschehnissen kam Oles Karriere, Magna zufolge, ins Stocken. Der neue Ministerpräsident, der im Herbst 1962 an die Macht gekommen war, überging ihn bei der Auswahl seiner Minister, weil in der Partei noch immer Gerüchte über einen Skandal kursierten, die seine Arbeit in der Kriminalfürsorge und eine blutjunge Gefangene betrafen.

In der Zwischenzeit bogen mich die besten Ärzte der Welt zurecht, so weit es nur ging. Ich richtete mich langsam auf und begann mein eigenes, wenn auch verstecktes Leben in Kongslund zu führen.

Ich habe ihr den Namen Inger Marie gegeben, zwei alte, dänische Namen, schreibt Magna im Frühling 1963 und fährt dann tröstend fort: *Sie muss noch weitere Operationen über sich ergehen lassen, aber es ist den Ärzten bereits gelungen, ihre Füße etwas mehr nach innen zu drehen, sodass sie mittlerweile fast in der Lage ist, wie die anderen Kinder zu gehen. Diese Entwicklung freut mich sehr.*

Ein Jahr später schrieb sie:

Die Mutterhilfe hat nun auf meine Anregung erkannt, dass unsere kleine Inger Marie sehr schwer zu vermitteln sein wird – wenn dies nicht vollends unmöglich ist. Sie sieht noch immer sehr speziell aus und ist so klein und schwach, dass sie in keine normale Familie gegeben werden kann. Frau Krantz begrüßt meinen Vorschlag, dass die Mutterhilfe mir bis auf Weiteres den offiziellen Status einer Pflegemutter für die kleine Inger Marie überträgt.

Auf diesen Seiten ist ihre Freude darüber, nun »eine richtige Mutter« zu werden, unverkennbar:

Marie liebt Kleider in hellen Farben. Besonders gelbe, gelb wie die Freesien, die vor den Fenstern der Säuglingsstube in voller Blüte stehen. Am liebsten läuft sie gemeinsam mit mir durch den Garten und pflückt die Blumen für die einzelnen Zimmer oder den einen oder anderen Festschmuck, kürzlich zum Beispiel anlässlich eines Besuchs aus Japan.

Ich zog die Augenbrauen zusammen – denn in meiner Erinnerung war das ganz anders. Ich sah vor meinem inneren Auge eine energische, konzentrierte Frau, die die Blumen in einsamer Majestät ganz allein pflückte und danach auf dem Küchentisch die Stiele plattklopfte.

An einer Stelle stellte Magna fast erleichtert fest: *Es ist irgendwie auch ein Glücksfall, dass Inger Marie von Geburt an so missgebildet ist. Sie ähnelt keinem ihrer Elternteile.*

Ein paar Jahre später vertraute sie dem Protokoll an, welche Rolle Gerda in meiner Erziehung gespielt hatte: *Wir haben uns entschieden, Inger Marie zu Hause zu unterrichten. Die Psychologen halten sie für zu schwach, um gemeinsam mit anderen Kindern eine normale Schule zu besuchen. Sie braucht möglichst viel Ruhe. Ich habe mich entschlossen, ihr das Königszimmer zu überlassen, und habe ihr die Geschichte dieses Zimmers erzählt. Gestern hat Gerda ihr einen Artikel aus der* Søllerød Posten *vorgelesen, in dem die Geschichte der ganzen Gegend beschrieben wird. Inger Marie war sehr interessiert an der Geschichte der spastischen Frau, die in der weißen Villa oben am Hang hinter Kongslund aufgewachsen ist. Die Zeitung hatte einige ihrer Tagebuchaufzeichnungen abgedruckt. Inger Marie liebte diese Stellen, auch wenn sie die Frau natürlich nie getroffen hat.*

Das Letzte wunderte mich, war Magdalene doch mehrfach mit mir zusammen gewesen – sowohl oben am Hang als auch am Strand.

Magna musste uns doch gesehen haben.

Gerda sagt, dass es ohne Zweifel Magdalenes Geschichte war, die Marie bewogen hat, zur Überraschung aller so früh mit dem Schreiben zu beginnen. Sie hat einen kleinen Stapel himmelblauer Aufsatzhefte bekommen, in denen sie schreibt und die sie wie ihren kostbarsten Schatz bewacht. Niemand darf sehen, was sie schreibt, aber ich bin natürlich sehr gespannt. Eines Tages wird sie mir schon zeigen, was sie da zu Papier gebracht hat.

Das war die letzte Stelle in dem Protokoll, in dem Magna mein Leben und meine Aktivitäten noch einigermaßen positiv und sorglos beschrieb.

Danach änderte sich der Ton abrupt. Seite für Seite schien die Stimmung sich zu verfinstern, und es wurde immer deutlicher, dass Magnas Sorge um ihre Pflegetochter stetig zunahm. Es kulminierte an dem Morgen, an dem sie die Freundin meines Lebens tot auffanden.

Die alte spastische Frau ist heute Nacht gestorben. Sie fanden sie am Hang neben ihrem Rollstuhl, den sie nutzte, wenn sie sich aus dem Haus begab, was so gut wie nie vorkam. Die Polizei meinte, es wäre dumm genug gewesen, das Haus bei Dunkelheit zu verlassen, vermutlich wegen der Mondlandung der Amerikaner. Neben ihr soll ein kaputtes Fernrohr gelegen haben. Die Polizei meint, sie hätte den Mond beobachten wollen und wäre dabei im Dunkeln umgekippt.

Ich spürte eine plötzliche Wut auf Magna. Sie war an dieser Stelle des Protokolls an einem entscheidenden Punkt meines Lebens angelangt, und ich wollte ihre Anwesenheit nicht mehr. Sie sollte mir nicht näherkommen.

Ich hätte Marie niemals zu der Beerdigung der alten Magdalene mitnehmen dürfen. Die alte Frau scheint nach ihrem Tod zu einer Besessenheit für Marie geworden zu sein. Sie hat in der Abstellkammer den alten Rollstuhl entdeckt, in dem die Kin-

derschwestern sie herumgefahren haben, als ihre Füße bandagiert waren. Und neulich hat sie ein altes Fernrohr gefunden, das jemand am Strand weggeschmissen hatte. Das hat sie jetzt an der Armlehne des Rollstuhls montiert. Manchmal schleppt sie den Stuhl mit nach unten ans Wasser und sitzt stundenlang am Strand und starrt mit dem alten rostigen Instrument, durch das man vermutlich gar nichts mehr sieht, in Richtung Hven. Ich weiß nicht, wonach sie sucht, aber vom Bibliothekar der Bibliothek in Søllerød habe ich erfahren, dass sie sich drei Bücher über den Astronomen Tycho Brahe ausgeliehen hat. Vielleicht ist sie auch bloß von der Mondlandung inspiriert. Gerda sagt, dass ich mir keine Sorgen machen soll, aber ich bin mir nicht so sicher. Gerda glaubt immer nur an das Gute im Menschen.

Monat für Monat schrieb sie über die immer größer werdenden Probleme, ihr Kind zu verstehen – und über mein Interesse für den Ort, den ich niemals verlassen sollte. Es wurde in der Folgezeit noch schlimmer.

Jetzt macht sich auch Gerda langsam Sorgen. Und das mit gutem Grund. Gestern hat Marie ihr erzählt, dass ihr Fernrohr einmal einem König gehört hat, nämlich dem Monarchen, der die Villa Kongslund hat erbauen lassen, und dass sie das Fernglas von der spastischen Frau geerbt hätte. Wo nehmen Kinder nur immer diese Räuberpistolen her? Gerda hat sie zu überreden versucht, den Rollstuhl wieder in die Abstellkammer zu stellen, weil sie ihn doch nicht braucht, aber Marie beharrt darauf, dass er der alten Frau im Nachbarhaus gehört hätte – diese Wahnvorstellungen machen uns die größten Sorgen.

Wieder kochte die Wut in mir hoch, denn Magna hatte mein und Magdalenes Leben sehr viel genauer verfolgt, als ich das jemals bemerkt oder geglaubt hätte. Ich verstand nicht, wieso sie das Kind, das zu lieben sie vorgab, nie zur Rede gestellt hatte, denn dann hätte ich sie beruhigen und all diese Missverständnisse aufklären können.

Vielleicht hätte einiges von dem, was später geschah, auf

diese Weise vermieden werden können, dachte ich. Aber meine Pflegemutter zog es vor zu schweigen. Sie vertraute ihre Sorgen nur ihrem Protokoll an, das niemand lesen sollte, ganz sicher nicht ich.

In diesen Jahren – ich war damals zehn oder elf Jahre alt – beobachtete sie mich intensiv. Damals unternahm ich meine heimlichen Reisen zu den Kindern, die ich überwachte, während sie auf Sitzungen und Konferenzen im Dienst der Herzensgüte war – und Gerda hatte mich dabei immer gedeckt. Warum sie das getan hat, ist mir heute noch ein Rätsel.

Anfang 1973 fand sie meine Hefte und las sie, eines nach dem anderen. Meine heimlichsten Gedanken und Beobachtungen, alles, was ich notiert hatte.

Heute wünschte ich mir, diese Hefte niemals gelesen zu haben, aber was geschehen ist, ist geschehen und kann nicht wieder rückgängig gemacht werden, notierte sie. Es gab etwas, das sie überhaupt nicht verstand.

Ist es normal für ein elfjähriges Mädchen, Texte aufzuschreiben, die wie das Tagebuch einer Toten klingen? Nicht bloß als hätte sie sie gekannt – sondern als wäre sie SIE? Ist das normal? Ist das kindliche Fantasie? Ein Spiel?

Dann, mit einem Abstand zu den vorherigen Zeilen, kam es:

So verzweifelt wie jetzt war ich noch nie.

Meine Wut schwoll von Wort zu Wort an, ich glaubte zu ersticken. Magna hatte alle Grenzen überschritten. Sie hatte sich nicht damit begnügt, meine Hefte zu lesen, sie hatte sie auch kopiert und tatsächlich erwogen, die Garde der Kongslund-Psychologen um Rat zu fragen. Sie war unangenehm kurz davor gewesen, meine und Magdalenes innerste Gedanken aufzudecken – die Gedanken, die nur uns gehörten – und an die Menschen zu verraten, die ich auf dieser Welt am meisten verachtete. Sie hatte von meinem ersten Treffen mit ihr gelesen, als Magdalene nach unten zum Wasser gekommen war und uns beide fast ertränkt hätte, sie hatte Zugang zu meinen intimsten Gedanken – und hatte nur daran gedacht, sie an die Männer weiterzugeben, die all die Kinder vernichten wollten, die sie nicht verstanden.

Es war Gerda, die sie mit Nachdruck darum gebeten hatte, das nicht zu tun.

Gerda hat Angst vor dem Risiko, das damit verbunden sein könnte. Dass sie mir Marie letzten Endes sogar wegnehmen könnten. Vielleicht ist es ja normal, in einer solchen Fantasiewelt zu leben, aber sollte das nicht der Fall sein, ginge ich das Risiko ein, meine Tochter zu verlieren, meint sie. Das wäre für uns alle natürlich eine Katastrophe, denn wenn sie wirklich so krank ist, wie ich glaube, kann ihr niemand besser helfen als ich.

Die Logik war ebenso unerschütterlich wie Gerda selbst; und es war typisch für meine Pflegemutter, einem anderen Menschen eine Krankheit anzudichten, die sie anschließend kurieren konnte – in diesem Fall war ich aber froh über ihren Entschluss.

Ich habe noch einmal mit Gerda über dieses Problem gesprochen – sie ist wirklich auf eine Weise betroffen, wie ich es nie bei ihr erlebt habe. Ich hätte niemals gedacht, Gerda je so zu sehen. Inger Marie hat schon immer viel Fantasie gehabt. Vielleicht ist das ja eine ausreichende Erklärung für Magdalenes Tagebuch. Schon als kleines Kind gelang es ihr, den naivsten Kinderschwestern einzureden, Kongslund wäre voller Kinder berühmter Menschen und dass unsere Tätigkeit ein heimlicher Schutz für diese Elite wäre. Vermutlich kam das davon, dass sie unten auf dem Strandvej immer die vornehmen Herrschaften mit ihren Kindern vorbeispazieren sah. Dieser Anblick muss sie inspiriert haben. Gerda meint, dass sie diese Bilder vielleicht mit den Spitznamen der bekannten Persönlichkeiten kombiniert hat, die wir den Kindern gegeben haben. Damals ließen wir sie einfach fantasieren. Es wirkte so unschuldig. Vielleicht war das ein Fehler.

Es war wieder einmal typisch für meine Pflegemutter, die

Wirklichkeit zu verschleiern. Dabei bin ich selbst der lebende Beweis für meine Geschichten. Ich bin in Wahrheit die Tochter eines berühmten Mannes, so sehr ich es auch vorziehen würde, nichts davon zu wissen.

In der folgenden Zeit fuhr Magna fort, Inger Maries, wie sie es nannte, *heimliches Leben* zu erforschen. Neben den zwölf blauen Aufsatzheften, die Magdalenes Tagebuch enthielten, fand sie einige meiner eigenen Tagebuchnotizen – die Aufzeichnungen meiner Gespräche mit Magdalene nach ihrem Tod –, Magna las sie, während ich von Gerda unterrichtet wurde.

Meine Furcht ist unbeschreiblich. Sie hat Magdalenes Tod beschrieben, aber etwas stimmt da nicht. Sie schreibt, dass die alte Frau in ihrem Rollstuhl auf der Veranda friedlich eingeschlafen ist, als die Amerikaner auf dem Mond landeten, und dass sie deshalb glücklich gewesen sein muss. Aber so war das nicht. Die Art, wie sie die Wirklichkeit verdreht, beunruhigt mich. Ich weiß nicht, was diese Beschreibungen bedeuten, wage es aber auch nicht mehr, andere um Rat zu fragen. Nicht einmal Gerda.

In den Jahren danach war sie oft in meinem Zimmer, wenn ich draußen war. Das ging deutlich aus dem Protokoll hervor, aber mein ältestes und geheimstes Versteck hat sie nie gefunden. Es befand sich hinter der Rückwand des alten Zitronenholzschranks. Dort waren meine Notizen über Orla, Peter und die anderen versteckt. Meine Aufzeichnung über meine Mitstreiter aus dem Elefantenzimmer hat sie nie gefunden.

Eine Zeitlang schien es so, als beruhigte sie sich wieder etwas, weil ich ihrer Meinung nach mit dem Schreiben und Fantasieren aufgehört hatte, und das milderte vermutlich auch etwas ihre Eifersucht auf die Freundin meines Lebens.

Ich glaube, Magdalene ist endlich aus ihrem Leben verschwunden, schrieb sie Anfang 1974.

So naiv war die Reparateurin der verlorenen Seelen dieser Welt.

Zu dieser Zeit unterrichtete Gerda mich noch, mitunter assistiert von einem Lehrer der Søllerøder Schule (der selbst ein Kind aus Kongslund adoptiert hatte), und an den Wochenenden half ich, auf die größeren Kinder in der Giraffen- und Igelstube aufzupassen. Alles schien beinahe normal zu sein. Magnas Sorgen waren jetzt wieder einfacher und mütterlicher, und als ich Teenager wurde und mich später den zwanzig näherte, schrieb sie in ihrem Protokoll: *Ich glaube, es ist uns doch noch gelungen, die Arbeit zu leisten, die uns hier in Kongslund auferlegt war. Aber es macht mir natürlich Sorgen, dass sie keine anderen Interessen hat, als Monde und Planeten aus ihren Astronomiebüchern abzuzeichnen – und Hven durch die Reste ihres alten, rostigen Fernrohrs, das sie so sehr liebt, zu beobachten. Es zeichnet sich immer klarer ab, dass sie ihr Leben hier in Kongslund verbringen wird. Und das ist die einzige Sicherheit, die ich ihr geben kann.*

Aus ihren Notizen entnahm ich, wie wichtig es für sie war, mich zu behalten und Frau Krantz und der Mutterhilfe immer wieder zu erklären, dass ich einfach zu schwach und seltsam für den Umgang mit anderen Menschen war.

Sie soll nirgendwohin gehen.

In dem dann folgenden Jahr schien Magna der Meinung zu sein, dass meine Behinderungen mehr und mehr verschwanden, bis sie mich eines Tages in einem vollkommen verzerrten Licht sah: als hübsche, wohlgeratene Frau, die ihrer »Mutter« immer ähnlicher wurde. Und sie schrieb über ihre Furcht, dass Ole Almind-Enevold bei einem seiner Besuche in Kongslund die Ähnlichkeit zwischen mir und seiner jungen Geliebten im Besuchsraum Nr. 4 bemerken könnte – aber das tat er natürlich nicht. Ich bin dunkel wie ein schief in die Erde gesteckter Zweig, und nur die vor Liebe blinden Augen einer Mutter konnten das anders sehen.

Nur ein einziges Mal klingt so etwas wie Reue an, auf einer der letzten Seiten des Protokolls.

Ich habe in diesem Buch, das mir das Meer in die Hände gespielt hat, alles so beschrieben, wie es wirklich passiert ist. Nicht aus Rücksicht auf die Betroffenen oder irgendwen sonst, denn Gerda hat mir versprochen, das Kongslund-Protokoll zu verbrennen, wenn ich sterbe, sondern weil ich nur so verstehen kann, was wirklich passiert ist. Es schmerzt mich, dass ich meinem kleinen Mädchen gegenüber so große Geheimnisse haben muss, aber eine andere Möglichkeit gibt es nicht. Meine einzige Sorge ist, dass sie Gerda eines Tages die falschen Fragen stellt: Wer ist meine Mutter? Denn Gerda konnte noch nie lügen. Zum Glück weiß Marie nicht, dass diese Frage überhaupt möglich ist.

Sie hatte alle Türen zu der Welt, die mich umgab, mit Schweigen verschlossen. Ich saß im Dunkeln und versuchte diesen gewaltigen Betrug zu fassen.

Ich wollte Magnas Logbuch schließen, konnte meine Hände und meine schiefen Schultern aber nicht bewegen. Viel zu deutlich erinnerte ich mich an meinen Besuch bei Gerda – damals, als ich ihr die Frage nach dem geheimnisvollen John Bjergstrand gestellt hatte. Bevor sie ohnmächtig geworden war, hatte sie mir mit letzter Kraft zugeraunt: *Marie … es gibt keinen John Bjergstrand!*

Ich hatte geglaubt, sie hätte zum ersten Mal in ihrem Leben gelogen, und hatte sie dafür verachtet. Dabei hatte ich ihr Unrecht getan, denn die Antwort, die sie mir gab, entsprach vollständig der Wahrheit. Das Protokoll näherte sich dem Ende, viele Seiten fehlten nicht mehr. Und doch sollte es noch einmal schlimm werden.

Der Rokokospiegel, der an der Wand im Königszimmer gehangen hatte. Genau gegenüber von meinem Bett. Sie hatte mein Interesse für diesen Spiegel erst bemerkt, als ich ein Teenager war und ein altes Kleid in einer Kiste auf dem Dachboden gefunden hatte. Es war grün wie Buchenlaub, schreibt sie, aber der Stoff war mit dem Alter ganz morsch geworden. Ich hatte es trotzdem angezogen, ich war ja noch ein Kind, und eines Tages, als Magna unangemeldet in mein Zimmer kam, stand ich vor dem alten Spiegel und drehte mich mit hoch erhobenen Armen im Kreis...

...es war ein grotesker Anblick, schrieb sie.

Sie hatte mich nur tanzen sehen und nicht gehört, wie ich dem Spiegel die Frage stellte, an die sich alle Menschen aus den Märchen ihrer Kindheit erinnern – nur etwas abgewandelt:

Wer ist die Hässlichste im ganzen Land?

Deshalb war ihr auch die Antwort entgangen, und da sie mich noch immer in diesem rosaroten, idealisierenden Licht sah, wie Mütter das tun, verzweifelte sie an diesem Erlebnis.

Ich habe keine Ahnung, was ich tun soll, und niemand kann mir helfen. Inger Marie empfindet sich noch immer als ungeheuer hässlich wie das kleine schwarzhaarige Mädchen mit dem schiefen Rücken und den verdrehten Füßen, das mit einem alten, rostigen japanischen Rollelefant in Kongslund herumgelaufen ist. Ich habe ihr zu erklären versucht, wie sehr sie sich verändert hat. Dieser Spiegel war in all den Jahren ihr liebster Besitz, sogar nachdem er irgendwann von der Wand gefallen und zersplittert ist, sodass man sich nicht mehr darin spiegeln kann. Ich verstehe nicht, was sie darin sieht.

Ich war kurz davor, mich noch einmal zu dem alten Zerrspiegel umzudrehen, der hinter mir hing, tat es aber nicht. Ich war mir sicher, dass er meine Schwäche sofort bemerken und seine Chance nützen würde, ein letztes Mal sein gnadenloses Urteil abzugeben. Dieses Risiko wollte ich nicht eingehen.

In einem Monat gehe ich in Pension, schrieb Magna. *Ich habe mir eine Wohnung in Skodsborg gekauft. Aber Inger Marie bleibt auf Kongslund wohnen. Das ist ihr eigener Entschluss. Ich verstehe und akzeptiere ihn. Sie gehört hierher.*

Es beruhigt mich, dass Susanne Ingemann meine Stelle als Vorsteherin übernimmt. Sie liebt sie so sehr, wie es für andere Menschen als mich nur möglich ist, sie zu lieben.

Danach gibt es nur noch wenige, aber dramatische Notizen in Magnas Protokoll, die die Wahrheit über das Rätsel bekanntgeben, das in der Öffentlichkeit unter dem Namen *Kongslund-Affäre* kursierte.

Diese Informationen werden den Ministerpräsidenten ohne Zweifel zu Fall bringen und seinem Wirken für immer ein Ende bereiten. Deshalb will ich das Protokoll auch weitergeben – auf eine ganz bestimmte Weise. Ihre Notizen können aber auch gegen Menschen verwendet werden, die sie geliebt hat, nicht zuletzt gegen das Kind, das sie wie ihr eigenes großgezogen hat. Daran ist nichts zu ändern.

Über vierzig Jahre hinweg haben Magna und Gerda sich in Sicherheit gewähnt. Sie hatten geglaubt, dass niemand das Geheimnis meiner wirklichen Identität entschlüsseln würde, als plötzlich alles schiefging. Nicht wegen einer Unachtsamkeit oder Schluderei, sondern weil das Schicksal einen dänischen Touristen in Adelaide von einer Bank aufstehen ließ, ohne die Zeitung mitzunehmen, die mit ihm die Erde halb umrundet hatte. Mehr brauchte es nicht.

Eva Bjergstrand bemerkte rein zufällig die Zeitung auf der Bank vor dem Hotel mit den dänischen Touristen ... *Fri Weekend*. Aus einem Impuls heraus nahm sie die Zeitung in die Hände.

Im Inneren der Zeitung fiel ihr Blick auf den Bericht über die Hochzeit in Holmens Kirke. Der Mann, der an all ihrem Unglück schuld war, lächelt sie von einem der Bilder an – und alles, was sie zu vergessen versucht hat, ist plötzlich wieder da, als wäre es niemals weg gewesen.

Fünf Tage später – es ist Karfreitag, der 13. April 2001 – schreibt sie zwei Briefe: einen an Magna und einen an das Kind, das sie nie gesehen hat.

Sie schickt sie am 17. April 2001 ab. Am ersten Werktag nach Ostern, adressiert an Martha Ladegaard im Säuglingsheim Kongslund.

Der Brief aber landet bei mir, weil Magna inzwischen pensioniert war und eine neue Wohnung bezogen hatte und weil der Postbote übersehen hatte, dass nicht mein Name auf dem Kuvert stand.

Das Schicksal muss an diesem Vormittag vor Freude getanzt haben.

Nachdem Eva den ganzen Sommer über vergeblich auf eine Antwort von Magna gewartet hat, fasst sie den einzig möglichen Entschluss, um ihrer Sehnsucht ein Ende zu machen. Sie beendet ihr Exil und entschließt sich zu einer Reise in die Vergangenheit.

In der ersten Septemberwoche kommt sie in Kastrup an. Schon von der Ankunftshalle aus ruft sie in Kongslund an, wo eine Kinderschwester ihr mitteilt, dass Magna schon lange nicht mehr im Heim wohnt, sondern eine Wohnung in Skodsborg hat. Am Abend des 10. September steht sie vollkommen überraschend vor Magnas Tür.

Es war ein Schock, schreibt Magna. *Es war ein Schock, die Frau auf meiner Türschwelle vorzufinden, von der ich geglaubt hatte, ich würde sie nie wiedersehen. Sie war älter geworden, aber noch genauso schön wie damals, als wir ihr zu Begnadigung und Freiheit verholfen haben. Ich hätte mir natürlich ein versöhnlicheres Wiedersehen gewünscht, aber es sollte nicht sein. Sie wollte ihr Kind sehen, und dieses Mal akzeptierte sie kein Nein. Ich konnte ihre Wut förmlich spüren.*

Und dann geschieht etwas – das vielleicht durch Magnas gewaltige Schuldgefühle ausgelöst wurde, vielleicht durch ihre instinktive Angst vor der Frau, die einst als Mörderin verurteilt worden war:

Ihre Wut und Entschlossenheit jagten mir einen ungeheuren Schrecken ein. Besonders weil sie wie damals damit drohte, ihr Schweigen zu brechen, wenn ich nicht nachgab. In meiner Verwirrung und Furcht erzählte ich ihr, dass sie die Antworten auf ihre Fragen in Kongslund finden würde, schließlich stimmte das ja auch. Ich konnte ihr die Wahrheit nicht ins Gesicht sagen, obgleich sie ein Anrecht darauf hatte. Ich glaube, sie fasste damals den Entschluss, direkt nach Kongslund zu fahren, obschon es spät am Abend war. Ich habe Inger Marie nie zu fragen gewagt. Ich weiß nicht, was danach passiert ist.

In einer Mischung aus Schock und Mitleid – und vermutlich auch aus Schuldgefühlen – schickt Magna die so schrecklich ungerecht Behandelte nach Kongslund, um Antwort auf die einzige, große Frage zu bekommen, die sie zurück in ihre Heimat geführt hat. *Wo ist mein Kind?*

Eva muss in diesen Stunden tief in ihrer Seele den Verrat gespürt haben, dem sie zum Opfer gefallen war.

Als sie an die Tür des südlichen Anbaus von Kongslund klopfte, war – wieder so eine Laune des Schicksals – natürlich ich es, die ihr öffnete.

Es war spät und dunkel, Susanne war in ihr Haus nach Christianshavn gefahren, und im Kinderheim herrschte schon seit Langem Nachtruhe. Die Nachtschwester sah im Gartenzimmer fern.

»*Mein Name ist Eva Bjergstrand.*« Sie begrüßte mich mit diesen fünf Worten.

Sie stand draußen auf der Treppe im Dunkeln – und meine Verwunderung war sicher nicht kleiner als Magnas. In den ersten Sekunden sagte ich nichts – und hätte ich nicht eine solche Erfahrung darin, Gespräche mit dem Zerrspiegel in meinem Zimmer zu führen, hätte mein Gesichtsausdruck sicher gleich verraten, wie überrascht ich war.

Bevor ich sie aufhalten konnte, trat sie resolut über die Schwelle und stand plötzlich in der Halle der Villa, die ihr Kind beheimatet und es für immer von ihr getrennt hatte. Ich weiß noch, dass ich bemerkt habe, dass in ihren welligen grauen Haaren noch blonde Strähnen waren.

Sie stand lange unbeweglich da und starrte mich an. Danach erinnere ich mich nur noch an ihre geflüsterte Frage: »Wie heißen Sie?«

Ich antwortete nicht.

»Magna hat gesagt, dass ich hier nach meinem Kind fragen soll«, sagte sie mit ebenso heller wie eindringlicher Stimme.

»Ihrem Kind?«

»Wie heißen Sie?«, fragte sie.

Einer plötzlichen Eingebung folgend schob ich sie zurück ins Dunkel auf der Treppe und bat sie zu warten, während ich meinen Mantel holte. Anfang September war es hier nicht mehr so warm.

»Die Kinder schlafen«, sagte ich. Die vorgeschobene Begründung klingt noch heute seltsam klar in meinem Kopf.

Wir hatten das Ufer kaum erreicht, als sie ihre Frage zum dritten Mal stellte: »*Wie lautet Ihr Name?*« Und dann fügte sie noch eindringlicher hinzu: »*Wer sind Sie?*«

Ich entschied mich dafür, etwas preiszugeben, auch wenn der Wind oben in den zwölf Buchenkronen wie Alarm heulte. »Ich heiße Marie«, sagte ich. »Ich bin Magnas Tochter.« Diesmal bestand ich nicht darauf, mich als Magnas Pflegetochter zu bezeichnen.

In den nächsten Minuten gingen wir nebeneinander am Strand entlang in Richtung Bellevue. Sie schien intensiv über meine Antwort nachzudenken.

Wir waren ein paar hundert Meter schweigend nebeneinanderher gelaufen, als sie plötzlich stehen blieb und den Kopf schüttelte. »Nein«, sagte sie.

Sie rührte sich nicht vom Fleck.

Ich sah nach Hven hinüber. Aber ich hörte, was sie sagte, und irgendwie verstand ich es, auch wenn ich damals noch keine Ahnung von all dem hatte, was ich heute weiß.

»Du heißt Jonna ... Du heißt Jonna Bjergstrand«, sagte sie. »Auf den Namen bist du getauft worden. Egal wie sie dich jetzt nennen.«

»Nein, ich heiße Marie. Ihr *Sohn* heißt möglicherweise *John* Bjergstrand«, sagte ich tonlos. »Nicht *Jonna*.« Ich dachte, dass die Frau auf der Suche nach ihrem verlorenen Kind den Verstand verloren hatte.

»Sieh uns doch an«, sagte sie mit einem merkwürdigen Tonfall. »Da gibt es keinen Zweifel. Die Augen... dein Blick, die Farbe deiner Iris... Wir haben exakt die gleichen Augen.«

»Ihr Sohn heißt *John*«, sagte ich und wiederholte mich selbst. »Nicht *Jonna*. Sie haben einen Jungen geboren. Ich bin das Findelkind von Kongslund.«

Ich spürte, dass sie den Kopf schüttelte, obwohl ich über das Meer blickte und ihr den Rücken zudrehte.

»Nein, *Jonna*«, wiederholte sie.

»Nein«, wandte ich noch einmal hartnäckig ein.

In genau diesem Augenblick streckte sie ihren Arm nach mir aus. Ohne den Kopf zu drehen, spürte ich, wie sich ihre rechte Hand meiner Schulter näherte. Kein Mensch durfte mich anfassen. Nicht Gerda und auch meine Pflegemutter nicht. Nicht einmal Asger.

Es gibt keinen John Bjergstrand. Plötzlich kam es mir vor, als hörte ich Gerdas Stimme, obwohl sie das zu diesem Zeitpunkt noch gar nicht gesagt hatte.

Ihre Hand berührte mich an meiner linken, schiefen Schulter, und ich schnellte herum und stieß sie weg, damit sie mich losließ. Hart, mit geschlossenen Augen.

Mehr weiß ich nicht. Die Sekunden und Minuten danach sind ausgelöscht. Die Wellen, die über den Strand spülten. Der Sturm, der sich über den Sund näherte. Alles ausgelöscht.

Im Dunkeln kommt einem alles so seltsam vertraut vor; wir lauschen; wir sind unsichtbar; wir wandern in einer langen Reihe am Abgrund entlang, während der eine Vers den anderen ablöst und wir nur noch das Lied hören.

Vielleicht stand ich in jenem Moment wirklich am Strand und sang in die Brandung – oder ich formte die Worte mit geschlossenen Augen, wie ich es immer in der Säuglingsstube getan hatte.

Auch das weiß ich nicht mehr.

Als ich wieder zur Besinnung kam, lag sie vor meinen Füßen. Sie war in den Sand gefallen und mit dem Kopf auf einem Stein aufgeschlagen. Ein Auge war geschlossen, das andere weit aufgerissen. Als ich mich hinkniete, waren alle Zweifel weg: Wie das Auge von Schwachkopf in Orlas schrecklichster Sekunde in den Himmel über Søborg gestarrt hatte, starrte Evas noch verbliebenes Auge in das Dunkel über dem Sund – ohne etwas zu sehen. Der Stein, den sie mit der rechten Schläfe getroffen hatte, war, soweit ich sehen konnte, der einzige weit und breit. Sie war ungemein unglücklich gefallen. Im gleichen Moment bemerkte ich noch etwas anderes: Rechts neben ihr lag ein Seil, das durch Wind und Wellen so verdreht war, dass es eine Schlinge bildete.

Man sieht die seltsamsten Dinge, wenn das Leben stillsteht.

Vermutlich waren es diese drei Dinge – das Auge, der Stein und das Seil –, die mich auf die Idee zu dem einzigen, logischen Schritt brachten, den ich mir vorstellen konnte – und den ich erklären muss, um diese Geschichte abzuschließen.

Das Schicksal reichte mir seine ganze Hand – zum ersten und letzten Mal. Eva lag so da, wie es immer beabsichtigt gewesen war, gleich neben den Kindern. Oder besser gesagt, den Symbolen, die für die Kinder standen. *Der Stein*, auf dem Kjeld mit dem Kopf aufgeschlagen war, als er von Severins Pferd gefallen war. *Das Seil*, mit dem der Polizist sich erhängt hatte, nachdem Nils Jensen ihn fotografiert und als Gewalttäter bloßgestellt hatte. Das Auge, mit dem sie in den Himmel starrte wie Schwachkopf, nachdem er durch Orlas brutalen Überfall verstümmelt worden war.

Lange stand ich dort im Dunkel und betrachtete die drei Requisiten. Die Frau lag nur wenige hundert Meter von dem Ort entfernt, an dem die sieben Kinder ihre Leben mutterseelenallein in der Elefantenstube begonnen hatten. Sie war gestorben, als sie ihr Kind zu finden versucht hatte.

Sie war unglaublich dicht dran gewesen, hatte ihr Ziel aber trotzdem nicht erreicht, weil das Schicksal sie mit einem heftigen Stoß aufgehalten hatte.

Mit dieser Feststellung leerte ich ihre Taschen und nahm ihr alle persönlichen Dinge ab: Papiere, Geld, Pass, Tickets und andere Besitztümer. Sie durfte nicht identifiziert werden, sie durften ihren Namen nicht finden, denn sie war keine von uns. Sie gehörte zu niemandem.

Eine Sache habe ich dabei aber übersehen – das Foto vom Heim unserer Kindheit mit den sieben charakteristischen Schornsteinen. Dieses Foto fand schließlich der Kriminalkommissar, der in dem Fall ermittelte. Er erkannte darauf aber nicht die Villa Kongslund, die nur wenige hundert Meter entfernt war.

Dieses Foto hatte ihn letztlich das Leben gekostet. Ich war mir vollkommen sicher, dass sein Tod Carl Malles Werk war, aber das würde – wie so viele Details der Kongslund-Affäre – nie zu beweisen sein.

Danach ging ich, so schnell ich konnte, über den Strand zurück nach Norden.

In Kongslund schlich ich lautlos von Raum zu Raum, um die Nachtschwester nicht zu wecken, die wie immer im Gartenzimmer vorm Fernseher eingeschlummert war, und tat, was getan werden musste.

Zuerst holte ich den alten Lindenzweig, den ich aus dem Garten der Privatschule mitgenommen hatte, nachdem ich durch die *Søllerød Posten* von Direktor Nordals Tod erfahren hatte. Mir war gleich klar gewesen, was geschehen war und wer dahinterstecken musste. Ich hatte Peter mehrmals mit der großen, schwarzen Tasche auf dem Gepäckträger in den Wald fahren sehen. Als ich das von dem gefällten Baum las, wusste ich Bescheid.

Danach holte ich das alte Buch, das Ufo-Ejnar in seinen letzten Stunden in dem Loch gelesen hatte, in das er sich wegen seiner Liebe zu Asger zum Sterben zurückgezogen hatte. *Die schwarze Wolke*. Ich hatte es bei einem meiner letzten Besuche auf dem Gartentisch auf Asgers Terrasse liegen sehen. Damit hatte ich zwei Andenken an die beiden aus der Elefantenstube, die ich in all den Jahren oben im Königszimmer am meisten bewundert hatte. Welche Bedeutung sie für mich hatten, habe ich noch nicht einmal Magdalene erklärt.

Schließlich öffnete ich den Vogelkäfig im Büro und nahm den kleinsten der vier schlummernden Kanarienvögel heraus – er sah Aphrodite am ähnlichsten. Er war zwölf Jahre alt, aber noch immer schön. Dann machte ich den Käfig wieder zu. Für meine symbolische Handlung reichte ein Vogel.

Lautlos schloss ich die Haupttür hinter mir und ging zurück zum Strand. Ich lief am Spülsaum entlang, damit keine Spuren zu finden waren, wenn der Tag anbrach. Etwa auf halber Strecke kniete ich mich hin und drückte den Kopf von Susannes Kanarienvogel in den Sand, bis er erstickt und ruhig war.

Bei der toten Frau angelangt, platzierte ich meine mitgebrachten Requisiten um sie herum, bis alles perfekt war. Ich hatte dafür gesorgt, dass meine sechs Grüße an die tote Frau an den richtigen Stellen auf dem Sand lagen; das perfekte Muster symbolisierte die Geschehnisse genau. Eva Bjergstrand selbst lag mit dem Gesicht zum Sund, über den die verlassenen Kinder seit einem Menschenalter angespült worden waren, die ihren Erlöser in Gestalt der mächtigen Frau in der alten Villa am Ufer gefunden hatten.

Mehr konnte ich für die Tote nicht tun.

Natürlich gab es in dieser Nacht auf dem Strand auch noch ein siebtes Zeichen, das die Polizisten aber nicht fanden, weil es am Morgen, als sie kamen, längst wieder weg war. Mein eigenes, persönliches Geschenk an Eva. Vielleicht das einzige, das die wenigen Menschen, die mich kennen, mit mir verbinden: die Dunkelheit…

…und die Dunkelheit verbarg mich, als ich den Ort verließ, wie sie mich immer verborgen hatte.

Später spürte ich eine seltsame Erleichterung. Ich fühlte mich wie an jenem Vormittag, an dem ich Magdalene unten auf dem Steg getroffen und stundenlang in ihren Schoß geweint hatte. Die Begegnung mit Eva hatte die gleiche Wirkung auf mich. Wenn das Schicksal einem ein Bein stellt, denkt es nicht wirklich nach, dachte ich. Es handelt aus einem Reflex heraus. Auch wenn es zum letzten fatalen Sturz kommt. Dem Schicksal ist es egal, welche Emotionen es bei dem oder der Auserwählten hervorruft.

Die Polizei würde auch nicht nach meinen Motiven fragen.

Sie würden mich holen und für immer aus Kongslund wegbringen – und das durfte ich nicht zulassen.

Zwei Tage später bemerkte meine Pflegemutter eine kleine Notiz in der *Søllerød Posten*, die ihre Welt einstürzen ließ.

Ich wusste genau, dass sie von jenem Tag an in Furcht gelebt hat.

Zwischen Kongslund und Bellevue ist eine nicht identifizierte Tote am Strand gefunden worden, schrieb Magna in ihr Protokoll.

Die Beschreibung passte exakt auf Eva Bjergstrand. *Nie habe ich eine solche Angst verspürt*, notierte sie danach.

Am Tag nach Evas Tod begann ich letzte Spuren zu beseitigen, die die Leiche am Strand mit mir in Verbindung bringen konnten. Ich hatte in den Tagen zuvor gemeinsam mit Susanne nach Eva gesucht, und eine Angestellte der australischen Botschaft hatte uns gesagt, dass sie nach Dänemark gereist war. Danach hatten wir die Hotels abgeklappert, und ich hatte Susanne erzählt, dass ich Eva Bjergstrand in einem kleinen Kopenhagener Hotel auf der Frederiksberg Allé gefunden hätte, dass sie allerdings bereits abgereist war, ohne ihre Rechnung zu bezahlen oder irgendwelche anderen Spuren zu hinterlassen.

»Damit ist sie wohl unwiderruflich verschwunden«, sagte ich.

Trotzdem bestand sie darauf, in die Hauptbibliothek zu gehen und die Zeitungen der letzten Tage zu lesen. »Vielleicht ist ihr ja etwas zugestoßen«, sagte sie.

Zu meiner Erleichterung brachte die Entdeckung des Todesfalls sie dazu, sämtliche Aktivitäten, die mit dem Fall Eva Bjergstrand zu tun hatten, sofort einzustellen. Ich war dankbar dafür, damals betrachtete ich das als eine freundliche Geste meines großen Widersachers oben im Himmel. Überdies hatte das Schicksal sich entschlossen, den kleinen, unschuldigen Stoß, den ich ihr auf einem dänischen Strand versetzt hatte, mit dem größten Terroranschlag zu kaschieren, den die Welt je gesehen hatte.

Ich versteckte die Briefe von Eva in meinem alten Schrank und begann geduldig zu warten, bis keine Gefahr mehr bestand, entlarvt zu werden. In den nachfolgenden Jahren nahm ich die Schreiben immer wieder heraus und las Evas Brief an Magna und das unbekannte Kind, bei dem es sich mit hoher Wahrscheinlichkeit um einen meiner Kameraden aus der Elefantenstube handelte: Orla, Peter, Severin, Asger oder Niels. Jedes Mal aufs Neue spürte ich die gleiche Wut wie beim ersten Lesen – und jedes Mal war meine Furcht, entdeckt zu werden, größer als mein Drang, den Mann zu finden, der Evas Leben und das Leben des Kindes zerstört hatte. John Bjergstrands leiblichen Vater.

All mein Hass richtete sich in den folgenden sieben Jahren auf den unbekannten Mann – aber ich hatte keine Idee, wie ich mit meinen Ermittlungen weitermachen sollte. Die kam mir erst, als sich Magnas sechzigjähriges Dienstjubiläum näherte und mich aus der Trance weckte, die sonst vielleicht mein ganzes Leben angehalten hätte.

Als die Zeitungen über das Kongslund-Jubiläum am 13. Mai 2008 zu schreiben begannen, spürte ich, dass ich es nicht verantworten konnte, länger zu warten. Ich schuldete es Eva weiterzusuchen und den Unbekannten zu finden, der das Leben zweier Menschen zerstört hatte. Der öffentliche Fokus würde sich auf das Heim und meine Pflegemutter richten. Eine bessere Chance würde es nicht geben, Interesse für diesen Fall zu wecken, ohne selbst hineingezogen zu werden, dachte ich.

An Christi Himmelfahrt, Donnerstag, dem 1. Mai, begann ich mit der mühsamen Arbeit, die ausgeschnittenen Buchstaben auf die fünf anonymen Briefe zu kleben, die ich an die Kinder aus der Elefantenstube schicken wollte. Es gab keinen Grund, Susanne in die Sache hineinzuziehen oder in Panik zu versetzen. Sie hatte nicht mehr den Mut, irgendetwas zu unternehmen.

Da Nils Jensen seine Rolle als Adoptivkind nicht kannte, folgte ich einer plötzlichen Eingebung und schrieb zur Sicherheit auch Knud Tåsings Namen auf den Umschlag und teilte ihm zudem mit, dass ich diesen Brief auch an den Stabschef des Nationalministeriums, Orla Berntsen, geschickt hatte, da ich von ihrer Feindschaft wusste. Die Wirkung meines Manövers war dennoch viel heftiger, als ich es erwartet hatte, die Geschichte landete direkt auf der Titelseite.

Vom ersten Tag an mussten Ole Almind-Enevold, Magna und Carl Malle klar gewesen sein, dass irgendetwas gründlich schiefgelaufen war. Jemand war über lebensbedrohliches Wissen gestolpert und versuchte nun – in aller Öffentlichkeit – das finstere Geheimnis zu lüften, das sie fast fünf Jahrzehnte lang gehütet hatten. Die kleinste Andeutung einer Verwicklung des Nationalministers in einen Mord – oder auch nur in die heimliche Adoption von Kindern bedeutender Leute – würde ihn nicht nur sein Ministeramt, sondern das ganze Königreich kosten.

Allein aus diesem Grund wurde Carl Malle zu Hilfe gerufen und mit allen Vollmachten versehen, den anonymen Absender des Briefes ausfindig zu machen. Gefolgt von einer anderen Aufgabe: *Er sollte endlich den Jungen finden – John Bjergstrand.*

Bevor die anderen ihn fanden.

Magna war in diesen Tagen der Panik nahe. Das ging aus dem Protokoll hervor und war nicht nur auf die Angst zurückzuführen, dass Kongslund oder sie selbst Schaden nehmen könnten. Eine andere, ganz persönliche Angst überlagerte ihre Sorgen: Sie hatte Angst um mich.

Die Unruhe, die ich nach Evas Tod bei ihr beobachtet hatte, war keine Einbildung gewesen, aber ich hatte nie verstanden, warum sie auch in den Jahren danach noch so angespannt gewesen war. Ich hatte den Eindruck, als könne sie mir nicht mehr in die Augen blicken, ja als wäre sie in meiner Nähe nie mehr richtig entspannt.

Die Ursache dafür nannte sie in ihrem Protokoll ganz eindeutig, und eigentlich hätte ich mir das denken können.

Kann das alles etwas mit Inger Marie zu tun haben?

Als sie über die geheimnisvolle, tote Frau am Strand las, in der sie Eva vermutete, hatte sie zuerst an Carl Malle als möglichen Täter gedacht (er hatte gemeinsam mit Ole ein klares Motiv), doch dann war ihr ein viel logischerer, beunruhigenderer Gedanke gekommen: Die letzte Person, die Eva bei lebendigem Leibe gesehen hatte, konnte sehr gut ich sein – ihre Pflegetochter.

Ich fürchte die Wahrheit wie nichts anderes, schrieb sie.

Vielleicht hatte ich trotz all ihrer wohlgemeinten Reparaturen das Gemüt meiner leiblichen Mutter geerbt. Andererseits steckte in Magnas Angst natürlich auch all ihre mütterliche Sorge, dass ich für meine Taten büßen müsste. Wie alle anderen Mütter auch würde sie es nicht ertragen, mich entlarvt, entehrt, gedemütigt und im Gefängnis zu sehen.

In dem alten Buch folgten danach nur noch vier kleinere Einträge. Der erste stammte aus dem Mai 2008 – mitten in der hektischen Berichterstattung über den anonymen Brief und Kongslunds mögliche dunkle Vergangenheit:

Ich glaube, der anonyme Brief, über den Fri Weekend *schreibt, hat Carl und Ole ebenso überrascht und entsetzt wie mich. Sie wissen nicht, dass Eva tot ist, das weiß niemand, denn die Frau am Strand ist ja nie identifiziert worden.*

Am 12. Mai 2008 schrieb sie:

Ich habe es in diesen Tagen nicht gewagt, Zeitungen zu lesen oder Radio zu hören, ich wollte meine Ängste einfach nicht bestätigt bekommen. Ich bin nicht aus der Tür gegangen, sondern zu Hause geblieben und auch nicht ans Telefon gegangen. Ich hoffe nur, dass jetzt nicht wieder jemand leiden muss, und mir graut vor dem, was wir damals aus Stolz und Beschützertrieb in Gang gesetzt haben. Wenn das alles doch nur nicht wahr wäre. Mich bestürzt, was ich Inger Marie zuliebe getan habe.

In ihrer Verzweiflung suchte sie in diesen Tagen Gerda auf – und hier erwartete sie der nächste Schock. Ich sah ihrer Schrift an, dass ihre Hand gezittert hat.

Heute Morgen habe ich Gerda besucht, um sie über Eva Bjergstrands Tod zu unterrichten. Ich fragte sie, ob sie irgendetwas über Eva wisse und ob sie mir etwas verschwiegen habe. Sie begann sofort zu hyperventilieren.

Ich musste ihr zwei große Gläser Portwein einschenken, bevor sie mir die Geschichte erzählen konnte, die mich mehr schockierte als alles, was ich seit Langem gehört habe. Ihre Geschichte han-

delte von Dorah Laursen aus Svanemøllen, deren Sohn nach dem Austausch zu »John Bjergstrand« geworden war. Fünf Jahre später, im Februar 1966, habe Dorah plötzlich in Kongslund angerufen und gesagt, sie bereue, dass sie uns ihr Kind gegeben hatte, erzählte Gerda. Sie wollte ein neues Kind und drohte damit, alles zu verraten, falls sie es nicht bekäme. Gerda hatte sich daraufhin entschlossen, die Sache in die Hand zu nehmen, und zwar ohne mich einzubeziehen – mir zuliebe.

Das waren schockierende Nachrichten, trotzdem weiß ich, dass es wahr ist, denn Gerda kann nicht lügen. Zwei Tage nach Dorahs Anruf hat Gerda einen Jungen aus einem Kinderwagen gekidnappt – auf offener Straße in Kopenhagen –, und dieses Kind hat sie dann Dorah Laursen mitsamt gefälschter Geburtsurkunde übergeben. Sie war schon immer die begabteste Künstlerin von Kongslund, und ihre Kraft und ihre Entschlossenheit habe ich stets bewundert. Dass sie dabei aber so weit gehen würde, habe ich nicht geahnt.

Und dann hat meine Pflegemutter noch hinzugefügt:

Auf ihre Weise hatte sie recht. Eine derart wahnsinnige Tat hätte ich niemals akzeptiert, das wäre das Ende unserer Zusammenarbeit gewesen. Das Ende von Kongslund und allem, was wir aufgebaut hatten. Und das konnte Gerda nicht geschehen lassen. Gerda, die treue Seele.

Ich hörte das Schicksal in diesem Moment seltsam menschlich lachen, denn was ist absurder und grotesker, als die Vorkämpfer der Herzensgüte unter dem Gewicht ihrer eigenen, unverfälschten Brutalität zusammenbrechen zu sehen?

Der letzte Text des Protokolls ist kurz, aber ein echter Wutausbruch nach ihrem Jubiläum am 13. Mai 2008.

Ole hat doch tatsächlich die Frechheit besessen, einen Text zu zitieren, den er uns als einen Auszug aus dem Tagebuch der alten, spastischen Magdalene vorgestellt hat. Dieser Text war sogar der Hauptteil seiner Rede, und er muss gewusst haben, wie ich darauf reagieren würde.

Das zeigt wirklich mehr als deutlich, was ich schon immer wusste: Er und Carl Malle standen hinter den Einbrüchen, die uns über Jahre hinweg beunruhigt hatten. Sie haben meine Kopien von Maries Heften gefunden und glaubten in ihrer Naivität, dass sie wirklich die Lebensweisheiten einer fremden Frau beinhalteten!

Ein Mann wie er gibt niemals auf. Nicht, bevor ich ihm nicht den Namen seines Kindes gegeben habe.

Aber das kann ich nicht. Und im Augenblick bin ich eigentlich richtig froh darüber.

Das war ihr letzter Eintrag. Wenige Stunden nach dem Jubiläum.

Am nächsten Abend besuchte ich meine Pflegemutter, nachdem die Schlägerei zwischen Carl Malle und den Journalisten während der Jubiläumsfeierlichkeiten alles in Schieflage gebracht hatte. Ich wusste, dass wir die Schlacht verloren hatten, denn der Skandal würde die Kongslund-Affäre ein für alle Mal von den Titelseiten der Zeitungen verbannen, und auch *Channel DK* und die anderen Sender würden von nun an schweigen.

Ich hatte nie die Illusion gehabt, dass Magna mir irgendwelche dunklen Geheimnisse aus Kongslunds Vergangenheit offenbaren würde – aber zu diesem Zeitpunkt war ich einfach nur verzweifelt. Ich wusste, dass die Medienberichte der letzten Wochen sie erschüttert hatten. Vielleicht würde sie ja doch etwas sagen, wenn ich sie anflehte.

In diesen Wochen hatte ich noch keine Ahnung von der Wirklichkeit, die erfuhr ich erst nach ihrem Tod aus ihrem Protokoll. Ich wusste nicht, wer *John Bjergstrand* war – ich hatte keine Beweise, die einen leiblichen Vater entlarven konnten, und meine Feinde Almind-Enevold und Carl Malle schienen unverwundbar.

Ich klingelte bei Einbruch der Dunkelheit an Magnas Tür

und sah ihre Überraschung, als sie öffnete, weil ich sonst nie unangemeldet kam. Ich wollte ihr zeigen, wie wütend ich war, aber wie üblich kam kein Wort über meine Lippen. Sie holte Kaffeetassen heraus, stellte sie lautlos auf die Untertassen und wollte mir gerade einschenken, als ich mich fragen hörte: »Wer ist er, *Mutter*...?«

Dann in etwas anderer Form: »Wer ist *John Bjergstrand*?«

Und schließlich: »Wer ist John Bjergstrands *Vater*?«

Sie stellte die Kaffeekanne weg und sah mich mit einem seltsamen, fast ängstlichen Blick an. Sie wartete lange. Dann sagte sie mit Betonung auf jeder einzelnen Silbe: »*Marie, es gibt keinen John Bjergstrand.*«

Es waren exakt die gleichen Worte, die Gerda Jensen mir gesagt hatte – und die ich in der Luft um mich herum gehört hatte, bevor Eva Bjergstrand gestolpert und zu Tode gestürzt war.

»Für Lügen ist es jetzt zu spät«, sagte ich. »Vor sieben Jahren kam ein Brief in Kongslund an von Eva Bjergstrand, und ich *weiß*, dass Eva die Mutter des Jungen war.«

Sie sah mich an, und in ihrem Blick lag auf einmal eine mir vollkommen unverständliche Wachsamkeit. »Ja, Marie. Eva war die Mutter. Und sie bekam ihr Kind im Rigshospital, das ist richtig, an einem Frühlingstag vor vielen, vielen Jahren.«

Dann erzählte sie mir von Eva Bjergstrands Schwangerschaft im Gefängnis und wie sie, Magna, versucht hatte, das Problem auf bestmögliche Weise zu lösen – nach den Prinzipien der Herzensgüte.

Sie erzählte mir von Evas Besuch bei ihr 2001 – und äußerte dann ihre Furcht bezüglich dessen, was ich im Laufe dieser Nacht getan haben könnte. An diesem Punkt brach sie ihren Monolog ab und fragte mich ängstlich: »Hat sie dich... vor ihrem Tod... in Kongslund besucht?«

Ich ignorierte ihre Frage. »Wer ist der Vater?«, fragte ich. »Und wo ist Evas Kind heute?«

Nur diese beiden Fragen waren für mich von Bedeutung.

Sie stand auf und trat ans Regal – und in diesem Augenblick wusste ich, dass sie der wichtigsten Frage meines Lebens wieder einmal ausweichen würde.

»Marie, ich möchte dir gerne die Zeitungsausschnitte zeigen, die ich über die Ankunft des Findelkindes gesammelt habe – und danach sage ich dir... alles.« Sie sagte das, als hätte sie meine Verzweiflung gar nicht wahrgenommen – und zu meiner Verwunderung sah ich Tränen in ihren Augen stehen. Wie immer verwehrte sie mir das Recht, sie unter Druck zu setzen oder auch nur Neugier zu zeigen. In der Welt, die wir teilten, hatte immer nur sie entschieden – für uns beide.

Sie streckte ihre rechte Hand aus, um den weißen Ordner aus dem Regal zu ziehen...

...und das war die letzte Bewegung, die ich registrierte.

Sie fiel schwer gegen das Regal, kippte dann etwas zur Seite und landete vor mir auf dem Boden. Sie lag unter dem Fenster zum Strandvej, und ich erkannte gleich, dass sie weg war. Nicht nur für einen Augenblick, sondern für immer.

Wie unglaublich schnell das ging. Mit einer Leichtigkeit, die ihrer Erscheinung und ihrem kolossalen Lebenswerk voll und ganz widersprach, verließ sie das Leben und die Welt, an der sie ein Menschenleben lang nach bestem Wissen und Gewissen herumgedoktert hatte. Das Ganze kam mir fast absurd vor.

In diesem Augenblick erinnerte die Szenerie mich an die beiden einzigen Todesfälle, die ich aus nächster Nähe mitbekommen hatte: Magdalene, die grotesk zusammengekrümmt neben ihrem zerschmetterten Rollstuhl am Fuß der Böschung gelegen hatte – und Eva, die gestürzt war und mit ihrem einen verbliebenen Auge in den Himmel gestarrt hatte.

Eine solche Angst hatte ich nicht mehr verspürt, seit Eva in einem Anflug von Wahnsinn nach mir gegriffen und mich

Jonna genannt hatte, oder vielleicht sogar seit jenem Morgen, an dem die spastische, alte Frau im Nachbarhaus mich gerufen und mir gesagt hatte, dass ich nun alt genug sei, die Wahrheit zu erfahren, die nur sie mir erzählen könne. Eine Wahrheit, die für mich von sehr, sehr großer Bedeutung sei.

Welche Idiotie dieser alten Frau.

Seit Gerda mir den Artikel gezeigt hatte, der in der *Søllerød Posten* über sie abgeduckt war, war sie die heimliche Freundin meines Lebens, obgleich ich sie niemals – bis zu diesem Zeitpunkt – wirklich getroffen hatte. Mir reichte das Wissen, dass sie im Nachbarhaus wohnte und ebenso schief und unerwünscht war wie ich, eine ältere Ausgabe von mir, festgekettet an das Haus am Hang. Ein Mensch, mit dem ich reden und den ich um Rat fragen konnte – und der immer so antwortete, dass nur ich es verstand.

Sie habe die Person gesehen, die mit dem Tragekorb nach Kongslund gekommen war, lispelte sie mir zu. *Die Botin* – und das alles sei so merkwürdig gewesen, dass sie es nie jemandem anvertraut habe. Ich aber solle es erfahren, bevor sie starb.

Es war beinahe prophetisch, denn ihr blieben tatsächlich nur noch Sekunden.

Es war keine Fremde, sagte sie und starrte mich mit ihren Augen an – und genau in diesem Augenblick bekam ihr alter, rostiger Rollstuhl Schlagseite und holperte die Böschung hinunter. Ich kann mich nicht daran erinnern, ob sie noch zum Schreien gekommen war.

Sie kam nicht mehr dazu, ihren Satz zu vollenden. Und ich sagte den Polizisten natürlich nicht, dass ich in diesem Moment bei ihr gewesen war.

Nur Magna spürte das möglicherweise. Aber sie schwieg.

Laut der Kriminalbeamten, die die Gegend anschließend genauestens untersucht hatten, indem sie die ganze Böschung mit Stäben durchlöcherten, gab es eine ganz plausible Erklärung für den Vorfall: Es war, wie gesagt, der Tag nach der Mondlandung, und die alte Frau musste oben auf dem Grundstück in die falsche Richtung gefahren sein – vermutlich während sie ihren Blick auf das Wunder über ihrem Kopf gerichtet hatte. An eine ihrer Armlehnen war ein Fernrohr montiert gewesen, das nun vollkommen zerschmettert am Fundort der Toten lag und aussah, als hätte jemand darauf herumgetrampelt.

Arme mondsüchtige, alte Frau, meinte der leitende Ermittler seufzend.

Ich hatte ein einziges Blatt Papier auf der Anrichte der alten Villa gefunden – auf dem die alte, spastische Frau ein paar beinahe unleserliche Zeilen über das notiert hatte, was sie an dem Morgen der Ankunft des Findelkindes gesehen hatte, sowie ein paar Notizen über die Familie Olbers, die ich gerade so eben entziffern konnte. Etwas anderes hatte sie nie geschrieben. Ich nahm das Papier mit – und begann viel später die blauen Hefte, die ich als Magdalenes Tagebücher bezeichnete und in meinem Schreibtisch versteckte, mit meinen Worten zu füllen.

Auch in Magnas Fall fand die Polizei die Umstände ihres Todes verdächtig – Beweise für ein Fremdverschulden fanden sie aber nicht.

Zur Sicherheit hatte ich Magnas Wohnung durchsucht, bevor ich sie verließ. In erster Linie in der Hoffnung, ihr Protokoll zu finden, das aber längst auf dem Weg nach Australien war. Als klar war, dass sie ein Päckchen außer Landes geschickt hatte, nahm ich Evas Brief aus dem Schrank und änderte in Gerdas Manier das Datum von 2001 zu 2008. Es war diese kleine Änderung, mit der ich kurz darauf Knud Tåsing hinters Licht führen und gleichzeitig auch alle Spuren zu der geheimnisvollen Toten am Strand unweit von Kongslund beseitigen konnte.

So einfach war das.

Auch noch in anderer Hinsicht sicherte ich mich ab: Sollte einer der Jäger – Carl Malle oder Knud Tåsing – sich ausrechnen, dass Magnas Päckchen das Kongslund-Protokoll enthalten hatte, was ja in hohem Maße wahrscheinlich war, würden sie niemals auf die Idee kommen, dass es als unzustellbar zurückgeschickt werden würde. Sie mussten glauben, dass Eva noch immer lebte und das Päckchen zweifelsohne entgegennehmen konnte.

Da Magna in ihrem Protokoll angedeutet hatte, dass ich etwas mit Evas Tod zu tun haben könnte, durfte niemand das Protokoll in die Hände bekommen. Es war ausschließlich Knud Tåsings Scharfsinn, der diesen Teil meines Plans schließlich über den Haufen warf. Und nur dank der Tatsache, dass meine Pflegemutter Gerdas Namen als Absender geschrieben hatte, blieb ich unentdeckt.

Es würde an Heuchelei grenzen, würde ich diesen Bericht mit der Behauptung enden lassen, dass ich das Geschehene bereue.

Das tue ich natürlich nicht.

Ich habe lange darüber nachgedacht, sehe aber nicht, was ich anders hätte machen können. Die fatalen Schwachstellen in meinem Plan waren, so wie ich das sehe, unverschuldet und unmöglich vorherzusehen.

Erst jetzt ist es mir möglich, das endgültige Muster in seiner ganzen Logik und Klarheit zu erkennen.

Nachdem Dorah 2001 auf meine Aufforderung hin ihrem Sohn gesagt hatte, dass er *eine Lieferung* aus Kongslund war, reagierte dieser auf eine Weise, die ich hätte vorhersehen müssen. Heute erkenne ich das. Lars Laursen hatte noch am selben Tag Magna angerufen und von ihr verlangt, ihr zu erläutern, was damals vorgefallen war. Und er war wütend gewesen.

Meine Mutter, die zu diesem Zeitpunkt noch nichts von Gerdas monumentaler Rettungsaktion für Kongslund wusste, leugnete am Telefon natürlich jedwede Beteiligung – die Panik in ihrer Stimme muss trotz ihrer faktischen Unschuld aber zu hören gewesen sein.

Denn auch wenn Magna nicht wusste, was geschehen war, erinnerte sie sich natürlich an die Frau aus Svanemøllen. *Er hat mir nicht ein Wort geglaubt*, schrieb sie später in ihr Protokoll.

Lars Laursen war sich augenblicklich im Klaren gewesen, dass alle Antworten in Kongslund zu finden sein mussten, und er hatte das folgende Jahr genutzt, um die Geschichte des Ortes zu ergründen und insbesondere die Geschichte jenes mächtigen Personenkreises, der das Kinderheim umgab. Er hatte alle früheren Angestellten besucht, die er finden konnte, und seine ganze Freizeit genutzt, um seine Informationen zu kombinieren und zu analysieren, und war dabei auch auf die nicht weniger mächtigen Männer der Partei gestoßen.

Er hatte wie ein Besessener gearbeitet – und als er mir viel später von seiner Wut und seiner teuflischen Besessenheit erzählte, erkannte ich diese Gefühle aus meinem eigenen Leben. Er war schließlich zu dem Schluss gekommen, dass der Nationalminister die zentrale Figur in dieser Geschichte sein musste – neben Magna, an die er nicht herangekommen war –, und war schließlich auf eine Idee gekommen, die ihm logisch und durchaus realistisch erschien, auch wenn sie Zeit erforderte:

Minister brauchen Fahrer. Er war Fahrer und fuhr damals für einen Limousinenservice in Århus. Bei seiner dritten Bewerbung bekam er schließlich die Zusage für den Chauffeursjob im Ministerium. Er brauchte weitere fünf Jahre, um Fahrer des richtigen Mannes zu werden, aber er hatte Geduld.

Als er im Frühjahr 2008 im Nationalministerium anfing,

machte er seinen endgültigen Plan. Kurz zuvor waren die anonymen Briefe abgeschickt und die Kongslund-Affäre losgetreten worden. Es sind genau diese Geschehnisse – kleine Teile eines scheinbar zufälligen Musters –, die das Schicksal am spannendsten findet.

Und als er mich nach Dorahs Tod aufsuchte, erzählte er mir, was geschehen war, seit ich mich in das Leben seiner Mutter gedrängt hatte: dass er versucht hatte, so dicht wie nur möglich an Almind-Enevold heranzukommen, und dass er mittlerweile zu seinem persönlichen Chauffeur aufgestiegen sei. Vielleicht könne er etwas herausfinden, sagte er; vielleicht könnten wir in den folgenden Wochen einander gegenseitig nützlich sein. Schon vor dem Tod seiner Mutter hatte er dem Journalisten Knud Tåsing einen anonymen Brief geschickt.

Es machte mir natürlich Angst, dass dieser naive und merkwürdige Mann in der Kongslund-Affäre herumzuwühlen begann und womöglich all das herausfand, was gar nicht an die Öffentlichkeit sollte, weshalb ich sein Angebot ziemlich brüsk ablehnte und ihn eindringlich warnte, sich nicht weiter mit dieser gefährlichen Sache zu beschäftigen.

Alles änderte sich, als ich bei Gerda das Kongslund-Protokoll fand und meine eigene Rolle entdeckte, wie Magna sie beschrieben hatte.

Zu diesem Zeitpunkt entschloss ich mich, einen Mord zu begehen, und ich muss unterstreichen, dass dieser Entschluss mein einziger, klar überlegter Mordplan im gesamten Verlauf der Kongslund-Affäre war – auch wenn meine Kameraden aus der Elefantenstube das vielleicht nicht glauben können.

Von der einzigen noch verbliebenen Telefonzelle Søllerøds aus rief ich Lars Laursen an. Ich erzählte ihm von dem Betrug, dem er zum Opfer gefallen war, ohne mein früheres Schweigen zu entschuldigen, und ich glaube, dass er selbst viel zu gerührt war, um mir Vorwürfe zu machen.

Ich erklärte ihm mit unmissverständlichen Worten, dass Ole Almind-Enevold hinter den mysteriösen *Lieferungen* stand, die die Gerüchteküche Kongslund zuschrieb, und dass er selbst vermutlich das Kind eines reichen, mächtigen Mannes war, dass aber alle Spuren, die zu seinen richtigen Eltern führten, unwiderruflich beseitigt worden waren. Und zwar von Ole Almind-Enevold und seinen Handlangern.

Das wäre in seinem Fall exakt so wie bei John Bjergstrand.

Ich war mir im Klaren darüber, dass das Schicksal in dieser Sekunde – wie auch in allen anderen Situationen – zwei Wege einschlagen konnte: den vernünftigen oder den interessanten. Und ich zweifelte natürlich nicht daran, welche Wahl mein alter Begleiter treffen würde. Eine solche Chance würde sich der Meister über die Zufälle des Lebens doch nicht entgehen lassen…

Ich selbst wollte nicht in der Nähe des Tatorts sein, und auch nicht der Bruchteil eines Beweises sollte auf mich verweisen. Außerdem hatte ich kein Motiv.

Ich hatte nur nicht damit gerechnet, dass ein derart entschlossener Mörder sein Ziel verfehlen könnte. Die Kugel war einen Zentimeter neben dem Herzen seines verhassten Chefs eingedrungen – wieder so eine seltsame Laune des Schicksals. Wenn ich – ohne Waffe und ohne es wirklich zu wollen, nur mit einem kleinen Schubser – den Tod dreier Menschen hervorrufen konnte, wie konnte dieser vorsätzliche Präzisionsschuss dann nur einen verhältnismäßig kleinen Schaden anrichten und sein Ziel verfehlen? Der Mann aus Helgenæs hatte die ruhigsten Hände, die jemals das Steuer eines Ministerialwagens gehalten hatten. Trotzdem mussten diese Hände gezittert haben, als er auf das Herz des Nationalministers gezielt und ihn dann in der Annahme, er wäre mausetot, nach unten in den Keller unter Slotsholmen getragen hatte.

40

DAS KÖNIGSZIMMER

30. APRIL 2010

Beuge ich mich ein wenig vor, kann ich in den Garten des Kinderheims schauen, und stelle ich mich auf die Zehenspitzen, meine ich, die weiß gekleideten, autoritären Fräuleins vor mir zu sehen, die ein Menschenleben lang über Kongslund und all die Wesen herrschten, als säßen sie noch immer unten auf der Terrasse.

Es ist genau so, wie Magdalene es gesagt hat: Wenn das Schicksal die verschiedenen Puzzleteile zu einem Muster zusammenfügt, geschieht dies nicht mit großer Feierlichkeit oder ausladenden Gesten, sondern ganz spielerisch und nebenbei – und genau deshalb bemerken wir nie, was in Wahrheit vor sich geht, ehe es zu spät ist.

Selbst die klügsten Menschen glauben, ihr Leben folge einer, wenn auch zufälligen Chronologie, und bezeichnen selbst die größten Brüche als Schicksalsschläge; diesen Irrglauben teilen sie mit den Gottgläubigen, auch wenn diese glauben, alles folge einer von Gott vorherbestimmten Bahn. So viel Chaos, wie das Leben zu bieten hat, kann nicht einmal ein Gott sich in Gänze zurechtgelegt haben.

Die Geschichte hat kein Happy End, wie Magdalene es vorgezogen hätte.

Ich habe das Kongslund-Protokoll und meine Tagebücher in den Sand unterhalb von Kongslund gelegt, wo die von mir auserkorene Person sie finden wird. Genau hier saß Magdalene bei unserer ersten Begegnung.

Die Papiere liegen unter einer hellroten Decke in exakt der Tragetasche, in der das Findelkind angekommen ist. Für mich ist das stimmig und richtig, und in einer Sache bin ich mir sicher: Dieses Mal kommt keiner davon – und ganz sicher nicht Ole Almind-Enevold.

Andere müssen entscheiden, wer von den in die Kongslund-Affäre involvierten Personen seinen Teil der Schuld übernimmt oder ob nur diejenigen die Konsequenzen tragen müssen, die die entscheidenden Dinge in Gang gesetzt haben: Ole und Carl, meine Pflegemutter Magna, vielleicht Gerda, die unschuldig die blauen Elefanten gemalt und dann den Betrug in die Tat umsetzte, der uns alle genarrt hat. Und natürlich das Kind, das nicht von dem Gedanken loskam, einen Weg in die Welt jenseits der Mauern von Kongslund zu finden, und seine Mutter umbrachte, wie auch seine Mutter einst die ihre umgebracht hatte.

In meinen Träumen ist der Himmel über Hven voller blauer Elefanten, sie schwärmen zwischen den Wolken und der Sonne herum, sie marschieren von Süd nach Nord, auf und ab und zu den Sternen, bei denen Ufo-Ejnar endlich seinen Platz gefunden hat, um mit den alten Astronomen über die Beschaffenheit des Himmels zu fachsimpeln.

Ich glaube, Magdalene und ihr Auserkorener beobachten sie aus ihrem Himmelreich.

Ich sitze – jetzt am Ende der Geschichte – allein in meinem Zimmer am Sekretär des Kapitäns, wie ich es immer getan habe. Ich erinnere mich an die Worte, die beim letzten Jubiläum meiner Pflegemutter gesprochen wurden: *Jedes Mal, wenn ein Mensch allein im Dunkeln sitzt und um einen anderen Menschen weint, geschieht dieses Wunder...* Sprachlich vielleicht nicht gerade die bestmögliche Formulierung, aber mitunter glaube ich, dass sie stimmt.

Ich sitze, das Fernrohr im Schoß, in Magdalenes altem Rollstuhl und starre in den Spiegel, aber Antworten bekomme ich schon lange nicht mehr; weder spöttische Provokationen noch Anspielungen auf meine Hässlichkeit.

Ist er wirklich kaputt?

Ich kann es nicht glauben. Meine rechte Seite sieht ganz normal aus, während die linke abknickt, wie sie es immer getan hat, das kann doch keine optische Täuschung sein.

Ich richte meinen Blick etwas weiter zur Seite, und plötzlich kommt es mir so vor, als sähe ich den See, in dem Samanda ertrunken ist, und ihre Mutter, die im Schatten unter den Haselzweigen sitzt.

Gleich neben ihr, im Zimmer in Søborg, sitzt Orlas Mutter in dem blauen Sessel, von dem aus sie ihren Sohn beobachtet, ohne ein einziges Wort zu sagen, und in Rungsted läuft Peter durch den lichtgrünen Garten.

Ich sehe sogar Hasses blutrotes Einkaufsnetz, das noch immer in einem verschlossenen Schrank liegt.

Es ist seltsam kalt geworden, und ich friere. Ich strecke meine Hand nach dem Fernrohr aus. Aber es ist nicht da. Vielleicht sind meine Finger aber auch bloß nicht in der Lage, es zu finden. Ich taste herum, aber es ist wirklich weg. Dann beuge ich mich zu dem alten Spiegel vor, sehe aber keine Bewegung. Alles steht still.

Ich höre meine Stimme, sie ruft nach Magdalene, bekommt aber keine Antwort. Als wäre sie nie hier gewesen – hier bei mir – im Königszimmer.

Wer ist die Schönste im ganzen Land? Ich zucke zusammen.

Es ist die alte, immergleiche Frage, die wir uns gestellt haben, sie klingt nur so verzerrt.

In diesem Augenblick nehme ich wahr, wer mit mir sprach und warum ich keine Antwort mehr höre. Ich verstehe Susannes spöttische Worte darüber, dass die Geschehnisse zu seltsam sind, als dass ein Mensch sie je verstehen könnte...

... bevor du das nicht weißt, weißt du nichts, hatte sie gesagt.

In diesem Augenblick weiß ich, dass Magna doch recht hatte, als sie mit mir auf dem Arm draußen vor der Elefantenstube stand und mich gelehrt hat, was ich nie vergessen sollte.

Die besten Zuhause liegen am Wasser.

Sie vergaß nur hinzuzufügen, was kein Kind verstehen kann und was kein Erwachsener deshalb zu sagen wagt – weil es das Schlimmste ist, was ein Kind entdecken kann.

Es gibt Zuhause, in denen man zu guter Letzt ganz allein ist.

Epilog

MARIES LIED

Ihr Heim liegt, wo es immer gelegen hat, ganz unten am Sund, mit Aussicht auf die schwedische Küste und auf Hven.

Und natürlich hat Marie mich so gefunden, auch wenn wir uns niemals von Angesicht zu Angesicht begegnet sind und ich sie nie wirklich kennenlernte.

Wie die Hauptpersonen dieses Buchs verbrachte ich meine erste Zeit in dem Adoptions- und Säuglingsheim Kongslund, und wie so viele andere Heimkinder kehrte ich auch als Erwachsener oft in die alte Villa zurück, angetrieben von einer Kraft, die ich nie richtig verstanden habe.

Jedes Frühjahr (in der Jahreszeit, in der man mich als groß genug erachtete, um Kongslund zu verlassen) nahm ich den Bus über den Strandvej, fuhr am Bellevue und Fortunen vorbei und stieg kurz vor Skodsborg Bakke aus. Ich kletterte über eine niedrige Hecke und fand einen schmalen Pfad, den nur ich und ein paar wenige andere kannten (über diesen Pfad ist der König mit seiner Auserwählten spaziert, während die Verfassung erarbeitet wurde). Dann kletterte ich den Hang hoch, vorbei an der verlassenen weißen Villa, in der der Märchendichter einmal den königlichen Architekten besucht hatte, und ging weiter nach unten zum Strand, wo ich nach Norden abbog. Nach wenigen hundert Metern war ich an der Stelle, an der Eva Bjergstrands Seele zu Gott emporgestiegen ist. Ich ging weiter und stellte mich schließlich dorthin, wo Marie noch einige Zeit gestanden hatte, auf den Steg unterhalb von Kongslund.

Lange stand ich da, ohne mich zu bewegen – eine Stunde oder zwei –, und dann sah ich zu dem alten Haus hoch. Manchmal kam ein Mitarbeiter oder eine Schwester nach unten und fragte mich, ob sie mir helfen könnten.

Und ich antwortete jedes Mal das Gleiche – was ja auch stimmte: dass ich hier einmal gewohnt hatte.

Ich fand die Tragetasche im Sand, genau wie es vorhergesagt worden war.

Unter der hellroten Decke lag das Buch, das Kongslund-Protokoll, in dickes Leder eingebunden, in der Farbe des Meeres.

Darunter lagen die Tagebücher und Aufzeichnungen, die Marie mir hinterlassen hat, und in ihnen wiederum waren die sorgsamen Notizen des Menschen verborgen, den sie geliebt und dem sie den biblischen Namen Magdalene gegeben hatte.

Ich schlug in Magdalenes Aufzeichnungen das legendäre Datum auf, den 13. Mai 1961, und ein Blatt Papier, das Marie dazwischengesteckt hatte, fiel nach unten in den Sand.

Das alte Lied.

Im nächsten Augenblick wurde es vom Wind ergriffen und flatterte wie ein Buchenblatt in der Dämmerung über den Sund, aber ich hatte gelesen, was ich lesen musste ...

Elefant, -fant, -fant, kommt gerannt, -rannt, -rannt,

mit dem langen, langen, langen, langen Rüssel.

Wollte raus, raus, raus, aus dem Haus, Haus, Haus ...

Marie Ladegaard aus Kongslund war beim letzten Vers angelangt.